傳媒與現代性

蕭旭智　蔡博方　黃順星　主編

五南圖書出版公司 印行

目　次

作者簡介 （依目錄序）

陳建華 復旦大學、哈佛大學文學博士，香港科技大學榮譽教授，現爲上海交通
大學致遠講席教授。研究興趣包括中國詩學與詮釋史、明清文學與視覺
文化、中國「革命」概念史、近現代都市文學與印刷傳播、中國早期電
影史等。

蔡博方 臺北醫學大學醫學人文研究所助理教授，臺灣大學社會學博士。學術興
趣爲公民身分研究、社會理論、法律社會學與文化社會學。

馬曉月 （Mareike Ohlberg），海德堡大學漢學博士，博士論文分析1978年以來
中國對外宣傳體系的變革。畢業之後曾於哈佛大學的費正清中國研究中
心與世新大學的舍我紀念館進行博士後研究。

葉韋君 中央研究院近代史研究所博士後研究員，世新大學新聞系兼任助理教
授。學術興趣爲傳播社會學、傳播史、近現代報刊研究。

黃順星 世新大學舍我紀念館副研究員，學術專長爲媒介史、媒介文化、傳播
社會學。著有《記者的重量：臺灣政治新聞記者的想像與實作，1980-
2005》（巨流），榮獲2011年「曾虛白先生新聞學術著作獎」。

蕭旭智 世新大學舍我紀念館助理研究員，東海大學社會學博士。學術興趣爲文
化社會學、死亡與政治暴力、生命政治。

陳淑容 成功大學臺灣文學博士，現任中央研究院臺灣史研究所博士後研究員。
學術興趣爲臺灣文學史、報刊文藝研究，近來關注聲音與大衆政治。

王淑美　政大新聞學系副教授，興趣為臺灣日治時期傳播與社會的文化研究。曾發表相關文章包括："Taiwanese Baseball: a Story of Entangled Colonialism, Class, Ethnicity, and Nationalism"（2009, Journal of Sport and Social Issues, 33）；「媒體科技與現代性——回溯三零年代臺灣的廣播經驗與都會生活」（2016，新聞學研究，127期）；"Radio and Urban Rhythms in 1930s Colonial Taiwan"（已被接受，Historical Journal of Film, Radio and Television）等。

陳百齡　政治大學傳播學院教授，學術興趣為資料蒐集與呈現、認知在傳播的應用，以及地方家族研究。著有《石碑背後的家族故事：新竹近代社會家族研究》（新竹市文化局）。

林果顯　政治大學臺灣史研究所副教授，學術專長為戰後臺灣史、政治史，著有《中華文化復興運動推行委員會之研究（1966-1975）：統治正當性的建立與轉變》（稻鄉）、《1950年代臺灣國際觀的塑造：以黨政宣傳媒體和外來刊物為中心》（稻鄉）。

楊秀菁　國家教育研究院課程及教學研究中心助理研究員，著有《臺灣戒嚴時期的新聞管制政策》（稻鄉）。

邱家宜　世新大學傳播研究所博士，曾任《自立晚報》、《新新聞周刊》記者，現任卓越新聞獎基金會執行長，輔仁大學新傳系兼任助理教授。

解集——
傳媒與現代性序言

蕭旭智　蔡博方　黃順星

簡介這本「傳媒與現代性論文集」實在很難。

原本是「集」，就讓集成為一種鬆散的組合，等待個別讀者由於誤解，而在其中找到某種有機／有趣的關聯方式，是編者們最天真瀾漫的期待。然而既然成為集，即使再偶然與反諷，也未必能避談團結、迴避如何交集、趕集、集合、集錦，抑或集權？在此狗尾續貂，若是提供一種解集的方式，再好也不過如同不同語言中一大串客套、頭語、接尾語、敬語。不過只是為了說「Hi！你好！歡迎！」

論文共同特徵為史的向度，可惜此文之史未必彼文之史，文集內含複數的史，包括了新聞史、傳播史、思想史、體育史、文化史、社會史等等。論文目錄次序結合新聞史中時間、空間、政權、制度（化）與人物等約定俗成又直覺的安排。斷裂與綿延的軸線、切面分布在民國時期、日治臺灣以及戰後臺灣。空間上側重了北京、上海、台北。權力的來源包含政治、經濟、市場、消費、大眾、意識形態、軍事緊急狀態。制度（化）除了官方之外，亦及公共領域、宣傳部門、編輯部、黨派、集體意識與道德教訓。人物除了社交名流、明星、報人、知識份子之外，還有壓迫者的回歸，如政治受難者、白色恐怖受害者、女性、農民工。換個角度思考，本書作為新聞史研究論文集，除了研究支配與被壓迫文化的歷史之外，還有沒有尚未被發現或被排除的殘餘範疇或者正在萌發的新興文化？泛黃紙張、出土檔案、緊急狀態國家、口語文化、過時的電報勞動可以補充殘餘範

疇。而新興文化？抱歉，沒有新新聞。五十年前的舊聞老矣，難道就不足以語新。

　　或許這本論文集的意義除了集合世新大學舍我紀念館近幾年的研究發展之外，所謂的新意在於可以讓讀者繼續思考新聞史如何以多重組成的媒介史向度，繼續往前走。

　　例如，許多研究者把「晚清民初」的中文政論報刊，視為華文語境中首度確立「報刊」媒介的關鍵時期。然而，陳建華的「大報不敢、不便、不屑登的文字」展現出「小報公共性」的意義，而「小型報」更靈活地經營出大眾化的閱讀群體；馬曉月認為「宣傳」不僅只是翻譯了propaganda，不同階段的正面/負面指涉有哪些？蔡博方爬疏「好公民」意象如何從「旁觀者」、「貢獻者」轉為「知識者」？黃順星回顧1930年代的北平，跑跑跳跳的運動新聞又如何成為國家榮辱與民族興衰的媒介事件？

　　關於日治、殖民、現代性、媒介、社會生活、傳播等等重要問題，近年的臺灣研究中走向文化史、社會史的潮流。傳播史研究對我們展現了一個繽紛多樣的一九三〇年代的女性樣貌，王淑美幫我們描繪摩登女孩代表著因應社會變遷而產生的新類別、新的都市風景、街頭速寫的樣板人物。陳淑容筆下低吟口語傳統的形式上的文字與聲音所寄託的勞動者群像與處境，如何透過話語實踐抵抗資本主義，以及蕭旭智透過請願、怠工、身體、心理等指出早期資訊技術中鑲嵌的身體與勞動如何不滿足。

　　白色恐怖時期的新聞工作者，究竟是加害者或被害者？在責任歸屬上，又該如何判定區分？陳百齡展現了那個時代的模糊與兩難。楊秀菁回到更早的二二八事件，對臺灣新聞界造成人才的嚴重損失與斷層，而倖存的從業者，除了自我審查的精神壓力外，更必須面對新聞機構內部的政治與人事鬥爭。1950年後政府當局為因應兩次台海危機的戰爭狀況，所採行戰時新聞管制政策的起源、考量與影響，成為了國民黨在1950年代中期之後，林果顯認為，這是言論管制更趨集權的原因。邱家宜的論文，則是對徐復觀的《民主評論》這份刊物的內容、組成份子、人際網路作細緻的分析。

　　本論文集緣起於世新大學舍我紀念館於2015年舉辦的「傳媒與臺灣現代性」研討會。會中許多研究者發表精彩的研究，並於會後進行學術論文的雙匿名審查、修改等。經過一年的努力，本論文集收錄12篇新聞史相關的精彩文章。傳媒與臺灣現代性學術研討會，獲得科技部國內舉辦國際學術研討會補助（104-2916-I-128-001-A1）。文末向世新大學、舍我紀念館、科技部、五南圖書、館長周成蔭、副館長溫洽溢，以及羅曉南、翁秀琪、黃鈴媚、夏曉鵑等館務委員，蘭琪、純楨及協助匿名審查的委員們一併致謝。沒有各位師長幫忙，我們三人也無法稍息，就地解散。

名流消費與民國機制——
以陸小曼、徐志摩與1920年代末上海小報爲例[*]

陳建華

一、前言

　　在1920年代末上海，小報十分繁盛，據祝均宙統計，1926年7月北伐戰爭開始至1932年「一二八」淞滬戰爭爆發止，上海共出版各類小報715種（祝均宙，2010）。近來愈多的研究顯示了小報與民國社會與文化的重要關係。[1]有些地方其重要性更甚於大報。1928年5月，出任中國公學校長不久的胡適在日記中寫道：「上海的報紙都死了。被革命政府壓死了。只有幾個小報，偶然還說說老實話」（胡適，2001：110-113）。他再三提到《晶報》，即「小報」之一。林語堂在〈爲蚊報辯〉一文中指出：「大報失言論之責，故小報應運而生」，小報「說心坎裡的話，搔著癢處的話，由是而亂臣賊子懼」。用「春秋筆法」的典故，話就說得嚴重了。小報如蚊，聲音雖小，「然若成群結隊，其音亦可觀，亦可使大人先生睡不成寐也」（林語堂，1948：70-71）。胡、林有感而發，對於大報小報的關係頗富啓發。小報不可能取代大報，卻以挑戰壟斷的姿態另闢言路，如1919年創刊的《晶報》，標誌著小報的崛起，凡爲大報「不敢登」、「不

---

* 本文幸獲兩位匿名審閱學者提出寶貴意見，於此謹表謝忱。
1. 近年來上海小說受到學者關注，出版著作有李楠（2005）；孟兆臣（2005）；洪煜：（2007）；蔡登山：（2011）；連玲玲主編（2013）。

便登」、「不屑登」的文字，它都來者不拒。挖牆角要有空子可鑽，這也反映了大報與社會需求之間的脫節，小報應運而生，三日一刊，小型四版，形式上短小精悍，且講求趣味，圖文並茂，雅俗共賞，（包天笑，2014：419）遂爲市民大衆喜聞樂見，新的敘事空間由是迅速延展，而都市心態得以滋養和形塑。

關於徐志摩與陸小曼的愛情傳奇，我們耳熟能詳。1926年10月兩人在北京成婚之後移居上海，即成爲公衆人物，尤其是一些小報，如素有「四金剛」之稱的《晶報》、《金鋼鑽》、《福爾摩斯》和《羅賓漢》，另有《上海畫報》、《小日報》等，對他們的一言一行爭相報導。本文對這些小報的徐、陸敘事作考察，著重討論它們以社會「名流」爲中心的消費策略，涉及小報之間在價值體系、傳播功能與文化品級方面的差異，蘊含著各階層、社團和人際之間利益制約的遊戲規則、倫理價值和文化政治。而在新聞體或文學性敘事中，小報常通過「辭格」(trope)手法來描繪人物與編織圖像化情節，在明譬暗喻的修辭與臉譜化的敘事模式中，在造成聳動效應的同時滲透道德評判，這也是小報所含的「情感結構」特徵及其與都市心態相扣聯的關鍵所在。

二、《晶報》「名人表」在地視域

1922年3月30日《晶報》刊出「上海最近一百名人表」，《表例》列出六條。第一二條曰：「本表所列諸名人，破除階級，不分男女，不論職業年齡，但以現在上海有名者爲限」，「現任之官僚，現役之軍人，已嫁之妓女，雖顯弗錄」。此表署名爲「嬌波謹纂」，誰是作者難以確認，據例言中第五條，如果有人自覺爲名人而未列入表中的，「盡可開具事略，投函晶報，經記者審查合格，容匯刊續表，以彰盛名」。第六條曰：「晶報中人除外，以免標榜之嫌」。因此這個名人表應當出自《晶報》同人，可說是代表了報社的觀點。此一百人林林總總，這裡不擬細作分析，如對於「吃素人」、[2]「隔壁姐姐及其介弟」、「特

---

2. 「吃素人」姓名不詳，在小花園開女式鞋店，「貨如山積」，「日進斗金」，因此

別照會」之類，筆者大多難以辨認。如「楊麻子」下注解曰「凡吃花酒者皆識之」，說明表中「名人」不一定人人皆知。粗看之，李平書、虞洽卿、包達三、聶雲臺、簡照南等屬工商界，康有爲、鄭孝胥屬遺老，唐拾義、丁福保屬醫界，蔴皮金榮（即黃金榮）乃幫會大佬，宋漢章、勞敬修屬金融界，沈信卿、黃炎培屬教育界，陳獨秀、胡適之、戴季陶屬思想界，王正廷屬外交界，張一鵬屬法律界，老林黛玉、惜春老四、珍珠花屬妓界，王美玉、小黑姑娘屬演藝界，汪優游、麒麟童、張文豔屬戲劇界，任矜蘋、鄭正秋屬電影界，史量才、王鈍根屬報界，吳昌碩、鄭曼陀屬畫壇，周瘦鵑、徐半梅、天臺山農等屬文壇，當然這些人有的是跨行搭邊的。

這裡僅舉部分「名人」，雖然作者沒說明入選標準，卻包括各界人士，在地的和在世的。兩年後又「重修」了一次（嬌波重纂，1924），說原來的《表例》不變，被排除的包括亡故的老林黛玉、離開上海的胡適、已嫁人的珍珠花和張文豔。新補的有報界的嚴獨鶴和邵力子、電影的王漢倫和童星但二春、思想界的章太炎、黑道的張嘯林、戲劇界的洪深等。重修名人表引起討論，有的認爲新補的米希得博士屬於外國人，不宜列入，有的建議應當補入女文豪呂碧城、工商界的王一亭和禮拜六派文人暨創建家庭工業社的天虛我生等（嬌渡，1924；天爵，1924；一笑，1924）。值得注意的是，妓女惜春老四被除名，理由是「時代落伍者」，在前一個《表例》裡沒有提及這樣的標準。

總之這確是《晶報》製作的一座名人堂，含某種市民色彩的「社會」視域，比例上占多的是工商實業界，思想、教育界必不可少，而文人和演藝界大多是傳媒的寵兒，也是這一社會的權力機制的必要構件。有意思的是「現任之官僚，現役之軍人」排除在外，大約怕惹麻煩，卻凸現了市民社會的主體性。包天笑說小報的內容「當然以趣味爲中心，第一是不談政治，所謂國家大事，概不與聞」（包天笑，2014，417），事實上《晶報》上不乏有關北洋當局軍政要人的

上海人人知道他。見陳定山（1971：8-9）。

新聞，大多是被冷嘲熱諷的。另外凡列爲名人的不見得都是道德楷模，達不必賢，如《晶報》就揭露胡適吃花酒、諷刺外國醫生爲康有爲打「返老還童」的激素針藥等。通過這個名人表，《晶報》在承認和打造名人，也是小報在施展其特有的傳播力量，是提升其話語權的一種手段。所謂「名人」，作者和讀者似心知肚明，其實這些人廣爲人知，主要是媒體傳播的結果，如這個名人表之後附錄的「已死未久之上海名人表」裡，有閻瑞生和蓮英的名字。閻因爲謀殺了妓女王蓮英而被槍斃，新聞報導轟動一時，又被搬上舞臺、拍成電影，這兩人雖死，卻不妨礙在公眾記憶裡仍然是「名人」。

這份名人表不僅蘊含了《晶報》的社會視野，也是一種文化姿態，如例言聲稱的「破除階級，不分男女，不論職業年齡」，顯示了該報自覺作爲現代公共輿論建制而實踐某種社會公正的導向。這方面《晶報》較其他小報更爲高調，其居「四金剛」之首，不僅因爲資格老及其「腳編輯」余大雄善於拉稿，還因爲它擁有較爲豐厚的文化資本。鄭逸梅開列了《晶報》的「特約」撰稿人的名單，當然包括爲名人表所排除的《晶報》同人，近五十位文人畫師「當時都是頗有聲譽的，陣容是很強的」（鄭逸梅，1991：941）。其中除張丹斧、袁寒雲爲該報主筆外，包天笑與王蘊章早在清末就分別創辦了《小說時報》與《小說月報》，爲上海都市文學與文化的先驅。王鈍根創刊的《禮拜六》週刊風靡一時而影響深遠。嚴獨鶴、周瘦鵑分別主持《新聞報》和《申報》的文藝副刊，另如畢倚虹、徐卓呆、張春帆、何海鳴、馬二先生、胡寄塵、李涵秋、江紅蕉、姚民哀等自民初即從事大眾文化產業。在二〇年代都市文學雜誌再度勃興，王鈍根的《禮拜六》、包天笑的《星期》、周瘦鵑的《半月》和《紫羅蘭》、嚴獨鶴的《紅雜誌》和《紅玫瑰》，李涵秋的《快活》、江紅蕉的《家庭》、胡寄塵的《小說世界》、畢倚虹的《上海畫報》等一時並起，或前後相踵，展示了千姿百態的文學與文化風景，而這些作家爲各雜誌供稿，十分活躍。在這種情勢下，小報不啻另闢空間，似爲他們的文學剩餘精力提供了揮發之處。

在文學史上這些作家是向來被貼上「舊派」或「鴛鴦蝴蝶派」的標籤，不過

他們自己也不加以否認。儘管新文學運動正在長足進展，《晶報》與其他小報均以文言爲主，且不採用新式標點，不無抵制之意。或許因爲小報要求精悍，文言的使用更得到強化，同時也朝通俗靈便的方向發展。對這些作家筆者有過論述，其中不少出自南社，他們佔據著民初印刷傳媒之要津，文化身份較爲鮮明，在思想上淵源於清末的「國粹」思潮，政治上擁護共和憲政，在袁世凱稱帝、張勳復辟等政治危機中他們轉向文化生產實業，以出版與寫作爲專業，一面順從大眾欲望，一面從事社會改良與大眾啓蒙。如這份名人表的「破除階級，不分男女」所蘊含的，儘管國事紛亂，時局動盪，但對於共和憲政並未失去信心，仍在堅持某種民主、平權的信念。

這也是我們觀察《晶報》等小報的一個表徵，如其揭露黃金榮納妾、康有爲和胡適的隱私，在滿足大眾窺私欲與促銷報紙之時，實即起了監督「名人」的作用。「監督」或是這類小報的最主要的社會功能，其涵蓋面更爲深廣。在半殖民上海經濟秩序與社會結構處於相對自由與穩定發展的條件下，小報運作於這一秩序與結構之中，雖然其中有攻訐造謠、挑戰甚至顛覆主流價值，但無不在維護或受制於這一秩序與結構，而在相互激烈競爭之中監督功能呈現更爲尖銳的形式。即使對於如日中天的蔣介石，從這類小報可見他的婚姻秘辛的披露，雖然是有分寸的，而經常有關大報、大出版社的內部人事變動及交易運作的報導，所觸及的往往屬於秩序與結構中機制性問題。在這方面《晶報》盯住大報，《金鋼鑽》、《羅賓漢》和《福爾摩斯》則盯住《晶報》，那怕細如指出某大報使用鉛字尺寸不當等，層層監督訴諸公眾輿論，滲透著知識、社會公平和道德的理性評判基準，也含有各類資本，從經濟、象徵到文化資本的等階差異，從而形成小報系統的複雜權力結構。

二〇年代小報基本上屬「舊派」地盤，共同分享新舊兼備的文化方針。論者指出清末的「國粹」思想並非意味著抱殘守缺，而旨在立足於本土文化融會世

界現代文明，造成自身傳統的內在轉換。[3]二〇年代中由舊派文人主宰的文學雜誌、副刊及小報仍然貫穿著這樣的國粹精神，而傳統與現代之間的衝突、協商與融合處處在是。最明顯的莫過於文言與白話並用，文言負載著中國的歷史文化，從秦瓦漢玉、唐詩宋詞到文人與名花美人的風流餘韻。如果說守舊是一種集體無意識，那麼與維新是一個銅板的兩面，色譜中也有濃淡深淺，難能一概而論，如丁悚的〈中西醫生之比較觀〉一圖，畫一西醫出診坐汽車，一中醫坐轎子，題曰：「誰遲誰疾，望塵莫及；醫人且然，何況醫國」（丁悚，1919a）。這與新文化論調沒什麼兩樣，然而也有人把「國粹」等同於「國貨」，顯出強烈的民族情緒，其實也是小報的在地文化政治的一種表現。

處於話語的商戰中，舊派作者必須與讀者、商業機制合謀。他們賣文為生，不像五四諸公們另有教育與文化資本，而小報的生命取決於合謀方式，即文化生產能否產生富於潛力和活力的社會意義。因此很大程度上小報是推動都市現代化的部件，是情感和文化的潤滑劑。在丁悚〈中國女子的之昔觀〉的系列插畫中，有一幅是一個穿高跟鞋的時髦女子，在大街上昂首闊步，和從前哭哭啼啼的女子形成強烈對照（丁悚，1919b）。在這裡現存秩序被合法化，誰也不願回到過去。舊派一般都是建制派，即使將新事物妖魔化，也常是針對物欲橫流之類的現象，企圖以某些傳統價值對現代性起制衡作用，或對現代國民起規訓作用。某種意義上五四新文化大約是屬於青年的，激情澎湃一往無前，而舊派追求穩定，具有老成的性格，這和中產階級的都市願景是一致的。

在性別問題上，小報的新舊雜陳不免弔詭，畢竟辦報撰稿的多為男性。一方面支持女性的公共性，另一方面則大力推動賢妻良母的「小家庭」議程，在女性內外不同角色的區別上含有某種雙重道德標準。上述名人表中有十餘位女性，

---

3. 參Tze-ki Hon（2013）；另參見林香伶（2013）。鄭師渠（1997：2）指出，晚清國粹派不是「封建」、「保守」，而是「資產階級民主革命思潮在傳統的學術文化領域的延伸」。

其中「愛夫愛夫」指FF女士，大名鼎鼎的交際明星殷明珠。她被《半月》雜誌形容爲「剪髮易西裝，爲解放女子」，[4]能駕汽車、游泳、騎馬，與異性自由交往，一副好萊塢女明星做派。就在名人表發佈之前兩個月，由殷明珠主演的《海誓》一片在夏令配克影戲院上映，轟動一時。《晶報》把她列爲名人，乃打造時尚之舉。另外名人表收入老林黛玉等妓女，也是肯定女性走向社會的表示。舊派樂於爲妓女作廣告，不僅與她們惺惺相惜，也體現了自由貿易的商業法則。名人表中「已嫁之妓女，遂顯弗錄」的表述耐人尋味，即女既已從良，就不能隨便拋頭露面，似乎也不再具消費價值了。

三、《上海畫報》：徐志摩與陸小曼

陸小曼與徐志摩一見傾心，各自離婚再婚，在北京已鬧得沸沸揚揚。小曼本來就是交際界明星，自然成爲媒體焦點。1926年10月、11月《北洋畫報》先後在頭版刊出她的照片，標題爲「徐志摩先生之新夫人，交際大家陸小曼女士」。一爲側面頭像，髮際一朵大花，似煙花綻放。另一爲半身像，倚窗回首一臉稚氣。幾乎同時《上海畫報》上刊出寄自北京的〈徐志摩再婚記〉一文，說「鼎鼎大名自命詩聖的徐志摩先生」和「也是鼎鼎大名聲震京津的陸小曼女士」如何各自經歷了婚姻破裂，最後說：「從此徐先生無妻而有妻，陸女士離夫卻有夫。眞是一時佳話，多麼可喜。」（金人，1926）此文打情罵俏，介紹了兩人在京中的名氣。稍後又有從京中寄來〈陸小曼婚史又一頁〉，說「徐陸訂婚，大受任公教訓，早已傳遍京滬」，即指梁啓超給兩人主持婚禮時所作的訓斥，又說做過財務部司長的趙椿年，與他太太一向喜歡陸小曼，認她爲乾女兒。趙參加了徐陸的婚禮，回家卻給夫人臭罵了一通，她說「王賡也是小曼自己看中的，現在另婚徐姓，似此不顧羞恥，何喜可賀！」（潛龍，1927）遂聲稱與小曼斷交。小報嚼舌繪聲繪色，頗能烘托氣氛，也可見兩人所受的社會壓力，尤其是女性，而此文聚

---

4. 參陳建華（2009：296）。

焦於陸小曼，對她是有點殺傷力的。

創始於1925年5月的《上海畫報》引領了二〇年代的「畫報潮」，主編畢倚虹，後由錢芥塵接手，格式模仿《晶報》，三日刊，每刊四版，版面幾乎大一倍，社會視域較為開闊。如稱胡適為「文學叛徒」、劉海粟為「藝術叛徒」（上海畫報，1925），對這兩位的持續追捧，不無選擇地對新思潮表示善意，如創刊號上刊出劉海粟的美術學校裡學生們對著女模特兒寫生的照片（芸生，1925），在當時屬大膽之舉，此後不斷刊出女性模特兒或裸體照片，模糊了美術與商業的邊界。同時不時展示袁寒雲的書法條幅，常是為妓女寫的，以示其文采風流，不愧是袁世凱的二公子，由是新舊兼備，造成奇異的拼貼。每期由「怪才」張丹翁做一首歪詩，與攝影記者黃梅生專以「捧角」為務，通常對女性，從大家閨秀、演藝明星、社會名媛到妓女，可謂一視同仁。她們的照相在每期頭版上，是畫報的一大景觀，也是民初「共和」觀念的流風餘緒。該報的最大特色是追蹤當地各界名人，三教九流無所不包，諸如舞女、伶人、影星、畫家、妓女、黑道大佬、運動健將等，包括街頭測字的，或如胡適送親友去美國留學等。這些也在周瘦鵑幾乎每期的專稿中得到反映，他像一個文化記者，跑遍上海的角角落落，搜羅文化新聞。這份畫報展示了「大革命」前後上海萬花筒般的都市景觀以及「海派」文化新潮，甚有看頭（周瘦鵑著／陳建華編，2011）。

徐志摩與陸小曼開始在《上海畫報》上亮相。11月15日有周瘦鵑〈花間雅宴記〉一文，記述了日本畫家橋本關雪訪滬，某名流設宴款待。周氏剛就座，就聽到有陌生女子叫他，頗覺窘愕，原來是「江小鶼惡作劇，一紙花符，遂破我十年之戒矣。」一般的詩酒文宴有召妓的節目，滬上的放達風流可見一斑。文章寫到：「中座一美少年，與一麗人並坐，似夫也婦者，則新詩人徐志摩與其新夫人陸小曼女士也。」席間有劉海粟、余大雄、江紅蕉、潘天授等人。該文配有橋本即興為徐陸畫的兩小幅頭像速寫。陸小曼正式登場，是在半年之後。1927年6月6日《上海畫報》「二周年紀念號」上刊出其大幅照片，題為「陸小曼女士（徐志摩君之夫人）」。兩手托腮，面帶微笑，髮際簪一朵花，一派名媛風範，清秀典

雅而不失嫵媚。這位來自「北方」的「名媛領袖」，似給久饜浮華的洋場吹來了一股清新之風。

然而《上海畫報》對她的捧場迅速升溫，一個多月之後她的頭像又上頭版，標題爲「北方交際界名媛領袖陸小曼女士」，介紹她：「芳姿秀美，執都門交際界名媛牛耳。擅長中西文學，兼善京劇昆曲，清歌一曲，令人神往。」（上海畫報，1927b）實際上這一期是「婦女慰勞會遊藝會特刊」，預告將在中央大戲院開遊藝會，海上名媛將登臺表演節目，慰問北伐「前敵將士」。其時蔣介石在南京建立了新政府，此「上海婦女慰勞前敵兵士會」由親蔣的高官郭泰祺、白崇禧、何應欽、伍朝樞等的夫人們倡議組織，加入此會的皆爲滬上貴夫人與大家閨秀，對此南京總司令部表示嘉獎。《上海畫報》不失時機地爲之製作「特刊」，記者黃梅生作深度報導，好不容易拍到這些夫人的照片，在特刊上一一曝光。這反映了上海擁蔣的情況，對畫報來說也屬一種不乏愛國之情的政治投資，它在這方面是有傳統的，當畫報開辦時，恰逢「五卅」事件，於是大事報導，銷量激增。

在此特刊上陸小曼出足風頭，另一位唐瑛女士在上海交際界素有「南斗星」之稱，也是婦女慰勞會的主幹，其照片卻被刊在第四版。張丹翁專爲特刊作《鬥嬋娟》一詞：「金陵定下新都了，江南江北重造。前鋒努力各青年，信戰功非小。演名劇後防慰勞，登場盡是傾城貌。民衆俱同志，問眼福何人不飽，唱萬聲好。　　請看淑女名媛，倩妝眉樣，雲裳新月誰妙？休嗟影子瞥驚鴻，全寫梅生照。有幾許千金玩票，故應值得刊專號。這一日道林紙，買貴上海，一家畫報。」張氏一改平日犬儒作風，爲新政權歌功頌德起來，當然也是畫報的某種表態。

由此可見陸小曼來上海之後，積極參與公共活動，迅速融入上層社會，其社交手腕甚是了得。8月3日畫報又出「婦女慰勞前敵兵士會特刊」，頭版又見小曼照片，稱她爲「婦女慰勞會劇藝主幹」。同日還刊出《思凡》和江小鶼合演《汾河灣》的照片。畫報大約發現了一個難得的「新女性」典範：既有衝決羅網、追求個人幸福的勇氣，而且又醉心於傳統文藝，虛心好學。她演《玉堂春》，學程豔秋（即程硯秋）唱腔，學書學畫都有板有眼。上海灘的時髦名媛淑女何止少

數，但畫報以「風流儒雅」來形容陸小曼，或如另一份鴛蝴小報《聯益之友》稱她為「擅來才藝兼新舊，豔絕頭銜交際花」，[5] 確非一般交際明星所能比肩。事實上《上海畫報》刻意把陸打造成公眾偶像，兩三年裡她的相片見諸頭版達十多次，固是非同尋常，不過那些畫報上的照片，與一般標準頭像不同，都具情調與個性，富於藝術氣息。就在這期8月3日的特刊上，陸的照片一反其清秀形象，身穿毛皮大衣，珠光寶氣，胸前掩一扇面，宛似王爾德名劇《少奶奶的扇子》中的主人公。1926年劉別謙的同名電影上映之後，次年洪深把此劇本改編成話劇，連續在上海演出，成為熱門話題。婦女慰勞會在中央大戲院確實演出《少奶奶的扇子》，女主角由唐瑛擔任，所以這一照片是否有意別苗頭不得而知，它又刊於9月《良友》畫報的封面，這番洋氣打扮似不止是善翻花樣而已。

徐陸的結合驚世駭俗，帶有新文化的衝決性，看上去上海對兩人夠開放，感覺上終究有所緊張。《上海畫報》一再刊出陸小曼的書法、詩詞，以「旗裝」或「戲裝」現身，稱她「風流儒雅」，似有意給她披上傳統文化的繡袍，無形中在消解她的新文化成分，但陸不是那麼易於規馴的。1928年4月31日有她的〈請看小蘭芬的三天好戲〉一篇短文，極力推獎京劇演員小蘭芬，就女子演戲提出「女子職業是當代一個大問題」，批評過去對於伶人的成見，所謂「唱戲應分是一種極正當的職業，女子中不少有劇藝天才的人」，且主張戲中旦角應當由女子來演，稱道「今年上海各大舞臺居然能做到男女合演，已然是一種進步。同時女子唱戲的本領，也實在是一天強似一天了。……我敢預言在五十年以後，我們再也看不見梅蘭芳、程豔秋一等人，旦角天然是應得女性擔任，這是沒有疑義的。」此文以流利白話寫就，那種女性本位立場與當仁不讓的口氣，透露出她的骨子裡還是很「五四」的。

來到上海，陸小曼如魚得水，而徐志摩如脫淵之魚。難怪他要往北平跑，據

---

5. 陸小曼之照（聯益之友，1929）。此為旬刊，圖文並重，為鄭逸梅、趙眠雲主編，具蘇州星社同仁性質。

說陸小曼花銷大，他不得不去兼課，或說另有人讓他牽腸掛肚，不過從地緣差異來說，徐的「詩聖」向受北平的校園文化灌溉，而上海小報對「名人」有興趣，仍有消費價值，常把他拿來取笑，如《羅賓漢》上〈徐志摩錯認高百歲〉一文對徐的近視眼加以挖苦，所謂「徐志摩長於才，而短於視」（彼得，1927），是否有弦外之音就見仁見智了。張丹翁的〈戲詠詩人徐志摩先生鼻〉一詩中有「守宅充門鑰，登床代帳鉤；准開新月好，並不觸霉頭」等句（丹翁，1928），把他的鼻子比作門上鎖、帳上鉤，戲謔打趣中涉及閨房私密，不脫小報窺秘特性。「新月」當與徐志摩、聞一多等人創辦新月書店有關，「准開」意謂登記時未遇到麻煩，示祝賀之意。別看張丹翁是個小報人，什麼事都不放過，說他是怪人，實在是精怪。

徐陸在上海，傳統的性別關係好像顛倒了過來。陸演《玉堂春》，徐也串紅袍一角，被譏笑「臺步如機械人」（瘦鵑，1927b）。徐不會演戲，因為小曼而登臺，臺上顯得木訥，但上海人大約是喜歡這樣做丈夫的。在公眾目光裡，徐志摩成了夫人的陪襯，而陸小曼也無意扮演一個傳統婦女的角色，就在同一期有一幅她的書法，是寫了送給黃梅生的：「古澗一枝梅，免被園林鎖。路遠山深不怕寒，似共春相起。　幽思有誰知？托契都難可。獨自風流獨自香，明月來尋我」。詩中表達作者個性強烈，然而這不免令人納悶：既和徐志摩愛得死去活來，且新婚一年多，這裡說「幽思有誰知？托契都難可」，卻看不到徐的影子。如後來發生所證實的，小曼這首詩並非無病呻吟，卻是兩人情感危機的徵兆。

四、雲裳公司與小報檔次

1927年8月7日雲裳公司開幕，傳為滬上盛事。《申報》頭版刊出其開張廣告曰：

要穿最漂亮的衣服

到雲裳去

要想最有意識的衣服

> 到雲裳去
>
> 要想最精美的打扮
>
> 到雲裳去
>
> 要個性最分明的式樣
>
> 到雲裳去
>
> 雲裳是上海唯一的婦女服裝公司，特聘藝術圖案刷染縫靭名師，承辦社交喜事跳舞家常旅行劇藝電影種種新異服裝、鞋帽等件及一切裝飾品，定價公道，出品快捷，特設試衣室、化粧室，美麗舒適，得未曾有。定於今日開幕，敬請參觀。

此廣告措辭具精英色彩，一派開創時尚潮流的氣概，用徐志摩式的白話，「到雲裳去」套用了田漢的「到民間去」的口號。「雲裳」兩字採用篆書字體，為名畫家吳湖帆所題，文字下方似logo的圖案，一朵祥雲托起一朵蓮花，整個設計極富創意，非同凡響。公司座落在卡德路南京路口（今上海電視臺附近），與邵洵美的「金屋書店」遙遙相對。雲裳公司由留法畫家江小鶼擔任美術設計，和徐志摩、陸小曼、張禹九、宋春舫等都屬發起人，資金方面以集股方式，如周瘦鵑被推為董事，胡適擔任藝術顧問，應當說都是認了股的。

北伐前後的上海，隨著國共政黨政治的分合起落，知識界空前躁動，激遽分化重組，魯迅等左傾，具有國際主義背景，試圖從外面牽制國民黨，或顛覆現存秩序；徐志摩、胡適等創辦《新月》雜誌則從建制立場批評國民黨黨治，結果被明令停刊。在北伐革命的反帝反封建的鼓舞下，歐美、日本的現代主義文藝思潮與蘇聯式的無產階級文學一時並起，爭勝鬥強。此時上海的消費文化也呈現一派繁華景象。1926年第四大百貨店新新公司、專售婦女用品的綺華公司相繼開業，就婦女時裝而言新潮迭出。在這樣的脈絡中來看雲裳公司及徐、陸所扮演的角色，對於新舊文人的合流意味深長。

7月12日《上海畫報》對雲裳的開幕作整版報導，稱徐陸為「雲裳公司發起

人」，除兩人合影外，還有多幅照片。由〈楊貴妃來滬記〉一文介紹，雲裳洋名爲「阿透利挨楊貴妃」（Atelier Yangkweifei）。阿透利挨指公司的藝術製作室。該文說明雲裳公司「以後進行的方法：（一）採取世界最流行的裝束，參以中國習慣；（二）材料儘量採用國貨，以外貨爲輔助品；（三）定價力求低廉，以期普及。」比方說，展示品有一件藍士布的西式衣，頸項中圍了白網，在下面一只秋葉式小袋，袋裡放著一方小絹巾。而這件衣服，標價十元（行雲、成言，1927）。另在周瘦鵑〈雲裳碎錦錄〉一文中也說到「雲裳之新計畫：雲裳所制衣，不止舞衣與參與一切宴會音樂會等之裝束，今後更將致力於家常服用之衣，旗衫短衫與長短半臂等，無不俱備」。這些是今後的計畫，要刻意表明「雲裳的宗旨在『新』，不在『費』」（瘦鵑，1927a），已慮及一般市民消費能力的問題，實際上這一點——下文要講到，正成爲小報爭論的焦點。然而從開幕幾天的顧客來看，都有頭有臉，包括電影明星、名妓、張嘯林夫人、杜月笙夫人等闊太太，三天裡做了兩千多塊錢的生意，不包括訂製在內，因此雲裳畢竟是個高檔時裝店。有趣的是，同時《北洋畫報》也報導了公司的開幕及刊出兩人合照，並說上海各報刊登的照片「皆不眞切，徐夫人尤不酷肖」（北洋畫報，1927），彷彿在自詡其印刷的精良。

《上海畫報》對雲裳公司的推轂不遺餘力，不時刊出由雲裳設計的服裝的明星照片，陸小曼、唐瑛自不消說，如四大名旦之一的尚小雲、名妓雅秋五娘等。張丹翁盡其捧角之能事，如〈捧雲裳〉一詩：「上有天堂，下有蘇杭，蘇杭中心，是曰申江。／第一美術，卻在誰方？到雲裳去，去到雲裳。／第一美人，又在誰行？不曰唐陸，即曰陸唐。／載吾畫報，炯炯有光，清眞絕調，衣染鴛『黃』」（丹翁，1927a）。所謂「載吾畫報，炯炯有光」，雲裳爲畫報提供了絕佳的素材，也意味著品味／位的提升，儘管張丹翁心心在念的不外乎吸引讀者眼球的「美人」，又如〈審美〉：「天下之美人，見說江南萃，江南之美人，獨數雲裳最。」（丹翁，1927b）從都市文化的視角看，自民初以來鴛蝴派「消閒」文學便在努力打造中產階級的都市夢，而雲裳公司的出現，如徐志摩、陸小

曼等人的新文化的介入，使這一中產階級消費文化走向成熟的形態。把楊貴妃作為雲裳的洋名不僅蘊含著上海亦中亦西的洋涇濱文化特徵，尤其在二十年代末更是大眾文化的消費指符，如梅蘭芳的《太眞外傳》、但杜宇的電影《楊貴妃》等，皆風靡一時，或如楊貴妃「出浴」之類的圖像早已流播於各種印刷傳媒，更具情色想像。的確雲裳給都市文化帶來新的契機，將創意、審美與商機融於一爐，如《上海畫報》上「汽車展覽會中之雲裳公司之新裝表演」的照片所示（梅生，1927b），或可視作今日大陸「車模」的原型，卻不失優雅範兒。或如《上海漫畫》創刊於1928年初，主編葉淺予顯然受到雲裳的啓發，爲之作了許多具廣告性質的服裝設計圖，在該畫報上刊出。

我們來看其他小報的情況。在《晶報》上林屋山人作了好幾首以「雲裳」爲題的詞，其中「雲裳織造都良，生出異彩奇光；上爲文明之導，下爲美術之倡」（林屋山人，1927）。此溢美之語也可視作《晶報》對雲裳的基本態度，與《上海畫報》一致口徑。事實上在8月3日刊出小報告一則，謂雲裳本打算在七巧日開幕，但因爲唐瑛等人忙於慰勞會演出，不得不推遲。還抖料說：「公司之請客帖，均託小蝶在家庭工業社噴香水，亦需時間」。開幕前一日有江紅蕉〈江小鶼與銀兒〉一文，題目香豔，其實說「三兄」江小鶼平時喜歡養貓畫貓，所鍾愛的「銀兒」是個小白貓，又說到如「比爲雲裳新裝公司經營衣飾，別出心裁」等語，不無廣告之意。《晶報》對雲裳的開幕的報導，刊出兩幀照片，〈雲裳中之大大銀兒〉一文頗有趣，因爲江小鶼連日忙於公司開張，無暇顧及銀兒，白貓不幸死了。而「大大」則集中在徐陸身上，說此爲英文darling之諧音，乃兩人在閨房的昵稱。下一期中有〈大大大大〉一文，繼續把此昵稱調侃了一番。雖然不像《上海畫報》那麼大張旗鼓，對於雲裳持樂觀其成的態度。

然而其他幾個小報則截然不同。在八、九兩月中《金鋼鑽》、《福爾摩斯》和《羅賓漢》對雲裳輪番圍攻。《福爾摩斯》首先發難，雲裳開幕第三日，刊登趙子龍〈所望於雲裳公司者〉一文：

目下中國，民生凋敝，遍地莩符，衣食時虞不繼者，觸目皆是。
有識之士，莫不中心惴惴，惟恐生計之不能維持。滬上繁華，為全國
冠，賴洋人之保障，咸視為桃源樂土，窮奢極欲，絕不知生活之艱
難。往往一衣之費，動輒數十百金，爭奇鬥豔，見者目眩。一般縫衣
匠日夜推敲，猶虞不合時新，於是乃有留歐碩彥，藝術名家，應時世
之要求，逞畫龍之能手，聯大家之閨秀，合資經商，雲裳公司，遂告
成立。預料今後十里洋場中，婦女服裝之奢華，更當日進無疆矣。記
者生性頑固，對於此種美舉（？），始終認為提倡奢侈之怪異，所惜
人微言輕，無力出而禁止，不得已作退一步想，深望雲裳公司諸大老
闆，能稍顧國情，略循公意，竭力採用國貨衣料，毋專推銷東洋貨，
則或可藉諸大藝術家之提攜，挽回少許利權，是記者所厚望也（趙子
龍，1927）。

此文指責雲裳公司助長奢侈之風，在民生艱難之時，此風不可長。但是作者
自覺無力反對，於是退一步要求使用「國貨」，且所謂「竭力」、「毋專推銷」
等語，說明這要求還是較為節制的。應注意文中的「國情」、「公意」須聯繫到
當時的上海，正受北伐的鼓舞而愛國情緒高漲，報紙上日逐以「打倒帝國主義」
作為標語，國民黨也許諾要收回民族利權。就在雲裳見世之時，國民黨部與上海
商團聯合舉辦「國貨大會」，因此《福爾摩斯》對雲裳的指責並非空穴來風。兩
天後《羅賓漢》刊出千盦〈為雲裳公司進一言〉一文，顯然是跟進之作。在預言
雲裳將占據婦女服裝界的龍頭地位之後，從「國際風俗」著眼，「故深望該公
司，於服裝之式樣，及所繪之花色，務求雅觀舒適華美合宜，勿過事奇詭，風化
一層尤宜注意及之，並望盡力從倡國貨，為各界之先聲」。這是針對「奢侈」的
另一種提法，與《福爾摩斯》一樣，也要求使用「國貨」。最後說：「所謂穿衣
問題，亦三民主義中民生主義之重要問題，若該公司而能使穿衣問題先行解決，
則實具偉大之功績矣」（千盦，1927）。搬出「三民主義」，更顯得政治正確，
但所謂先要講解決「穿衣問題」則在對雲裳公司的責問中，含有為誰服務的問題。

　　對於這一點《福爾摩斯》即有回應，數日後發表〈提倡奢侈與男女服裝〉一文，所謂「國貨，今日人人所提倡也；奢侈，今日人人所反對也」，表明其「愛國」立場。文章說在男女服裝所用衣料方面，社會上皆用舶來貨，如男子喜歡用人造絲織品爲衣料，中國的絲織品的銷售一落千丈。說到女子「愛國布一種，實挽回利權之一，然穿愛國布者，除少數女學生外，多貧民階級中人。有錢之家，亦如男子之穿嗶嘰人造絲織品也。至所謂交際之花，電影明星，則所穿皆不中不西，燦爛眩目，幾無一非極貴之舶來衣料，一衣之費，幾數十百金，此又提倡奢侈之風者已。」在二十年代末的思想舞臺上，社會主義等左傾思潮也相當流行，與起初聯俄容共的北伐革命不無瓜葛，還好此文以民族主義爲主導，與「階級」鬥爭擦邊而過。作者呼籲：「當此之時，凡有愛國心者，宜如何設法矯正，俾不流於奢靡淫惡，挽回利權之萬一」。然而最後掉轉槍口：「若推波助瀾，質料惟尙新奇，式樣專求詭異，布衣一襲，貴勝綢衣，而復號於眾曰，是某藝術家之最新圖案也，是交際之花之自出心裁也，是直推銷外貨，提倡奢侈而已，於愛國乎何有？」（儉德，1927）原來這篇文章的根本打擊目標還是雲裳公司。

　　「藝術家」和「交際花」，當然非江小鶼、徐志摩、陸小曼、唐瑛莫屬。「於愛國乎何有？」他們被指控爲不愛國，倒過來說得極端點，就是「賣國」。正如《金鋼鑽》報一直在刊登的一條口號「中國人吸外國香煙的就是賣國賊」，就表達了這個邏輯。這麼攻擊聳人聽聞，不過是紙上戰爭，與政治上扣帽子不可同日而語。《金鋼鑽》也加入反雲裳的合唱，在《藝術界之五毒》中，說某人十年前是個在新劇社裡的小混混，後來自費出洋學習繪畫，回來之後「居然以美術家自命，近忽發財心切，糾合交際之名某女士等，開一裁衣店，專爲婦女規劃妖豔新奇之裝束，美其名曰新妝公司」，明眼人一看就知這篇文章講的是江小鶼。所謂「藝術界之五毒」指藝術界中五種敗類，江小鶼屬於其中一類。此文不僅以「起底」來羞辱江，更指後面的「交際」名流，這個「裁衣店」即已被炒得轟轟烈烈的雲裳公司，所以文章最後說：「海上婦女，本極奢靡，一衫一履，往往靡巨金不惜，自有新妝公司出，而街上婦女奢靡之風，特十百倍於曩日矣」（禹

鼎，1927）。這就在重複《福爾摩斯》和《羅賓漢》的論調了。

咬住雲裳公司不放的是《福爾摩斯》和《羅賓漢》，互相呼應，此起彼伏，如〈休矣藝術家〉和〈提倡奢侈之背景〉兩文（綠衣，1927；虎伯，1927），都把雲裳公司安上提倡「奢侈」的罪名，共同指斥主其事的乃無「心肝」者、「社會罪人」。兩者側重點不一樣，好像都在維護社會的穩定秩序，卻表現出某種舊文化立場。前文諷刺江小鶼從海外歸來「竊以美術家之幌子，借重交際花之招牌」，而提倡服裝美只能使奢靡不正之風愈演愈烈，最後爲江表示惋惜：「何事不可爲，而必欲爲一成衣匠之藝術家乎？請撫心自問，有功於社會乎，抑有罪於社會乎？苟此美術家而稍具心肝者，則當如何以自處也」。這裡對「成衣匠」、包括對「交際花」的鄙視，反映出傳統士大夫思想。後面一文說，離婚現象跟「女子浸染奢侈」有關，「女子之服裝日新月異，一襲之代價，動輒百數十金」，男子負擔不起，只能自動要求離異。奢侈的結果拆散鴛鴦、敗毀家庭，更有甚者造成種種社會慘劇，「苟以提倡奢侈爲事，且助同其鼓吹者，不知具何心肝，誠社會之罪人也」。其實此文也等於將奢侈、離婚都怪罪於女子，都是因爲她們喜歡打扮。

其實這些小報不老彈「愛國」大道理，通常抓住具故事性的細節，運用種種含沙射影、借題發揮等手法，甚至不乏奇談怪論地來表示反對的姿態。如〈羅賓漢報告〉說雲裳公司開幕日借隔壁空屋佈置茶點招待客人，不料爲新屋主人得知，將所有椅桌封鎖，並向雲裳交涉，要代付一月房租，雲裳不得不與之溝通。在對雲裳開幕的一片叫好聲裡，這豆腐乾見方的「報告」意在煞風景。或如〈瞥見〉：「法國公園中，瞥見一少女，短衣窄袖，作唐瑛裝。一少婦，長裙革履，作小曼裝。一人高鼻，如詩人志摩；一人垢面，如畫家小鶼。見者皆不識伊誰，後詳細調查，即唐瑛、小曼、志摩、小鶼，所穿之服裝，乃雲裳公司新繡品也」（靡麗，1927）。寥寥數語如驚鴻一瞥，和讀者一起窺見名流的影蹤，而文章署名爲「靡麗」，即含評判之意。

粗看之下，對於雲裳公司小報中間形成兩個系統。《上海畫報》和《晶報》

屬於補臺派，而《福爾摩斯》、《羅賓漢》和《金鋼鑽》是拆臺的。其實不僅在雲裳問題上，互相角鬥的陣勢早已形成。《金鋼鑽》報創刊於1923年10月18日，發起者陸澹盦、施濟群等人曾被《晶報》罵過，因而要辦報出口氣，和《晶報》打筆戰就有了自己的地盤，取名為「金鋼鑽」，意謂「以鑽刻晶」，比水晶更尖利。這還是屬表面的，再深一層說，小報多如牛毛，同處於競爭場域，各有各的圈子，受到資本、人脈、經營策略、文化方針等方面的條件限制。像《晶報》資格老，人脈廣，實力厚，如袁寒雲、張丹翁、包天笑、周瘦鵑等大咖也是《上海畫報》和《申報自由談》的主要作者，自然對於雲裳公司的態度是一致的。換言之，他們占據小報傳媒的主流，對社會現狀及「名流」有更多的認同感。相對來說像《金鋼鑽》、《福爾摩斯》和《羅賓漢》處於下風，圈子不同，況是後起的，要搶地盤、搶讀者，不得不走偏鋒、出奇招，對抗和挑戰也常常是有效的競爭策略。

《福爾摩斯》創刊於1926年7月3日，主持者吳微雨、胡雄飛、姚吉光等幾乎全是新面孔，頗有當初《晶報》的大膽作風，「什麼都要揭發，以致糾紛交涉，對簿公堂，那是常有的事。被涉及的人往往控告該報，致屢被罰款。可是每發生一次交涉，或者吃一次官司，他們都把它公諸報端，希望獲得社會人士的公允評判」（鄭逸梅，1991：945）。《羅賓漢》創刊於1926年12月8日，主編周世勳與朱瘦菊在電影界屬元老輩，該報主要刊登演藝圈的新聞。在經營策略上《羅賓漢》明確與《福爾摩斯》結盟，1927年元旦刊出〈小報的派別〉一文，說《晶報》因為牌子老，一般小報多效法之，不過現在的《晶報》「沉悶已極，多敷衍空文」，而最受社會歡迎的是講求實事求是的《福爾摩斯》，由是自命為「福爾摩斯派」（麗花，1927）。的確在攻擊雲裳公司方面可見它對《福爾摩斯》亦步亦趨的樣態。

1927年9月9日《晶報》刊出包天笑〈到雲裳去〉一文，說他錯過了雲裳公司的開幕典禮，那天偶然經過該公司，進去參觀了一番，並對樓上樓下各個部門一一加以介紹。江小鶼對他說，公司業務不錯，但資金周轉不靈，考慮擴大股

份，但是「雅不欲大資本家入股，大資本家長袖善舞，彼一舉手，甚願我輩同志者，共集腋以成裘也」。於是包氏議論說：

> 試思上海繁華之區，一二成衣之匠，略有新思想，即不難致富，其實此為不學之徒耳。今集多數之審美家藝術家，以創此業，安可與之相挈乎？且衣本章身之具，人同愛美之心，明乎社會心理學者，知非可以強事阻遏。今以雲裳公司為提倡奢侈者，是昧於時勢之言。依我之所謂侈者，則異乎是。裹嫫母以金珠，披無鹽以羅綺，始謂之侈。輕裾麗眼，不屬於美人者，又將誰屬耶？我非袒雲裳，中國而日進於文明之域，宜有此組織也。（釧影，1927）

此文舉重若輕，卻力敵萬鈞，針對《福爾摩斯》等攻擊之詞略加辯駁，意謂女子要漂亮乃基本人權，多數審美家、藝術家從事於生活美化，是文明進步的表徵，那些「奢侈」的指責乃「昧於時勢之言」，正體現出包氏歷史進化的立場。寥寥數語句句在理，卻不劍拔弩張。且江小鶼關於拒絕大資本家的一番話，也是針對雲裳的高檔消費的說法，指出在資金運轉困難的情況下，公司堅持小本經營，似更值得同情。包氏此文寫得老到，無怪乎把張丹翁看得手舞足蹈，即作〈六朝神髓〉一詩：「〈到雲裳去〉標題在，釧影寫得妙蓋代。左看右看看不敗，眼下書家誰與賽？除非一人錢老芥，文章洛誦並可愛。對此真美欲下拜，我幾擱筆無可賣。」（丹翁，1927c）這麼稱讚也是一種幫襯，其實可說是集體表態，都代表了對於雲裳的補臺派的態度。

此後《福爾摩斯》和《羅賓漢》雖對雲裳還有些議論，已無關緊要。然而關於雲裳公司的資金困難，不幸而言中。《福爾摩斯》首先刺探到消息，1928年2月11日刊出〈雲裳公司押得四千元〉一文，說該公司開始集資一萬元，到年終結算，本金全數虧損。為了繼續營業，以公司做抵押，借得四千元，如果半年之後不能盈利，就關門大吉。文章說雲裳的服裝，「一衣之值，有貴至百數十金，極

盡奢華之能事，而所制新妝，心裁別出，爲一般新女子出風頭計，固不能不加以讚賞也」。雖然不失該報原來的立場，基本屬於客觀報導，對於雲裳的窘況也說不上幸災樂禍，其口氣有贊有彈，略帶譏諷。從各方圍繞雲裳公司的褒貶表述及整個過程來看，其中有著某種公共與理性在起調適作用。

五、餘論：小報與民國機制

不能不提關於陸小曼的緋聞而對簿公堂的插曲，也是觀察小報與民國機制、特別與法制的關係的一個窗口。眾所周知，陸因爲學戲認識了翁瑞午，也因爲體弱多病，請翁爲之推拿，且吸上鴉片。1927年12月6、7兩日天馬劇藝會在夏令配克戲院舉辦義演，陸小曼登臺在《玉堂春》裡演蘇三，翁瑞午演王金龍，徐志摩和江小鶼分別演藩司和臬司。各小報爭相報導演出情況，對陸、徐這一對伉儷豔羨不已。然而17日《福爾摩斯》刊出署名爲「屁哲」的〈伍大姐按摩得膩友〉（下稱〈伍〉）一文，用《紅樓夢》索隱手法以「伍大姐」、「詩哲余心麻」、「洪祥甲」、「汪大鵬」分別影射陸小曼、徐志摩、翁瑞午、江小鶼四人，而在描繪洪祥甲爲伍大姐推拿時：「大姐只穿一身蟬翼輕紗的衫褲，乳峰高聳」，祥甲「放出生平絕技來，在那淺草公園之旁，輕搖、側拍、緩挲、徐捶，直使大姐一縷芳魂，悠悠出舍」等語（屁哲，1927），涉及色情，以致陸、徐等忍無可忍，把《福爾摩斯》告上法庭。

對這場官司始末及法庭宣判情況，在數種有關陸小曼的著作中都有評述（韓石山，2004：167-171；柴草，2004：103-115；劉思慧，2006：143-155；蔡登山，2011：83-92），這裡不贅，只是在考察了各小報在這一過程中的表演之後，想指出的是〈伍〉文刊出之後，各小報並未作聲，唯有《小日報》從橫裡殺出，在18日刊出署名「窈窕」的〈陸小曼二次現色相〉一文（窈窕，1927），模仿〈伍〉的文體把陸、徐推崇一番，實際上把〈伍〉文中的假名一一坐實，這就使陸、徐等無所逃遁，只能訴諸法律解決。其次，打官司方面《福爾摩斯》是老手，每次捲入法律糾紛，都將法庭審判經過披諸報端，這次與陸、徐的糾紛

也一樣。三次開庭，控辯雙方唇槍舌劍，結果是法庭宣判〈伍〉文「觸犯穢褻刑章」，《福》報被罰三十元，而陸、徐等人所控告的「公然侮辱」罪則未能勝訴。

　　法院接受了陸、徐等告狀，於12月30日初審，未得結果，定於1月10日再審，然而案情出現變數的是5日那天，由於工部局刑事科發現〈伍〉文「穢褻」而公訴《福爾摩斯》，法院開庭審理，該報認罪而要求從輕發落，因此罰了三十元。當10日再審時《福爾摩斯》的辯護律師說〈伍〉文屬「小說」體裁，陸、徐等人對號入座，乃係「誤會」，同時引征「刑事案件一事不再罰，一案不再審」的法律條文，認爲此案已結，無須再審。原告律師指出〈伍〉文「內容純係新聞性質」而非「小說」，對陸、徐等人造成傷害，並要求法庭傳票讓原告與被告當庭對質。最後法官的結論是「此案雖與捕房所訴同一事實，其中確有二種分別」，只是刑事法庭已有結論，陸、徐等如要求賠償名譽損失，可另向民事法庭提出告訴。[6]

　　工部局巡捕房因發現「穢褻」而提出公訴，乃行使其職權，只是在〈伍〉文一案中間插入給《福爾摩斯》鑽了個空子。其實22日《小日報》刊出〈中外印刷所〉一文，謂捕房派人去甘肅路中外印刷所查問刊印〈伍〉文的情況（太平，1927），《福》報應當知道，是否會做手腳？據平襟亞說，那是《福》報律師詹紀鳳「化了錢叫巡捕房稽查員把這篇文字交給捕房律師，立即向法院起訴」（蔡登山，2011：91）。[7]由於詹氏諳熟「一事不再罰，一案不再審」的原則，遂施計暗度陳倉，使控方陷於被動。

---

6. 「原告律師謂：『福報內容純係新聞性質，若以此稿謂小說，則應在標題上加小説兩字，以示區別』……」。見卜一（1928）。

7. 按：對於法院對〈伍〉案審訊過程，平襟亞的自述與小報記載頗多抵牾。他說被法院傳訊，當庭承認自己是〈伍〉文作者，並認錯而被罰三十元。然據1928年1月2日《福爾摩斯》的〈本報又一訟案〉，陸、徐等以爲〈伍〉文乃《福》報主筆吳微雨及平襟亞所爲，送控告兩人，兩人出庭，《福》報律師詹紀鳳稱「平襟亞與福爾摩斯無關，……應請堂上令令告訴人自行撤回。時原告律師起稱，對於控告平姓部分，請求撤回，問官准之」。

　　從〈伍〉案整個司法程式來看，可謂公開透明，控辯雙方律師當庭對質皆以法律條文爲理據，合專業規範。法庭遵照程式宣判，具權威性，小報也俯首貼耳。雖說是法治社會，背後有貓膩，律師能上下其手，也是利用制度的漏洞，其實打官司也是資本和權力的角逐。對於訟案結果，法院每日有公告在《申報》登刊，乾巴巴幾句條文，反而不如小報提供較爲詳細的報導，對市民大眾不無啓蒙作用。論者認爲此案「不了了之」，固然是同情陸、徐的說法，但即使他們再向民事法庭提出起訴，恐怕意義不大。雙方的律師陣容就不平衡，代表《福爾摩斯》的律師，除了詹紀鳳，另有「上海之著名大律師」、「律師之資格歷史爲最深」的陳則民（微漾，1927）。因此官司要打下去的話，孰勝孰負仍在未定之天。一方是小報，另一方是名人，而名人的文化資本無濟於事，況此案已鬧得滿城風雨，如果眞的要當事人與〈伍〉文作者當庭對質，更是難堪，大約也只能「不了了之」。

　　但是另有一場好戲，爲論者忽視，卻至關重要。21日陸等四人向臨時法院遞進告狀，23日再度在共舞臺亮相，參加了由蔡元培、鄭毓秀發起的婦女慰勞北伐傷病軍士的義演，此番對於陸、徐可謂風光不再。當陸小曼與翁瑞午的「豔屑」成爲茶餘飯後的談資之時，於眾目睽睽之下再度演出《玉堂春》，情何以堪！儘管陸小曼一萬個不願意，在蔡、鄭堅請之下，不得不勉爲其難。24日《上海畫報》又出「特刊」，記者黃梅生說：「自天馬會一度表演後，即受醫生之囑，須靜養年餘，故有不再演劇之意。此次因鄭毓秀、蔡子民二博士再三邀請，蔡先生並親訪徐志摩君之尊人，以陸女士加入表演相要求，小曼女士因不得已，只得允諾，但自此以後，決不再演矣」（梅生，1927）。從中不難想見小曼內心之悲苦，此後她也眞的告別舞臺。在蔡、鄭的堅邀之後是否另有內情，不得而知，然而事關上流社會的體面，這兩人不可能充耳不聞，事實上讓《玉堂春》原班人馬再次登臺，應有維護他們的公眾形象、同仇敵愾而施以援手之意。

　　各小報的回應甚富意味。《上海畫報》一如既往力挺陸小曼，然而微妙的是作低調處理，在預告節目單中《玉堂春》的演員不像前次均以眞姓名出現，所列

的是江小鶼君、陸小曼君、六桂室主、海谷先生（上海畫報，1927c）。後面兩位是翁瑞午、徐志摩，都用了化名。這對於陸、徐來說，有點不那麼理直氣壯，但表面上能避開公眾注意，以自我淡化爲上策。而另一方面又要表明再次登臺的仍是原班人馬，周瘦鵑爲特刊撰〈紅氍眞賞錄〉一文說：「陸小曼女士、翁瑞午君、江小鶼君之《玉堂春》，已於天馬劇藝會中，蜚聲滬瀆。陸女士之蘇三，宛轉情多，令人心醉。翁爲王公子，瀟灑可喜。江被藍袍作吏，一洗其法蘭西風，亦居然神似。此次戲目中，有一海谷先生，不知其爲何許人，殆即當日飌大紅袍而臺步如機械人之徐志摩君乎？」（瘦鵑，1927b）既和盤托出，又假癡假騃，殊爲有趣。27日刊出楊吉孚〈婦女慰勞會觀劇記〉說：「陸小曼女士演玉堂春，較上次又有進步，開場即預留嗓音，從六桂室主之忠告也」（楊吉孚，1927）。不直接點出翁瑞午，也是障人耳目的筆法。《晶報》在27日僅刊出題爲「婦女慰勞傷兵遊藝會」的一幅圖（晶報，1927），由漫畫家黃文農所作，一個圓形當中畫了十個人，如虞洽卿、陳群、鄭毓秀、杜月笙、張嘯林等，大多是坐在包廂裡觀劇或臺上演戲的大佬級人物，而陸小曼、徐志摩等不見影蹤。回過去看12月9日對於天馬會遊藝會的報導，則有〈天馬劇藝中之一對伉儷〉一文（轉陶，1927），爲之配圖的也是黃文農，五幅速寫中陸、徐及《玉堂春》占了四幅。前後風景如此懸殊，可見《晶報》對《玉堂春》的低調處理做得很徹底。

此時《福爾摩斯》忙於對付官司，正竭力撇清，如其聲明對陸、徐等名人一向心懷敬意，雖然〈伍〉文引起「誤會」，但毫無中傷之意，所以對於婦女慰勞會盛況隻字不提。另外《羅賓漢》刊出〈婦女慰勞遊藝會趣聞〉，僅三兩句謂徐志摩因近視眼而走臺步「如履薄冰」，略加嘲笑而已（羅賓漢，1927）。《金鋼鑽》對慰勞會毫無表示。只是《小日報》較爲詭異，玲瓏的《共舞臺慰勞會中》一文寫到：「陸女士唱畢入後臺，即呼曰『凍煞了，凍煞了』。徐君即脫其所飌紅袍，裹女士以入」。然而接著又說：「余入座後，有數客人，殆小報癖者。當陸小曼女士上臺時，彼等忽大談其福爾摩斯小報上之稿，『大姐大姐』，絮叨不已，心雖惡之，顧無如之何。乃移坐左首，詎意座後數人，亦複如是。再移一

處，又如是，亦異矣哉。」（玲瓏，1927）此文貌似形容陸、徐伉儷情深，卻刻意渲染〈伍〉文的轟動效應，其實心存不良，因此作者說「惡之」，乃虛晃一槍，為自己塗了一層保護色。總的來說，這些小報都顯得較為「識相」，沒有落井下石，應當說是因為不願得罪主流社會，也跟婦女慰勞會的政治性有關。

如上所述，圍繞著陸小曼、徐志摩及雲裳公司，《上海畫報》與「四金剛」小報展開了一幕幕戲劇，切入時尚、文藝、政治、經濟等脈絡，生動折射出二〇年代末上海都市社會與文化生產豐富複雜的形態。對於陸小曼這一名媛典範的打造，或譽或毀，皆以「名人消費」為特徵，體現了小報之間從象徵、政治到文化各類資本的拼搏和斡旋，無不爭取道德正義或政治正確，作為其立言之基石，藉以取信於讀者。探討小報的社會功能，必然涉及我們對當時「社會」的認識前設，所謂「民國機制」這一概念在當前兩岸學界不乏爭議（王力堅，2015），在本文則強調在憲政框架中經濟、法律等各種制度及其意識形態對於社會所起的建制功能，這也可說是「共和機制」（陳建華，2015），而在二〇年代末上海租界，自民初實踐共和憲政以來，在民族主義與世界主義的經緯交錯中，都市發展呈現某種穩定性，自由貿易及其法規制度始終起到中樞作用。民國時期在經濟、法律、教育、文學等方面都取得現代化進展，也由近數十年來大量研究所佐證。從這一角度看，小報與印刷資本、大眾欲望、文化市場息息相關，在資本運作與法規制約下展開競爭，而「名人消費」凸顯了「通情達理」的特徵：訴諸大眾追星或吐槽心理，給不同經濟階層提供了宣洩情緒的平臺。另外由競爭而產生小報之間互相牽制與監察也以公正和公平作為仲裁標準。換言之，小報具有鮮明的在地性，以滿足文化消費的內需為主，面對「公民社會」自身的問題，起到暴露社會機制的缺陷及調解不同經濟社團之間關係的功能。雖然小報之間明爭暗鬥，暗潮洶湧，也有挑戰或顛覆主流價值的動作，而其實際效果是相當有限的。

二〇年代末社會激烈變動，正是上海小報臻至極盛之時，對於陸小曼、徐志摩與雲裳公司的造星形塑，不啻是個饒有意味的時代節點，映射出時尚與政治、新舊文化的動向。設若沒有這些小報興風作浪，我們無由得見這一段活色生

香的都市文化史。小報是舊派的營盤，包天笑、周瘦鵑、張丹翁等人從民初開始即從事都市大眾傳媒，在二〇年代通俗文壇上鋒頭仍健，憑他們的文化資本在小報系統中也占主流地位。的確他們對於如葉文心所說的中產階級「經濟倫理」更有認同感（Wen-hsin Yeh, 2007: 1-8）。十多年前在周瘦鵑的家庭小說裡，女的彈鋼琴男的拉小提琴，週末開派對，似乎在享受一種現代中產階級生活方式，如果說這類描畫還帶有想像成分，那麼像雲裳公司標誌著中產階級及消費社會已成爲現實，由是就容易理解何以周氏及其同人會如此熱情追捧。中產階級是個經濟指標，不論其內外危機，卻無法解決感情問題。這也是愛欲與文明的複雜問題，不管哪個時代和階級，都是如此。〈伍〉案的發生，以揭露名人隱私製造賣點，說到底隱含著中產階級的家庭價值。陸小曼確具叛逆性，在〈伍〉案之後，她無視流言，依然故我。《上海畫報》也不改初衷，仍不斷刊出其大幅玉照，一會兒「戲裝」，一會兒「旗裝」，維持其「風流儒雅」的名媛典範。反過來對於陸來說，這也是一種牽制，儘管她不甘平庸，也不得不有所節制。

　　小報的「名人消費」也是大眾的感情消費，文字表述中可見文言和抒情傳統的延續，這也是舊派的主要文化表徵，因此所謂新文化、白話文一統天下，也不那麼簡單。像〈伍〉文雖是一篇白話文，如使用索隱法、雙關、隱喻等手法，與舊詩詞藕斷絲連，竟贏得不少讀者喝彩，甚至被認爲是「近代小報中之妙文」（窈窕，1927），並奉之爲〈陋室銘〉式的範本而加以模仿。當然，本文所選擇的《上海畫報》與「四金剛」，皆屬小報主流，而小報浩瀚無際，如果依好萊塢評選「草莓獎」之例，選擇《花花公子》之類加以考察，大約可見種種低俗、媚俗、惡劣等表現，對於主流價值或許更具挑戰顛覆性，從而對於小報會有更深入的認識。

參考書目

一笑（1924年10月18日）。〈百名人表修正之商榷〉，《晶報》，第2版。

丁悚（1919年4月9日）。〈中國女子之今昔觀（五）〉，《晶報》，第3版。

——（1919年3月30日）。〈中西醫生之比較觀〉，《晶報》，第2版。

卜一（1928年1月14日）。〈伍大姐案我之旁聽記〉，《小日報》，第2版。

千盦（1927年8月11日）。〈爲雲裳公司進一言〉，《羅賓漢》，第1版。

上海畫報（1927年12月24日）。〈中華婦女慰勞傷病軍士會假座共舞臺演劇節目〉。《上海畫報》，第4版。

——（1927年7月15日）。〈北方交際界名媛領袖陸小曼女士〉。《上海畫報》，第1版。

上海畫報（1925年12月15日）。〈文學叛徒胡適之〉、〈藝術叛徒劉海粟〉。《上海畫報》，第3版。

天爵（1924年10月9日）。〈上海名人表備選〉，《晶報》，第3版。

丹翁（1928年1月6日）。〈戲詠詩人徐志摩先生鼻（其一）〉，《上海畫報》，第2版。

——（1927年9月12日）。〈六朝神髓〉，《晶報》，第3版。

——（1927年9月9日）。〈審美〉，《上海畫報》，第2版。

——（1927年8月15日）。〈捧雲裳〉，《上海畫報》，第3版。

太平（1927年12月22日。〈中外印刷所〉，《小日報》，第3版。

王力堅（2015）。〈「民國文學」抑或「現代文學」？——評析當前兩岸學界的觀點交鋒〉，《二十一世紀》，150（8）：35-46。

包天笑（2014）。《釧影樓回憶錄》。上海：三聯書店。

北洋畫報（1927年8月27日）。《北洋畫報》，第2版。

行雲、成言（1927年8月12日）。〈楊貴妃來滬記〉，《上海畫報》，第3版。

李楠（2005）。《晚清、民國時期上海小報研究》。北京：人民文學出版社。

屁哲（1927年12月17日）。〈伍大姐按摩得膩友〉，《福爾摩斯》，第1版。

林香伶（2013）。《反思‧追索與新脈：南社研究外編》。臺北：里仁書局。

林語堂（1948）。《披荊集》。上海：時代書局。

林屋山人（1927年8月21日）。〈三疊雲裳〉，《晶報》，第3版。

孟兆臣（2005）。《中國近代小報史》。北京：社會科學文獻出版社。

芸生（1925年6月6日）。〈上海美術專門學校人體寫生科攝影〉，《上海畫報》，第1版。

周瘦鵑（2011）。《禮拜六的晚上》。上海：上海書店出版社。

彼得（1927年9月19日）。〈徐志摩錯認高百歲〉，《羅賓漢》，第2版。

虎伯（1927年9月11日）。〈提倡奢侈之背景〉，《福爾摩斯》，第1版。

洪煜（2007）。《近代上海小報與市民文化研究, 1897-1937》。上海：上海書店出版社。

胡適著，曹伯言整理（2001）。《胡適日記全編（五）1928-1930》。合肥：安徽教育出版社。

禹鼎（1927年8月30日）。〈藝術界之五毒〉，《金鋼鑽》，第2版。

柴草（2004）。《圖說陸小曼》。哈爾濱：哈爾濱出版社。

玲瓏（1927年12月25日）。〈共舞臺慰勞會中〉，《小日報》，第3版。

祝均宙（2010）。〈綜論近現代上海小報歷史沿革空間中戲劇戲曲小報發展脈絡及特點〉，連玲玲等人編輯，《「小報文化與中國城市性」工作坊會議論文集》。臺北：中央研究院近代史研究所。

窈窕（1927年12月18日）。〈陸小曼二次現色相〉，《小日報》，第2版。

連玲玲主編（2013）。《萬象小報——近代中國城市的文化》。臺北：中央研究院近代史研究所。

陳定山（1971）。《春申舊聞續集》。臺北，世界文物出版社。

陳建華（2009）。《從革命到共和——清末至民國文學、電影與文化》。桂林：廣西師範大學出版社。

金人（1926年10月21日）。〈徐志摩再婚記〉，《上海畫報》，第2版。

陳建華（2015）。〈「共和」的遺產——民國初年文學與文化的非激進主義轉型〉，《二十一世紀》，151，（10），52-67。

釧影（1927年9月9日）。〈到雲裳去〉，《晶報》，第3版。

梅生（1927年12月24日）。〈特刊話〉，《上海畫報》，第3版。

——（1927年11月12日）。〈汽車展覽會中之雲裳公司之新裝表演〉，《上海畫報》，第2版。

晶報（1927年12月27日）。〈婦女慰勞傷兵遊藝會‧畫報〉，《晶報》，第3版。

農花（1927年1月1日）。〈小報的派別〉，《羅賓漢》，第1版。

微漾（1927年12月26日）。〈臨時法院之三審制〉，《福爾摩斯》，第1版。

楊吉孚（1927年12月27日）。〈婦女慰勞會觀劇記〉，《上海畫報》，第2版。

趙子龍（1927年8月9日）。〈所望於雲裳公司者〉，《福爾摩斯》，第1版。

綠衣（1927年8月14日）。〈休矣藝術家〉，《羅賓漢》，第1版。

蔡登山（2011）。《繁華落盡：洋場才子與小報文人》。臺北：秀威信息科技股份有限公司。

嬌波重纂（1924年9月30日）。〈重修上海一百名人表〉，《晶報》，第3版。

嬌渡（1924年10月6日）。〈對於上海一百名人表之討論〉，《晶報》，第3版。

鄭逸梅（1991）。《鄭逸梅選集第1卷》。哈爾濱：黑龍江人民出版社。

鄭師渠（1997）。《晚清國粹派：文化思想研究》。北京：北京師範大學出版社。

潛龍（1927年1月10日）。〈陸小曼婚史又一頁〉，《上海畫報》，第2版。

瘦鵑（1927年12月24日）。〈紅氍眞賞錄〉，《上海畫報》，第3版。

──（1927年8月15日）。〈雲裳碎錦記〉，《上海畫報》，第3版。

儉德（1927年8月16日）。〈提倡奢侈與男女服裝〉，《福爾摩斯》，第1版。

劉思慧（2006）。《美麗與哀愁──一個眞實的陸小曼》。上海：東方出版社。

聯益之友，（1929年6月1日）。《聯益之友》，115，第1版。

韓石山（2004）。《徐志摩與陸小曼》。北京：團結出版社。

轉陶（1927年12月9日）。〈天馬劇藝中之一對伉儷〉，《晶報》，第3版。

羅賓漢，（1927年12月27日）。〈婦女慰勞遊藝會趣聞〉，《羅賓漢》，第3版。

靡麗（1927年9月11日）。〈瞥見〉，《福爾摩斯》，第2版。

Hon, Tze-ki. (2013). *Revolution as Restoration:* Guocui xuebao *and China's Path to Modernity, 1905-1911*. Leiden: Brill.

Yeh, Wen-hsin. (2007). *Shanghai Splendor: Economic Sentiments and the Making of Modern China, 1843-1949*. Berkeley: The University of California Press.

報刊現代性與公民身份——
以《申報》為例的反思[*]

蔡博方

一、前言

在中國從傳統帝制走向現代共和的過程中,傳播媒介扮演了一個不可或缺的角色。19世紀後期至20世紀初期的「近代報刊」,更是研究者藉以刻畫清末民初時期關鍵社會轉型的重要研究素材。其中的知識旨趣可以從兩個面向來看待:一方面,是晚清以降的傳統文人在科舉制度廢除之後,轉而以報刊為其社會實踐的過程(李金銓,2008,2013);另一方面,晚清以降新式傳播媒介的出現,成為各種西方政治思想進入華文語境的關鍵渠道(李仁淵,2005)。這兩個研究面向雖然有其不同的偏重,但是,兩者之間卻具有高度的親近性。

李金銓(2008:18-26)指出,清末至民初的近代報刊演變是在一種「文人論政」的形式上,逐漸分化出三種不同的「典範」(或稱「範式」):一、商業報(以《申報》、《新聞報》為例)、二、專業報(以《大公報》為例)、三、黨派報(以《中央日報》、《解放日報》、《新華日報》為例)。在這三種典範之中,「專業報」似乎是傳統中國文人較為認同,進而成為自我標榜「文人論政」的依歸。相對之下,商業報與黨派報各自受到經濟與政治力量的影響,前者讓人有被商業與金錢所腐蝕的憂慮,後者則讓人聯想到特定政黨與意識形態的宣傳工作。

---

* 本文初稿於2015年6月12日,世新大學舍我紀念館舉辦之「傳媒與臺灣現代性國際研討會」發表。後刊登於《傳播研究與實踐》,6(2):141-172。

　　然而，上述三種類型未必彼此互斥，這個三分法可能提供我們一種分析性架構與理論視野。研究者更常關注的是特定報刊（包含報老闆、主編、撰稿人）在理想與現實之間、在商業利益與政治勢力之間的折衝，進而建立該報刊特有的文字風格與社會實踐。可以預見的是，一份有影響力、在當時堪稱「成功」的報紙，勢必有其調和商業、政治、新聞專業的策略與實踐。

　　李仁淵（2005）對於新式傳播媒介的研究中就提到，作為一種以商業利益為主、缺乏嚴肅訊息的《申報》，其「成功」關鍵在於：商業因素與政治因素的適時結合。一方面，從近代報刊的發展過程來看，《申報》被視為傳播技術與資本主義的結合體，成功地發展為一種不同於宗教報刊的「商業化」新聞報刊（同上引：82-95）。另一方面，李仁淵（同上引：97-103）仍然將《申報》的發展放在1895年以後「傳播媒體政治化」脈絡來看待，認為《申報》也和許多其他報刊一樣，在關於中法戰爭與甲午戰爭這種「重大事件」的報導上，吸引讀者焦點並且拓展報業市場。可見，即使是被視為商業報的《申報》，也有著自己應對政治局勢的經營策略。

　　除此之外，《申報》於1911年之後出現〈自由談〉等涉及政治議題的文藝副刊，更在文字、論述上呈現其特立獨行的「專業」面向。《申報·自由談》在文學與史學研究中呈現出兩種略微不同的意象：一些研究者主要從其文藝價值來審視之，「嬉笑怒罵」則是隨之而生的政治評論效果（宋軍，1996：163-4；陳建華，2008：211-214），另一些學者則重視這些文字所彰顯出的公共輿論，並認為此種社會批評有別於「指導式」、「啟蒙式」姿態（唐小兵，2012；劉莉，2010；謝波，2014）。

　　對於本文來說，《申報》正是這樣一種值得討論的特殊個案。從近代報刊史的角度來看，《申報》所涉及的可能是不同報刊典範的（指，商業報、專業報、黨派報）問題。然而，已經有許多研究者以此為基礎，嘗試著介入近代報刊的「社會意義」，讓《申報》呈現出多元、紛雜的面貌。本文將從社會學與公民身份研究（citizenship studies）的角度，重新理解《申報》與它的所代表的意涵。

　　本文的規劃如下。首先，第二部分將藉由社會學對於「媒介與現代性」的討論，來建構「報刊現代性」（Press Modernity）作爲本文的問題意識。依此，近代中國報刊史，乃至於本文所選擇的《申報》個案，則可以重新被安置在一個研究脈絡之中。其次，第三部分將以「批判性的新聞史」（critical journalism history）作爲分析架構。從James W. Carey倡議新聞史研究的「文化轉向」（cultural turn）以來，到當代學者Michael Schudson的努力，本文嘗試梳理出其中值得借鏡的研究取徑，一種「文化的／批判的新聞史」研究取徑。接著，第四部分則分析《申報》各時期的「公民」想像。針對3個時期（指，清末時期、民國初年、1920年代之後），本文分別採取形式與實質面向兼顧的考察，以呈現《申報》中各種「公民」意象所具有的複雜性。最後，第五部分則以本文的經驗發現爲結論，在《申報》研究與報刊現代性2個層次上進行討論與對話。

二、問題意識與文獻回顧

　　在社會科學對於報刊（press）與新聞（news）的研究之中，我們可以發現一個潛藏主要論題：現代性（modernity）。研究者嘗試耙梳現代社會的浮現過程中，作爲大眾傳播媒介的新聞報刊如何產生關鍵的影響。以新聞報刊爲例，我們可以發現其中值得深究的問題：一方面，新聞報刊既促進了現代社會的各種特徵（例如：民族國家、公共領域、現代知識）的成長，另一方面，新聞報刊本身也承載著現代社會的各種需求，例如：資訊傳播、理性論述、文明教化。由此可見，在「傳播與社會」的相互構成關係之下，我們有必要先爲近代報刊設定一個關鍵問題意識—「報刊現代性」概念—之後，再進入本文的個案，《申報》。

（一）報刊現代性

　　對於「社會行動所構成的社會秩序」的基本理論立場，當代社會理論家在其中區分出兩種不同的行動範疇：「面對面／非面對面」（immediated／mediated）的互動，或者「語言溝通／媒介促發」（language-communicating

/ media-steering）的行動（Giddens，1984；Habermas，1987；Luhmann，1995）。這兩種互動或行動各自體現在不同的社會情境：共同在場（co-presence）情境下、人與人之間的直接互動，展現較高的「真切性」（authenticity）；相較之下，各種藉由媒介所進行的社會互動，則處於常規性與系統性的規制之中。這個區分指出了近代報刊對於現代社會的理論意義：一方面，報刊新聞所傳遞的訊息，對於現代社會中的閱讀大眾，構成了「使用貨幣」或「服從權力」之外的另一種系統性、常規性的社會行動。另一方面，藉由報刊新聞所引發的公共討論，卻也大大地增進了閱讀大眾之間的溝通性、真切性的社會行動。

John B. Thompson（1995：82-87）在《媒介與現代性》一書中，提供一個精確的概念框架。他認為，互動可以分成以下三種類型：（一）面對面互動（face-to-face interaction），例如：共同在場的互動；（二）媒介化互動（mediated interaction），例如：書信往返、電話溝通；（三）媒介化的準互動（mediated quasi-interaction），例如：透過媒介與不確定的潛在接收者進行獨語式的互動[1]。在Thompson的歷史分析中，現代社會在大眾媒介的影響下，面對面互動相對減少，而變得格外珍貴，反之，媒介化互動與準互動則是大多數的樣態。換句話說，我們身處於一種「媒介化互動、媒介化公眾之興起」（the rise of mediated interaction and mediated publicness）的時代（同上引：81-118, 125-134）。藉著Thompson的區分，我們可以發現，正是第三種「媒介化的準互動」指出了大眾傳播媒介的深入影響，而近代報刊是歷史上的第一個原型，其關鍵在於同時具

---

1. 必須提及的是，關於「媒介化互動與準互動」的概念，Thompson（1995: 100-118）進一步的區分兩種「遠距行動」（action at a distance）：一、「為遠距他人之行動」（acting for distant others）；二、「遠距脈絡中的回應行動」（responsive action in distant contexts）。本文不擬進一步跟隨Thompson的討論，主因在於他是以「電視」（TV）大眾媒介為經驗基礎，與本文研究的近代報刊有所差異。因此，本文的討論僅止於「媒介化準互動」概念對於研究近代報刊的啟發。

備「不確定的潛在接收者」（an indefinite range of potential recipients）與「獨語式」（monological）的特質。

從這樣的理論觀點出發，我們可以確立「報刊現代性」的第一項內涵：近代報刊對於19世紀以降的現代中國社會，不只是首次帶來大衆傳播媒介的使用體驗，更是「媒介化的準互動」大量發展的關鍵介面。有了這個內部界定之後，我們接著要問的是：近代報刊的這種特徵（指，作爲第一次的「媒介化的準互動」）又如何進一步影響或改變了現代社會的形構呢？

關於這個問題，當代新聞社會學者Michael Schudson（2003:63-72, 212; 2008）曾經有所論述。他認爲，要重新定位近代報刊的關鍵問題，我們可以從Jurgen Habermas 的「公共領域」（public sphere）與Benedict Anderson的「想像共同體」（imagined communities）的論題入手。在Schudson看來，雖然「公共領域」與「想像共同體」的概念並未直接論及新聞報刊，但是，這兩個概念與它們所衍生出的爭議，卻大大地有助於當代的研究者們去思考關於「報刊現代性」的問題。值得注意的是，Schudson 將「公共領域」與「想像共同體」這兩概念放在一起看待並非偶然，而是出於一種對比參照的知識旨趣。本文認爲，這樣立場有助於建立「報刊現代性」的問題意識。

Habermas（1989）對於「公共領域」的討論，指出了西方社會的資產階級在特定的歷史階段中，一度形成了理性論辯與平等交流的社會空間。這個特別的社會空間曾經僅是文藝性，進而轉變爲政論性，卻也在資本主義的擴張過程中，受到大衆傳播媒介的影響，因而最後走向衰落。因此，在Habermas看來，報刊新聞可以有不同的角色與正反兩面的功能。一方面，文藝性、政論性、商業性都可能激起公共領域之中的平等意見交流，形成「公衆意見」（public opinion）；另一方面，當報刊新聞所傳遞的訊息過度集中於商業性的時候，公共性溝通的機會則會受到私密性、消費性的訊息所壓抑。因此可見，現代報刊既是一個中性的載體，卻也是一把雙面刃，影響著現代社會與其成員的形塑過程。

相對於此，Anderson（1991）的「想像共同體」概念反向地說明了，報刊之

於現代社會的關鍵，在使彼此未能從事密集溝通、交流的群眾，透過新聞報刊這個關鍵的現代媒介，來維持對於傳統「共同體」的想像。在Anderson看來，新聞報刊雖可能激起少數的菁英階層或知識份子之間的公共辯論，但是，更重要的，新聞報刊對於更廣泛的閱讀大眾傳播了一種「社會想像」。在這種想像之中，原本分屬於不同地區或族群的人，得以透過區別我群與他群，而建構屬於自己的「集體認同感」。其中，理性論辯不如感性想像來得關鍵、少數菁英的啓蒙論述也不如多數大眾的民族主義來得重要、由上而下的教化推行仍須要由下而上的認同建構。因此，新聞報刊所傳播的內容並不必然決定閱讀者的理解。

從「公共領域」與「想像共同體」之間的對話論題出發，我們可以確立「報刊現代性」的第二項內涵：近代報刊在現代社會中有助於公眾意見或民族主義的形成，卻不僅僅只是「資產階級公共領域」（bourgeois public sphere）或「印刷資本主義」（print capitalism）的工具，與此相反，近代報刊中的新聞報導與評論正努力地與現代經濟、政治兩股力量進行拉鋸。

綜合以上討論，本文認爲，我們可以由以下觀點來進行重新問題化「報刊現代性」：近代報刊作爲Thompson意義下的「媒介化的準互動」，如何在政黨政治與資本主義體制的壓力下，逐步建立論者與讀者的現代性內涵？針對這個問題，本文選擇跨時向度久、位於上海這個高度現代性都市的《申報》，作爲經驗研究的個案。

（二）《申報》研究：公共性論題

《申報》在近代報刊的研究之中有其特殊位置，不易歸類在既有的文學或史學研究傳統之中。在文學史與政治史的研究視野中，《申報》文字不是研究者的關注的重要素材（王敏，2008；Lin, 1937／劉小磊譯，2008）。早期《申報》的報導（除了之後的文藝副刊之外）並未成爲晚清民初現代文學意識轉型的重要素材，相似地，傳統政治到近代政治在觀念語彙上的轉變過程，也未能在《申報》文字中看到相應的變化趨勢（金觀濤、劉青峰，2008）。

即使如此，作爲一個發行時間跨度長、銷售數量高的報紙媒體，《申報》仍然吸引了許多研究者的關注（李金銓，2008、2013；唐小兵，2012；許紀霖，2007；陳建華，2008、2013；黃克武，1989；劉莉，2010；盧寧，2012；謝波，2014；李歐梵，2000；Barlow, 2008, 2012; Mittler, 2004; Reed, 2004; Tsai, 2010; Wagner, 1999, 2007; Weinbaum, The Modern Girl around the World Research Group, Thomas, Ramamurthy, Poiger, & Dong, 2008）。以下，將透過兩個研究論題，來梳理既有研究與其中的對話：（一）公共領域與其相關修正、（二）作者形象與讀者分衆。

不同於既有的文學、史學的傳統，海德堡大學Rudolf Wagner（1999,2007）與Barbara Mittler（2004）的研究，首度正視了《申報》本身所體現的「報刊現代性」意義。Wagner（1999）從輿論爭議上的危機，分析了《申報》在上海特有的治外法權環境下，如何在中國官方與外國官方之間維持自身的論述經營與刊行穩定。正是在「上海租界」這樣一種特殊的時代產物中，Wagner（2007）間接地點出了《申報》的研究價值。他承認，中國近代報刊研究無法直接套用「公共領域」或「市民社會」（civil society）的概念，將清末以降的「文人論政」傳統或者「報刊政治化」現象，視爲Jurgen Habermas筆下的平等、自由的公共辯論。但是，諸如《申報》或《點石齋畫報》這樣的新式報刊，卻可以在另外一種意義上，來促進研究者對於「公共領域」的思考。

Wagner（2007: 4）認爲，發行於上海租界的這些報刊引起了研究者們的三種延伸思考：（一）重新思考一種超越「國族」（nation）架構的「跨國族與國際性」（transnational and international）意義的公共領域、（二）從開放與開化的程度來重新看待「空間差異」（spatial difference）、（三）透過不同社會階層來看待複數化或分衆化的「公衆」（publics）概念。然而，李金銓（2008）卻提醒到，這樣的思考在概念界定上過於模糊，易讓研究者過快地肯定「華洋交錯的上海租界報刊」作爲「近代中國公共領域」的必然性，而忽略報刊論述的多樣性與公共性內涵。從這個提醒出發，李歐梵（2000）、陳建華（2008，2013）、唐

小兵（2012）的研究則針對《申報》的評論專欄（主要是《申報・自由談》）來討論「公共性」問題，並且分別從撰稿者、主編的角度出發，肯定其中論述雖然不是傳統的「啓蒙式」語言，卻以迂迴的方式呈現了對於當時政治、社會議題的關切。

除了報刊媒介是否構成的公共領域、報刊論述的公共性之外，Mittler（2004）成功地以《申報》的文字爲基礎，刻畫出文字投射出的生產者與消費者之形象。她的研究可以分爲兩個面向，一者針對《申報》文本的風格與編排，另一者針對《申報》文本中所投射出來的社會意象。在風格與編排的生產者面向，Mittler指出，《申報》既使用了新式報刊的版面編排與論述方式，也不時訴諸中國傳統經典文句或者以特有的方式來轉載《京報》的消息，以使自己成爲活化傳統文化權威的現代報刊文體[2]。在讀者建構與分眾群體的消費者面向，Mittler則在《申報》文本中解讀出「女性」、「上海人」等等的「分化公眾」概念，也比較了《申報》在民族主義論述上，如何相對於其他媒體表現得較爲不「仇視外國」。

Mittler的研究帶有一種新的分析視角，嘗試著調和「公領域／私領域」的片面詮釋。她既不過度地將《申報》視爲私領域的消費論述（例如：廣告、小說），也不過度地將《申報》視爲公領域的政治論述（例如：批評時政、啓蒙大眾）。有趣的是，Mittler分析文字的「生產面／消費面」，似乎呼應著陳建華（2013）與唐小兵（2012）對於「報人」（主編、撰稿者）的研究，而陳建華與唐小兵的研究也正好與Mittler以1912年爲界。陳建華以陳景寒（筆名，冷、不冷）擔任主編《申報・自由談》（1912～1929）爲例，說明新聞「時評」體例的

---

2. 必須補充說明的是，《京報》被轉載的方式仍有其複雜性。早期上海報紙自行蒐集北京新聞的方式，大多以轉載《京報》為之，例如：《上海新報》、《申報》都採取此種方式。然而，後來新的傳播媒介（指電報）出現，讓派駐北京的「訪友」（類似報導人之角色）得以形成，轉載《京報》的方式逐漸被放棄。《申報》在1900年取消《京報》轉載，《新聞報》在1902年取消《京報》轉載。以申報為例，史量才擔任主筆的時代就陸續聘用黃遠生、邵飄萍、徐凌霄等名記者擔任「北京特約通訊員」（吉建富，2010：160-170）。感謝匿名審查人對此問題之提醒。

基調，在強調「確實、迅速、廣博」的同時，也持續不斷的著力（而非事件性的營造）爲社會底層發聲；唐小兵則以黎烈文時期（1933～1934）的《申報·自由談》爲例，說明此時引進左翼文論（以魯迅爲代表）的時期，如何建立一種有別於「教授學者對政治當局的改革建言」的公共論述格式。

可以說，Mittler、李歐梵、陳建華、唐小兵的研究將《申報》加以「形象具體化」，讓我們同時更理解其中的「讀者／作者」面貌。不論是從文字生產者或接受者來看，目前的研究成果皆嘗試明確化《申報》文本所展現的公共性與現代性。有鑒於此，本文則希望從「公民身份研究」與「文化的／批判的新聞史」的視角，來建構出一個不同的分析架構，以延續目前學者對於《申報》的既有研究。

三、分析架構：文化的／批判的新聞史研究取徑

雖然「文化的／批判的新聞史」尚未形成一個明確的研究取徑，卻值得本文深究、發展，以應用在近代報刊研究之中。因此，目前我們需要進行的工作，在於重新釐清Carey對於新聞史研究的反省，並且從Carey與其後續學者的研究成果，梳理出值得借鏡的分析架構。

Carey（1974）的「新聞史的問題」（the problem of journalism history）一文，在當代的新聞史研究中具有關鍵地位。Michael Schudson（1997）認爲，Carey的貢獻是，在1970年代提出超越「輝格史觀」（whig history）的「新式新聞史」研究取徑。在這篇針對新聞史書寫困境的反思中，Carey指出，新聞史研究必須關注到整體的文化面向，研究的焦點應該離開報業鉅子或產業動態，透過新聞媒體之中呈現的社會思維與集體心態，來理解「傳播與社會」的複雜關係。這指的是一種「新聞即文化」（journalism as culture）的立場。另一方面，Carey也認爲，新聞報刊的傳播與實踐本身即與「民主教育」、「公民身份」有著極爲密切的關係。新聞自由地傳播既是民主的前提，也是民主的體現。這指的是一種「新聞即公民」（journalism as citizenship）的立場。Carey這篇倡議文章立即引起了傳播與新聞史學者的關注，甚至在發表的隔年（指，1975年）出現「如何操

作化Carey呼籲」（operationalizing Carey）的討論（Erickson, 1975; Jowett, 1975; Marzolf, 1975；Schwarzlose, 1975）。爲了落實Carey所提倡的新聞史研究，我們必須先參照他的相關論述（Carey, 1969, 1986），而非孤立地看待〈新聞史的問題〉一文。

簡言之，這涉及到如何理解Carey提倡的新聞史研究之「文化性」與「批判性」，更涉及到如何在實際的新聞史個案研究中落實這樣的理論立場。

首先，Carey認爲報刊新聞的「文化性」是由記者與讀者、新聞報導與社會大眾共享的，這個共享的「文化性」不是「內容分析」或「政治經濟分析」可以片面理解。Carey（1969）指出，新聞書寫本身就是一種「說故事」，並且，這種說故事的新聞文類其實也反映了社會大眾「如何習於解釋身邊事件」的方式。這個「解釋模式」中重要的可能是「事件」（event）、「動因」（motive）、「後果」（consequence）、「意涵」（significance）。不論是這些元素的比重爲何，在Carey看來，新聞報導的「敘事」結構並不是全然是報老闆、主輯、撰文者單方面決定的，這些書寫與編排應該被視爲一種「針對閱讀大眾的好奇心態或知識興趣」的文字產物。在此研究立場上，Carey才能從方法論意義上證成自己新聞史研究取徑的「文化性」。換句話說，當研究者走出「新聞人員與產業的歷史」，開始比較不同時期的新聞敘事格式時，一種帶有文化思維的新聞史研究才能夠真正地被開啓。

其次，Carey認爲，新聞在所有傳播職業之中具有獨特的「批判性」，並且有益於公共生活與民主教育。在Carey（1986）對於「傳播革命」[3]的討論中，他

---

3. Carey（1986）所界定的「傳播革命」概念，並非傳播科技上的時代創新，或者，傳播內容上的巨大變化。對於Carey來說，「傳播革命」的關鍵指標在於：現代社會中出現一種的新的社會角色—「專職傳播者」（professional communicator）—他們所從事的工作都是在處理「來源與受眾」之間的傳播過程，都是在訊息傳播的這兩端之間進行「調和」的工作。新聞從業人員、廣告行銷、公共關係等傳播執業者，彼此雖然是不同的職業，確有著相似的社會角色。只不過，Carey對於新聞從業者多了一份

特別寄望於新聞記者，認爲他們可以在訊息由消息來源傳遞到閱讀大眾的過程中，發展出自己獨立的看法與評論，以使新聞有別於過度「同理心」（對於報導人）或「好奇心」（出於閱聽人）驅使下的產物。這個理論立場產生了兩個層次的深遠作用。在新聞的實踐層次，Carey賦予了新聞記者一個內在的「公共性」意義；在新聞的研究層次，新聞史研究者從這個角度來看待其研究素材，才可能使其研究成果具有「批判性」。依此來看，Carey所期許的新聞倫理，並不只是明晰化「產製過程」（the production of news）與相關倫理準則（code of ethics），更是積極地期許新聞記者確立「新聞的公共性」爲其理想。

然而，如何實際體現新聞史研究的文化性、批判性，並不是一件容易的事，除了釐清理論性質與研究立場的位置，Carey與其後續諸多研究者都在不斷地對話與嘗試。不論是基於Carey本人的認可，或者基於本文研究主題的相關性，Schudson（1978／何穎怡譯，1993，1998）的研究成果都是一個值得參照的範例[4]。特別是他在新聞史研究中闡明的「客觀性」概念與「好公民」概念的歷史豐富性。

Schudson（1978／何穎怡譯，1993）的成名作《探索新聞：美國報業社會

專業性的期待：新聞記者可以有著不偏傾於來源端與受眾端的「獨立性」。對Carey來説，這種的專業性、獨立性就體現了新聞業本身之於現代社會的公共性。

4. 必須説明的是，從Carey本身在新聞學史上的角色是多樣的。他同時是研究者、教育者、實踐者，影響了許多當代的新聞傳播學者（Adam, 2009a, 2009b; Jensen, 2009; Jones, 2009; Nerone, 2009; Shenton, 2009）。最具代表性則是尤其後輩學者所編輯出版的 *James Carey: A Critical Reader*（Munson & Warren, 1997）與 *Thinking with James Carey*（Parker & Robertson, 2006）兩書。在眾多師承或私淑Carey的學者中，Carey（1997）曾明確地對Schudson的新聞史研究給予高度肯定。因此，不論是知識上或者是學習上的相互影響，我們可以認爲，在新聞史研究的領域中，從Carey到Schudson的累積構成了一定程度的傳承關係。另一位在新聞史研究上與Carey有知識親近性則是David P. Nord（1990, 2003, 2006）。由於他的研究主題、分析架構與本文旨趣相距較遠，因此不擬繼續討論。至於Carey的知識影響與其反思，可進一步參見蔡博方（2013）。

史》，嘗試著以「客觀性」概念來梳理美國新聞業的發展。他的新聞史研究發現，「客觀性」並非一開始就是新聞從業人員的重要規範。在19～20世紀之交，新聞報導的主流敘事風格從「故事」模式轉為「訊息」模式，然而，由於在20世紀政府宣傳與企業公關的影響，新聞業開始發展自己獨特的「客觀性」原則。因此，所謂「客觀新聞」僅是一種讓主觀性報導與制度化職業流程結合的結果，而且其內容是以當時美國社會反戰的「對抗文化」（adversary culture）為主。從這樣的新聞史研究看來，Schudson重新把「客觀性」的新聞理念放進不同時代脈絡，使研究者的視野走出了報業本身的歷史與報業內部產製流程的歷史，回到更為引人注意的整體社會文化，看到了「客觀性」在不同時代的不同樣態。

　　對於本文更有直接啟發性的是，Schudson（1998）20年後的力作《好公民：美國公民生活史》。在本書中，他將現代報刊的歷史研究與政治參與模式關連起來，進而指出，美國社會對於何謂「好公民」（good citizen）的理解，實則經歷了四種不同階段：基於信任（trust）、基於黨派（party）、基於知曉（informed）、基於權利（rights）。前兩種公民參與政治的理想模式，是在美國社會19世紀以前的階段，是建立在對特定政治人物或特定政治團體的依賴上，公民們間接地實踐自己的政治生活。然而，在20世紀則開始出現一種鼓勵公民自身的意識覺醒，因而政治生活的理想鼓勵公民們透過大眾媒介與各種報刊來理解政治，成為一種兼具理性（rational）、知曉（informed）、監督（monitorial）性質的「好公民」形象。透過這樣的歷史研究，Schudson企圖反駁美國社會1960年代以來過度強調「權利」的公民形象，並指出這種「公民」形象可能有某種不負責任的缺失，不如他所考察的「知曉型公民」（informed citizen）來得有益於公共生活。

　　Schudson（1998）的研究是本文的一個關鍵示範。在他的研究之中，我們看到了「近代報刊」與「公民」意象的交集。一方面，Schudson的「知曉型公民」論點實際地示範了，研究者如何透過報刊素材進行歷史梳理，進而挖掘出「現代報刊」對於政治生活與公民理想可能產生的不同模式。另一方面，我們也可以在

Schudson的「知曉型公民」論點之中，看到他如何批判性反駁了當代「權利型公民」的主流論述，而不需要回到懷舊式的各種「好公民」形象。

綜上所述，本文將採取Carey到Schudson的「文化的／批判的新聞史」研究取徑，並借鏡Schudson對於「好公民」的研究架構，來分析《申報》中各種時期、各種內涵的「公民」想像。

四、經驗分析：《申報》各時期的「公民」想像

從Schudson的「好公民」研究架構出發，本文對於《申報》的分析分爲三個區段：一、晚清時期對於重要訟案的報導、二、民國初年對於各種「公民」形象的建構、三、《申報》後期楊蔭杭主持的《常評》副刊與《常識》四類專欄（道德、法律、經濟、衛生）。正如Schudson自陳其研究並非依循「公民身份」概念在概念定義上的關鍵面向（指，人身財產權、政治結社權、社會福利權）進行整理，而是直接以報刊論述中對於「好公民」的想像著手[5]，本研究也嘗試梳理《申報》中各種關於「公民」形象的素材，以理解《申報》在新聞報導與時事評論上如何參與了「公民身份」的論述建構。

以下分析，將先時間區段著手，並且在特定區段之內盡力兼顧「形式分析／實質分析」的探討。從三個時期區分（指，晚清時期、民國初年、1920年代

---

5. 關於這點可以參見Schudson在其書中導言的註2所做的說明（Schudson, 1998: 315）。簡單地說，目前社會科學界比較常見的「公民身份研究」（citizenship studies）關注的焦點，主要是制度性的保障，例如：國家對於個人在法律、政治、福利方面的權利保障。因此，公民身份研究表現在歷史研究的面向，也會是以國家爲中心，考察這些制度保障的發展與變異。然而，Schudson此處更希望以新聞報刊爲素材，去考察其中「好公民」意象，以梳理個人如何認識、理解參與政治生活所應有的理想方式。這種關注於文化性、意義性的研究取徑，未必與制度性考察相符合。相似的取徑也可見於Jeffrey C. Alexander（2003／吳震環譯，2008: 203-250）的文化社會學研究。

以後）來看，《申報》的「公民」想像具有明顯的階段性變化。《申報》早期關
於公民的論述並非直接涉及「公民」本身，而是以一種作為「旁觀者」角度的報
導者或投書者出發，展現出民眾從觀看報導到參與論述的方式。進入民國初年，
《申報》體現了對於「公民」形象，抱持著正反並存的兩面情結，既諷刺「選
民」的荒謬感，也讚揚各種「國民」（例如：軍國民、女國民、四民平等）的重
要性。在1920年代開始，《申報》才開始正面論述「公民」意象，或者直接地討
論「公民資格」內涵，或是間接地從生活常識（例如：經濟、衛生知識）建構現
代「公民」形象。

此外，必須先說明的是，《申報》在「公民」意象上的三個不同時期，本文
同時採取形式分析與實質分析的探討。晚清時期的《申報》訟案報導，實質地體
現「旁觀者」公民的同時，我們也在形式分析上發現，《申報》在欄目增設上似
乎預告了法律相關報導的大量增加。民國初年高度聚焦在「國民」的政治相關報
導雖然有其實質內涵，但是，在形式上我們也可以發現，《申報》不論在報導數
量或議題延伸都有明顯的增加。在1920年代的《申報》中，我們不僅看到在「公
民素質」的各種實質討論，也同時發現文字與修辭逐漸轉向樸質，並且試圖發展
貼近讀者的形式風格。

換言之，本文以下的探討不同於既有研究高度關注1930年代的《申報‧自由
談》，採取了時間跨度較大、形式與實質兼顧的分析方式，來刻畫《申報》體現
出的三種不同「公民」意象：旁觀者公民、貢獻者公民、知識者公民。

（一）早期《申報》的「旁觀者」公民：訟案爭議中的身份區別

1. 形式變化：欄目增設

《申報》研究者近年來逐漸在內容分析與文類分析的基礎上，更關注於「欄
目」的變化（王樹凱，2010、宋向賓，2011、陳建新，2008）。以《申報》在清
末時期到民國時期之間，涉及法律案件方面的各種欄目來看，我們可以發現明顯
的變化。宋向賓（2011：7-13）指出，《申報》早期關於訴訟的新聞，主要出現

在「社論」、「廣告」、「上海本埠新聞」的三種欄目之中，占了當時《申報》六個欄目（指，社論、外國新聞、國內省市新聞、上海本埠新聞、京報、廣告）的一半。其中，除了「社論」會針對諸如楊月樓、楊乃武之類的重大案件進行連續性的報導與評論之外，「上海本埠新聞」更逐漸另外開設「會審專欄」、「英界公堂瑣案」、「法界公堂瑣案」三個欄目。由此可見，在清末時期（1870～1895）開始，法律案件的新聞可以算是《申報》新聞之中很頻繁出現的主題。

在進入民國時期之前的幾年（1906～1911），《申報》關於法律方面的新聞欄目又經歷1905年的一次重大轉變。陳建新（2008：8-20）指出，從1905年開始，《申報》中關於法律方面的新聞，不論在形式上的欄目設置，或內容上的報導文字，都有明顯的、大量的增加。在「社論」欄目不僅幾乎每月至少一篇相關報導之外，內容也從法制改革開始增加了新法制定或法律概念的報導；在「廣告」欄目除了以前的律師招攬客戶與法政學堂招生之外，更增加了法律政治書籍的介紹；在「小說」欄目之中，也開始出現各種刑事案件方面的現代主義小說的連載。除此之外，延續清末以降的幾種既有欄目，《申報》更陸續在「專件」、「要折」、「來稿」、「章程」、「緊要新聞」、「本埠新聞」、「清談」、「時評」、「法部近事」、「訟案」、「京師近事」的欄目出現各種關於法律方面的新聞。根據陳建新（同上引：20）的初步統計，此一時期之中《申報》幾乎每天都有將近20件關於法律訴訟或案件報導的新聞。

在進入實質的訟案報導的討論之前，我們可以發現，欄目增設與報導增加早已反應了《申報》記者與讀者之間的文化共識：「訟案報導」逐漸成爲一種新聞敘事框架，以理解當時社會發生的諸多議題。在這樣的形式條件下，我們可以進一步探究，論者與讀者會用什麼樣的角度參與其中，又如何在參與的過程中更認識我群與他群之間的區別？

2. 實質變化：關鍵訟案─楊月樓案、楊乃武案─的報導

除了從欄目變化可以看出《申報》逐漸重視訴訟報導之外，晚清的兩個重大案件─楊月樓案、楊乃武案─也與《申報》有著密切關係。以《申報》對於著名

的「楊月樓」案件的報導來看，過去研究者大多較爲關切的是，傳統中國法律實踐的不當刑求、司法包庇等等問題（盧寧，2012）。相對於此，本文更關注報導文字中所呈現的不同「公民」意象。一方面，楊月樓案件之中，「伶人」身份在傳統被視爲低賤階級，「良賤通婚」的爭議構成了基本的起始點。楊月樓案件爭議過程中，因爲同鄉關係引發的上海人與廣東人的對立，甚至發展成「現代／傳統」觀念之間的爭執。另一方面，這個問題同時也涉及了對於「公民」觀念的華洋差異，因而使上海地區的租界事務的特有法律制度，「會審公廨」，成爲《申報》新聞報導的焦點：《申報》文字體現了撰稿者與讀者對於「公民」與「外人」差異的相互認識（楊湘鈞，2006：127-144、180-192）。

　　同治十二年（1873年）的「楊月樓」案系列報導，體現了《申報》對於公共論述的介入[6]。先不論此訴訟事件本身的經過，《申報》對於此事件的報導，經歷了「謠傳報導」轉向「力求公評」的文風（盧寧，2012：43）。早期謠傳關於擄人、通姦、亂倫、下藥的猜測，到了案件後期，《申報》對此案件的發展著重在兩個議題之上：傳統的身份之別是否過時（指，良賤通婚）、地區文化之間的觀念衝突（廣東人、上海人、外國人）。從報導的標題中，我們可以看到《申報》主筆屢次化名爲「持平子、不平父、公道老人、衆樂樂老人」等身份[7]，試

---

6. 爲顧及讀者對於楊月樓案的理解，此處提供簡要的案件概述。楊月樓爲江浙地區有名的京戲演員，相識、相戀於廣東商人之女，韋阿寶。兩人經過女方母親同意而結婚，但是韋氏家族卻在狀告楊月樓誘拐良家婦女。承辦此案的上海縣令爲廣東香山人，與韋氏家族熟識，速令緝捕歸案，定調爲誘拐通姦案。楊月樓堅持兩人真心相愛，自己並無藉戲曲名演之身分誘拐韋女，因而被施重刑處分；韋阿寶則堅持嫁楊，被掌嘴兩百，經由普育堂另擇配偶，嫁給一位孫姓老者。進一步研究可參見寧文茹與張敏（1999：1-13）、李長莉（2001）、陸永棣（2006）、謝晶（2014）。

7. 關於「持平子、不平父、公道老人、衆樂樂老人」等化名投書，參見以下幾則報導：〈持平子致本館論楊月樓事書〉（申報，1873年12月29日，第1版）。〈中西問答〉（申報，1874年1月5日，第1版）。〈不平父論楊月樓事〉（申報，1874年1月7日，第1版）。〈公道老人勸息爭論〉（申報，1873年1月9日，第1版）。〈勸惜字說〉（申報，1874年1月12日，第1版）。〈新西旁觀冷眼人致貴館書〉（申報，1874

圖論述大清律例中「禁止良賤通婚」已經不符合社會觀念。在這個論述基礎上，《申報》更進一步批評本案承審的廣東籍縣令、女方韋氏的廣東家族，指陳他們居於守舊、父權的價值與作法[8]，甚至引入西方人士對於青年男女自由婚約的觀念，來抨擊「在滬粵人」群體的各種道德瑕疵。從「楊月樓」案的《申報》報導之中，不只可見既有研究者欲強調「傳統中國法律刑訊」的罔顧人權，更重要的是，在這些相關報導與評論之中，我們看到了《申報》在撰稿人與讀者之間、在涉案群體與社會大眾之間，都營造了不同的「公民」形象。一時間，士農工商與奴婢倡優之間的良／賤對比、上海人與廣東人的個人主義／家族主義對比、中國人與外國人的傳統保守／進步開放的對比，成爲《申報》在楊月樓案報導過程中，建構公民身份界線的主軸。

這樣論述在《申報》對於「楊乃武」案的報導，可以發現更明確的形式[9]。從同治十二年底開始的三年間（1873～1875年），「楊乃武」案成了《申報》大力追蹤的訴訟案件。有趣的是，《申報》在這個案件的報導手法，既有舊式「照刊」官方消息來源，也有新式排版報導的手法（Mittler，2004）。由於此案相關消息與事實難以取得，《申報》利用轉載「諭旨、邸抄、呈詞」的方式，在「官

年1月12日，第3版）。〈勸持平子息論事〉（申報，1874年1月13日，第2版）。〈目笑過容書奉〉（申報，1874年1月23日，第2版）。

8. 關於「廣東同人、香山榮陽、香山縣民、香山人」等投書，甚至涉及江浙人對在滬粵人的批評，參見以下幾則報導：「香山榮陽甫致本館書」（申報，1874年1月17日，第2版）。〈論粵東香山縣民事後赴粵官客呈稿〉（申報，1874年1月19日，第1版）。〈目笑過容書奉〉（申報，1874年1月23日，第2版）。

9. 爲顧及讀者對於楊乃武案的理解，此處簡要概述本案。舉人楊乃武曾租住過浙江余杭葛氏一家。葛品連暴病身亡之後，鄰里傳言葛妻畢氏與楊乃武有奸情，合謀毒死丈夫。縣令嚴刑逼供，楊與畢皆不認罪，此案發往杭州知府審理，酷刑之下兩人屈服認罪，楊乃武判斬立決，葛畢氏判凌遲處死。浙江巡撫衙門接到申冤，不加詳查仍維持杭州府判決。楊乃武的姐姐與妻子兩次進京告狀申冤，後經慈禧太后批准提京複審，刑部於海會寺開棺驗屍，證實無罪平反。進一步研究可參見寧文茹、張敏（1999：14-26）、鄭定、楊昂（2005）、陳翠玉（2006）、張忠軍、秦濤（2007）。

員嚴防」與「群眾懷疑」之間製造出極大的對比（盧寧，2012：88-91）。這種數度凸顯官方消息「自相矛盾、疑似掩蓋、迴避問題」的手法，讓《申報》透過楊乃武案的報導極度凸顯「官／民」身份的區別。此外，不同於楊月樓案的報導僅觸及西方人士的人權、自由觀念，《申報》對於楊乃武案的報導，更直接將評論升高到對於「刑訊的殘酷性」、「制度缺陷，而非個人操守」的批評。在這些報導與評論之中，一個「國民」或「公民」人身安全與法律權利，呈現出極大的「華洋差異」。雖然過去的報刊研究者認為，《申報》在此案的立場隱含著「支持領事裁判權之必要性」的預設。但是，若更進入其中關於「官／民」、「華／洋」區別在公民身份的討論時，我們可以發現：《申報》對於此案的報導實則涉及了「公民身份」的基本問題，亦即：國家對於公職／公民的保護或侵害有何差別？中國與外國對於公民身份與相應權利的認知有何差別？

從以上的討論發現，晚清時期《申報》逐漸浮現一種「旁觀者」公民的意象。一方面，與法律、訴訟相關的報告欄目不斷地增加，另一方面，幾個眾所矚目的社會案件中可以看到連續報導與化名投書。在其中，報導者與閱讀者共同展現出一種「旁觀者」心態，並藉此角色定位來參與進入公共生活。與此同時，在對於訴訟案件的持續關注與各發議論之餘，他們更逐漸地意識到各種身份之間的區別，也意識公共生活中具有「公」之意義的人，可能不再只限於有官方身份的官員或紳民，其他形形色色的「民」也可以是有著積極意義的「公民」，而不是過去的「臣民」（指，小民、草民、賤民、刁民等消極或負面的指稱）。

（二）民國初年《申報》的「貢獻者」公民：有益／無益於國家的 「國民」形象

如上所述，早期《申報》文字中涉及「公民」的部分，主要依附在訴訟案件的報導上，而進入民國時期之後，各種近代報刊中關於「公民」的討論則顯得更為複雜。一方面，是清末民初時期的立憲運動與共和體制，讓「公民」與其相應權利的討論圍繞在「政治權利」（political rights），特別是選舉、投票等事務。另一方面，在社會危機與國族富強的社會氛圍之下，如何創造新時代「公民」的

問題，從清末梁啓超提出的「新民」觀念，進一步細緻地衍生出各種社會面貌。

　　一般而言，研究者們皆承認一種「由臣民到公民」的變化（高力克，1999；張錫勤，1994；陳永森，2004；劉澤華，1991），但是，對於此過程的討論卻仍停留在從負面到正面、從無到有的簡單發展論述。其中，陳永森（2004）對於脫離「臣民」思維之後的公民意識，提出了3階段演變的考察：晚清至民初的「公民」經歷了「整體性、個體性、階級性」3個階段，而「公民」概念經歷「集體→個體→集體」的兩次轉變。1919年的五四運動是其中關鍵分水嶺，曾經一度賦予「公民」概念得以掙脫集體主義的個體主義要素，卻又在之後受到左派階級論述高漲的影響中，使得「公民」概念回到集體高過於個體的狀態。

　　因此，以下將從兩方面來討論《申報》文字中，與「公民」有關的各種論述建構。從形式面來看，《申報》對於政治權利（包含參政與結社）的報導與評論，將是凸顯「公民身份」的重要指標。「共和」理念在此時涉及了各種歧異的制度實踐，一般公民對於「選舉、投票」的看法，則直接地反映了公民的政治權利經驗。從實質面來看，我們可以看到「國民論述」之中的3種次群體論述：關於四民平等[10]、軍國民、女國民[11]的討論。限於篇幅，本文將僅以「軍國民」爲

---

10. 伴隨著「軍國民主義」論述，傳統「士農工商」的四民秩序也開始由上下階層的關係（指，「士爲四民之首」、「以農立國」的思維），轉爲四者並立且平等的關係（馬小泉，1997；陳永森，2004：128-130）。雖然如嚴復提出「兵農工商」的新四民結構屬於少數極端立場，但是，伴隨著「國民」概念的討論中，我們可以發現許多正面看待工商業者的職業地位與職業倫理。換句話說，傳統的「四民尊卑」的等級秩序，受到職業無輕重貴賤區別的質疑，轉向「四民平等」的論述。

11. 清末民初的婦女教育與女權運動，也讓「女性」這個身份相當程度上與「國民」論述產生關連（陳永森，2004：162-190；Cheng, 2000; Judge, 2002）。一方面，對於「女國民」觀念的討論，指出了受教育、參與政治、關心公共事務已經不再限於「男國民」，而是相反，具有諸種積極的公民意識者，才有得以成爲「國民」之資格。另一方面，相關討論更積極發揮女性原來有的性別角色，提出女性除了具備成爲「女國民」的可能之外，更扮演了「國民之母」、「國民之妻」的關鍵輔助角色。因此，廣義的「女國民」論述成爲晚清民初「國民」論述中一個不可或缺的成分。

例，說明《申報》文字如何透過「國民／公民」的次類型與實際形象，來建構出關於公民的觀念。

1. 選舉與投票：期待與失落

從《申報》文字的檢索之中，我們發現，關於「選舉」、「投票」的報導密集地出現在清末民初的時期。其中，關於「選舉」的報導共有54,384則，關於「投票」的報導則有18,366則，而兩者交集則有10,094則[12]。

然而，《申報》對於選舉與投票的報導並未完全聚焦在「共和制」、「政黨政治」、「議會制」或者其他相關政治理念與主義上。除了頻繁且固定出現的中央與各省的選舉之外，在《申報》的新聞中，同樣可以見到另外三類選舉新聞：1.民間結社的選舉投票（例如：商會、農務會、教育協會等各種職業公會）；2.西方各國進行的選舉與投票事務（包含其結果與評論）；3.關於選舉與投票事務的訴訟新聞。可見，《申報》對於「政治權利」的論述建構，並非採取政治報刊的「積極鼓吹」立場，反而也關注其他非直接涉及「參政權」的選舉議題。

更值得注意的是，《申報》更刊載了當時各種選舉「亂象」的報導與評論。由於公民身份所指涉的既是一種權利認知與爭取，也是一種關於權利實踐的學習過程。對於後者，在《申報》我們可以看到一些關於當時選舉、投票在實踐經驗上的報導。例如：民國初年對於選舉事務不熟悉的公民，「視選舉事務爲兒戲」、「選舉過程弊端叢生」、「投票之中出現的買票行爲」的相關報導[13]。最具生動的《申報》評論，可見於標題爲〈投票史〉與〈選舉百笑錄〉的兩則報導：

---

12. 此處計算報導次數的資料來源，是以「中國近代報刊」資料庫（http://www.dhcdb.com.tw/SP/）爲基礎。關於《申報》的另一個數位資料庫來源是「愛如生」（http://db.ersjk.com/）。

13. 參見以下四則報導：〈□□之投票觀〉（申報，1912年12月9日，第10版）。〈蘇常鎮揚省議會初選現狀〉（申報，1912年12月9日，第6版）。〈宿松選舉大弊端〉（申報，1913年1月11日，第6版）。

……某處焚燒投票匭。某處搗毀投票所。某處某檢查員私填多票塞入票匭，經營終夜。某城某弄某氏家，當省會初選之前數日，其室中常有多人絮語，終夜不絕。某氏出名片，令諸人依樣摹寫十數過，乃出酒食饗之。食畢，眾出，他人復來。彼此更替，戶限爲穿，如是者十餘日。余居其鄰舍，見聞頗詳。（申報，1912年12月9日，第10版）

……投票人臨時稱我不會寫字，可笑。鄉人先期練寫被選舉人姓名，可笑。鄉人入警察局投票，可笑。出洋三角，沿路收買投票證，可笑。招人投票如拉皮條，可笑。煙容滿面，入投票所投票，可笑。投票人擠坍台子腳，碰跌幹事員，可笑。一人投十餘票，屢出屢入，管理員等熟視若無睹，可笑。填寫選舉票後，遺落不投匭，可笑。十四五歲小兒投票，可笑。……（申報，1912年12月10日，第10版）

由此可見，《申報》參與公民的政治權利建構的過程，不僅有報導、宣傳、推廣的一面，也有批評、反省、諷刺的一面。這正好反映了出傳統中國社會對於新興「政治權利」概念的矛盾情結，既有關於選舉、投票、議會等政治權利方面的大幅度報導，也有不乏對於未具備政治參與素質、能力與知識所致之亂象的諷刺。換句話說，單純賦予政治權利僅是表面，對於晚清民初的社會似乎沒有太多貢獻，能夠實質地有益於國家社會、並能有志於做出積極貢獻的，其實是諸如「軍國民」、「女國民」、「四民平等」幾種「國民」意象。

2. 軍國民：主義理念之外的制度實踐

延續清末受到列強侵略與清廷積弱的影響，倡導「新民」思想與國家主義的論述（例如：梁啓超、蔡鍔），嘗試著結合「國民」與「軍人」兩種意象，進而爲「進取、冒險、尚武」精神找到實際的作用對象（呂鳳英，2005；沈寂，2007；陳永森，2004：82-96；陳志讓，2008；黃金麟，2001、2004）。這種「軍國民主義」論述已經走出「新民」思維重視公共道德面向的階段，進一步把「公民」的理想典型從傳統的「士人、文人、書生」的形象抽離，也成爲當時彼

此爭議不休的改良派與革命派之間的基本共識。

　　《申報》對於「軍國民」的報導文字共有708則，大部分集中在民國時期（在1910年以前僅有48則），其中162則是位於廣告版。與政論型報刊中直接刊載各種討論「軍國民主義」或「軍國民精神」的文字不同，我們在《申報》文字中較少看見連續且密集地論述「軍國民」觀念的文章，反而是各種相關的制度規劃與論述建構。其中，主要有三種類型：1.教育的法案辯論，關於各省的國民基本教育是否、如何納入「軍事訓練」課程，或者是外國軍事專業學校的報導與中國如何學習引進相關的軍事教育；2.「軍國民」相關組織與團體，在國民基本教育制度之外的兩個明顯例子是「童子軍」團體、「學生軍」組織，前者主要散見在不同時期，而後者則常見特定列強侵略事件之後；3.關於體育、武術、運動會，除了中央與各省政府提倡的強健體能活動之外，最常見的報導則是具有「中外競賽」性質的國際運動會。除了與「軍國民」相關的報導文字之外，在《申報》廣告版也可以發現許多關於「軍國民」的書籍廣告，其中大多是與軍事有關的實用手冊或者軍事小說等等[14]。

　　由此可見，《申報》對於「軍國民」形象的建構並非直接的論述其概念內涵，而是間接地圍繞在各種制度實踐之上，透過國民基本教育、民間社團組織、運動競賽報導、軍事相關書籍的方式，來參與民國初年對於「公民身份」建構過程中扮演著關鍵角色的「軍國民」形象。

　　當我們初步對照「投票人」與「軍國民」的報導之後，可以明顯地看見一

---

14. 例如：《軍事小說驗游記》、《袖珍裝洋本陸軍審定新訂步兵操法》。關於《軍事小說驗游記》，請參見申報（1910年11月29日）。〈軍事小說游記定價三角〉，《申報》，第7版。該廣告自1910年11月29日起每月刊登數日，直至1911年9月3日為止，共刊登38則。類似的其它軍事小說約有廣告298則。關於《袖珍裝洋本陸軍審定新訂步兵操法》，參見申報（1912年1月28日）。〈洋裝袖珍本陸軍審定新訂步兵操法〉，《申報》，第2版。該廣告自1912年1月起，每月刊登至少一週以上，直至1912年6月8日為止，共刊登69則。其他相似的軍事操演手冊，約有廣告391則。

種「貢獻者」公民的意象。對於時代鉅變的晚清民初社會來說，理想的「好公民」並非具有選舉、參政、投票權的「選民」，而是能夠產生積極貢獻的特定類型「國民」。這種強調「貢獻／有益」（於國家社會）的「公民」想像，在一般性、全體性的描述之下，更細緻深入各種國民次類型（例如：軍國民、女國民、青年學生、工商實業者），以不言而喻的「貢獻者」判準，來建構理想的「公民」的形象。

（三）《常識》與《常評》中的「知識者」公民：公民素質與其日常實用基礎

進入民國時期之後，《申報》中關於「公共輿論」的部分最爲人熟知的就是副刊「自由談」專欄。在歷時二十多年（1911～1935）與幾位知名主筆的過程中，特別是在1930年代由周瘦鵑易手黎烈文之後，《申報‧自由談》時期引進許多左翼文論家，開啓許多社會批評與思想論戰而著名。

李歐梵（2000）、陳建華（2008，2013）、唐小兵（2012）都指出，《申報‧自由談》的時論文章，在文藝面向之外具有政治批評、公共輿論的性質。不論是主筆或是撰稿者（例如：知名的魯迅以各種筆名發表文章），更在其中扮演公共知識份子的角色。然而，不論是從文字論述本身，或是從作者／讀者設定來看，「申報‧自由談」仍是流傳於傳統士人或現代知識份子，這些少數文化菁英的社會群體之間（羅志田，1999，2001）。即使產生過相當程度的「公共性」內涵，這些文字論述卻可能同時所設下的文化門檻過高，或者論述方式迂迴，無法影響到廣泛的社會大眾。相對於此，《申報》從1920年代開始，由楊蔭杭所主持的《常識》專欄與《常評》副刊，則是專門針對社會大眾，提供各種新興的觀念說明。

楊蔭杭主持下的《常識》把「公共論述」視爲知識份子對社會大眾所進行的

知識推廣，而非「文人論政」風格的爭辯交鋒[15]。他將讀者定位在中下層群眾，並不預設讀者會密集地、高度地關注政治事務。相反地，他認為，現代公民對於公共事務的關注，更應該以日常生活為背景，以足夠的知識（或稱「常識」）為基礎。因此，《常識》的設定以「道德」、「法律」、「經濟」、「衛生」四大專欄為固定欄目，其他相關的日常生活知識（例如：科學新知）則為不固定欄目。除此之外，在《常識》固定的「道德」、「法律」、「經濟」、「衛生」之中，不僅有新觀念的介紹，更有「實地調查」或「實作須知」的文字。舉例而言，「經濟」類之中有對於特定行業數據的調查[16]，「衛生」類中有關於家庭生活的簡易指導[17]。這些日常生活的細瑣事務，都被《常識》視為塑造現代公民素養所需要的基本知識。值得注意的是，《常識》不僅將經濟、衛生、科學等非法政主題，視為公民素養的必備知識，其中內容更展現了重視數據統計與實地調查的風格，不同於其他政論報刊習於以外國學說或經驗來談論「公民」知識。

　　在《常識》四個固定欄目之中，與公民身份最直接相關的是「法律」類專欄，這個專欄也常以「國民常識」或「公民常識」為名。相對於「道德」類專欄介紹各種關於公民必須具備或知曉的道德常識，「國／公民常識」則是明確地以法規制度為介紹主題[18]。

---

15. 主持人兼《申報》副主筆的楊蔭杭本身就是一位執業律師，也曾任教於北京政法學校、歷任京師高等審判廳長、京師高等檢察長、司法部參事。此外，這系列《常識》欄目的增刊，也引起了對手《新聞報》於1922年開始增刊《新知識》欄目。

16. 例如：〈實業調查：參觀民生製傘場〉（寄痕，1920年6月4日，第17版）；〈實業調查：參觀祥泰鋸木場記〉（忍寒，1920年6月14日，第18版）。

17. 例如：〈家庭常識：火災應付法〉（閑雲，1920年8月4日，第16版）；〈家庭常識：孕婦的食品與動作〉（叔和，1920年8月16日，第16版）；〈家庭常識：食鍋之選擇法與使用之注意（上）〉（邵驥才，1920年8月30日，第16版）。

18. 例如：〈公民資格〉（申報，1920年6月2日，第17版）；〈公民常識：自由界說〉（嘯廬，1920年6月5日，第17版）；〈公民常識：公民責任〉（漸，1920年6月8日，第17版）；〈國民常識：國民自治的資格（上）〉（范欽堯，1920年9月7日，第16版）；〈國民常識：國民承認所得稅當要求以裁釐為交換條件〉（晴康，1920年10

> ……民主國的國民因爲都有國家主權的一分，就發生一種對於
> 國家的責任。但是，負責任三字不是容易的，所以全體國民裡頭有一
> 種享有公權的叫做公民，這便是應負責任的人。……但是，公民資格
> 因年齡品行知識的種種關係，不是全國國民都能完備的。……一，要
> 有本國國籍者，二，年滿二十五歲者，三，居住本自治區接續三年
> 以上者，四，年納直接國稅十圓以上者或有不動產價值五千圓以上
> 者。……（申報，1920年6月2日，第17版）

　　從這個例子很直接地說明了，《常識》副刊如何大量地、持續地推廣「現代公民」所具備的知識素養。在「公民資格」的這則文章中，我們可以看到，關於「現代公民」的理念性質的內涵之外，還需要具備哪些實際的法規條件，尤其像是「法定年齡」、「居住年限」、「納稅」等方面的常識。

　　除了《常識》副刊定期地介紹的各種現代公民知識，《申報》的《常識》增刊之中也同時有每日評論專欄—《常評》—以提供知識與常識介紹之外，對於重要時事的討論。在《常評》之中，楊蔭杭（筆名，老圃）與陳景寒（筆名，冷、不冷）與其他作者則針對政治、法律、道德、教育、社會風氣等等議題，提供了相映的評論文章。在《常評》的時評文章中，楊蔭杭的論述風格特別，不同於一般傳統文人的社會批判。其文字之中常見對於國家存亡與社會風氣的憂心，還帶有兩個特點：一者，特別關注中國文字對於日常學習的重要性；二者，評論內容貼近日常生活，並且具有百科全書式的廣博（王樹凱、安櫻，2010；李慎之，1994；楊絳，1986）。在這兩個特色之下，楊蔭杭的《常評》時論體現了自己對於《常識》副刊的規劃理念：現代公民所應該具有的知識素質，應該建立在人民的「文化識讀」（cultural literacy）與「共享知識」（common knowledge）之上。

　　由此可見，《申報》在1920年代之後的《常識》與《常評》，採取的論述

月6日，第16版）；〈公民常識：租稅之原則〉（謹慎，1920年10月9日，第16版）。

模式有別於「文人論政」模式，採取更貼近讀者大眾的文字風格。其中浮現的是一種「知識者」公民的意象。舉例而言，具有留學背景與法律實務的楊蔭杭，不僅以其不同於文藝界作者的風格，規劃了具有日常實用知識的專欄，更實際在每日時評的文章中，撰寫關注現代公民基本素養的評論文章。這種強調「知識」內涵的公民論述，既不同於《申報》早期的「旁觀者」公民意象，也有別於民國初年的「貢獻者」公民意象，開始正面地論述理想的「好公民」，與自我積極充實「知識」與「素質」。

五、討論與結論：「公民」意象、《申報》公共性與 「報刊現代性」

初步綜合以上三個時期的分析，我們可以發現《申報》中「公民」意象的一個序列演變：從「旁觀者」到「貢獻者」，再到「知識者」。對於這三種「好公民」的梳理讓本文可以提出進一步的整體觀察。

一方面，從三種公民意象的演進關係來看，我們可以發現一個逐步圓熟的過程。雖然「旁觀者」與「貢獻者」未必符合引進中國社會的西方公民論述，但是，它們作為兩個關鍵的先期階段，為「知識者」公民奠定了基礎。或許，歷經了帶著一些疑慮的「旁觀者」公民、志於報效國家的「貢獻者」公民，我們才能更理解「知識者」公民如何來得不易，也才能理解「啟蒙式新公民」的知識份子思維與常民的日常生活之間的落差[19]。另一方面，歷史語境與脈絡中發現的更

---

19. 當時從啟蒙角度提出的「公民」論述，最著名的例子是梁啟超的「新民說」（沈松僑，2002；梁啟超，2011；陳永森，2004:330-347；張灝，1995；Fogel & Zarrow, 1997；Goldman & Perry, 2002）沈松僑、Goldman & Perry分別討論了對於「新民說」的作用。沈松僑（同上引：722-725）指出，梁啟超的「新民」論述與晚清的「國民論述」在歌頌國民的過程中，走入了國家予以神話的魔咒，因此是一種「無所寄寓的事物」（disembodied entity）、「派生論述」（derivative discourse）。Goldman & Perry（同上引：1-6）則認為，「新民」概念偏重公共與道德面向，有別於西方「公

多是「公民」的意象而非定義。即使在詞彙直接使用的意義上,「國民」、「市民」較爲常見[20],但是,我們仍然可以看到,三種不同的「公民」意象鑲嵌於《申報》的日常生活各方面的議題之中,例如:在爭議訟案的旁觀中意識到我群與他群之別、在衛生、科學、經濟的生活知識中充實了關於公共生活的理解。換個角度看,「公民」意象未必都得是關連至輿論、公共、憲政、共和等法律政治詞彙,而可以用更貼近社會大眾的方式形塑出各種關於「好公民」的想像。

藉由上述的研究發現,本文嘗試分成兩個層次來與既有研究進行對話:一者,是先針對目前《申報》研究的既有成果,以本文的研究發現,來重新思考「公共性」論題;二者,則是回到本文關切的「媒介與現代性」問題,藉由本文的研究發現,來豐富近代報刊對此論題的貢獻。

首先,不論在新聞報導、時事評論、知識推廣上,《申報》的「公民」意象都展現了一定程度的「公共性」,但是,這個「公共性」的展現方式不同於目前既有研究者的認識。一方面,海德堡學者們看重早期《申報》座落的華洋交錯情境,但是,中國與外國經驗的相互參照只能說明「旁觀者」公民的一部分(例如:華人／洋人之間對不同議題的認知差異),卻未能深入解釋爲何其他身分區別(例如:良／賤、官／民、本埠／外地、江浙人／閩粵人、傳統生活／洋派作風、消極選民／積極國民、傳統臣民／現代公民)。相似地,華洋雜處也只能說明「貢獻者」公民被激起的時代情境(例如:追求富強、開化的國族主義),無法說明爲何授與「投票人」各種政治權利的重要性,不及於促成各類國民實質地

民」概念著重的權利與功利面向,但是「新民」論述仍有著關鍵的轉化作用,使「一國之民」(a national citizen)過渡爲「公民」(a full-fledged citizen)。不同於這些研究所著重的啓蒙知識分子觀點,本文則讀者大眾的角度刻畫另一種有別於「啓蒙式新公民」論述的公民意象。

20. 本文將搜尋條件設定在從1870到1949之間,《申報》中關於「公民」的報導有18,105筆,關於「市民」的報導有34,952筆,關於「國民」的報導有152,106筆。依此可見,在當時的文字脈絡與詞彙使用中,「國民」遠高於「市民」與「公民」。

貢獻於國家社會（例如：軍國民、女國民等）。

此外，過去中文學術界的研究焦點聚集在《申報·自由談》的文藝評論政治評論的「公共性」，因而忽略了《申報》在其他的報導、專欄、副刊所共同構成的「公民」意象。以1932年為界，《申報·自由談》前有周瘦鵑時期的文論，後有黎烈文時期的政論，因而多數研究者以「文論到政論」來定位《申報》的公共性。然而，本文的經驗發現，以「旁觀者」、「貢獻者」、「知識者」公民意象，對於《申報》所具有的「公共性」提出了另外一種新的認識。質言之，這種「公共性」的塑造是透過「好公民」想像來達成，而非依循著「文人啓發民眾」的模式來進行。

不管是關鍵訟案的報導，或是《常識》副刊的推廣，我們在《申報》的三種公民意象中發現更為複雜的公共性建構：一方面，撰稿者以社會大眾的角度來發聲，並且協調不同群眾團體之間的意見與立場群體，另一方面，這些文字所訴諸的特定閱讀群體，似乎被期許走出自己既有的認識框架。在這個意義上，本文認為，《申報》文字具有一種特別的「公共性」意涵，而且這種意義上的「公共性」更容易受到忽略，較之文人或知識份子單方面的發言、論述、爭辯所呈現的「公共性」來得不易察覺。

其次，這個「公共性」既不完全是Habermas意義上的「公共領域」，或者Wagner修正意義下的跨國公共領域，也不完全是Anderson意義上的「想像共同體」。本文發現，《申報》以一種更為迂迴地方式，結合了「論理」與「想像」的成分，展現了它自身特有的公共性意涵。《申報》中關於「公民」意象（例如：公民群體、公民形象、公民素質等等）的文字，總體來說，既體現了一種觀看、論理、說服的過程，也存在著一種想像、投射、認同的成分。報導者或評論者對於當時中國社會的各種新聞事件進行觀察，在描述與論述的同時也提出了對於「更好、更理想」狀態的想像，而讀者或被報導群體透過《申報》的傳播與閱讀，再度修正、接受、挪用這些「好公民」的建構。《申報》透過報導文字的故事性將文字的生產者與消費者雙方聯繫起來，借用Carey的思考方式來看，這是

新聞報導的一種「論理／想像」並存之傳播過程。

回到「報刊現代性」問題。既有研究常試圖追問：《申報》作爲重要的近代報刊之一，在何種意義上體現了中國社會於此時期進入「現代性」狀態？本文認爲，這個問題必須先進行一個概念上的區分，以釐清既有研究中的爭辯。一方面，近代報刊可以從諸多方面，體現了現代社會的各種樣態，例如：理性論述、啓蒙個體、都市生活、個人消費等等。另一方面，報刊作爲一個特殊的傳播媒介，也可能逐漸發展出自身的現代形式，例如：新聞專業價值觀的建立、新聞之於公共生活的特殊意義。本文的分析指出，《申報》以各種論述來建構了「公民」意象，而此一建構過程則可能在兩種意義上與「報刊現代性」論題有所關連。在形式意義上呈現了「報刊的現代形式」（modern form of the press），亦即：作爲Thompson意義上的「媒介化的準互動」，《申報》的三種「公民」意象共同展示這種特殊的「公共性」；在實質意義上體現了「報刊中的現代性」（modernity in the press）之一種內涵，亦即：三種「公民」意象、三者接續的演變關係，都指出了一股追求「好公民」的現代理想。

最後，本文認爲，《申報》作爲中國近代報刊的一個重要例證，毋寧呼應著Carey對於「新聞業」專業性的規範期許，與Schudson對於「好公民」紮根於公共生活之基礎。Carey（1986）認爲，在新聞業、廣告行銷業、公共關係的三種「專業傳播者」之中，唯有新聞從業者能從自身的執業過程發展出具有公共意涵的專業價值觀，相對於此，廣告與公關兩種「專業傳播者」會逐漸服膺於商業力量與政黨力量。從本文的經驗發現來看，「旁觀者」、「貢獻者」、「知識者」的三種「公民」意象，確實體現了《申報》一種特有的「公共性」，一種對於「理想公民」形象的持續追求。這些「公民」想像深深地根植於日常生活諸種議題中，而非侷限在狹義政治事務，在本文看來，這也消解了Schudson（2008）對於新聞學研究「歷史感不足」（underdeveloped historical understanding of journalism）的擔憂。本文的研究以Schudson（1998）的「好公民」研究爲借鏡，重新梳理《申報》的三種「公民」意象，進而落實對於Carey「新聞即文

化」與「新聞即公民」的立場。

　　綜上所述，本文不僅深化了既有的《申報》研究對於「公共性」的認識、綜合了「報刊現代性」在「論理／想像」、「形式／實質」的兩面並存，更重要的在於，本文同時證成了由Carey到Schudson的「文化性／批判性新聞史」研究取徑的貢獻所在：藉由《申報》個案的三種「公民」意象，深化近代報刊史、新聞史的研究取徑，並且開展新的視野。

參考書目

毛尖譯（2000）。《上海摩登：一種新都市文化在中國1930-1945》。香港：牛津大學出版社。（原書Lee, L. O.-F.[1999]. *Shanghai modern: The flowering of a new urban culture in China, 1930-1945*.Cambridge,MA: Harvard University Press.）

王敏（2008）。《上海報人社會生活：1872-1949》。上海：上海辭書。

王樹凱（2010）。《楊蔭杭和《申報》增刊《常識》研究（1920-1924）》。安徽大學碩士論文。

王樹凱、安櫻（2010）〈淺析申報增刊常識楊蔭杭的評論特色〉，《新聞世界》，6:103-104。

申報（1920年6月2日）。〈公民資格〉，《申報》增刊《常識》，第17版。

——（1913年1月11日）。〈宿松選舉大弊端〉，《申報》，第6版。

——（1912年12月10日）。〈選舉百笑錄〉，《申報》，第10版。

——（1912a年12月9日）。〈蘇常鎮揚省議會初選現狀〉，《申報》，第6版。

——（1912b年12月9日）。〈投票史〉，《申報》，第10版。

——（1912c年12月9日）。〈□□之投票觀〉，《申報》，第10版。

——（1912年1月28日）。〈洋裝珍袖本陸軍審定訂步兵操法〉，《申報》，第2版。

——（1910年11月29日）。〈軍事小說驂游記定價三角〉，《申報》，第7版。

——（1874年1月23日）。〈目笑過客書奉〉，《申報》，第2版。

——（1874年1月17日）。〈香山榮陽甫致本館書〉，《申報》，第2版。

——（1874a年1月12日）。〈勸惜字說〉，《申報》，第1版。

——（1874b年1月12日）。〈新西旁觀冷眼人致貴館書〉，《申報》，第3版。

——（1874年1月9日）。〈公道老人勸息爭論〉，《申報》，第1版。

——（1874年1月7日）。〈不平父論楊月樓事〉，《申報》，第1版。

——（1874年1月5日）。〈中西問答〉，《申報》，第1版。

——（1873年12月29日）。〈持平子致本館論楊月樓事書〉，《申報》，第1版。

吉建富（2010）。《海派報業》。上海。文匯出版社。

何穎怡譯（1993）。《探索新聞：美國報業社會史》。臺北，臺灣：遠流。
（原書Schudson, M. [1978]. *Discovering the News*. New York: Basic Books.）

吳震環譯（2008）。《文化社會學：社會生活的意義》。臺北，臺灣：五南。（原書Alexander, J. C. [2003]. *The meanings of social life: a cultural sociology*. New York: Oxford University Press.）

呂鳳英（2005）。〈軍國民教育時期學生身體改造的歷程初探（1902-1919）〉，《身體文化學報》，1：259-280。

宋向賓（2011）。《〈申報〉與西方法文化傳播（1872-1882）》。湘潭大學碩士論文。

宋軍（1996）。《申報的興衰》。上海：上海社會科學院出版社。

忍寒（1920年6月14日）。〈調查錄：參觀祥泰鋸木場記〉，《申報》，第18版。

李仁淵（2005）。《晚清的新式傳播媒體與知識份子：以報刊出版為中心的討論》。臺北，臺灣：稻鄉。

李金銓（2013）。《報人報國：中國新聞史的另一種讀法》。香港：中文大學出版社。

——（2008）。《文人論政：民國知識份子與報刊》。臺北，臺灣：政大出版社。

李長莉（2001）。〈從「楊月樓案」看晚清社會倫理觀念的變動〉，《近代
　　史研究》，1：82-118。

李慎之（1994）。〈通才博識鐵骨冰心〉，《讀書》，10:44-49。

李歐梵（2010）。《現代性的追求：李歐梵文化評論精選集》。北京：人民
　　文學。

沈松橋（2002）。〈國權與民權：晚清的「國民」論述，1895-1911〉，《中
　　央研究院歷史語言研究所集刊》，73（4）：685-734。

沈寂（2008）。〈軍國民教育會與同盟會的成立〉，《安徽史學》，1：54-63。

叔和（1920年8月16日）。〈家庭常識：孕婦的食品與動作〉，《申報》，第
　　16版。

邵驥才（1920年8月30日）。〈家庭常識：食鍋之選擇法與使用之注意
　　（上）〉，《申報》，第16版。

金觀濤、劉青峰（2008）。《觀念史研究：中國現代重要政治術語的形
　　成》。香港：中文大學出版社。

范欽堯（1920年9月7日）。〈國民常識：國民自治的資格（下）〉，《申
　　報》，第16版。

──（1920年9月6日）。〈國民常識：國民自治的資格（上）〉，《申
　　報》，第16版。

赴粵宦客（1874年1月19日）。〈論粵東香山縣民事後〉，《申報》，第1版。

唐小兵（2012）。《現代中國的公共輿論─以《大公報》「星期論文」和
　　〈申報〉「自由談」為例》。北京：社會科學文獻出版社。

馬小泉（1997）。〈地方自治：晚清新式紳商的公民意識與政治參與〉，
　　《天津社會科學》，4:104-111。

高力克（1999）。〈五四倫理與公民精神〉，《浙江社會科學》，5:122-127。

寄痕（1920年6月4日）。〈實業調查：參觀民生製傘場〉，《申報》，第17版。

張忠軍、秦濤（2007）。〈艱難的洗冤之路──楊乃武一案複雜原因的程式性探析〉，《理論月刊》，2：129-131。

張錫勤（1994）。〈中國20世紀初「國民」問題討論綜述〉，《求是學刊》，1:107-113。

張灝（1995）。《梁啓超與中國思想的過渡（1890-1907）》。南京：江蘇人民。

梁啓超（2011）。《新民說》。臺北，臺灣：文景。

許紀霖（2007）。〈近代上海消費主義意識形態之建構─1920至1930年代《申報》廣告研究〉，姜進（編），《都市文化中的現代中國》，頁246-262。上海：華東師範大學出版社。

陳永森（2004）。《告別臣民的嘗試─清末民初的公民意識與公民行為》。北京：中國人民大學出版社。

陳志讓（2008）。《軍紳政權：近代中國的軍閥時期》。桂林：廣西師範大學出版社。

陳建華（2013）。〈陳冷：民國時期新聞職業與自由獨立之精神〉，李金銓（編），《報人報國：中國新聞史的另一種讀法》，頁219-258。香港：中文大學出版社。

──（2008）。〈共和憲政與家國想像：周瘦鵑與《申報‧自由談》，1921-1926〉，李金銓（編），《文人論政：民國知識份子與報刊》，頁211-238。臺北，臺灣：政大出版社。

陳建新（2008）。《〈申報〉與西方法文化傳播（1906-1911）》。湘潭大學碩士論文。

陳翠玉（2006）。〈清代刑事司法實際透視--楊乃武與小白菜案件評析〉，《中國刑事法雜誌》，2：94-104。

陸永棣（2006）。《1877帝國司法的迴光返照：晚清冤獄中的楊乃武案》。
　　北京：法律出版社。

晴康（1920年10月6日）。〈國民常識：國民承認所得稅當求以裁釐爲交換條
　　件〉，《申報》，第16版。

閑雲（1920年8月4日）。〈家庭常識：火災應付法〉，《申報》，第16版。

陽江散人（1874年1月13日）。〈勸持平子息論事〉，《申報》，第2版。

黃克武（1988）。〈從申報醫藥廣告看民初上海的醫療文化與社會生活〉，
　　《近代史研究所集刊》。17：141-194。

黃金麟（2004）。〈近代中國的軍事身體建構，1895-1949〉，《近代史研究
　　所集刊》，43：173-221。

── （2001）。《歷史、身體、國家：近代中國的身體形成（1895-
　　1937）》。臺北，臺灣：聯經出版社。

楊湘鈞（2006）。《帝國之鞭與寡頭之鍊：上海會審公廨權力關係變遷研
　　究》。北京：北京大學出版社。

楊絳（1986）。《回憶兩篇》。長沙：湖南人民出版社。

寧文茹、張敏（1999）。《滿城風雨：舊中國轟動的社會新聞》。福州：福
　　建人民出版社。

漸（1920年6月8日）。〈公民常識：公民責任〉，《申報》，第17版。

劉小磊譯（2008）。《中國新聞輿論史：一部關於民意與專制鬥爭的歷
　　史》。上海：上海人民出版社。（原書Lin, Y.[1937]. *A history of the press
　　and public opinion in China.* Chicago, IL:University of Chicago Press.）

劉莉（2010）。《周瘦鵑主編時期〈申報・自由談〉小說研究》。復旦大學
　　中國語言文學系博士論文。

劉澤華（1991）。〈論從臣民意識向公民意識的轉變〉，《天津社會科
　　學》，4:37-43。

嘯廬（1920年6月5日）。〈公民常識：自由界說〉，《申報》，第17版。

蔡博方（2013）。〈教育家或研究者？公民或記者？反思James W. Carey的知識貢獻〉，《傳播研究與實踐》，3（2）：141-158。

鄭定、楊昂（2005）。〈不可能的任務：晚清冤獄之淵藪——以楊乃武小白菜案初審官劉錫彤爲中心的分析〉，《法學家》，2：46-55。

盧寧（2012）。《早期〈申報〉與晚清政府：近代轉型視野中報紙與官吏關係的考察》。上海：上海科學技術文獻出版社。

謝波（2014）。《媒介與公共空間——〈申報・自由談〉（周瘦鵑時期）研究》。江蘇。江蘇人民出版社。

謝晶（2014）。〈近代中國的「公共領域」萌芽——以《申報》對楊月樓案之報導討論爲例〉，《清華法治論衡》，1：346-365。

羅志田（2001）。《亂世潛流：民族主義與民國政治》。上海。上海古籍出版社。

——（1999）。《權勢轉移：近代中國的思想・社會與學術》。湖北：湖北人民出版社。

Adam, G. S. (2009a). James Carey, the American university, and the general moral and intellectual point of view. *Cultural Studies* ↔ *Critical Methodologies, 9*, 398-411.

——(2009b). Jim Carey and the problem of journalism education. *Cultural Studies, 23*, 157-166.

Anderson, B. R.(1991). *Imagined communities: Reflections on the origin and spread of nationalism*. London: Verso.

Barlow, T. (2012). Advertising ephemera and the angel of history. *Positions: Asia Critique* 20(1): 111-158.

Barlow, T. et al. (Eds.) (2008). *The Modern Girl around the World*. Durham: Duke University Press.

Carey, J. W. (1997). Afterword: The culture in question. In E. S. Munson & C. A. Warren (Eds.), *James Carey: A critical reader* (pp. 308-340). Minneapolis, MN: University of Minnesota Press.

——(1986). Communications revolution and the professional communicator. In E. S. Munson & C. A. Warren (Eds). (1997). *James Carey: a critical reader* (pp. 128-143). Minneapolis, MN: University of Minnesota Press.

——(1974). The problem of journalism history. In E. S. Munson & C. A. Warren (Eds), *James Carey: a critical reader* (pp. 86-94). Minneapolis, MN: University of Minnesota Press.

——(1969). The dark continent of American journalism. In E. S. Munson & C. A. Warren(Eds),*James Carey: a critical reader* (pp.144-188). Minneapolis, MN: University of Minnesota Press.

Cheng, W. (2000). Going public through education: Female reformers and girls' schools in late qing beijing. *Late Imperial China*, 21(10), 107-144.

Culp, R. J. (2007). *Articulating citizenship: Civic education and student politics in southeastern China, 1912-1940*. Cambridge, MA: Harvard University Asia Center, Harvard University Press.

Erickson, J. (1975). One approach to the cultural history of reporting. *Journalism History*, 2(2), 40-42.

Erickson, J. (1975). One approach to the cultural history of reporting. *Journalism History, 2*(2),40-42

Fogel, J. A., & Zarrow, P. (Eds).(1997). *Imagining the people: Chinese intellectuals and the concept of citizenship, 1890-1920*. Armonk, NY: M.E. Sharpe.

Giddens, A. (1984). *The constitution of society: Outline of the theory of structuration*. Berkeley, CA: University of California Press.

Goldman, M., & Perry, E. (Eds). (2002). *Changing meanings of citizenship in modern China*. Cambridge, MA: Harvard University Press.

Habermas, J. (1989). *The structural transformation of the public sphere: An inquiry into category of bourgeois society*. Cambridge, MA: MIT Press.

——(1987). *The theory of communicative action vol. 2. Lifeworld and system: a critique of functionalist reason*. Boston, MA : Beacon Press.

Jensen, J. (2009). The meaning of talk: Carey's model of and for the university. *Cultural Studies*, *23*, 215-222.

Jones, S. (2009). A university, if you can keep it: James W. Carey and the university tradition. *Cultural Studies*, *23*, 223-236.

Jowett, G. (1975). Toward a history of communication. *Journalism History*, *2*(2), 34-37.

Judge, J. (2002). Citizens or mothers of citizens? Gender and the meaning of modern Chinese citizenship. In M. Goldman and E. Perry(Eds.), *Changing meanings of citizenship in modern China* (pp. 23-43). Cambridge, MA.: Harvard University Press.

Luhmann, N. (1995). *Social Systems*. Stanford, CA: Stanford University Press.

Marzolf, M. (1975). Operationalizing Carey—An approach to the cultural history of journalism. *Journalism History*, 2(2), 42-44.

Mittler, B. (2004). *A newspaper for China? Power, identity, and change in shanghai's news media, 1872-1912*. Cambridge, MA: Harvard University Asia Center - Distributed by Harvard University Press.

Nerone, J. (2009). To rescue journalism from the media. *Cultural Studies*, *23*, 243-258.

Nord, D. P. (2006). James Carey and journalism history: A remembrance. *Journalism History*, *32*(3), 122-127.

——(2003). The practice of historical research. In G. H. Stempel, III, D. H. Weaver, & G. C. Wilhoit (Eds.), *Mass communication research and theory* (pp. 362-385). Boston, MA: Allyn & Bacon.

——(1990). Intellectual history, social history, cultural history... and our history. *Journalism & Mass Communication Quarterly*, *67*, 645-648.

Packer, J., & Robertson, C. (Eds.). (2006). *Thinking with James Carey: Essays on communications, transportation, history*. New York, NY: Peter Lang.

Reed, R. (2004). *Gutenberg in Shanghai: Chinese print capitalism, 1876-1937*. Vancouver, Canada: University of British Colubia Press.

Schudson, M. (2008). Public spheres, imagined communities, and the underdeveloped historical understanding of journalism. In B. Zelizer (Eds), *Explorations in communication and history* (pp. 181-89). London, UK: Routledge.

——(2003). *The sociology of news*. New York, NY: Norton.

——(1998). *The good citizen: A history of American civic life*. New York, NY: Free Press.

——(1997). Introduction. In E. S. Munson & C. A. Warren (Eds), *James Carey: A critical reader* (pp. 79-85). Minneapolis, MN: University of Minnesota Press.

Schwarzlose, R. (1975) First things first: A proposal. *Journalism History*, 2(2), 38-39.

Shenton, S. (2009). A new sun: Democracy, the public, and journalism education. *Cultural Studies*, *9*, 425-437.

Thompson, J. B. (1995). *The media and modernity: a social theory of the media*. Cambridge, U. K.: Polity Press.

Tsai, W. (2010). *Reading Shenbao: Nationalism, consumerism and individuality in China 1919-37*. New York, NY : Palgrave Macmillan.

Wagner, R. G. (Eds.) (2007). *Joining the global public: Word, image, and city in early chinese newspapers, 1870-1910*. Albany, NY: State University of New York Press.

——(1999). The Shenbao in crisis: The international environment and the conflict between Guo, Songtao and the Shenbao. *Late Imperial China 20*(1): 107-138.

Weinbaum, A.E.,The Modern Girl around the World Research Group, Thomas, L. M.,Ramamurthy, P.,Poiger, U. G.,& Dong, M. Y.(2008). *The modern girl around the world: Consumption, modernity, and globalization*. Durham, UK:Duke University Press.

多元現代性——
宣傳概念與不同政治想象[*]

馬曉月

一、導論

　　二十世紀被稱爲「宣傳的世紀」（Cunningham, 2003: 2）；不可否認的，宣傳在現代社會涉及許多政治與經濟領域，如戰爭、革命、國際關係、建國教民、廣告等，甚至可以說無所不在。用歷史學家凱內茲（Peter Kenez, 1937-）的話言之，不管我們是否喜歡，宣傳已經成爲現代大衆社會的重要組成部分（1985：2）。宣傳，包括宣傳概念、宣傳機構設置與宣傳技巧，也是中國現代經驗的重要組成部分。十九世紀後期，外國報紙在租界區取得了立足點之後，中國已成爲外國競相聲音的場地（Volz & Lee, 2009: 713-714）。隨著抗日戰爭的發展，中國不同的政黨與利益團體透過不同渠道也開始組織自己的宣傳活動。

　　不少學者已指出，中文的「宣傳」與英文的「propaganda」兩詞在意義上有所區別（侯迎忠、郭光華，2003：2-3；甘險峰，2004：11；劉海龍，2011：106）。其實，兩個詞目前在含義上的區別已被錄進詞典，如《美國百科全書》直言說：「在中國，宣傳並不是骯髒的字眼」（1998：660），而《中國大百科全書・心理學卷》又稱，「在西方資本主義國家，不少宣傳具有欺騙性，是爲宣

* 本文是作者的博士論文的第二章的基礎寫成的。在寫本文的過程中，不少人提出了很有益的建議，卻由於時間與空間的限制，部分建議沒有納入在本文之內。作者感謝世新大學舍我紀念館。同樣感謝魯道夫・瓦格納教授、余敏玲教授與兩位匿名審查員。還要特別感謝蔡博方與維麗娜。

傳者自身的利益或其所屬集團的利益服務的，因此人們對「宣傳」十分憎惡，「propaganda」一詞也因此成了「貶義詞」（中國大百科全書出版社，1991：475）。當然，英文「propaganda」確實早就成為貶義詞，而宣傳一詞，特別是在中共文件中，仍然具有正面或中性的意義；不過，在二十世紀初，「宣傳」本來是「propaganda」的翻譯；到了1940年代以後，不少討論宣傳的文章繼續把「propaganda」一詞放在「宣傳」之後面（如孫本文，1946：400；沈錡，1940：30；吳榆珍，1930：199）或把兩個詞隨意互換（例張致中，1936：93-100），從而兩個詞在某種程度上被視為同義詞。這表明，宣傳概念的成立史比目前「宣傳vs. propaganda」的二元對立更複雜。

宣傳進入了華文政治詞彙的二十世紀上半葉，世界大國如蘇聯、20、30年代以後的法西斯國家如德國、日本，還有如美國的民主國家，雖然對國內政治秩序的想像差距頗大，但是，它們都很重視宣傳。無論是權威主義國家或民主國家，都認為宣傳是不可缺少的治國方略，是國際關係中的重要技巧。與此同時，因為第一次世界大戰的負面經驗，從根本上批評宣傳概念而懷疑其合法性的聲音已出現。換言之，以哲學家卡斯托里亞迪斯（Cornelius Castoriadis）所提出的社會或政治「想象」一概念，宣傳成為幾種在二十世紀並存的社會或政治想象的重要組成部分。所謂「政治想象」（imaginaire），是指特定的社會或政治秩序（或現代性）的思想根本，有些被實現，有些沒有實現或者後來失敗了。從觀念史來講，二十世紀可說是一個不同社會和政治想像並存與競爭的世紀。

當然，有關中國的現代化過程與現代詞彙在華成立史的研究已經不少；如意大利語言與文學家馬西尼（Federico Masini）於《現代漢語詞彙的形成》一書中，闡述了十九世紀現代詞彙形成的過程與不同方式。他指出，中文很多現代概念是用西文概念通過日本「意譯」成日／中文的。在政治狀態不穩定的民國時期中國，不同利益團體採取了來自不同政治體系與意識形態的國家的觀念，包括蘇聯、美國、日本以及歐洲的民主與法西斯主義國家。國民黨與共產黨的宣傳部門是在蘇聯共產國際的指導下建立的，但是很多宣傳者，特別是國際宣傳者，是在

美國受過教育的記者，回國以後也繼續與美國同行保持聯繫。另外，中國人在宣傳這個方面還向日本和歐洲一些國家學習。從而，民國時期的中國從某種方面來說成爲「多元現代性」的場地。

本文標題中所用的「多元現代性」一概念來自2000年由艾森斯塔特（Shmuel N. Eisenstadt）編輯的同名書。這個概念基本上反駁「現代化等於西方化」的論說。在《多元現代性》一書，Johann P. Arnason說，儘管蘇聯的經驗最終失敗了，我們還是應該稱之爲一種特定的現代性（2000：61-62）。同樣，1930、1940年代的法西斯國家也可以稱之爲一種失敗的現代性。但是，二十世紀上半葉的各種各樣的現代性，不管以後成功還是失敗，都影響到了中國的現代經驗。

本文目的有三：首先，它有助於寫成「宣傳」的概念史，瞭解其在中國的形成與發展。再者，本研究試圖透過個案分析宣傳概念而瞭解這些不同現代性在民國時期中國的混合。最終，本文的目的也是對超越西方、西語的概念史做出一些貢獻。從研究方法來看，本研究以德國概念史（德文爲*Begriffsgeschichte*）與劍橋學派的觀念史來分析資料；然而，因爲兩個學派的重點爲西方，而中國與西方的現代化當然有所區別，包括現代詞彙的形成與現代概念的普及等，所以，在具體方法上需要一些更符合於中國情況的調整。爲此，我在分析資料之前先在第一部先介紹概念史的不同脈絡，從此解釋本文的理論方法。之後，我在第二部將追溯宣傳一詞與宣傳概念在中國的出現與發展。最終，在第三部，我將舉例說明有關宣傳的討論的一些衝突。

二、理論基礎與文獻資料探討

（一）概念史與本文的理論基礎

思想史與觀念史歷來的一個大問題是，什麼是最佳的「分析單位」：到底要分析單詞、概念、觀念、相關概念的集群還是思想體系等？是否要從一個詞出發，進而弄清楚其意思，也就是用語義學（semasiology）的方式，還是要先看現

象而後找出最佳的名字，也就是用名稱學（onomasiology）的方式？還有，思想
史或觀念史的研究對象要著眼於「大思想家」，還是著眼於日常用法與瞭解而分
析更廣大的文獻資料？

　　美國歷史學家洛夫喬伊（Arthur Lovejoy）是最早提出觀念史這個學術領
域的名字；他認爲觀念史學者的研究對象應該是所謂的「單位觀念」（unit-
idea）；在他看來「單位觀念」相對穩定，而不會伴隨著歷史發展發生巨大變化
的重點觀點。劍橋學派的史金納（Quentin Skinner）則批評Lovejoy的「單位觀
念」是缺乏歷史性，作爲一種新康德主義的概念。Skinner進一步指出，「甚至
我們最抽象的概念都是有歷史性的」（Skinner, 2002: 176）。用「宣傳」的例子
來解釋歷史性概念是什麼意思時，我們可以這麼說：宣傳在最廣泛的定義是普遍
存在的現象，而不是綁定在特定歷史時刻的；若從這種角度觀之，可以把第一次
世紀大戰的宣傳概念與《孫子兵法》中所提出的一些概念相提並論。然而，把宣
傳視爲有歷史性概念卻是指研究更廣泛的思想背景與前提的方式，如大衆社會及
相關概念。

　　與劍橋學派同時發展，德國早有了獨特的、名爲「*Begriffsgeschichte*」
（英：conceptual history）的概念史傳統。*Begriffsgeschichte*這學門密切地跟科
塞雷克（Reinhardt Koselleck）的名字連在一起；此脈絡最有代表性的研究成
果爲《歷史基本概念—德國政治和社會語言歷史辭典》（共8集，1972-1997，
以下簡稱《歷史基本概念》）。最初，劍橋學派與德國觀念史沒有接觸（參見
Skinner, 2002: 177），直至1987年美國觀念史學家Melvin Richter（1921-）把
*Begriffsgeschichte*介紹於英文學界；最近，觀念史也在華文研究界也受到關注
（如方維規，2013）。雖然德文「*Begriff*」一詞本來比較接近中文的「單詞」或
「術語」，但*Koselleck*對*Begriff*的定義比較接近「概念」的意義。他在《歷史基
本概念》前言中強調，一個單詞或術語可以清晰地界定，然而*Begriff*「捆綁了歷
史經驗的複數性」（"bundles the plurality of historical experience"），從而無法下
定義，只能解讀（1972：xxiii）。Propaganda在《歷史基本概念》百科全書當然

屬於*Begriff*的範疇，而有了自己的項目（Schieder & Dipper, 1984）。

　　劍橋學派的方法與*Begriffsgeschichte*有一定的交疊：分析單位就是一個單詞或術語，而研究對象就是這單詞的意義在更廣泛的社會背景、思想背景下的發展與變化，著眼於由前現代到現代社會的轉型。Skinner所用的「系譜」（genealogy）概念（2008，2009）對本文分析宣傳概念的歷史有一定的啓發。但是，因爲中文大部分的現代詞匯是十九世紀與二十世紀通過日本意譯成中文的（Masini, 1993; Duara, 1996: 5），本文會加一個只有隱含在Skinner著作的區分，把詞語的「系譜」與觀念的「系譜」分別對待。另外，我在下面的分析中會用Koselleck的定義把宣傳當作一個*Begriff*（概念）。如此，爲了劃分有關宣傳一詞不同的觀念，我用「話語」（discourse）或「框架」（frame）這兩個概念。話語在本研究被理解爲一種討論一個話題的角度與特定的詞彙；比如，國際宣傳可瞭解爲一種促進跨國互相瞭解的活動（即「互相瞭解」的話語或框架），另外，也可以被視爲必須服務國家利益而密切跟蹤外交目的的活動（即「國家利益」的話語或框架）。在某種意義上，話語類似於外語（參見Fischer, 2003: 42）。

　　爲了分出屬於不同政治想象的話語，兩個途徑對本文比較有啓發性。第一途徑來自Thymian Bussemer關於宣傳概念的研究；爲了分出不同的宣傳話語，他用其含內在的「人性概念」（德：Menschenbild；英：concept of man）。在最基本的層次上這包括「人本善或本惡」的老哲學問題，也包括人能否改變或提高其素質、某種人群之間是否有根本性的區別、個人與人群在性質上的區別、公衆輿論明智還是愚蠢、輿論到底對政治的影響好不好等等。「人性概念」的問題跟政治想象與政治秩序有相當明顯的聯係。第二個途徑是關注「世界秩序的不同機構基礎」（structural basis of world order），來自瑞貝卡・卡爾（Rebecca Karl）所著的《世界大舞臺：十九、二十世紀之交中國的民族主義》（Karl, 2002: 42）一書。它指的就是在分析政治秩序所用的不同的分析單位，如文明、民族、國家、階級等。晚清民初時，傳統世界觀被不同新的世界觀被取代，然而，舊的概念沒有完全消失，相反，舊觀念保留在新概念中。同樣，新的世界觀之間也有一定的

交疊或互相影響，如以階級爲主與以國家或民族爲主的世界秩序機構基礎的融合生出「被壓迫民族」（參見周安國，1924）一概念等。

（二）文獻資料介紹

Skinner在選擇分析文獻資料時，傾向於選擇「大思想家」，如約翰‧斯圖爾特‧密爾、托馬斯‧霍布斯等；*Begriffsgeschichte*也著眼於大哲學家，但同時也試圖用比較廣泛、普及的文集（參見Koselleck, 1972: 24）。本文傾向於這些文集有兩個原因：第一，總體而言，宣傳是一種實踐而不是一種哲學概念，很多討論也是從實踐出發；「大思想家」對宣傳概念的討論，如孫中山所「革命成功，一分軍事，九分宣傳」一言（參見傅啓學，1985：109）本來就比較少；第二個而更重要的原因是，用這些文集可以更可靠地、更有意義地研究宣傳概念在社會的普及化與常見的辯論。

本文結合定性分析與定量分析，但因爲光學字符識別（OCR）與數據分析軟件在中文文獻中分詞（tokenization）的某種限制，定量分析限制於比較基本的分析。大部分的文件資料來自兩個數據庫：大成老舊刊全文數據庫與全國報刊索引。大成老舊刊全文數據庫包含七千個期刊；大部分來自民國時期，時間範圍到1952年爲止。全國報刊索引包括兩萬多的期刊，時間範圍也更大（即1833年至今）。在大成老舊刊全文數據庫搜索宣傳一詞還得了4121個結果；時間範圍爲1910年（即第一個搜索結果）起至1952年止；全國報刊索引，若時間範圍限制爲1907年（即第一個搜索結果 ）起至1952年止，搜索結果有4178個。按年分佈詳見圖。要注意的是，部分文章的日期出錯（如周安國，1924；谷風，1921），另外，有些項目在全文其實用別的詞（如「喧傳」、「宣講」等），但因錯誤量相當小不會影響到該分析。從研究數據能看出宣傳一詞大概何時進入了中文。值得一提的是，1937年以後的下降主要原因是開戰後給期刊出版造成困境，不少刊物移至他地或者甚至停刊。

在數據庫所得的文件大概可分爲兩種：第一種爲討論宣傳的理論與實踐，作

者為記者、學者、知識分子和其他參加抗日戰爭的人士與利益團體。第二種為政府公報、黨報（如中央黨務月刊、廣東黨務周刊、中央周刊等）的行政文件。大部分來自由國民黨所控制的地區，但是，部分文件是共產黨與僞國民政府的，然而，因國共合作，發表在由國民黨控制地區的人也不一定支持國民黨。

除了數據庫搜索結果之外，本文也分析民國時期關於宣傳的書，如梁士純所著的《實用宣傳學》；另外，研究宣傳實踐與類似題目的著作中有許多在寫本文不可或缺的（如Volz&Lee, 2009; Volz, 2011; Wei, 2012; Volland, 2004; 孫隆基，2007）。

三、宣傳的概念史：概述

（一）西方與蘇聯的宣傳概念

因為宣傳作為不同現代性或「現代化包裝」的部分，所以在進行分析之前，應該先介紹宣傳的理論與實踐在西方與蘇聯的不同發展，並指出最重要的思想脈絡與轉折點。眾所周知，西文「propaganda」一詞來自成立於1622年的Sacra Congregatio de Propaganda Fide，也就是天主教會的傳佈信仰聖部；其主要目的為宣傳天主教並限制基督教的影響（Bussemer, 2008: 27）。雖然「propaganda」通常被認為在第一次世界大戰之前有積極的褒義，但是，其實其歷史更為複雜。特別是啓蒙運動的時候，propaganda在歐洲的某種地區已被視為誤導人的活動。再者，法國大革命時，雅各賓黨派用「propager」這動詞指其「出口革命」的權利（同上：28）。正在此時，歐洲的不同政府懼怕雅各賓的革命宣傳，並開始考慮怎樣抵擋之；俄羅斯十月革命與第一次世界大戰有類似的結果，導致大戰後的國際條約出現有關國際宣傳的條款（van Dyke, 1940:58）。

從觀念史來看，宣傳這個現象在更廣泛的思想背景下與概念發展。啓蒙運動時，「集體理性」（collective rationality）一概念出現，也就是說，通過理性的討論，人類能得到的集體理性比個人理性更高（Speier, 1934: 376）。隨後，在

十九世紀社會主義運動的背景下，對立於集體理性的新概念形成：「群體心理」或「群眾心理」（英：crowd psychology；法：psychologie des foules），一門偽科學。提倡群體心理的學者認為，不管一個人本來多麼明智，進入群體後，他會失去其理性。從某種角度上，群體心理的理論可說是歐洲宣傳專業的重要先導者（Bussemer, 2008: 56-57），因為群體心理學認為群眾需要政治精英的控制與指導，不然會造成社會巨大的損害。然而，美國相對於歐洲而言，在群體心理的普及度有所區別：在歐洲，群體心理學早在十九世紀已經很流行，而在美國到了1920年代以後才開始懷疑輿論的理性（同上：74）。

第一次世界大戰對宣傳的理論與實踐影響深刻，帶來了三個重要變化：第一，開戰後歐洲各國成立專門的宣傳部，導致宣傳的制度化、系統化。第二，在戰後的歐洲與美國，出現大量有關宣傳的論文，使宣傳不僅是熱門話題也成為系統研究的對象。第三，與此同時，從哲學根本抵制宣傳的思想脈絡也形成。特別在美國，但在較小的程度也是在歐洲，人對宣傳的態度十分複雜：一方面，宣傳被認為是種魔法武器；另一方面，大戰以後在大西洋的兩岸發展了對宣傳的鄙視與警惕心。Bussemer把此現象稱之為「人道主義範式」（humanist paradigm）（2008: 81）。

杜威與李普曼的間接對話，代表了美國知識分子對宣傳與民主的關係的兩個主要陣地。李普曼認為公眾輿論是不理性、不可靠並且容易被操作的；因此，民主社會需要專家來指導輿論。而杜威雖承認公論的選擇並不總是最明智的，但他認為公眾輿論還是政治中的強大道德力量。杜威與李普曼對公眾民主問題的對話代表兩個不同的政治想象：第一種是領導人與精英應該指導公眾或人民，第二個就是公眾通過某種渠道（包括報刊）監督政治家。雖然反對宣傳的聲音在三十年代的美國從某種程度上也變少了，但是，仍然繼續存在。一個例子是成立於1937年的宣傳分析研究所（Institute for Propaganda Analysis），其目的是教導公眾如何認出宣傳，從而幫公眾抗拒宣傳（Bussemer, 2008: 340）。

第二次世界大戰以後，對內宣傳在西方成為一個忌諱。美國於1948年通過

《史密斯-蒙特法案》，禁止向美國公眾廣播或分發政府宣傳品。西歐國家雖然沒有這樣的法案，但是，對內宣傳也變成禁忌。相反的，蘇共在二戰後繼續用宣傳一詞：蘇共認為自己的宣傳與資產階級的宣傳不同：它沒有誤導人民的性質，而是用在把歷史推動向上之目的（Great Soviet Encyclopedia, 1978: 269），所以，黨員也可以驕傲的自稱為宣傳者。

在宣傳技巧上，美蘇兩方也早有所區別：蘇聯的重點在建立宣傳網，以讓宣傳遍布到全社會。按Peter Kenez（1986：8）的看法，布爾什維克宣傳工作的成功主要來自政治制度所能把俄羅斯人民與其他信息來源隔離。與此不同的，在美國這個資本主義民主國家，不同利益團體（如政黨、商業）在力圖爭取公眾的注意力，因此，在輿論環境完全不同的條件下，宣傳技巧的重點放在心理技術，以及如何預測公眾的反應兩方面上。如下所示，這個區別在三〇年代的中國已經能看出。

（二）宣傳概念的家譜與現代觀念的層次性進口

於中國出版的外國報紙早在十九世紀就用了「propaganda」一詞。搜尋《北華捷報》（North China Herald）的全文數據庫（Brill, 1842-1943）可發現，初次用「propaganda」一詞的搜尋結果是指天主教的宣教會。1870到1890年代，「propaganda」繼續用在宗教背景下，但是，也開始指涉政治宣傳，如「革命宣傳」（revolutionary propaganda），「社會主義宣傳」（socialist propaganda），「反煙鴉片宣傳」（anti-opium smoking propaganda），「排外宣傳」（anti-foreign propaganda）等等。從而，看得懂外文報的中國知識分子會遇到「propaganda」這詞並注意到，英文之中，propaganda不僅是指涉宗教的宣傳，也可以指涉政治宣傳。相反，在1919年之前所用的「宣傳」或「宣講」兩詞，基本上限制於宗教的背景，如在1882年初次出版於香港的《華英字典集成》中，有「宣傳福音」（英：to proclaim the gospel）一項目；一篇1914年發表於《內務公報》的文章也還是在宗教的背景下使用宣傳一詞（《內務公報》，1914：49-50）。

雖然中文「宣傳」一詞在其現代的意義大概1920年才出現（參見圖），但與宣傳有關係的現代概念與實踐早就存在了。換言之，雖然沒有宣傳之名，卻早已有宣傳之實。傳朗（Nicolai Volland）的對中共媒體概念的研究表示，共產黨的宣傳概念不僅來自蘇聯，也受前現代觀念的影響，特別是明清朝的官員因懷疑普通民眾的智力，而以家父長式的態度對待他們，定時大聲讀出康熙的《聖諭》（Volland, 2004: 140-146）。那麼，在十九世紀與二十世紀之交的知識分子與革命分子同樣認為，一般老百姓缺乏覺悟，應該依靠知識分子的教導（Judge, 1997: 165-182）；類似的精英主義也可以發現於五四運動（Feng, 1966）。依我看來，知識分子對老百姓的這種態度，部分原因可能是傳統概念的影響，但是，另外也有新的概念支持並補充傳統的「民眾性質概念」。

在西方國家作為宣傳先導的「群眾心理」概念，於二十世紀初在中國知識分子間也很受歡迎（孫隆基，2007）。清朝末期，身在日本的知識分子開始關注勒龐著的《各民族進化的心理學規律》，用其基本概念來討論最適合於中國的政治體系（如上）。幾年之後，勒龐著的《群眾心理》（法：La Psychologie des foules）一書也發揮了一定的影響。1915年至1923年，不同的翻譯本發表於中國，其中最受歡迎的一本（吳旭、杜師業譯，1920）在1920年與1927年之間每年都有新版。我認為，群眾心理與類似概念受歡迎的部分原因是，它們一方面符合關於民眾的「傳統」概念，另一方面被看做為「科學」的新概念。結果就是，為了接受這些新的概念，中國知識分子沒有必要懷疑精英主義，相反，精英主義還受到了理論支持。不過，與歐洲提倡「群眾心理」一概念的學者對群眾的非常悲觀的態度相比，在中國，大部分知識分子認為，群眾可以透過教育與引導改善自己，從而成為強國、救國的重要基礎（孫隆基，2007：61）。

此外，在十九世紀與世紀之交，有關報紙的討論也可以說是宣傳概念的先導者，並後來與此合併。在1920年，孫中山強調報刊對統一輿論的作用：「報紙所以能居鼓吹之地位者，因能以一種之理想普及於人人之心中……而報館記者卒抱定真理……久而久之，人人之心均傾向於此正確之真理，雖有其它言論，亦與之

同化」（孫中山，1981，第二集：337）。中山先生開始與共產國際合作之後，他代替使用「宣傳」這詞來描述轉化民眾、叫民眾接受國民黨的政策與「真理」所最佳方法。

同樣的，後來稱為「國際宣傳」的活動早在十九世紀已作為對報紙討論的一部分。1874年，王韜於《論中國自設西文日報之利》一文中說「修好睦鄰之道，首在於連聲氣、通梱素、明事理、達情形」，而因為西方人「不在乎華字日報」，中國必須設立西文報紙（引用於徐新平，2009：39）。世紀之交，此方面的討論更加激烈，1894年，鄭觀應主張中國人辦外文報紙，以糾正帶有偏見的外國報紙的報道；1897年，中國被日本打敗之後，詩人陳衍勸清朝政府在國際宣傳這方面上向日本政府學習（陳衍，1897；徐新平，2009；甘險峰，2004），因為日本在戰爭的時候已經透過外文報紙在中國做宣傳（Akami, 2008: 104）。

許多大陸學者認為，雖然有這些言論與思想，但是，此時無法實現之（甘險峰，2004：12；徐新平，2009：38、43）；其實，有相反的證據表明，清末新政的改革開始之後，辦西文報紙的計畫已經落實；1908年，美國《紐約時報》報導，袁世凱代表清政府於北京開始出版《中國公論西報》（The National Review）一報，「以透過報紙表達中國關於其國際狀況的感情」（New York Times, 1908/05/05:C3；也參見馬光仁，1996：351）。據《紐約時報》的後續報導，清朝政府支持此報紙，將之分發於外國大使館，也把兩份寄到華盛頓給美國國務院（New York Times, 1910.10.04）。美國報紙贊成此報之成立說，它當做中國已成為進步國家、幫助他國瞭解中國公論的標誌；這種看法符合於當時美國人認為公眾輿論是理性的看法；《紐約時報》認為，表達本國的輿論是每個國家在新世界之下的責任。雖然，本文尚不知道在中國此時如何描述《中國公論西報》的作用，但是，如下所示，「二十世紀是公開輿論的世紀」、「中國人有責任宣傳中國輿論」與類似的觀念以後也出現於有關宣傳的討論。

總而言之，在宣傳成為政治詞彙一部分之前，某些與宣傳有關的概念與觀念已進入中國，且與前現代思想合併：第一，「群眾心理」的概念，第二，「報紙

作爲輿論的的統一者」觀念，第三，「報紙可當作提高中國國際地位、糾正外國偏見的工具」的觀念。

（三）「宣傳」一詞最早的出現

以國際宣傳爲主雖然「宣傳」兩字很可能早在清初套用來翻譯宗教方面的宣傳（參見劉海龍，2011：105），但是，宣傳在其現代的意思（即政治方面宣傳）最早是在日本出現的（日文寫法爲「宣伝」），而後才轉到中國（參見Volland, 2004:31；劉正埮 et al, 1984：376）；這個看法也符合中國現代詞彙所形成的基本模式（Duara, 1996；Masini, 1993）。再者，根據Akami的研究，日本外務省所用的詞彙於1919年至1920年突然發生變化，而開始用「宣伝」一詞描述自己的宣傳活動（Akami, 2008: 111）。雖然中國在這段時間也已經開始使用「宣傳」一詞，但是，特別的地方是，在1925年之前它沒有大規模的出現（參見下頁圖）。

在大成老舊刊數據庫搜尋結果中，若把日期出錯或不明的結果排外，最早的文章談「赤化」宣傳（《時事旬刊》，1919：20-21）；第二篇文章講佛教之宣傳（陳回，1920）。全國報刊索引最早的、有可靠日期的結果是來自1920年的四篇文章：一個談日本的內宣活動（《民心週報》，1920a），另兩個講「過激派」（即提倡社會主義者）對日宣傳（《民心週報》，1920b）與對世界宣傳（《民心週報》，1920c），而最後一個談日本在華的宣傳活動（外事評論，1920）。可能因爲早期文本較少而數據庫中期刊可能存在的偏誤，我們未必能夠由此得出肯定結論，但是，值得一提的是，在這些最早出現的文章中，重點看來是「國際宣傳」而不是「國內宣傳」；更有意思的是，「宣傳」一詞在大部分的文章比較接近當時英文中的「propaganda」而主要指「敵方宣傳」，仿佛是貶義詞。

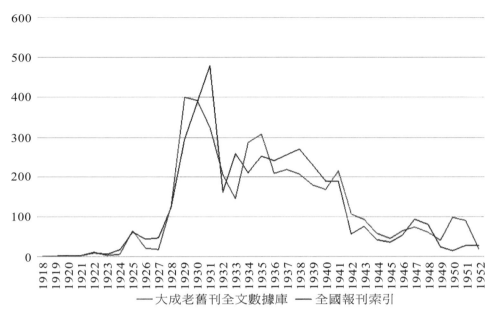

圖　標題中含宣傳一詞按年份的文章數量

　　最早有關國際宣傳的長篇文章是發表於1922年的《中國史之宣傳》。其作者歷史學家繆鳳林指出，沒有被承認為重大歷史性文明的國家就無法有國際地位，而因為西方歷史書中沒有中國，「又何怪吾中國為西人所輕視乎」（1922：2）。中國公眾的責任就是宣傳中國歷史，回答外國人對中國的要求，進而避免某種誤會（3）。此文章在某種程度上屬於「二十世紀是公開輿論世紀」的範疇，但是，作者所指的中國，既是國家又是文明。

　　從數字看來（詳見上圖），「宣傳」一詞的大規模出現是伴隨著兩大政治危機：第一頂峰發生於1925年，也就是上海五卅慘案以後；第二頂峰發生於1928年，五三慘案也就是國民黨軍隊與日本在濟南附近發生軍事衝突之後；此時，中國人對外國報紙對此事的報導極為不滿（詳見Wei, 2012: 63-77）。要注意的是，第二個頂峰另有原因，也就是北伐以後國民黨成立南京政府，開始發行更多的行政文件。與二〇年代初不同的，1925年以後的宣傳概念基本上是正面的；到了

1928年以後，「中國缺乏宣傳」（包括國際宣傳與國內宣傳）這論點已成爲一種主旋律。

從一開始，中國作者用德國「因缺乏宣傳而戰敗」話語，而把它套用於中國之上。此話語的重點在於，第一次世界大戰的決勝點不是在軍隊或經濟戰線，而是在宣傳戰線。不少文章用德國軍事領導或德國報紙的聲音來論證宣傳之重要性，如復旦大學的《報學季刊》引用德皇威廉二世及德國將軍興登堡（吳天放，1934：3）。還有許多其他的例子（如浩公，1931；黃壽朋，1937：739；張致中，1936：93；王一之，1939等）。透過「宣傳決定戰爭」的話語，宣傳被看作爲一種「魔法武器」；而且，這種看法不限於戰爭的背景。宣傳被稱爲「民族生存競爭最不可缺少的工具」（龍生，1928：3）特別是像中國這種才剛剛覺醒，還沒有強軍的「弱國」需要宣傳（孫義植、鐘選民，1928：127）。

雖然在二〇年代以「國家」或「民族」爲主的世界秩序基礎開始支配關於宣傳的討論，但同時，以「階級」爲主要分析單位的世界秩序，也出現於國際宣傳的討論。這表明了，特別是在三〇年代後期之前，國際宣傳一概念還存在於不同世界秩序機構基礎之間。譬如，在1930年，屬於共產黨的《紅旗》雜誌發表一篇叫做《國際教育與國際宣傳》的文章。這篇文章說到，只有通過「國際教育」與「國際宣傳」把中國革命與世界革命連接起來，共產黨才能成功。「國際教育」的意思就是把世界革命的消息告知中國群眾，而「國際宣傳」就意味著把有關中國革命的消息告知世界人民，叫他們爲中國革命做出貢獻（問友，1930：1）。

在1920年代，以階級爲主的世界秩序的宣傳已經被制度化。早在1919年，共產國際與中國革命份子已經在上海成立中俄通訊社（方漢奇，2002：190）。而1924年的八月份，國民黨也考慮成立國際宣傳委員會（曾成貴，2009）。雖然，孫中山先生沒有意圖在中國華模仿蘇式階級鬥爭，而此委員會之目的也不僅是傳播共產國際的消息，也有宣傳中國革命、三民主義等的作用，但是，與1920年代後期的國際宣傳還是要分開來看待。這是因爲，後來的機構設置是在以國家爲主的世界秩序上建成的，而1924年的機構設置比較符合於以階級爲主的世界秩序。

總體而言，1920年代的國際宣傳概念設在不同的世界秩序之間。只有在1930年代，伴隨著抗日戰爭，國際宣傳這概念開始主要用在以國家為主的背景。不過，在三〇年代，其他世界秩序的殘餘依然存在。

（四）宣傳（鼓動）當作治國工具

當然，二〇年代的宣傳概念不限制於國際宣傳。國民黨在共產國際的指導下改組為列寧式政黨時，它當然也設立了宣傳部。在1922年，也就是在改組黨兩年前，孫中山先建立國民黨最早的宣傳局（李本義，2011：10），而1923年，國民黨中央宣傳部成立於上海（唐曉童，2005：63），但是，只有在北伐以後成立南京政府的時刻，國民黨才有機會大規模地擴張其宣傳活動。雖然第一次統一戰線並與共產國際的合作已經結束了，但是，宣傳組織機構、宣傳（或鼓動）方式以及宣傳原則（如宣傳是組織、動員的前提）本來就來自於蘇聯。

Volland指出，宣傳一詞包含俄語的宣傳與鼓動兩詞（2004: 356）。雖然他指的是共產黨的用法，但是，其實國民黨的用法也是相似。大部分的宣傳活動，例如：通過舉辦大型活動組織群眾、宣傳車與宣傳口徑，在蘇聯用「鼓動」稱之。始於1920年代，國民黨中央宣傳部及省級宣傳部門在各種大事與活動之際，都會擬訂所謂的宣傳大綱與宣傳要點。從兩個數據庫中得到的搜索結果中有大綱、要點及標語三個詞。此種運動包括了紀念日與紀念週。

不例外的是，在國民黨的行政文件裡，宣傳一詞都帶有正面或中性的意義；宣傳有促進民眾覺悟並動員的作用。但更重要的是，國民黨在二〇年代末、三〇年代初根本缺乏從心理學來探究宣傳技巧；反而，第一個重點是在大眾社會的鼓動活動，第二個重點是在宣傳內容；也就是說，除了鼓動方式外，重點在應該「宣傳什麼」而不在「如何宣傳」。宣傳技巧在三〇年代中才由在美國受過教育的人士被介紹到中國。

（五）宣傳分類的出現與宣傳技巧概念的普及

可預期的是，九一八事件以後，隨著跟日本的衝突與宣傳戰愈來愈激烈，在宣傳技巧這方面也開始有所進步。在二〇年代末、三〇年代，特別是有關戰時宣傳的文章，開始用不同的分類方式與術語，更仔細地介紹宣傳的各種類型與手段。中國人開始分出「對敵宣傳」、「對中間國家的宣傳」的方式，也開始分清「積極宣傳」與「消極宣傳」的不同手段。雖然，大部分的具體分類主要出現在全文中，但是，分類化的趨勢也體現於標題中更具體的詞彙，如「國際宣傳」、「反宣傳」（即敵方之宣傳）等。

隨後，討論的重點改變為宣傳者如何提高其技巧。儘管當作鼓動治國的宣傳原則與政策主要都來自蘇聯，但是，三〇年代的新宣傳技巧討論主要借鑒自美國公共關係學的研究成果，或「群眾心理」與美國廣告學最新的研究結果；目的都是提高宣傳的質量及其說服力。如北京大學與美國哥倫比亞大學畢業的陳東原（1902-1978）在《群眾心理ABC》一書指出，「宣傳是取得群眾信仰之最重要的策略，如果沒有宣傳，即使你主張很好，也未必能得多數的信仰」（1929：68）。另一篇文章同樣強調，「如果技術不好，就是有很好的內容，也不能表達出來」（傅瑞華，1938：13）；換言之，言論對不對並非獲得大多數人支持的決定性因素；只有宣傳技巧才能成功。

在美國密蘇里大學受過教育而後來當燕京大學新聞學系的系主任（參見Volz & Lee, 2009: 723）梁士純所著的《實用宣傳學》一書就是一個好例子。一方面，他用群眾心理的論述，如「群眾本性保守」的概念，但是，更重要的，他描述美國公共關係學與廣告學的策略，譬如，如何引起目標觀眾的注意或造成特定的反應。具體的例子包括把廣告放在人民平時感覺無聊的場地，如火車站或醫生的招待所；其他策略的例子包括用紅色或「兩種絕對相反的現象」引起人們的注意（1936：12）；用具體的例子（16）或常換策略（18）也比較有效。從而，國民黨與共產黨先收到蘇共對宣傳概念的影響，後來，它由美國廣告學的研究成果補充。雖然，美國學者此時基本上已不願意用「propaganda」一詞稱呼這種活

動，但是，梁士純自然而然的用「宣傳」一詞；不過，他可能也意識到了對宣傳
一詞會有反對意見，因此，他也預防地說，宣傳「換言之，就是教育群眾」而已
（1936：2）。

四、分析：衝突與爭議

（一）概念上的衝突還是實踐上的衝突？

Volz與Lee指出，抗日戰爭爆發後，在美受過教育的記者，如梁士純，根本
不介意成為宣傳者與審查者（2009：725）。當然，在實際上，美國對宣傳的反
對是不無所在的，值得考慮的是，是否有另外的話語跟在中國有關宣傳話語結
合，也就是「民主中國的一個前提是它需要明智的公眾」這一話語。美國密蘇
里大學的瓦爾特·威廉姆斯（Walter Williams, 1864-1935）公開說，中國迫切需
要愛國主義記者的明智意見及其指導，以把中國這個不穩定並保守的國家轉化
為繁榮、和平與民主的共和國（Volz&Lee, 2009: 717）。這種立場也符合上述
的中國知識分子所謂「民眾還缺乏覺悟」的觀念。雖然像梁士純之類的人很可
能意識到「propaganda」一詞在美國具有消極的含義，而英文裡面不一定會用
「propaganda」，或只有被視之為貶義詞而用之，但在，中國也加入了正進行圍
繞於「宣傳」一熱詞的討論。

然而，雖然從美國返回的中國記者不均反對宣傳一詞，他們還是明知帶有
「宣傳味」的出版品在美國不會受歡迎。因此，宣傳部門還是成為對宣傳這概念
兩個不同立場之間的衝突現場，這主要呈現於宣傳實踐。Volz（張詠）在其研究
中強調，在美國受過教育的記者與想對世界隱瞞中國所存在的問題的國民黨黨員
之間是有所衝突的（Volz, 2011: 163）。審查工作在某種程度上成為意見不一致
的領域之一。國民黨於1935年成立審查處，按照當時任中宣部副部長的知名新
聞記者董顯光（1887-1971）的回憶錄，這是為了統一國民黨之前比較混亂、隨
性的審查工作（Tong, 1950: 6-7）。雖然如此，但新機構當然不是大家所接受或

歡迎的。梁士純於《報學集刊》介紹不同國家的控制新聞方法而指出，相對於歐洲大陸的檢查制度，英國與美國的方式更加微妙；雖然和平時期根本沒有檢查新聞，但是，「美國的報人是非常愛國的，所以對於一切不利於他們的國家或政府的消息，就是不經過檢查，這些通信社也決不會傳播出來」（1935：2）。即使梁士純不僅沒有公開反對國民黨的審查政策而且還稱：「我國政府在這內憂外患交迫的時期，努力統制新聞；尤其是由中國傳出國外的新聞是很對的」，但是，他還是懷疑對於中國報人與記者的審查政策而指出：因為中國新聞社被檢查，在華的外國新聞社（據梁士純之稱）沒有檢查，到了中國新聞稿被批准時，日本新聞社早就發佈了自己的新聞稿，導致外國報紙的報道傾向於日方的立場。梁士純主張，因為中國記者像美國記者一樣也很愛國，所以國民黨反而應該限制外國新聞社，而給中國記者更多的權利。

　　1937年抗日戰爭爆發後所設立的國際宣傳處（也就是國民黨軍事委員會第五部）是意見衝突的另一個舞臺。國民黨基於濟南慘案，早於1928年在中央宣傳部之下成立國際科，但是，因為此科的宣傳工作是由平時做國內宣傳的人員所主導，所以，許多宣傳品是直接自中文譯成英文的，重點放在贊成國民黨上，基本上不考慮目標觀眾接不接受。換言之，其宣傳品根本沒有注意到「宣傳味」的問題，與目標觀眾的距離頗大（Wei, 2012: 85-88）。董顯光任職後改變國民黨國際宣傳工作，減少其宣傳味並建議多依靠外國人為中國做宣傳工作，但是，在國民黨某些領導人之中他的創新方案造成內部矛盾（同上：250）。為了解決內部矛盾，蔣介石最終把國民黨軍事委員會第五部改組為中宣部國際處，重要的是，這樣一來，國際處繼續有軍事的資金，也留在蔣介石直接的控制下（同上：256-257）。

（二）阿比西尼亞、滿洲國、阿Q精神：宣傳有用嗎？

　　雖然很多人，包括在美國受過教育的記者，基本上認為宣傳是合法性的行為並在某種程度上把它與教育等同，但是，特別是1930年代也開始出現批評宣傳的聲音。批評可以分為兩種：從功能角度的批評、從根本上的批評。從功能上

批評宣傳的人認為，中國應該放棄宣傳，因為宣傳沒有用。特別是三〇年代中，也就是中國失去了東北以後，1937年抗日戰爭爆發之前，懷疑宣傳用處的聲音特別多。

雖然在國際上1931年算是日本的宣傳失敗，但是，東北三省仍沒有還給中國，讓一些人懷疑宣傳的實效。一部分人認為，中國失敗的原因是國際宣傳不夠（如吳天放，1934:3）。但是，也有人認為，在「無理變成有理，有理也就成為無理」的世界，向西方資本主義國家做國際宣傳是無法成功的，因為帝國主義永遠不會幫助「被壓迫的民族」。除了滿洲國的例子還有聯合國在阿比西尼亞問題上的無奈（勞艸，1935: 379）。另外，還有人認為雖然世界是不公平的，但中國還是要堅持做宣傳。這種文章把世界分為沒有道德的帝國主義者與本善的人民群眾。不少作者主張，直接勸日本人（或世界人民）更強烈地反對帝國主義國家的政策（譬如柳乃夫，1937：12；簡柏邨，1937：49；勞艸，1935：8）。在此種文章，「人性概念」相當重要，而且可以說，「大多數民眾性格本善」的話語成為主旋律；例如：提倡宣傳的《國際宣傳與上海國際電訊社》一文強調，「因人類均為有同情之物，則所謂人性皆善也」，因此戰爭與某種壞事是少數人的陰謀，「而非民眾之公義也」（龍生，1928：2）。

到了1937年盧溝橋事件發生以後，反對國際宣傳的聲音減少了。如一個作者指出，1935年阿比西尼亞人在英國人的幫助之下做了大規模的宣傳；雖然最後失敗了，但是，至少他們贏得了世界輿論。相反，在東北三省／滿洲國問題上，中國沒有做足夠的宣傳，所以也就沒有贏得國際輿論的支持（沈頌芳，1937：107）。也有人罵中國人說他們從「全面相信國家社會可以解決所有的問題」一個極端，到「完全放棄勸國家社會」的另一個極端；輿論不是「萬能的武器」（陳岱礎，1938：11-12），但是，如果耐心地做宣傳，而且宣傳也做得好，它會有一定的成果。問題在於中國人以前過多的相信「真理勝過一切」的觀念，沒有注意到宣傳技巧。按照一篇文章的看法，這就代表中國民族所謂的「阿Q的精神」：「我們那些正義和平的高調只不過印證了自己阿Q的面相而已」（蕭乾，1937：27）。

（三）宣傳是「社會病態」嗎？

　　雖然正面的宣傳概念可說是主流，但是，也有人稱宣傳是社會病態，從根本上批評宣傳、懷疑其合法性。負面宣傳概念的存在，不僅出現於直接批評宣傳的文章（如，查良釗，1925/05/31：196），從基本上支持宣傳的聲音也有出現。比如，早在1930年的一篇稱《宣傳及其影響於中國社會變化的討論》的文章說明宣傳的含義不一樣：「有人以爲宣傳是廣告；甚至有人以爲宣傳是帶欺騙性質的」（吳榆珍，1930：199）。另外，1937年發表於國民黨左派期刊《中蘇文化》的一篇文章指出：「正因爲靠了這鐵一般的事實，甚至可以說我們不是在宣傳，而是在申述眞理和正義」（簡柏邨，1937：48）。雖然這篇文章很贊成宣傳，但是，這句話還是把宣傳與眞實對立起來，間接地也接受了負面的含義。

　　在四〇年代初社會學家潘光旦很強烈並且從根本上反對宣傳。1940年在某所大學看到了「宣傳也是一種教育」的標語後，他寫了兩篇文章，從人道主義範式的角度解釋宣傳與教育的區別。文章說，「教育與宣傳的根本假定便不一樣」（2）；宣傳依靠「灌輸」，教育依靠「啓發」（2-3）；宣傳有利於宣傳者，而教育有利於被教育者（5-6）；因此，「教育工作是越多越好，宣傳工作是越少越好」。潘光旦直接攻擊宣傳者對老百姓假定的態度，說宣傳概念的思想基礎就是，「智慧是一部分人的專利的東西，只有這部分人，比較很少數的人，才會有成熟的思想」（3）。他二〇年代就讀於哥大，雖然他的論點不一定來自杜威，但是，潘光旦顯然很熟悉美國那個年代從人文主義角度批評宣傳的立場。他指出，「把（宣傳）判斷爲近代社會病態的一種，卻是歐洲第一次大戰以後的事」（4），而其文章的一部分依靠歐美學者「所已得的一些結論」（5）。

　　當然，這些話也是在特定的背景下寫出來的，而潘光旦除了批評宣傳本身另外有目的，但是，我們從他寫的文章能得出三方面的結論：第一，在美國早就普及化的人道主義範式也傳到了中國；第二，連在抗日戰爭的高峰期都有從哲學基礎上批評宣傳概念的聲音；第三，這可能意味著支持宣傳（指，說宣傳等於教育）的中國人不僅是模仿蘇聯對宣傳的定義，更加是在反駁中國國內（例如：潘

光旦）的一些反對宣傳的聲音。這就是說，對宣傳比較正面的定義不僅是來自蘇聯的進口品，在某種程度也是中國國內爭論的產物。

五、委婉語逐漸的出現

第二次世界大戰以後，在臺灣海峽兩岸都繼續用宣傳一詞，但同時，無論是國民黨還是共產黨，在用法上也都有一定的改變。成立於1947年的行政院新聞局（參見戴瓊梅，1997：2）名字中沒有「宣傳」兩字，但是，其下屬分處的名字中卻保留著宣傳一詞，直到1981年才用「新聞」一詞取代「宣傳」，改名為「國際新聞處」與「國內新聞處」（新聞局簡史，2007）。同樣，國民黨也在內部溝通繼續用「宣傳」兩字。部分原因可能是孫中山在遺言中用的宣傳都有正面含義；因此，在臺灣戒嚴時期，國民黨《宣傳手冊》都繼續突出中山先生對宣傳工作的關注與贊成（如中華民國黨中央委員會第四組，1969：1-20）。

共產黨打敗國民黨後所成立的中華人民共和國，特別是在1949與1953年之間，又深入地像蘇聯學習而建立全國宣傳網。在這種情況下，宣傳不得不是一個正面的概念，所以，無論是公開文獻還是內部文獻都自然而然地用「宣傳」一詞。值得一提的是，1949年以後為中共做國際宣傳者有不少戰時記者，部分宣傳者，如金仲華，以前也在美國戰略情報局做過宣傳工作，他們所瞭解的宣傳原則與模式跟蘇聯的區別很大；然而，雖然1949年以後的宣傳工作有很大的改變，但是，熟悉西方宣傳原則的記者在某種方面還是有些微影響：《北京周刊》全文數據庫的搜索結果表明，中共在西文宣傳品很嚴格地避免用propaganda一詞，到了文化大革命風潮的1968年才開始用於中國的宣傳活動（China International Publishing Group, 1958-2007；《北京周刊》1968，第50期：19-22）。從此可以看出，即使是蘇聯監護下，還有不少人懂propaganda這一詞的負面性。然而，到八〇年代以後，大陸學術界間暫時又開始出現從根本批評宣傳概念的論述，但這些討論超越本文的範圍。

六、小結

本文分析了宣傳一詞與宣傳概念在中國的成立的概念史，包括其來源、最早的出現、其普及化、不同背景下的用法以及某種討論與爭議。從上述概念史分析中能看出，宣傳成為現代概念層次性進口的部分；後來關於宣傳的討論在某種程度發生在更早吸收新概念，如群眾心理或報紙的基礎上。當然，宣傳概念進入中文政治詞彙的二〇年代初，各國剛剛才開始研究宣傳，因此，在接下來的幾十年裡，新的宣傳手段與關於宣傳的論點不斷的出現。

在中國面對重大危機的背景下，來自不同國家與不同思想脈絡的宣傳話語都有一定的影響。此導致對宣傳有各種各樣的認識。「國際宣傳」被視為中華文明能得到尊重的重要途徑、參加國際辯論的工具、世界革命的交流方式、弱國的重要利器、以及戰時不可缺少的武器。同樣地，「國內宣傳」被看作為促進民眾覺悟的方式、戰時動員的工具、治國的重要途徑以及一種社會病態。

本文也論證明，聲稱宣傳在華文歷來一直都是正面詞的故事是不完整的。特別是在國共兩黨內部或行政文件內，支持宣傳的聲音可以說是主流，但是，從各種各樣的角度懷疑宣傳的作用，或簡直否定宣傳合理性的聲音也都有。不少支持宣傳的人也熟悉反對宣傳的論點，而此導致他們更激烈的聲稱「宣傳就是教育而已」之類的論點。對宣傳的不同看法一方面在某些情況下因並存而發生融合，另一方面，對宣傳不同的瞭解引起了衝突。無論如此，宣傳概念在二十世紀上半葉的歷史相當複雜，而在第二次世界大戰結束時，「宣傳」一詞的未來還不清楚。

可以說，如果歷史走了不同的道路，讓國民黨更早於中國大陸建立一個逐步走向民主的社會，並且採行美國社會所式的忌諱的國內宣傳模式，那麼，或許我們更能證明本文的基本論點：可以在現代中國的華文語境中存在著找到另一種宣傳的概念史，一種「宣傳總是具有負面形象指涉」的宣傳概念史。如果歷史的發展有所不同，國民黨能在中國大陸建立政權，使其更早轉型至民主社會並且如美國那樣避而不用國內宣傳，那麼，我們或許可以書寫出一段不同的歷史，用以「證明」以下論點：在現代中國社會中，宣傳總是會有某些負面指涉的意涵。

參考書目

百里（1921）。〈社會主義怎樣宣傳？〉。《改造（上海1919）》，4（2）。

查良釗（1925/05/31）。〈公共圖書館與成見的宣傳〉。《晨報副刊》：196。

陳岱礎（1938）。〈迫切的國際宣傳問題〉。《新民族》，1（4）：11-13。

陳東原（1929）。《群眾心理ABC》。上海：世界書局。

陳回（1920）。〈評中國佛教徒傳教的態度並論宣傳佛教的法子〉。《新佛化》，1-6。

陳衍（1897/11/21）。〈論中國宜設洋文報館〉。《求實報》

陳原（1939）。〈作爲國際宣傳用的世界語〉。《國民公論（漢口）》，2（1）：37。

傅瑞華（1938）。〈戰時鄉村宣傳問題（續）〉。《新粵》，2（5）：13。

戴瓊梅編（1997）。《跨越五十年：行政院新聞局成立五十週年慶祝特刊》。台北：行政院新聞局。

方漢奇（2002）。《中國新聞傳播史》。北京：中國人民大學出版社。

方維規（2013）。〈概念史八論〉。《亞洲概念史集刊》，4：101-170。

傅啓學（1985）。《中山思想體系》台北：商務印書館。

甘險峰（2004）。《中國對外新聞傳播史》。福州：福建人民出版社。

谷風（1921）。〈加強我們的宣傳工作〉，《戰時記者》，2（8）：26。

浩公（1931）。〈宣傳〉。《社會學雜誌》，4（3-5）：199-200。

侯迎忠、郭光華（2008）。《對外報導策略與技巧》。北京：中國傳媒出版社。

黃壽朋（1937）。〈中國戰時宣傳之商榷〉。《國論》，2（5）。

簡柏邨（1937）。〈抗戰期中的國際宣傳〉。《中蘇文化雜誌》，1（1）：46-49。

勞艸（1935）。〈還單靠「擴大國際宣傳」嗎？〉。《禮拜六》，619：379

Le Bon, G.，吳旭、杜師業譯（1920）。《群眾心理》。上海：商務印書館。

李本義（2011）。〈孫中山宣傳思想的鮮明特色〉。《湖北民族學院學報（哲學社會科學版）》，29（5）。

梁士純（1935）。〈新聞統制與國際宣傳〉。《報學季刊》，1（4）：1-2。

——（1936）。《實用宣傳學》。上海：商務印書館。

劉海龍（2011）。〈漢語中「宣傳」概念的起源與意義變遷〉。《國際新聞界》，11：103-107。

柳乃夫（1937）。〈迅速擴大國際宣傳〉。《戰線》，1：11-12。

劉正埮、高名凱、麥永乾、史有爲編輯（1984）。《漢語外來詞詞典》。上海：上海辭書出版社。

龍生（1928）。〈國際宣傳與上海國際電訊社〉。《國際週報》，1（2）：1-6。

馬光仁（1996）。《上海新聞史（一八五〇—一九四九）》。上海：復旦大學。

民心週報（1920a）。〈國外大事述聞：其一，日本之部：調查戶口之宣傳運動〉。《民心週報》，1（45）

——（1920b）。〈國外大事述聞：其一，日本之部：過激派對日宣傳〉。《民心週報》，1（41）。

——（1920c）。〈國外大事述聞：其二，歐美之部：過激派對世界宣傳〉。《民心週報》，1（43）。

繆鳳林（1922）。〈中國史之宣傳〉。《史地學報》，1（2）：1-7。

內務公報（1914）。〈批鄭維新稟宣傳耶教所請由部諮行該省發給示論之處礙難照准文，九月二十一日〉。《內務公報》，13：49-50。

潘光旦（1946）。《宣傳不是教育》。上海：生活書店。

沈錡（1940）。〈論國際宣傳〉。《新聞學季刊》，1（3）。

沈頌芳（1937）。〈國際宣傳研究〉。《復旦學報》，5。

時事旬刊（1919）。〈俄國過激派之宣傳運動〉。《時事旬刊》，1（9）：2。

孫本文（1946）：《社會心理學》。上海：商務印書館。

孫隆基（2007）。《歷史學家的經線》。桂林：廣西師範大學出版社。

孫義植、鐘選民（1928）。〈世界語在國際宣傳上之效力〉。《學生雜誌》，15（11）：127。

孫中山（1981）。《孫中山全集》。北京：中華書局。

唐曉童（2005）。〈孫中山傳播思想管窺〉。《成都大學學報（社會科學版）》，3：62-63。

外事評論（1920）。〈一、日人對於中國關係之觀測:對華宣傳機關論〉。《外事評論》，1（1）。

王一之（1939）。〈歐戰中之國際宣傳戰〉。《新政治》3（1）：64-77。

「問友」（1930/06/14）。〈國際宣傳與國際教育〉。《紅旗》，110：1。

吳天放（1934）。〈中國當前最要的國際宣傳問題〉。《報學季刊》，1（1）：3-9。

吳榆珍（1930）。〈宣傳及其影響於中國社會變化的討論〉。《社會學界》，4：199。

行政院新聞局（2007/9/21）。《新聞局簡史》。http://webarchive.ncl.edu.tw/archive/disk1/37/83/22/90/30/200711263024/20080715/web/info.gio.gov.tw/ct88b4.html?ctNode=3470&mp=1

蕭乾（1937）。〈莫怪外國報紙：我們太拙於國際宣傳〉。《吶喊》，2：27-28。

徐新平（2009）。〈論晚清時期對外新聞傳播思想〉。《新聞與傳播研究》，6：38-44。

張致中（1936）。〈新聞戰爭與Propaganda〉。《留東學報》，2（2）：93-100。

曾成貴（2009）。〈中國國民黨漢口執行部解析〉。《民國檔案》，4。

中國大百科全書出版社編（1991）。《中國大百科全書·心理學》。北京：中國大百科全書出版社。

中華民國党中央委員會第四組 （1969）。《宣傳工作手冊》。台北：中華民國党中央委員會第四組。

周安國（1924）。〈被壓迫民族與宣傳戰〉。《黃埔月刊》：3。

Akami, T. (2008). "The Emergence of International Public Opinion and Origins of Public Diplomacy in Japan in the Inter-War Period." *The Hague Journal of Diplomacy*, 3: 99-128.

Arnason, J (2000). "Communism and Modernity." In Eisenstadt, S. (ed.)*Multiple Modernities,* New Brunswick and London: Transaction Publishers, 61-90.

Brill (1842-1943). *North China Herald Online.* http://www.brill.com/products/online-resources/north-china-herald-online.

Brunner, O., Conze, W., and Koselleck, R., eds. (1972-1997). *Geschichtliche Grundbegriffe: historisches Lexikon zur politisch-sozialen Sprache in Deutschland.* Stuttgart: Klett-Cotta.

Bussemer, T. (2008). *Propaganda. Konzepte und Theorien.* Wiesbaden: Verlag fuer Sozialwissenschaften.

Castoriadis, C., Curtis, D., transl. (1997). *World in Fragments: Writing on Politics, Society, Psychoanalysis, and the Imagination.* Stanford: Stanford University Press.

China International Publishing Group (1958-2007). *Beijing Review Database.* http://beijingreview.sinoperi.com/.

Cunningham, S. (2003). *The Idea of Propaganda: A Reconstruction*. Westport, CT: Greenwood Publishing.

Duara, P. (1996). *Rescuing History from the Nation: Questioning Narratives of Modern China*. Chicago and London: University of Chicago Press.

Eisenstadt, S., ed. (2000). *Multiple Modernities*. New Brunswick and London: Transaction Publishers, 61-90.

Feng, L. (1996). "Democracy and Elitism: The May Fourth Ideal of Literature." *Modern China* 2 (22): 170-196.

Fischer, F. (2003). *Reframing Public Policy: Discursive Politics and Deliberative Practices*. Oxford and New York: Oxford University Press.

Great Soviet Encyclopedia (1978). *Great Soviet Encyclopedia: A Translation of the Third Edition*. Vol. 21. New York: Macmillan.

Judge, J (1997). "Publicists and Populists: Including the Common People in the Late Qing New Citizen Ideal." In Fogel, J. and Zarrow, P., eds. *Imagining the People: Chinese Intellectuals and the Concept of Citizenship, 1890-1920*. Armonk: ME Sharpe, 165-182.

Karl, R (2002). *Staging the World: Chinese Nationalism at the Turn of the Twentieth Century*. Durham: Duke University Press.

Kenez, P. (1985). *The Birth of the Propaganda State: Soviet Methods of Mass Mobilization, 1917-1929*. Cambridge et al.: Cambridge University Press.

Koselleck, R. (1972). "Einleitung." In Brunner, O. et al. (eds.), *Geschichtliche Grundbegriffe. Historisches Lexikon zur politisch-sozialen Sprache in Deutschland,* vol.1, XIII-XXVII. Stuttgart: Klett-Cotta.

Lackner, M., Amelung, I., and Kurtz, J. (2001). MCST Databases: An Electronic Repository of Chinese Scientific, Philosophical and Political Terms Coined in the Nineteenth and Early Twentieth Century. http://mcst.uni-hd.de.

Lasswell, H. (1927). *Propaganda Technique in the World War*. London: K. Paul et al.

New York Times (1908/05/3). "National Paper for China." *New York Times*: C3.

——(1910/10/04). "China Looks to Us for Her Future. So Says Capt. Kirton, English Publisher of Shanghai, who brings a message to America." *The New York Times*: 4.

Richter, M. (1987). "Begriffsgeschichte and the History of Ideas." *Journal of the History of Ideas*, 48 (2): 247-263.

Schieder, W. and Dipper, C. (1984). Propaganda. In Brunner, O. et al. (eds.), *Geschichtliche Grundbegriffe. Historisches Lexikon zur politisch-sozialen Sprache in Deutschland,* vol. 5, 69-11. Stuttgart: Klett-Cotta.

Speier, H. (1934). "On Propaganda." *Social Research: An International Quarterly*, 1 (3): 376-380.

Skinner, Q. (2002). *Visions of Politics, Volume 1: Regarding Method*. Cambridge: Cambridge University Press.

——(2008). "A Genealogy of Liberty." Lecture given at the Townsend Center for the Humanities, UC Berkeley, September 15, 2008. Available in full on Youtube: https://www.youtube.com/watch?v=ECiVz_zRj7A.

——(2009). "A Genealogy of the Modern State." *Proceedings of the British Academy*, 162 , 325-370.

Tong, H. (1950). *Dateline: China. The beginning of China's Press Relations with the World*. New York: Rockport Press.

Van Dyke, V. (1940). "The Responsibility of States for International Propaganda." *American Journal of International Law*, 34 (1): 58-73.

Volland, N (2004). "The Control of the Media in the People's Republic of China." PhD diss. University of Heidelberg.

Volz, Y. (2011). "China's Image Management Abroad, 1920s-1940s: Origin, Justification, and Institutionalization, in Wang Jian, ed., *Soft Power in China: Public Diplomacy through Communication*, 157-179. Basingstoke: Palgrave Macmillan.

── and Lee, C (2009). "American Pragmatism and Chinese Modernization: Importing the Missouri Model of Journalism Education to Modern China."*Media Culture and Society*, 31 (5): 711-729.

Wei, S (2012). "To Win the West: China's Propaganda in the English-Language Press, 1928-1941." PhD diss. Australian National University.

小型報與大眾化——
上海《立報》版面與文體分析（1935-1937）[*]

葉韋君

一、前言

　　報紙作爲文化生產機制，重組了社會結構，帶來新的時空想像與溝通方式，也承載了社會變遷中的期待與失落。在傳統向現代的過渡時期，大批無法在科舉制度找到位置的中下層文人，將報刊做爲轉型工具，一部分成爲公共知識分子，一部分進入文化市場，藉此實踐公共關係並取得報償（李歐梵，1998；洪九來，2006；李金銓，2009、2013；唐小兵，2012）。

　　如李金銓（2013）所言，中國報刊的流傳是點，而非面的流傳，最多限於都會知識群，很難進入中下層社會，這同時也是「文人論政」、「報人報國」的研究限制，儘管他們具有推動時代前進的驅力，卻很難具體連結這些報刊實際的社會影響力。本文試圖在報刊研究的基礎上，將焦點由報人的實踐言論，轉向報刊形式的嘗試，透過報刊版面與文體的分析，探索讀者的面貌。

　　李明哲、成露茜、唐志宏（2007）認爲版面變革的研究，較文本分析「更具說服力地論述出某一時期社會大眾意識型態、文化價值的變化，以及新聞內容要求的取向」（李明哲、成露茜、唐志宏，2007：11）。錢存訓（1992）論及，

---

[*] 本文改寫自博士論文《讀者想像與文化實踐：上海立報研究（1935-1937）》之一章，完成於擔任舍我研究中心博士後研究期間，感謝舍我紀念館館長周成蔭、研究員黃順星、蕭旭智，以及兩名匿名審查教授的建議。

中國雕版印刷刊印大量佛經與儒家典籍，形成道德論述的傳統，並由於與科舉制度緊密依存，由掌握文化資源的士紳階級，壟斷道德與社會的位階。梅嘉樂分析《察世俗每月統記傳》（Chinese Monthly Magazine，1815-1821）、《申報》（1872-1949）在版型上均沿用線裝書籍的閱讀形式，在內容上採傳統文體，並轉錄《京報》內容俾便官紳讀者，內容包含多種文體的敘事包裝，雜揉不同讀者的需求，部分解放了文字階層慣例，呈現一個新的世界（Mittler，2004）。

報刊版面涉及物質技術、文化模式與讀者特質，本文依循此研究觀點，以戰前發行量最高的上海《立報》（1935-1937）為例，探索報紙版面、文體與讀者的關聯。1935年9月20日，成舍我（1898-1991）於上海發行《立報》，這是他所辦的第五份報紙[1]，集結了經營、編輯的經驗，擁有獨立資本，並倚重薩空了（1907-1988）為總編輯，使《立報》平均發行量達十二萬份，在淞滬會戰期間創下戰前中國報業發行量最高的記錄，廿萬份[2]。若保守以每份報紙傳閱率十人計（Lin Yutang, 1936／劉小磊譯，2008），《立報》平均閱讀人口達一百廿萬，得以作為理解戰前上海讀者的案例，他們是中國報紙商業化成熟階段，既深且廣的讀者。

本文將從《立報》的版面與文體分析，探討「小型報」如何能實踐「大眾化」？除對《立報》分析外，並和大報《申報》、《新聞報》（1894-1949）、《時報》（1904-1939）以及小報《社會日報》（1929-1937）比較，說明不同報

---

1. 在此之前有北平《世界晚報》（1924-1937）、《世界日報》（1924-1937）、《世界畫報》（1924-1937），與南京《民生報》（1928-1934）。《世界日報》是當時北平發行量最大的報紙，《民生報》則開創小型報的模式。

2. 銷售數字並無確切的發行記錄，但於時人的敘述中可見銷量曾超過《申報》、《新聞報》，最高達廿萬份，並普遍為日後新聞史文獻認可（方漢奇，1996；王文彬，1996；馬光仁，1996）。任該報戰地記者的曹聚仁則述：「平常銷路約十二三萬份，在《新聞報》、《申報》之間。單就西安一市就銷了三千份，比陝西本市報還多了一倍以上。其在南昌的銷路，幾乎可以等於南昌各報的總和。」（曹聚仁，2007：131）

紙版面與文體差異。這裡所研究的報紙版面意指，報紙的外觀形式，包括紙張版型、標題大小、欄位長短、框線設置等。報紙版面有提供索引、議題設定的功能，形塑讀者對訊息的理解（徐佳士，1973），當中國報刊形式告別直線書冊的編排，轉化為方塊形的新聞欄目，也宣告社會溝通形式的轉變，讀者不再只是伏案就讀的讀書人，他們是城市中又忙又累的勞動人口，必須利用零碎時間閱讀，透過短欄位的區塊達到逐次增加資訊量的需求。文體分析則指副刊文類及新聞敘事結構的分析，前者關乎讀者的階層屬性，後者則協助讀者建構認知，並有道德訓示的功能（蔡琰、臧國仁，1999）。藉由報紙版面與文體的分析，我們探究《立報》提供的閱讀型態與其讀者特質，從而理解當時人們經驗及感知世界的方式。

二、報紙版面與讀者特質

《立報》於開刊詞〈我們的宣言〉主張，它的大眾化是非資本主義的，並不為任何個人利益，而是為大眾福利而存在。它所設想的讀者大眾，是為生活汲汲奔忙的人們，報紙可以讓他們理解自身處境、判斷生存情勢，從而認清民族使命、凝聚國家意識（立報，1935年9月20日）。本節將分析報紙版面如何反映讀者的特質，編輯所設想的讀者是那些原本買不起報紙的窮人，是沒有時間、空間伏案就讀的勞動者，它的讀者與小報重疊，卻要求大報規格的論述，更多的新聞篇幅、更明確的排版定性，使讀者順從它的議題設定，讓「開天窗」的空白欄目挑戰統治權威，並以更簡潔的新聞版面與廣告區分，以實現新聞本位的承諾。

（一）什麼是小型報？

那家馳聲全國的小型報《立報》一開頭便以短小精幹的姿態出現，最大的特色是不刊載廣告，新聞精編，三個副刊，駸駸日上，與《申報》爭一日之長，乃是望平街上一件大事。《立報》的銷行數字，不僅突破《申報》的紀錄，也曾有過超《新聞報》的紀錄。上海

報業公會，小報中只有《立報》才夠得上做會員。薩空了、成舍我確

實是報壇的怪傑。（曹聚仁，2007：96）

報紙的規格是以印刷用紙的全張幅面爲計算單位，一張全開紙
（109.2cm×78.7cm）對折裁開，稱之爲對開的大報，若再對裁爲二，則是四開
型的小報（荊溪人，1994）。1920年代，四開報紙盛行，不只是篇幅小、內容
小、評價也小，專門刊載流言蜚語、社會黑幕、風月情色，被評價爲低俗小報，
但它卻又是最接近民眾的。1930年上海小報《社會日報》已著手改革，開啓小報
報導社會新聞的先聲，並注重時事與社評。之後如《辛報》、《小晨報》、《時
代日報》等也都有社評及社會新聞（李楠，2005），但這些報紙都未如《立報》
來得完備，知名報人曹聚仁（1900-1972）稱「《立報》是新聞史上最合理想的
一種小型報。」（曹聚仁，2007：134）

小型報因成本低、便於收折，被成舍我視爲承載大眾化內涵的最佳形式，
創新的模式在當時報界亦引發討論。創刊之初，由中國文化建設協會[3]出版事業
委員會主編的《申報》〈出版界〉有兩篇針對《立報》之文，可看出主流文化治
理的觀點。〈論小型報紙〉較具批判性，認爲新小型報紙應別於舊小報，產生破
壞的革命性意義，視消滅小報爲目的，表現主流文化意識（須旅，1935年10月5
日）。〈小型報的發展基礎〉則從正面鼓勵，稱許小型報的特質，能以輕巧簡潔
的新姿態出現，肩負起接近並教育大眾的宗旨（建屏，1935年10月21日）。另一
方面，感到競爭威脅的小報《社會日報》，則對《立報》指指點點：

關於立報的出版，我們是的確「既驚且喜」過的。驚的是資本

雄厚，設備完整，人才濟濟，一定會與我們以極大的威嚇；說得老實

---

3. 該會以陳立夫、陳果夫兄弟為核心，進行三民主義的文化統制，拉攏許多文化聞
人、社會賢達加入，成舍我與報社幾位股東都是該會的成員。（鄭大華，2006；唐志
宏，2010）

一點，有些「同行嫉妒」也是事實。然而，也很「喜」，喜的是素來被要人紳士們視為不屑一看的「小報」，現在居然有這樣大模大樣的人，在這樣大模大樣的幹起來了。這還不夠不幸而為小報執筆的我們高興高興麼？（綠子，1935年9月24日）

這種見縫插針、嘲諷同業的文章是小報的特色之一，《社會日報》將《立報》視為競爭對手，又貶抑地稱之為「小弟弟」，將其納入小報的譜系。從大報《申報》、小報《社會日報》對《立報》的評議中，可以看出《立報》更傾向被視為小報的一支，相較於小報將其視為威脅，大報反而對其寄予期望，希望能藉此打擊、甚至消滅小報。我們也可以看出在當時上海的媒體生態，《立報》初時被設定的讀者群和小報是重疊的，但成舍我並不作如是想，他更積極爭取大報的讀者。

成舍我不斷努力與小報做出區隔，《立報》是唯一參加報業公會的四開報紙。並在報上持續小型報的宣傳論述，如〈小型報紙與現代家庭〉（蘭，1935年10月7日）、〈小型報的參考價值〉（影呆，1935年10月26日）等。《立報》是小報還是小型報的爭辯從當時延續至今，這些爭論特別突顯報紙形式的意義。

小報研究學者李楠認為《立報》仍是小報，「而不須另起爐灶，分出一個『小型報』的品種」（李楠，2005：22）。但在李楠的研究中，《立報》卻又總是例外，是「鴛蝶與通俗海派文化合流的先聲」，是「市民文化現代化的轉型」，是「小報編排革新的典範」，是「新文學散文的集散地」，是真正將大眾文化平民讀物落實為「文化理想」，且它的讀者群「不僅想到新舊知識分子，也考慮到中下層市民，讀者範圍之廣，非以前任何小報可比。」（同前引：156）《立報》兼有領導示範的功能，將原本輕薄消閒性質的小報，部分轉型為負載政治評論、時事報導的小型報，成為被仿效的範本。《立報》變異、整合的角色，說明它集結大報和小報的特性、結合傳統文人論政的理想、舊式消閒的鴛蝶文學以及左傾思潮的進步性，繼承並創新了大眾化的編採策略。

（二）大報、小報、小型報版面分析

　　成舍我提出改良小報爲小型報，是以四開報型承載專業報紙的品質，達到節省紙張成本、壓低售價的目的，藉此擴展看報的人口，讓沒錢買報的人都能買得起（成舍我，1935／2013）。若比較《立報》與《申報》、《新聞報》、《時報》與《社會日報》之新聞篇幅、成本，與各階層所佔薪資比，可看出各報與讀者的關係（見下表1）。《立報》價格最低，最有可能以零售的方式進入下層階級，僅佔薪資最低的非技術工人薪資的千分之六點五；新聞篇幅的比例則以《立報》最高，最重視新聞內容，而《新聞報》最低，最重視廣告份額。若換算爲每四開紙的新聞成本，《新聞報》、《申報》報份多、廣告多，新聞成本最低，主要由廣告主支撐報業經營；《社會日報》新聞成本最高，《立報》、《時報》次之，《時報》是因新聞照片而致單位成本高，而《社會日報》、《立報》則更仰賴讀者贈閱的支持。

　　在《立報》與各報的比較中可知，小型報降低紙張的成本，能使經濟力低的人也能買報，並大幅減少廣告比例，能有最多的新聞篇幅，使民眾能夠以最少的價格，最輕薄的形式，獲得最多的資訊含量。

　　報價決定了讀者進入的門檻，版面則構成讀者閱讀的型態，書冊形式的編排，只要決定前後順序即可，但演變爲新聞欄位，版面配置就很需功力了，文章的長短、標題大小，還有維繫經濟命脈的廣告，都造成編輯的複雜性。報紙若是有良好的編排、固定的版面配置，讀者就能很快找到自己所要的版面，編輯也可明確指引需要被關注的訊息，進行議題層次的規劃，若否，讀者將無從依循（徐佳士，1973）。林語堂（Lin Yutang）以1935年5月的《申報》爲例，說明報紙缺乏版型的規劃，使閱讀耗時費力：

　　　　如果每一個欄目每天都出現在固定的版面上，讀者可能只要幾個月的時間就能明白該到哪裡去讀教育新聞，哪裡去讀商業消息了。實際上，中國讀者採用的辦法，是拿過報紙來亂翻一氣，反正遲早是會找到他所需要的版面的。（Lin Yutang, 1936／劉小磊譯，2008：136）

表1　一九三六年各報版面、零售價、新聞篇幅、成本與所佔薪資比

報別	報份	版面	新聞篇幅比（%）	零售價（元）	新聞成本（元）	報費佔各級職工薪資比%			
						非技術工	普通職員	技術工	中學教員
申報	對開4張本埠加2張	24版	35.5	0.038	0.0026	0.19～0.12	0.19～0.006	0.076～0.006	0.054～0.024
新聞報	對開4.5張本埠加2.5張	28版	30.5	0.038	0.0022	0.19～0.12	0.19～0.006	0.076～0.006	0.054～0.024
時報	對開2張	8版	42.5	0.028	0.0041	0.14～0.09	0.14～0.045	0.056～0.045	0.04～0.018
立報	四開1張	4版	81.5	0.013	0.004	0.065～0.04	0.065～0.02	0.026～0.02	0.019～0.008
社會日報	四開1張	4版	69	0.023	0.0083	0.115～0.077	0.115～0.038	0.02～0.038	0.033～0.014

資料來源：作者整理

說明：1.報紙來源：以1936年5月20日之報紙做比較。

2.新聞篇幅比：新聞報導含副刊文章所佔比例；以欄位計算廣告篇幅，扣掉後為新聞篇幅。

3.零售價：根據1935年法幣兌換資料，法幣一元＝銀元一元＝大洋十二角＝銅元三百枚（卓遵宏，1986：384）。《申報》、《新聞報》售價大洋四分五釐，《時報》大洋三分四釐，《立報》銅元四枚，《社會日報》洋二分八釐，統一換算為銀元。

4.新聞成本：由於報紙內文使用五號或新五號字，唯《時報》以四號字，但其尺寸相近，忽略不計，故篇幅計算以紙張大小為準，換算為購買每四開紙之新聞成本。

5.薪資比：每月報費所佔各職別月薪比例。

　　《申報》廿版的報紙，舊式的標點句逗，長欄文字的編排，特別需要讀者的耐心與專注力，非得好好坐下來讀不可。《立報》則是要給又窮又忙的人看，他們在電車上、工廠裡，無法伏案就讀，醒目的標題、欄位設計、固定的版位，讓

讀者可以建立自己的閱讀動線。有篇文章這樣說：

> 有位朋友也告訴我道：「立報是立著看的。」⋯⋯他說：「我有
> 證據。我每天早晨八點鐘，搭電車到辦公室。在店車站，或在公共汽
> 車站候車的時候，賣報小販喊著賣報，就有人買一張立著看，一也。
> 後來到了電車裡，因為車裡人擠，有幾位先生們、女士們一手拉著皮
> 圈，一手拿著《立報》看，二也。及至到了我辦公的地方，走進電梯
> 裡，那位開電梯的工友也是把《立報》塞在衣袋裡，忙裡偷閒地拿出
> 來看，三也。你說，候電車的，拉皮圈的，開電梯的，他們都能坐
> 嗎？他們都是立的。所以我說《立報》是立著看的，這話不錯吧！」
> （立報，1935年11月12日）

從自我宣傳的角度來看，《立報》因表現為勞動階層的代言人而自得。另一
個《立報》的故事，則是該報命名的典故之一。成舍我觀察上海最大零售報紙市
場的閘北車站，他發現大量每日來往的旅客是利用車上時間看報，報販則要利用
緊迫的趕車時間叫賣，因為《申報》只有兩個字好叫，所以多喊賣《申報》，其
他如《新聞報》只是間歇性地叫，所以報紙取名《立報》也是為了因應通勤者。
（張佛千，1998）

紙張的大小，報紙的定名都指向了勞動階層、通勤人口，版面則是另一個探
究讀者特性的要素。讀者在特定時間內能掌握的訊息有限，若能規劃於有意義的
單位中，就比較容易被接受。版面配置的原則，是在印刷條件許可的情形下，盡
量適應讀者閱讀的習慣與效能，一般而言，字級五到六號、單行十到十二字、大
報十八到廿欄，小報十到十二欄最便於閱讀瀏覽。標題則具有摘要、索引、引發
讀者興趣的功能，一種標題有一種變化，能夠明確區分不同的議題，但若超過四
行會增加讀者訊息的負荷，以引題、主題、子題三行題最適，標題的欄數也決定
標題的大小，給予讀者議題重要性的指示，以通欄四欄最顯著，最簡要則是一欄
標題。此外，標題最好統一字體，因為不同的字體會形成不同的閱讀單元，容易

造成閱讀障礙。框線的變化是為了區分單元，也具有議題的指示性，如嚴肅新聞以雙線框，趣味的新聞以花邊，排列加框的新聞需要精準地計算字數，並考驗拼版的功力；但過多的框線花邊會成為版面上的「噪音」，干擾訊息的判讀（陳石安，1988；徐佳士，1973）。為了實際比較版型的變化，這裡比對1936年5月21日《立報》、《社會日報》、《時報》、《新聞報》與《申報》，可以看出各報版面編排的特性（見下表2）。

表2　各報版面編排變化比較表

報別	尺寸	新式標點	內文字級	廣告篇幅比	平均值		最多值			
---	---	---	---	---	字數/行	欄數/版	字數/行	標題數/版	標題變化數/版	框線變化數/版
立報	四開	○	新五號字	18.5%	9	12	28	8	8	9
社會日報	四開	○	新五號字	31.0%	10	10	36	7	7	6
時報	對開	X	四號字	42.5%	11	12	35	28	23	5
新聞報	對開	X	五號字	69.5%	11	10	36	23	10	7
申報	對開	X	五號字	65%	17	8	30	20	3	4

資料來源：作者整理。

　　《立報》的欄數最多、字數最短，最便於閱讀、快速瀏覽，且設新式標點符號，也利於斷句；反之《申報》單行的字數最多，分欄最少，用舊式標點，最需要專心閱讀；《社會日報》、《時報》、《新聞報》也都出現長卅六字的編排，不容易一次讀完一行，《立報》字數至多則至廿八字，以利一行瀏覽。

　　在標題的呈現上，《立報》、《社會日報》篇幅小，一版的標題數少，重點得一覽而過；《申報》、《新聞報》、《時報》等大報篇幅為小報的兩倍，但

容納的標題卻超過兩倍有餘，再加上許多廣告壓縮版面空間，反而每則報導的字數較《立報》、《社會日報》更短少。實際上，許多《時報》的短消息，在《立報》上只為一行，集數則短消息標為〈要訊便覽〉，但重點新聞如特寫，《立報》會花較長的篇幅說明。

　　為了突顯各報的版型變化，選擇該日各報標題數最多的版面來比較。四開報型的《立報》、《社會日報》大都是一篇文章一標題一款設計。《立報》善於利用框線區隔，一標題一篇文章一框線為獨立的單元。此外每版以標題大小區分新聞重要性，可分為三個等級：一級以通欄標題四欄呈現，每版僅擇一處理，次之為兩欄標題，每版最多三則，最次是一欄標題。這樣的編排方式，使議題的重要性層次明確，使讀者更容易順從編輯設定的新聞框架（見下圖1）。而《社會日報》則會在單一標題上多做變化，包括三種花邊、兩種標號，這些多餘的框線，再加上橫式小標、直式大標交錯排列，容易干擾閱讀，同時也有對各議題指指點點的意味，鼓勵讀者議論（見下圖2）。

　　對開報型《申報》的標題變化很單一，數則標題的格式都是一樣的，各議題的重要性看來均等劃一，整體版面，顯得沉穩理性，交由讀者自行判斷（見下圖3）。《時報》則在標題變化上最多，它的字級變化最多，又好大字體、多行標題，且標題大小高低差明顯，使單篇標題佔的篇幅大，實際內文所佔篇幅反而較小，又熱衷以一級層次處理新聞標題，使整版有五、六個跨四欄大標，在所有新聞都被重點處理的策略下，反使議題的層次混亂，使讀者讀來更為躁進，若配上《時報》特長的照片，實在很難令讀者冷靜閱讀（見下圖4）。《新聞報》則文章篇幅最少，標題變化適度，報份廣告所佔比例達七成，廿九版中有十三版是滿版廣告，單版新聞篇幅比例最多的是經濟消息，落實商號櫃檯報的名聲（見圖5）。

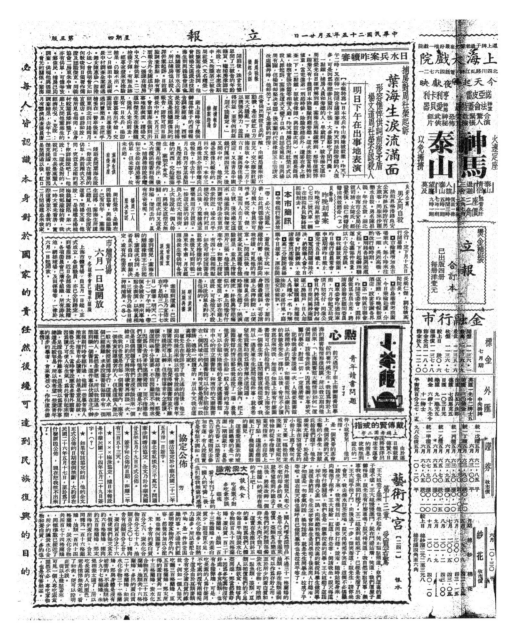

圖1　《立報》（1936年5月21日，第3版）

說明：各版標題數量差異不大，最多標題版面為第3版「本埠新聞」，版面定性明
　　　確，善於利用欄位線條區隔閱讀單元，利於讀者檢索、建立閱讀配置的動
　　　線。標題設計層級分明，可區分為三種層次，讀者更易於順從報紙的議題
　　　設定。

圖2　《社會日報》（1936年5月21日，第4版）

說明：各版定性明確，適合單元性逐次閱讀，適應城市的工作節奏。勤於以框線設計閱讀單元，極少給讀者停頓留白的空間。單一標題設計多線條、花邊，暗示讀者對各種話題進行議論。最多標題版為副刊版。

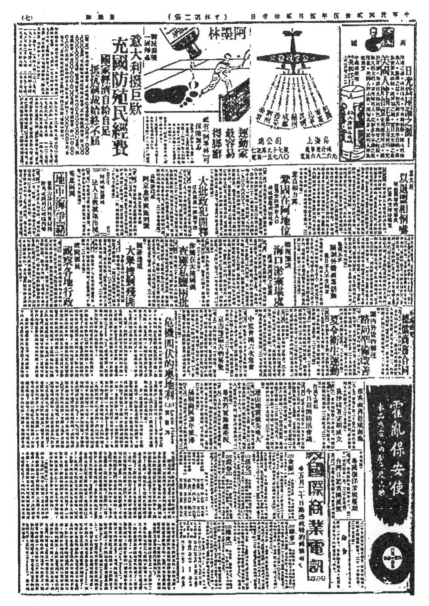

圖3　《申報》（1936年5月21日，第7版）

說明：各版差異大，版面配置分散、缺乏定性，文章被廣告切割的現象嚴重，讀
　　　者須較長時間投入專注力。最多標題版面為「國際新聞」，個別版面標題
　　　設計單一沉穩，議題重要性一致，版型更適應官紳的閱讀情境，讀者須主
　　　動判斷的能力，不須順從報紙的議題規劃，但因整體規劃缺乏索引，較難
　　　建立閱讀動線。

圖4　《時報》（1936年5月21日，第5版）

說明：最多標題版面為「社會新聞」，偏好以跨欄大標題處理大多數新聞，滿紙
　　　醒目標題，再輔以時事照片、廣告圖像，製造社會罪惡的驚悚感，使讀者
　　　更為躁進，感受性較強烈。

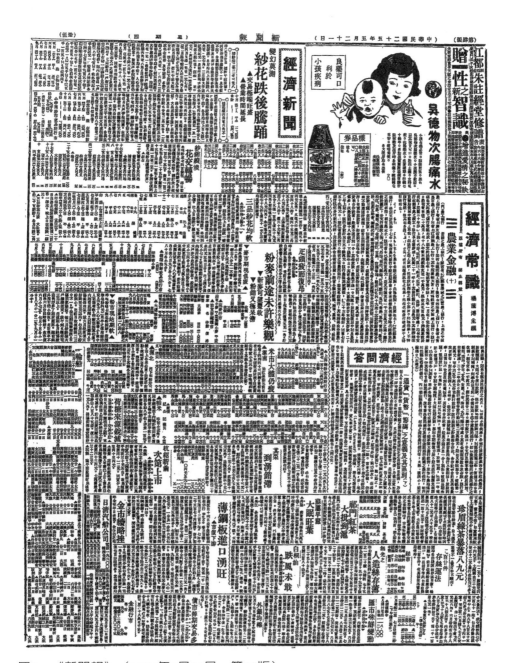

圖5　《新聞報》（1936年5月21日，第15版）

說明：全報份有近七成的版面篇幅為全版廣告，其餘三成新聞篇幅集中，最多標
　　　題版面為經濟新聞，標題變化設計適中，層級劃分明確，經濟專業性強，
　　　適合商辦讀者。

　　整體而言，《立報》的版面配置在標題使用上，多以主題、引題、子題，三行標提示重點。此外，善用加大粗體、黑體、不同邊框等編輯技巧，除適應通勤及忙中抽閒閱報的讀者，更予議題輕重的指導性。《立報》擅長議題設定的編排形式，更勤於應用區塊變化，邊頁加上口號和讀者對話：「只要少吸一支煙你准看得起，只要略識幾百字你准看得懂」，中縫附上廣播節目表、電影訊息等，它窮盡所有篇幅，極少留白讓讀者進行自證的詮釋。在當時，《立報》版面被評為「複雜而多變化」的代表，「以各式各樣的字體和標題，達到了刺激觀感的目的，使人欣然欲讀」，而缺點就是「字裡行間，眉目不明，給人以重壓之感，有透不過氣來的模樣」（姚俊聞，1939/1986：203）。

　　報紙版面的留白處是被新聞檢查揀去文字，時稱「開天窗」。當時上海的讀者很注意開天窗的報紙，《立報》就經常開天窗，提醒讀者被隱晦的議題（于友，2003；舒宗僑，1987）。讀者若是兼看不同報紙，就可以發現《申報》、《新聞報》照登的中央社消息，與《立報》被刪去字句留下的空白，新聞版面在減法的操作下格外顯著，就連《社會日報》報導《立報》被開天窗的新聞也被開天窗（沉默，1937年5月14日）。「開天窗」被讀者視為抵抗權威的方式，表示報紙觸碰了國家的禁忌，被掩蓋刪節的留白給予讀者自證詮釋的空間，引發讀者解釋的慾望，不論讀者的解釋為何，最後都指向對政治權力的不信任；而行使空白權力的報紙，則成為這不信任體制下，唯一接觸過真相者。一個常常開天窗的報紙，往往是說得最少，卻又是說得最多的，讀者在這裡引發的認同，不是對文本本身，而是對產生文本的機制。

（二）以新聞為本位的廣告策略

　　廣告是報社營運的命脈，業界莫不以爭奪廣告資源為要，這也常常使報紙的立場更順從於廣告主，而非讀者，影響報紙與讀者的關係。《立報》宣稱它所要建立的是「非資本主義的大眾化」，表現在商業連結最深的廣告上，則是各種節制的編排策略，以實現它對讀者所做「新聞本位」的承諾。

　　《立報》在《新聞報》二版刊載全版的創刊廣告，宣稱「在未銷達十萬份以前，不刊載廣告」（新聞報，1935年9月20日）。1936年3月17日起開始刊登廣告，同日並發行《立報晚刊》，長達六個月的時間未刊載廣告，爲當時報界創舉，引發同業議論。小報《福爾摩斯》（1926-1937）於該年五月兩度刊載《立報》經營不善之文，稱其因「派頭過大，開銷較任何小型報耗繁」（遁時，1936年5月5日），因此董事會決議放棄宣言，感嘆《立報》不得不屈從於業界生態：「由此證明中國的報紙，現在大多數已被廣告商征服了，辦報之難亦日甚一日矣。」（遁公，1936年5月29日）

　　以發行報紙收入推估，1936年日發行量約爲一萬一千份[4]，與十萬份仍有相當差距，顯然並未達成其「未滿十萬份前，不登廣告」的承諾，而由股東會決議刊載廣告，據成舍我所言：「居然在出版第十個月時，營業方面，收支就得到平衡，第十四個月起，股東就有了股息。」（成舍我，1938/2013：200），若所言屬實，等於登載廣告後三個月收支就已平衡。

　　廣告被視爲報紙獨立的基礎，因爲唯有經濟獨立才不用領津貼受制於人，但隨著廣告的發達，卻是報紙更向廣告主利益傾斜，造成報紙版面被切割，甚至滿紙廣告的現象，比較各報廣告篇幅[5]，《新聞報》爲商訊報，讀者多爲商賈、貨舖，版面中幾乎七成都是廣告，《時報》以攝影和影視新聞爲主，有四成廣告，《社會日報》是社會寫實小報有三成廣告，《立報》則不到兩成（見下表3）。

---

4. 根據一九三七年二月的〈營運計劃書〉所示，一九三六年年營業收入56000元，若全視爲發行收入，以零售數字4銅元推估，等於日發行量1.15萬。（上海檔案，1937）。

5. 以1936年5月21日，各報篇幅計算。

表3　各報廣告篇幅比

報別	立報	社會日報	時報	申報	新聞報
廣告篇幅比	18.50%	31%	42.50%	65%	69.50%
全版廣告	無	無	2版	8版	13版
中縫廣告	有	有	無	無	無

資料來源：作者整理。

　　總編輯薩空了以〈關於添刊廣告〉（了了，1936年3月20日）一文，再次宣達與讀者之間的承諾，必不會讓報紙遷就廣告版面，在廣告刊例上也標明「凡本報認為不正當之廣告得拒絕刊載」，這是在其他報紙上所看不到的。編輯有意識地將廣告與新聞欄位切割，在閱讀上不致混淆，是新聞專業本位的表現。唐志宏分析《立報》的廣告策略指出，廣告排列是緊隨著新聞線的，這樣的排列方式，是為了不破壞每日的新聞量，從左下角往右上角新聞線延伸，這讓廣告的排列集中，不會干擾讀者的閱讀動線。（唐志宏，2013）

　　反觀當時其他報紙卻常為遷就廣告而切割版面，《申報》、《新聞報》的頭三版，皆是滿版的廣告，讀者也對此發出怨言（華西，1936年4月1日）：

　　　　總之我們現在不是看『新聞紙』，而是看『廣告紙』，其情況正同於沿馬路散發的傳單，不過在以新聞當當補白罷了。我看見一張報紙的緊要電訊欄裡，橫印著三個賣藥的廣告，硬把新聞腰斬開來，很令人讀時，很困難的去尋找一段尚未登完的下文。

　　林語堂也指出《申報》為遷就廣告導致閱讀困難，更有性病廣告充斥的問題：

　　　　在江湖大夫撰寫的文章裡，『夢遺』、『手淫』、『陽痿』、『梅毒』、『淋病』等字眼，衝擊著讀者的神經，不管怎麼樣都會使

讀者對正常的性功能產生陰影。更糟糕的是，《申報》這樣的專刊不只有一個，而是四個，〈醫藥專刊〉、〈健康專刊〉等，一撥醫生一荏藥，輪流登場（Lin Yutang, 1936／劉小磊譯，2008：148）。

《立報》廣告策略卻在此顯示出超乎尋常的節制，甚至是性的潔癖，在醫療廣告中，全然沒有性病，或關於性的宣稱，多是虎標萬金油、小兒萬靈丹鷓鴣菜、人造蔘丸等。休閒娛樂廣告，也僅有演出時間、劇目，而全無圖像，竭力與享樂慾望的消費形象劃清界線，更強調閱讀版面的乾淨。

三、報紙文體：副刊與新聞特寫

《立報》的版面分類配置明確，要聞與副刊各佔半版，這與其他報紙將副刊集中一版的編排方式，非常不同。版面的分類明確，使讀者很容易找到自己的位置，如偏好新文學的知識階層是第二版的「言林」，喜好消閒文學的小市民是第三版的「花果山」，職業青年與勞動階層則屬於「小茶館」，他們的內容區分明確，得以囊括不同屬性的讀者，但在版面間也能進行不同經驗的交流，藉由跨版閱讀隨時可以成爲對方的一員。另一方面，新聞特寫的第一人稱筆法，強調各種感同身受的遭遇，也讓讀者對周遭同胞的苦難更爲敏感。

（一）多元副刊與讀者對話

《立報》偏好的單元式編輯法，是其組織型態「馬蹄形編輯桌」[6]的具體實踐，這些獨立卻又互文的單元，表現出各自的獨特性卻又彼此鑲嵌的特質。這些主編有大學教授、鴛蝶派作家、左翼報人、地下黨員，他們的政治觀點、文學調性迥異，但必須一起協商、說明各版的配置，他們熟悉彼此的運作，也可對各版的話題談上幾句，各自的調性吸引不同階層與品味的讀者，書寫不同的讀者想

---

6. 這是成舍我所創的編輯桌，總編輯坐於馬蹄形編輯桌中央凹口處，各版主編坐於兩側，俾便所有編輯能共同商議決策、編排、校樣（于友，1990）。

像，卻又彼此對話（見下表4）。「花果山」主編包天笑會討論隔壁版面「小茶
館」窮人賣血的話題，「小茶館」專欄「小記者」會批評「國際新聞」上日本禁
止咖啡館女侍的新聞。這些同時多版競合、議論的特質，是在其他報紙上是看不
到的，也促使讀者融入各種話題的討論，鼓勵發言分享的動機。

表4　各副刊屬性

副刊名	編輯	屬性	特色專欄	讀者特質
言林	謝六逸	言林體：文筆輕鬆，言之有物。散文小品、文體、寫作、文藝對談、遊記、雜記連載	文墨餘談、夾板齋隨筆、文壇消息	新文學愛好者
花果山	張恨水 包天笑 張厚載	幽默諷刺文學、掌故、劇評、章回小說連載	藝術之宮、三舞女、小說人物小論、火山走筆、平劇ABC、小掌故	舊文藝、戲曲愛好者
小茶館	薩空了	揭露底層勞動狀況、多生活常識專欄、強調讀者對談	點心、讀者通訊、讀者之聲、血與汗、大眾常識、職業英語	小市民、進步青年、勞動階層

資料來源：作者整理。

　　各副刊面向不同的讀者，他們被重視的程度卻不均等，從各版編輯權力的運
作，可看出各版讀者的競爭及變化。兼專欄「小記者」的總經理嚴諤聲（1897-
1969）、國際要聞主筆惲逸群（1905-1978）、副刊「言林」主編謝六逸（1898-
1945）從創刊至停刊都沒有變動，他們原都任事於上海，有相當的地緣關係。
嚴諤聲是新聲通訊社社長、《新聞報》副刊「茶話」編輯，並兼上海市商會的秘
書，在政、商、媒體界都具有相當的影響力。惲逸群是新聲通訊社記者，與嚴諤
聲有共事從屬的關係，他同時是地下黨員，執行共產黨組織的意志，並藉由職務
影響編輯方針（于友，2002）。謝六逸為《文學週刊》的編輯、復旦大學新聞系
系主任，有經營文學社群的人際網路，也有學生舒宗僑、熊嶽蘭等同在《立報》

工作，具有師生倫理的延伸。

　　反觀成舍我由北平《世界日報》調任的三位報人，張恨水（1895-1967）、張友鸞（1904-1990）、薩空了，只有薩空了順利留下來。曾經幫成舍我成功經營《世界日報》的張恨水與張友鸞，同樣都表述了對上海媒體生態的不適應而求去。薩空了因為經營副刊「小茶館」強調大眾路線的緣故，認識上海救國會的李公樸（1902-1946）等人，而更加親近大眾化的左翼路線，他們所建立的讀者想像更明確傾向勞工與抗日救國，而排拒娛樂的大眾化脈絡。這也反映在第三版「花果山」版面位置的不穩定，以消閒趣味為目的「花果山」與當時流行小報的旨趣重疊，多為尋找閱讀樂趣的小市民，這與訴求同胞苦難的左翼大眾路線有較大的差異，而漸次表現在版面的排擠。「花果山」的版面位置與主編是調動最頻繁的，這表示尋找堪可維繫生活小確幸的讀者們，不若對苦難同胞發出不平之鳴的讀者般受到重視。

　　第四版副刊在創刊的兩個月間，歷經三次主編調動，隨即確認它獨特的定位，以讀者信箱為主。首任主編吳秋塵是天津《益世報》「社會服務版」主編，他初將副版定名為「點心」，邀請讀者分享生活中的小趣聞，當時的專欄設計有「每日菜單」、「大眾常識」、「街頭科學」、「小統計」等，以中上層家庭為讀者群，適於闔家閱讀。第二任主編為張友鸞也兼總編輯，仍維持輕鬆趣味的小品模式，但在主編專欄的「小茶館」中，則多他從外來角度對上海的觀察。第三任主編薩空了，亦兼任總編輯，他的左翼進步色彩濃厚，強調為勞動階級代言。他翻轉版面調性，副刊改名為「小茶館」，說是「給苦朋友進來坐坐的」，原版名「點心」則成為主編的專欄，大多回覆讀者信件。原設定的家庭生活專欄，也改為職業應用專欄「職業英語」、「大眾常識」、「所得稅答問」等。在三次的改版中，可見報社「讀者想像」的轉變，由原先的小家庭、改為職業青年，後來則幾乎全是讀者投書，這個轉變顯示，與其由編輯想像讀者，不如讓讀者自證說明。這些讀者投書刊登在「小茶館」，由各行各業的人們訴說生活的困境，特別突出工人處境與外侮欺壓的問題，該版做為壓軸版面，為整份報紙進行最終的結

論，往往是，社會結構體制滯礙難行，貧富差距過大，權威者因體制獲利；讀者（特別是勞動階層）更應該挺身而出。

（二）和群眾在一起：大眾新聞的敘事結構

小報與小型報最主要的分野，是對新聞真實的追究。這也是轉型的小報《社會日報》、《福爾摩斯》不及《立報》之處，即使這些小報已經不僅止於風花雪月，但由於缺乏新聞組織與訓練，而只能抄發大報或閒談枝節，能抓住趣味性，卻無法掌握時效、正確性，未能創造議題、掌握讀者的信任。當時中國戰爭迫近、社會動亂的時局中，消息的遲速、真偽往往是生存判斷的重要指引。

《立報》的採訪獎懲規則有明確的評價制度，據報社同仁的說法，當時的兼職記者稿件分甲乙丙丁四級，每篇最高不超過五元，特寫是一般新聞計價的五到十倍，（于友，2002；趙效沂，1972）。這促使記者積極寫作第一人稱的特寫新聞，並鼓勵讀者提供消息來源，使該報的本埠新聞更傾向民眾的生活觀點，成為成舍我報系的一大特色。在新聞版有深入現場的「本報特寫」，以及副刊「小茶館」描寫底層生活的專欄「血與汗」。這些故事大都以第一人稱敘事進行：記者進入現場，書寫他眼所見、耳所聽、手所觸、鼻所聞。這種敘事技巧使讀者感同身受，如身歷其境，強調新聞真實的效果。記者不再是第三人稱的全知視角，置身於事外，而是事件的參與者，得寓情於景、夾敘夾議；另一方面，也突顯記者的局限性，有些東西是看不見的，是記者不能寫的，記者會受權威脅迫，例如進不了法庭，或被受訪者拒於門外，這些正當化的、非正當化的權力，讀者也都能透過報導得知。

1935年9月20日《立報》創刊頭版，放了上海黑幫老大顧竹軒（1885-1956）的照片，報導顧竹軒涉及教唆殺人事件，並一路追蹤至判刑確定。根據總編輯張友鸞的回顧，當時《立報》的印刷條件還未達出刊的標準，會提前出刊是「押寶」顧竹軒第一次開庭審訊的時機，以「獨家報導」製造聲勢。但是第一次發刊，報紙出遲，印得又很差，沒能成功行銷，在報導第二次開審時，才讓《立

報》增印到七萬份，是初期發行數字的高峰（張友鸞，1979/1998）。此後至第一次審判終結，38天內總計報導廿篇，包括法庭記錄、評論、特寫、判決書全文。反觀《申報》、《新聞報》、《福爾摩斯》直到第三次開庭才開始報導，《社會日報》則全無。

該案因顧竹軒幫會身份而具新聞性，也因此而有所顧忌，是時上海大小報啞口噤聲，《立報》初入上海，卻展開一連串追蹤報導。據當時總編張友鸞回憶，顧竹軒案讓他相當恐慌，他和成舍我都收了不少匿名恐嚇信，報社那陣子都出錢讓他坐出租車，因為顧竹軒是以黃包車夫起家，當時上海的黃包車夫幾乎都歸他管，許多顧竹軒的敵對者都是死在黃包車上（同前引）。

《立報》敢於挑戰黑幫勢力，採訪記錄法庭審訊過程，不僅表現得比大報更有膽識，也有別於小報旁敲側擊、捕風捉影、有聞必錄的「掌故」、「閒談」風格，讓報社穩住了「拿真憑實據報告新聞」的名聲。報紙隨著案情演進，掌握報導節奏：預告、在場、後續、花絮，以戲劇的「故事模式」追蹤犯罪新聞，所有報導都不重複，每一篇都是新的題材。《申報》和《新聞報》則除了標題不同外，內容都相同，在歷次報導均再重述案件再加上些新的進度，每一篇報導都是自足的文本。是時，《申報》總經理史量才（1880-1934）已被暗殺，上海幫會頭子杜月笙（1888-1951）掌《申報》、《新聞報》經營權，其報導都採用同一新聞來源（章君穀，2002）。

以《立報》與《申報》的第一篇報導比較，兩者在文本敘事上有明顯的差異。《立報》第一篇報導〈暗殺案所牽涉 顧竹軒案 今天上午法院開庭〉，該報附上新聞照片，是時顧竹軒仍只是犯罪嫌疑人，但已經在標題中被指明。第一段敘述如下：

> 本月十日中午法租界補房會同了公共租界捕房，不動聲色趕到西藏路二百二十二弄永和裡九號房裡，把天蟾舞臺老闆顧竹軒逮捕。據說和暗殺前大世界遊藝場經理唐嘉鵬一案有關。此案現定今天上午開

庭。（立報，1935年，9月20日）

　　情節結構的安排是由近因「逮捕」到現在「上午開庭」，第二段再述遠因：「唐嘉鵬案被暗殺身死的案子發生在民國22年6月18日」，再接著介紹當事人「顧竹軒是江蘇鹽城人，年五十歲，由掌人力車起家」，最後下評論「為了這樣的嫌疑被捕，真是令人驚奇不置呵。」

　　《申報》第一篇報導〈暗殺唐家鵬案顧竹軒精神病之鑑定經法捕房偵查向法院起訴〉則晚了《立報》十九天，是時《立報》已經有報導十篇，連《申報》該篇引為主題的申請精神鑑定，《立報》也已於一週前就報導過了。該報第一段敘述如下：

> 　　前大世界經理定海人唐嘉鵬、小名阿裕、於廿二年六月十八日上午一點廿分時、在大世界工畢回家、與二三友人由大世界走出至門口、甫跨上自備汽車、突被暴徒數人開槍暗殺、身中五彈、頃刻身死、時年四十四歲、同時被流彈擊斃行人吳光才一名、案發後月餘、由法捕房先後緝獲兇犯阜寧人張廷桂即小四子‧揚州人趙廣福‧二名、並吊到趙所用殺唐之手槍一支、解送特二法院、訴究結果……

　　《申報》情節結構的安排，依照發生時序娓娓道來，由遠到近。《立報》將重點放在現時嫌疑人顧竹軒的逮捕，《申報》則是兩年前唐嘉鵬的遇害場景。《立報》重視新聞的時間感，除卻第一篇報導因時間延宕，而述及前因外，在後續的每篇報導中都是以現時為基礎，描述昨天發生了什麼。所以兩年前的遇害現場，除了因當事人法庭供述而提及外，並未出現於報導之中。閱讀《立報》有顯著的時效性，提供讀者現時的視域，同時將焦點置於當事人顧竹軒的側寫，並加上記者的觀感。《申報》則重視故事的完整，是以兩年前的遇害現場得被描繪，在由遠到近的敘述中，事件主角顧竹軒要到第四段才出現。而在後續的報導中，

唐嘉鵬遭暗殺一事都以事件背景而摘要於第一段，每次報導都是一個完整的故事。《申報》並不加以評論，而是陳述事件的要件訊息，供讀者自行判斷，這與在修辭上鼓勵讀者評論的《立報》截然不同。

《立報》強調與時俱進並代替讀者進入現場，往往以第一人稱的敘事角度進行，以另篇特寫〈橡皮房子訪問記，顧竹軒確有精神病〉為例，記者帶讀者走一趟精神療養院，訪問醫師、護士並詳載病房的陳設：

> 「橡皮房子」的設備，是地下都鋪著黑色軟膠皮，臥床也只有一張草墊和一張蓆子，牆上是用一種紫紅色的布，裡面有一種棕草樣的東西，用手捶上去，很柔軟，而且富有彈性，窗子也開得很高。（理實，1935年9月4日）

新聞修辭著力於描繪親身體驗，透過記者的眼、手、腳接觸現場，使用各種譬喻、視覺、觸覺，帶給讀者臨場感，是報導的主要特質。此外，《立報》非常重視時效性，不報隔夜新聞，在描述事件的時序安排，也以現在為優先，過去的時間點就算是事件的要素，也會因時間性的考量，而退居於後，甚至隱匿。《立報》提供給讀者現時的時間感（昨日才發生的），讓讀者隨時跟上事件的節奏。此外，報導引用當事人的對話、語助詞、連結詞也協助讀者進入現場，這種對話敘事更適合被讀出來，在傳述報導的現場，「讀」者就成為記者說書現場的代理人，讀給那些不識字的朋友們聽。

三○年代「大眾文藝論戰」討論如何以貼近大眾的用語、激起大眾革命的意識情感，甚而由大眾書寫自己的故事（李桂芳，2005）。1937年，茅盾發起「中國的一日」活動，邀集全國各地的同胞，寫下1936年5月20日的見聞，集結為《中國的一日》一書，是大眾集體書寫的重要里程碑（茅盾，1937/1999）。《立報》在每日的報邊上印著「要人人都認識國家處境，擔起作為國民的責任」，這個宗旨雖不必然要以革命為目標，但在總編輯薩空了、主筆惲逸群與

共產黨親近的關係中，「憑良心說話拿眞憑實據報告新聞」的宗旨，更傾向報告文學情感的觸發，特別是以第一人稱敘事。《立報》與共產黨大眾化路線的親近，也使《立報》的特寫多次出現在共產黨所編的報告文學集中。一九三八年，地下黨員梅益仿效《中國的一日》編了《上海的一日》（朱作同、梅益，1991/1938），文中收錄多篇《立報》記者的特寫：〈閘北孤軍奮鬥到底〉（1937年10月30日）、〈救濟院收容所觀記〉（1937年10月12日）、〈妓女們起來了〉（1937年10月17日）。1938年《第八路軍行軍記‧抗戰時代》收錄〈在晉北抗戰的一群〉（1937年10月22、23日）（黃峰，1938），這些文章都顯示《立報》的大眾書寫與左派文藝的關係。

新聞作爲獨特的敘事類型，強調與時間意識的連結，同時具備說服、宣傳、資訊的功能，以現有的符號再製社會的意識型態，影響讀者的價值觀（蔡琰、臧國仁，1999）。《立報》新聞文體較同期的刊物更重視確實性、時效性、以及反權威的意識，在對抗正式的國家暴力時「開天窗」，對抗非正式的黑幫暴力時以「獨家新聞」、「連續追蹤報導」，持續累積讀者的信任，在淞滬會戰訊緊迫的需求中，達到了高峰，因爲唯有《立報》才能報導最快速、最眞實的新聞。這些讀者的信任又被導向左翼的宣傳策略，強調抗日救國的路線，對抗國家體制、資本家、外國強權的欺凌，促使勞動大眾團結一致，形成愛國統一陣線。

四、小結

傳播研究的開創者Harold Lasswell在奠基著作《The Structure and Function of Communication in Society》強調傳播行爲與社會過程的重要聯繫，人們藉此互通聲息、學習決策、獲得社交話題、延續文化與傳統，成就社會結構的運作，這是傳播傳遞觀的核心意義。然而，報紙做爲重要的大眾傳播管道，在傳遞的角色外，還具有儀式的作用，是在生活經驗的本質上，讓人們感受那些未曾謀面卻一起閱讀與被閱讀的人們。倡議傳播儀式觀的研究者James W. Carey主張從文化的角度理解傳播，在《Communication As Culture: Essays on Media and Society》

（1988）中，他闡明報紙是集體故事，人們從中獲得生活的整體形式，做爲理解和經驗世界的文本，如同戲劇、儀式要求讀者投入，讀者反映出對「經驗的渴望」，他們要求提供事件的因果解釋，從中獲得樂趣並安身處世。

藉由上海《立報》版面與文體分析，理解「小型報大眾化」的社會實踐。在近用形式上，《立報》降低價格門檻，藉由淺顯的語體文、多元的副刊版面吸引讀者，再進一步讓讀者進入該報所構築的媒體眞實。馬蹄形編輯桌的設計，使各版面編輯互動協作性高，版面間的互文指涉性強。新聞寫作的評級制度，則鼓勵新聞特寫，強調與時俱進的時效性，除深入社會的結構面外，更刻劃受害者、加害者細節，強化道德因果的連結。《立報》廣告的編輯策略強調審核權，使該報在充斥性病、女體廣告的媒體環境中，明顯表現出性的節制，宣達新聞本位的專業立場，相較於廣告主，更重視與讀者的承諾。

《立報》三個副刊是報業史的創舉，特別是在小型報的精編策略中，仍給副刊留下了一半的版面，以相對自由的編排表現出言論的活力。三個副刊呈現不同的風格，指向不同的閱讀需求，分別著重新文藝、舊傳統與公共論壇，在主編們各自強調的明確界線中，展現同中求異、異中求同的風景。讀者透過兼讀，連結不同的階層，討論不同的話題，《立報》所訴求的大眾是具有差異、也可以對話的讀者。《立報》以不同的版面容納這些人：「花果山」是給小市民的，他們聽戲、品評，議論瑣碎、專說地方掌故、民情風土；「小茶館」則是給苦朋友與職業青年進來坐坐的，他提供法律、科學、稅收的小常識，維繫職場生活的資訊，並以讀者信箱，分享彼此日常中的見聞、呼籲境遇的改善；「言林」則是藝文愛好者的園地，知名文人與初試啼聲的作家在此連載專欄，談論文壇消息。《立報》所想像的讀者，來自不同階層、品味，他們都可在此尋覓棲身與發聲之所，並經由「小茶館」所主導的團結敘事，分享他們共同面對的生活困境。

上海《立報》爲我們提供的另一個遺產是，第一人稱的報導文學。報導文學，以個人筆觸進出事件現場，容易引發讀者的共鳴，它突顯個人觀察的感受與局限，側重中下階層的描寫，藉由集體感性的輪廓，反映社會結構的問題。它使

記者表現爲讀者在事件現場的代理人，營造臨場感、製造眞實的效果，並以此模式鼓勵讀者新聞參與，對生活世界有更多觀察，對周遭國人的苦難有更高的敏感度，並得將生活見聞分享給報社，向外傳播。大眾讀者並非意指一個普遍、均質的概念，而是指向一種共同生活經驗的感知，《立報》所設想的大眾讀者包括那些又窮又忙的人，他們適應短欄位多單元的閱讀型態，捉住緊湊的新聞節奏，這些最新的消息是他們生活的指南，透過重組、記錄生活世界，連結民眾的日常生活，將失序的事件建立道德因果的連結，並反覆演練著責任主體的概念，讓公共領域的實踐向大眾開放，而非知識分子的特權。

參考文獻

了了（1936年3月20日）。〈關於添刊廣告〉，《立報》，第4版。

上海檔案館（1937）。《徐永祚會計師事務所於《立報》館公司登記》。（上海館檔案，Q92-1-209）。上海：上海檔案館。

于友（2002）。《記者生涯續紛錄：獻給傳媒後來人》。北京：新華出版社。

方漢奇（1996）。《中國新聞事業通史第一卷》。北京：中國人民大學。

王文彬編（1996）。《中國現代報史資料匯輯》。重慶：重慶出版社。

申報（1935年10月9日）。〈暗殺唐家鵬案顧竹軒精神病之鑑定經法捕房偵查向法院起訴〉，《申報》，第13版。

立報（1935年11月12日）。〈立報是立著看的〉，《立報》，第4版。

立報（1935年9月20日）。〈我們的宣言〉，《立報》，第1版。

立報（1935年9月20日）。〈暗殺案所牽涉顧竹軒案今天上午法院開庭〉，《立報》，第1版。

立報（1937年10月12日）。〈救濟院收容所參觀記〉，《立報》，第3版。

立報（1937年10月17日）。〈幫助救濟難民工作妓女們起來了〉，《立報》，第3版。

立報（1937年10月22、23日）。〈在晉北抗戰的一群〉，《立報》，第2版。

立報（1937年10月30日）。〈閘北孤軍奮戰到底〉，《立報》，第2、3版。

成舍我（1935/2013）。〈如何使報紙向民間去〉，成舍我先生文集編輯委員會（編），《成舍我先生文集大陸篇・新聞事業》，頁87-95。臺北：世新大學舍我紀念館。

成舍我（1938/2013）。〈上海《立報》奮鬥的經過〉，成舍我先生文集編輯委員會（編），《成舍我先生文集大陸篇・新聞事業》，頁195-201。臺北：世新大學舍我紀念館。

成舍我（1956）。《報學雜著》。臺北：中央文物供應社。

朱作同、梅益（1938/1991）。《上海一日》。上海：上海書店。

李明哲、成露茜、唐志宏（2007年2月）。〈弦外之音：新聞產製流程與中國史學初探〉，「文本與媒介：民初報刊的研究取徑，1911-1949國際學術研討會」論文，臺灣，臺北。

李桂芳（2005）。〈現代圖示的形變：關於啓蒙、革命與頹廢的辯證，中國1930〉，王德威、黃錦樹（編），《想像的本邦：現代文學十五論》，頁205-230。臺北：麥田出版社。

李楠（2005）。《晚清、民國時期上海小報研究》。北京市：人民文學。

李歐梵（1998）。〈批評空間的開創〉，王曉明（編），《二十世紀中國文學研究》，頁102-117。上海：東方出版中心。

沉默（1937年5月14日）。〈立報受警告〉，《社會日報》，第4版。

林語堂（2008）。《中國新聞輿論史：一部關於民意與專制鬥爭的歷史》，劉小磊譯。上海：上海人民出版社。（原書Lin, Yutang[1936]. *A History of the Press and Public Opinion in China*. Chicago: University of Chicago Press）

姚俊聞（1939/1986）。〈編輯技巧〉，中國青年記者學會（編），《戰時新聞工作入門》，頁201-205。臺北：天一出版社。

建屏（1935年10月21日）。〈小型報的發展基礎〉，《申報》，第16版。

柳閩生（1992）。《版面設計》。臺北市：幼獅。

洪九來（2006）。《寬容與理性：《東方雜誌》的公共輿論研究（1904-1932）》。上海：上海人民出版社。

胡傳厚（1977）。《編輯理論與實務》。臺北：臺灣學生書局。

茅盾（1937/1991）。《中國的一日》。上海市：上海書店。

唐小兵（2012）。《現代中國的公共輿論：以《大公報》〈星期論文〉和《申報》〈自由談〉為例》。北京：社會科學文獻出版社。

唐志宏（2010）。《嘗試與突圍——成舍我與中國近代報業（1919-1949）》。國立政治大學歷史研究所博士論文。

徐佳士（1973）。〈中文報紙版面改革的研究〉，《新聞學研究》，12：17-67。

荊溪人（1994）。《新聞編輯學》。台北：臺灣商務印書館。

馬光仁編（1996）。《上海新聞史，1850-1949》。上海：復旦大學出版。

張友鸞（1979/1998）。〈報人成舍我〉，中國人民大學港澳臺新聞研究所（編），《報海生涯：成舍我百年誕辰紀念文集》。北京：新華出版社。

張佛千（1998）。〈追思成舍我先生〉，成舍我先生紀念文叢編輯委員會（編），《成舍我先生紀念文叢：百歲誕辰專輯》。臺北：世新大學。

曹聚仁（2007）。《上海春秋》。北京：三聯書店。

理賓（1935年9月4日）。〈橡皮房子訪問記，顧竹軒確有精神病〉，《立報》，第4版。

畢群（1982）。〈成舍我與重慶世界日報〉，新聞研究資料編輯室（編），《世界日報興衰史》，頁208-217。四川： 重慶出版社。

章君穀（2002）。《杜月笙傳》。台北：傳記文學出版社。

舒宗僑（1987）。〈《立報》採訪生活回憶〉。《新聞記者》，3：29-32。

華西（1936年4月1日）。〈對大公報的希望〉，《立報》，第2版。

須旅（1935年10月5日）。〈論小型報紙〉，《申報》，第19版。

黃峰編（1938）。《抗戰時代：第八路軍行軍記》。不詳：光明書局。

新聞報（1935年9月20日）。〈立報廣告〉，《新聞報》，第2版。

綠子（1935年9月24日）。〈閒話立報兼及宏徒謝君〉，《社會日報》，第3版。

趙效沂（1972）。《報壇浮沈四十五年》。臺北：傳記文學。

影呆（1935年10月26日）。〈小型報的參考價值〉，《立報》，第4版。

蔡琰、臧國仁（1999）。〈新聞敘事結構：對新聞故事的理論分析〉，《新聞學研究》，58：1-28。

遷時（1936年5月5日）。〈立報內部小糾紛〉，《福爾摩斯》，第2版

鄭大華（2006）。《民國思想史論》。上海：社會科學文獻出版社。

餘望（2006）。〈成舍我的辦報策略〉，《中國編輯》，3：49-51。

遵公（1936年5月29日）。〈立報晚刊六一停版〉，《福爾摩斯》，第2版。

錢存訓（1992）。〈印刷術在中國傳統文化的功能〉，《中國書籍紙墨及印刷史論文集》，頁231-244。香港：中文大學。

蘭（1935年10月7日）。〈小型報紙與現代家庭〉，《立報》，第4版。

Carey,J.W.(1992).*Communication As Culture:Essays on Media and Society.* London: Routledge.

Innis, H. A.(1951[2008]). *The Bias of Communication.* Toronto: University of Toronto Press.

Lasswell, H. D.(1948). "The Structure and Function of Communication". Society. L. Bryson (Ed.).*The Communication of Ideas*. New York:Harper.

Mittler, Barbara. (2004). *A Newspaper for China? : Power, Identity, and Change in Shanghai's News Media, 1872-1912*. Cambridge Mass: Harvard University Press.

運動新聞的國族化——
以北平《世界日報》的運動新聞爲例，1933-1935[*]

黃順星

一、引言

　　近來已有不少學者主張，民國時期的中國報業，無疑是近代中國報業發展過程中的黃金年代（du Burgh, 2003；McKinnon, 1997）。這一方面反映在新聞出版品數量的增加，另一方面是中國新聞事業開啓專業化的步伐，如：大學體制接受新聞專業教育、新聞專業團體湧現，以及逐漸分化而成的專門新聞（specific news）（Xu, 2001: 179）。在黃天鵬（1952）撰寫的〈中國新聞事業大事記〉中，對上海《時報》記載幾個類似又引人注目的發展：

　　　　1920年6月9日，創〈圖畫週刊〉，以照相銅板印於道林紙，是中國現代畫報之始。1924年狄葆賢將《時報》轉售與黃伯惠。黃伯惠曾留學美國，仿效Hearst風格，注重體育與社會新聞。1927年6月1日，《時報》以套色印行，爲中國報紙套色印行之始。

　　畫報、體育新聞、社會新聞、Hearst這幾個關鍵字，對熟悉英美報業發

---

* 本文完整版本刊登於《中華傳播學刊》，28：79-121。

展的研究者而言，意味著面向市場，訴諸大眾的通俗報紙（popular press）的興起。以英國報業為例，自從1855年廢除知識稅後，源自週日報的煽情主義（sensationalism）及娛樂性（entertainment）的新聞內容與報導方式，逐漸成為英國日報的主流。而當1866年大西洋電纜完成，快速的新聞報導成為可能後，也開啟新聞專業化的發展步伐。1880年代T. H. Stead擔任*Paul Hall Gazette*主編後，即對該報的寫作與編輯做極大的變革，繼而引發後續同業在採訪與內容上的仿效。最顯著的就是報導更多的運動、犯罪及娛樂新聞，並且以更活潑生動的版面編輯吸引讀者（Conboy, 2011:16）。這些無關政治事務的軟新聞，不但增加報紙的收益，也讓這類過去不受重視的軟新聞，爭取到固定的版面，融合軟硬新聞的內容編輯模式，遂成為現代專業新聞的典範（Høyer & Pöttker, 2005）。

類似的發展過程，也顯現於1930年代的民國報業。1928年國民政府完成北伐，儘管仍舊存在新聞審查，但相對穩定的政治環境，替新聞報業的發展扎下根基。在此之前的中國報紙，「關注報紙的啟蒙功能，注重政治新聞和社會評論，輕視娛樂和廣告。20世紀前20年，中國出版了一些西方新聞實務技巧的教科書譯本。」加上早先時候出國留學人才紛紛返國投入新聞事業與教育，並且引進美式報紙的編輯概念後，即便是外籍駐華記者也認為「中國報界已經採納美式新聞的作法」。具體的事例是日後主掌國民政府對外宣傳事務的董顯光，將美式倒金字塔的新聞寫作模式帶入其所創辦的天津《庸報》，更將傳統的中文直排版面改為橫排，中國報界迅即模仿董顯光的作法（張詠、李金銓，2008）。

本文藉由Carey所提「傳播的儀式觀」與新聞史的文化轉向為出發，說明在20世紀前後西方報紙在通俗化的發展後，衍生出婦女、兒童、勞工的專屬版面與刊物。這些新聞版面與刊物，所對應的是西方社會逐漸朝向多元群體與文化的發展。西方通俗報業的大眾化、普及化，乃是相對多元的發展路徑。但類似的過程在民國報業的發展中，卻呈現出不同的面貌。仿效西方現代新聞典範而引入中國的運動新聞，一方面受到西方現代報紙通俗化、商業化的成功發展經驗所啟發，獲得該時期報人的重視，希望以運動新聞此一專門新聞，吸引更多的讀者閱讀購

買而增加獲利；但另一方面，當運動新聞引進中國後，卻又由於中國特殊的國情，無法產生同時期西方報紙朝向專業化與分疏化的發展，反而成爲形塑集體意識與認同的重要利器。

二、運動、新聞與共同體

運動史家Guttmann（1978）認爲運動作爲一種被認可的社會文化建置並非普遍存在的，而是誕生於特地地點：英國；與特定時間：工業化早期。儘管中外傳統社會都有不同形式的類運動（sportlike）（湯志傑，2009），而且這些類運動與常民生活的儀式活動息息相關（Caillois, 1959；Huizinga, 1955），但從18世紀逐漸演變而成的現代運動，卻徹底與此決裂。對此，Elias（1986b）以文明化的角度詮釋，認爲文明化的結果是身體直接暴力的逐漸減緩，殘忍血腥的暴力被虛擬的競賽對抗替代。直接的情緒性需求以間接的方式得到宣洩，在能夠控制的範圍內製造緊張衝突並在規範中完成：

> 遊戲競爭以運動的形式，以包含肌肉控制的方式，達到前所未見的秩序井然與自我規訓的程度。同樣地，遊戲競爭得以規則的形式而具體化，藉此在高張度的肢體競爭與可能的肢體傷害間取得平衡（Elias, 1986a: 151）。

這在運動上就反映爲由肢體衝突、直接捕殺，轉變爲間接接觸，再到具有明文規範與罰則的現代運動競技。例如在中世紀的西歐社會裡，獵殺動物乃是愉悅快感的來源，但在文明化過程開展後，這種粗暴殘忍的愉悅形式發生轉變。最明顯的是傳統由獵人親自動手宰殺的獵狐活動，在文明化後則由獵犬代替，獵殺的愉悅轉變爲視覺快感的滿足（Elias, 1986a）。

但在文明化的解釋之外，現代運動的興起與資本主義成爲主要的社會整合機制、帝國主義的擴張、工業化與都市化帶來人口集中化的影響、逐漸壯大的布

爾喬亞階級、交通與傳播技術的革新促使通俗報紙興起等等因素，都在不同程度上促成現代運動的形成（Schirato, 2007: 42）。尤其是資本主義興起後，不只勞動生產與資本積累發生理性化的轉變，生產之外的休閒時間與活動也走上理性化與標準化的過程。加上人口集中於都市，以及勞動者與中產階級在工資與休閒時間的增加，都導致社會對大眾文化的商品與服務需求的增加。這一系列的社會鉅變，讓統治者對大眾娛樂的監控日益困難。這些毫無章法、血腥暴力的大眾娛樂創造出道德恐慌的氛圍，因而如何掌控管理工人階級在生產之外的休閒活動，成爲必要的課題（Rowe, 1999:19）。

Foucault（1980）明確指出，如果不把人的身體有效地投入生產過程中，不對人口進行有利於經濟發展的調整，資本主義的發展乃是不可能的。19世紀以來人口被視爲一種國家資源，國家的角色是對人口的管理：管制、規範並確保身體具有妥適行爲，成爲能夠有效利用的勞動力來源。國家不只應負責國民成員的健康與完善的教導，更應促成國民具備妥善的行爲模式與生產力，在諸如此類的身體規訓上，現代運動的論述與實踐發揮著異常顯著的權力效果。因爲現代運動中強調的團隊精神、自我克制與規訓、公平競爭等價值，是社會再生產與控制的關鍵。因此，現代運動作爲一種制度化的社會建置，最關鍵發展就在於透過教育體系產生的相關論述與實踐，將運動與現代教育予以整合。

現代運動的主要源頭出現在特地爲培育布爾喬亞菁英的教育機構中（Bourdieu, 1993: 119）。Bourdieu同意Elias對運動化的分析，贊成轉變的重點是把原先與日常生活關連在一起的民間遊戲，抽離其社會文化脈絡，自成一格地形成有其專屬邏輯的現代運動場域。但Bourdieu更強調納入學校教育的運動教學，成爲一種本身就是目的的社會活動：

> 業餘主義（theory of amateurism）實際上是貴族運動哲學特定面
> 向的反映，也就是將運動視爲一種無涉利益的實作、運動本身就具有
> 無需其它目標的終極性。運動被構思爲可以鍛鍊勇氣、男子氣概、

養成品格、培養在規則中求勝的意志，這些都是領導者的人格特徵（Bourdieu, 1993: 120）。

　　上述運動所帶來的益處，不但是統治教化的核心，同時也是再生產社會關係的關鍵。另外，運動也促成上層階級對下層階級行為的支配方式，同時又作為身分地位的表徵，而區分出不同的階級身分。如此一來，運動不但發揮圓形監獄自我監視的規訓效果，也同時產生階級區隔的作用。更重要的是，透過教育機構而蔓延的現代運動，使人能夠安全地感受到激動的情緒，也就是在受控制的範圍內創造集體亢奮（Laker, 2002: 13）。

　　基於這樣的統治需求，現代運動伴隨著大英帝國在19世紀的浩大聲勢，在英國境內從貴族階級擴散至下層階級，並因海外殖民而擴散至全球。這場源起於英國的現代運動革命，在Hobsbawn（1983／陳思仁、潘宗億、洪靜宜、蕭道中、徐文路等譯，2002）看來是現代民族主義的重大成果，透過諸如運動這種被發明的傳統，供給想像共同體作為整合族群與階級差異的黏合劑。一方面要求所有參與及觀賞者，不分地域、宗教，團結在民族國家之下，另一方面經由逐漸成形的國際競賽，激化民族國家的認同。

　　Hobsbawn提醒這場發生於19世紀中後期各種新、舊運動的推廣，無論是一國之內或國際之間，正處於決定性的轉變時期；其次，體育活動的推廣，不但提供這些運動公開表演的空間，同時也是階級同化的機制。最後，體育活動的大眾化使得所有人連結在一起，否則這些人根本缺乏有機連結：

　　　足球不像其他運動那樣，只有原始性和地方性的無產階級球迷基礎，它同時在全國各地蔓延，以至於每天球賽的新聞標題，成為英格蘭和蘇格蘭地區男性工人間茶餘飯後的話題。（Hobsbawn, 1983／陳思仁等譯，2002：354）

　　換言之，正是藉由18世紀中後期大眾化的通俗報業的推波助瀾，現代運動才得以在學校之外於社會中傳遞，而無論是現代國家的治理、國民性格的文明化歷程、階級區異，乃至將特定運動創造爲固有之民族傳統，都需透過報刊傳佈擴、散而後得以確立。Carey（1997）指出，傳統新聞史研究忽略新聞作爲大眾文本所獨具的象徵與儀式意義，因而主張新聞就是文化行動，更是一種歷史實體，是由特定階級在特定時刻中所發明的，而且新聞不只是資訊而是戲劇，更要求讀者的投入及參與。這種相異於傳遞觀的儀式觀，強調分析者面對的問題不是訊息的傳播效果，而是傳播活動如何建構起讀者在現實生活中的身分認同與集體意識：

　　　　傳播是共同信仰的創造、表徵與慶典，即使有的信仰是虛幻的。
　　傳播儀式觀的核心是將人們以團體或共同體的形式聚集在一起的神聖
　　典禮（Carey, 1992:43）。

　　Carey以Durkheim（1965）對儀式的分析爲例，說明傳播活動除物體與訊息在時空上的位移外，更具備凝聚集體意識的意義，進而延伸至日常生活而維繫共同體的存續。就人類學對儀式的分析而言，參與儀式的意義在於對既定世界觀的強化與集體意識的肯定，社會連結與文化共識在集體儀式中不斷被確認與延續。但存在的問題是，研究者如何從個別讀者的閱讀經驗推論讀者的身分認同與報刊文獻的因果關係？歷史材料的限制以及時間回溯的不可能，的確無法探究個別讀者的經驗，而且對報刊作品的分析，在方法論上都只是對作者意識的分析。但任何作品都是「作者先經過訴求讀者再返回自身而書寫，因此作品本身必定填充了讀者在內……。而以報刊爲代表的印刷資本主義，重點在於造成一種使人想像神聖的特殊文化。」（蘇碩斌，2011：14-15）

　　類似地，當Anderson（1983／吳叡人譯，1999：28）論述想像共同體時，提出共時性的時間觀是創造異質人群得以想像彼此爲同胞的重要概念，而共時性時間觀則依賴於小說與報紙，因爲「這兩種形式爲『重現』民族這種想像共同體，提供了技術上的手段。」相對於小說，有限期限僅有一天的報紙，更加凸顯此時

此刻正有其他操持相同語言的人群，與自己進行同樣的活動。現代人透過宛若晨禱般的閱報行爲，獲得的不僅是某地傳聞或某人軼事，閱報行爲本身就是一場公共儀式，讀者知道自己正與素昧相識的陌生人閱讀相同的報導，如此一來：

> 更確信那個想像的世界就植根於日常生活當中，清晰可見……。
> 創造出人們對一個匿名的共同體不尋常的信心（Anderson, 1983／吳叡
> 人譯，1999：36）。

從Carey或Anderson的角度而言，分析重點是閱報行爲對讀者產生的影響，尤其是透過報紙對運動新聞的報導，對讀者認同所達成的建構效力：資產或無產階級、國民或臣民、菁英或大衆等不同社會身分的確認，同時也形構出共同體的集體想像。近代中國運動新聞的興起，與1915年遠東運動會的挫敗有關，該屆中國代表團成績輸給日本，爲體育界視爲奇恥大辱。於是新聞界開始重視運動新聞，上海《時事新報》，天津《大公報》紛紛開設運動專欄（楊才林，2011：287）。與同時期英美報業因著眼於運動新聞的可預期性，以及此類新聞相對的安全（無涉社會權力、階級衝突），而成爲通俗報業的主要內容相比，中國報界重視運動新聞在足以表達中日兩國國力之消長，特別是後文分析的時段夾處於九一八及七七事變之間，中日兩國的緊張關係更不言而喻。運動，這種在通俗報業被視爲休閒娛樂的軟性新聞，在民國報業的發展脈絡中呈現不同於西方的特徵與意義。

三、運動與民國報業

對現代運動來說，驅使現代運動成形的動力來自於文明化歷程的發展，文明化歷程反映現代國家對人口治理的需求，於是經過教育體系此類全控機構的灌輸教化，一來生產資本主義生產體系所需的柔順身體，二來也再生產既定的階級區隔。同樣也是現代性產物的國族主義，更運用源生自民間節慶的現代運動重新創

造傳統，成為整合一國之內不同階級、族群、性別的集體表徵，以此凝聚為想像的共同體。

回顧運動新聞在英美報業的發展，不難發現一直到19世紀中期，運動新聞仍是相對邊緣的新聞類型。運動新聞的擴張必須與印刷技術的變革相關，特別是19世紀中採用輪轉印刷機後，報紙得以運用低廉且大量的方式生產後，創造出前所未有、數量龐大的讀者群，構成潛在的大眾消費市場。一方面，大量生產且以廣告為主要收入的大眾報紙開始降低售價，另一方面，針對這群教育水平不高的群眾，報紙以簡單易懂的文字寫作，並選擇以犯罪、運動等聳人聽聞的新聞為報導重心。

以運動新聞為例，J. Pulitzer的《紐約世界報》（*New York World*）在1883年首先成立專職的運動新聞組，J. Pulitzer的競爭對手W. Hearst，於1895年的《紐約日報》（*New York Journal*）首先推出運動新聞專版。大西洋彼岸的英國在19世紀結束前，《每日郵報》（*Daily Mail*）、《每日鏡報》（*Daily Mirror*）和《每日快報》（*Daily Express*），都已有固定的足球結果預測專欄（陳子軒，2010.05.29）。自此，運動新聞成為英美通俗報紙的固定版面，奠定運動新聞成為報紙固定文類的里程碑（McChesney, 1989）。

1933年由英國《新紀事報》（*New Chronicle*）進行的市場調查顯示，在通俗報紙中讀者最常閱讀的新聞是：意外、犯罪、離婚與人情趣味新聞。相較於與公共事務有關的新聞，閱讀比率只在平均值左右，甚至更低。與公共事務相關的新聞，不像運動新聞會獲得特定運動迷狂熱的支持，也無法因為擁有特定的讀者群吸引廣告商的支持。1927～1937年間，《每日郵報》的運動新聞占總新聞的比例從27%增加到36%，國內政治、社會與經濟新聞則從10%掉到6%（Curran and Seaton, 1997／魏玓、劉昌德譯，2001：86-87）。從這些歷史證據可以發現，運動新聞是在19世紀末到20世紀初才逐漸成為報紙新聞的固定來源，並且日益成為通俗報紙的主流，這與前述Elias、Hobsbawn等人論述現代運動的興起與擴散的時間相符。

　　但對近代中國而言，運動起初並非作為休閒娛樂活動引入，而是基於救亡圖存的急迫性而被重視。黃金麟（2001：41）認為在19世紀國族主義興起的過程中，涉及的是Foucault所言的治理性問題。就近代中國而言，從清末開始對現代國民的身體觀歷經「軍國民」、「新民」與「公民」的不同論述，反映的正是在不同時期對身體與國族命運的不同思考與解決之道。特別是在近代中國的論述中，始終充滿著亟欲擺脫「東亞病夫」的焦灼。楊瑞松（2010：35-36）指出，「東亞病夫」一詞進入中國原非專指中國或貶抑中國人民之用語，更多時候這詞語出現的脈絡是1894年甲午戰敗後，中國知識分子強烈反省的自我批判之語，更沒有要以體育競技表現來洗刷「東亞病夫」的民族恥辱的論述。必須等到嚴復引介社會達爾文主義進入中國，「鼓民力、開民德、興民智」成為晚清改革的主旋律後，才逐漸形成國家富強繫於一國人民之體質素養，強國則必先強種的論調。

　　從清末的洋務運動開始，清廷武備學堂對學生體能的訓練便不遺餘力，並引進西方運動技能課程。民國建立後，1912年的「壬子學制」延續前清，將兵式體操為必授科目。1915年全國教育聯合會議提出《軍國民教育實施方案》，明定各級學校增授中國舊有武技。1928年北伐成功，國民政府召開第一次全國教育會議，重新揭櫫運動與軍事教育政策，並於1929年公布《國民體育法》。1931年，九一八滿州事變發生，強國保種的焦慮再次成為國民共同關注的焦點，社會出現創造適合中國國情的體育呼聲，並有認為西方運動只是娛樂，必須普及體育而反對錦標主義的浪潮。於是在1932年，國民政府教育部召開「全國體育會議」，通過「國民體育實施方案」，逐步建立起體育行政組織[1]。對上世紀初的中國而言，運動不只是娛樂更是挽救國難的方式。

　　從教育政策的轉變、運動政策負責人的發言，可以清楚地看到清末民初，時人將運動與國力畫上等號的集體意識。那麼當時主要的大眾傳媒：報紙，又如

---

1. 民初運動教育政策的沿革，參考整理自湯志傑（2009）、游鑑明（2009）與楊才林（2011）。

何看待這項自西方引進的社會活動？首先可從當時新聞教科書中，作者賦予運動新聞何種意義著手。在徐寶璜（1919/2008：65）的《新聞學》中，在「意內」新聞中，徐寶璜提到選舉會、運動會、演說會、紀念會等，此外並無著墨。而在邵飄萍（1923：76）的《實際應用新聞學》中，則將新聞分為政治與社會新聞兩類，其中在「專門性質之社會部外交記者」一項提到，相撲、運動乃「屬於專門興致且成特殊地位之外交人才焉。」將運動新聞歸屬於社會新聞，也同樣出現在戈公振（1964：273-276）的《中國報學史》中。

在這些開拓性質的新聞教科書中，已注意到運動新聞的重要性，但鑑於運動實為舶來品，短時間內尚無法成為獨立的專門新聞，甚至對採訪寫作時所應注意的事項也毫無置喙。運動新聞的特殊性，要在管翼賢（1943）編譯的《新聞學集成》中才發現。此書雖屬編譯，但從中亦可觀察當時中國新聞從業人員如何看待運動新聞：

> 大學校為主要的主持業餘運動的機關，它常常的向報紙供給很多
> 的運動的新聞，同時每年畢業一批喜好閱讀體育新聞的人……。讀者
> 以前對於業餘運動的興趣，現在已經推廣到職業運動方面。尤其是足
> 球與冰球兩項（管翼賢，1943：86）。

這段對運動新聞的敘述，顯然直接翻譯自英美新聞學的教科書（中國當時並無職業運動），但重要之處在已體認運動成為報紙重要的新聞來源，而且觀賞賽事的運動迷也是銷售報紙時重要的顧客群體。此外管翼賢更注意到在球季休兵之際，報館主動舉辦賽事，創造假事件（pseudo-event），成為新聞報導的素材：

> 報紙的推銷部，常與體育版的同人組織球賽，報紙有了這個活
> 動，就是在非球類比賽季節，體育消息缺乏的時候，仍可以有運動的
> 新聞（管翼賢，1943：90）。

這種運動賽事與報紙新聞互爲奧援的共生關係，在知名記者徐鑄成的回憶錄中有類似記載：

> 採訪體育新聞，如何下手？最初很徬徨。恰好，師大有體育系，當時有一位教授兼任華北體育協進會的總幹事，我去拜訪他，得到了熱情的支持。因爲這也是互利，我獲得新聞，他的工作得到了宣傳。（徐鑄成，2009：51）。

引述所提之華北體育協進會總幹事爲郝更生，當時任教於北師大體育系，與徐鑄成有師生之誼。而《世界日報》1933年6月所推出的《體育週刊》，編者黃金鰲本身即爲知名運動選手，戰前是京大師範部平民學校體育科主任，戰後爲西北師範學院教授。無論是出自推廣運動，或出自專業背景而聘請爲專刊編輯，顯然《大公報》與《世界日報》都已體認運動賽事與新聞間相互依存的關係。

而民國時期的運動新聞，是否如英美報業不但成爲讀者閱讀購買報紙的主要動機，甚至成爲廣告商刊登與否的重要依據？由於當時不存在前引英國《新紀事報》的市場調查，報業發行稽核制度亦付之闕如，缺乏精確的統計說明運動新聞對報業廣告發行的影響。但從時人的片段回憶中，還是可以掌握梗概。例如以政論見長的徐鑄成，當時所服務的報社爲日後以「文人辦報」著稱的天津《大公報》，但讓徐鑄成一戰成名的是1928年於太原所舉辦華北籃球賽的獨家採訪。

這場賽事受平津地區大學生與民衆的高度注意，由董顯光創辦並以運動新聞見長的《庸報》，《益世報》及《大公報》都派記者親赴現場採訪。由於徐鑄成事先安排妥當，得以於午夜截稿付印前完整拍發賽事電報，並於次日清晨獨家刊出由南開大學奪得賽事冠軍的即時報導。因爲這則獨家消息，讓不少《庸報》訂戶退訂，改訂《大公報》（李偉，2009：61-62）。徐鑄成即因這次成功的採訪工作獲得重視，而得到更多採訪重大新聞與要人的機會，而且徐鑄成並非特例。1933年第二屆全運會於上海舉辦，北平《晨報》與天津《大公報》分別派滕樹谷

與章繩治採訪，兩人由於表現傑出而被上海《時報》挖角。上海《時報》對運動新聞向來重視，1930年於杭州舉辦第一屆全運會時，《時報》爲與《申報》、《新聞報》和《時事新報》等上海報紙競爭：「包下飛機從上海運報，比其他報紙搶先數小時送至杭州發行。照片多、報導出色、讀者搶買；《申》、《新》等報則在杭州乏人問津，從此《時報》體育版一支獨秀。」（賴光臨，1981：110）當滕樹谷轉投《時報》後，更以誇大的手法報導該屆賽事消息（徐鑄成，1999：33）。

四、1933～1935年間《世界日報》運動新聞的內容分析

本研究選擇以北平《世界日報》爲分析對象，乃著眼其代表性。根據國民黨中宣部於1932年的統計，當時北平地區銷量最多的報紙依序爲：《益世報》，9,000份；《商業日報》，8,700份；《世界日報》，8,500份（賴光臨，1981：95-97）。而據服務於《世界日報》人士的回憶，該報所以能在北平報業占有一席之地，關鍵之一是大篇幅報導教育新聞（吳范寰，1982）。由於北平向爲教育文化重鎮，教育新聞中除教育政策外，也包含大量以學生爲主的運動競技活動報導。且《世界日報》自1930年11月15日起，於報導教育新聞的〈教育界〉版，設置〈體育界〉此一專門報導運動新聞的欄位。

現存最早一份爲1925年3月21日的《世界日報》，其中第四版已經出現兩欄的〈教育界〉新聞。當1926年5月，《世界日報》增張擴編爲八個版面後，〈教育界〉多數時間出現在第六版或第七版。當〈教育界〉成爲《世界日報》的固定版面，〈教育界〉也衍生出專屬的次版面／專欄。1930年11月15日，〈教育界〉版面中開始出現〈體育界〉的次版面／專欄，亦即專門報導運動／體育新聞的欄位，1931年4月4日，雖然取消〈體育界〉的刊頭，但仍以顯著的「體育消息」標示歸納北平、中國地區的體育新聞。在本研究的時間範圍內，《世界日報》的版面、出版張數迭有更動，但〈體育界〉始終固定地出現於第七版。

自1930年11月《世界日報》將〈教育界〉與〈體育界〉兩類新聞並置於一版
後，在可容納十欄的版面中，兩類新聞的比例即在8：2或7：3的比例間擺盪，
〈體育界〉內的新聞多數爲賽事結果或賽況報導。本研究逐日瀏覽登載1933～
1935三年中，《世界日報》〈體育界〉中所報導的新聞內容爲表1。表格中的新
聞項目，爲該則新聞中所報導的運動類別，其中運動會與會議兩項，多數爲報
導籌辦狀況、參賽報名隊伍、人士，以及和運動、體育政策相關的會議訊息。
在〈體育界〉所提供的賽事訊息外，《世界日報》從1933年6月7日起，每週三
於第十或十一版上，另創〈體育週刊〉，此一副刊形式的運動副刊，總共出版
17期（至1933年9月27日止），之後以「編者事忙」爲由而停刊（世界日報，
1933.10.04）。

表1　1933～35年《世界日報》〈體育界〉所報導的運動類別

新聞項目	則數	新聞項目	則數	新聞項目	則數
籃球	437	跳遠	23	足籃球	3
運動會	219	棒球	22	競走	3
排球	199	游泳	22	五項	1
會議	191	跳高	18	花式溜冰	1
足球	166	標槍	17	拳術	1
賽跑	80	鐵餅	17	馬術	1
網球	66	童子軍	15	毽子	1
國術	60	三級跳	14	跳繩	1
壘球	30	撐竿跳	13	檯球	1
田徑	27	鉛球	11	鍊球	1
跨欄	26	冰球	10		
溜冰	24	鐵球	9	小計	1,730

資料來源：本研究整理（不含人物專訪與特刊）。

　　與常態性報導最新賽事結果的〈體育界〉相比，《體育週刊》較無時效性，著重於介紹運動知識、推廣民眾對運動的認識。但《體育週刊》的發刊旨趣，卻言簡意賅地說明《世界日報》何以重視運動新聞的原因：

> 　　國家興亡，匹夫有責，值此國難方殷，凡我國民，必具強健高上之體魄，始能荷負發憤圖強高尚之重責，本刊第一旨趣即在喚起國人對於體育加緊注意，積極從事鍛鍊。吾國提倡體育，迄今已逾二十逾載，但成績疏鮮，且未能普及全國，本刊第二旨趣，即在研究體育理論及實際問題，喚起全國注意，以促期普遍發展。（世界日報，1933.06.07）

這段發刊宣言明確地指陳《世界日報》，乃至當時輿論界對待運動的集體想像，亦即運動有著強健體魄、抵禦外侮，故而亟需推廣宣傳、普及於大眾。而這也就構成中國運動新聞，不同於西方通俗化報紙所以重視運動，繼而陸續成為專門新聞分支與專業化表徵的發展動因。

（一）運動與國族

　　1933年華北運動會開幕當日，《世界日報》的社論以生動具象的筆法，描述運動之於國家的意義：

> 　　吾華北健兒乎，努力向前！向前如賽球時之先鋒，向前如競走時之跑者，然後以擲鐵餅之精神擲炸彈，以揮標槍時之精神揮大刀，踰越障礙，則拿出跳高跳遠之神技，衝鋒陷陣，則拿出百碼萬碼之氣魄。吾華北健兒乎，努力向前，一洗從來被動之恥，只有向前才是生路，只有向前方能復我失地，完我領土。（世界日報，1933.07.12）

這段引述不但清楚反映1930年代的社會輿論是如何看待運動之於國家的重要性，同時也呈現在內憂外患、國難頻仍的時代氛圍下，關於國民身分的想像與界定，不是在法律、政治權利等層面，而是透過敵我區辨中所確認的國族認同。對此時的中國人而言不是國民而是軍國民，而且是延續清末以降所亟欲洗刷「東亞病夫」的恥辱：

> 男子們為了免掉「病夫」的綽號，都在體育上努力；我們女子同樣是人，在依賴的卵翼下生存著，能不愧煞！我們也應當到運動場去，洗掉我們一向「病態美」的侮辱，不要讓男子專美。（王哲秋，1933.03.02）

無論是東亞病夫的論述，抑或民國初年的軍國民思想，都將國家比附為有機體，以疾病為隱喻，想像中國險惡的國際處境，而後藉具有強種健身的運動，而一改虛弱之國體、衰頹之國勢：

> 斯巴達從前的強盛，就是因為注意子女健康。他們說健康的母親，生下的男子能作軍人。中國人被稱為「整個人種不健全」，我想這和中國女子的不注重健康有很大的關係吧？所以我敢說：使女子注重健康，足以改進全國人民的健康，也就是強國之本。（藜青，1935.01.29）

這段文字依舊延續清末已降，中國受社會達爾文主義、物競天擇論述的影響，將國家興衰視為物種之強弱的反映。不只社會輿論如此看待，這時期的教育政策也以此一思維為主。1935年在《世界日報》針對讀者詢問何謂軍國民教育時，編者將軍國民教育的源頭溯自斯巴達的尚武教育，近代則舉日本仿斯巴達作為國制為例，強調日本舉國重視並獎勵運動。而中國則在甲午戰爭、庚子重創之後引入西洋政制，而開學校、習洋操。民國之後始重視軍國民教育，但積弊已

深，外患頻仍，「欲救亡國圖存，仍只有一面忍痛，一面厲行軍國民教育。」（世界日報，1935.06.29）在第二屆全運會舉辦前，北平市政府通令社會局選派選手參賽時即明確地說明：

> 竊以丁茲國難，非舉國團結一致無以圖存，非振刷民族精神，無以救亡。歐洲各國自歐亞之後，對於國民體育提倡不遺餘力，蓋見於國家興亡係於國民體格之強弱也……。在共赴國難方面而言，經此次全國各方之激勵，亦藉可以引起國人團結一致、奮發圖存之精神。（世界日報，1933.04.09）

原應於1931年舉辦的第二屆全運會，因九一八事變而延後至1933年舉行，時任國民政府教育部長的王世杰，利用開幕演講強調值此國難之際，舉辦運動大會不是貪圖逸樂，而是藉大會團結全民，鍛鍊體魄以復國：

> 全運大會，本定二十（1931）年舉行，因九一八事起，全國驟聞噩耗，如天崩地坼，無心及此，故爾停止。但此次仍然舉行，必非謂國難已過。其所以決然舉行，即正因國難較前更深，認為更不容緩。蓋欲解除國難，即首須國民有強健之體格，尚武之精神。1923，德魯登道夫將軍在德國運動會演說，謂復興德國，其責任即在全體選手之兩肩，今吾人亦願移此語，以贈全運會，即挽救國難，收復失地，其責任即在全運會全體選手。（世界日報，1933.10.07）

類似的論調，反覆出現在全運會主事者的公開言論中，藉由開閉幕活動，宣揚運動與國力的必然性，以及強身健體的重要性。例如汪精衛在第二屆全運會開幕時，聲淚俱下地痛陳東三省的淪亡（世界日報，1933.10.10）；閉幕時東北諸省選手臨行前發表感人肺腑的告同胞書（世界日報，1933b.10.20）；第三屆全運

會的籌備主任吳鐵城更認爲現代體育的意義端在國防與生產，而非當代視體育爲休閒娛樂之重要活動（世界日報，1935a.10.11）。最高領袖蔣介石更藉全運會開幕，重申運動之於國家的重要性：

> 運動之目的，在求各個人身心平均之發展，以造成健全之體格，強毅之精神。競賽之目的，在求於有規律的動作之中，以養成守紀律，尚合作，及勇敢，服從種種德性。此皆切合吾國民族當前病態之良劑，故促進運動，不應僅限於學校，而應普及於社會，不應專崇個人之特長，而應淬勵全體國民之進步，復興民族之基本工作，是固最占重要。（世界日報，1935b.10.11）

這些公開的官式演講，無疑是企圖在充滿省際對立的競賽，或在蜂湧而至只爲一睹運動明星的民眾面前，進行難得的機會教育，宣揚一致對外、收復失土及生死與共之命運共同體的重申。在第二屆全運會結束後，《世界日報》於副刊〈明珠〉刊載題爲「運動會」的時評，更能說明這種集體意識：

> 同時有另一方面也在準備著運動會，這個會的範圍應當包括全世界。這個會的競賽不是赤手空拳的跑跳，也不是普通的標槍鐵球鐵餅，這會的競賽是飛機、大砲、海艦、坦克車。這個運動會的開幕日期不遠，可以在前天德國的退出國聯及裁軍會證明。中國應該怎樣呢？差不多誰也不操心。依我想，不是把中國畫作田徑操場，便是將中國分做數塊供人拉糞撒尿。（世界日報，1933.10.22）

這篇短評具體而微地將競爭性質的運動會比喻爲國際競爭，各類運動競技類比爲軍事科技。這樣的現象不獨中國，即便英國在國力鼎盛之際於1908年舉辦的倫敦奧運，英國輿論界也不免試圖以此一運動盛會測度帝國之興衰（McIntire,

2009）。實際上，歷次全運會也成爲國民政府向民衆宣傳愛國主義、國族主義的最佳時機。於是，一般大衆也在輿論與政策的引導下，將運動與收復失土、一洗國恥的重責大任畫上等號。一位讀者在《世界日報》的〈讀者論壇〉上這樣表明對運動會的期許：

> 我政府當局，對於體育之提倡，仍不遺餘力。所以積極籌備，華北運動會得照舊舉行，政府對於體育如此重視，無非是欲使華北同胞，振奮精神，爲國干城而已……。此次閉會之日，亦即東四省淪陷，察綏告急之時，望與會諸位健兒，以比賽時之精神，去抵抗暴日。則不但失地可復，即與歐美並駕齊驅，亦旨日可期矣。（張守約，1933.07.20）

（二）運動與大衆

從這些文獻來看，1930年代《世界日報》的運動新聞顯然無法自外於國族主義的浪潮，甚至更充當起鼓吹軍國民思想的重要旗手。舉辦運動賽事除以此鼓勵民衆操練身體，改造民族體質，也藉以宣揚愛國主義，甚至藉運動所強調的合作與紀律，對民衆進行社會規訓。但在強國強種的時代潮流外，《世界日報》也流露出不同的言論與主張。1934年華北運動會閉幕後，《世界日報》以短評的方式，評論該屆運動的缺失：

> 馴至所謂運動者，竟變爲職業，而非所以提倡體育；大多數國民，皆與運動無直接關係，而所謂選手者，則一專門職業家也！是豈創設運動會者，始意所及哉……！？運動職業化之結果，致力於運動者，或不免荒廢其學業，致身體雖健康，而莫知如何用其健康之身體，乃可以致國家於強盛，斯誠大可哀矣！（世界日報，1934.10.10）

　　固然在《世界日報》編者的觀念中，是以國族為上位概念將運動與國運及國力作直接關連。但在國族作為一個整體概念下，卻也關注一國之內因社經地位之不同，而產生對運動的不同運用方式及分化。特別是針對運動賽會中充斥少數運動明星，淪為少數學生所從事的特殊活動：

> 全運會應求名實相符：既曰全國運動會，而參加者，可不待考其實際，知必除少數兵士外，多係學生，在今日情況下，固有可諒之理由，然欲求諸實際，則應極思有所補救，睥全運會之名稱符合。（黃金鰲，1933.10.10）

　　而到該屆全運會閉幕時，署名關容（1933.10.21）的作者在《世界日報》發表對下屆全運會的期望依舊強調此點。認為參與全運會的選手九成都是學生，而能夠參與的學生，在學生群體中更屬鳳毛麟角，全國中僅此少數人口從事運動，實難達到運動救國的目的。《世界日報》的立論並非獨排眾議、標新立異，而是契合於民間興論的表現，這可以從《世界日報》的讀者投書得到印證：

> 固然我們絕不是反對提倡體育，也絕不願這些少爺小姐，仍為賈寶玉、林黛玉式的多愁善病，不過這種武狀元的辦法，不能不令我們懷疑。我們且問每校的選手是全校的百分之幾？充其量，假定是百分之十吧，那麼除下的九十人呢，就被犧牲了（在體育上）；而這十個選手呢，也就因為要做學校體育的裝飾品，其他的功課就不暇充分顧及了。（楚人，1934.10.17）

　　運動普及於大眾的訴求，就是希望推廣運動使之成為民眾日常生活中的一般休閒活動，而非僅限於特定時間：運動會；特定空間：運動場；特定人選：選手，所從事的活動。鼓吹運動大眾化的立場，也讓《世界日報》刊登建議將全運會經費，挪為建設各省市公共體育場的讀者投書（世界日報，1933.09.12）。

而且對於運動選手「職業化」的現象，也引起讀者的注意，例如《世界日報》的〈讀者論壇〉，曾刊登題為〈反對運動選手制〉（際華，1933.04.04）的投書，文中指出北平某校體育部收入的1/3乃是支應於選手費上，不但讓運動選手在校內成為特殊階級，也相對剝奪其他運動項目的支出，投書者並主張：「節制運動的浪費、剷除運動員階級、永久反對選手制。」

因此，以體育社會化、運動大眾化為號召而舉辦的「世界日報杯」足球賽，更強調必須將運動擴及於庶民大眾的必要：

> 本報此次舉辦公開足球賽，即欲有以矯斯弊。言其意義，厥有二端：第一，向來舉行運動比賽，莫不直接間接，依賴政府機關之提倡與援助；而參加運動比賽者，又僅限於一部分學生，此體育之所以不能普及於社會也……。第二……，本報今日之舉，即在打破學校與城市之限制，不論城市工人，鄉村農民，皆可參加，一無限制……。總之，本報此次舉辦「世界日報杯」公開足球賽，志在提倡，並促運動大眾化，體育社會化，以收強國健種之效。（世界日報，1933.12.10）

在這篇宣言性質的文稿中，明白指出由於當時參與運動人數有限，而且多賴政府機關主導相關活動，因而無法藉從事運動而達強國健種的終極目標。在1933至1935年，分別舉辦過第二屆全運會、第十八屆華北運、第三屆全運會，針對這三場運動盛事《世界日報》均曾發表社論評述運動會的成敗，並具體提出建議主張[2]。1933年的社論強調三點：(1)不宜過分獎勵運動會之競爭，至變成一種畸形之發達；(2)與其專門化、技術化，毋寧普遍化、社會化；(3)訓練團體行動之機會，而非刺激、鼓勵反團體性。1934年的評論，則提出三大主張：「普遍化的體

---

2. 三篇社論分別是：〈強國健種繫於體育！〉（世界日報，1933a.10.20）、〈吾人對體育問題之主張〉（世界日報，1934.10.12）、〈全運會閉幕感言〉（世界日報，1935.10.20）。

育」、「勞動化的體育」與「群化的體育」。1935年的社論延續《世界日報》的一貫基調，力主體育的集團化與社會化，否則無法藉此建立民族復興基礎的舉辦宗旨。這幾篇在特定大型賽事舉辦之際發表的社論，針對的是推廣運動後產生諸多流弊而生的批評：

> 夫舉行運動會之意義，原在提倡體育，強健國民，並以養成團體活動之習慣，孰能謂其毫無價值呼？惟是末流之弊，盡失本來意義，非特未能強健國民，反因運動過渡，適足戕賊其身體；非特未能養成團體活動之習慣，反因爭一己（或一團體）之勝負，不惜破壞團體道德。馴至所謂運動者，竟變爲職業，而非所以提倡體育；大多數國民，皆與運動無直接關係，而所謂選手者，則一專門職業家也！是豈創設運動會者，始意所及哉！？（世界日報，1935.10.20）

換言之，儘管國民政府透過教育課程、舉辦全國性賽事推廣運動，但在《世界日報》的編者看來，從事運動競賽不但未能從中習得團體合作之效，反而更加激化團體（各省）衝突。被視爲運動精神的「更高、更遠、更快」的錦標主義，也導致爲求成績而淪爲少數選手所從事的菁英活動。實際上，該如何將運動普及於大衆，不只媒體關切，政府當局也注意到推廣運動過程中參與運動者僅限於就學人口的不足。1933年4月，國民政府教育部即通令各地教育局，應當「普遍提倡體育，注意團體運動」，因爲：「各地運動會，亦多注重以比賽爲目的之體育，甚有一二擅長體育技能之學生，平時對於其餘各課，可不修習。學校方面，因希望其奪錦標，往往特予優容。」（世界日報，1933.04.28）

執中國學術牛耳的北京大學，在1935年新學年度開學之際，更改運動教學方式，不但聘任多名專任教師組成體育委員會，規劃各院所運動教學與活動。而爲避免形成少數學生運動明星，更取消各院運動代表隊，校隊組織也暫緩辦理（世界日報，1935.09.15）。在興論界的推波助瀾下，《世界日報》（1935.01.01）於回顧1934年運動界大事的專文中指出，各界人士不但於「公暇之餘從事運動，全

國各地業餘運動團體，相繼成立，滬市並曾舉行工商聯合運動會，實肇運動普遍化之先聲。」在各界的倡導下，1935年第三屆全運會開幕活動中所出現的各式官式宣言中，政府當局都明確意識到運動普及化的必要性：

> 體育普及化一說，年來各方均力加宣傳，已為盡人所知，當局方面，亦屢有表示，引以為己任，但事實上尚無何種設施，故國內體育仍未普及，此吾人所引以為憂。刻政府最高當局，均已注意及斯，則今後亟應上下協力，一掃徒有空言之惡習，著重實際，務求能從速促使普及，則庶幾藉體育以建立民族復興基礎之目的，得以達到也。
> （世界日報，1935.10.11）

將運動普及大眾的主張，同樣反映在1934年《世界日報》刊登來自蘇聯《塔斯社》的譯電：

> 蘇聯之體育團體，現包括六百五十萬人。蘇聯對於體育極為注意，在任何學校中，體育為課程之一部，所有大多數工廠及公所內，工作前或休息時間時，必有專門導師，指導工人雇員之體操。蘇聯運動界之激進，實較任何事業為顯著……。在蘇聯一切運動，經常有專門體育醫生，及富有經驗之導師，在旁監視。全國專門訓練體育導師之大學有四處，專門學校有二十一處，現已畢業者，已達萬人之多。
> （世界日報，1934.01.16）

譯電內容的重點強調蘇聯人民參與運動的人數，以及政府對推廣運動的重視及專業化的快速進展，而並非強調無產階級應發展特定的運動項目或者形式，也就是所謂「勞動化體育」。但什麼是「勞動化體育」？

> 今日之體育方法，惟有閒階級始需用之，勞動者則不需要。何
> 者？勞動者終日勞作，手足不停，其身體自然堅如鐵石，固無所用其
> 玩球，賽跑或跳舞之類，以助其腸胃之消化也。今日流行之運動方
> 法，多為消耗的，若無一定適宜之場所，即無法開始運動。而勞動
> 化之體育，則多為生產的或衛生的，且其方法，簡而易行，即家庭瑣
> 事，倘能親自操作，即可達到上述之目的。經濟而有益，可云兩得其
> 利。（世界日報，1934.10.12）

從「勞動化體育」的主張可以發現，在1930年代的中國，運動此一休閒活動有著明確的階級差異，從事運動的人僅限於編者筆下的「有閒階級」，因此如何突破階級限制而將運動普及於所有人，是這時候《世界日報》所以主張運動大眾化的關鍵。但這裡的大眾乃是相對於少數菁英的其他人群，並且是為了強國健種、繁衍生殖、擺脫恥辱的國族大眾。

（三）運動之用

根據上述《世界日報》關於運動大眾化的評論，眾多作者所希望的是能夠將參與運動的群眾範圍，由學生擴及一般民眾，以掃除過度凸顯個人的英雄主義外，也特別關切如何提供一般民眾所能負擔的運動設施。許慧琦（2008）根據1935年出版的《北平旅行指南》，將當時北平主要旅遊場所的入場票價整理為表2。

從表2的整理中發現唯一屬於運動空間的中南海游泳池，票價遠高於其他公園休閒設施，甚至接近性質屬於博物館的公共設施，而倘若真要下水大展泳技還得另外付費。因為門票之高昂，引來民眾投書表達不滿，以能否進入游泳池而引申為階級之不平等：

> 原來游泳池也是老爺太太少爺小姐一些有錢人們的專有獨享的娛
> 樂，這裡也是有階級的區分，身份上的限制啊！由此證明了楊秀瓊之
> 所以能處處受歡迎，主要的原因還是在於她是小姐，假使他處於歌女

表2　1935年北平重要遊覽場所票價

場所	入門券票價	場所	入門券票價
中山公園	銅元20枚	市民公園	無
北海公園	銅元20枚	孔廟	銀元4角＝銅元184枚
中南海公園	銅元20枚	故宮	銀元5角＝銅元230枚
天壇（外壇）	銅元20枚	庸和宮	正券銀元4角＝銅元184枚 副券銀元2角＝銅元92枚
天壇（內壇）	銀元3角＝銅元138枚	頤和園	銀元1元＝銅元460枚
城南公園	銅元12枚	中南海游泳池	門票銀元1角＝銅元46枚 游泳費銀元4角＝銅元184枚

資料來源：《故都新貌：遷都後到抗戰前的北平城市消費（1928-1937）》（頁135-136），許慧琦，2008，臺北：學生書局。

　　或一些窮了頭的地位，就得不到委員大吏們的重視與歡迎，因為根本不准你入游泳池，你就是有絕頂的游泳天才，那裡去練習？所以在這種社會裡，一切的一切，都是以富有者為主體的，否則休想露身手獻技能。（弓矢，1934.08.09）

　　為促使運動大眾化得以實現，《世界日報》注意到如何降低民眾使用運動設施的門檻，讓更多平民群眾得以負擔當時顯然不平價的費用。而且這時期《世界日報》所鼓吹的運動大眾化，不僅試圖向農工群眾推廣西方現代運動，也將目標指向婦女群眾：

　　我國大多數的女子，只知擦胭脂粉掩飾她們體格上的弱點，我國所以被譏為遠東病夫，這也是一個主要原因了。所以為了取消「遠東病夫」的名稱，鄉間婦女的體育現在也應該注意的。（樹芳，1933.12.30）

從李提摩太（Timothy Richard）等人在《萬國公報》上主張中國婦女廢除纏足陋習開始，中國革命的關鍵論述之一就在中國人的身體必須被改造以適應列強競爭。當中負擔傳宗接代的女性身體更是被關注的焦點所在，但即便是接受現代性別思維所啓發的新女性，已經意識到經由強身健體以改造自身，仍須面對自身女體如何在公共空間中呈現的非難。例如〈婦女界〉上曾登載一封讀者來函。投稿者爲新婚女性，婚後仍試圖保持過去就學時養成的運動習慣，經常於清晨時在庭院中作甩手、柔軟體操等運動。但此舉卻引起鄰居的旁觀議論，使投稿者頗感不自在，因而感嘆現有公共運動設施不夠普及，或者是收費高昂而讓人怯步。這位讀者因而建議：

> 聽說市當局已積極籌備公共體育場之建立，這是十分需要的建設。我們希望它及早實現，不過總應普遍的去先建設小規模的體育場，因爲如果只建立少數大規模的運動場，貧苦的人因爲距離遠，時間少的關係，一定不能十分方便！（汪欣，1935.03.01）

在性別意識尚未充分普及的1930年代，中國婦女從事西方現代運動的正當空間就在學校，一旦離開學校任何自我鍛鍊的運動方式都難以逃脫窺探的異色眼光，運動大眾化的另一個意義也就在提供婦女正當合法的活動與休閒空間：

> 我們常常想，怎樣可以叫一般婦女都有運動的機會，怎樣可以叫婦女永遠有運動的機會，而不是一離開學校就與運動絕了緣。多建設公共體育場。比方像在北平，至少東西城各建一個，自可增加女子運動的機會。（秉英，1933.10.23）

儘管《世界日報》作此議論，但實情應如游鑑明（2009：251）所發現的，這時期的運動會是展示體育教學成果的場所，經由女性運動員的比賽，社會大眾得以看見女子體育的發展。報刊媒體不僅藉運動會宣傳女子體育的重要性，同時

爲爭取銷路更將報導方向著重於場內外的各種花邊新聞。這現象同樣可在《世界日報》幾次運動會特刊中發現，特別是在場外花絮等欄位中看見女性運動員與女明星的花邊八卦新聞。因此，問題也正如許多當代女性主義者所關注到的，媒體報導中的女性圖像往往以男性視角出發，將女性客體化爲被動的凝視對象。

> 資產階級的有閒者玩的花樣真不少，尤其是玩弄女性的手段，委實高明的很！提倡「健美運動」便是其中的一種……。我們要知道人體美的攝影家，高呼「健美的提倡，是婦女解放第一要素。」那正是把被壓迫被踐踏的女性糟蹋得半個錢不值！他們攝的「人體美」，只是在極力的促進資產階級的有閒者，消極的滿足他們肉慾的刺激。積極的則是作爲生育製造的器具，以作其戰爭底犧牲品而已。（恬冰，1934.09.02）

受限於時代條件，這些出現於《世界日報》上的評論，顯然不認同運動的獨特性，依舊將運動的社會意義侷限於再生產的領域，不認爲運動乃至休閒有自成一格的特殊性，並且將運動等同於「有閒階級」專屬活動。《世界日報》的社論也同意運動無非是資產階級的玩意兒，普羅大眾終日奔波、汲汲於營生，何苦在整日勞動後還要自討麻煩？但這不意味著當時的中國不存在藉運動彰顯獨特地位的使用，當中特別是當時青年學子所喜好的溜冰運動：

> 按事實來說呢，溜冰的確也是一個好的運動，可是現在呢？差不多已經失掉了他的真實意義了，有些個男女們，他們都不是爲運動而溜冰，不過借著這個名目，作爲兩性交際的途徑而已，因爲溜冰在目前的北平，是被認爲時髦的事了，再加以北國冬季的特別美景，所以摩登男女，趨之若鶩，而就形成了上述的情形。我們應當從速把這點錯誤糾正過來才對呢。（世界日報，1934.01.25）

　　文章所批評的對象就是不將運動當一回事而來的議論，因爲從事溜冰運動的青年將此一活動作爲男女社交場合、迎合潮流的時髦玩意兒，而非自我鍛鍊的身體塑造。甚至也有讀者投書表示，溜冰的婦女不應濃妝艷抹（紫，1934.02.08）毫無疑問地，對評論者而言從事運動的目的，同時也是運動行爲的正當性就在救國，其餘一切都顯多餘，這也正是評論者所批評的重點所在。在資本主義社會中的休閒娛樂，被Terry Eagleton（1981）認爲是對社會生活規範的合法逾越，這些非勞動工作時間所從事的活動，無非是爲了維繫勞動生產與再生產的必要條件。從這觀點來看民國時期的運動，運動所以必須推廣，在於強健體魄有助陣前殺敵，促使中國脫離病夫之難堪。任何脫離此一目的的運動，都被視爲無異身心健康。

（四）綜合分析：運動救國的新聞

　　本文所分析《世界日報》的運動新聞，乃至同時期中國其他報紙中的運動賽事報導，起初的確深受西方專業化新聞的影響，以吸引讀者目光而得到主事者的重視。這不但可從《世界日報》同仁的回憶得到證實，從中體育版已成固定版面的事實，也可說明報紙對運動新聞的重視。除此外，維持近三個月的《世界日報》〈體育週刊〉，內容以推廣運動常識、新知、倡議運動價值爲主。藉運動改變國家處境、強化國民體質、與列強爭勝、洗刷國恥，並非編輯重點。而且在本節分析的新聞與評論中，部分作者也已關注由於運動之不普及，導致運動賽會成爲培養運動明星的時機，也造成運動淪爲都市少數學生菁英所獨享的活動，甚至演化爲青年男女的社交活動。

　　換言之，運動在中國本土的發展中也出現多元的實踐形式。這些多元實踐包括國家藉身體規訓而行治理，進而以此文明化想像作爲解決個體、群體乃至國家間爭執的手段。但在這種強烈的國族使命外，前所引述的讀者投書與報導，也看見作者強調運動大眾化以反對菁英主義，重視業餘主義的主張。這些文本雖然是以批判的角度評論溜冰、游泳成爲權貴人士階級化的休閒活動，但若反面解讀這些批判，也證實這些批評者已觀察到1930年代在中國民間的運動行爲，已成爲部

分人士凸顯地位尊貴，與強身報國無關的社交或炫耀性活動。

文化史學者Huizinga與Caillois主張，現代運動起源於初民社會中的遊戲（play），遊戲本身是無須任何目的的生活方式，遊戲也不會帶來任何實質上的利益，是非生產性的活動。運動史家Guttmann（1978）認爲遊戲、運動是由於初民社會中，爲滿足神聖與世俗區分之所需而生，是凝聚集體的儀式、不具功利性的神聖活動。儘管時代演變，在西方中世紀的嘉年華會，或本地社會仍舊存在的廟會節慶，都是原始遊戲的轉型。現代運動的誕生與擴散，先因國族主義對「被發明的傳統」的需求而被重視，稍後又受資本主義的青睞與媒體結合爲「運動／媒介複合體」（sports/media complex）。但存在於日常生活中，這種不爲營利、別無他求的集體性、原始性的運動始終存在，進而發展爲西方社會中，不受國家控制的市民結社的重要形式。西方社會運動組織的自主發展，絕非一蹴可幾，但此時中國受嚴峻的國際情勢所限，使得清末以降引進中國的現代運動向國族化的集體意識傾斜。

分析《世界日報》運動新聞的報導可以看到，無論官方宣言或讀者投書都將運動賽事比擬爲國際競爭；將運動視爲團結中國對外、激勵人心的公共集會；也將東亞病夫之體質衰弱想像，投射爲賽場上必須精實鍛鍊、奪取佳績、一掃恥辱的國族積怨。論者所以倡導運動大衆化，或倡議興建平民運動場所，其目的終究脫離不了運動救國的目的，除此之外運動即無存在的正當性。因此，當溜冰成爲摩登男女的社交活動後，《世界日報》的作者即大肆撻伐；楊秀瓊等運動女明星成爲社交名流後，也以「資產階級」的病態美斥之爲無物。而忽略運動與其他民間活動一樣，是源自民間的自主社交網絡活動，透過定期的運動集會而產生獨立於國家之外的社會連結。這點在西方各類運動俱樂部、球會等組織中，都可清楚地發現其積極意義。

依Carey（1997：314）的論點：「文化是一系列的實作，藉由這些實作而將秩序加諸於混亂之上，而這些實作首先構成爲傳播，再透過儀式使人們進入到社會關係的形式之中。」換言之，新聞在公共生活中所扮演的角色就是傳遞這

種社群過程（communal process），而這也是一種儀式過程，一種公民宗教的形式。報刊雜誌上對新聞事件的修辭、用語，乃至如何框構（framing），也就決定讀者將進入、參與何種集體儀式。如Tuchman（1978）與Gans（1979）的研究所示，媒體的框構作用是依據特定價值而決定新聞如何被呈現，也產生正當化既定社會規範的效果。因此，運動的媒介敘事是讓運動事件產生意義的關鍵方式，並讓這些關鍵的運動事件與更廣大的文化意義叢結產生關連（Kennedy and Hills, 2009：75）。

新聞、報紙文本不可能獨立於社會文化脈絡存在，而是一種由分享共同文化價值體系的個體間的對話。新聞報刊不只是每天發生事件的流水帳，新聞報刊更創造公眾與私人關注的焦點事件，也將這些事件擺放在社會文化脈絡中，不但解釋事件也推斷事件的影響。Trujillo and Ekdom（1985：264）因而認爲運動新聞的寫作也是意識型態的，運動新聞的作者呈現被文化價值體系中所肯定與接納的社會共識。在本節的分析中可以看到，《世界日報》的記者運用愛國主義的修辭描述、形容運動場上的競爭，同時又將此一修辭轉化比擬爲國際情勢。關鍵是，這套修辭必須被閱讀報刊的讀者大眾所肯定與接受，記者編輯與共同體的成員一致地參與、完成這個集體儀式並強化國族的集體認同（Kitch，2009：30-34）。而且這一共同體又不是無邊無際無法想像的，透過國際賽事、與外籍人士競技的報導，也不斷地強化確認誰是國人、誰是異族，甚至這樣的區分方式，也導致省際衝突的緊張情勢。

儘管分析的是文本作者對國家存亡的焦慮、運動救國的期待，而未觸及讀者反應。但在任何文本創作之前，作者必然預設、想像某種形態讀者的存在，並依此而書寫，因此任何作品必然包括讀者在內，而這也是何以Anderson論述想像共同體時高度重視印刷資本主義帶來的影響。在Anderson對想像共同體的探索中，認爲關鍵在於透過新聞報刊，共同體成員得以超越時空侷限，體驗無法直接觸及的事件。藉由報刊此一現代媒介，傳統共同體的想像被維持，閱讀大眾得以分享共同的社會想像，而建構屬於自身的集體認同。於是經驗得以共享、敵我得以區

分、國族得以凝聚，現代報刊成為動員與形塑國族個體的主要動員機制（黃順星，2011：197）。

五、結語

　　西方現代運動的興起，自始就與帝國主義及現代民族國家的建立息息相關，都企圖藉特定運動傳統的建構與傳佈，創造自我國族的身分認同與想像。但也不可忽視在西方內部現代運動的發展脈絡中，市民社會特別是媒體對現代運動的擴散所扮演的重要地位。一方面是各類運動項目的自治團體，經由定期舉辦賽事、建立明確規則而逐步確立相對於其他場域的自主空間；另一方面媒體特別是專門的運動報紙、雜誌等出版品，藉由對這些日益頻繁出現的運動事件及運動明星的報導，爭取可觀的讀者及龐大的廣告商機。例如英國《每日郵報》是1930年代高爾夫球在英國成為主流運動的重要推手；1896年現代奧運在雅典展開前夕創刊的義大利《運動報》，成為自行車運動的主要推廣者；法國的《隊報》在1903年舉辦環法自行車賽，至今歷久不衰（陳子軒，2010.05.29）。

　　民國時期的報業發展，無論從業者或學者，皆大量地吸收英美報業的理論與實務，對西方、英美報業的發展過程自不陌生。以這樣的角度觀察民國時期的報業，的確曾出現類似的榮景，這也正是引言中論者主張民國報業為近代中國報業的黃金年代的理據。例如《世界日報》所自行舉辦的足球賽，不但能夠為所屬報紙提供穩定的新聞來源，也能激起讀者閱報、購報的意願。在徐鑄成（1999：33）的回憶中也可看到當時知名的運動記者，是以何種手法吸引讀者：「其拿手傑作，為將打破大會多項全國紀錄之游泳女將楊秀瓊賜名謂『美人魚』，每日刊載大幅照片，並每日刊出楊秀瓊之『起居注』，這樣的『噱頭』一時很能迎合部分讀者的低級趣味。」而《世界日報》所強調的運動大眾化，一方面在於當時運動人口僅限於少數人口特別是青年學子；另一方面針對競賽而生的英雄主義甚至職業主義而生。相對於這種被批評為有閒階級的運動，《世界日報》也提出屬於勞動階級的勞動化體育。從這些對不同的運動使用方式的建議與評論中，可以發

現當時評論者已注意因經濟差異，導致階級間從事運動行為頻率與難易的差異，甚至也關注到性別與階級區分的意涵。

　　但這些只是表面上的相似，現代運動引入中國與西方帝國主義的擴張有關，甚至帶著濃厚的慈善開化的文明意涵。特別是清末以降受盡屈辱的民族情緒，及被冠之以東亞病夫的稱號後，運動就不只是強身健體之用，更是民族整體擺脫被殖民以圖強的出路。這不但可以從教育政策的演變上獲悉，從新聞報導中也能清楚觀察到藉運動以強國、救國的企圖，視運動場上的勝敗為國家之榮辱。當1930年代國民政府的統治漸趨穩固，加上1931年九一八事變，運動作為振興民族的意義就更為強烈，藉由定期舉辦全國賽事，配合為求謀利的通俗報紙的大幅報導，此一意象更深入人心。透過對《世界日報》運動新聞內容的分析，不難看到民國報業發展的主旋律是在共赴國難、擺脫民族恥辱的政治動員下，以國族的身分號召群眾從事運動，藉國民體質之改造而轉變中國之國勢。

　　遍觀這時期《世界日報》上關於運動的評論、投書與新聞，都可發現作者強調的不是選手如何藉運動實現自我，而是延續晚清以降士人賦予運動救亡圖存的重責大任，中國的運動組織與參與人口，始終難以如同西方運動組織或人口，成為相對於國家之外而獨立自存的社會領域。而且在以運動新聞為分析主題的本研究中發現，此時中國報業雖然也亟欲大眾化，但並非朝向西方社會中的分眾多元受眾概念發展，而是以國族為號召而行之。亦即，民國報業的通俗化、大眾化的方式不是階級、性別、種族或其他社會類屬，而是普遍化、抹煞差異的國族。換言之，透過運動新聞的報導，不但創造敵我之分，也進而凝聚共同體的認同。文化價值、歷史傳統乃至國族認同，就在分享訊息、閱讀報紙的過程中一再地被確認鞏固。中國作為一個能夠被想像為真實的共同體，正是藉著閱讀由共同語言所書寫的報刊才得以具體化，共同體也在日復一日閱讀晨報的活動中成為我族同胞所共享的集體儀式。

　　這樣的發展路徑，當然是受制於國家情勢之不得不然，這裡並非以後見之明，批評前人之非。如同張詠（2013）對中國留學知識分子的研究中所指出的，

他們雖然深受美國自由主義洗禮並深知新聞自由之要義，但返回中國後深感國際傳播之扭曲與不平等，以及欲借國際傳播而扭轉國際局勢，於是放下自由主義之信念，轉而投入國民政府從事新聞檢查與國際宣傳等與新聞自由理念相違逆的工作。這是前人在不同的國際局勢與國家處境中所做出的艱難抉擇，但時至今日，局勢變遷，爲何依舊以國族觀點報導、評論運動？臺灣傳媒近年不斷以「臺灣之光」形容王建民、郭泓志等人在美國職業棒球大聯盟的成就、中國媒體對姚明、劉翔的推崇、2008年對北京奧運盛大場面的頌揚，更是重複播頌國族榮耀的主調。運動大眾化、社會化的目的究竟爲何？是犧牲個體以榮耀國族集體，抑或從市民社會的立場，看待運動與社會文化的自我維繫與團結。

曾任武漢大學體育副主任，後留學美國春田大學（Springfield college）專攻體育行政的劉昌合（1935.07.30）在當時就認爲：「社會事業之發展至鉅且繁，事事仰給於政府，則有限之帑，辦無窮之事業，勢必有所不能。若候政府有餘力而後舉辦，必至徒耗時日，永無發展之望。」固然，時局所限不得不爲，倘若今日從事運動新聞報導者，仍舊無法理解運動本身所具備的社會文化意義，專業的運動新聞勢必難以立足，而報業也難以超越國族侷限，以不同的社會分化方式，開啓一種新的看待大眾的視野。而對民國新聞史研究而言，也應更深入地分析各類襲自西方的專門新聞、寫作、編輯方式在本土的變異。以本研究所處理的運動新聞爲例，無疑是仿自西方報紙的成功經驗，而後在各大報紙上繁衍興盛，這些都可以說是重複英美報紙在19世紀末到20世紀初的通俗化潮流。在本文中的確可看到，新聞專業人士追求「現代化」的強烈動機。但在「專業化」、「現代化」的動機外，欲借運動強國的推力，又不時滿溢於紙墨之上。在其他民國時期的新聞場域中，又存在多少這種貌合實異的本土新聞實踐？又如何影響目前的新聞編採工作？這都有待後人持續追溯。

參考書目

弓矢（1934.08.09）。〈由楊秀瓊之被歡迎說到中央游泳池禁止歌女游泳〉，《世界日報》，6版。

戈公振（1927/1964）。《中國報學史》。臺北市：學生書局。

王哲秋（1933.03.02）。〈國難中女子應注意運動〉，《世界日報》，6版。

世界日報（1933.04.09）。〈平市府令社會局準備選派全運會選手〉，《世界日報》，7版。

世界日報（1933.04.28）。〈教部通令普遍提倡體育〉，《世界日報》，7版。

世界日報（1933.06.07）。〈發刊旨趣〉，《世界日報》，10版。

世界日報（1933.07.12）。〈晶華北健兒〉，《世界日報》，3版。

世界日報（1933.09.12）。〈建議以全運會經費建公共體育場〉，《世界日報》，6版。

世界日報（1933.10.04）。〈本報特別啓事〉，《世界日報》，3版。

世界日報（1933.10.07）。〈王世杰發表對全運會意見〉，《世界日報》，7版。

世界日報（1933.10.11）。〈大會昨日上午十時半開幕林森致詞汪兆銘痛哭失聲〉，《世界日報》，8版。

世界日報（1933a.10.20）。〈強國強種繫於體育！〉，《世界日報》，3版。

世界日報（1933b.10.20）。〈遼吉黑熱哈選手發表告別書〉，《世界日報》，8版。

世界日報（1933.10.22）。〈運動會〉，《世界日報》，9版。

世界日報（1933.11.26）。〈本報發起「世界日報杯」足球賽〉，《世界日報》，7版。

世界日報（1933.12.10）。〈體育社會化！運動大眾化！〉，《世界日報》，7版。

世界日報（1934.01.16）。〈最近數年來之蘇聯體育界注重普遍化〉，《世界日報》，7版。

世界日報（1934.01.25）。〈一個溜冰者的談話〉，《世界日報》，7版。

世界日報（1934.10.10）。〈華北運動會開幕〉，《世界日報》，4版。

世界日報（1934.10.12）。〈吾人對體育問題之主張〉，《世界日報》，2版。

世界日報（1934.12.22）。〈最近十年來我國體育進展情形燕大體育主任黃國安之講演〉，《世界日報》，7版。

世界日報（1935.01.01）。〈我國體育年來有進步〉，《世界日報》，7版。

世界日報（1935.06.29）。〈國民軍教育倡自斯巴達列強皆仿行〉，《世界日報》，9版。

世界日報（1935.09.15）。〈平大體委會積極計畫促進全校體育〉，《世界日報》，7版。

世界日報（1935a.10.11）。〈現代體育意義端在國防與生產〉，《世界日報》，5版。

世界日報（1935b.10.11）。〈應於運動場中建立民族復興基礎〉，《世界日報》，5版。

世界日報（1935.10.20）。〈全運會閉幕感言〉，《世界日報》，3版。

吳廷俊、於淵淵（2012）。〈秉持公心、發言論事：「書生辦報」再檢視〉，《新聞學研究》，113：1-38。

吳范寰（1982）。〈成舍我與北平世界日報〉，張友鸞（編）《世界日報興衰史》，頁12-39。重慶：重慶出版社。

吳叡人譯（1999）。《想像的共同體：民族主義的起源與散布》，臺北：時報。（原書Anderson, B. [1983]. *Imagined communities: Reflections on the origin and spread of nationalism*. London: Verso.）

李金銓（編）（2009）。《文人論政：民國知識分子與報刊》，臺北：政大
　　出版社。

李金銓（編）（2013）。《報人報國：中國新聞史的另一種讀法》，香港：
　　中文大學出版社。

李偉（2009）。《報人風骨：徐鑄成傳》，臺北：秀威資訊。

汪欣（1935.03.01）。〈想讀書沒地方想運動沒操場〉，《世界日報》，6版。

秉英（1933.10.23）。〈關於婦女體育的一個意見〉，《世界日報》，6版。

邵飄萍（1923）。《實際應用新聞學》，北京：北京京報館。

恬冰（1934.09.02）。〈反對肉慾性的「健美運動」〉，《世界日報》，6版。

徐寶璜（2008）〈新聞學〉，肖東發、鄧紹根（編）《徐寶璜新聞學論
　　集》，頁41-120。北京：北京大學出版社。

徐鑄成（1999）。《徐鑄成回憶錄》，臺北：臺灣商務。

徐鑄成（2009）。《舊聞雜憶》（修訂版）。北京：三聯書店。

張守約（1933.07.20）。〈華北運動會閉幕後對諸健兒的希望〉，《世界日
　　報》，10版。

張詠（2013）。〈以「眞相」的名義：留學知識分子對西方報導的批判及對
　　新聞檢查的宣導〉，李金銓（編）《報人報國：中國新聞史的另一種讀
　　法》，頁285-324。香港：中文大學出版社。

張詠、李金銓（2008）。〈密蘇里新聞教育模式在現代中國的移植──兼論
　　帝國使命：美國實用主義與中國現代化〉，李金銓（編），《文人論
　　政：民國知識分子與報刊》，頁321-350，臺北：政大出版社。

許慧琦（2008）。《故都新貌：遷都後到抗戰前的北平城市消費（1928-
　　1937）》，臺北：學生書局。

陳子軒（2010.05.29）。〈臺灣報紙運動新聞史概觀〉，發表於「新聞典範的挑戰與另類媒體：紀念成露茜教授國際學術研討會」論文。臺北，臺灣。

陳思仁、潘宗億、洪靜宜、蕭道中、徐文路譯（2002）。《被發明的傳統》。臺北：貓頭鷹。（原書Hobsbawn, E. [1983]. *The invention of tradition*, Cambridge: Cambridge University Press.）

游鑑明（2009）。《運動場內外：近代華東地區的女子體育（1895-1937）》。臺北市：中研院近史所。

湯志傑（2009）。〈體育與運動之間：從迥異於西方「國家／市民社會」二分傳統的發展軌跡談運動在臺灣的現況〉，《思與言》，47（1），1-126。

紫（1934.02.08）。〈溜冰的婦女不應豔妝濃抹〉，《世界日報》，6版。

黃天鵬（1952）。〈中國新聞事業大事記：附丁末以來報界繫年錄〉，《報學》，1：132-142。

黃金鰲（1933.10.10）。〈寫在全運會開幕之前〉，《世界日報》，8版。

黃金麟（2001）。《歷史、身體、國家：近代中國的身體形成（1895-1937）》。臺北市：聯經。

黃順星（2011）〈舊聞新史：對臺灣新聞史研究的思考〉，《傳播研究與實踐》，1：179-209。

楊才林（2011）。《民國社會教育研究》。北京：社會科學文獻出版社。

楊瑞松（2010）。《病夫、黃禍與睡獅：「西方」視野的中國形象與近代中國國族論述想像》。臺北：政大出版社。

楚人（1934.10.17）。〈圓滿的閉幕〉，《世界日報》，6版。

管翼賢（1943）。《新聞學集成》（第三輯），北京：中華新聞學院。

際華（1933.04.04）。〈反對運動選手制〉，《世界日報》，12版。

劉昌合（1935.07.30）。〈我國體育今後應有之改進（一）〉，《世界日報》，7版。

樹芳（1933.12.30）。〈鄉間婦女的體育問題〉，《世界日報》，6版。

賴光臨（1981）。《七十年中國報業史》。臺北市：中央日報社。

魏玓、劉昌德譯(2001)。《有權無責：英國的報紙與廣電媒體》。臺北市；國立編譯館。（原書Curran, J. & Seaton J.[1997]. *Power without responsibility: the press and broadcasting in Britain*. London: Routledge.）

蔡青（1935.01.29）。〈體育與婦女〉，北平《世界日報》，6版。

關容（1933.10.21）。〈對下屆全運會的期望〉，《世界日報》，8版。

蘇碩斌（2011）。〈活字印刷與臺灣意識：日治時期臺灣民族主義想像的機制〉，《新聞學研究》，109：1-41。

Alexander, J. & Jacobs, R. N. (1998). Mass communication, ritual and civil society. In T. Liebes & J. Curran (Eds.), *Media, ritual and identity* (pp.23-41). London: Routledge.

Bourdieu, P. (1993). How can one be a sportsman? In P. Bourdieu (Ed.),*Sociology in question* (pp.117-131). London: Sage.

Caillois, R. (1959). *Man and the sacred*. Westport,CT: Greenwood Press.

Carey, J. (1992). *Communication as culture: Essays on media and society*. New York : Routledge.

Carey, J. (1997) Afterword: the culture in question. In S. Munson & C. Warren (Eds.), *James Carey: A critical reader* (pp. 308-339). Minneapolis, MN: University of Minnesota Press.

Conboy, M. (2011). *Journalism in Britain: A historical introduction*. London: Sage.

de Burgh, H. (2003). The journalist in China: Looking to the past for inspiration. *Media History*, 9: 195-207.

Durkheim, E. (1965). *The elementary forms of the religious life*. New York: Free Press.

Eagleton, T. (1981) *Walter Benjamin, or towards a revolutionary criticism*. London: Verso.

Elias, N. (1986a). An essay on sport and violence. In N. Elias & E. Dunning (Eds.). *Quest for excitement* (pp.150-174). Oxford, UK: Blackwell.

Elias, N. (1986b). Introduction. In N. Elias & E. Dunning (Eds.), *Quest for excitement* (pp. 19-62). Oxford, UK: Blackwell.

Foucault, M. (1980). The politics of health in the eighteenth century. In C.Gordon (Ed.). *Power/Knowledge : Selected interviews and other writings, 1972-1977* (pp.166-182). New York: Pantheon Books.

Gans, H. (1979). *Deciding what's news: A study of CBS evening news, NBC nightly news, newsweek and time,* New York: Pantheon Books.

Guttmann, A.(1978). *From ritual to record: The nature of modern sports*. New York: Columbia University Press.

Habermas, J. (1989). *The structure transformation of the public sphere*. Cambridge, MA: Polity.

Høyer, S., & Pöttker, H. (Eds.). (2005). Diffusion of the news paradigm 1850-2000. Göteborg, Sweden: Nordicom.

Huizinga, J. (1955). *Homo ludens: A study of the play element in culture*. Boston, MA: Beacon Press.

Kennedy, E., & Hills, L. (2009). Sport, Media, Society. New York: Berg.

Kitch, C. (2009). Tears and trauma in the News. In B. Zelizer (Ed.), *The chang-ing faces of journalism: Tabloidization, technology and truthiness* (pp.29-39). London: Routledge.

Laker, A. (2002). *The sociology of sport and physical education: An introduc-tory reader*. London: Routledge.

MacKinnon, S. R. (1997). Toward a history of the Chinese press in the republi-can period, *Modern China*, 23: 3-32.

McChesney, R. W. (1989). Media made sport: A history of sports coverage in the United States. In L. Wenner (Ed.), *Media, Sports, and Society*. Newbury Park, CA: Sage.

McIntire, M. (2009). National status, the 1908 Olympic Games and the English press. *Media History*, 15, 271-286.

Rowe, D. (1999). *Sport, culture and the media: The unruly trinity*. Buckingham, UK: Open University Press.

Schirato, T. (2007). *Understanding sports culture*. Thousand Oaks, CA: Sage.

Schudson, M. (2002). News, public, nation. *American Historical Review*, 107, 481-495.

Trujillo, N., & Ekdom, L. R. (1985). Sportswriting and American cultural val-ues: The 1984 Chicago cubs.

Critical Studies in Mass Communication, 2, 261-281.

Tuchman, G. (1978). *Making news: A study in the construction of reality,* New York: Free Press.

Williams, R. (1976). *Communications* (3rd ed.). New York: Penguin.

Xu, X. (2001). *Chinese professionals and the republican state: The rise of professional associations in Shanghai, 1912-1937*. New York: Cambridge University Press.

1919年日臺電報大塞車與電報勞動

蕭旭智[*]

一、問題意識

多倫多學派的Innis（1951），McLuhan（1995）加上歸類爲媒介生態學的Carey（1989）都指出廣義的電報是第一個將傳送（transmission）與運輸（transportation）分開的溝通方式。換句話說，電報只能傳遞信息內容，而無法將信息載體，如泥板、莎草紙、紙張等等媒介物傳遞出去。十九世紀的電報如同維多利亞時期的網際網路，有大量信息在電報機、電線、收信機、打字機、電池所組成的端點之間傳送。實際上，在只傳送電流，而不傳輸載體的線路端點之外，難道不是硬梆梆的機器、暖呼呼的肉體所組成的電報站。相較於傳播學者一派輕鬆歡迎空間偏向的資訊快速移動、載體輕薄短小，資訊原子化、人人賽伯格。但是，信息的傳送難道不需要考慮這些機器與肉體組成的方式、過程與遭遇的麻煩？

爲了面對這個機器與肉體構成的技術物歷史，本文試圖將電報視爲一種勞動的叢集。馬克思主義傳統對於勞動的看法，除了抽象勞動之外，頭腦與身體兩種勞動類型都是勞動的一部分。勞動將原料變成產品，是勞動賦予產品價值。換句話說，電報經過了電報作業員加工，才使得信息內容成爲短、長、暫停的摩斯電碼，觸擊發報器使得發報器產生電流短路而發送訊號，而收信端的作業員，需要透過音響器或者印字機，聽電報聲或者解讀印字紙上面的符號，再用筆在電報

* 感謝兩位匿名審查人的意見與指教。

紙上面寫下羅馬拼音字、和文假名或者中文。此時的人機介面，如果從電腦資訊的角度來看，人的身體與大腦、手、眼、耳朵、神經，這些感官與神經系統的運作，曾經就是電報系統人機介面最重要的介面，因爲沒有操作員身體，這些電流、聲音、印記，無論多麼快速、準確，是無法構成一套可以被識別的電報文。

電報勞動研究一直比電報技術不受到重視，畢竟一般看法都是認爲技術革命造成資訊傳播進步。但是從跨文化、地域的比較研究視野看傳播與技術，不同國家、文化、勞動、性別對於近一個世紀前的電報發展有很密切影響（Briggs and Burke, 2009）。加上近年在Downey（2002）、Choudhury（2003）分別描述美國西聯（Western Union）與印度電報工人罷工，啓發了這一篇文章思考東亞、日本、臺灣、跨國、殖民與語言，技術、勞動與傳播這幾個重要觀點來看電報作爲一種勞動，尤其臺灣到底與其他地區、國家有何不同？1919年，因爲日本內地與臺灣本島線路有限、業務需要、技術及語言熟練、台日翻譯、通信人才培育不夠等等，電報勞動曾經是一個重要議題。1919年電報大塞車，也曾經一度造成臺灣第一次高級官吏聯名簽署請願書，要求減少工時、提高勞動待遇的事件（實業之臺灣，1919.12.20）。而這個事件也就成爲本文探討日治時期電報勞動的起點。因此，日治初期臺灣的資訊媒介與社會，電報勞動是不是問題？又到底該如何思考？

二、研究方法與材料

本研究之相關資料取材以1918-1924年間，其理由是：1896年領臺戰爭結束之後，因軍事與統治需要的兵部電信部亦迅速完成全台電報線路架設。1898年後，臺灣島內公衆電報服務逐漸普遍，1910年長崎淡水一號線啓用，臺灣、日本之間的內臺電報啓用，不需再繞道福州、上海。內臺通信業務增加，一條海線很快地不敷使用。1917年長崎淡水二號線啓用，內臺通信業務增加，但是人員沒有增加。加上每年都會發生好幾次海底線路斷線，需要出動海底線修理船，有時候天候海相不佳，經常長達數日無法修復。一旦內臺電報線路大塞車，電報遲遲無法收發，當時電報肩負官方、商業、新聞、私人通信等業務的重責大任，而且之

間速度最快。大量依賴電報供給頭版內容的《臺灣日日新報》經常以恐慌兩個字來報導內臺電報停滯（臺灣日日新報，1923.03.07）。理論上，信息傳遞的常態是隨時保持連線，斷線或者鬆脫狀況原非常態，但是斷線持續發生，反而成爲需要控管與解決的異例。斷線與塞車兩者作爲因果，著實成了當時電報業務的大問題。

技術與勞動等解決方案伴生，例如內臺之間無線電通信逐步增加，以及有線二重電信與高速電信打字機啓用，收發電報效率上升，海底線修復船增加爲四艘，通信研習所開始有本島人與女性參加並通過試驗，提供更多電報勞動力之後，直到1925年之後，情況逐漸改善。因此，本文將侷限在1918年到1924年前後內臺電報塞車造成的相關線索。至於通信操作人力技術性下降、非技術性雇員增加，以及殖民地語言同化政策加速，有關種種人力與技術的行動者網絡連結與運作如何造成更緊密的時空聚合，只能另文處理。

本研究採取工作與文化的文化史徑路（Darnton, 1985; Le Goff, 1980; Willis, 1981），以電報與勞動主題爲核心，蒐集與電報勞動有關的技術指導、身體、心理、經驗、體驗、回憶、札記、相關科學報導。相關材料大多取自日治時期臺灣總督府交通局遞信部出版的三份刊物，《臺灣通信協會雜誌》（共18期，後通信協會更名爲遞信協會，雜誌也隨之更名）、《臺灣遞信協會雜誌》（易名後，1919-1942發行）、《我等と通信》（1927年至1929年，共出版13期）。其餘材料有《臺灣日日新報》、《實業之臺灣》……等等。在這個研究的材料中可以發現幾個有趣現象，例如，一、上述三份遞信部的同仁雜誌，以協會會員身份來看，是當時遞信從業人員（包含郵便、電信、電話三類），包含一等局到三等局人員都可以參加，但是並不是所有人都會、且能投稿。雜誌除了封面、封底、目次之外，基本專欄分類爲圖片、消息、論說、資料、雜錄、文苑、會報、廣告等等。雜錄與資料占了大部分頁數。內容包括郵遞業務、郵政儲金、電報、電話相關業務的人事行政、硬體建設、報導、評論、活動、考試、研修、心得、評論、短歌、綺談、文學創作，面向廣泛，遍及遞信業務從業員的工作與生活、世界觀

與人生觀。與電報操作有關的文章中，作者，若是實名投稿，從總督府職員錄與文中描述看來，以現職電報操作員或曾經擔任多年電報操作員的熟練操作員爲主。二、刊登稿件，可以辨識出來是日本人或者臺灣人的姓名，以日本人居多。三、以女性稱謂、筆名投稿者，部份是在書寫丈夫或親人值班的寂寞心情，以及應該報效國家社會的責任。四、從比例上看，與其他重要主題相比，例如郵政業務、儲金、保險、電話、無線電、休閒娛樂養生、抒情散文、小說、短歌等等，電報相關文章在數量上並非壓倒性多數。

　　1918年之前，《臺灣日日新報》上電報相關報導也不少，但無法得知電報工作場域實際狀況。《臺灣日日新報》乃新聞日報，與《臺灣遞信協會雜誌》月刊雜誌屬於兩種不同出版規律，兩種節奏也代表兩種不甚相同文類，並且還牽涉到新聞即時性與經驗回憶的延遲響應。從技術與勞動的觀點來看，長淡線啓用到全台逐漸啓用克里德電傳打字機（Creed telewriter）之間的這段期間，資訊勞動的身體仍在舞台上，還沒有被高速電傳打字機取代。1930年代之後雖然仍有電報勞動的相關文章，但是多數討論電報校正手續與次數。本文最後引用1924年《遞信協會雜誌》的懸賞論文，論題爲「給現職從業員的一封信」，最高獎金20圓。官方爲了解決一直沒有停歇的怨言，利用懸賞論文的方式獎勵一種利他主義、服務、犧牲奉獻的工作態度與精神。此後，勞動批評並非不存在，而是逐漸轉化成跟黑夜有關的悲歌與抒情。

　　因此本文討論電報勞動的資料由兩個面向構成，一者是1919年內臺電報大混亂造成的勞動問題浮上檯面、如何被報導與轉述；再者、1918年開始發行的通信協會與遞信協會雜誌中，電報操作員的電報勞動經驗談、看法與評論如何面對這種緊張狀態。

三、1919的悲痛絕望的吶喊

　　《實業之臺灣》於1919年10月30日刊出〈內地電報の大停滯の眞相〉提到每天在電報作業室中「ドタンバタン、コツンコツン」（do tan ba tan, ko tsun ko tsun）的聲音（擬聲詞乃是電報鑽孔機鑽孔的聲音），得到的薪水只僅僅能夠撫養妻兒眷屬，也難怪大量的工作勤務造成神經衰弱或者感冒頭痛者眾多，缺勤者、怠工者在內台電報線斷線造成的大混亂期間更是比比皆是。惡性循環造成電信操作員的士氣更加低落，期間還曾經傳出淡水電報局的20餘名從業員中有17名因為吃了竹筍而集體腹痛、集體缺勤的事情，其實就是變相的罷工（ストライキ），都是因為淡水局沒有給出差費又工作時間太長的原因。（實業之臺灣，1919.10.30）

　　《實業之臺灣》雜誌於1919年12月20日隨即刊出另外一篇報導題名是〈聽呀！這悲痛絕望的吶喊〉，臺北郵便局電信課課員45名聯名簽署捺印的請願，文中指出這是日治時期官吏前所未有的現象。這一篇報導可以讓我們窺見1919年前後的電報勞動現場的辛苦勞動與過長的勞動時數。請願的內容包括十點事項。一、一週勤務時間應為48小時，夜間執勤6小時應視為8小時。二、一週一日公休。三、電報操作員的薪水與升遷應比照一般公務人員。四、值班的津貼應比照一般公務人員。五、績優考核獎金制度。六、比照日本內地的績效獎金。七、特殊技能獎金發放。八、發放非常時期臨時工作津貼。九、具通信手資格者一律本年內晉用公務人員。十、電信從業員最低月薪25圓。這份報導指出電信操作員每年的工作時間比一般公務人員多出1000個小時。日治時期，一般公務人員夏季上班4小時、其餘時間上班7小時，有節日、週日、以及半天休息。但是電報操作員因應官方、商業、民間訊息流動的擴張與發展。經常必須輪班，例如文中亦附上輪班表。一、早上8時到下午4時。二、下午4時到晚上12時。三、下午4時到晚上11時。四、早上10時到下午8時。五、早上9時到下午6時。六、下午6時到隔日8時。七、值夜。各種輪班表看似有條有理，但是實際上執行起來，可能造成一個電報操作員工作一整天下來沒有休息。電信操作員怨懟四起、齊起請願之際，當時遞信局局長齋藤愛二公開表示由於預算不足，無法調薪、也無法增派人手，但是可以考慮降低工時與給予津貼。

　　大正年間，全台每年電報收發的數量已經超過200萬通，逼近300萬通，也就

是每天將近一萬通的電報在臺灣本島、內地與本島、以及少量的國外電報在郵局的電信室裡互相傳送。再者，由於長崎淡水二號線啓用，能夠容納更多的訊息、更快的速度以及比起循淡水福州的川石線更便宜的價格，傳遞日本內地與臺灣本島之間的訊息，所以線路非常繁忙。從平均勞動時間與抽象勞動的觀點來看，還好呀！但是一遇到長崎淡水的海底線斷線，海象不佳加上修理船需要時間到達定點，有時候修理船浪大無法工作折返，幾天下來所累積的電報量就非常地驚人，如此非均質的勞動強度造成操作員需要密集工作、無法休息、疲於奔命。既然無法即刻增加勞動人員、或者以津貼的方式增加勞動意願，結果就是電報員的缺勤者高達3成，其中眞的生病有5成需要治療。其餘的則是不想上班，尤其是在勤務繁忙的日子特別多。選擇性缺勤者多爲領月薪；領日薪的作業員則多選擇早退，這樣不會完全沒有薪水或者被辭退。能保住工作又有限度地怠工，就是勞動者面對電報壅塞的一種策略。（實業之臺灣，1920.02.10）

　　當時電報類型有官報、商報、至急電報、中繼電報、私人電報與新聞電報等等，尤其新聞電報辦法採用以來，需要輸入大量文字的新聞電報都是在晚間發送與接收。當時所謂電報混亂，如同現在網際網路伺服器當機，或者寄信人到郵便局窗口發送電報，電報卻遲遲沒有送出，收件人也遲遲沒有收到。一旦內臺海線斷線過久，日本到臺灣至急電報兩周才會到達台北，電報再轉送台北還需五、六日才會送達。1917年長崎淡水二號線啓用之後就開始陸續遇到電報混亂狀況。1919-1920年間《實業之臺灣》所刊出幾篇探討內臺電報大混亂與操作員勞動問題報導，也引用了《遞信協會雜誌》論說欄。追究原因是電報數量比起數年前增加了2-3倍，但是操作員增加卻只有1-2成。硬體設備增加了長崎到淡水二號線，但是軟體配置（人員）卻跟不上要處理資訊。報導者評論道由於以下幾點原因：海底線不通、電報日益增加、優秀從業員不足、從業員怠惰、監督者鬆懈。然而這些哪些是原因？哪些是後果？

　　時過一年左右，問題幾乎都沒有解決，時任遞信局長的齋藤愛二（1921.01.01）在《臺灣日日新報》上發表內臺電信問題談話，提到1920年底日

本與臺灣之間的三條海底電線突然都被切斷，造成很大恐慌。齋藤局長辯解電報
延遲或者錯誤頻仍引發新聞報紙喧騰一時，或者遭到大眾輿論斥責，除了天災之
外，到底還有哪些不足造成的結果？他指出其實長崎到淡水，長崎到臺北以及淡
水到那霸三條海底電線還有餘裕容納更多電報，所以臺北商工會實業大會建議增
設線路，並非必要。其次，主要電報塞車原因是電報上岸之後，從長崎到大阪與
東京的陸上線業務繁忙，臺灣發信的電報到長崎就需要與其他電報一起排序等待
發送，如此一來就延誤了電報抵達時間。理想的方式是既有海底線路延長，增鋪
臺北到東京，臺北到大阪的直通線路。如此一來，經費上，臺北到東京需要600
萬圓，臺北到大阪需要400萬圓經費，是否可能實現還有疑問。第三，有線的海
底線經常會斷線需要重複修理，齋藤局長認為無線電是解決塞車最好的方法，當
時全世界競相發展無線電技術，大西洋兩端的無線電報已經實驗成功，一次世界
大戰歐美大國與殖民地之間的無線電應用也廣為人知。而且增設一個無線電送發
局平均只需要25萬元。只要無線電設備完備，不需要線路維修的電信一定可以暢
通無阻。從一次世界大戰後，全世界無線電技術與業務擴張的角度來看，未來十
年間無線電發展，齋藤所言的確不假，而且也符應了後來1927年後，即使海線斷
線，電報塞車逐漸不會造成問題，甚至無線技術得以一舉跨越實體海線斷線造成
的信號傳遞問題。但是當時的報紙輿論並沒有給齋藤愛二掌聲，因為短時間內捉
襟見肘的電報斷線與塞車仍然一直持續發生。

　　長時間電報塞車如何透過無線電技術革命性的斬斷所有海底線路，陸上線路
會塞車的煩惱？在1920年前後，資訊技術與國家經濟並未提供一蹴可及的辦法，
那怎麼辦？當時輿論倡議的解決方式是增加人手以及增加津貼、收入。但是熟練
的電報技術勞動者不是機器，不是可以立即加速的機器人。勞動強度增加與加速
牽涉到過度勞動，造成勞動身體無法負荷造成消極罷工，或者如何強化勞動素質
避免降低效率，反而變成當時的重要問題。即使，後來發展呈現出自動化電信機
械增加與去技術化勞動力逐漸增加。然而此時，身體與勞動是聚光燈焦點，是幻
燈機裡投射出來的人間異語。

四、身體

從電報勞動內容來看，不論是音響通信或者鑽孔印字紙輸出，收發電報的身體該如何打造？石原生（1919.10.17）提到通信事務練習生養成電報通信術過程。一開始要學習字母、數字、符號與假名的摩斯電碼，從一個字母一個字母背誦開始，然後學習二、三個字母一起聽與辨認，直到可以一次連續聽七、八字然後記錄下來。如果可以一次聽七、八字都能記憶無誤，一邊聽一邊抄錄，那麼就能夠勝任愉快，然而，這等優秀人才在他的經驗中並不多。其次，在學習電報通信時，不能只拘泥於可見符號，視覺與聽覺必須同時使用，反覆聽電報碼的聲音才能夠記得住。反覆練習之必要，牽涉到個人天性，能否耐得住性子學習這些枯燥乏味的符號與聲音。發送電報的按鍵工作也需要長時間練習，分解動作：眼睛看、手指按，分解之後，還要緊密且微妙地組合起來，俾使完全不會出錯。腦袋跟身體必須完美結合才能夠正確無誤地操作電報機。他尚提及，練習發送電報每次1小時最佳，超過時間精神注意力與手指疲勞度增加，出錯率就會上升，這時候就需要休息。倘若在成為電報操作員之前，上肢肌肉有損傷或者舊傷也會影響送信速度。這些都熟練了以後，還要注意抄錄電報的字體字跡是否端正清晰，因為潦草筆跡只會耗費反覆校正電報時間，造成勞動力浪費。

除了眼睛、耳朵、手指以外，電報技術牽涉到符號的書寫與翻譯，當時資深能力出眾的電報操作員特別強調雙語言（bi-lingual）是電報核心技術。矢野無外（1918.06.17，1918.07.17，1918.08.17）回憶十八年電報收發工作，寫到他半輩子從事郵遞、電信與郵政儲金等監視員，雖然很多人嫌棄夜間勤務，覺得很累很苦，然而他深深相信電報事務是他的天職。電報作為一種志業，是個人報效國家社會的責任，如果不能施展抱負，鴻鵠之志就會逐漸消失，即使最後僥倖成為管理階層，那又有何用處？矢野無外自述：多年經驗與意見變成今日的反省，他認為要做好電報操作員工作，就要將羅馬字搞懂。由於日本四面環海，跟世界各國做生意打交道都是透過電報。外國電報上的廣告、商標、船名、人名、地名等等都是以羅馬拼音為主，羅馬拼音除了通用簡單外、英文、德文、法文等等雖然

都是羅馬字，但是拼字以及發音都不同，加上使用暗號，如果一併都翻譯成片假名，就會造成誤解。不懂羅馬拼音造成有些字原文不發音，用片假名拼音卻拼出無法辨識的字。假名具拼音化文字：簡單容易對應的特性，卻變成辨識羅馬拼音的障礙。在外國人眼中，日本電報員比不上世界其他國家、錯誤又多，根本就是世界馳名。總結來說，電報操作員能夠收發外國電報，就不能不精通幾種語言。但是，有這樣特殊技能者，通常就會跳槽到通信社或者其他更好的工作單位。現在的外國電報收發單位就成了外國語人才養成所。透過行文中矢野無外舉例，得知他應該至少懂得日、英、德、法、中，精通日、英、德與漢字，他還舉例俄語Z寫成3。矢野認為到處都有從業員不足的聲浪，但是要解決電報操作員勞動狀況，當務之急卻是：精進歐美語言以及和文之羅馬拼音。解決問題方向與他個人在語言能力有關。因此也產生一種對照關係，智識多寡與職務高低。他寫於1918年的回憶與反省一文所及，電報勞動基本上都是指智力勞動與語言能力。附帶跟身體有關，頂多提到夜間值班與早一兩三個小時到班然後把囤積工作做完，這樣接下來就不會忙不過來。矢野無外的十八年回憶，至關乎身體的只是某種智能運作。我認為矢野無外並非沒有身體感，而是在電報翻譯工作過程，身體只是智識活動的背景，隱沒在語言活動的雙語翻譯美學光暈之外。

　　從勞動場所的角度來看，曾經支援大阪中央電信局與三ノ宮郵便局電信課工作的時吉殘月，觀察1918年日本東京、大阪與三ノ宮電信室，他認為造成工作混亂的原因不外乎電信室空間狹隘，大阪中央電信局建築比較新、電信室空間較大，可以應付繁忙事務也比較不會出錯。反觀東京中央電信局空間狹小，迴身困難，動不動碰到機械，肌肉緊張就容易造成壓力。決定勞動場合舒適與否，經常與業務繁重與否有關，例如台南電信局每日電報通數1500通，鳳溪（1920.07.17）筆下描述起來就是：輕快的音響、清澈的電報鍵音，白灰色的天井、室內明亮色彩相伴，讓人覺得親切，在這種事務室工作覺得很幸福。電報操作員的工作就如同解剖，將內容徹頭徹尾地拆開再組裝起來，如同名醫診斷，迻譯後用筆在紙上寫下假名，是支配電報死活的最高權威。

　　倘若矢野無外代表擁有多國語言能力的高級官僚看法，南鯤山人
（1918.06.17，1918.07.17）代表另外一種電報勞動從業員看法。寫在〈電信從
業員の優遇、技術自覺を論して通信動員計畫に及ぶ〉（上、下）提到24小時輪
班乃從事電信工作者日常最痛恨的一件事。經常會讓人產生我爲何要投身電報工
作的悔恨。日夜顚倒的工作形態，但是40歲以上能夠領判任六級俸以上卻沒有幾
人。曾有一位他的前輩，以五等俸工作了十餘年，儲蓄千圓上下，開心地離職返
鄉。同事都以「他是成功表率。」報以羨慕眼光。沒有優厚待遇，就沒有人願意
忠實、熱心、勤勉的工作。只要稍有能力者，一想到自己的薪水與離職後生活，
就會爲了尋求更好職務與薪水而焦慮不安。相對於明亮如解剖室的電報室，在三
等局通信員眼中，電報室則是一個沒有出路、湫隘苦水的陋室。

　　南鯤山人引述他從某氏的倫敦中央電信局視察報告中，提到50、60歲的英
國高齡電報員從事了30、40年電報工作卻毫無倦怠之色，不禁興起「有爲者亦
若是。」的濡慕之情。然而在臺灣，日治時期，公務人員們於炎熱夏天，午後一
時、三時或者五時陸續下班，但是電報操作員值勤時間平均長達9小時。當公務
員們晚餐後穿著浴衣散步時，我們還在穿著工作服流汗不止，沒有時間洗澡吃
飯。當公務員已經入眠，我們還在注意電報印字機指針是否傾斜半寸，非常不公
平。經常早上八點開始工作到夜半時分，長時間工作下來的結果就是疲勞倦怠腦
袋不清楚。相較於國外文明國家電報勞動時間平均7小時，或日本本土幾度研究
降低電報操作員值勤時間，倘若無法積極地增加作業員人手，那麼消極地應該考
慮調整臺灣本島電報操作員值勤時間，增加休息、娛樂、午睡、調整下班時間
等，或者增加電報作業室空間，降低疲勞感，或者獎勵津貼或者加薪，優惠待遇
之下必有勤勉之人。南鯤山人於1918年目睹之電報現狀，他認爲改善勞動時間以
及提高薪水，便可以解決問題。

　　然而，在業務增加、員額不足的現實環境，作業員響起一片重賞之下必有勇
夫的聲浪中，辻生（1919.09.17）卻非常不以爲然，他提到在東京經過六個月電
報訓練後優等結業的14歲少年，一天工資是42錢，一個月最高收入是28圓，而當

時受到一般人歡迎的敷島香煙一包是15錢。相較於臺灣當時電報操作員薪水達30或35圓。辻生還罵說道，那些要求這麼高薪水乃厚顏無恥。然而類似辻生立場的人不會眞的反對加薪，所以搭便車心態可以預期。在報章雜誌上反對罷工者衆，但是反對加薪者則只有看到辻生一篇。

在總督府交通局遞信部發行的通信協會雜誌與遞信協會雜誌中，文章大多保有日文書寫特性，抒情、含蓄、禮貌，但是帶著很強的階級身分口吻。因此在上述幾位回憶中的言外之意是他們強調電報勞動乃是分層級、有階層性的工作。應該以技術性與語言能力高下區分待遇與津貼，而且必須加強電信操作養成教育。因此會日、英、德、中文特殊才能的外國電報人才，應該提高待遇或者給予額外加給。只能夠使用音響器收發電報的普通人才，或者等而下之只能夠讀印字機輸出紙帶的操作員或者女性，就不應該要求更好待遇，甚至也不應該趁著電報業務急速擴張、人力不足的窘境趁火打劫、聯合罷工。

時吉殘月（1919.06.17，1919.07.17）論述如何消極地減輕電信操作員負擔，積極地促進操作員健康時提到類似看法。他認爲應該要停止深夜電報工作，因爲持續簡易單調、勤務時間過長、值夜、工作時間不規則造成神經疲勞，從自然健康變成神經衰弱，這都是危害操作員健康的兇手。

將日治時期的夜間電報勞動放在廣泛的文化史與社會史視野來考察，可以呼應十九世紀開始，由於電力供給、電燈照明設備，原本作爲一天24小時周而復始的循環時間，逐漸成爲單向度線性不可逆的機械時間。日治時期臺灣，鐵道與遞信兩個部門由於交通運輸建設日趨重要，夜間貨車配達郵件，或者需要輪班值夜的電報通達，就成爲資訊社會第一個夜間殖民地、壓榨著電報與鐵道的勞動，生產速度更快的資訊流動。黑夜與白天從此產生了辯證二元對立發展，一方面，夜生活成爲娛樂、大衆文化的一個主題，另外一方面，黑夜逐漸褪去萬物休養的外衣，成了白日與勞動時間延長，夜間逐漸成爲過度勞動與悲歌之所。

五、心理

在電報大混亂的那段時間，短時間必須處理大量收發，除了解決問題必要的知識、技術與身體勞動外，混亂成為電報操作員普遍心理狀態。睡眠不足、神經衰弱、精神不集中、出錯造成效能降低。從前一節的身體觀點來看，勞動力高低是不同的身體技術在客觀單一標準下造成的結果，原因很多，不能一概而論。現代工業資本主義標準化與泰勒化，企圖透過工作流程控制與分解動作將每個人不同勞動力，整編為同一種速度、同一種輸入就有同一種輸出的勞動。如果勞動效能不彰，那就需要解決、分析，甚至治療。而解決的看法，就逐漸從個人保健層次，逐漸透過醫學與勞動心理學的言說，成為一個病理學問題，效能不佳是病，而不是個別差異。

曾任通信事務員、通信助手、通信手、遞信部書記的小林謙一（1923.05.17）曾發表〈電信與實驗心理學研究〉一文，其中提到了現代實驗心理學轉向，從中世紀神秘哲學、唯心哲學到近代意識哲學、醫學的腦神經科學，以及環境心理學與勞動心理學。小林謙一並非心理學家，解釋卻相當清楚。電報收發工作流程，種種需要注意的動作，分為13個步驟。一、收電報。二、放在可以看得見的桌上。三、決定種類。四、握住鉛筆。五、住址姓名是否可以完全看清楚。六、指定事項調查。七、決定經過路線哪個比較好。八、本文字語數檢查以及電報文檢閱。九、語數計算。十、決定價錢。十一、收費。十二、紀錄收件日期時間。十三、收件職務人蓋章。他觀察，一般狀況種種動作加起來耗費50-70秒，他認為將不必要的動作簡化刪除，或許可以減少50秒浪費，就可以增加三倍作業量。其次，如果應用心理與感知法則在打字機的作業上，字的大小、行的長短、文字的間隔、輪廓、用紙的光澤、墨色、留白的大小、文字的排版等等都會影響，也就可以透過視覺安排的法則找到適切的解決方法。當時的實驗心理學還受到犯罪學影響，因此左撇子還是右撇子、鉛筆的握力、收發電報姿勢，包括機械室裡的濕度、溫度、明暗都列入考慮，然後進行測試，找出容易出錯的原因，如此一來便可以降低出錯率、減少勞力浪費。小林謙一不論是引用、編譯或者透過觀察工

作現場得來的實驗心理學方法，過了近一個世紀，比起工業工程的工業心理學而言，一點都不遜色。他的論點不外乎是將個人的特殊經驗、主觀的感覺要素，透過工作流程、分解動作、環境因果等研究的結果，進一步地排除，同時排除電報工作作爲一種具有個體差異的「手藝」，變成主觀、客觀全然獨立分離，可以透過實驗對照、反應時間測定等方法將心理、感官變成客觀對象物，精密地研究其狀態。不過，可以讀出小林謙一已經具有統計學標準差概念。例如將情緒的不快、興奮、緊張列入影響測試成績的考慮，大概會有5%的誤差。其次，精密的程度還是有極限，例如如果可以利用千分之一秒（sigma）的單位進行測量，例如長點符號發送佔30 sigma，那麼28 sigma怎麼辦？也是一個例子。透過工業心理學的實驗還可以得到一個結論：競技無法解決過度勞動造成的低效率，競技強調的是短時間高強度的表現，然而人的體力、手力、指力、專注力都會因時間拉長而遞減。小林謙一引用一個圖表說明，但是沒有說明出處，他提到勞動效率Ａ線可能因人而異，可能是實線Ａ或者是虛線Ａ，會因爲持續勞動產生的疲勞Ｂ線而產生邊際效益遞減趨勢。早上上班後到十點是工作效率高峰，隨之急速下降，而疲勞曲線則是持續上升。不過效率曲線最後還有觸底反彈趨勢，他說奇妙的是如果堅持到最後，效率普遍會有所提升！

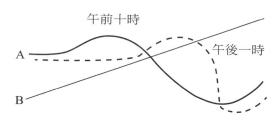

圖表出處：小林謙一，1923.06.17：56。

東京遞信局特約醫生佐藤榮秀（1928.03.25）寫在《我等と通信》之〈論神經衰弱〉（神經衰弱に就て）提到造成神經衰弱原因，不論先天後天都可能，先天是遺傳性身心都薄弱的人，後天最大原因則是在於精神過勞。例如爲了考試，

沒日沒夜過度學習；或者鐵道員、郵便局員，因為隨時可能發生事件而需要不眠不休工作的這些場所。這種身心狀態造成神經非常容易興奮也非常容易疲勞。患者會出現強迫感與恐怖感、頭痛、看不清楚、目眩頭暈，加上情緒亢進、外界注意力渙散、沒有元氣、健忘、思緒紊亂，無法長時間專注從事活動。強迫感與恐怖感可能會出現禁閉恐慌或者廣場恐慌等等。這種病的特徵似乎與郵便局業務、電報員服務態度、效能與工作的正確程度出了差錯、電報塞車大混亂有關。

佐藤醫生認為神經衰弱的療法不外乎：心身安靜、廢止刺激性飲食、停止工作、適當運動、吸收山海的自然空氣、人多地方少去、多到海濱山上走走、還有給予適當安眠藥。當然包括泡溫泉、冷浴、熱水澡都有助於緩解治療。上述療法對於終日繁忙的業務單位，不啻一個極難的建議。況且，一旦這些業務繁忙單位、會社、鐵道、郵便局如果都停止工作，醫生也相當歉疚地說，「如果諸君聽了我話就不做郵便局工作，開始嬉遊的話，就會讓人很困擾。」（佐藤榮秀，1928.03.25）由於無法解決結構與工作問題，所以醫生建議病人鍛鍊自我的技術：坐禪、自我修養、開悟。

提倡想辦法打從心底樂在工作，不見得就可以消除身體疲勞。由於過度勞動造成的身體疲憊程度可能因人而異，但消除疲勞的置換機制就隨之出現就伴隨誕生：休憩與娛樂，例如上述遊山玩水、喝酒、泡湯、洗浴、乃至於島內觀光都是。另外，當時普遍強調「能率」的風氣，在鐵道運輸與郵便電信兩個部門特別明顯。透過工作技能的競技大會鼓吹榮譽感以及競爭心，例如，郵件分信、送信、收發電報等等相關競技比賽，偶而會在《臺灣鐵道》以及《遞信協會雜誌》的活動報導或者參賽心得中看到參加試驗的從業人員誠惶誠恐地努力企圖達到標準。（間室生，1923.04.17）

六、結語：製造甘願的勞動意識

1924年《遞信協會雜誌》懸賞論文，是遞信協會雜誌唯一舉辦過的一次徵文比賽，最高獎金20圓，二等獎10圓，三等五圓。雖然當時物價、薪資結構很難與

現在的消費物價指數類比。但是20圓，約莫電信操作員半個月薪水，甚至將近以日計酬的三等局雇員一個月薪水。徵文主題是《給現職從業員的一封信》寫道：

> 六月十七日始政紀念日是協會雜誌的誕生紀念日，於是透過募集懸賞論文來做個有意義的活動。現在遞信業務的中心是現職從業員，從業員的心的方向、態度、勞動的方式與遞信事業的運行有很大的關係，但是還沒有被提出來。若是說遞信勞動的方法是本人真正的幸福、是公眾的快樂或是效能的增加，如何邁向實現理想的作為，或者這種氣氛、這種態度、這種勞動的方法，我們期待具體的答案。郵便、電信、電話、匯款、儲金等等各部門的從業員都可以投書。現職從業員全體人員如果方便的話，懇請請踴躍投稿。（遞信協會雜誌，1924.04.07）

1924年6月，57期的雜誌刊出6篇論文，其中4篇依序得到賞金。主編說明歡迎每篇文章公正的批判，但評審不錄用的標準是匿名或者不記名文章無法收錄、曾經在別的地方發表過的也不行。徵稿收到34篇，無法全部刊登，只能篩選6篇刊出。到底哪些內容被排除了，我們不得而知，但是從6篇刊出的論文，尤其是4篇得到獎金的論文來看。A生問現在工作崗位上第一線最有勇氣的「戰鬥員」現在在哪裡？難道沒有願意面對公眾事務負責任的現職從業員嗎？B生提到當今業務中心是「公眾」，現職人員常常在執勤時露出鄙夷一般大眾的面貌，如此一來，公眾幸福如何可能？遞信事業的「利他主義」何以可能維持？D生申明當今遞信業務是國家事業中心，所以從業員真要自覺自己責任重大。要具備自發的「責任觀念」、要對自己的業務保持興趣、要將國家責任當成自己工作、自我監督、誠心誠意、追求社會幸福。E生申論人類社會與通信機關的關係就如同生物體與神經系統。現職從業員的角色如同「末梢神經」，一部分停止就造成半身不遂。業務工作要迅速正確、轉動靈活，而且不能一時一刻鬆懈，還要自我鍛鍊、身心強健。

從這幾篇論文，看到Burawoy（1979:135-157）提到心靈與生理勞動兩個部份都是製造勞動意識的重要來源，除了勞動過程與內容如何落實、確實無誤地執行勞動過程、自我提升、創造價值之外，再加上正確的利他主義、社會責任、國家的修辭，一併地確立共識的框架、製造甘願的勞動。一反之前《遞信協會雜誌》以同仁投稿的方式，參差不齊地間歇地提出來自經驗的回饋、符合世界趨勢的技術建言或勞動狀況的批判。在受賞的徵文中，齊聲賀唱著利他主義與自我克制，不禁感覺資訊社會的進步精神與勞動倫理呼之欲出。

類似這樣的勞動問題，同時間的另外一份長壽刊物著墨很多，看似屬於資產階級與實業家的輿論刊物《實業之臺灣》曾經刊出許多1920年代到1930年代工業資本主義的勞動狀況報導。第一次世界大戰之後，資本主義與帝國主義聯合揮軍全世界的殖民地，將勞動力密集的工業移動到殖民地。亞洲國家也受惠於帝國主義的世界體系，造就了許多民族資本家與民族企業的蓬勃發展。日本此時也在太平洋沿線開發許多工業城市，吸收低廉的勞動力進駐。大量勞動人口造成物價上漲、自由勞動力競爭造成工資下降、消費力下降。此時臺灣的蓬萊米輸出適時填補低價糧食的缺口與消費，臺灣的生產結構顯然是日本內地工業資本主義的延伸。同時，勞動的問題也是日本內地的延伸。雖然勞動狀況有好有壞，並非全世界普遍一致，但是從勞動的角度思考問題，一直都具有普世主義的啟蒙思想特質。《實業之臺灣》（1919.09.20）以臺北郵便局電信課員全員的請願書為契機，提出「文明批判」，認為不論是肉體勞動或者是精神勞動都不應該1日超過8小時。首先，「勞心」的臺灣的官廳公務人員1週工作時間為38小時，夏令早退工時更短，「讓人由衷感到高興」。但是所謂「勞力」的普通勞動者卻1日工作超過8小時，甚至如前面報導提到，平均1日10小時。呼籲日本要晉升文明大國就要改變工時過長的勞動狀況，邁向最少限度勞動的生產方式。以文明之名的批判，也是為了達致普世主義理想。倘若從內臺電報大塞車一路可以「反思」如何降低工時，邁向文明大國，難道不也是1930年代前勞動批判帶來的烏托邦願景嗎？

參考書目

A生（1924.06.17）。〈懸賞論文現業從事員に與ふる書〉，《臺灣遞信協會雜誌》，57: 3-9。

B生（1924.06.17）。〈懸賞論文現業從事員に與ふる書〉，《臺灣遞信協會雜誌》，57: 15-20。

D生（1924.06.17）。〈懸賞論文現業從事員に與ふる書〉，《臺灣遞信協會雜誌》，57: 26-30。

E生（1924.06.17）。〈懸賞論文現業從事員に與ふる書〉，《臺灣遞信協會雜誌》，57: 31-34。

間室生（1923.04.17）。〈有技試驗感想記〉，《臺灣遞信協會雜誌》，122: 87-88。

佐藤榮秀（1928.03.25）。〈神經衰弱に就て〉，《我等と通信》，8: 18-20。

時吉殘月（1919.06.17）。〈電信現業の消極的負擔輕減と現業員の健康を論ず（上）〉，《臺灣通信協會雜誌》，13: 3-9。

時吉殘月（1919.07.17）。〈電信現業の消極的負擔輕減と現業員の健康を論ず（上）〉，《臺灣通信協會雜誌》，14: 1-4。

小林謙一（1923.05.17）。〈電信と實驗心理學の研究〉，《臺灣遞信協會雜誌》，46: 29-39。

小林謙一（1923.06.17）。〈電信と實驗心理學の研究（承前）〉，《臺灣遞信協會雜誌》，47: 54-64。

石原生（1919.10.17）。〈如何にして練習生を養成すべきか〉，《臺灣通信協會雜誌》，17: 6-11。

辻生（1919.10.17）。〈黑潮兄へ〉，《臺灣通信協會雜誌》，17:41-53。

南鯤山人（1918.06.17）。〈電信從事員の優遇、技術自覺を論じて通信動員
　　計畫に及ぶ〉，《臺灣通信協會雜誌》，1: 22-26。

南鯤山人（1918.07.17）。〈電信從事員の優遇、技術自覺を論じて通信動員
　　計畫に及ぶ〉，《臺灣通信協會雜誌》，2: 8-19。

鳳溪（1920.07.17）。〈電信課の一日〉，《臺灣遞信協會雜誌》，26: 23-26。

矢野無外（1918.06.17）。〈現業員として過去十八年間の追憶〉，《臺灣通
　　信協會雜誌》，1: 55-60。

矢野無外（1918.07.17）。〈現業員として過去十八年間の追憶（承前）〉，
　　《臺灣通信協會雜誌》，2: 43-46。

矢野無外（1918.08.17）。〈現業員として過去十八年間の追憶（承前）〉，
　　《臺灣通信協會雜誌》，3: 36-40。

實業之臺灣（1919.10.30）。〈內地電報の大停滯の眞相〉，《實業之臺
　　灣》，117: 3-7。

實業之臺灣（1919.12.20）。〈聞け、此の悲痛なる絕叫を！=臺北郵便局電
　　信課員の請願書提出=〉，《實業之臺灣》，118: 6-10。

實業之臺灣（1920.02.10）。〈電報の大混亂〉，《實業之臺灣》，121: 23-24。

齋藤愛二（1921.01.01）。〈內臺間電信問題，無線電信利用に就て〉，《臺
　　灣日日新報》，17版。

臺灣日日新報（1923.03.07）。〈海底線三線とも不通通信上の大恐慌〉，
　　《臺灣日日新報》，7版。

遞信協會雜誌（1924.04.07）。〈懸賞論文募集〉，《臺灣遞信協會雜誌》，
　　55: 封面後一頁。

Briggs, A., & Burke, P. (2009). *A social history of the media: From Gutenberg
　　to the Internet*. Cambridge, UK: Polity.

Burawoy, M. (1979). *Manufacturing consent: Changes in the labor process un-der monopoly capitalism*. Chicago: University of Chicago Press.

Carey, J. W. (1989). *Communication as culture: Essays on media and society*. Boston: Unwin Hyman.

Choudhury, D. K. (2003, 12). India's First Virtual Community and the Telegraph General Strike of 1908. *International Review of Social History Int. Rev. Soc. His., 48*(S11), 45-71. doi:10.1017/s0020859003001263

Darnton, R. (1985). *The great cat massacre and other episodes in French cul-tural history*. New York: Vintage Books.

Downey, G. J. (2002). *Telegraph messenger boys: Labor, technology, and geog-raphy, 1850-1950*. New York: Routledge.

Gitelman, L., & Pingree, G. B. (2003). *New media, 1740-1915*. Cambridge, MA: MIT Press.

Goff, J. L. (1980). *Time, work & culture in the Middle Ages*. Chicago: University of Chicago Press.

Innis, H. A. (1951). *The bias of communication*. Toronto: University of Toronto Press.

McLuhan, M. (n.d.). *Understanding media: The extensions of man*.

Willis, P. E. (1981). *Learning to labor: How working class kids get working class jobs*. New York: Columbia University Press.

宣傳與煽動——

工農運動與「三字集」的臺灣話文文體實驗*

陳淑容

一、前言

「三字集」是左翼知識分子模仿《三字經》的形式，以臺灣話寫成，在1930年前後印行發送的宣傳文書，因爲其目的在啓迪工農階級意識並宣揚共產主義，刊印不久就遭查禁。目前可見到的「三字集」文本有二，分別由臺灣赤色救援會與臺灣農民組合印製。

臺灣總督府警務局於1939年編印的《臺灣總督府警察沿革誌》第二篇〈領臺以後的治安狀況〉（中卷）[1]第三章「共產主義運動」下的「臺灣赤色救援會組織運動」一節，收錄約2000字的「三字集」文本是目前大家熟知，也是最常被引用的版本[2]（臺灣總督府警務局，1986：777-780）。這份總督府警察所轉錄、由赤色救援會印製的「三字集」，雖然可能存在日本警察因語言隔閡而衍生的漏記或誤記等問題而使其信度遭受批評，但無庸置疑，它仍反映當時臺灣的社會現實

* 本文初稿於2015年12月25日，世新大學舍我紀念館舉辦之「挖掘底層聲音：媒體文體、群眾革命與數位人文工作坊」發表。後刊登於《傳播研究與實踐》，6（2）：117-139。感謝評論人柯朝欽教授的指正，也謝謝舍我研究中心同仁之討論與意見啓發。對於兩位匿名審查者之建議亦深表謝忱。

1. 以下簡稱《警察沿革誌》。
2. 赤色救援會版本「三字集」上卷計432句，1296字；下卷計262句，加上結尾七言絕句一首，共814字；上、下卷合計2,110字。

以及語言文體型態，提供理解掌握1930年代臺灣的社會文化史的重要素材。

　　另外，近年由蔡石山（2012：352-356）編著的《滄桑十年：簡吉與臺灣農民運動1924-1934》一書，也收錄另一則在臺灣農民組合流通，相較於赤色救援會版本內容較簡化、篇幅較較短，約1000字的「三字集」文本。[3]經過比對，發現後者與前者與相似度高達95%以上。也就是，赤色救援會版本「三字集」極可能是以農民組合版本為基礎擴充而成。這個推論也能進一步解釋許多有關「三字集」作者眾說紛紜的問題。

　　由於兩份文本的重疊比例頗高，因此下文的討論將以篇幅較長、內容相對豐富的臺灣赤色救援會版本「三字集」作為主要討論對象。即便如此，《滄桑十年：簡吉與臺灣農民運動1924-1934》一書編譯輯錄的臺灣農民組合本部留存檔案，仍提供掌握「三字集」編製狀況的重要線索。我們從本部留存檔案相關文書中觀察到，隨著農民運動的推進，農組的宣傳文書中臺灣語化、口語化的趨勢日益明顯，其重要性甚至可與日本語並列（蔡石山，2012：324-401）；這個現象同時也呼應農組本部提出的「呼籲加強識字以對抗官方」此一運動策略。

　　通過「兄弟啊！到這將不識字是不可了！大家緊緊來！來學習『咱的上大人和三字經』！」的呼籲，農組本部宣傳文書指出千年來沒有合應當下的「舊冊」是支配階級要榨取和壓迫無產階級的武器，是遠離現實「可燒棄的廢物啦！」（蔡石山，2012：352-353）。「單字集」、「二字集」[4]以及「三字集」就在這個運動策略下被推廣與運用，這些「學習階級路線宣傳文」被作為對立於「舊冊」，能夠反映社會現實，同時適合老幼、男女、大小無產階級共讀的材料（同上引）。

---

3. 臺灣農民組合版本「三字集」全文不分卷，計348句，1,044字。

4. 「單字集」的內容包括數字的多種標示法以及以名詞為中心的字，比較特別的是在最後還收錄如「吾」、「咱」、「恁」等臺語發音的人稱代名詞以及「呢」、「咧」、「啦」、「呵」、「啊」等助詞。「雙字集」則有「農民」、「佃人」等名詞，「打拼」、「自盡」等動詞，「組織」、「宣傳」等可以做為動名詞的和製漢語等。

　　雖然，農組本部留存檔案記錄中的「三字集」乃「某無名氏」提供，但事實上，成立於1926年的臺灣農民組合，在簡吉（1903～1951）的推動、倡導之下，早就意識到聽覺媒介作爲啓迪、宣傳農民意識的重要性。簡吉及其好友陳德興（1906～？），在擔任農民組合的宣傳部長與教育部長期間，就曾編寫許多「農民歌謠」，透過淺顯易懂的歌謠激發農民的無產階級意識形態。韓嘉玲（1997：56-57）《播種集：日據時期臺灣農民運動人物誌》書中就指出，「三字集」的作者爲陳德興。[5]至於官方記錄的《臺灣社會運動史》以及有「御用新聞」之稱的《臺灣日日新報》，則揭露「三字集」由陳結（？～1931）負責編印工作，但並未明確指出作者爲何。

　　幾位「三字集」的重要關係者包括簡吉、陳結與陳德興都是臺灣農民組合的核心成員，他們是受過殖民地中、高等教育的菁英世代，對左翼思想與理論也有一定的掌握與理解。1924年二林事件以後，臺灣的農民運動與日本農民組合以及勞動農民黨產生直接而具體的橫的聯繫，逐漸左傾化。1926年9月鳳山臺灣農民組合本部成立，在中央委員兼中央常任委員、教育部長、調查部長簡吉的領導之下，農組致力於組合的拓展與人員吸收。1927年，陳德興等人也加入中央常任委員的行列，並擔任教育部長；簡吉則轉任組織部長；陳結則擔任本部及法律事務所助理，呈現農民組合在組織分上的拓展與事務分工。

　　李承機注意到，像「三字集」這樣用通俗臺灣語改寫或改編成爲人們方便傳唱的唸謠，一方面可以達到讓農民簡單理解自身處境的效果，一方面也極容易透過傳唱形成綿密又延續的傳播迴路，而這些歌謠在理論上可能克服部分時間軸

---

5. 韓嘉玲的研究指出：1906年出生的陳德興從潮州公學校畢業後，進入臺南師範學校，因爲涉及反日運動遭學校開除，而赴日本正則英語學校就讀。在東京的陳德興目睹日本的農民運動與工人運動，同時吸收最新的社會科學理論。陳德興在1926年返臺，先與舊識陳崑崙負責農民組合潮州支部的工作，後來在1927年擔任農民組合本部教育部長之職，利用夜間與農閒組織讀書會，透過淺顯易懂的歌謠激發農民的無產階級意識形態（韓嘉玲，1997：54-59）。

與空間軸的限制（李承機，2015：153-154）。隨著1920年代後期農組成員日益共產黨化，這些極富宣傳與煽動[6]成效的歌謠也被所沿用擴充，甚至被引伸與轉化，赤色救援會版本「三字集」下卷的出現就是顯著的例子。

　　1930年、1931年交替之際的冬天，在一份文件「共產國際執行委員會遠東局致臺灣共產主義者的信」中，特別提到要將群眾從關於工農鬥爭的局部口號，引導到共產黨在革命新階段即將來臨之際的主要口號（Тертщкий & Белогурова, 2005／李隨安、陳進盛譯，2010：457）。[7]之後，遠東局更提到臺灣共產主義者對於農民運動方面的任務，指出：

> 　　你們應該用「農民組合」這張稠密的網，覆蓋你們的整個國家。
> 與此同時，必須借助這些「組合」，有組織地掌握全體貧農和中農，
> 把各別農民組合零星的分散的鬥爭聯合起來，對全體農民運動進行
> 集中領導。……在這些鬥爭中你們應該把最廣大的勞動農民團結在
> 共產黨的周圍，把他們的鬥爭和工人階級的鬥爭聯合起來，在主要
> 的革命口號之下，逐步向政治鬥爭的最高水準提升。（Тертщкий &
> Белогурова, 2005／李隨安、陳進盛譯，2010：459）。

---

6. 「煽動」一詞承襲當時的用法，帶有警察視角下的負面意含。雖然現今的「動員」這個詞也許會更恰當，但我認為「煽動」隱含殖民者對於「三字集」的危懼之感，也更能貼近歷史現場。

7. 這些口號包括摧毀帝國主義統治；沒收地主土地，均分給農村的貧農與中農；消滅高利貸和一切封建殘餘；消滅帝國主義與本地地主資本家，建立工農蘇維埃政權；取消帝國主義所有的科捐雜稅；八小時工作日、社會立法與工人階級的根本改善；各階級工會享有組織與活動的自由；保衛蘇聯此一國際無產階級與勞動大眾的祖國；與國際無產階級，特別是日本無展階級的革命鬥爭同盟，反對共同的敵人——日本帝國主義；保衛印度革命、中國蘇維埃運動以及所有殖民地半殖民地國家勞動者的革命鬥爭等10項。

　　就在「共產國際執行委員會遠東局致臺灣共產主義者的信」發佈不久，遲至1931年9月，由上述臺灣共產黨的支援團體赤色救援會發行，以臺語寫成的宣傳刊物「三字集」，在短時間於中南部山區印刷與流通（臺灣總督府警務局，1986：776-777）。在農民組合的運作基礎上，赤色救援會以組合、班化的規模，印製文書並口頭宣講，符應了共產國際遠東局所強調的：「你們應該以所有的口頭宣傳和書面宣傳向群眾解釋這些口號，把群眾緊密地團結在一起，鼓動他們以這些口號爲指南進行鬥爭（Тертцкий & Белогурова, 2005／李隨安、陳進盛譯，2010：457）。」，也可看出其與共產國際的密切關連。

　　臺灣農民組合與臺灣共產黨支援團體臺灣赤色救援會，意識到聽覺媒體的重要性，嘗試以各種類型的宣傳冊子傳遞工農意識形態的這個時間點，正緊接著印刷技術轉型爲活版印刷、新舊文學論戰、臺灣意識浮現與臺灣人的想像共同體逐漸形成的1920年代中後期（蘇碩斌：2011）。這時候，有關「大眾」的爭辯甚囂塵上，左翼運動家排除民族上資產群眾，將大眾限定在無產者與工農階級，爲了尋求支持與動員，能夠多數爲文盲階級者所理解的聽覺媒介就成爲重要管道。也是在這個時候，圍繞著鄉土文學與臺灣話文的議題，也被熱烈地討論著。

　　「臺灣話文」這個名詞，大量出現在日本統治下的1930年前後，借用筆名「負人」的莊垂勝（字遂性，1897～1962）之說：「用漢字取義寫臺灣話，叫做臺灣話文（負人，2003：209）」。歷史現場的「臺灣話文」，特別指涉「閩南語」的「話」與「文」，也就是「口語」和「書寫」的兩個面向。1930至1934年間，臺灣文壇持續展開關於鄉土文學與臺灣話文的討論，一般以鄉土文學／臺灣話文論戰、鄉土文學／臺灣話文論爭或鄉土文學／臺灣話文論戰運動，也有簡稱鄉土話文論戰（松永正義、葉笛譯，1989；林巾力，2010；陳培豐，2013；陳淑容，2004；廖祺正，1990；橫路啓子，2009）。在這個時間點，左翼思潮遍及東亞，在日本有關文藝大眾化的激辯熱烈展開；而中國也發聲了關於文藝大眾化的大眾語論爭（陳淑容，2004：312-313）。

　　正式點燃鄉土文學／臺灣話文論戰的火花是黃石輝（1900～1945），他在

1930年8月於左翼刊物《伍人報》上發表〈怎樣不提倡鄉土文學〉一文，主張：

> 你是臺灣人，你頭戴臺灣天，腳踏臺灣地，眼睛所看見的是臺灣
> 的狀況，耳孔所聽見的是臺灣的消息，時間所歷的亦是臺灣的經驗，
> 嘴裡所說的亦是臺灣的語言；所以你的那枝如椽的健筆，生花的彩
> 筆，亦應該去寫臺灣的文學了。（黃石輝，2003a：1）

黃石輝進一步批判古典文學和1920年代以後盛行於臺灣文學界的中國白話文「新文學」都是遠離大眾的貴族文學。面對這問題，他提出「用臺灣話寫成各種文藝」、「增讀臺灣音」、「描寫臺灣的事物」等三項具體解決辦法。隨之以郭秋生（1904-1980）為首的支持者呼應黃石輝的論點，進一步將討論方向由「鄉土文學」帶向「臺灣話文」，也就是從文學內容轉向文字形式的討論。

論戰的重點因此表現在對「鄉土文學」定義的歧見；選擇用「臺灣話文」或「中國白話文」來表現臺灣文學以及如何建設、表記臺灣話文等三個層次。

黃石輝所批判的中國白話文學，直指由張我軍（1902～1955）所揭櫫的「白話文運動」。1920年代中葉，張我軍引進中國五四白話文學，批評文言文，推動「言文一致」、「我手寫我口」的主張，在臺灣文壇引發熱潮，吸引許多追隨者。因此，黃石輝及其支持者提倡的「臺灣話文」，不僅要面對百年來在臺灣流傳的傳統漢詩文，更試圖正面迎擊與臺灣口語背離，言文不一的中國白話文學。這也是何以黃石輝以「鄉土文學」為名引發論戰，但實際的討論內容卻集中在書寫語言要用中國白話文或臺灣話文？以及隨之衍生的臺灣話文支持者內部的實踐問題這兩個層次的原因。

儘管臺灣話文派的賴和、黃石輝、郭秋生等人試圖用臺灣話文寫作，未加入論戰的蔡秋桐與楊華也迭有臺灣話文創作，但這股寫作風氣終究未能普及文壇。經典作品的闕如使得論理的支撐無以為繼，加上緊接著皇民化運動以及隨之而來的漢文廢止，使得論戰在1934年中葉以後嘎然中斷，表面看來臺灣話文運動是

失敗了。然而，這場論戰反映對於1920年代中葉以後盛行於臺灣文壇的（中國）白話文運動之反思；以及1930年代前後左翼思想盛行下，對文藝大眾化詮釋的分歧，以及啓蒙知識分子爲了爭奪大眾市場所做的激辯。它因此被視爲臺灣主體意識的抬頭，或臺灣與中國意識的分揚較勁（陳淑容，2004：312-319）。陳培豐（2013：169-170）進一步從近代化的觀點，指出相較於語言文字的爭辯，鄉土文學／臺灣話文運動的重點在於解決臺灣話文的識字與表記問題，但在普及上卻面臨識字、閱讀與書寫無法合一的困境，引發文盲與識字者的利益衝突，連帶使強調近代化功能性的日文得以取代漢字共同體下的臺灣話文和中國白話文。

　　「臺灣話文運動」與「三字集」乍看並無直接關連，但作爲地下刊物的「三字集」能夠在短時間內流傳散布，從而引發總督府警察的危機感而迅速被查禁，顯然在宣傳與煽動群眾上是有一定的效果。借用《三字經》文體、以臺語寫成、訴求啓發階級意識的「三字集」，其舊瓶裝新酒的形式不但呼應臺灣話文論者的主張，更反映1930年代初期的臺灣，在工農階級識字率普遍低落的現實下，有志之士欲透過臺語的文字與聲音傳遞無產階級意識形態與革命論的訴求及企圖。

　　以下，本文首先討論臺灣赤色救援會事件始末以及「三字集」的刊印；[8]其次分析「三字集」所借用的《三字經》文體形式，其東亞傳播意涵；再藉由「三字集」文本，分析在鄉土文學／臺灣話文運動熱烈進行的時刻，「三字集」如何以舊形式作爲新的革命意識形態載體，翻譯與傳遞馬克斯主義。本文著力探討臺灣話文書寫如何實驗性地被運用到工農運動的現場，以爲意識形態宣傳與群眾動員的工具。在這些討論基礎上，本文希望勾勒左翼運動者刊印的宣傳煽動工具「三字集與1930年代臺灣鄉土文學／臺灣話文運動的歷史及社會關連。

---

8. 因為目前無法具體掌握農民組合版本「三字集」其他相關資料，所以本文下段仍聚焦赤色救援會版本的「三字集」，其刊印與流通狀態。希望未來能在可能的資料基礎上再行發揮。

二、臺灣赤色救援會事件始末與「三字集」的刊印

　　如前所述，「赤色救援會」是非社會主義國家為廣泛推動共產主義運動而成立的後援團體，這個國際組織透過其刊物《赤色救援》（モツプル）對各國的救援活動進行指導方針，[9]擔負為共產主義運動犧牲者及其家族救濟、共產主義的宣傳普及、鬥士的養成與籌措運動資金等任務。1928年4月15日，作為日本共產黨支部的「日本共產黨臺灣民族支部」的臺灣共產黨於上海舉行成立大會之際，即決議制訂「赤色救援會組織提綱」並成立該會，但不久臺共因為上海讀書會事件遭遇檢舉，成立赤色救援會一案因此中斷（臺灣總督府警務局，1986：766-799）。

　　1931年初，隨著臺灣共產黨幹部再度遭遇大逮捕，為了救援入獄幹部、持續臺共的活動，以臺灣農民組合系統的簡吉、臺灣文化協會系統的張茂良、陳崑崙（1905～1991）等人為中心，開始籌組臺灣赤色救援會。9月4日救援會籌備委員會召開後，臺灣文化協會委員長王敏川（1889～1942）與詹以昌（1907～1996）、陳崑崙、陳結、簡吉等人決議成立臺共臨時中央，並派人至各地活動。其中陳結進入阿里山鐵路獨立山的樟腦寮，前後印發三期的雜誌「真理」以及「二字集」、「三字集」等宣傳品。[10]同年12月2日，組織遭破獲，18日開始日警展開大搜索，全案共300多人受牽連，150人移送法辦，被稱為「臺灣赤色救援會事件」（何義麟，2003：1099）。

　　臺灣赤色救援會站在臺灣農民組合與臺灣共產黨的方針與組織基礎上，其

---

9. 有關赤色救援會及其機關誌《赤色救援》（モツプル），感謝匿名審查者提供的資料。

10. 這些以詩歌形式宣揚共產主義的文書其印製數量分別是機關刊物「真理」創刊號150部、第二號250部、第3號150部；「二字集」250部；「三字集」400部（何義麟，2003：1099）。本文認為，「三字集」的印製量最多的原因乃其具備東亞世界的《三字經》體形式與臺灣民間「三言雜字」等歌／唸謠傳統，使之在散布或接收上都較只有單字或雙語名詞，不能成句，無以承擔故事性與敘事性的「單字集」與「二字集」來得廣泛，這也是本文致力分析「三字集」的主因。

領導人因爲具有豐富的工農運動經驗與地方人際網絡，不久就在南部區域產生效應。1931年起成爲臺共領導幹部的蘇新在回憶錄這麼記載：

> 　　說到這一段，雖然時間很短，但是我要做的事情很多，主要是『救援會』（編按：臺灣赤色救援會）的工作做的最成功，並不是說我本身要這麼做，是黨的方針要這麼做，佈置下去大家都這麼做，而這是最能號召人、最能爭取民心的，而敵人也沒有辦法。（蘇新，1993：85-86）

　　正因爲救援會在組織運作上有其獨到之處，其結果就如前述引發總督府警察的關注。從1931年9月正式成立到12月遭遇檢舉，歷程不過三個多月，但整起事件的解禁卻要等到1934年6月中旬。在調查仍持續當進行中，6月13日的《臺灣日日新報》日文欄刊登了相關記事，6月14日同報漢文欄甚至印製「號外」專刊，報導事件經緯。[11]

　　1934年6月14日的《臺灣日日新報》夕刊，以近乎半版漢文欄的篇幅，詳述事件始末。在以〈共產黨再建目的／組臺灣赤色救援會／一部實行中受大檢舉〉爲題的報導中，透過「黨之輪廓」、「組救援會」、「擴大活動」、「煽動農民」、「共產系巨魁一網打盡」等醒目標題，報導臺灣共產黨人物、組織與赤色救援會成立經緯與活動等事項。報導指出，赤色救援會成立之目的在「救護犧牲者。及恢復陣容。養成新鬥士。積極的圖之勢力發展。及影響增大。」其方針則爲：「以農組文協兩團體員爲基礎。努力于一般勤勞大眾之包含。」運作方式則以陳崑崙、簡吉、詹以信、張茂良、呂明德、呂和布、吳丁炎等七人爲中心，結成赤色救援會組織準備會。並選定十數名地方領袖，以「圖細胞組織擴大」（臺

---

11. 有關《臺灣日日新報》的赤色救援會新聞及其解禁經緯，感謝匿名審查者的提醒與指正。

灣日日新報，1934年6月14日，夕刊第n04版）。

　　隨著地方領袖在各地運作，赤色救援會擴大活動，短時間內在臺南州下的小梅、曾文、北港、嘉義等地結成數十班，影響力漸增。《臺灣日日新報》以「煽動農民」爲題記錄事件經緯：

> 　　赤色救援會。組織活動就緒之昭和六年九月。爲滿洲事變勃發。農組文協之中樞分子。以此爲第二次帝國主義大戰危機切迫。絕叫爲無產大眾奮起之好機。救援會班結成時。努力激成革命意識。無智農民。盲信其成功。（臺灣日日新報，1934年6月14日，夕刊第n04版）

　　同一版面刊載時任警務局長石垣倉治（1880～1942）的發言，也頗具代表性：

> 　　顧此救援會。於臺灣共產黨檢舉後。圖救援前衛鬪士。回復陣營。養成後繼鬪士進出。進而欲再建黨之中心勢力。……由黨之全島的檢舉續行中。殘存黨員爲中心。蔓延于大眾團體內。其執拗誠出意外。此次檢舉者。大部分屬貧農。多屬初等教育以下之人。從而理論的水準極低。……此次事件關係者。大部分。雖屬無智蒙昧之輩。不過爲受少數指導者之策動。然吾人尤要注意者。即理論的水準較低之大眾。反有實行力。且在特殊事件之本島。較之內地。益要注意警戒也。（臺灣日日新報，1934年6月14日，日刊第n08版）

　　這則在6月17日前三天發布的報導，並指出官方大動作地宣告記事解禁，不免讓人聯想到總督府的領臺40周年始政紀念活動，其政治宣傳的意味十分濃厚。時間追溯到1931年，臺灣赤色救援會積極活動的秋天正逢滿洲事變勃發，其時臺共已經歷多次大檢舉，臺灣的政治社會運動團體或因理念衝突而分裂；或隨著總

督府的分化與取締政策而搖搖欲墜。赤色救援會在策略上選擇地下活動的運作形
式，但仍然難以逃避總督府警察的監視。事實上，幾乎在組織啓動，開始印製宣
傳刊物不久，赤色救援會立刻受到官方注意。對於「發覺端緒」，《臺灣日日新
報》如此記載：

> 赤救事件發覺端緒。爲昭和六年九月中。嘉義郡小梅庄某雜貨店
> 店頭。有一男子。讀三字集。該印刷物內容。即臺灣共產黨檢舉後。
> 欲救援其家族。及後衛鬥士。爲小梅派出所員偵知。臺南州高等課。
> 急爲密查。仍于各地。發見三字集。（臺灣日日新報，1934年6月14
> 日，夕刊第n04版）

　　除了嘉義郡小梅庄，同郡竹崎庄及臺中州竹山郡也陸續被查獲以「三字集」
爲中心的「不穩」文書。伴隨著「三字集」等文書在鄉間的傳播與流通，赤色救
援會的組織活動逐漸暴露，總督府警察遂於1931年12月展開大逮捕。

　　《臺灣日日新報》漢文欄對於赤色救援會的查獲經過呈現偵探情節般的描
述。許多場景如「宅後雜木林」、「野生棕櫚樹密生岩窟內」、被查獲的「謄
寫版印刷不穩文書八百部」乃「裝入石油灌及麻袋內」。當印刷者黃樹根（即陳
結）、陳神助、張城等人發現事態有異而逃離時，「夜間就寢於苦力小屋」，
搜尋員警只得「指苦力小屋而進。然工事場附近。起伏不定之森林地帶。且無燈
火。僅藉月光定方向（臺灣日日新報，1934年6月14日，夕刊第n04版）」。種種
敘事，都將這些「不穩文書」的生產地指向野生、蠻荒與落後。

　　這些以謄寫版手工印刷的「不穩文書」，以及涉入「二字集」、「三字集」
等編製、散布與關係者被殖民者歸類爲「貧農。多屬初等教育以下之人。從而理
論的水準極低」的「無智蒙昧之輩」（臺灣日日新報，1934年6月14日，日刊第
n08版），很顯然與事實有所出入。讓殖民者更爲震驚的是，這些不穩文書，除
了在短時間內被大範圍地散發；在後來的審訊過程中，總督府警察甚至發現不少

能夠完全暗誦該文書的人，前述雜貨店店頭閱讀者僅是案例之一，其精讀與普及的狀況更引發殖民當局的危懼（臺灣總督府警務局，1986：777）。

作爲左翼知識分子宣傳與煽動的重要文件，「三字集」藉由何種的傳播模式與媒介型態，讓不識字的工農大眾，可以在「形」的閱讀之外，透過「聲」的暗誦，傳遞共產主義思想與階級意識？「三字集」與鄉土文學／臺灣話文運動幾乎共時地出現在1930年前後的臺灣，兩者之間的關連爲何？「三字集」如何通過臺灣話文的形式，宣傳與煽動工農運動？這是本文所要釐清的課題。

三、《三字經》文體形式的東亞傳播

「三字集」借用《三字經》三字一句的文體形式，而這個形式在共產國際並非特例。除了臺灣，1930年中共江西興國縣蘇維埃文化部，也刊印了類似的《工農兵三字經》，廣泛流行於各地（曾維才，2012：13-14）。《三字經》的文體形式具備何種特色，而能被廣泛運用在思想教化甚至意識形態的宣傳與動員上？以下我們將細究《三字經》文體的東亞傳播及其意義。

一般認爲在西元13世紀，由中國宋代由王應麟編撰的《三字經》，以三字一句的韻語形式，傳遞豐富的知識，在明朝中葉以後，成爲與《百家姓》、《千字文》齊名的兒童啓蒙讀物。由於《三字經》的形式與內容有其典範性，對東亞世界的影響表現在因應時代與地域變遷衍生的許多版本變異，中國學者肖朗與王鳴的研究考察隨著清朝建立而出現的滿、蒙文本；進一步比較鴉片戰爭前後，包括基督教、太平天國或醫學專題等不同形式《三字經》仿製本，指出仿製本試圖在儒家倫理道統的包裝下，帶進基督教義、西洋科學或醫學知識，在各個層面產生廣泛而深遠的影響（肖朗、王鳴，2008：156-166）。

《三字經》的影響不止於中國境內，日本江戶時代到明治初年，《三字經》也被視爲蒙學教育習字與讀書的重要教材，被廣泛使用在私塾教育中，也產生不同的註解本與仿製本。日本《三字經》的傳播與演繹，奠基在東亞漢字文化圈的

「同文」基礎之上。但明治維新之後，一方面取徑西學的「文明開化」政策甚囂
塵上，歌頌明治維新的仿製本《皇朝新三字經》因應而生；一方面爲了滿足兒童
學習漢字、歷史與書法的需求，儒學者與漢學者也致力於《三字經》的註解與仿
製（肖朗、王鳴，2008：156-166）。

　　處於中、日歷史、文化與政治夾縫中的臺灣，其《三字經》文本註腳與仿
本流傳，同樣具有承接、創新與變異等多重面向。1894年，英國傳教士余饒理
（George Ede, 1855～1905）以白話字翻譯註解的《三字經新撰白話註解》問
世。日本領臺初期的1897年，則有鹿港詩人洪棄生（1866～1928）作成《時勢三
字編》，並應用在自設私塾的教學中。通過《時勢三字編》，洪棄生表達對王應
麟版本《三字經》的不滿，強調一種更爲入世的批判立場；也藉此延續漢學、保
留民族文化與傳遞反日思想（黃震南，2014：48-54）。

　　繼洪棄生《時勢三字編》之後，1900年則有新竹文人王石鵬（1877～
1942）撰寫的《臺灣三字經》問世。不同於《時勢三字編》，王石鵬的《臺灣
三字經》除了介紹臺灣風土地理，也適時呼應新來的日本殖民政府之統治政策，
風靡一時。《臺灣三字經》發行三十多年後，還有臺南詩人洪鐵濤以筆名懺紅在
《三六九小報》上回顧：「余少時，曾見新竹王石鵬先生所著之三字經，仿蒙經
之例，音節和諧，少年易於上口，必讀之教本也。（《三六九小報》，1934年4
月29日：2）」，可見其受歡迎與重視的程度（黃美娥，2004：350）。

　　綜上所述，數百年來在東亞地區具有普遍性、共通性、流通性的《三字
經》，以其簡約、易讀、易誦與易記的特色，在以中國漢字文化圈輻射出的日
本、朝鮮與臺灣等地發展出各種仿擬版本。以語音讀出文字，方便背誦，是傳統
語文教育的重要環節。透過朗朗誦讀教導兒童或文盲識字知理，傳遞忠孝節義的
故事，同時灌輸日常規範。《三字經》濃縮了儒家思想，代表一個古典與保守的
文體形式，以此形塑常民依循的生活準則。

　　「三字集」在大方向採用《三字經》此一富有歷史與傳統意義的三字一句
文體形式，但在對偶、平仄、押韻上則相對寬鬆。這是黃震南（2014：78-79）

所指出，以現存《警察沿革誌》收錄的「三字集」文本看來，其文章體裁雖然是「三字經體」，但編寫形態又像是「三言雜字」或「三字歌仔」，藉由較自由的押韻方式取代傳統古典文言的韻文方式編寫，以求趨近群眾的話語。**12**

這種以「三字」爲單位構造的文體，因爲音節少，結構簡單，相對也有其流傳上的優勢。以三字熟語爲例，就有音節上的精煉性，語義上的隱喻性及雙層性，語法上的完整性及靈活性，修辭上的含蓄性及生動性等特徵（邱湘雲，2011：244）。語言學家邱湘雲甚至認爲：「三字熟語可以說是漢語口頭語言精粹所在」（同上引）。

除了有關「三字經體」、「三言雜字」、「三字熟語」等文體在臺灣的交融與變化以外，這種三字一句文體形式之使用可能也涉及到前述晚清以降中國的日語詞彙接受史，其成形與流通顯然並非偶然。語言學者朱京偉以《清議報》爲例觀察晚清中日詞彙交流的狀態，指出清末以前漢語非熟語類的三字詞、四字詞原本數量有限，但《清議報》發行的1898～1901年前後其數量卻開始增多，其中一個主要的原因就是隨著日語介詞的大量進入，開始發展2+1型三字詞。朱京偉進一步歸納指出，「從甲午戰爭到二十世紀初的若干年中，在漢語裡流通的三字詞大都來自日語，正是由於日語三字詞大量進入漢語，從而帶動了漢語三字詞的增長，並使漢語三字詞的構詞類型得以完善（朱京偉，2014：170）」。

在「三字一句」的特色以外，由於「三字集」不甚分明的段落構成，比如四句一段，六句一段或八句一段的例子都時有可見，整體而言其形式相對自由，甚至能夠藉由句／段重組，產生新的意義。也正是在這個既沿襲卻又有所修飾的舊傳統形式基礎上，與儒家傳統思維背離的意識型態以及西方近代的思想與事物被帶入，這個形式與內容的衝突造就獨特的新鮮感與趣味性，同時強化「三字集」的傳播效力。

---

12. 黃震南指出了「三字集」的文體形式混融了「三字經體」與「三言雜字」、「三字歌仔」的風格，但前述臺灣農民組合版本「三字集」正標榜「咱的三字經」，提醒我們「三字集」的編成仍相當程度受到「三字經體」之影響。

四、舊形式，新名詞：「三字集」的內容與思想

如前所述，就形式而言，仿擬《三字經》體裁與風格的「三字集」，訴求無產階級革命，傳遞與傳統《三字經》教忠教孝主旨背離的馬克斯主義思想。這個新內容如何與舊形式結合，透過庶民熟悉的形式產生論證？換句話說，「三字集」如何結合形式與內容，進行描述與論證？如何辯證地產生新的力量，從而撼動人心？

《警察沿革誌》記錄中的「三字集」又稱「三字句」。「集」與「句」同指兩個或兩個以上字詞組成，含有主語、述語，能夠表達一個完全意思的文類。「句」又是「集」的口語化，特別指涉計算言語的單位。「三字集」透過三字組合，在上、下兩卷將近七百條文句的描述、演繹與論證，成為具有說理能力與感染效果的「文」。而在文的辯證中扮演重要角色的，則是伴隨著臺語字句的反覆與押韻，啓動了「誦」與「唱」的空間。

集在地形式、語言於一，可誦可唱的「三字集」，在以「無產者，散鄉人，勞働者，日做工，做不休，負債重」（原文無標點及分段，引文標點符號及分段為本文作者所加）破題之後，藉由對島民處境的描述，試圖召喚民眾的共感。這些臺語語彙停留在具體陳述層次，負責普遍性與在地性的日常生活敘述（陳培豐：2013）。「無產者，散鄉人，勞働者」是「三字集」的訴求對象，也是置身家徒四壁、飢寒交迫，叫天天不應，叫地地不靈慘境的「我們」。對於住、食、衣的匱乏，訴諸以「住破厝，壞門窗，四面壁，全是穴，無電燈，番油點，三頓飯，蕃薯簽，每頓菜，豆蒲鹽，設備品，萬項欠，吾衣裳，粗破布，大小空，烏白補，吾帽子，如桶箍」等慘況，呈現無產者「我們」的日常生活。這個工農日常生活慘境的描繪，區隔了資產家／殖民者的「他者」，除了啓動無產者受眾的感動與共鳴，也支撐共產主義尋求革命的訴求，承接其後的理論辯證。

「三字集」訴諸無產大眾的是，這個不平等的社會處境來源有其歷史與政治，其現狀也非不可逆：「沒覺醒，重惹禍，無團結，慘難過，設團體，眾協

和，萬項事，自己做，要努力，力自靠，惡地主，來打倒」；之後則逐步演繹馬克斯〈共產黨宣言〉中「至今一切社會的歷史都是階級鬥爭的歷史」之宣示。以下我們將分析其理論認識如何落實？如何將日常生活和在地知識結合？又如何藉由臺灣的現實與經驗，號召無產者的認同與感動？

我認為其關鍵正是在於臺灣話文化的馬克斯主義語言的引用、翻譯與註解。這個透過翻譯、冀求被理解的語言回應了社會狀況的需求，開啟擘劃一個可以想像的未來。這個新世界的想望一方面批判世界性資本主義制度：「惡制度，來毀破，這時候，萬人好」；一方面撻伐日本帝國主義與地方資產階級的掛勾，論證國家與資本主義的共犯結構：「現國家，照牠意，有錢人，的天年」、「賊政府，卻重稅，賊官廳，萬項卜，越愈散，卻越重，走狗派，欺騙人，講要納，照起工，納稅金，飼官狗，害咱死，目屎流，抗租稅，著計較，日政府，土匪頭」。接著演繹戰爭加強此一共犯結構，深化階級對立：「資本閥，第一愛，戰爭起，牠免死，尚且彼，乘那時，騰物價，得大利，戰爭到，的時機，散鄉人，著慘死」。

如果說馬克斯的〈共產黨宣言〉是「三字集」的理論基礎，那麼列寧與史達林與蘇維埃政府，則揭示革命行動方案的實踐可能：「蘇維埃，工農操，搾取滅，剝削無，全世界，解放母」，這裡有一個類似大同世界的圖景：「圖書館，甚濟備，卜讀冊，真便利，托兒所，顧我兒，重安樂，沒惡意，做竊盜，自滅止，資本賊，全部除」。

但這個理想的「公」的境地必須奠基於民眾的覺醒、參與及團結，經由組織化的革命手段，才有可能實現。「三字集」下卷重複批判資本階級與帝國主義，描繪被壓搾的工農慘況，進一步借鏡史達林關於資本主義第三期的歷史看法，強調組織團體的運作，試圖在馬克斯〈共產黨宣言〉之外揭示可能的行動方略。「吾機關，要統一，各情勢，得能識，咱組織，有類層，七個人，結一班，要互選，班委員，各組織，照律規，集五班，結一隊，選一名，做隊委，吾機關，要確立」、「青年們，也團結，婦人部，可後援，又組織，少年團，一家內，總動

員」。這些組織運作藍圖除了反映赤色救援會的行動方針，同時也啟動了「三字集」的流通與傳布。

「三字集」下卷後段以組織行動作為主要訴求，顯示這份宣傳煽動文件的政治性與運動性。最後的總結：

> 　　共產軍，咱的兵，為主義，抵犧牲，為階級，抵戰爭，是工農，握專政，共產黨，咱的主，為正義，的辦事，須丹林，[13]咱師阜，咱祖師，既逝世，是列寧，[14]馬克斯，他傳導，資本論，他建設，工農兵，蘇維埃，堅政府。（臺灣總督府警務局，1986：780）

則再次回到世界史的結構，回應共產主義的理論發展歷史，以「資本主義第三期，壓迫榨取不離時，無道政府將倒去，白色恐怖愈橫起」宣示性口號作為完結。

如前所述，「三字集」可能是受過近代教育的編印者借用傳統的「三字經體」，同時綜合臺灣民間「三字歌仔」、「三言雜字」等相對自由的表記形式所創造出來。也因此呈現混雜古典傳統教育與當代庶民娛樂的特色，以此增強其渲染與接受效力。然而，隱藏在這個舊與俗的文體形式之後，「三字集」描繪出新的資本主義社會下產生的壓迫與被壓迫，比如描寫資產家的生活：「燕尾服，毛綢糸，紅皮靴，仕底記，金時錶，金手指，金目鏡，金嘴齒。」

「燕尾服」（えんびふく）、「皮靴」（かわぐつ）、「時錶」是和製漢語；「仕底記」（ステッキ）為日語手杖的意思，是將日語的外來語以發音相近的漢字音譯的語彙，這些駁雜性極高，源起各地的的語彙描繪出資本家豐富並且帶有跨國意義的物質基礎。相形之下，與其對應的無產階級生活，則多以臺語語

---

13. 須丹林即史達林。《警察沿革誌》中另外以假名「スターリン」標音。
14. 《臺灣社會運動史》中另外以假名「レーニン」標音。

彙組成。這些殖民地工農階級的處境是：「住破厝，壞門窗，四面壁，全是穴，三頓飯，蕃薯簽，每頓菜，豆脯鹽」。

即便這個普遍的情感經驗召喚無產階級的共感，但仍須藉由共產主義理論的帶進以及組織的強化才有啓動無產階級革命的可能。隨著論述層次的提升，「三字集」中大量借用和製漢語表達新思想、新觀念的比重就愈重，辯證性愈強，重複性也隨之增高，試看：「勞働制，七點時，諸學校，入免錢，婦產院，養老院，各病院，自由去。」

這八句之中包涵了「勞働」、「學校」、「婦產院」、「養老院」、「病院」、「自由」等六個詞彙的和製漢語。「七點時」的現代標準時間觀念則源於1896年由殖民政府將標準時間制度帶入臺灣。而「勞働制」與「自由去」這種將名詞動詞化的用法同樣是日化文體。另外一段：

> 惡政府，要打倒，私有制，要毀破，資本賊，要滅無，有努力，
> 力就靠，順天理，應該做，工農兵，起鬪爭，濟覺醒，起革命，歷史
> 的，必然性，我主義，要宣傳，要勸誘，組合員，要組織，給完全。
> （臺灣總督府警務局，1986：779）

上引文中，來自明治維新後由日本輾轉傳入臺灣的和製漢語包括「政府」、「私有制」、「資本」、「鬪爭」、「革命」、「歷史」、「必然性」、「主義」、「宣傳」、「組合」、「組織」等。同時由日文轉化而來的日化文體也廣泛的被使用，比如「私有制」、「歷史的」、「必然性」、「組合員」等。

潘光哲在討論晚清以降由日本傳至中國的「新名詞」，指出其作用在反映現代性物質文明的成果、或現代性的制度及其實踐、或凝聚做爲現代性的核心之某些價值概念等「現代性」的徵象（潘光哲，2013：55-92）。相較於20世紀初期「西潮東漸」下被引入中國的「新名詞」，這些和製漢語與日化文體對1930年代的臺灣人而言既有創新也有承繼，也因此其意義更著力於批判現代性造成的不公

與缺失。它們因此負擔起啓蒙性、現代性、時事性以及抽象概念，藉此支撐馬克斯主義的理論性與辯證性。

　　混雜了臺語、和製漢語與日式漢字，並摻雜使用了少部分的日本假名的「三字集」臺灣話文書寫，利用「漢字」的「同文」大旗，以臺語及和製漢語構成主要的論述文體，各取所需並各司其職，營造出庶民階級既熟悉又陌生的新話語空間，造就宣傳與煽動工農階級革命的文字武器。

五、翻譯馬克斯：「三字集」的形式與聲音

　　「三字集」的內容與思想傳遞，涉及語言的翻譯以及形式的翻譯等雙重課題。就語言層次而論，「三字集」的臺語運用，如何承載現代思想及其所欲傳遞的馬克斯主義意識形態？第二個形式的翻譯，涉及將馬克斯的共產主義「宣言」──原本綱領式的文告轉換到可以誦讀，也就是「聲音化」的白話體裁。

　　在聲音化的過程中，三字一句的體裁起了關鍵作用，「文」的形式被簡／減化與反覆／賦，伴隨著句與句之間的環環相扣、演繹起承轉合。「三字集」的集／句變成可以拆解與重組的段落，隨著論證的延伸，其意義也重新展開。

　　但本文將更關注語言／聲音的翻譯環節，特別是在時間上指涉傳統的「臺語」，如何傳遞現代的聲音與思想？梅家玲（2011：189-223）〈有聲的文學史──「聲音」與中國文學的現代性追求〉一文提供了啓發。梅家玲以新詩爲中心，討論「聲音」如何介入中國新文學的發展，及其與傳統文學的辯證關係。進一步關注「聲音」與近代國語教育的關連，指出其共同形成文學史上「現代的聲音」。

　　如前所述，總督府警察對於「三字集」的疑懼，在於發現不少能夠「完全暗誦」該文書者，及其在短時間內精讀與普及的狀況。將聲音消除的「暗誦」，除了凸顯「三字集」做爲一種非合法、地下宣傳品的性質；也提醒我們注意「聲音」在其傳播過程中的重要位置。「三字集」面向的是無產工農大眾，這些受眾

多數不識字,更別說文本的閱讀。因此,取徑三字經體和三字歌仔的「誦」的形式,就顯得格外重要。然而,即便在漢字共同體的大框架下,「三字集」如何「誦」出自古未有固定表記形式的臺語,如何超越言與文的辯證?

「三字集」現身的時刻,殖民治理已經歷三十餘年,隨著日語同化政策普及,漢字漢文在現代化學校場域逐漸受挫,引發有識者的危機感。如前所述,隨著黃石輝在《伍人報》報上發表〈怎樣不提倡鄉土文學〉,引爆鄉土文學與臺灣話文運動。此一關於建設臺灣文學的書寫內容與語言形式之論爭,某些層次也對應了這個文化政治的現實困境。黃石輝不止一次地提到希望透過臺灣話文作為普及智識與改善文盲的重要手段,在這個臺灣版本的「我手寫我口」中,他說:

> 如果用臺灣話來寫,則眼睛看著,旁邊的人聽著,用不著那嚕
> 嚕嗦嗦的解釋,也同演說一樣,很容易了解。我們知道,一本《千字
> 譜》,人人會唸,人人聽得懂。我們知道,那些白話小說……一類的
> 東西──只有那班講古先生,才能口談指畫地講得流暢,都是會看不
> 會唸的。(黃石輝,2003a:3)

在論戰過程,他宣稱:「既然要推進普羅階級的文化運動,至少要著眼於普羅階級識字的普及,所以言文一致的主張絕對不是謬誤(黃石輝,2003c:110)。」黃石輝的論點被他的戰友郭秋生強化,郭秋生進一步將言文一致的語文問題延伸到更為廣泛的認同與意識形態戰線。郭秋生甚至說:「建設臺灣話文的確是臺灣人凡有解放的先行條件」(郭秋生,2003a:312)。

陳培豐分析黃石輝與郭秋生的主張,指出兩人藉由「聽歌識字」的提法,訴求通過民間文學的閱讀作為識字的手段,並將「過去」與「純粹」視為運動實踐的基礎(陳培豐,2013:148-161)。這個「聽歌識字」的論調,某些層面與「三字集」的實驗性寫作不謀而合。除了取徑中國傳統與臺灣在地的「三字」形式,「三字集」更創造性地通過臺灣話文記述、說理與辯證,帶進新的馬克斯主

義意識形態。那麼，在聲音的表記上，「三字集」如何做到言文一致？

我們將再次斟酌黃石輝對於臺灣話文的主張。面對中國白話文派質問：如何在未有表記傳統的臺灣話用法上取得共識以解決文盲問題？黃石輝主張新字的使用應以簡化、儘量採用現成的中國白話文的文字為原則，他批判歌曲中的用法：「我們已經有很共通的『要』字可用，何必去用那不共通的『卜』字呢？」（黃石輝，2003a：59）。黃石輝舉例：「的、他、很、給、會等字，都應該用來讀做臺灣的白音，可不必另外採用什麼『兮』的。」（黃石輝，2003d：147）在後來跟黃純青的討論中，他也主張用「豈不是真利便嗎？」取代「敢不是真利便嗎？」（黃石輝，2003d：148）。

現在看來，「要」、「的」、「他」、「很」、「給」、「會」、「豈」這些漢字各司動詞、介詞、主詞、副詞等職，不但常見且其用法也相當明確。但在1930年代的歷史現場，卻有紛雜不一的表記方式。用這幾個黃石輝主張的常見漢字，對比《三字集》的臺語用法，意外發現其重疊性高達九成以上，[15]「三字集」的編成與和黃石輝的關聯頗值得進一步細究。

前面提及，臺灣話文運動的興起與1920年代以後勃興的社會主義思潮密不可分（黃琪椿，1995：56-75）。1931年8月9日，簡吉號召臺灣赤色救援會組織準備具體議案。會中決議在中央委員之外，選定中部、臺南及高雄等三區域地方組織之召集人，整合與匯集地方意見。三天後，高雄支部召集人陳崑崙走訪嘉義、高雄與屏東，探訪文化協會與農民組合重要成員對籌組赤色救援會及解散文化協會之意見。陳崑崙諮詢的對象之一為屏東文協與農組重要幹部「黃知母」，而這正是黃石輝的本名（臺灣總督府警務局，1986：766-770）。

---

15. 這些字詞在「三字集」中的出現情形，舉例說明。「要」：要努力、要防禦、要自計、要奮鬥、講要納、吾要識；「的」：的天年、的時瞬、的時機、的時世、咱的兵、咱的主。「他」：他堪忍、他在世、他傳導、他建設、提拔他。「很」：很糊塗。「給」：勿給伊。「會」：寒會死。「豈」：豈有力。《三字集》中除了「他」和「伊」；「很」和「真」部分混用以外，其他幾處的表記方式都很固定。

　　除了活躍於高屏地區的黃石輝，赤色救援會的班組織還在南臺灣各地推進，這個沿用臺灣農民組合的地方動員模式被寫入「三字集」：「組合員，要組織，給完全」。但我們要關注的是北港地區地方組織的靈魂人物吳丁炎。《臺灣日日新報》這麼報導：「以臺南州北港地方吳丁炎爲首魁之一團。以全班員協議。爲革命鬥士。而結成青年班。立誓爲黨員。決定于革命時。參加赤衛軍之組織。」（臺灣日日新報，1934d年6月14日，夕刊第04版）事實上，除了號召革命鬥士，結成青年班，吳丁炎積極推動北港地區赤色救援會的資金勸募，吸引前文協派系的成員包括蔡秋桐、駱萬得等人的共鳴（臺灣總督府警務局，1986：775）。

　　長年擔任北港地區元長庄保正的蔡秋桐，雖然未曾實際加入臺灣話文論爭的筆戰行列，卻幾乎與論戰平行地，透過臺灣話文寫作嘲諷日本殖民統治與農民慘境。蔡秋桐除了以臺灣話文採集記錄民間歌謠，並透過小說中不斷穿插臺灣語對話，呈現殖民地下的農村悲歌與庶民聲音（陳淑容、柳書琴，2013：175-206）。

　　米糖產地北港地區在1920年代中後期新興的文化啓蒙運動與農民運動中占有重要位置，蔡秋桐在這一波啓蒙與農民運動中並未缺席。即便保正的身分敏感，他仍以筆名寫作，[16]一方面通過小說嘲諷官方的嘉南大圳論述；一方面參加臺灣文化協會，文協的左傾化後，蔡秋桐也在吳丁炎的吸收下，透過私下的資金援助，翼贊赤色救援會的活動（臺灣總督府警務局，1986：775）。

　　1929年到1930年期間，臺灣農民組合持續宣傳推進「奪回埤圳管理權」、「反對嘉南大圳三年輪灌政策」、「奪回埤圳管理權鬥爭」、「嘉南大圳水租不納運動」等抗爭。《警察沿革誌》記錄了其中一段「聯合指令」的檄文，呼籲「兄弟姐妹」們記住以下的三字句：「賊政府，卻重稅，賊官廳，凡物欲。」（臺灣總督府警務局，1986：1139）。這段檄文的出現早於「三字集」被破獲的時間點。末句「凡物欲」也有「萬項卜」的記法（臺灣總督府警務局，1986：

---

16. 蔡秋桐的筆名包括「愁洞」、「愁童」、「匡人也」等。

777），顯示臺語的文字表記方式仍在變動，尚未固定。這回應了臺灣話文運動之中，關於臺灣話自古有音無字的困境，如何創造新字成爲兩難的課題。

黃石輝主張「初步的工作還是來編輯幾種讀物，如常識課本、尺牘課本、作文課本之類的。由初學的兒童侵入，這是很重要的工作。（黃石輝，2003b：59）」黃的戰友郭秋生則強調回到民間文學攝取新字的養分，郭秋生說：

> 當面的工作、先要把歌謠、及民歌照吾輩所定的原則整理整理、而後再歸還「環境不惠」的大多數的兄弟、於是路傍演說的賣藥兄弟的確會做先生、看牛兄弟也自然會做起傳道師傳播直去、所有的文盲兄弟姊妹隨工餘的閒暇儘可慰安、也儘可識字、也儘可做起家庭教師……。（郭秋生，2003b：93-94）

郭秋生的提法與1930年代臺灣印刷資本主義與唱片工業的發達有所關連。前輩作曲家陳君玉（1955：23）在〈日據時期臺語流行歌概略〉一文指出，1930年代前後臺灣民間娛樂的兩大主流爲歌仔調以及流行歌。[17]陳培豐（2013：144）進一步透過1932年玉珍漢書部發行、戴三奇編著的歌仔冊《日臺會話新歌》之案例論證，歌仔冊甚至在昭和期前後，在「本土化」、「長篇化」、「口語化」的過程中，遭到當局的滲透與利用，開始被政治化、教材化、意識形態化，進而成爲教化臺灣人的工具。

對應於這股官方的語言同化政策，與歌仔冊具備固定字數、帶韻、可誦讀等類似特色的「三字集」，同樣利用口語的傳播媒介，延伸「本土化」、「長篇化」與「口語化」的戰線，上綱「政治化」與「意識形態化」，召喚工農無產階級革命，也被塑造成爲進行反同化運動的工具。

---

17. 陳君玉所指的歌仔調泛指歌仔曲、歌仔戲與等在內的民間曲調。

六、結語

　　本文首先比較「三字集」兩個不同版本，指出為學界熟悉的臺灣赤色救援會版本應建立在臺灣農民組合版本的基礎之上；又因目前有關後者流通狀態之資料闕如，所以我們藉由分析臺灣赤色救援會事件始末探討「三字集」刊印的歷史與政治意義。透過追溯「三字經體」形式的東亞傳播意涵，指出「三字集」內容與思想、形式與聲音，以探討其與1930年代鄉土文學／臺灣話文運動的歷史性關連。

　　藉此討論，本文指出，1930年代前後臺灣左翼知識分子在爭取大眾的過程，有其類似軌跡。鄉土文學／臺灣話文運動中的主倡者，強調透過「聽歌識字」以啟蒙大眾的黃石輝，同時也是臺灣文化協會與臺灣農民組合重要幹部，在赤色救援會組織籌備工作中，擔任被諮詢者的角色。「三字集」因此呈現左翼運動者，從「啟蒙」論述到號召群眾、動員群眾、宣揚共產主義與接櫫「革命」訴求的變化。[18]

　　另一方面，從語言文體的角度來看，透過混融《三字經》與三言雜字的文體形式，「三字集」一方面以臺語語彙支撐工農階級日常生活的普遍性與在地性描寫，一方面透過和製漢語負擔啟蒙性、現代性、時事性及抽象概念，支撐馬克斯主義的理論性與辯證性。藉由分析「三字集」文本，我們發現，在臺語語彙與和製漢語兩者的巧妙分工下，各取所需與各司其職，透過工農階級熟悉的聲音媒介，傳遞新的話語及思想，也造就宣傳與煽動無產階級革命的文字武器。

　　本文認為，漢文和臺灣話文既有承繼，又具變異的關係，也是一種從文言到口語的轉化。這些被總督府警察歸類為「初等教育以下」、「理論的水準極低」、「無智蒙昧」的赤色救援會成員及其追隨者，藉由「三字集」的傳誦，啟動一個既有開創性、又能夠回應底層大眾的宣傳與溝通管道。

---

18. 李孝悌對於中國清末下層社會的啟蒙運動的討論很能給1920至1930年代糾葛於「啟蒙」與「革命」命題的臺灣啟發（李孝悌，2003）。

　　可讀可誦方便記憶的「三字集」，除了運用漢字臺灣話文傳遞地方知識與在地情感，也巧妙借用和製漢語的平臺，帶進現代性的啓蒙觀念與思想意識形態等抽象思維。雖然因爲總督府警察的檢舉而使得「三字集」未能更廣泛與更長時間的流通，致使至今我們無法具體掌握其普及狀況，也未能確實評估其影響力。但是，通過本文的討論，我們可以指出：「三字集」代表了臺灣話文書寫在鎔鑄具有現代思維的和製漢語以及不斷創造／改寫新字的過程中，被轉換成爲召喚庶民情感與動員底層階級力量的可能，一方面回應了鄉土文學／臺灣話文運動中，主倡者黃石輝對於言文一致的訴求；同時也成爲左翼知識分子啓動革命宣傳與煽動革命的武器。

參考書目

朱京偉（2014）。〈從《清議報》（1898-1901）看日語三字詞對漢語影響〉，《東亞觀念史集刊》，6：161-193。

何義麟（2003）。〈臺灣赤色救援會事件〉，許雪姬（編），《臺灣歷史辭典》，頁1099。臺北：遠流。

李孝悌（1992/2003）。清末的下層社會啓蒙運動1901-1911。臺北：中央研究院近代史研究所。

李承機（2015）。〈殖民地時期臺灣人社會「知」的迴路：語言工具性的「侵占」與「復權」〉，李承機、李育霖（編），《「帝國」在臺灣：殖民地臺灣的時空、知識與情感》，頁135-160。臺北：國立臺灣大學出版中心。

李隨安、陳進盛譯（2010）。《臺灣共產主義運動與共產國際（1924-1932）研究‧檔案》。臺北：中央研究院臺灣史研究所。（原書Тертщкий, К.М., & Белогурова, А. Э. [2005]. *Тайваньское коммунистическое движение иКоминтерн* (1924-1932гг.). Moscow, Russia: AST, Vostok-Zapad.）

肖朗、王鳴（2008）。〈《三字經》滿、蒙文本及仿製本述論〉，《浙江大學學報(人文科學版)》，38（1）：156-166。

林巾力，2010。〈「地方」與「世界」的辯證：臺灣三〇年代鄉土文學論述及其文化意涵〉，《東吳中文學報》，19：369-396。

松永正義著、葉笛譯（1989）。〈關於鄉土文學論爭（1930-32年）〉，《臺灣學術研究會誌》，4：73-95。

邱湘雲（2011）。〈客、閩、華語三字熟語隱喻造詞類型表現〉，《彰化師大國文學誌》，22：241-272。

負人（2003）。〈臺灣話文雜駁（三）〉，中島利郎（編）（2003），
《一九三〇年代臺灣鄉土文學論戰資料彙編》，頁191-221。高雄：春暉。

梅家玲（2011）。〈有聲的文學史──「聲音」與中國文學的現代性追
求〉，《漢學研究》，29（2）：189-223。

郭秋生（2003a）。〈再聽阮一回呼聲〉，中島利郎（編），《一九三〇年代
臺灣鄉土文學論戰資料彙編》，頁311-312。高雄：春暉。

──（2003b）。〈建設『臺灣話文』一提案（上）〉，中島利郎（編），
《一九三〇年代臺灣鄉土文學論戰資料彙編》，頁91-98。高雄：春暉。

陳君玉（1955）。〈日據時期臺語流行歌概略〉，《臺北文物》，4（2）：
22-30。

陳培豐（2013）。《想像和界限──臺灣語言文體的混生》。臺北：群學。

陳淑容（2004）。《一九三〇年代鄉土文學／臺灣話文論爭及其餘波》。臺
南：南市圖。

陳淑容、柳書琴（2013）。〈宣傳與抵抗：嘉南大圳事業論述的文本縫
隙〉，《臺灣文學學報》，23：175-206。

曾維才（2012）。〈工農兵三字經〉，《老友》，2012（3）：13-14。

黃石輝（2003a）。〈怎樣不提倡鄉土文學〉，中島利郎（編），《一九三〇
年代臺灣鄉土文學論戰資料彙編》，頁1-6。高雄：春暉。

──（2003b）。〈再談鄉土文學〉，中島利郎（編），《一九三〇年代臺灣
鄉土文學論戰資料彙編》，頁53-64。高雄：春暉。

──（2003c）。〈鄉土文學的檢討──再答毓文先生〉，中島利郎（編），
《一九三〇年代臺灣鄉土文學論戰資料彙編》，頁105-111。高雄：春暉。

──（2003d）。〈對「臺灣話文改造論」的一商權〉，中島利郎（編），
《一九三〇年代臺灣鄉土文學論戰資料彙編》，頁147-152。高雄：春暉。

黃美娥（2004）。《重層現代性鏡像：日治時代臺灣傳統文人之文化觀》，頁343-380。臺北，麥田。

黃琪椿（1995）。〈日治時期社會主義思潮下鄉土文學論爭與臺灣話文運動〉，《中外文學》，23（9）：56-74。

黃震南（2014）。《取書包、上學校：臺灣傳統啓蒙教材研究》。臺北：獨立作家。

廖祺正（1990）。《三十年代臺灣鄉土話文運動》。國立成功大學歷史語言研究所碩士論文。

臺灣日日新報（1934年6月14日）。〈共產黨再建目的　組臺灣赤色救援會一部實行中受大檢舉〉，夕刊第n04版。

──（1934年6月14日）。〈臺灣赤救諸被告　七月後在臺北公判　不久護送入臺北刑務所〉，日刊第n08版。

臺灣總督府警務局編印（1986）。《臺灣總督府警察沿革誌第二篇：領臺以後の治安狀況（中卷）臺灣社會運動史》。臺北：臺灣總督府總務局。

潘光哲（2013）。〈「殖民地」的概念史：從「新名詞」到「關鍵詞」〉，《中央研究院近代史研究所集刊》82：55-92。

蔡石山（編著）（2012）。《滄桑十年：簡吉與臺灣農民運動1924-1934》。臺北：遠流。

橫路啓子（2009）。《文學的流離與回歸：三○年代鄉土文學論戰》。臺北：聯合文學。

韓嘉玲（1997）。《播種集：日據時期臺灣農民運動人物誌》。臺北：簡吉陳何文教基金會。

蘇新（1993）。《未歸的臺共鬥魂：蘇新自傳與文集》，頁82-98。臺北：時報。

蘇碩斌（2011）。〈活字印刷與臺灣意識：日治時期臺灣民族主義想像的社會機制〉，《新聞學研究》109：1-41。

一九三〇年代媒體再現的都會女性——
從《命運難違》解讀彼時女性的日常生活與道德困境[*]

王淑美

昭和六年（西元1931）11月27日《臺灣日日新報》夕刊三版的「問答欄」有這一題問答：

> 問：請問黑貓黑狗是什麼？（內地生）
> 答：在本島人之間，モダンボーイ（摩登男孩）叫做黑狗，モダンガール（摩登女孩）叫黑貓這是本島人間的流行用語。

在日治時期內地與本島分別指涉日本本土與臺灣，「問答欄」是解答臺日之間問題的專欄。這段簡短問答點出有趣的現象：摩登女孩在日本本土風行已有一段時日，黑貓黑狗則是臺灣人之間的專有名詞。

摩登女孩指的是1920-1930年代間蓄著短髮、打扮入時的年輕女孩，這並非日本或其所屬殖民地獨有、而是全球的現象（Poiger, Dong, & Barlow, 2008）。

* 本文為科技部計畫〈媒體科技與現代性：回顧臺灣1930年代消費社會的成型〉（NSC99-2410-H-004-171）及〈媒體科技與生活韻律：1930及2010年代的臺灣社會〉（100-2410-H-004-168-MY2）的部分研究成果。作者感謝評審寶貴意見及研究助理蒐集資料，俾使本文得以完成。

十九世紀後半，英美在女權運動、新女性文學中逐漸形成新女性（the new women）的形象，在第一次世界大戰結束後，舊有社會秩序出現鬆動，更多女性自覺並進入就業市場，從私領域進入公領域。這股風潮與消費、資本主義、視覺文化結合，被認為是現代性的表現之一。但即使是全球現象，各地女性的經驗大不相同。十九世紀起廣為討論的新女性風潮也東傳日本，並在廿世紀初形成論述。日本明治維新以後逐漸強化的女性教育，培養出一批受新式教育的女性，這些「新女性（新しい女）」有來自富裕家庭的掌上明珠，更多是藉著都市化機會，離鄉到大城市工作的「摩登女孩（モダンガール）」。處於日本殖民下的臺灣，也經歷到傳播科技、新女性與消費崛起的交織影響，組成屬於臺灣自己的現代性體驗。

本篇論文回顧日治時期對理想女性的論述，從昭和時期的「良妻賢母」，到大正時代浮現的「新女性」與「摩登女孩」爭辯，並從林煇焜所著小說《命運難違》（爭へぬ運命）（邱振瑞譯，1998）一書的情節，來解讀1930年代臺灣媒體再現中的都會女性，包括她們的日常生活樣貌以及所面臨的道德困境。《命運難違》自1932年7月起七個月間刊載於《臺灣新民報》，為臺灣最早的報紙連載小說，也是最先出版的日文小說單行本。故事主角李金池是京都大學法科學生，某個暑假被父母召回結婚，但他受到西方現代思想洗禮，極力反對，反而在廟會時邂逅了摩登打扮的楊秀惠而一見鍾情。女主角陳鳳鶯出身自大稻埕士紳家庭，高中畢業後即在家等待媒人介紹，原本是李金池的結婚對象，但李堅持追求自由戀愛，旋即被父母安排另嫁合適人家。

小說中楊秀惠打扮入時，喜愛逛百貨公司，出手奢華，是「摩登女孩」的典型。而陳鳳鶯受過高等教育，是當時所謂「良妻賢母」典範，她對於要追求獨立、還是順從傳統充滿掙扎，想要成為「新女性」，又認為這個目標對自己太過激進。李金池常與朋友光顧的咖啡廳有女高畢業的服務生—女給靜子，小說形容她機智聰明，經常周旋與眾中上階層的男客，討論政治、經濟局勢。這些角色的設定，都是當時媒體再現女性論述的一部分，反映出臺灣在新舊秩序交鋒、社會

極速轉變過程中，對於理想女性的多種詮釋。

　　林輝焜將小說的背景設在1930年代臺北城，對於當時的都會生活有生動描寫，例如電影院深受都會居民喜愛，年輕女性也常獨自上街，公車、計程車和人力車穿梭在臺北街頭。日治時期臺灣文學的研究者如下村作次郎、黃英哲（1998）、星名宏修、莫素微（2007）等多認爲此書呈現當時大衆文化與都市現代性觀點。柳書琴（2012）也指出，該書除了「帶有濃厚都市風俗及市民色彩」，描寫都市中上階級的生活，並採取獨特的「時事進行式」，納入國際經濟、政治、民生萬象、社會價值以及當時臺灣人市街的產業傳統與資產階級觀點。因此對於了解當時社會，具有高度參考價值。

　　以下本文將先回顧日本在廿世紀初期對於「良妻賢母」、「新女性」與「摩登女孩」的論述內涵與背景，接著探討殖民地臺灣社會如何看待轉變中的女性形象，進而以《命運難違》中的描寫爲例，剖析當時女性可能的生活樣貌，以及所面臨的道德困境。

一、兩次大戰間的日本現代女性

　　十九世紀後半，英美在女權運動、新女性文學中逐漸形成新女性的形象，這股風潮東傳日本，並在廿世紀初透過女性雜誌的介紹逐漸在日本國內形成論述。1888年9月，新女性（The New Woman）一詞首度出現在《日本新婦人》的雜誌封面（牟田和惠，2010）。這也是日本女性雜誌最早出的年代，此階段雜誌在內容呈現上有主張啓蒙與女性意識抬頭的《女學雜誌》、也有呈現傳統女性美德的《女鑑》，內容都以教育爲目的（Frederick, 2006）。當時新女性具有年輕、高教育不受傳統束縛的形象，不過此詞彙並未隨之流行，甚至在一戰爆發後從媒體上消失。牟田和惠（2010）認爲，這是因爲此時新女性話題乃以男性本位來討論西方女權現象，但實際上日本經濟自主、有自覺的新女性中產階級尚未成形。

　　約莫與同時代中，最爲國家所認可且推廣的女性論述則是「良妻賢母」。

受到甲午戰爭後高漲的日本民族主義影響，政治與教育界認為，女性必須為了近代國家國民的需要，受教育成為好妻子與好母親。政府刻意將此概念納入女子教育，指導高等學校的女學生要鞏固國民道德，到了二〇、三〇年代則衍生出「中等社會主婦」的形象，主婦之職責為輔佐上班族先生，勤儉持家並照顧小孩。這是國家灌輸理想的女性形象並企圖影響女性在私領域扮演的角色（牟田和惠，2010）。明治三〇至四〇年代（約1900s間）受到「良妻賢母」教育的推廣與女學生的增加，帶來日本女性雜誌第一波的興起。此時在雜誌的內容上已出現了轉變。關於女性如何作為女性存在／生存的論述，逐漸從婦德、女德、女權與女學等抽象概念轉向具體的描寫。此一時期較具有人氣的雜誌主要有：《婦人世界》、《女學世界》與《婦女界》等等（Frederick, 2006）。

第二波的女性雜誌風潮則發生在1910-20年代。Frederick（2006）回顧，在第一次世界大戰結束的背景下「改善生活」的聲音日漸高漲，女性雜誌的內容也就更加豐富，舉凡家政、流行、教育等都被廣泛地納入。此時具有代表性的雜誌為《婦人公論》與《婦人之友》。前者在1920年代中期的發行量就達30萬本，主張偏向現代女性意識的抬頭，後者在1930年左右達10萬本，內容與日常生活緊密結合，反映了日本大正時期西洋文明深入日常生活的特色。同一時期除了大型出版社的商業女性雜誌，也出現了許多草根性的獨立經營者。在社會改革意識下，很多獨立雜誌抱有虧損的決心，如《世界婦人》、《家庭雜誌》與《勞動婦人》等以女性解放為目的，《女子教育》（女性教師）、《婦人と子ども》（保母）、《助產の栞》（助產士）等則訴求特定的職業婦女讀者。

前田愛（2001）考據，1925年新年的婦人雜誌銷售量達到120萬本，與當時日本年收入在八百至五千日圓間的一百四十萬中等階級人口數相去不遠，而這階層的消費者大約占總人口數的一成上下（頁218）。根據大正十一年（1922）東京內務部社會課公布的中產階級生活費調查（中等階級生計費調查），月收入六十至八十日圓間的家庭，每月支出在報紙雜誌類的「修養費」介於一圓五錢至二圓二十錢之間。大正十四年（1925）十二月號出刊的《婦人世界》刊出四

則日本各地月收入七十圓左右的家庭每月收支安排，例如：米澤的上班族家庭每月收七十二圓二五錢，花在修養和娛樂的預算有二圓九一錢，包括報紙、《婦人世界》還有書等。月入七十二圓的島根縣教師家庭每月七圓用在買書，包括報紙一圓二十錢、主人夫婦與孩子的雜誌一圓八十錢，還有其他圖書約一圓五十錢。（頁218-9，前田愛2001）。這顯示1920年代中期，閱讀大眾發行的報章雜誌已經成為中產階級以上家庭的日常活動，尤其以女性為目標讀者的雜誌已經建立起固定的讀者群，前田愛認為，這與一戰後女性大量進入職場密切相關[1]。

到了1930年代，閱讀報紙或雜誌已成了女性大眾的固定休閒。Frederick（2006：6-7）引用《雜誌與讀者》在1934年的調查，女工之中會固定閱讀報紙的人數有7%，固定讀雜誌者則達20%，就職婦女中讀報與雜誌的比例分別逾八成和七成，女學生之中閱讀報紙和雜誌的比例都超過九成。女性雜誌興起乃是大眾文化的一部分。當時的社會對女性雜誌有些微詞，有些雜誌就曾因為文章內容不適當而遭檢閱刪除，負面意見多半認為：女性雜誌內容低俗，充滿與性相關的議題，以及中產階級的消費慾望，閱讀女性雜誌其實是逃避現實。然而，佐藤（2010）指出，當時大眾女性雜誌的主要消費群實為工廠女工、初階打字員等經濟開始自主但稱不上富裕的女性，定價便宜的女性雜誌提供她們抒發日常、想像未來的精神食糧。雜誌上常刊登來自各地的勞動女性投書論及廣泛的題材，但共通點就是從消費主義的夢幻來稍解拮据生活壓力的苦悶。

在這樣的背景下，與消費主義結合的摩登女孩成為當時媒體討論的焦點，也是勞動階層女性嚮往的目標。北澤秀一最早於1923年於《女性改造》雜誌上發表一篇題為〈モダーン・ガールの表現—日本の妹に送る手紙〉的文章中提到摩登女孩，隔年在《女性》雜誌將之簡稱為「モガ」，隨即成為流行語（Sato, 2003;

---

1. 大正十二年（1923）東京市已有眾多職業婦女，其中事務員15000人，電話接線生8500人，店員4500人，打字員1774人，小學老師1598人，高中老師847人，女服務生5000人，收票員1500人，其他還有擔任駕駛、演員、照相師、記者、偵探、車掌等新興職業者。（東京市社會局《職業婦人に関する調査》，引自前田愛，2001，頁221）

Gulliver, 2012）。北澤文中介紹英國的摩登女孩，並描述這些女性具有內發的覺醒追求自我展現，並認為日本在不久後也會掀起這股潮流。果然在此之後，摩登女孩成為大眾印刷媒體上的熱門討論話題。媒體再現的摩登女孩外表通常有幾點共通性：穿著露出腿部的洋裝、高跟鞋以及受到好萊塢女星影響的短髮，這與日本傳統的大和撫子身著和服、蓄髮、內斂的形象相去深遠。摩登女孩與消費文化結合，其形象是結合了享樂、奢侈、性開放等要素，在媒體上也逐漸形成了「新女性」與「摩登女孩」對立的框架，受到社會認可的新女性常對摩登女孩大加撻伐。

牟田和惠（2010）指出，「新女性」、「摩登女孩」、「良妻賢母」是媒體、知識份子以及國家所塑造出來的女性形象。所謂新女性倡導兩性平等，批判良妻賢母，排斥形象浪蕩的摩登女孩；摩登女孩追求性開放，以性魅力來展現自我，與順從男性標準的良妻賢母敵對；良妻賢母則被期待貢獻母性，為國家社會壓抑個人慾望。而實際上，新女性與摩登女孩對於自主的要求有許多雷同，只是更早出現。另外，1910年代起，家庭主婦成了化妝品、服飾、嬰童用品與家用品的主要採買者，消費也是她們的主要工作。因此這三個女性定位，其實有著相應或是互補的關係。

二〇年代的評論家平林初之輔在〈文化の女性化〉一文引用易卜生（Henrik Ibsen）劇作《玩偶之家》的對白，並分析女性進入職場，是因為社會分工的細化，傳統由家庭生產的布料、食物、能源等貨品與服務，已漸轉由專職的業者供應，讓女性從家中的責任釋放出來，開始進入公領域，也因此需要重新看待婦女在社會的角色：

> 家中工作的減少，代表著外部工作機會的增加。家中的工作轉移到了社會的工作。至今為止社會的工作都有男人掌握，但是社會上工作的增加使得男人們無法憑自己應付。然而，幸運地，有著許多家中的工作被奪走、處於沒事可做狀態的婦人們。過去只能待在家中的婦人們開始流向社會，這就是我所說的「文化的女性化」。在婦人們進

入社會分工組織的同時……產生了婦人們的教育問題，婦人們若是接
受了相當程度的教育，當然她們在法律上的社會地位就會產生變化。
這和過去婦人被要求的舊有道德不同，因此新的道德規範成為了必
要。（平林初之輔，1975: 778-780）

大正（1912-1926）年間日本社會經歷了快速都市化與消費大眾興起的轉
變。1920年代起，伴隨著都會區人口快速增加，公共娛樂場所如咖啡館、跳舞
場、電影院、百貨公司興盛，大眾媒體科技深入日本國民的日常生活，包括雜
誌、報紙、電影、蓄音機、收音機等（Harootunian, 2000）。女性工作機會增
加，消費能力提昇，女性讀者透過雜誌內容或讀者投書，接觸到大眾文化與消費
的概念，除了生活、愛情等私人面向，也有機會接觸公共領域，並思考自己的定
位。在雜誌與報紙等大眾媒體工業的交互影響下，女性讀者形成一股力量，社會
也開始正視女性角色的轉變，挑戰既有父權結構對女性附加的道德規範。

二、臺灣新女性、良妻賢母與摩登女孩

如同日本女性在廿世紀初經歷的劇烈轉變，臺灣女性也處於社會急速變化階
段。洪郁如（2001）整理，1919年與1922年發布的教育令，對女性教育有深遠的
影響。這段期間歷經辛亥革命、第一次世界大戰結束、韓國獨立等事件，全球民
族主義高漲。日本對臺灣的殖民政策發生改變，為了要穩定殖民勢力，開始拉攏
仕紳階級，連帶過去不被重視的教育層面也被重視。1919年發布的教育令，主要
是將過去女性教育中所強調家政、烹飪等技藝的部分減弱，增加七科普通科目增
加。1922年的教育令是強化第一次的政令，並且增加了臺日學生共學的部分。

1920年代前後臺灣知識分子對女性教育有抱持著兩種觀點：「齊家興國」
與「解放」論。「齊家興國」論的特徵有二：第一，女性接受教育的受益者並非
限於女性本身，是以「家庭能夠成為受益者，甚至若能擴大到國家層面會更好」
的想法作為考量。在這種論述下，女性教育中的女性仍然不是一個完整的個體，

是過去日本推行「良妻賢母」的一種延續。其次，臺灣作爲殖民地，在提倡齊家興國的時候會遇到論述中的國家到底是指中國還是日本的困境。「解放論」的提倡者大多是留學歸國的本土知識份子。受到第一次世界大戰戰後思潮與各種社會運動的影響，他們認爲臺灣女性的教育是處於不平等狀態，需將女性從家庭中解放並提升女性的社會地位。此論述通常由男性學者提出，且伴隨著婚姻自由的討論。而女性知識分子傾向討論各種傳統家庭對女性的束縛，而不僅只在自由戀愛的層面。

　　二〇年代開始出現臺灣女性升學的風潮，受新式教育的女性被稱作「新女性」，以與過去未受教育、或者只受過傳統漢人教育的女性有所區別。除了公立高等女學校是眾人的目標之外，高度競爭下有些人必須折衷的選擇私立女學校、女子職業學校、公學校附屬二年制高等科等升學方式，尚不滿足臺灣教育條件的人會選擇赴日留學。當然通常是家中有足夠的經濟能力，或者有親友住在日本的女性比較有機會成行。這些留學的女性在科系選讀上與男性非常不同。大多數的臺灣男性留學生以成爲醫生、律師或者公務人員爲目標；女性除了考量將來發展選擇醫學或藥學就讀之外，部分的人則是基於興趣考量專攻音樂、美術與家政。

　　到了近代都市文化開始興盛的1930年代，在臺北也開始興起所謂「モダンガール」現象，不過當時臺灣更習慣以「黑貓」來指稱摩登女孩。黑貓時代的臺灣興起了空前的跳舞風潮，同聲、羽衣、第一等等的跳舞場相繼開業，年輕男女也陶醉在音樂中並跳起舞來。此外，以戀愛爲主的臺語歌，當時也在古倫美亞唱片（Columbia Record）等地開始販售（洪郁如，2010）。過去臺灣的女性很少在公開場所露臉，但自1920年代以降，蓄著短髮、穿著西式洋裝或女高學生制服的年輕女孩，已經成爲都市街景的一部分，由於女性的就學與就業，在過去難以一見的女性身影，化爲日常街頭上風景的一部分。如洪郁如（2001）在《近代臺灣女性史》中引用一篇1923年的報紙投書：「過去的女性總是藏身於角落之中，然而如今卻能夠在往來頻繁的街上昂首闊步。這兩三年來的女性們，和以前相比眞的是完全改變了，不論是精神或是外貌。」這樣的景象到了三〇年代更加普遍。

在1931年（昭和六年）10月2日出版的《臺灣日日新報》刊有畫家黃土水夫人、黃廖氏秋桂所寫的〈衣裳文化と黑貓　本島人モガの生活を解剖〉一文，顯示摩登女孩或黑貓在三〇年代初期已是臺北街頭常見的街景：

> 時值涼秋，本島也吹起了現代化的風潮。穿著長筒白靴展露出腳部美麗曲線，和彷彿可以透見美人肌膚的洋裝或長衫，這樣的女性們三三兩兩地抱著手臂沒有任何矜持也沒有任何限制更沒有任何膽怯，往來活躍於各個地方。這些美少女的真實面目究竟為何？她們是臺灣的摩登女孩（又稱黑貓）。……和日本風行的摩登女孩一樣，臺灣的黑貓乃至最近在美國被稱為遊樂廳粉絲的美嬌娘等，他們都是現代社會之下的產物，共通點是她們喜歡追求自由、快樂、放浪……

與日本相同，臺灣的摩登女孩是在政府施行新式女性教育，女性開始進入職場，消費主義興盛的背景下所興起。電影、流行歌曲等大眾文化也在咖啡廳、跳舞場等地快速流轉，而摩登女孩正是流行文化的擁戴也是大力推動者。從發行端而言，據臺灣總督府1924年的調查，《臺灣日日新報》約有18,970份發行量，但實際閱報人數遠高於此（孫秀蕙、陳儀芬，2009）。李承機（2005：269）推估，三〇年代除了《臺灣日日新報》、《臺灣新聞》、《臺南新報》等三大官報，還有跨海販售的《大阪朝日新聞》、《大阪每日新聞》，加上《臺灣新民報》於1932年被許可爲日刊報紙，顯示報業競爭激烈，搶奪逾百萬人的讀者大眾市場。

1930年代臺灣女性讀者群眾數量仍缺乏明確的估算。1934年創刊的婦女雜誌《臺灣婦人界》刊載了數篇家計安排的投稿，爲婦女雜誌的價格與閱讀族群提供一些線索。與日本情況相似，中產階級以上的日本與臺灣人家庭普遍將購買報紙與雜誌列爲日常必須支出。月入九十一圓的遞信部官吏家庭每月修養費預算爲三圓五十錢，其中一圓買《大阪朝日新聞》、一圓三五錢買《臺灣日日新報》、

另外雜誌數本約花費一圓六五錢（河田葉子，1934，頁76-78）。一家七口、月入伍十圓的銀行員家庭，每月修養費支出爲五圓二五錢，其中固定一圓買報紙，購買雜誌的預算分配則爲男主人二圓，女主人與孩子們各支出五十錢、九十錢（堀井ふさ，1934: 79）。同期雜誌也刊登臺灣人的投稿，月入三百圓的藝妓家庭，因爲家中人口多且花費多，每月只能儲蓄十圓，在此情況下仍列二圓九十錢爲修養費，固定閱讀《臺灣婦人界》（四十錢）、《臺灣日日新報》（一圓三五錢）、《主婦之友》、《少年俱樂部》（兩本都是五十二錢，含運送郵資）（黃氏秀英，1934，頁82）。從這些投稿看來，婦女雜誌比報紙便宜，藝妓需能與客人闊談時事，必得廣讀報章，但對中上家庭而言，雜誌也是日常消費的一部分。

當時媒體論述對於轉變中的女性形象，有著激烈辯論，尤其女性的金錢與戀愛觀。例如1930年有篇投書批評《臺灣新民報》介紹新女性時居然用了妓女的照片「以婦德不修或以妓女爲臺灣女性的代表，與潔白無垢或品行端正前途有望的新女性混淆在一處，這實是污辱臺灣新女性的體面，不得不爲臺灣的新女性大哭三天了。」另外，署名徐玉書（1933）的文章，批評都會女性「自由戀愛變成了變相的出賣商品，社交公開也往往變成了性的交易的代名詞」，「性道德的打破，性的放縱變成爲必然的現象。有閒階級佣金前來買取女子的性愛，一般的女子看到金錢便染到虛榮心」。該文強烈建議現代女子應該追求經濟獨立，才能進而擁有人格獨立和自由。

大眾媒體再現、形塑、且評論女性的形象，成爲讀者大眾想像的依據以及日常討論的話題，這是現代性的特色。三〇年代臺灣社會，有著新興的女性大眾讀者群，以及關於新時代女性該如何定位、自處的諸多辯論，當然讀者的喜好與品味也影響了媒體內容的取向。接下來我們從報紙連載小說《命運難違》的描寫來理解當時女性的形象如何被再現於媒體，以及日常生活中與大眾媒體的可能互動。

三、一九三〇年代臺灣女性的衝突

　　本文從《命運難違》（林煇焜，〔1933〕，1998，邱振瑞譯）一書來推敲一九三〇年代臺灣都會女性所經驗的生活型態，以及所面臨的道德困境。《命運難違》是男性作者所撰的報紙連載小說，其情節鋪陳與角色設定，某種程度也再現了當時臺灣社會對於轉變中女性角色的看法。

　　《命運難違》自1932年7月起在《臺灣新民報》連載七個月，是臺灣第一部報紙長篇連載小說，全文共一百七十回。作者林煇焜非專業作家，而是經濟專業，京都帝大經濟系畢業後擔任淡水信合社理事主席。據其後記自述，該小說的緣起全因與好友吳三連的閒談自薦，每天利用下班後兩小時時間撰稿。由於連載大受歡迎，隔年隨即由林煇焜自行出版，也是臺灣第一本出版的單行本小說。小說以臺北城爲背景，描寫中上階層人士的婚姻與互動，穿插大量當時消費文化的描寫，誠如下村作次郎與黃英哲所言（1998）「在觀察當時臺灣社會與大衆文化時，這部小說的作品提供了許多寶貴資料」。

　　柳書琴（2012）指出，《命運難違》採取獨特的「時事進行式」，故事中所談及的情節，與當時的時事都有所呼應。諸如臺灣出身的謝介石出任滿洲國外交部長、駐日特使，故事安排報紙大幅報導謝介石訪臺消息並成爲主角陳鳳鸞與父親陳太山討論的焦點。《命運難違》除了提及咖啡館、電影院、百貨公司、跳舞場等新興消費場所，也穿插明治橋、圓山動物園、北投溫泉、馬偕醫院、村井商店、蓬萊閣、同聲俱樂部等等具體地點，讓讀者對島都臺北的流行空間充滿遐想。同期作家吳漫沙作品如《韮菜花》（〔1933〕1998）、《黎明之歌》（〔1942〕1998），雖也描寫都會愛情，但主角出入的場合多僅以公園等模糊地點帶過。相較之下，林煇焜的作品不僅將情節與時事巧妙交疊，文中清楚交代幾點幾分，突顯出臺北作爲新興都市的韻律，更建構出實際的空間感。

　　《命運難違》故事男主角李金池長年在日本求學，在京都大學就讀經濟系，憧憬自由戀愛，一心想跳脫家庭的影響。故事從他大三暑假應家人要求回臺相親

開始，對象是萬華名紳陳太山之長女鳳鶯，兩年前自第三女高畢業後待字閨中，人稱她為萬華第一美人。外界看來門當戶對的理想對象，李金池卻覺得有違時代潮流而堅決抗拒。故事中李金池堅持應該與結婚對象交往，爭取自由戀愛，但三〇年代初期的臺灣社會，仍難以接受。作者透過金池之友、也曾留學京都的學長張玉生之口說道：「臺灣的風俗習慣語言文化等與日本和其他國家相較下，要落後得多……長久以來，臺灣人一直奉家族主義完成終身大事。家族主義的根本就是為人父母的意志，它將子女視為私有物……在奉行這種觀念結婚的臺灣，根本不可能容許個人擁有選擇配偶的自由。（同上：119）」金池的母親以妹妹碧玉為例，「年輕女孩別說不得隨便外出，有年輕男孩來訪，也不能出面接見」（同上：141），說服金池這是臺灣每個家庭普遍的情形，因此婚前自由交往是不容許的。

後來金池在街上邂逅了外表時尚的楊秀惠，爾後因緣際會解救在公車上遇搶匪的秀惠之父、太平茶行老闆楊文聰，但因無法交往來確定性格，只能以結婚為前提在婚前有幾次單獨約會。金池與秀惠實際接觸後才發覺兩人格格不入，卻無法終止婚約。婚後兩人感情不睦，金池因而移情滿洲咖啡館的女侍靜子。另一方面，鳳鶯內心對婚姻雖有不少掙扎思索，行動上仍聽從父親安排嫁給郭西湖之子啟宗，婚後受到婆婆與先生的雙重猜疑。故事最後，李金池解救了欲從明治橋上跳河的鳳鶯，兩人互勉要堅強活下去。

在小說的敘事中，呈現大眾媒體在當時臺灣日常生活中運用的情形。女主角陳鳳鶯的登場，是由妹妹鳳嬌興奮地拿著報紙分享新館電影院將上映影片〔七之海〕的消息（同上：33）。姊妹共用的房間「桌上放了一個色調溫和、樸素的書架，裡面整齊排列著數十本長篇小說和婦女雜誌。（同上：38）」陳家的兩位女生喜愛閱讀報紙與雜誌，也定期購買《婦人之友》。故事中有好幾個片段，藉由陳鳳鶯與父親陳太山的對話，透露出報紙在生活中的必要性，以及報紙是女性接觸世界的重要窗口。例如陳太山對友人提及，家裡訂了兩份報紙，主要是因為女兒們非常愛看報上的連載小說（同上：85-88）。當某日報上頭條刊載了他們

熟識的人就任滿州國特使，成爲政府的國賓，陳太山隨即把報紙拿給女兒，鳳鷥也評論了時任滿州國總務長官駒井德三的背景生平，令其父訝異且佩服（頁300-301）。

　　鳳鷥女高畢業後並未就業，不久媒人就開始拜訪穿梭。書中有一段很長的篇幅，是鳳鷥與鳳嬌對於婚姻意義的討論。鳳鷥看重妹妹的意見，因爲鳳嬌「每月少說也閱讀類似《國王》、《富士》等其他女性雜誌」，雖然年輕但見識頗廣。至於女高同學中，有些直陳不應與未謀面的男人結婚，多數則傾向「家世和學歷相當，結爲夫妻當不致於造成悲劇」，她本人綜合考量後也認爲「出生在中上家庭的女子，想自由跟男人交往簡直不可能！（同上：56）」。雖然老師建議鳳鷥可趁年輕先至日本內地繼續進修，但鳳鷥自忖個性不適合當職業婦女，更擔心「留學後思想改變，不能適應臺灣婦女的定位，情況豈不更糟。（同上：57）」

　　三〇年代關於女性角色的爭論，聚焦在女性的金錢及道德觀。《命運難違》中，鳳鷥被描繪爲一位貌美、學歷高、出身自大戶人家的理想美女。平日閱讀、裁縫，照顧年幼妹妹，從不花大錢在自己身上，因媒妁之言成親後，凡事尊重婆婆與丈夫，可說是「良妻賢母」典範女性的投射。鳳鷥雖受過新式女子教育，並且經由報紙、雜誌接觸外界資訊，但未透過就業取得經濟自主，在婚姻上還是聽任父親安排。雖然她贊同新女性的主張，卻缺乏反抗傳統的勇氣，只是消極地「爲這個社會的各種制度，矛盾嘆息」（同上：61）。作者雖藉著鳳鷥之口批判：「臺灣這些混沌無定的陋習、制度，我們處在一個荒謬的時代。」終究沒有賦予她跳脫羈絆的行動力。

　　婚後鳳鷥遭到重大挫折。原本疼愛她的公公車禍過世，婆婆嫉妒她，丈夫也常施以拳打腳踢。情節提到婆婆以擔憂丈夫健康爲由，令她要求分床但禁說緣由，丈夫因此憤怒相向，後在覬覦家產的表弟設計下，受藝妲誘惑而外遇，鳳鷥鎮日對著縫紉機以淚洗面。鳳鷥擁有高學歷，女紅手藝精湛，事事以父親、婆婆、丈夫爲尊，以家庭爲重，不曾從自身的需求出發，確是時論「良妻賢母」典型。但她缺乏自主的覺醒，對人生沒有熱愛只能隱忍，明知制度無理只抱持宿命

觀，受到壓迫卻無反抗行動。作者安排其悲慘的命運，或許是希望藉此鼓吹自由
戀愛，喚醒臺灣讀者的批判：

> 　　虛偽的婚姻，沒有愛的結合，……鳳鶯很清楚這點，卻主動甘心
> 於這樣的婚姻，這是因為她太過相信宿命論。是什麼使鳳鶯凡事相信
> 命運安排？其最大的根源在於陳規陋習辦事的臺灣社會。愛情在交往
> 中產生，交往取決於自由。但是，剝奪自由、禁止交往，當然就不可
> 能產生愛情。……一切罪過都出自臺灣社會。臺灣社會它決不是鳳鶯
> 一個人的社會，她是由四百萬人形成的社會。而且，這個社會不只生出
> 一個鳳鶯而已，它肯定要製造出成千上萬的鳳鶯。（同上：399-400）

　　對照林輝焜在連載後記中提到，文中刻意吹捧城隍爺和藝妓、大罵臺灣人
缺乏自覺，卻沒接獲任何批判投書，他感到十分遺憾，爲此呼籲「臺灣人對所有
的事多寄予關心」（同上：593）。藉著自艾自憐卻無行動反抗的鳳鶯，作者充
分表現了對當時臺灣女性的同情。三零年代的臺灣女性雖比之前世代更有機會受
到現代教育，卻無力改變傳統價值的桎梏，即使出身於中上階級，也終究是「從
傀儡姑娘到傀儡妻子而已……一個從父母手上老老實實被買到另一個人手上的傀
儡」（同上：532）。清楚知道報紙連載小說有眾多忠實女性讀者，林輝焜或許
想藉著劇情的安排，鼓勵更多女性自覺與自主，擺脫消極的宿命觀點，這也反映
出許多留日返臺知識分子的共同主張。

　　有別鳳鶯的樸實賢慧卻命運乖舛，故事中與之對照的是金池一見鍾情進而
求婚，卻因雙方差異過大而失和的太太楊秀惠。李金池抗拒媒妁之言，因看城隍
廟會誤踩了時髦的秀惠一腳，驚爲天人，之後幾次咖啡廳、電影院偶遇，讓金池
更確定秀惠是命運的安排。家境富裕的她經常帶著女僕在外閒晃，逛百貨公司，
外表「像是洋裝店的時裝模特兒走了進來，剪著男士短髮，後面剪得一樣齊，穿
短髮、洋裝，一切都是現代打扮」（同上：293）。金池是在日本受教育的大學

生，礙於自由戀愛的風氣在臺灣尚不能被接受，只好向楊家提出求婚，婚禮之前幾週兩人才有機會單獨外出。李金池了解未婚妻的行事後，就開始後悔自己的選擇，只有公學校畢業的低學歷、不做家事、生性揮霍、善妒，「想到這就是要成為自己妻子的女人，金池的心頭被一種猶如盲人在昏暗世界摸索的不安感籠罩起來」（同上：331）。還沒結婚，秀惠即從命定之女，變成金池口中「不懂禮貌的女人，愛好奢侈的女人，生性懶惰的女人，沒有學問的女人，嫉妒心強的女人，猜疑心重的女人，女人所有的缺點她都具有」（同上：344）。但因兩人是以結婚為前提而展開交往，婚約不可撤銷，明知不幸福還是得硬著頭皮結婚，最終導致金池外遇，甚至走上明治橋想投河自殺。

三〇年代時髦年輕女性是臺北都會街頭常見風景，當時未婚女性已經取得部分行動自主權。相較於鳳鶯從女高畢業之後三年，唯一外出的活動是與妹妹去看了幾次電影，時常帶著女僕在外閒逛的秀惠更有機會接觸到都會消費空間以及現代傳播科技，諸如咖啡館內流洩而出的蓄音機與廣播聲響。小說中的秀惠是個丈著家富，經常流連百貨公司、出手闊綽的「摩登女孩」，每個月買香水的錢可比當時大學生的月薪還高。整體而言，「摩登」女性在《命運難違》中的形象是負面的。例如江山樓中的藝妲們「穿了二寸高的皮鞋，看起來身材更為頎長。應該屬於現代所謂的摩登女郎。」（同上：227），而金池對其中一位「自我炫耀、肆無忌憚的談吐，粗魯的招待方式，身穿引誘挑逗奢華服裝的摩登女性」感到厭惡。（同上：240）如同徐坤泉與吳漫沙的作品所呈現，「摩登女性」被用來形容行為舉止需要被糾正的對象（林佩吟，2014），女性的物質慾望雖是現代性的表徵之一，卻被認為品行不佳。

在婚前約會時，金池極力邀秀惠去新館看了電影《海燕》。該劇也是真實上映的電影，由小島政二郎所寫的《海燕》改編，情節大致是描寫作家海野因妻子揮霍無度，過著內心寂寥的生活，三千代則是沈迷賭博、不顧家庭的和服店大老闆露木之妻，海野與三千代經過長期的精神戀愛最終得以結婚（李政亮，2009；新潮社，2015）。看完電影後，金池試探地問秀惠感想，沒想到秀惠直率地表

示，像劇中女主角三千代那樣「結婚之後，也不用女傭人，還把陪嫁過來的衣服拿到當鋪典當，維持自己的婚後生活，我可做不來」（同上：328）。簡短地交換意見後，金池越來越吃驚於自己先前對秀惠的無知，「她—秀惠，說起來就是為快樂而生、活著、結婚、生子、最後而死的。（同上：331）」婚後，金池與秀惠相處不睦，轉而尋求咖啡廳女侍靜子的安慰，引來秀惠毫不隱藏的嫉妒，金池想：「秀惠的確是一個善怒吃醋的女人，我覺得被嫉妒一次，就會少活一年」（同上：521）。

　　林輝焜雖賦予鳳鶯與金池長篇獨白來反映其內心的自省與掙扎，但未呈現秀惠深刻的思考，而是透過角色互動以及旁人的感想，來塑造她的性格。「只愛自己」的秀惠雖是任性的千金小姐，也是彼時「摩登女孩」的代表。摩登女孩引人注目的背景是當代消費文化興起，如同當時的輿論多採取指摘的立場，《命運難違》所描寫的秀惠也不是個令讀者喜愛的角色，而且多次提出她只有公學校畢業這點，作為其不適人妻角色的解釋。從文本來解讀，作者似乎是將新式教育視為現代女性的必要條件，從中塑造「新女性」與「摩登女孩」的對比—前者是識大體、懂持家、能與丈夫匹配的理想女性，而後者則是揮霍、善妒，空有流行外貌的淺薄女性。林輝焜對女性的詮釋，明顯受到齊家興國論的影響，因而他雖鼓吹戀愛自主，但仍將女性的價值以妻子的標準來衡量。

　　Jackson & Tinkler（2007）指出，由於摩登女孩跳脫傳統思維追求自主，令男性倍感威脅，因此兩次大戰間媒體呈現的再現與評論多半是負面。林輝焜身為同時代男性知識分子，也難脫社會氛圍，對於彰顯女性與消費的關係持負面看法，連載小說強化了蔚為主流的摩登女孩形象，將之建構為品性不佳、需要改進的一群，透露出消費是不事生產的活動，女性應把錢花在照顧家人、而非自己身上的觀念。然而，消費的意義未必是消極，Tarami（2006）認為，百貨公司的空間對女性而言是一個可以逃避男性監控、遠離日常生活的公共空間。百貨公司空間的凝視所隱含的窺淫慾望和娛樂的美學經驗，能促使女性對消費、奢侈感的意識和新生活的想像。Sato（2003）認為，消費賦予女性權力感。除了消費的過程

需要作出決策，同時女性在公共空間中能夠大方的展示其身體供男性凝視，並對
這些凝視予以回應。這種性別的自我意識暗示了女性作為行動者的出現。

　　秀惠穿梭於百貨公司與咖啡店之間，接觸最新的傳播科技像是廣播與唱片，
能在公眾場所以微笑回應李金池的凝視，與初見面男子談話毫不羞赧。其時髦的
裝扮引來路人注視的目光，而她也早已習慣成為街頭的焦點，與異性互動時持自
然態度，如被金池踩髒了腳，報以「仙女般的微笑」（同上：160）；隔天又在
公車上偶遇，則「報以比昨天更溫柔美麗的微笑」（同上：173）。雙方家庭達
成結婚共識後，兩人首度單獨外出，「秀惠雖是第一次與金池講話，但從態度上
看，好像已相交多年，對談十分自然」（同上：326）。跟壓抑慾望、追求社會
認同、但從不自己作決定的鳳鶯相比，秀惠花錢在自己身上，不理會外界對於好
妻子的期待，毫不掩藏妒嫉或憤怒的心情，從這些角度來看，她其實展現了部分
做為行動者的自主意識。

四、女給：摩登女孩或新女性？

　　《命運難違》中第三個主要女性角色，是咖啡店女侍靜子。與鳳鶯、秀惠
不同，靜子是自食其力的職業婦女。故事開始於炎熱六月午後的一場西北雨，臺
北滿州咖啡館流瀉而出，在冰淇淋、草莓汽水與香煙等代表流行物質文化的場景
中，是女服務生靜子與主角李金池及友人張玉生之間的對話。「不知從哪裡鑽
出來一群打扮濃豔的女服務生，如雨後春筍般亭亭玉立、裝模作樣，大約有十幾
個。其中，有梳著看似不同於藝妓髮髻的純日本髮飾，也有類似男士髮型、洋裝
打扮的短髮女侍。」（同上：6）從咖啡店開場，可視為連載小說作家吸引讀者
的重要策略，因為咖啡館被視為都會最新興的社交場所，時髦的女給也是社會注
目的焦點。

　　1923年日本關東大地震後咖啡店如雨後村筍般大量增加，此時咖啡店的空間
設計從承襲歐陸轉向美式風格，並且多了娛樂性質。Tipton（2000）肯定咖啡店

作為現代性的表現，不僅是對城市人的解放也是對女性的解放。相較於過去傳統的建築，咖啡店提供的西式空間對大眾出門在外而言一個相對舒適的用餐空間。女性透過百貨公司與咖啡店走出傳統家庭生活方式的同時，也意味著女性開始進入勞動市場。三〇年代，不管在日本或臺灣，咖啡廳女侍（或稱女給）都是社會中的焦點。日本料理亭有藝妓表演、陪酒的傳統，咖啡店的女給則是新時代的產物。齋藤美奈子（2003）指出，女給與職業婦女同樣是摩登中具現代性的職業類型。通常到咖啡店消費的顧客屬於學生、單身上班族、新聞雜誌記者。這些人在經濟能力上沒有辦法負擔像是藝妓、娼妓的費用，咖啡店明亮開放的空間也使顧客得以感到輕鬆自在。

昭和五年（1930）八月26日起，《臺灣日日新報》連載了十篇以〈島都の尖端を行く　カフエー繁昌記〉為題的都市風景速寫。首篇內容大意如下：

> 近日在臺北有著絕妙的情景，那是以咖啡廳為中心，展現出鮮明的時尚風貌。……（女服務生以咖啡廳、酒吧、喫茶店為據點，其中也有一身普普風打扮的娃娃頭少女。）而穿著水手服、喇叭褲等豔麗服裝，在大街闊步的摩登少女，近日亦出現於臺北街頭……霓虹燈、爵士樂的旋律、香水的氣味、展現南國情調的椰葉搖曳、包廂內悄悄地艷語、電扇的轉動聲、雞尾酒的味道、斜眼所見之紅唇、受感情鼓動的心。

咖啡館的盛行並非臺北獨有，報章雜誌上常可見到臺南、高雄等地咖啡館徵女給的廣告，而女給作為女性新興職業，能夠在流行的場所、衣著光鮮地周旋與眾男客之間，經常被等同於「黑貓」，亦即「摩登女孩」。依據《臺灣新民報》（1933年7月6日）一篇報導，1933年臺北城內南警察署轄區有「料理店就有六百一十五家、藝妓百五人，遊廓二十六家、女郎一百五十七名，咖啡店約五十家、女給兩百名以上」，上咖啡館是臺灣都會區的主要娛樂。

　　《臺灣日日新報》（1931年8月21日）報導，昭和六年南警察署召集轄區內女給232人詢問他們的生活情形，年齡最輕的僅十三歲，卅歲以上的也有九位，年紀最大的是卅六歲。除了四位無學歷文憑，其餘多數受過普通教育，也有十四位從高等女學校半途退學，甚至八位具有女中學歷。之前的工作經驗方面，有一位曾是打字員，有六名曾是事務員，多數則是從女傭或藝妓轉業。收入的部分，雖然這不是很精確的調查，但其中收入最高的女給，月收入可達二百圓，最低的月入僅十圓，平均月收入約為五十四圓，不過每個女給都需花費不少的治裝費和化妝費。這項調查可以大略勾畫出當時女給的背景，他們大多是年輕女子，受過教育，而且收入不低。當時採茶女一天約可賺四角、採茶四十斤可得一元（《臺灣民報》1930年1月1日）。每日工作十五小時、作三休一的自動車女車掌平均月薪約廿三圓（《臺灣民報》1930年1月18日）。《命運難違》也提及，「今天從臺北的帝大畢業的學士，即使被錄用，每月薪水才六十圓」（同上：82），女給的收入算是高薪，也因此女服務生成為中下階層女性踏入職場的熱門選擇。

　　女給在表面上看起來具有摩登氣息，只需要端茶水與客人聊天，而且能在咖啡館接觸廣播、蓄音機等傳播科技，接觸最新的話題，看起來令人欽羨。事實上在經濟蕭條時期日本的雇主並不給付工資，女給的工資必須從小費取得。為了能夠平衡自身的消費支出，女給往往需要超時工作來換取微薄的薪資。只不過，比起藝妓、娼妓等在衣食上都受限於雇主，女給的工作條件稍好，也較有機會真正獨立（齋藤美奈子，2003）。三〇年代擔任《大阪每日新聞》記者的村嶋歸之（2004）實地訪談發現，女給之中不少是努力賺錢持家的例子。他指出，外界常從小費豐厚、衣服花費高額來批評女給是不踏實的職業。其實女給當中有不少是節儉再節儉，將剩餘的錢省下來以備不時之需，寄錢回家鄉以買良田，貼補父母親戚的家計，以自己的收入支撐一個家的女給，也大有人在（同上：334-335）。如同村嶋歸之所描寫的大阪女給，女給在臺灣也是家中經濟的重要支援，如《臺灣藝術新報》（1935）中的一篇〈女給生活を語る〉提及：「……無論怎樣華麗的女給職業背後，一定有艱辛的地方，越是華麗的背後困難的程度也會越大……而女給內心牽掛的存

款，當存到一千圓、二千圓，有拿給父母盡孝心的、也有被男人拿光而哭泣的狀況。」

女服務生的進入門檻低，提供廿世紀初期女性就業機會，但男性往往認為這些女性僅具有性吸引力的能力，以性作為工具吸引顧客（Sato, 2003），媒體報導中的女給也經常是偏向負面的爭議形象[2]。例如《臺灣民報》（1930年1月1日，頁13）一篇〈洋菜館的女給〉做了以下描寫：

> 臺灣女子在這幾年來進入於西洋菜館、當女給的人算是不少了。……鄉下似的臺灣，專看逛客的賞錢，一個月不過幾十圓錢，花粉錢還不夠，哪有餘力調製時勢的新衣裳呢？因此他們不得不別開生面，秘密地作點皮肉生意，幫助些自己或是供給他們父親的阿片錢……當這種職業的女子，大部分是因為家裡貧窮……有少的自十三四歲起就出來從事，你道她是潔白處女，那知他已經曾戰沙戰，竟不是你所想的純真女子了。

從這些報導看來，女給常被等同於性開放與墮落的摩登女孩形象。在《命運難違》的情節裡，咖啡館是金池與朋友們主要的聚會地點，「令人心情愉快的建築和清新的室內裝潢，還有打扮漂亮的女侍，這樣的咖啡屋對因家庭生活苦悶、倦怠已極的男人，不能不說具有極大的魅力。」（同上：520）男客們與女給之間雖常打情罵俏，但女給能參與時事討論，也讓男客們十分佩服。《命運難違》描寫到滿州咖啡館雇用的廿七名女給中，逾半數都有女中學歷，靜子具有女專肄業的學歷，在顧客間能侃侃評論時事。例如金池的男性友人們不約而同地稱讚靜子：「難得有這樣的咖啡館女侍，她一定出生在中上流家庭，受過教養的女孩，

---

2. 〈女給飲毒，生死未明〉，刊登於《臺灣新民報》，1933年10月5日，頁3；〈臺中夜明女給自殺未遂，因悲觀身世淒涼〉，刊登於《臺灣新民報》，1933年10月13日，頁3。

無論說任何話題，她都能應付得宜。」（同上：30）事實上，社交應變能力傑出的女給，是男客嚮往流連咖啡館的主因。例如靜子被客人調侃喜歡年輕男人時，毫不遲疑地反擊：「「那是當然囉，你們不是想有美女作陪嗎？我們也是這種想法。有年輕溫柔、體貼的男士會讓我們心情愉快……」（同上：18）。在女性慾望被壓抑且刻意忽略年代，靜子說法令客人感到不可思議，也顯示作者刻意地凸顯了靜子的激進思考與自主意識。

　　當金池婚姻失意，上滿洲咖啡館與靜子聊天成了他的唯一慰藉。經過金池的告白後，靜子每天打兩三次電話至他工作的報社，並用「清麗娟秀的筆跡」寫情書示愛，甚至表明為了愛情願意貢獻貞操、不計名分。與金池相約到北投過夜的那晚，靜子豪氣地表白：「別擔心，勇敢地愛我吧！以後的是就靠我的愛情力量來善後吧。」（同上：568）她甚至嘲笑躊躇不前的金池是個軟弱的男人。作者塑造了高學歷、經濟獨立、追求愛情不計較社會評斷的女給靜子，兼有「新女性」與「摩登女孩」的特質，但靜子是一位日本女人，也凸顯了「先進日本」與「落後臺灣」的對比，書中的臺灣女性就無法如此灑脫。這可能也呼應了林輝焜於後記所表明，其急切希望臺灣文化能夠大步發展，擺脫荒謬舊制的用心。

　　三〇年代媒體報導中，女給常被等同於黑貓或摩登女孩，雖然知識分子對於這群反抗社會道德價值的年輕女子常嚴厲批判，但是摩登女孩具有與消費、流行與現代感相結合的形象，也是廣大勞工女性所嚮往、藉由想像來排解苦悶的依附。由於大眾發行的報紙或雜誌需與讀者來回協商，日報連載故事更得吸引讀者，而勞動女性─尤其是亟需社交話題的女給們，正是支撐銷量的主要購買者之一。有別於常見對女給的嘲弄與責難，林輝焜安排靜子作鳳鶯和秀惠的對比，成為書中唯一具有經濟自主的女性，藉由塑造此激進、獨立、勇敢、聰慧的角色，也可能是回應其目標讀者熱切期望，提供女性讀者一個想像目標。

五、小結：殖民地臺灣的女性與現代性

1930年《臺灣日日新報》上刊登了一篇帆足みゆき女士口述的文章〈披著新女性面具的摩女（新しい女の仮面を被るモガ）〉討論真正新時代女性應有的資格。帆足みゆき是日本大正昭和時代的評論家，著有《現代婦人の使命》等書，她認為對社會有用的新時代女性必得有自主獨立精神，就業以取得經濟自主，否則若婚姻不幸又無法自立，就只有隱忍一途。不過，家庭主婦若能不失去獨立和自尊心，合宜地處理家庭消費，貢獻於國家與家庭經濟改善，也是真正的新女性。另一方面，

> 披著新女性的面具，內心抱著舊時女性思想，被稱為摩登女孩的女性存在。她們中了西方糟粕文化之毒，失去傳統女性的優點。以享樂為人生的目的，抱著奢侈是當然權利等想法，將男性視為玩物，抱持著依賴和虛榮心，缺乏獨立心，和舊時少女無異。這一類摩登女孩怎可被視為新女性呢？

這篇文章說明了「新女性」、「良妻賢母」與「摩登女孩」彼此相互連結，無法截然區分的關係：良妻賢母未必不是新女性，外表摩登的女孩也可能只是披著現代的面具。不過，在1930年代的臺灣，受限於傳統觀念、家族主義、性別階層等結構上的因素，多數女性仍在社會建構的多重道德標準中掙扎。

從《命運難違》的描述以及其他史料，本文試圖呈現1930年代臺灣都會女性如何被媒體再現，其日常生活的樣貌及所面對的道德困境為何。兩次戰間臺灣的女性自覺，是受到全球女性運動的浪潮，以及大眾媒體產業發展的影響。日本為了提高國力，重視女性教育，加以大眾雜誌的普及化，中產階級興起，大正時期經歷了西方制度深化至日常生活的過程，婦女從報紙、雜誌、電影中獲得並交換資訊，從中建構了現代婦女的新認同。作為日本殖民地的臺灣，也受到這股風潮影響，在女性教育變革的影響下，越來越多女性得以有機會受到新式教育。當時

教育體制鼓吹「齊家興國」論，認定受良好教育的女性可為家國帶來更多福祉，到過日本接受教育的知識分子，則開始鼓吹女性自覺，主張應協助女性從傳統的限制中「解放」出來。在這樣的社會氣氛，以及現代都市提供的公共空間與消費場所逐漸成熟之背景下，二、三〇年代的臺灣街頭開始出現獲得部分行動主權的年輕女性。

　　受到新式教育的女高中生和打扮時髦的年輕女孩，常被分別冠上「新女性」和「黑貓」的稱號，不過兩者的形象常相互衝突。新女性藉著閱讀報紙和雜誌能展現不遜於男性的評析能力，而非如傳統女性只能蝸居家中，難以參與公共。黑貓經常駐足百貨公司、咖啡館與跳舞場等公共娛樂空間，可能因為家富，或者作為這些場所的從業人員，得以接觸最新的傳播媒體，如蓄音機、廣播等。代表消費文化的黑貓在時常得到負面的批評，媒體形象不佳。但消費也有其正面意義，某種程度上可視為女性掙脫傳統束縛，迎向異性凝視，追求自身價值的表現。

　　《命運難違》描寫一個抗拒舊式婚姻安排的年輕人，追求自主卻仍因教育與金錢觀念的懸殊，導致婚姻不幸。其中三個女性角色，分別為女高畢業的良妻賢母鳳鶯，自恃家富只顧享樂的摩登女孩秀惠，以及經濟獨立追求自由戀愛的女給靜子。書中勾勒出當時臺灣都會生活，媒體提供大眾娛樂、資訊以及想像的依據。原本只躲在家裡的閨秀，開始能單獨上街，女性開始迎向陌生人的凝視，踏入消費場域的公共空間，或者進入職場掌握經濟自主。彼時臺灣女性處於時代的轉折中，她們從教育體系與媒體中得知女性在新時代的可能性，但仍難掙脫傳統家庭價值的束縛。一方面期許能像男人作為經濟獨立的個體，另一方面又擔心與社會主流的勢力格格不入。

　　作為第一部報紙連載小說，《命運難違》再現了當時以男性為主的詮釋觀點，同時也對於女性的掙扎報以同情。三〇年代初期的女性尚未獲得全面自主，但處於一個舊式價值開始鬆動的階段，當時女性所能擁有的教育機會和發展可能性，則是過去所不能想像的。對照1939年出版的《韮菜花》（吳漫沙〔1939〕1998）中的描述，男女婚前交往已不被視為社會異端，女性也有了更多反抗家長

意志的自由，更可映證臺灣社會經歷了激烈轉變的時代。藉由回溯彼時都會女性的日常生活及所面對的道德困境，我們得以更理解屬於臺灣的現代性經驗，當時的面貌，以及追求新秩序與新價值的過程中，難以避免的衝突與波折。

參考書目

〈女給さんたちの生活を調査最高收入は月二百圓 〉（1931年8月21日）。
　　《臺灣日日新報》，頁7。

〈女給生活を語る 〉（1935年9月6日）。《臺灣藝術新報》，頁45-46。

〈女給飲毒生死未明〉（1933年10月5日）。《臺灣新民報》，頁3。

〈洋菜館的女給漫道她嬌小可愛誰知已久歷沙場〉（1930年1月1日）。《臺
　　灣民報》，頁13。

〈島都の尖端を行く　カフエー繁昌記〉（1930年8月26日）。《臺灣日日新
　　報》，夕刊，頁2。

〈島都の娛樂を覗く（五）娛樂の種々相再吟味が必要〉（1933年7月6
　　日）。《臺灣新民報》，頁6。

〈問答欄〉（1931年11月27日）。《臺灣日日新報》，夕刊，頁3。

〈新しい女の仮面を被るモガ眞に新時代が要求する目覺めた女性の資格〉
　　（1930年10月28日）。《臺灣日日新報》，夕刊，頁3。

〈臺中夜明女給自殺未遂因悲觀身世淒涼〉（1933年10月13日）。《臺灣新
　　民報》，頁3。

〈臺灣各界的職業婦人介紹（三）自動車的女車掌〉（1930年1月18日）。
　　《臺灣民報》，頁7。

バーバラ・H・佐藤（2010）〈植民地的近代と消費者の欲望二〇世紀初頭の
　　日本における下層中流階級ならびに労働者階級の女性たち〉，收入伊
　　藤るり、坂元ひろ子與タニ・E・バーロウ（編），《モダンガールと
　　植民地的近代—東アジアにおける帝国・資本・ジェンダー》，頁203-
　　231。東京都：岩波書店。

下村作次郎、黃英哲（1998）。〈談戰前臺灣大眾文學—臺灣文學史的一段空白〉，《中外文學》，27（6）：29-40。

平林初之輔（1975）。〈文化の女性化〉，《平林初之輔文藝評論全集》下卷（頁778-780）。東京：文泉堂書店。

牟田和惠（2010）。〈新しい女・モガ・良妻賢母—近代日本の女性像のコンフィギュレーション〉，收入伊藤るり、坂元ひろ子與タニ・E・バーロウ（編），《モダンガールと植民地的近代—東アジアにおける帝国・資本・ジェンダー》，頁151-172。東京都：岩波書店。

李政亮（2009）。〈「大眾」爭奪下的電影想像與實踐〉，《文化研究月報》第九十期，網址：http:// csat.org.tw/csa/journal/90/park/park04.htm

村嶋歸之（2004b）。〈あるが儘の女給生活〉，收入津金澤聰廣、土屋礼子（編），《村嶋歸之著作選集第一卷—カフェー考現學》。東京都：柏書房株式會社。

吳漫沙（1998）《韮菜花》。臺北市：前衛。（原著：吳漫沙（1939）《韮菜花》。臺北市太平町：南方雜誌社。）

吳漫沙（1998）《黎明之歌》。臺北市：前衛。（原著：吳漫沙（1942）《黎明之歌》臺北市太平町：南方雜誌社。）

林姵吟（2014）。〈性別化的現代性：徐坤泉與吳漫沙作品中的女性角色〉。《臺灣文學學報》，25：1-32。

林輝焜（1998）。《命運難違》，邱振瑞譯，臺北市：前衛。（原著：林輝焜（1933）《爭へぬ運命》。臺北州：林輝焜。）

河田葉子（1934）〈我家の家計簿〉《臺灣婦人界》（1934年10月10日），頁76-78。

前田愛（2001）。〈大正後期通俗小說の展開—— 婦人雜誌の読者層〉，《近代読者の成立》（pp. 211-284）。東京都：岩波書店。

星名宏修、莫素微（2007）。〈從一九三〇年代之貧困描寫閱讀複數的現代性〉，《臺灣文學學報》，10: 111-29。

柳書琴（2012）。〈滿洲內在化與島都書寫：林煇焜《命運難違》的滿洲匿影及其潛話語〉，《臺灣文學研究》，1（2）：133-190。

洪郁如（2001）。《近代臺灣女性史：日本の植民統治と「新女性」の誕生》。日本東京都：勁草書房。

洪郁如（2010）。〈植民地臺灣の「モダンガール」現象とファッションの政治化〉。收入伊藤るり、坂元ひろ子與タニ・E・バーロウ（編），《モダンガールと植民地的近代―東アジアにおける帝国・資本・ジェンダー》，頁261-284。東京都：岩波書店。

堀井ふさ（1934）〈月收百五十圓の銀行員―七人家內の家計〉《臺灣婦人界》（1934年10月10日），頁79。

齋藤美奈子（2003）《モダンガール論》。東京都：文藝春秋。

黃氏秀英（1934）〈月收三〇〇圓で不足勝な藝姐の家計〉《臺灣婦人界》（1934年10月10日），頁79。

黃廖氏秋桂（1931年10月2日）。〈衣裝文化と「黑貓」本島人モガの生活を解剖〉。《臺灣日日新報》，頁6。

新潮社（2015）〈海燕―― 美しい人妻との危險な戀愛。〉網址：http://www.shinchosha.co.jp/book/865251（最後查詢日為2016年10月24日）

Frederick, S. (2006). Turing Pages: Reading and Writing Women's Magazines in Interwar Japan. Honolulu: University of Hawaii Press.

Gulliver, K. (2012). Modern women in China and Japan. New York: I.B. Tauris.

Harootunian, H. (2000).Overcome by Modernity: History, Culture, and Community in Interwar Japan. New Jersey: Princeton University Press.

Jackson, C., & Tinkler, P. 2007. 'Ladettes' and 'Modern Girls': 'troublesome' young feminities. The Sociological Review, 55(2), 251-272.

Maeda, A. (2004). Text and the City: Essays on Japanese Modernity (J. A. Fujii Ed.). London: Duke University Press.

Poiger, U. G., Dong, M. Y., & Barlow, T. E. (Eds.). (2008). The Modern Girl around the World: Consumption, Modernity, and Globalization. Durham and London, UK: Duke University Press.

Sato, B. H. (2003). The New Japanese Woman: Modernity, Media, and Women in Interwar Japan: Duke University Press Books.

Tamari, T. (2006). Rise of the Department Store and the Aestheticization of Everyday Life in Early 20th Century Japan. International Journal of Japanese Sociology, 15(1), 99-118.

Tipton, E. K. (2000). Cafe: Contested Space of Modernity in Interwar Japan. In E. K. T. J. Clark (Ed.), Being Modern in Japan: Culture and Society from the 1910s to the 1930s (pp. 119-136). Hawaii: University of Hawaii Press.

活在危險年代——
白色恐怖情境下的新聞工作者群像
（1949-1975）*

陳百齡

一、前言

前《臺灣時報》總編輯俞國基曾經在訪問中，提及一則軼事，有關於解嚴前新聞工作者：[1]

> 「一天晚上，幾個報社同事在家裡打麻將，因為聽到搓牌的聲音，好幾個警察敲門盤問。其實沒有發生什麼事，但一位同事竟然嚇得當場暈倒。這是當時普遍的心理，害怕警總來抓人，那樣恐懼的感覺，強烈到讓人足以休克。」

警察夜半登門盤查，新聞同業卻驚嚇當場暈倒。俞國基引述的這段陳年往事，道出戒嚴前新聞工作者內心深處隱藏的恐懼感。當年新聞工作者如此反應，或許並非偶然，而是當時媒體人因應情境的制約反應。敏感一點的讀者或許會當

---

* 本文初稿於2015年6月12日，世新大學舍我紀念館舉辦之「傳媒與臺灣現代性國際研討會」發表。後刊登於《傳播研究與實踐》，6（2）：23-53。
1. 俞國基（2000）。〈凌空看政治的專業新聞人〉，何榮幸（編），《黑夜中尋找星星》，頁152，臺北：臺灣大學新聞研究所。

年是否曾經有過新聞界到底曾經發生什麼事，讓新聞工作者心頭普遍蒙上陰影？到底是些什麼人受難？被控以何種罪名？受到什麼樣的對待？先前研究囿於歷史因素而尚未提出這群人的整體形貌。本研究試圖從故紙堆中找出這群新聞工作者，並描繪其群像。

二、新聞工作者的歷史書寫

新聞工作者的紀錄，是新聞史論述的一個重要研究領域。新聞工作者的天職在為公眾報導當代大小事。李金銓（2013: 403）曾說，新聞工作者和其身處的時代，可謂「交光互影」，要深入瞭解新聞工作者如何報導、如何工作，就不能不考察其當時周遭的時空情境。若轉用社會學語彙來說，就是：「行動者如何和其社會結構互動」。社會學家Mills（1959: 7）在〈社會學的想像〉指出，所謂行動者和社會結構的關係，可從以下面向加以分析：社會結構有何種特徵？整體和部分的變與不變為何？這個社會在歷史長河具有何種地位或意涵？行動者如何在這個社會結構之下活動？他們如何互動？誰被壓制？誰被解放？

傳統的新聞史研究，常反映「成王敗寇」的思考。在新聞人物史論述中，多聚焦「成功的」新聞工作者個人，或從人物生平出發，或著墨個人新聞工作軌跡，或評述新聞人物成就的事業及其社會影響。例如，馬之驌（1986）筆下的新聞界三老兵，陳述馬星野、曾虛白和成舍我三位報人。徐鑄成（2009）所撰的報人張季鸞先生傳記，都可歸屬於成功新聞人物的論述類型。把目光放在新聞行業裡出類拔萃的關鍵人物（Big shot）身上，例如聲譽卓著的記者或出類拔萃的新聞媒體經營者為成功新聞人物立傳立說以為後學楷模，固然必要。但如果從上述社會學者的觀點來看，新聞工作者的成功，是新聞工作者和時代相遇的結果，亦即「時代創造英雄」，成為人生勝利組固然是個人努力不懈的結果，但也不能不考量時代如何成就個人功業。反過來說，時代固然造就成功者，也不免造就挫敗者，特定歷史時空造就的社會結構，也可能斲傷或戕害新聞工作者，使他們蒙塵於歷史之中。但是，歷史往往只聚焦於成功者，而極少關注挫敗者。

　　新聞人的起伏興衰亦然。二次戰後結束的臺灣新聞界，由而歷史因素造就了一批新聞界人士的人生挫敗，特別值得關注。

　　1949年國民政府在國共內戰中挫敗撤退來臺，接著在冷戰二元對立的體系下，選擇和美國為首的西方國家聯手，當局以反共政策為名，將國家安全無限上綱，動用國家的組織性暴力，將知識份子和異議人士當作假想敵，進行無情鎮壓（林書揚，1992；藍博洲，1993），根據國防部2005年清查，臺灣在戒嚴前非現役軍人刑事案件總計為16,132件。[2]許多民眾因涉入各種政治案件，而被逮捕、拘禁，依「懲治叛亂條例」、「檢肅匪諜條例」等特別法起訴和審判，最後遭到判刑、甚至處決的命運；其中被處死者約五千人，被判刑入獄者超過一萬五千人。在解嚴之後，其中許多案件被判定為「不當審判」。因此可說，臺灣在1949年以後的四分之一世紀當中，國家機器的暴力曾經嚴重地侵犯人權，然而這些的冤、假、錯案一直到現在，都還沒有完全釐清。

　　當時在臺灣的許多新聞工作者，因為各種原因而涉入各種政治案件。他們當中，有人因為懷抱理想加入地下組織活動，有人則因他人言行所牽連，甚或因工作、地位或財產而遭讒言陷害，因此被情治單位逮捕、拘禁、被軍法起訴、審判。無論對於新聞組織或個人，涉入政治案件帶來個人的苦難和生涯失序，多數人蒙塵之後抑鬱含恨以終。這些政治案件，不僅使涉案當事人受到衝擊，有時也波及至親好友。這類事件在發生當下因觸及政治禁忌而無法廣為人知，即便在1987年解嚴之後，人心仍未能解禁，依舊是禁忌話題。然而，他們所遭遇的種種

---

2. 根據國防部2005年7月31日提出之「清查戒嚴時期叛亂暨匪諜審判案件」專案之初步報告，國防部清查所屬軍法司及新店監獄、各軍（總）司令部名冊，經彙整篩檢，並剔除因初審、覆判及執行等因素之重複案件後，發現1945年至1995年間，涉案當事人共計16,132人。轉引自：邱榮舉、謝欣如（2007: 68-71）。但倘若計算1949年（宣佈戒嚴之年）至1987年（宣佈解嚴之年），則人數為15,912人。此外，吳乃德（2006: 11）根據「戒嚴時期不當審判暨匪諜案件賠償基金會」申請案件數量統計，指出1949年至1986年間共有6022人涉及政治案件。

事跡，卻是臺灣民主進程中不容抹滅的歷史見證。正如身歷其境的新聞界前輩戴獨行指出，「這群奠定民主基礎付出過代價、獻出過時間和生命的人們的政治受難事實，留下永恆的紀錄……」（戴獨行，1998: 35）。

　　近年來，隨著各種報人回憶錄或傳記陸續出版、官府檔案解密，以及學術研究的揭露，當年報人們在白色恐怖下的共同經驗，才逐漸通過書寫而公諸於世。例如，作家王鼎鈞的回憶錄第四部曲《文學江湖》。以作者大事年表做爲結尾。此一年表分爲上下兩欄，上欄記載作者個人行誼，下欄則是同一時期國家和社會的重要記事。細讀之下將可發現，下欄記事中的條目紀錄裡，幾乎每隔數行，便可看到記者、作家或文人遭逮捕和判刑的記事。王鼎鈞大事年表和其回憶錄中的書寫，重現執政者鎮壓文人和知識份子的史實，反映當年新聞工作者無以遁形的巨靈陰影之下，人人自危，不知何時禍患將臨頭。可謂「生活在危險年代」（Living Dangerously）。[3]然而，許多先前文獻的書寫都聚焦個別案例，「見樹而不見林」。本研究主要目的，即試圖耙梳文獻，並透過整體資料分析，試圖建立較爲結構化、整體的知識，以彌補歷史書寫在此一領域之不足。

三、白色恐怖下的政治案件

　　二次戰後的臺灣在國民黨執政下曾經歷過一段嚴酷的政治鎮壓運動，通稱爲「白色恐怖」時期。[4]但人們對於白色恐怖時期的起迄時間，則有不同說法。

---

3. "The Years of Living Dangerously"是一部1982年澳洲電影，描述1965年一名澳洲記者在印尼報導軍事政變的經歷。"Living Dangerously"來自義大利文"vivere pericoloso"，意指「危險之事」，例如人們身置災區，終日處於危殆情境。片中"Living Dangerously"爲雙關語，表面上指涉印尼軍事強人出兵鎮壓民眾的藉口，實際上則暗喻新聞工作者在威權政治下採訪報導的困境。

4. 「白色恐怖」典故最早源自法國第三共和時期臨時政府鎮壓巴黎公社的歷史事件，由當時保守派勢力發動鎮壓革命勢力的行動，被稱為「白色恐怖」。此一詞彙沿用迄今，泛指「擁有政權的統治者，運用國家機器的直接暴力手段，針對反對現有體制的革命或革新勢力，所進行的超越制度的摧毀行為」（藍博洲，1993：17）。此一詞彙

最狹義的定義，是指1950年6月25日韓戰爆發後，在其後五年期間，執政者在臺灣所進行的持續性、廣泛而殘酷的政治撲殺運動（藍博洲，1993：21；侯坤宏，2007）。但也有學者認為，從大陸敗退到臺灣的國民黨政府在1949年5月1日發動全臺戒嚴，至1987年7月宣佈解嚴為止，這段期間對於反對份子所進行的暴力壓制行動，均逾越法律、摧殘人權之舉，因此戒嚴時期即等同於白色恐怖時期（吳乃德，2006: 11）。最後，也有學者認為，從1949年戒嚴至1992年立法院廢止刑法100條運動結束為止屬白色恐怖時期（張炎憲，2014）。

　　本文所稱「政治案件」，係指是指戒嚴時期依照「懲治叛亂條例」、「檢肅匪諜條例」而逮捕、拘禁、起訴、審判和量刑的案件（蘇瑞鏘，2010）。近年來，許多學者致力於揭露戒嚴時期政治案件的真相，並累積相當學術成果。在先前研究當中，有些學者從法律和政策角度進行分析，例如，裘佩恩（1997）剖析政治案件的法律類型演變，以及不同時期法律角色的遞嬗。劉熙明（1999）則探討兩蔣父子不當介入政治審判事例。蔡墩銘（2004）則聚焦探討白色恐怖時期等「惡法」的立法和審判問題。江如蓉、翁大鈞（2006）以死亡個案為例，探討戒嚴時期國家的權力濫用行為。蘇慶軒（2008）則探討1950年代政治案件和國家建置的關係。蘇瑞鏘（2010）則利用大量案件分析政治案件處置各個重要環節。上述這些法律政策分析大致體現了在臺灣威權政治體制下，戒嚴法律體制做為強人控制政權的本質工具。

　　此外，邱榮舉、謝欣如（2006）根據國防部清查案卡資料，對於政治案件的時序分佈，提供較清晰的樣貌。張炎憲（2011）則根據「戒嚴時期不當叛亂暨匪諜審判案件補償基金會」提供的個案，進行量化分析，展現農、工、學身份當事人涉及政治案件的樣貌，這些量化統計提供較為整體的樣貌。

　　相對於法律政策分析，有些學者則聚焦於特定案件或個別群體的研究。

不僅在日治時期臺灣總督府打壓異議份子的行為，亦有人用以指陳國民政府在大陸針對共黨的撲殺行為。

有些學者係以組織/事件為單位進行探討，例如，林正慧（2009）、梁正杰（2007）、王漢威（2011）等人聚集於中共臺省工委會案件；曾培強（2009）則探討臺灣民主自治聯盟案。也有學者從族群角度進行個案研究。例如，藍博洲（2003）、邱榮裕（2006）、陳建傑（2011）針對客家族群的政治案件進行研究；汪明輝（2006）針對原住民鄒族事件討論；楊翠（2006）針對女性叛亂犯在白色政治事件中的角色；以及陳君愷、蘇瑞鏘（2006）關於威權時代校園政治事件的探討聚焦於教師和學生族群等，均屬針對特定族群的個案研究。

　　上述學術作品，說明政治案件做為國家暴力和強人政治工具的本質，以及案件處置的類型，有相當深刻的描述，對於理解本研究的時代背景和法制本質，有相當助益。然而，從上述這些先前研究中也可發現，白色恐怖時期，知識份子（特別是持有異議的知識份子）可能是當時國家機器壓迫的一個主要對象，過去已知遭處置個案中，不乏教師、醫師等專業人士。新聞工作者在執政者視為宣傳喉舌的媒體機構任職，正是國家機器監控和鎮壓的主要對象。雖然解嚴後廿餘年來，有經有不少個案陸續揭露，但更多個案仍然深埋歷史塵埃之中。無論從人權史或新聞史的角度，有必要進行較為全面的、系統性的調查研究，探索這段期間當時的新聞工作者、因為什麼緣由、受到什麼遭遇？這些資料將可作為後世之鑑。

四、尋找涉案的新聞工作者

　　本研究所關注的新聞工作者涉入政治案件的研究，探討焦點在於新聞工作的特定職業角色。往昔威權統治時期，新聞史研究者總是刻意避開這個領域（如呂東熹，2010）。但近年來，隨著研究環境和史料解禁，這個領域開始出現較多論述。例如，王天濱（2005：171-202）以專章介紹戒嚴時期政府對新聞自由的箝制，曾以「新聞與傳播界的文字獄」為題，介紹若干個案。又例如，呂東熹（2010：95-129）探討政經勢力下臺灣報業的發展，並在「黨國體制影響下的臺灣報業」闢出一節描述涉及政治事件新聞工作者的遭遇。上述論述主要關切新聞

制度和傳播產業的發展。新聞工作者遭到當局鎮壓、並非論述焦點，而是制度/產業相關案例。黃順星（2013）研究1980年前後進入新聞媒體的政治記者，其論述以世代觀點做爲新聞工作者研究的基調，文中也多處闡釋戒嚴和報禁的影響，然而前一世代爲何？如何延續到後戒嚴時代？其中出現世代斷裂。特別是1950-60年代資料付之闕如，需要更多研究史料加以補強。

本研究所指「新聞工作者」可以界定爲「服務於新聞組織、蒐集或編輯新聞訊息，或從事媒體經營者」。儘管如此，相關概念判準，還是相當複雜。以下討論諸項定義和選擇判準。

首先，新聞工作者服務於新聞組織，亦即以出版或傳佈新聞的媒介機構，1950年代新聞組織以平面媒體爲大宗，包括報社、雜誌社、通訊社和廣播電台，例如《新生報》、《中華日報》、中國廣播公司等。但比較困難的是政府爲特定目的成立的外圍組織；例如，由調查局成立的「大道通訊社」，或者由政黨或異議團體的機關報如《臺灣青年》。這類組織表面上是媒介，但實際上擔負監視新聞工作者任務，由情治人員克任，因此不計入媒體。

其次，是「新聞工作者」的定義：最狹義的新聞工作者，泛指任職於新聞組織，並專責新聞採訪或編輯的人員。包括記者、編輯，以及管理採編人員的編輯和採訪主任等均屬之。更廣泛一點的定義，則涵蓋所有和編採人員協力產製新聞、或者和採編人員一同爲新聞內容負責的人員。例如，撰寫社論的主筆、核對文稿的校對、存取檔案的資料員，以及排版印刷工人等。倘若更廣泛一點的定義，則包括負責媒體經營業務或行政管理的從業人員。在早期，新聞媒體分工未如今日精密，新聞組織從業人員必須兼做新聞報導和營運兩方面的工作，例如地方分社主任；有的則專責於新聞機構的經營和管理工作。最後，關於新聞工作者最廣泛的定義，則涵蓋非現職人員，也就是曾在媒體任職，但在案發時已不在新聞組織任職者。這是因爲有些當事人雖已離開新聞工作，或轉任其它工作，但涉案原因和先前任職新聞組織有關，因此必須計入。例如，1950年涉及俄諜案的李朋雖是中央通訊社記者，但被捕時是省政府英文秘書，以及1953年因「資匪」被

誣下獄的《公論報》前總經理陳其昌[5]，以及曾任《人民導報》的夏邦俊，被捕時擔任教育廳督學[6]。往往現職新聞工作者，其上被捕/遭指控原因未必和新聞組織或新聞工作有關，反過來說，已經離職的前新聞，其案情反而和新聞組織或工作有關，因此到底應否按照現職身份認定，也值得商榷。本文採較廣泛定義，以避免疏漏。

第三，一般所指「政治案件」，主要類型包括：「以非法方法顛政府而著手實施」、「參與匪黨或非法組織」、「包庇或資助匪徒」，以及「知其為匪徒而不報」。但從初步過濾的案件當中發現，由於當時官方寧嚴勿縱的態度，許多當事人即便未涉案，但最終仍以其它罪名繫獄，例如，「偽造文書」、「侮衊元首」等。關於政治案件之範疇，究竟應該採取較嚴格的、官方的定義？亦或是較為廣泛的定義？也值得商榷。本文傾向採用較廣泛定義。

最後，如何界定本研究所謂「涉案的新聞工作者」。在戒嚴時期，新聞工作者遭約談並拘禁，似乎是常見之事。被指控上述罪嫌並定罪，固屬「涉案」。但仍有灰色地帶。例如當事人在遭拘禁期間，因不明原因死亡或自殺，例如1969年《新生報》副總編輯單建周和記者沈源嬋，因死亡而未遭定罪，是否屬於「涉案」？被情治單位拘禁後釋回，雖然未定罪但長時間繫獄，例如1950年任職《新生報》南版的張繼高，只因故舊李朋贈以皮帶而遭拘禁長達八個月，雖然做後無罪釋回，但已造成終生傷害，是否納入涉案範疇？究應以官方有無定罪為度？或者應以當事人所受衝擊大小為度？

---

5. 陳其昌，1904年生於臺北汐止。在日求學期間參與中國學生之救國反日活動遭遣返。1929年追隨蔣渭水領導的臺灣民眾黨，出任該黨主幹（秘書長）兼組織部長。光復後返臺，1947年和李萬居共同創辦《公論報》擔任總經理。1953年因資助《公論報》離職同黨黃培奕，被指控「資匪」罪名，判處無期徒刑。

6. 夏邦俊（1904-1986）被捕時為省教育廳督學，因先前1947年曾在《人民導報》和任職編輯，1950年國防保密局破獲鹿窟案後追查呂赫若社會關係，循線逮捕夏邦俊，並誣以「為匪宣傳」罪名。事因和結果之間存在相當時間落差，例如林西陸（1898-1967）、蔡鐵城（1923-1953）均屬二二八縱放，至1950年代再秋後算帳，這類例子並不在少數。

五、資料蒐集和分析

　　本文的目的在尋找和勾勒1949年代時期的新聞工作者圖像。從以上幾種類型的文獻資料的分析，可知先前文獻對於本主題著墨有限，資料分散不同目的的出處，令人難以一窺全貌。因此本文擬藉由透過社會科學方法，蒐集基本資料，試圖描繪出1949至1975年之間涉入政治案件的新聞工作者們的樣貌。

　　首先，關於本研究資料蒐集期間的設定。根據「不當審判基金會」賠償案件的統計數字，白色恐怖90%以上案件發生在1970年代前（吳乃德，2011：13），同時1949年蔣介石來臺至逝世的25年間，可視爲一個完整的時間區段，本研究將資料蒐集期間設定在1949年至1975年間。

　　爲了避免資料疏漏，新聞工作者身份定義採用最寬鬆的定義，亦即包括第一至第四層的所有定義。因此本文所指涉的「新聞工作者」範疇，涵蓋了：(1)新聞編採人員；(2)產製協力人員；(3)新聞組織營運管理人員；以及(3)當事人曾任職新聞組織、但案情和新聞組織相關。資料應符合以下條件：(1)涉及政治案件，係發生於1949年至1975年間；(2)文獻指明當事人符合上述的廣義新聞工作者，則納入檔案。

（一）資料蒐集

　　根據蘇瑞鏘（2010：28）的分類，政治案件史料來源可區分爲三大類，亦即：檔案資料、機關編印資料，以及回憶資料。

　　1. 政府檔案：指政府機構處理政治事件，在時效消失後留下之正式或非正式紀錄。例如，檔案管理局所典藏的國防部各種政治案件處置檔案，以及國史館所藏總統府批示檔案，以及戒嚴時期匪諜及不當審判補償基金會的審請案件檔案，均屬之。官方檔案是政治案件的一手資料，因而具有史料價值，但由於官方檔案但往往也反映當時和受處置者對立的立場。特別是涉及政治案件時，當局爲達成其目的，而炮製涉案事實，因此單純倚靠官方檔案，無法一窺全貌。

2. 機關出版或編印資料：若干政府機關承辦政治案件業務，也曾編輯或出版相關資料彙編，例如國家安全局所編之《歷年辦理匪案彙編》、司法行政部調查局編輯之《要案紀實》1-5輯等，均屬之這類資料主要做為辦案人員之參考，近年來陸續流出，許多觀點角色，均來自情治單視角，因此可以提供官方佐証資料。此外，解嚴以後省文獻會所出版之《臺灣地區政治案件彙編》1-5輯以及補償基金會委請學者進行專題研究之專題報告，亦為機構資料。

3. 回憶資料，涉案當事人或家屬回憶往事所建構的的史料。包括回憶錄和口述歷史。新聞工作者個人回憶錄、傳記或憶往文章。許多新聞工作者在退休之後撰寫回憶錄，在書中記載政治案件的片段。除了前述王鼎鈞《文學江湖》（2009）之外，龔德柏〈蔣介石黑獄親歷記〉（1969）；戴獨行《白色角落》（1998）；薛心鎔《編輯台上》（2003）；王景弘《慣看秋月春風》（2009）；以及何榮幸等人合著的《黑夜中尋找星星》（2008）等著作，都是從新聞工作者視角出發，回顧當事人新聞工作生涯中，自己或同僑遭逢政治案件的經驗。

此外，晚近由官方或民間機構所做的口述訪談，由採訪者引導受訪者（受難者本人或其家屬）以錄音或錄影方式，紀錄訪談對話過程，做成文字或影像紀錄（林德政，2015: 4）。這類史料所提供的口述資料或文物，係「由當事人生命史出發的深度口述採訪，可以帶來更多樣性、差異性的詮釋可能性」（曹欽榮，2008:179）；不僅可以和現存檔案內容互相印證或補充，也可能透過比對解決若干衝突（蘇瑞鏘，2015: 7）。例如，中央研究院台史所針對受難者女性家屬的口述歷史，以及人權博物館籌備處出版的系列口述訪談。但也由於這類史料主要來自當事人自身或同僑的陳述，缺點在於記載有限，往往僅有人名和案情概要，內容相當零碎，許多案件來自個人聽聞，也缺乏來源引證。

（二）檔案數位化和資料分析

1. 匯集名單：本研究採用滾雪球的方式蒐集資料，先從回憶資料開始，選擇資料量較豐富的著作（例如，戴獨行，1998；王鼎鈞，2009等）做為起點。

抄錄當事人姓名、身份及涉案資料等，再以此爲基礎，比對其他作者回憶的資料名單，並同時進行勘誤，經過交互比對之後，建立初步名單。其次，使用初步名單比對機關出版或編印資料（例如，國家安全局《歷年辦理匪案彙編》、調查局《要案紀實》、省文獻會《臺灣地區政治案件彙編》等），以補強資料內容。最後，再針對個案，引用官方檔案進行核對和資料補充。

2. 建立當事人檔案：建立個人檔案。研究人員以上述徵集而來的名單爲基礎，透過人權館籌備處協助，向檔案管理局申請檔案複本，並檢索各種紙本文獻和網路資料庫，回憶錄、文史資料彙編、以及學術論文等建立當事人檔案（Profiles），部分個案也進行家屬口述訪談。資料經過辨識和分類，以及文獻之間的交叉比對之後，方得確認個別檔案內容。[7]所有檔案內容均以表列格式儲存於電腦試算表軟體Excel資料，經過濾去除重複之後，共得108項個案。

4. 內容編碼和統計：原始檔案以文字爲主，內容經過查證確認之後，再依照研究需要、建立欄位。每一筆資料有18個欄位，包括：生/卒年代、籍貫、學經歷、任職媒體類型、部門、職級、罪名類型、刑罰境遇等。最後，編碼員根據編碼表，爲個案內容逐筆進行編碼。最後再以統計軟體SPSS進行描述性統計分析。以下說明結果：

六、涉案新聞工作者群像

首先觀察出生年代，本研究個案（N = 108），出生年份分佈在1891年和1932年之間，中位數爲1920年，衆數則爲1922年。若以10年爲單位計算，則可發現1921-30年間出生 48人（44.4%）最多。1911-1920年間出生39人（36.1%）次

---

7. 例如，吳思漢何時離開《新生報》？說法不一。最後依照藍博洲引述老台共黨人王萬得的說法，吳思漢二二八事件期間係在上海，在離臺之前還開過一家書店。由此推斷，吳思漢在《新生報》時間約在1945年10月至1947年初之前。參見：藍博洲，《尋找祖國三千里》，（臺北：臺灣人民出版社）。

之，第三則爲1901-10年間出生者，佔13.0%。

其次，觀察案發時間，本研究個案的案發時間分佈於1949年至1973年之間。平均每年4.3件，中位數爲1953年，衆數爲1950年（26人）。個案數量的時序分佈，如圖1所示。

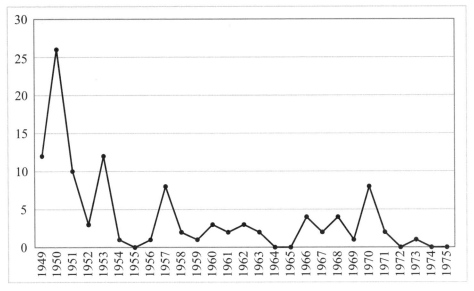

圖1　涉案新聞工作者事發年代分佈圖　　　　　　　　　　　　　N＝108

上述資料顯示，國府撤退至臺灣的最初五年（1949-1953年）有63件個案，佔總案件數58.3%，平均每年12.6件。相對而言，其後的21年（1954-75年）間，共有45件個案，佔總數41.7%，平均每年2.05件。但此後每年都陸續有規模超過一人以上的案件發生，1957年、1966年和1970年人數尤多，因此可說這類案件發生頻率是持續且未間斷。上述個案數量分佈趨勢，顯示新聞工作者涉及政治案件數量最初五年（1949-1954年）比例遠高於其後的十數年，此一數量分佈，和先前根據「不當審判基金會」賠償案件所得的統計結果大致相符（邱榮舉、謝欣如，2006）。

　　若以出生地區分，當事人來自大陸地區者79人（73.1%），出生於臺灣地區者26人（24.1%）。此外有3人（2.7%）出生於境外的東南亞國家。此一人數比例和刻版印象有別。但先前文獻有類似發現，張炎憲（2011）援用「補償基金會」資料庫中的農、工、學相關檔案，逐案清查職業類別與案情，整理身分資料，最後進行量化分析。該文題旨和本研究相似，因此和本研究資料互相參照，以百分比進行比較的結果如表1。

表1　涉案新聞工作者和農、工、學身份政治受難者的出生地比較

	新聞工作者		農		工		學	
	人數	%	人數	%	人數	%	人數	%
臺灣出生	26	24.1	783	92.8	745	86.8	547	48.2
大陸出生	79	73.1	61	7.2	113	13.2	589	51.8
海外地區	3	2.8	N/A	N/A	N/A	N/A	N/A	N/A

資料來源：張炎憲（2011：45-116）。

　　根據張炎憲（2011）統計，出生於臺灣的農民受難者佔92.8%，工人86.8%，校園師生佔48.2%，都以臺灣出生者爲多。但本研究則發現，新聞工作者高達73.1%出生成長於大陸；相對而言，臺籍新聞工作者則僅佔24.1%。這個現象可能和二二八事件後臺灣新聞媒體從業人員替換有關。1947年二二八事件發生，臺籍媒體主管也遭鎮壓，許多民營報刊關門或移轉經營權，或由黨政軍機構接管或改組新聞機構，許多臺籍新聞工作者退出媒體。當1949年國共鬥爭局勢逆轉，許多大陸報人也隨國民政府避秦來臺，迅速彌補媒體工作缺口，因此1950年代初期媒體中大陸來臺者比例很高，可以理解。其次，個案中也包括海外僑報的新聞工作者。特別是鄰近的菲律賓，國府和當地執政者聯手引渡僑報報人回臺囚

禁判刑，**8**這個現象說明，當時執政者對新聞媒體的監控鎮壓，不僅止於本地媒體，也擴及海外華人報紙。

再從案件發生時個案年紀觀察，除3則生年不詳個案之外，其餘105則個案中年齡最大為63歲，最小為19歲。平均年齡為38歲（中位數為35歲，眾數為29歲）。若以10年為組區分，則21-30歲組有35人（34%）比例最高；其次是31-40歲組29人（27.4%）；第三則是41-50歲組，21人（20.5%）。從涉案新聞工作者年籍資料可推知，這群人大約出生於1911年前後的廿年間，大陸來臺者曾經歷二次大戰、國共內戰，在臺出生者則歷經過二二八等歷史事件。年籍分佈相當均，顯示新聞工作者涉案不因資深或資淺而有差異。

第三、針對個案學歷分析，所有個案（N=108）扣除缺漏資料8筆之後，獲得105筆資料。其中58人（55.2%）研究所、大學、學院或專科畢業/肄業，曾就讀或畢業自中學、師範、職校或軍校者為32人（30.5%）。以上兩項數字合計，可知涉案者就讀高中或專科人數達90人（85.7%），顯示個案多為當時社會中的知識份子或文人。

當事人任職的媒體，以報社比例最高，108人當中有92人（85.2%）任職報社；其次是雜誌9人（8.4%）；電台4人（3.7%）；以及通訊社3人（2.8%）。由於當時報紙是最主要的新聞媒體，因此報社也成為主要的涉案者的來源（見表2）。

表2　當事人服務媒體類型　　　N=108

媒體類型	數量	%
報紙	92	85.2
雜誌	9	8.3
電台	4	3.7
通訊社	3	2.8

---

8. 例如1950年代被捕的前馬尼拉《商報》記者林華新、馬飄萍，1967年被捕的同一報紙經營者于長城、于長庚兄弟等人，以及1967年被捕的非洲模里西斯《中央日報》總編輯徐瑛，均是境外報人。

由表3涉案人數的排序可以看出，出身民營新聞媒體從業人員涉案者58人（53.7%），出身黨政軍營經營的媒體者，則為50人（46.3%），就單一媒體而言，當時為省政府所轄的《臺灣新生報》個案數最多，涉案者達20人（18.5%）。民營媒體則以《公論報》

表3　當事人服務媒體經營者　N=108

經營者	數量	%
政府	28	25.9
政黨	10	9.3
軍方	12	11.1
民間	58	53.7

和《自立晚報》涉案人數較多。值得注意的是，儘管《人民導報》和《和平日報》等報刊在1947年二二八事件期間已遭查封，但其成員在其後廿年間仍遭到情治單位追捕、查緝和問罪，一直持續到1970年代初期。[9]

在二二八事件中遭到鎮壓的新聞工作者多為媒體領導階層，白色恐怖時期的個案是否也是如此？為了瞭解這個問題，我們將個案依照部門區分為編採（如記者、編輯、校對等）和營運（如會計、行政人員）兩類；並根據新聞工作者位階高低，區分為主管（總編輯、社長、主筆、採訪主任等）和基層兩類層級。在所有個案（N=108）當中，任職採編部門個案有94人（87%），任職營運部門有14人（13%）。另一方面，基層員工為81人（75%），而主管則為27人（25%）。上述資料顯示，將近九成個案屬於編採人員，而基層員工和主管涉案比例約為三比一，如表4所示。

因此，我們或許可以說，白色恐怖和二二八事件中涉案的新聞工作者，有些不同。二二八事件中遭到殺害和關押者，以媒體領導階層為主。但是到了白色恐

---

9. 涉案當事人所服務媒體名列如下，當事人姓名依照被捕年份排列，括號內數字係指被捕年份；加註星號者，係遭剝奪生命權。曾任職《人民導報》者：楊毅（1950）*、呂赫若（1950）*、黃榮燦（1951）*、夏邦俊（1954）、白克（1962）*、吳在忍（1970）。曾任職《和平日報》者：楊逵（1949）、陳正坤（1949）、蔡鐵城（1950）*、林荊南（1950）、林西陸（1951）、李建章（1951）*、劉占顯（1952）。曾任職《中外日報》者：陳石安（1966）。

表4　當事人職位層級分析　　　　　　　　　　　　　　　　　　N=108

部門	層級		合計
	主管	基層	
採編	17	77	94
營運	10	4	14
合計	27	81	108

怖時期，鎮壓和監控對象已經不只是媒體領導階層，基本上已經擴散至所有編採和營運部門的每一個基層員工。[10]

七、涉案新聞工作者的境遇

在敘述過個案的集體樣貌之後，接著分析當事人的境遇。以下擬針對當事人問罪類型，以及遭處置程度，進行資料分析。

（一）問罪類型

本研究所稱「罪名」，是指當事人被認定涉及政治案件，當局所起訴和判決所呈現的罪名，未必是當事人真正觸犯的事實。本研究所指政治案件，是指適用法條為〈動員戡亂時期懲治叛亂條例〉（以下簡稱懲治叛亂條例）和〈動員戡亂時期檢肅匪諜條例〉（以下簡稱檢肅匪諜條例）而遭處置的新聞工作者，但也有些新聞工作者係被控以其它罪名。當同一個案以兩個以上罪名入罪時，則選擇較重罪名。經過編碼之後進行統計，茲表列如下：

表5顯示，所有個案（N=108）當中，最常見的問罪名目是「參加叛亂組織」，亦即〈懲治叛亂條例〉第5條所稱「參加叛亂之組織或集會者」，依此罪

---

10. 作家王鼎鈞自傳第四部《文學江湖》（2009）以諷刺口吻所下的標題「匪諜就在你身旁」，正提供了這個歷史場景的絕佳註解。

表5　當事人遭問罪名目　　　　　　　　　　　　　　　　　　　　N=108

罪名	個案數	%	備註
參加叛亂組織	34	31.5	〈懲治叛亂條例〉第5條
非法顛覆	33	30.6	〈懲治叛亂條例〉第2條
爲匪宣傳	11	10.2	〈懲治叛亂條例〉第6條、第7條
知匪不報	8	7.4	〈檢肅匪諜條例〉第9條
包庇匪徒	1	0.9	〈懲治叛亂條例〉第4條
其它罪名	3	2.8	〈刑法〉洩漏軍機罪、偽造文書罪等
缺書類檔案	18	16.7	缺乏起訴書、判決書或裁定書檔案

名處置者共計34人（31.5%）。根據這些個案書類內容，可知當時對於所謂「叛亂組織」認定非常寬鬆。[11]所謂「叛亂組織」，並不限於中國共產黨（或共青團），而是擴張解釋至所有抗日期間和共黨有關係的組織或左派團體，即使是國共合作時期合法的組織或團體也被視爲「叛亂組織」。[12]其次，所引述證據則來自於個案或證人口供（自白書）或訊問筆錄，其中不乏嚴刑逼供下產物。當時兩岸沒有任何往來，情治單位自行認定指控內容，也缺乏交互查證程序。[13]因此，「參加叛亂組織」往往成爲羅織入罪工具。

---

11. 例如，1951年被捕的中廣播音員王玫，被指控在1941年抗戰期間「參加華中軍區農抗服務團活動」，該組織被認定為「叛亂組織」；1958年被捕的《新生報》董事會秘書徐瀚波，罪證是1937年在南平「參加民族解放先鋒隊」等。這類團體均為抗戰時期的抗日團體，至多是左派組織，但並非真正的共產黨組織。

12. 例如，1956年被捕的《徵信新聞報》編輯周西，因1946年間在南京期間曾經參加民社黨革新派而遭認定「參加匪黨組織」；1962年被捕的《南光雜誌》主編林斌被指控1947年在香港停留期間，曾經「參加國民黨革命委員會」，都是以當事人在來臺前參加當時合法的組織或團體為由，而控以「參加叛亂組織」罪名。

13. 例如，1962年被捕並判刑的《東京新聞》駐臺特派員王沿津被誣指曾「面見周恩來」，以及1970年被捕並判處死刑的《臺灣新生報》副總編輯童常被誣指「奉命來臺發展組織」，均無直接證據。前者係以證人口供，後者則以自白書入罪。

　　也因爲缺乏硬證據，大陸來臺的新聞工作者，經常被安插「參加叛亂組織」罪名。本研究結果顯示，遭此罪名處置者34人當中，出生臺灣者僅5人，其餘28人來自大陸，佔82.4%。從這些個案判決書發現，所謂「叛亂組織」範圍極爲廣泛，這些由官方片面認定的「叛亂組織」，其實多爲1949年之前的抗戰期間的組織。[14]即便當事人來臺已無任何組織活動，但只要當事人未曾自首，則官方認定參與叛亂組織行爲「視爲繼續中」。[15]

　　新聞工作者另一個經常遭入罪的類型是「非法顛覆」。「意圖破壞國體、竊據國土或以非法之方法變更國憲、顛覆政府，而著手實行者」，共計33件個案（30.6%）。經比較罪名和刑度可知，「非法顛覆」問罪刑度非常重，33件個案中判處死刑達24件（72.7%），亦即此類案件超過七成會判處死刑。但進一步深究，個案判決書所指「非法顛覆」涉案情節大致可歸納爲三類：一類是涉及以新聞工作者身份蒐集情報、或傳遞情資等。[16]第二類則是吸收黨員、擔任幹部或發展組織等。[17]第三類則是滲透新聞組織、影響民心士氣。特別是第三類案例，大

---

14. 例如，《大華晚報》董事找李荊蓀被控1935年在閩「參加匪黨組織」，但組織爲何始終語焉不詳，且無直接證據，僅以同案被告俞棘以及一封書信爲證。1953年被捕的《新生報南版》編輯王泛洋，遭指控的罪證是就讀武漢大學期間曾參加「學運團體」，但書類完全未說明「學運團體」爲何？該團體究竟和「匪黨組織」有何關連？即將當事人交付感訓。

15. 關於叛亂行爲存續之認定，1956年11月26日司法院大法官會議第68號解釋文略爲：「凡曾參加叛亂組織者，在未經自首或有其他事實證明其確已脫離組織以前，自應認爲係繼續參加。」

16. 例如，1950年被捕的《掃蕩報》記者鄒曙，因被控爲洪國式蒐集軍政消息而被處死刑；1951年《國語日報》校對馬學樅因涉及蘇藝林案，被控爲在逃被告于非擔任交通（聯絡員）而遭判處死刑。1953年《中華日報》駐員林記者林茂雄被指控「參加臺灣革命同盟」，並且「刺探沿海軍事部署」，遭判死刑。

17. 例如，1950年涉及「台北市工作委員會案」的前《新生報》編譯吳思漢，因指控在臺北市「發展工人、街頭分部」而遭判處死刑。1950年涉及洪麟兒案的《掃蕩報》霧峰分社業務員林庚盛，被指控「發展組織」、「擔任幹部」而判處死刑。1951年涉及林秋祥案的基隆《民鐘日報》桃園分社業務員洪振盛，因被指被指控「擔任組織幹

都和當事人參加讀書會、或傳閱所謂「反動報刊」，或指導文藝活動有關。[18]但即便這類情節涉及的是口語、文字或集會結社等今日視爲無關暴力的行爲，在當時也遭到放大，而被解釋成所謂「叛亂行爲」，一旦遭認定爲「非法顚覆政府」而遭入罪，則判處重刑。

第三類是「爲匪宣傳」，亦即〈懲治叛亂條例〉第6條「散佈謠言或傳播不實之消息，足以妨害治安或搖動人心者」或第7條「以文字、圖畫、演說，爲有利於叛徒之宣傳者」。依本條處置共計11人（10.2%）。這類罪名即俗稱的「文字獄」。但根據本研究個案，新聞工作者因上述罪名入罪的比例，反而不如前「非法顚覆」和「參加叛亂組織」。這個問罪名目也可區分爲兩類：一類是針對政經時事評論，則被指爲共黨同路人，或爲匪張目。[19]另一類則是報導或評論涉及軍政大員，特別是蔣介石本人。[20]有時則因和友邦美國政府政策不同調，亦遭入罪。[21]

第四類是「包庇叛徒」，亦即〈懲治叛亂條例〉第4條第7款所指「爲叛徒征募財物或供給金錢資產者」或同條第7款「包庇或藏匿叛徒者」。例如，1951年

部」並「吸收黨員」而判處死刑。

18. 例如，1951年，前《人民導報》編輯黃榮燦在1951年被捕，遭指控「指導合唱團、推動木刻藝術，從事反動宣傳」判處死刑；1953年被捕的《中華日報》南版編輯江流和溫幹群同遭處判死刑，罪證爲「參加讀書會、討論社會問題、傳閱反動書刊」；1958年被捕的基隆《民衆日報》記者林振霆，罪證爲「在滬參與叛亂組織，來臺煽動群衆擾亂治安」，遭判無期徒刑，坐牢32年；1967年被捕的模里西斯《中央日報》總編輯徐瑛罪證是「僞裝反共、滲透僑報，動搖華僑反共信心」，遭判15年徒刑。
19. 例如，1949年楊逵因撰寫〈和平宣言〉而遭判12年有期徒刑，同案《新生報》台中分社主任鍾平山，亦因閱讀和提供意見而遭判刑10年徒刑。
20. 1949年被捕的《自由論壇》總編輯方菁，因撰文評論軍政大員「挑撥人民政府感情」而入罪；1953年因撰寫國慶花絮被捕的《自立晚報》記者田士林，因「侮辱總統，散佈猥褻文字」而交付感化三年。
21. 例如，1970年，馬尼拉《商報》總編輯于長城、于長庚兄弟，因「鼓吹反動菲華同化政策，和美國唱反調」而遭菲律賓政府以軍機遞送回臺，二人同遭軍事法庭裁定交付感化。

被捕的前《公論報》總經理陳其昌，被控「資助前公論報同事黃培奕」遭判無期
徒刑。第五類罪名是「知情不報」，亦即「知情不報」，意指當事人「明知為匪
諜而不告密、檢舉或縱容之者」而入罪。[22]

此外，個案中有18項個案（16.7%）缺乏起訴書或判決書等書類檔案，[23]但
根據回憶錄和傳記等二手資料記載，這些個案的際遇最後區分三類：(1)個案因
無罪而釋放，雖未遭判刑，卻被長期關押。[24](2)個案在偵訊期間死亡或此後下
落不明。[25](3)個案則以「自新」名義釋放、之後由情治單位繼續「管考」、「運
用」。[26]此外，若干個案遭交付感訓，但當經查詢檔案管理機構，卻未見書類
檔案。[27]

雖然問罪類型並不反映當事人是否真實罪責，而僅能反映當局認定的罪責。
但是，問罪類型之間的比例關係仍值得注意。照理說，新聞工作主要提供社會公
眾訊息，新聞工作者最可能因報導而問罪，因此先前文獻（王天濱，2005；呂
東熹，2010）以「文字獄」形容此一期間新聞工作者的遭遇，然而本研究發現
卻非如此。照理說，「為匪宣傳」條文構成要件直接涉及新聞報導和評論內容，
所以如果是新聞工作最容易涉及的類型，理當是「為匪宣傳」。但本研究發現，

---

22. 例如1950年被捕的美聯社記者莊漢江，因和被控為蘇聯間諜的前中央社記者李朋
住同一寓所，李被捕時代其告知友人，而遭交付感化；1957年被捕之《公論報》主筆
倪師壇，因「知其中學同窗徐瀚波為匪」而不報，被判六年徒刑。
23. 本研究查詢的主要資料來源為國家發展委員會檔案管理局典藏的檔案，蒐集過程
中發現，許多案件僅有國防部軍法局和軍備局檔案，亦即僅有覆判和執行資料部分資
料，但缺乏起訴和初判資料。
24. 例如《新生報》南版記者張繼高，以及《徵信新聞》編輯吳博全均遭關押超過二年。
25. 例如前《中華時報》記者鮑世傑、前《和平日報》記者劉占顯，以及《新生報》
記者沈嫄璋、副總編輯單建周，以及《公論報》記者許明柱。
26. 例如前《公論報》職員黃培奕、《聯合報》記者楊蔚、《臺灣新生報》記者徐雪
影，以及《民族晚報》記者周君平。
27. 例如，《自立晚報》記者田士林、編輯姚含煙、《臺灣新生報》編輯阮貴堯、前
《人民導報》編輯吳在忍，以及前《和平日報》記者林荊南等。

「爲匪宣傳」僅佔10.2%，其比例遠低於「參加叛亂組織」（31.5%）和「非法顛覆」（30.6%）。顯然其中有曲折。爲何本研究資料和上述想像有出入？本文稍後在綜合分析部分再深入討論。

（二）遭處置的類型

所謂處置程度，是指涉案新聞工作者受到國家機器規制刑罰的程度。在此一時期，當事人一旦遭到逮捕起訴和審判，多難逃國家機器的處罰。本研究依照處置程度區分爲：死刑、長期徒刑（五年以上）、短期徒刑（五年含以下）、交付感訓、自新、長期關押，以及其它等七種類型，[28]如表6所示。

表6　個案遭處置的程度　　　　　　　　　　　　　　　　　　　　　　N=108

刑罰類型	數量	%	備註
長期徒刑	34	31.5	5年以上徒刑（含無期徒刑）
死刑	26	24.1	槍決
交付感訓	18	16.7	3年爲期（得延長）
短期徒刑	14	13.0	徒刑1至5年之間
長期關押	7	6.5	6個月至2年不等
自新	3	2.7	雖未受刑但遭當局管考運用／驅遣
其它	6	5.6	自殺／刑求致死／死因不明／死於監禁

觀察表6可知，108則個案當中，刑罰類型最多爲長期徒刑（31.5%），死刑次之（24.1%），接著是交付感訓（16.7%）和短期徒刑（13.0%）。當事人涉案在

---

28. 本研究所稱「長期關押」，係指新聞工作者因涉政治案件而遭當局羈押超過四個月者。雖然憲法有明文規定，人民不得受軍事審判，羈押期間最長不得超過二月，延押不得超過二月。但白色恐怖時人民遭不法羈押情形相當普遍，政治犯被捕超過四月者比比皆是（蘇瑞鏘，2010: 170）。

未受起訴審判之前死亡者，列爲其它（5.6%）。[29]但如果將死刑人數和死因不明都視爲生命權的剝奪，人數將增至29.7%，亦即受處置者中有三成遭剝奪生命權。

比對張炎憲（2011）針對農工和校園涉案者的統計結果，農民涉案者判處死刑比例爲14.1%；工人爲13.8%；學校師生則爲10.8%。相對而言，新聞工作者判處死刑的比例是24.1%。受處置的新聞工作者每四人中就有一人被判處死刑，其比例遠高於農、工和校園族群，如表7所示。

表7　涉案新聞工作者和農、工、學身份政治受難者的受刑類別比較

	新聞工作者		農民		工人		校園師生	
	人數	%	人數	%	人數	%	人數	%
死刑	26	24.1	119	14.1	118	13.8	123	10.8
徒刑	45	42.1	533	63.1	569	66.3	555	48.9
交付感化	18	16.8	81	9.6	127	14.8	276	24.3
其它	17	15.9	111	13.2	44	5.1	182	16.0

部分資料來源：張炎憲（2011：45-116）。

從先前分析可知，本研究涉案新聞工作者，多爲學歷較高的知識份子，傳統上文人手不能縛雞、亦無法提槍打仗、遑論作亂造反。況且其中有許多當事人係隨國民黨政府來臺避秦者。然而新聞工作者一旦涉案，判死機會卻遠高於農、工、學身份當事人。此一現象，或許和「叛亂」法律概念有關，在1992年廢除舊刑法一百條之前，叛亂刑責不以「暴力」爲構成要件，特別是在1950年代，言論或集會活動，往往被擴張解釋爲「叛亂活動」，新聞工作者在這些活動中若爲「首謀」，則罪責往往加重。

---

29. 例如，1966年《新生報》記者沈嫄璋係偵訊期間遭刑求致死、1969年《新生報》副總編輯單建周係受偵訊後跳樓自殺；又如1950年前《人民導報》編輯呂赫若係逃亡期間遭蛇吻死亡；或如許明柱、鮑世傑死因不明。

八、綜合討論

「獵巫」（witch hunt）一詞語出中世紀歐洲，原指搜捕女巫與巫師，或施行巫術的證據而將被指控者帶上宗教審判法庭，接下來數個世紀，人們一旦被控為與魔鬼往來的異端者，往往經酷刑折磨後被活活燒死。數以萬計的受害者因此喪命。的美國在1950年代，由威斯康辛州參議員麥卡錫主導的國會，透過聽證會和各種媒體渲染，大規模迫害被疑為左傾的文人和知識份子。白色恐怖時期下的的臺灣，有超過四分之一世紀的時間籠罩在獵巫情境下，而新聞界正是其中最慘重的災區之一。

本研究初步涉案新聞工作者群像。將先前資料加以統整，我們試圖討論以下問題：涉及新聞工作者，到底真是匪諜？還是用以掩飾當道的遮羞布？黨政軍營媒體的從業人員們，到底是幫兇？還是受害者？匪諜事件如何成為世代烙印？

（一）涉案新聞工作者群像

本研究針對1949年至1975年間涉及政治案件的新聞工作者進行調查研究。本研究共蒐集108則個案，針對這些個案進行統計分析，試圖勾勒這群新聞工作者的樣貌，以及境遇的分佈。

本研究統計顯示，這群新聞工作者大多出生於1921-30年間。涉案者平均年齡為38歲，但以人數論，21-30歲組佔約三分之一。學歷在中學以上者佔85.7%，大學以上學歷者則為55.2%。以出生地區分，臺籍佔24%，有73%來自中國大陸。這群新聞工作者85%任職報社，其它15%分佈在雜誌、電台和通訊社。他們當中87%是採編部門成員，13%為營運人員。超過七成個案為基層員工，主管僅佔三成。涉案人當中53.7%來自民營新聞媒體，46.3%屬政、黨、軍經營的新聞媒體。

以年代區分，近六成個案出現在1949-53年間，亦即宣佈戒嚴及實施〈懲治叛亂條例制〉的最初五年。新聞工作者最常遭到問罪的類型是「參加叛亂組

織」，34人（31.5%）因此而入罪。與此相當的是「非法顛覆政府而著手實施」33人（30.6%）。至於以言論入罪的「爲匪宣傳」或污衊元首類型，則有11人（10.2%）。「知匪不報」8人（7.4%）。

至於涉案後的境遇，當事人遭判處死刑者26人（24.1%），其比例遠高于其它受難族群。遭剝奪自由權者73人（67.6%），其中最多的是刑期10-15年的徒刑。1950年代初期、當事人多因「非法顛覆政府著手實施」罪名，但在1960年代以後，則「參加叛亂組織」爲多。經比較先前研究，則可發現新聞工作者來自大陸比例較其它族群爲高，遭判死刑人數比例，也高於其它身份當事人。

（二）未竟的資料之旅

本研究總共蒐集了108項個案，並針對個案進行資料蒐集和分析。不過，這個研究所列舉的資料，屬於不完全統計。包括：(1)線索不足：本文以滾雪球方式進行第一輪資料蒐集，但初始資料僅提供少許線索，不足以進行檢索。[30](2)檔案缺漏：根據監察院報告，關於戒嚴時期政治案件檔案，並未完全釋出，因此名單仍難以周全。[31]研究人員訪談部分當事人家屬時，也發現先前未曾揭露的當事人姓名。例如，起訴前死亡的當事人無檔案可查（如單建周等），或交付管訓處分的裁定書，往往難以尋獲檔案資料。[32]加以官方檔案中未必記載當事人職業身

---

30. 例如，傳聞1950年《中央日報》編輯和排版工人曾經因為手民之誤繫獄，但因缺乏姓名身份等線索無法查詢確切資料，也無法查證；又如1964年李萬居曾揭露《公論報》若干編輯記者涉案遭處置，但也因時空錯置，無法證實。

31. 張炎憲（2014）指出，目前解密公開的政治案件檔案來源，主要來自國防部軍務局、軍法局所藏各案判決書，及部分由後備司令部（前警備總司令部）所藏之書類（如自白書、筆錄等），以及少量國安局所藏個案破獲報告書。但由於昔日政治案件在偵辦時，多為由上而下構成專案。但今日檔案局資料處理，卻匯整自各機關，同一案資料有時分散至不同機關，有時則因結案先後有別，而遭分割為數案。檔案處理上的分歧，造成研究者蒐集資料的困難。

32. 根據國防部2005年清查資料，戒嚴時期叛亂暨匪諜審判案件中，有判決書者2,891件（7,974人）；無判決書僅有案卡者，7,655件（人）；無判決書籍案卡僅有公文者

份，除非詳閱案卷，否則無法辨識。例如，《新生報》編輯阮貴堯便是在受難者家屬口述訪談中獲得線索而尋得。[33](3)機構障礙：檔案法雖要求檔案應送典藏機構，但有許多檔案缺位，同時典藏機構人處理程序繁冗，過程往往曠日廢時。[34]其次，近年來民眾資料保護意識高漲，典藏資料機構因避免涉訟，往往以個資保護爲由，拒絕提供資料或限制資料呈現（例如，塗抹當事人姓名），致使學者無法取得資料。再以「不當賠償基金會」資料爲例，該批資料足可做爲檔案和口述資料的比對，但也因爲法卻迄未開放學術研究用途。[35]本研究雖然尋獲108則個案，但可能仍不完整，因爲上述各種原因，許多個案尚未見天日，未來還需要進行長期資料蒐尋和累積。

（三）「肅清匪諜」之名，「剷除異己」之實？

近現代歷史上的獵巫，已非從許多案件的檔案內容看來，當事人並非確實參加中共或其外圍組織，而是行爲或言論觸怒當道，但爲何仍以匪諜案件處置？

503件（人）。轉引自：邱榮舉、謝欣如（2006: 69）。依此數字推估，僅有半數當事人可以找到判決書。

33. 參見：童小南（《新生報》副總編輯童常家屬）訪問記錄，《1950年代新聞自由與人權保障調查研究報告：新聞工作者涉及白色恐怖案件之調查研究》（陳百齡、楊秀菁，2015）。

34. 所有檔案數位化建檔之後，均需經過機構內委員會審批核可程序。例如研究人員申請新聞工作者涉及政治案件的檔案，等待期間通常超過三個月，若干冷僻機構申請案，則需要更長時間，例如臺灣省政府移轉的《新生報》檔案，承辦人告知需二至三年的工作時間（陳百齡、楊秀菁，2015）。

35. 「戒嚴時期不當叛亂暨匪諜審判案件補償條例」於1998年5月28日立法通過，同年6月17日總統公佈實施。基金會於2005年開始運作，接受政治受難者申請賠償，此一過程蒐集並產生許多文件，但該機構運作期間，卻以個資保護為由設定諸多限制。2014年基金會結束後，將資料轉移給文化部人權博物館籌備處，但迄本文完成日為止，該批資料仍未開放查詢。致學者無法進行交叉比對。目前典藏資料機構種種限制資料之舉，不但讓史家認為研究長存缺憾，學者也批評轉型正義成為「未竟之業」（吳乃德，2011）。

當時中共誓言解放臺灣，單憑國府的軍政力量並不足以自保，許多原本的友邦也見風轉舵，轉而承認北京。就連國民黨的長期支持者美國，也採取觀望態度。在外交支持不確定狀態下，國民黨必須積極爭取友邦（特別是美國）的支持，當時國民黨的國際宣傳綱領重點在「……爭取友邦更多的同情與援助，促進有利於我反攻形勢之完成。……」爲達成此一目的，國民黨以「自由中國」自居、做出「民主櫥窗」，包括起用親美軍人和技術官僚（如孫立人、吳國楨等）、允許自由派人士如雷震出版《自由中國》。這些作爲無非是爲了拉攏以美國爲首的西方國家而必須的作態。

但另一方面，國民黨在1949年國共內戰失敗後撤退來臺。當局仍將大陸失敗歸咎於黨派對立當時對於新聞媒體的認知，仍然承襲列寧式的宣傳概念，將宣傳視爲影響社會公眾的手段，而將新聞機構視爲執行宣傳的機構，「消極上發揮政治降溫功能，爲國府排除或抒解自下而上的政治參與的壓力，積極上更爲其統治提供種種合理化的解釋」（李金銓，1992：83-4）。在此情況下「新聞場域和政治場域之間，呈現高度重疊」（黃順星，2013）。執政者意圖保持宣傳隊伍的「潔淨」，以避免遭受敵對意識型態污染，這也就是所謂「整風」（劉海龍，2013：145）。

因此執政者面臨矛盾。一方面對內必須透過整肅、以維持宣傳隊伍的純淨，但對外，又必須保持「自由中國」的民主形象。這種內在矛盾必須尋求一個出路。其結果就是把確認過的、或甚至可疑的新聞工作者，塑造成爲中共組織成員或其同路人。

國民黨在1949年頒佈「懲治叛亂條例」、「檢肅匪諜條例」，正好用來對付這些不同聲調的新聞工作者。由於舊刑法不以暴力爲構成要件，因此只要找到言論或集會，甚至閱讀的證據，便可以「非法顛覆」和「參加叛亂組織」將當事人問罪。特別是由大陸來臺的新聞工作者，加以當時情治單位「球員兼裁判」，往往單方面即可認定證據效力，當事人則百口莫辯。由此而造成當時許多冤假錯案。

（四）幫兇？或受害者？重新思考黨政軍營媒體從業人員角色

本研究統計發現，高達46.3%的涉案新聞工作者隸屬於政、黨、軍經營的新聞媒體，其中省政府轄下的《新生報》涉案新聞工作者涉案人更高達22人。這些人是幫兇？還是受害者？其歷史角色值得討論。

先前傳播文獻分析臺灣在威權體制下的媒體控制，多援引「意識型態的國家機器」概念（Althusser, 1971；李金銓，1992：83），指出國家統治除了使用強制機制（如監獄和軍隊）和公權力之外，也掌握文化與符號的權力，包括學校和媒體，以不斷複製和灌輸國家願景和分類體系，以穩定其統治正當性（林麗雲，2006:77）。此外，也有學者也用「保護主—侍從的關係」（Patron-client relationship）來形容執政者和黨政軍營媒體之間的關係：執政者選擇親信者擔任媒體傳聲筒職務，以政治經濟利益為籌碼，要求新聞媒體經營者回報以忠誠（林麗雲，2000：91）。依循這個脈絡，黨政軍營新聞媒體的從業人員，一方面為執政者複製和穩固意識型態，另一方面則在執政者的保護下享受政權特權。倘若黨政軍營媒體的新聞工作者是受到保護的一群，為何還有近半涉案新聞工作者來自黨政軍營的新聞媒體？

1950至60年代《新生報》、《國語日報》、《中華日報》等新聞媒體，雖然侍從媒體由統治者的親信掌控，執政者所賦予的信任以及提供的政經利益，或許只限於親信本人或少數人，但對於其組織內一般新聞工作者而言，他們因政治案件所受的監控和壓迫和其它媒體的新聞工作者並無二致。當員工一旦涉案遭到逮捕、起訴或處刑，並不因其公營媒體背景而受到優待，有時懲處反而更重。本研究若干個案如《新生報》副總編輯童常、《大華晚報》董事長李荊蓀等，都是例證。這些新聞工作者儘管為新聞組織賣命，倘若一旦立場和當政者有出入、或遭到懷疑，便立遭拋除，有如讓人用後丟棄的「立可拋」（Disposable）物件。

民主化「轉型正義」過程通常要求釐清歷史責任歸屬（吳乃德，2011），此處衍生出兩個問題：(1)黨政軍營的新聞媒體機構是否屬於「加害者」角色？(2)黨政軍營媒體的新聞工作者是國家體制的「加害者」，同時也是「受害者」時，

應如何看待？亦即，當白色恐怖體時期國家機器內的加害者，成為體制下的犧牲品，是否因其過去加害行為，即不處理其受害事實？針對第一個問題，白色恐怖時期的加害行為有不同層次，直接暴力行為（如情治和軍警察機構不當逮捕和鎮壓）和間接的暴力行為（如新聞報導和教育）加害程度是否應予區分？直接受惠於黨國侍從體制的媒體主管和其屬下，其責任歸屬應否區分？針對第二個問題，倘若「轉型正義」來自人權保障之普世價值預設，只要是受害者，是否即應針對其加害者之責任予以追究？本文認為，黨國體制下的新聞媒體機構，其加害行為應非直接暴力行為；涉及政治案件的黨政軍營媒體從業人員，亦應一同認定為體制下的受害者。

（五）從集體創傷經驗，到世代烙印

根據上述資料總結，白色恐怖時期新聞工作者涉及政治案件大致有三個特徵。第一個特徵是新聞工作者涉案是重複發生、幾乎不間斷。幾乎每年都有個案發生，且每隔3-4年就會出現一次涉案人數較多的重大事件。其二，罪證任由當局認定，難辨真假匪諜。新聞工作者涉案結果具高度不確定性。其三、涉案者遭重刑伺候，死刑和長期徒刑比例都相當高。

這個時期的新聞工作者，生活在一個充滿危險的年代之中。他們持續不斷地被圈子內發生的「匪諜案件」提醒，自己隨時可能涉案而遭到逮捕拘禁，一旦遭逮捕，也不是自認清白即可脫身，剝奪生命和長期自由的風險始終環繞。許多人即使自身被捕、拘禁，但透過親友同儕經驗，以及傳媒建構的「社會劇碼」（黃順星，2015）不斷提醒之下，白色恐怖時期的政治案件，成為這個世代新聞工作的共同創傷經驗。本文開始之初，編輯因警察夜半敲門而引起的過度驚嚇反應，其來有自。

同一時代的人們，共同身歷特定歷史事件，因此形成歷史上顯而易見的群體（周婉窈，2003）。歷史學者Mannheim（1993）分析「世代」概念時，區分三個層次：首先，世代面臨共同的悲劇或災難事件，這些歷史事件將原本分散的

個體、透過共同經驗的參與，而將分散的個人統整為一個具有自我意識的年齡階層。其次，人們雖身處同一歷史年代，卻以不同方式利用他們的經驗，而構成不同的群體，最後，由於世代是一種共同的經驗，這種經驗透過中介與再現，讓共同體成員產生一種集體命運的感受，因此使得人們獲致某種程度的一致性，有如同一世代人們心中的一塊烙印。

如上所述，白色恐怖時期涉案新聞工作者的遭遇，不僅變成這個族群的共同記憶，更是一種烙印的創傷，也因此形成若干後遺症，影響後來新聞工作的形貌。例如，蕭阿勤（2008）所指出的「沈默與消極」特性；例如，新聞工作者透過「隱蔽腳本」（Scott, 轉引自：蕭阿勤，2007: 155）；又例如，使用隱喻、模糊、雙關語、「打擦邊球」等策略，藉以「紀實避禍」（陳順孝，2003）；或「人人心中有個小警總」（羅彥傑、劉嘉薇、葉長城，2010），新聞工作者將統治者監控內化、隨時隨地進行自我檢查；或是新聞工作者對社會整體的極端不信任，凡事皆以「陰謀論」的預設對待（例如，周原，2011；黃孟婷，2013）。上述這些新聞工作者的症狀，或許有可能源自於白色恐怖時期的共同記憶和創傷經驗。

總之，新聞工作者是一個相連的群體，今日的新聞工作者承襲自當年的世代。欲瞭解今天的新聞工作者，必須對於先前世代的新聞工作者有所瞭解。然而在撰寫本文之後，我們發現，對於這個時期的理解還非常有限。雖然我們跨出了第一步，但是這個知識場域當有更多可以探索之處。

附錄：

新聞工作者涉入政治案件之名單（1949-1975年） N=108

姓名	生年	事件	媒體名稱	職位	罪名	境遇
何錦章	1907	1949	中央日報	印刷主任	參加叛亂組織	短期徒刑
鍾平山	1909	1949	新生報	分社主任	爲匪宣傳	長期徒刑
楊逵	1909	1949	和平日報（前）	編輯	爲匪宣傳	長期徒刑
馬飄萍	1917	1949	商報	編輯	爲匪宣傳	長期關押
黃胤昌	1918	1949	新台日報	總編輯	參加叛亂組織	死刑槍決
林宣生	1920	1949	新台日報	編輯	參加叛亂組織	長期徒刑
丁開拓	1920	1949	民風報	記者	非法顚覆	死刑槍決
林華新	1921	1949	商報（前）	記者	爲匪宣傳	交付感訓
唐達聰	1925	1949	新台日報	編輯	參加叛亂組織	長期徒刑
史習枚	1923	1949	新生報	編輯	缺書類檔案	長期徒刑
張友繩	1922	1949	臺灣力行報	社長	缺書類檔案	長期關押
龔德柏	1891	1950	救國日報（前）	主筆	缺書類檔案	交付感訓
王白淵	1902	1950	新生報	編輯	知匪不報	短期徒刑
吳一飛	1904	1950	自立晚報	副刊主編	缺書類檔案	長期關押
劉捷	1910	1950	國聲報	副總編輯	參加叛亂組織	短期徒刑
袁錦濤	1912	1950	法新社	記者	非法顚覆	長期徒刑
徐淵琛	1912	1950	中外日報	記者	非法顚覆	死刑槍決
林荊南	1915	1950	和平日報（前）	記者	缺書類檔案	交付感訓
楊毅	1916	1950	人民導報（前）	編輯	非法顚覆	死刑槍決
林庚盛	1917	1950	掃蕩報	職員	非法顚覆	死刑槍決
莊漢江	1918	1950	美聯社	記者	知匪不報	交付感訓
蕭楓	1920	1950	掃蕩報	記者	僞造文書	短期徒刑
王光燾	1921	1950	中央日報	採訪主任	洩漏軍機	短期徒刑
李靜昌	1921	1950	國語日報	校對	教唆軍人叛逃	長期徒刑

姓名	生年	事件	媒體名稱	職位	罪名	境遇
王耀勳	1921	1950	新生報（前）	編譯	非法顛覆	死刑槍決
李朋	1921	1950	中央社（前）	記者	非法顛覆	死刑槍決
方菁	1922	1950	自由論壇	社長	為匪宣傳	長期徒刑
陸效文	1922	1950	新中國出版社	編輯	非法顛覆	死刑槍決
陳道東	1922	1950	香港新聞觀察	記者	非法顛覆	死刑槍決
鄒曙	1922	1950	掃蕩報	記者	非法顛覆	死刑槍決
蔡鐵城	1923	1950	和平日報（前）	記者	非法顛覆	死刑槍決
邵水木	1923	1950	公論報	代理課長	參加叛亂組織	瘐死獄中
顏東明	1924	1950	新生報	職員	參加叛亂組織	長期徒刑
吳思漢	1924	1950	新生報	編譯	非法顛覆	死刑槍決
張繼高	1926	1950	新生報	記者	缺書類檔案	長期關押
廖天欣	1927	1950	民聲日報	編輯	參加叛亂組織	長期徒刑
韓凌生	1927	1950	漢口正聲電台（前）	播音員	非法顛覆	死刑槍決
呂赫若	1914	1951	人民導報（前）	編輯	缺書類檔案	逃亡中死亡
林西陸	1898	1951	和平日報（前）	副總經理	知匪不報	短期徒刑
陳香	1907	1951	更生日報	總編輯	知匪不報	短期徒刑
馬學樅	1909	1951	國語日報	校對	非法顛覆	死刑槍決
黃榮燦	1916	1951	人民導報（前）	編輯	非法顛覆	死刑槍決
嚴明森	1918	1951	國語日報	編輯	非法顛覆	死刑槍決
胡闓仙	1918	1951	中廣	編輯	參加叛亂組織	交付感訓
李建章	1923	1951	和平日報（前）	記者	非法顛覆	死刑槍決
洪振益	1927	1951	民鐘日報	職員	非法顛覆	死刑槍決
王玫	1932	1951	中廣	播音員	參加叛亂組織	交付感訓
陳明琦	1922	1952	聯合報	校對	非法顛覆	死刑槍決
劉占顯	1922	1952	和平日報（前）	分社主任	知匪不報	交付感訓

姓名	生年	事件	媒體名稱	職位	罪名	境遇
高慶豐	1923	1952	公論報	記者	參加叛亂組織	長期徒刑
鮑世傑	1896	1953	中華時報（前）	記者	缺書類檔案	墜海死亡
陳其昌	1904	1953	公論報	總經理	包庇匪徒	長期徒刑
溫幹群	1913	1953	中華日報	編輯	非法顛覆	死刑槍決
江流	1919	1953	中華日報	編輯	非法顛覆	死刑槍決
吳博全	1919	1953	徵信新聞	編輯	缺書類檔案	長期關押
林茂雄	1921	1953	中華日報	記者	非法顛覆	死刑槍決
王石頭	1922	1953	公論報	職員	非法顛覆	死刑槍決
黃培奕	1923	1953	公論報（前）	職員	缺書類檔案	自新
王泛洋	1924	1953	新生報南版	校對	參加叛亂組織	交付感訓
田士林	1926	1953	自立晚報	記者	缺書類檔案	交付感訓
姚含煙	1926	1953	自立晚報	編輯	缺書類檔案	交付感訓
紀坤淮	1929	1953	新生報	職員	非法顛覆	死刑槍決
夏邦俊	1904	1954	人民導報（前）	編輯	為匪宣傳	短期徒刑
宋瑞臨	1922	1956	新生報	彰化特派員	參加叛亂組織	長期徒刑
周西	1916	1956	徵信新聞報	編輯	參加叛亂組織	長期徒刑
倪師壇	1909	1957	公論報	總主筆	知匪不報	短期徒刑
路世坤	1916	1957	新生報	通訊組主任	參加叛亂組織	長期徒刑
徐瀚波	1918	1957	新生報	職員	參加叛亂組織	長期徒刑
陳正坤	1922	1949	新台日報	總編輯	參加叛亂組織	長期徒刑
林振霆	1923	1957	民眾日報	記者	非法顛覆	長期徒刑
李望	1925	1957	中央社	記者	知匪不報	交付感訓
朱傳譽	1927	1957	國語日報	編輯	為匪宣傳	交付感訓
戴獨行	1928	1957	中華日報	記者	知匪不報	短期徒刑
黃爾尊	1915	1958	新生報	編輯	參加叛亂組織	長期徒刑
孫秋源	1929	1958	自治雜誌	主編	非法顛覆	長期徒刑

姓名	生年	事件	媒體名稱	職位	罪名	境遇
阮景濤	1929	1959	公論報	編輯	參加叛亂組織	長期關押
雷震	1897	1960	自由中國	發行人	為匪宣傳	長期徒刑
傅正	1927	1960	自由中國	編輯	非法顛覆	交付感訓
馬之驌	1923	1960	自由中國	經理	非法顛覆	交付感訓
許明柱	1923	1961	公論報	記者	缺書類檔案	下落不明
張建生	1923	1961	公論報	記者	缺書類檔案	長期關押
林斌	1908	1962	南光雜誌	發行人	參加叛亂組織	長期徒刑
王沿津	1910	1962	東京新聞	駐臺特派員	參加叛亂組織	長期徒刑
白克	1914	1962	人民導報（前）	導演	非法顛覆	死刑
周濟剛	1917	1963	民主潮	職員	參加叛亂組織	長期徒刑
沈匡宇	1922	1963	新生報	記者	參加叛亂組織	長期徒刑
姚勇來	1914	1966	新生報	編輯	參加叛亂組織	長期徒刑
沈嫄嬅	1918	1966	新生報	記者	缺書類檔案	刑求死亡
黃毅辛	1925	1966	徵信新聞	記者	參加叛亂組織	短期徒刑
阮貴堯	1918	1966	新生報	編輯	參加叛亂組織	短期徒刑
張化民	1915	1967	自立晚報	編輯	為匪宣傳	長期徒刑
徐瑛	1929	1967	模里西斯中央日報	總編輯	參加叛亂組織	長期徒刑
陳永善	1937	1968	文學季刊	編輯委員	參加叛亂組織	長期徒刑
鄭天宇	1914	1968	民眾日報	總經理	非法顛覆	長期徒刑
柏楊	1920	1968	自立晚報	專欄作家	參加叛亂組織	長期徒刑
崔小萍	1923	1968	中廣	導演	參加叛亂組織	長期徒刑
單建周	1906	1969	新生報	副總編輯	缺書類檔案	訊後墜樓死亡
吳在忍	1913	1970	人民導報（前）	編輯	非法顛覆	交付感訓
俞棘	1914	1970	中華日報	總編輯／主筆	參加叛亂組織	短期徒刑

姓名	生年	事件	媒體名稱	職位	罪名	境遇
徐雪影	1915	1970	新生報	記者	缺書類檔案	自新
于長城	1917	1970	商報	社長	爲匪宣傳	交付感訓
李荊蓀	1917	1970	大華晚報	董事長	參加叛亂組織	長期徒刑
童常	1917	1970	新生報	副總編	參加叛亂組織	死刑
陳石安	1920	1970	新生報	編輯	非法顛覆	交付感訓
于長庚	1922	1970	商報	總編輯	爲匪宣傳	交付感訓
林克明	1917	1971	公論報（前）	記者	參加叛亂組織	長期徒刑
周君平	1919	1971	民族晚報	記者	缺書類檔案	自新
宗坤福	1932	1973	臺灣時報	排版工	爲匪宣傳	短期徒刑

資料來源：陳百齡、楊秀菁（2015: 83-85）。

參考書目

王天濱（2005）。《新聞自由：被打壓的臺灣媒體第四權》。臺北市：亞太圖書。

王振寰（1996）。《誰統治臺灣？轉型中的國家機器與權力結構》。臺北市：巨流。

王景弘（2004）。《慣看秋月春風：一個臺灣記者的回顧》。臺北市：前衛出版。

王漢威（2011）。〈戰後中國共產黨臺灣省工作委員會的組織與運作，1946-1950〉，彰化：彰化師範大學政治研究所碩士論文。

王鼎鈞（2009）。《文學江湖》。臺北：爾雅。

立法院公報（1989/06/21）。〈第一屆第38次會，委員會記錄〉《立法院公報》，78（49）：228。

江如蓉、翁大鈞（2006）。〈探論戒嚴時期國家權力濫用行為〉，臺灣人權與政治事件學術研討會，頁241-67，台北：財團法人戒嚴時期不當叛亂暨匪諜審判案件補償基金。

行政院秘書處（1962）。《陽明山第二次會談各項結論之檢討與實施》。臺北：行政院秘書處。

司法行政部調查局（1974）《要案紀實》第1-5輯，臺北：司法行政部調查局。

呂東熹（2010）。《政媒角力下的臺灣報業》。臺北市：玉山社。

汪明輝（2006）。〈政治案檔案解密對重建戰後臺灣歷史真相的意義：以湯守仁案為例〉，國史館政治檔案解密座談會，臺北：國史館。

邱榮裕（2006）。〈戰後臺灣客家典型白色恐怖政治事件之研究：以1950年代客家中壢事件為個案分析〉，陳志龍、邱榮舉、倪子修（編）《臺灣人權與政治事件學術研討會論文集》，頁322-331。臺北：財團法人戒嚴時期不當叛亂暨匪諜審判案件補償基金會。

邱榮舉、謝欣如（2006）。〈美麗島事件之政治解析〉，臺灣人權與政治事件學術研討會，頁57-80，台北：財團法人戒嚴時期不當叛亂暨匪諜審判案件補償基金。

邱國禎（2007）。《近代臺灣慘史檔案》。台北：前衛。

李金銓（2013）。〈記者與時代相遇：以蕭乾、陸鏗、劉賓雁爲對象〉，李金銓（編）《報人報國：中國新聞史的另一種讀法》，頁403-463。香港：中文大學出版社。

李金銓（1992）。〈從威權控制下解放出來：臺灣報業的政經觀察〉，朱立、陳韜文（編）《傳播與社會發展》，頁81-94。香港：香港中文大學新聞與傳播系。

李宣鋒編（1998）。《臺灣地區戒嚴時期五○年代政治案件史料彙編》。南投市：臺灣省文獻委員會。

吳乃德（2006/7）。〈轉型正義和歷史記憶：臺灣民主化的未竟之業〉，《思想》，2: 1-34。

林書揚（1992）。《從二二八到五○年代白色恐怖》。臺北市：時報。

林德政（2015）。〈口述歷史的定義與要領〉，《臺灣口述歷史的理論實務與案例》，臺北：臺灣口述歷史學會。

林麗雲（2000）。〈臺灣威權政體下「侍從報業」的矛盾與轉型〉，張笠雲（編）《文化產業：文化生產的結構分析》，頁89-148。台北：遠流。

—— （2006）。〈威權主義下臺灣電視資本的形成〉，《中華傳播學刊》，10: 71-112.

周原（2011）。〈請別叫我「爪耙子」：臺灣吹哨者的故事〉，臺北：臺大新聞所碩士論文。

周婉窈譯（1989）。《史家的技藝》。臺北：遠流。（原書Bloch, M. [1953]. *The Historian's Craft*, New York: Vintage）。

侯坤宏（2007）。〈戰後臺灣白色恐怖論析〉，《國史館學術集刊》，20: 139-203。

胡昌智譯（1986）。《歷史知識的理論》。臺北市：聯經。（原書Droysen, J.G. [1977]. *Historik*. Text edition by Peter Leyh. Stuttgart.）

徐鑄成（2009）。《報人張季鸞先生傳》。北京：三聯書店。

馬之驌（2007）。《新聞界三老兵：曾虛白、成舍我、馬星野奮鬥歷程》。臺北：南天書局。

國家安全局（1991）：《歷年辦理匪案彙編》。台北：李敖出版社。

梁正杰（2007）。〈臺灣省工作委員會相關政治案件之研究，1946-1961〉，臺北：政治大學臺灣史研究所碩士。

陸啟宏（2007/08）。〈16～17世紀西歐社會的「獵巫」〉，《史學月刊》，8: 64-71。

黃孟婷（2013）。〈2010年楊淑君事件的批判話語分析〉，臺北：臺師大大眾傳播所碩士論文。

黃順星（2013）。《記者的重量：臺灣政治新聞記者的想像與實作》。臺北：巨流圖書。

──（2015）。〈社會教化的新聞：臺灣媒體社會新聞1950-1969〉，「2015年傳媒與臺灣現代性」國際研討會，臺北：世新大學舍我紀念館。

張炎憲（2011）。〈白色恐怖時期農工學相關政治案件量化分析〉，《臺灣風物》。61(4)：45-116。

──（2014）。〈白色恐怖與高一生〉，《臺灣史料研究》。44: 45-116。

張君玫、劉鈐佑譯（2003）。《社會學的想像》。臺北：巨流。（原書Mills, C. Wright [1959]. *The sociological imagination*, New York: Oxford University Press）。

陳君愷、蘇瑞鏘（2006），〈威權統治時期校園政治案件中的人權侵害初探〉，陳志龍、邱榮舉、倪子修（編）《臺灣人權與政治事件學術研討會論文集》，頁303–321，台北：財團法人戒嚴時期不當叛亂暨匪諜審判案件補償基金會。

陳百齡、楊秀菁（2015）。〈1950年代新聞自由與人權保障調查研究報告：新聞工作者涉及白色恐怖案件之調查研究〉，臺北：國家人權博物館籌備處委託研究報告。

陳銘城（主編）（2012）。《秋纏的悲鳴：白色恐怖受難文集》第一輯，臺北：國家人權博物館。

陳順孝（2003）。《新聞控制與反控制：「記實避禍」的報導策略》，臺北：五南。

陳建傑（2011）〈戰後臺灣客家政治案件之研究：胡海基案之個案分析〉，台中：東海大學政治研究所碩士論文。

曹欽榮（2008）。〈歷史交響詩：白色恐怖口述與跨領域研究初探〉，《中華人文社會學報》，8: 166-182。

曾培強（2009）。〈臺灣民主自治同盟案件研究〉，臺北：國立政治大學臺灣史研究所碩士論文。

裴佩恩（1997）。《戰後臺灣政治犯之處置》。臺北：臺灣大學法律系碩士論文。

廖信忠（2009）。《我們臺灣這些年》。重慶：重慶出版社。

楊翠（2006）。〈女性與白色恐怖政治事件〉，陳志龍、邱榮舉、倪子修（編）《臺灣人權與政治事件學術研討會論文集》，頁411-452。台北：財團法人戒嚴時期不當叛亂暨匪諜審判案件補償基金會。

劉北成、楊遠嬰譯（1992）。《規訓與懲罰：監獄的誕生》，臺北：桂冠圖書（原書：Foucault, Michel. [1979]. *Discipline and Punish: the Birth of the Prison*. Trans. Alan Sheridan. New York: Vintage Books）

劉海龍（2013）。《宣傳：觀念、話語及其正當化》。北京：中國大百科全書出版社。

劉熙明（1999）。〈蔣中正與蔣經國在戒嚴時期「不當審判」中的角色〉，《臺灣史研究》。6(2): 139-187。

劉育嘉（2005）。〈五〇年代白色恐怖政治案件審判結果之研究：就已知二百二十個案件的分析〉，《臺灣文獻》，56(2): 305-37。

顏世鴻（2012）。《青島東路三號：我的百年之憶及臺灣的荒謬年代》。臺北市，啓動。

戴獨行（1998）。《白色角落》。臺北：人間。

藍博洲（1997）。《高雄縣二二八暨五〇年代白色恐怖民眾史》。高雄鳳山：高雄縣政府。

——（2003）。《紅色客家人》，臺北：晨星。

蘇瑞鏘（2010）。〈臺灣政治案件之處置：1949-1992〉，臺北：政大歷史研究所博士論文。

——（2011）〈戰後臺灣政治案件審判過程中的不法與不當〉，《臺灣風物》，61(3): 33-73。

——（2015）〈國家檔案與口述訪談的結合與運用—以戰後臺灣白色恐怖案件的研究爲中心〉，「臺灣白色恐怖口述歷史訪談的過去、現在與未來」學術研討會，臺北南港：中央研究院臺灣史研究所。

羅文輝、陳韜文、潘忠黨（2004）。《變遷中的大陸、香港、臺灣新聞人員》。臺北市：巨流。

羅彥傑、劉嘉薇、葉長城（2010）。〈組織控制與新聞專業自主的互動：以臺灣報紙國際新聞編譯爲例〉，《新聞學研究》，102：113-149。

蕭阿勤（2007）。〈威權統治下的國族認同：隱蔽與公開、連續與斷裂〉，《思想》，4: 141–175。

龔德柏（1969）。〈蔣介石黑獄親歷記〉，李敖（主編）（2002）《李敖大
全集》，38：217-334，臺北：李敖出版社。

戰爭與新聞——
臺灣的戰時新聞管制政策（1949-60）*

林果顯

一、前言

　　臺灣在二次大戰結束後，很快地再度進入戰爭狀態。不論是因應動員戡亂的總動員狀態，或是戒嚴下的軍管措施，在體制上臺灣被置放於戰爭狀態，並以此為基礎推展各種政策，為即將到來的決定性戰役而準備。這場戰爭既是執政的國民黨政府對大陸失敗的檢討與反擊，也與重建政府權威、鞏固在臺統治同時進行，戰爭與內政治理兩者的緊密關係，成為臺灣1950年代的重要特色。除了體制上的理論基礎，炮火猛烈的軍事危機也證明戰爭確實存在且迫近眉睫。1954年與1958年的兩次臺海危機雖然發生於外島，然而不僅涉及東亞冷戰體系的消長，也成為檢視國內戰爭準備是否完備的契機。相較於「反攻」的準備作業，1954年和1958年兩次臺海危機可視為真正的戰時，此時的各種措施既是必要的因應之舉，亦為可能的更大戰事預作調整，某個意義上，此時政府的作為可說反映了戰時施政的應有樣貌。

　　新聞管制為戰時施政的重要工作之一。來臺前的國民黨政府長時期歷經的各種戰爭，對於戰時從事新聞管制的經驗豐富，而抗日戰爭結束後對於民主憲政的

* 本文初稿於2016年6月12日，世新大學舍我紀念館舉辦之「傳媒與臺灣現代性國際研討會」發表。後以〈戰時思惟下的戰後臺灣新聞管制政策（1949-1960）〉發表於（2015）《輔仁歷史學報》，35：239-283。承蒙研討會評論人邱家宜博士及本書兩位匿名評審懇切指正，復蒙本書編委會多方協助，謹此特致謝忱。

摸索，其教訓慘痛且危及存亡，輿論方面的失敗被視中國大陸挫敗的重要原因。在國家安全與作戰需求的正當性之下，兩次臺海危機的因應作爲反映了中華民國政府理想的「動員戡亂」秩序，檢討此時的新聞管制政策，或許可看出執政者心目中「健全」的媒體環境。

本文的目的，即是聚焦於兩次臺海危機前後，中華民國政府爲了因應戰爭所施行的新聞管制政策，以解明戰爭與新聞管制的關係，凸顯政府鞏固統治的方法。具體而言，軍事危機時期宣傳指揮體系的強化，軍事新聞的發布與處理程序，以及藉此擴及一般新聞管制的討論與具體措施，爲本文試圖探討的三個面向。

必須說明的是，在臺灣史或近代中國史的脈絡下，一般提到戰爭或戰時，大多聯想到第二次世界大戰或國共內戰，本文所提的兩次臺海危機僅限於外島，戰爭或戰時之名似乎過度描述。然而，本文所欲指出的是，當時所進行且賴以爲統治基礎的「動員戡亂」或「戒嚴」法制正是不折不扣的戰時體制，同時，當時的統治者無法有後見之明，能百分之百地預測戰事僅限於外島。更重要的是，本文發現政府最高領導與宣傳幕僚單位將兩次軍事危機視爲戰爭，才會在表述與政策上如此強烈。這是本文以戰時思惟的視角分析1950年代新聞管制政策的主要原因。

過去對於1950年代臺灣的新聞管制政策，或從媒體與政府的互動，顯示管制的漸趨嚴密與無所不在，此方面以新聞史和民營媒體研究爲主，不論原因爲因應時局或鞏固統治，大致呈現1950年代臺灣的新聞管制措施嚴密繁重。（王天濱，2002：225-229；楊秀菁，2005：163-176；薛化元，1996：73-175。）抑或是基於理論探討，檢視官方、民間與學院內對於「新聞自由」的表述與生產過程，對於新聞管制中的戰時思考雖有部分涉及，但未具體而全面性梳理（林麗雲，2004；楊秀菁，2012）。本文並不從理論脈絡演繹戰爭與社會的關係，而是利用政府檔案與決定宣傳方針的重要會議資料，整理戰時新聞管制政策的背景、成立過程與工作內容，期望能從具體的經驗事實，提供理解當時新聞管制政策新的思考面向。

二、戰時新聞管制的歷史經驗

　　1950年代臺灣的戰時新聞管制，有兩個戰爭經驗與體制可供參考依循，分別是中日戰爭與在中國大陸的國共內戰。這些戰時措施不僅繁複，更因1947年開始進行「動員戡亂」時援引因應抗戰的「國家總動員法」爲法源，使得兩個戰爭體制相互結合，並延續到1950年代的臺灣歷史經驗也成爲面臨軍事危機時的重要參照（林果顯，2008）。相關研究成果豐碩，以下不作細密考察，僅擇要整理。

（一）中日戰爭與國共內戰時期的戰時新聞管制

　　中日戰爭時期重要的新聞管制措施有三，分別是成立新聞檢查與圖書審查機構，頒布新聞管制法令，以及管理在華外籍記者。首先，戰時新聞檢查局與中央圖書雜誌審查委員會爲當時的主管單位，分別隸屬軍事委員會（軍）與行政院（政），對當時的新聞紙與其他出版品進行事前審查，原掌管新聞宣傳事務的國民黨中宣部退居二線。其次，爲了規範上述機構的組成及職權，因而有「戰時新聞局組織大綱」、「戰時新聞檢查辦法」、「抗戰期間圖書雜誌審查標準」、「戰時新聞禁載標準」與「戰時新聞違檢懲罰標準」等相關法令，以及依「國家總動員法」與「防護軍機法」而頒布的相關行政命令。（〈戰時新聞管制法規（一）〉，n.d.）再者，爲了管理外籍記者，頒布「對外新聞發布統制辦法」，透過新聞檢查與撤銷廣播特權等方式，企圖介入外籍記者的報導方向。不過1944年因應國內外新聞自由的呼聲，凡是非涉及軍事政治外交之出版品，得以事後檢查，外籍記者之報導亦交由外國駐華單位審查（高郁雅，1996）。

　　中日戰爭結束後，廢除新聞與圖書檢閱規定，一來象徵戰爭結束，二來延續戰爭後期的新聞自由運動，並爲行憲預作準備（中村元哉，2004b）。然而隨著軍政情勢的惡化，國民政府對於言論環境開始感到過份寬鬆，於1947年春天後逐步強化控制。在宣傳指揮體系上，成立由總裁蔣介石主持的宣傳會議，釐定宣傳方針，並由中宣部頒布宣傳通報，統一黨政軍相關報刊的言論（任育德，2009；高郁雅，2005）。在具體措施上，限制新聞雜誌用紙，辦理報刊重新登記，並制

訂「動員戡亂時期軍事新聞發布辦法」，明確規範軍事機密範圍（中村元哉a；高郁雅，2005）。中日戰爭末期以來較爲鬆綁的言論政策，以及爲了行憲而營造的「平時」氣氛，在國共內戰日趨激烈的背景下告一段落，甫被廢止的戰時新聞管制再度一一恢復或加強。

　　儘管在實施上有諸多缺失，中日戰爭以來的戰時新聞管制經驗仍然極爲重要。總結戰時的特色：1.在總動員體制下，軍方在新聞管制上舉足輕重，不僅是軍事新聞或機密，亦擴及一般言論的檢查與取締。2.然而即便是戰時，仍相當在意新聞自由議題，中日戰爭期間出版品由事前檢查改爲部分事後檢查即爲重要事證。然而當局仍意圖影響輿論走向，因此更加強化與各媒體主事者的聯繫與運作協調。3.最高領導者蔣介石對宣傳事務的介入更爲直接且制度化，由其主持的宣傳指揮體系統整旗下的媒體口徑，意圖發揮澄清與示範作用。然而新聞檢查與宣傳主管單位職權劃分不明，令出多門。上述的戰時經驗與問題，隨著中央政府來臺，成爲1950年代施政的重要依據與參考。

（二）1950年代初期的戰時新聞管制

　　臺灣自1945年由國民政府接收後，逐漸捲入國共內戰，相關的戰爭法令亦開始推動，最重要的法律依據爲「國家總動員法」與「戒嚴法」。爲求中日戰爭勝利而頒布的「國家總動員法」規定政府得對言論、出版、著作及通訊加以限制，1947年7月國民政府實施「動員戡亂完成憲政實施綱要」，賦予行政院依據該法發布行政命令以「剿匪」的權力，意味著將中日戰爭時期言論統制的方式移至「戡亂」時期。（《國民政府公報》，1947.07.19）例如「新聞紙雜誌及書籍用紙節約辦法」涉及報紙的限張政策，「動員時期無線電廣播收音機管制辦法」與「戡亂時期國產影片處理辦法」則規範電子媒體（章逸天，1960）。1950年代臺灣的新聞環境可謂籠罩在總動員作戰的氣氛中。

　　另一個主要的戰時法律爲「戒嚴法」，該法規範軍管狀態時司令官的權力，並提高重大犯罪的刑度。該法規定戒嚴地域內最高司令官得以停止集會結社與

遊行請願，並取締言論、講學、新聞雜誌、圖畫、告白、標語暨妨害軍事的其他出版物。（《國民政府公報》，1948.05.19）1949年5月20日臺灣省主席兼警備總司令陳誠在臺實施「戒嚴令」，臺灣進入長期戒嚴。（《臺灣新生報》，1949.05.19）根據「戒嚴令」與「戒嚴法」和以此為法源而頒布的法令高度限縮言論尺度，最主要為「臺灣省戒嚴時期新聞圖書雜誌管理辦法」，該辦法不僅賦予保安司令部審查與取締出版品的權力，並且限制出版品登載內容，而且在變亂或戰爭時得以進行事前檢查，成為軍方介入臺灣出品版的重要依據（林山田，1996）。

其他制訂於國共內戰末期的法律，或是規範戰時管制的平時法律，亦因戒嚴而適用於1950年代臺灣。例如1949年制訂的「懲治叛亂條例」涉及言論叛亂領域，並規定戒嚴區域內觸犯該法者一律由軍事機關審判。（立法院秘書處，1951：404-405）「出版法」和施行細則有多次的修正爭議，但賦予中央政府於戰時得禁止或限制政治、軍事、外交或治安事項記載的條文一直存在，亦是1950年代政府欲進行新聞管制的重要依據（楊秀菁，2005）。另外，「刑法」中關於洩露國防秘密資料之罪刑，以及更進一步規範軍事機密範圍的「妨害軍機治罪條例」，皆為重要的戰時新聞管制法令。

上述的戰時法規授權政府於戰時擴張權力，介入新聞出版與人民言論自由，甚至還保留了事前檢查的空間，但政府對言論環境仍感到未臻理想。為了確保機密不外洩，政府對於訊息發布與傳播格外敏感，以下面的辦法為例，可以一窺戰時思考的影響。1951年2月，總統府頒布「加強控制對外通訊確保機密」的五點措施，整理如下：

1. 嚴屬取締通訊社，非具備一定資金、收入及人員者撤銷其登記。政府機關及黨部所設通訊社一律撤銷，歸中央通訊社發表，有充分理由而不願裁撤者，發稿範圍以所屬機關負責人正式簽發之新聞稿為限。並由該通訊社負責人向主管新聞業務機關負完全責任。

2. 嚴屬取締以內幕新聞為主要內容的定期刊物。凡連續刊載造謠毀謗

猥褻之文字至三期以上者，一律撤銷其登記。

3. 政府發言人辦公室對外國記者及其中國助手應加強聯絡與輔導。

4. 軍事人員非經參謀總長許可及指示或經由總政治部，不得對中外新聞記者交付消息或發表談話。

5. 凡不正確之新聞發表後，有關機關應迅予否認。

（整理自〈新聞書刊審查〉，1951.03.17）

從該命令對於通訊社嚴格而詳細的規定來看，當時臺灣的通訊社超過當局理想的數目，而且黨政軍部門所經營之通訊社佔有一定比例，因此淘汰規模過小的民間通訊社與整併公部門的通訊社成為必要之舉。為了實施上述命令，行政院秘書長黃少谷邀集黨政軍宣傳相關單位主管，決議中央社除原本之業務外，增發一般性社會新聞，並恢復英文稿；軍聞社以發布軍事新聞為範圍，由國防部政治部主任簽發；臺灣新聞通信社以發布臺灣省縣市新聞為範圍，由省新聞處處長簽發。省新聞處且負責清查已登記而未確實發刊的通訊社，違者予以撤銷登記，並希望將通訊社設立門檻放進修訂中的「出版社」及「出版法施行細則」當中。

至於內幕新聞的處理，一方面由省新聞處清查已登記但未準時發刊的刊物，以撤銷其登記，另一方面則透過節約新聞用紙的方式減低其發行。同時，為了使內幕新聞有所忌憚，要求內政部、司法行政部與臺灣省政府嚴格執法，並鼓勵因內幕新聞而受毀謗之當事人提起告訴，請司法行政部致意法院儘速處辦。（〈新聞書刊審查〉，1951.02.24）[1]此外，政府發言人辦公室加強對外國記者聯繫涉及發言人體系的業務與經費，有待研辦。此種構想與行憲前中宣部國際宣傳處以來的作法一脈相承，亦預告了行政院新聞局之後的再次成立。而軍事新聞發布的途

---

1. 「關於取締通信社查禁內幕新聞案談話會紀錄」，1951年2月24日，該會議出席者有內政部長余井塘，司法行政部長林彬，中四組主任陶希聖，國防部總政治部主任蔣經國，總統府第一局局長黃伯度、行政院秘書長黃少谷，省新聞處處長朱虛白，顧問沈昌煥等人。

徑看似確立原則，然執行上頗多窒礙難行之處，包括總統府、參謀總長、總政治部與中央社之間如何協調新聞發布，頗多困難，此一問題延宕數年，一直到第二次臺海危機時才有較明確的處理方式。

上述辦法雖然簡單，但已涉及1950年代新聞管制的數個大議題：媒體內容管制、撤銷登記等行政手段的運用、官方消息管道的統整，以及政府機關對「不利言論」的回應。這意味著即使1950年代初期，臺灣已實施多重的戰時新聞管制措施，但仍有不足之處，這些缺陷將在大規模軍事危機時一一浮現。

三、軍事危機下的因應作爲

對臺灣住民及統治者而言，1950年代就是一連串面對戰爭的因應過程。不論是遠在朝鮮半島的戰事，或是靠近中國大陸沿海島嶼的爭奪戰和游擊戰，戰事的威脅與影響反映在政府施政和社會生活上。在第一次臺海危機前，爲了戰爭政府已在新聞管制上建構了綿密的法規，但1954年9月以來的一連串軍事衝突，其規模與影響之大，使得中華民國政府必須大幅度地強化與調整新聞管制政策，而首當其衝的是軍事新聞的相關措施。這些作爲，有助於理解中華民國政府對戰時新聞管制的優先考量。

（一）宣傳指揮體系的強化

1954年9月3日中華人民共和國向金門發動砲擊，史稱「九三砲戰」，一直到隔年的一江山戰役、大陳撤退、南麂撤退等一系列攻防戰事，統稱爲第一次臺海危機（張淑雅，1993）。爲了因應8月以來山雨欲來的緊張情勢，國民黨在砲戰前一天的臨時中常會決議，立即成立「中央宣傳指導小組」（以下簡稱「宣指小組」），建立宣傳決策與指導中心，並爲總裁蔣介石所主持的宣傳會談作準備。同時，爲了爭取時效，軍事新聞發布由國防部總政治部主任負完全責任。（〈中國國民黨中央常務委員會會會議紀錄〉，1954.09.02）時任國民黨中央第四組主任的馬星野於第一次會議時，將此小組定位爲「黨政軍宣傳聯合

作戰參謀會議」，並舉1945年底陳布雷所主持的「宣傳小組」之工作爲先例，顯示出宣指小組參考大陸時期的經驗。（〈中國國民黨中央常務委員會會議紀錄〉，1954.10.04）到了1955年，任務更爲簡省，準備宣傳會談等「業務性工作」改由宣傳業務小組或第四組辦理。（〈中國國民黨中央常務委員會會議紀錄〉，1955.01.04）宣指小組成爲負責「政策性問題、緊急事項、牽涉兩個以上機構之業務」的決策性會報組織。（〈中國國民黨中央常務委員會會議紀錄〉，1954.10.13）

該小組成員涵蓋層面廣，代表性亦足，報告與討論事項顯示宣傳幕僚組織的應有樣態。在人事方面，除了總裁核定的九人外，必要時亦邀請黨政軍宣傳與媒體主管列席，推陶希聖爲召集人，會議時則以黃少谷爲主席（見表1）。（〈中國國民黨中央常務委員會會議紀錄〉，1954.09.15）每兩週開會一次，必要時舉行臨時會議，每次開會由國防部參謀次長賴名湯或國防部總政治部主任張彝鼎提出軍事報告，黨中央第六組主任張炎元提出匪情報告，外交部次長沈昌煥提出國際外交報告，第四組主任馬星野提出宣傳業務報告，以上報告提供決策參考外，

表1　宣傳指導小組主要成員表

出席者	時任職務	列席者	時任職務
黃少谷	行政院副院長（小組主席）	沈錡	第四組副主任（小組秘書長）
陶希聖	國民黨中常委（召集人）	徐詠平	（小組副秘書長）
馬星野	國民黨中央第四組主任	曾虛白	中央通訊社社長
張炎元	國民黨中央第六組主任	魏景蒙	中國廣播公司總經理
胡建中	《中央日報》董事長	陶滌亞	國防部總政治部第二組組長
沈昌煥	外交部次長	李士英	《中央日報》總主筆
吳南如	新聞局局長	謝然之	《臺灣新生報》社長
賴名湯	國防部參謀次長	王民	《臺灣新生報》總主筆
張彝鼎	國防部總政治部主任	吳錫澤	臺灣省政府新聞處處長

資料來源：宣傳指導小組歷次會議紀錄。

每次會議亦排定中心討論議題。每次會議結束後，由馬星野於宣傳會談時向蔣介石報告結論與請示。[2]

國民黨內部統整宣傳指揮體系非一朝一日，由黨的總裁每週聽取輿情並指示宣傳方向亦非創舉。然而藉由1954年的臺海危機，黨政軍宣傳部門的主事者建立了制度性的協調組織，更有效率地討論與決定戰爭時期的軍事新聞發布與宣傳方向。同時，待危機漸退後繼續積極進行輿論控制，轉而處理有害的媒體，包括擬定對《自由中國》的媒體戰策略，緊縮民營報紙津貼，策動在香港發行的雜誌《自由人》改組，強化審查民營報刊，鼓勵行政機關對不實報導的媒體提告，要求法院對該類案件速審等等，這些被視為國民黨政府打壓新聞自由的事證，若由宣指小組的成立脈絡來看，其實是因應戰爭而強化媒體控制所致。

總之，軍事危機確認了戰爭的存在，並且提供了戰爭動員能力的檢驗機會。戰時的緊急措施，包括強化的宣傳指揮體系與對輿論更強烈的控制企圖，與1950年代中期以後逐漸加強介入媒體的種種措施，有密不可分的關係。宣指小組至1957年擴大職權，成為「宣傳指導委員會」，在第二次臺海危機時發揮更進一步的宣傳統合功能。

（二）軍事新聞發布程序的釐定

戰事爆發時最迫切的新聞議題來自軍事新聞的發布、採訪，以及赴前線記者的身分認定等問題。特別是新聞發布，涉及消息的確定、尺度、發布時機以及對外發言的統一窗口，是宣指小組成立後首要解決的課題。雖然中常會一開始將此責任歸於國防部總政治部主任，但顯然軍事新聞不能僅有軍方考量，相關外交情勢、媒體需求與外籍記者反應並非國防部專長，如何建立有效率的機制成為討論重點（高郁雅，2005）。[3]當時所遇到的問題有：1.軍事新聞報導尺度究竟該多

---

2. 小組九人分別為黃少谷、胡健中、陶希聖、賴名湯、張彝鼎、沈昌煥、吳南如、馬星野、張炎元，黃少谷為召集人。見〈宣傳指導小組第一次會議記錄〉。
3. 政戰（政工）系統一向被認為是軍事新聞發布的負責單位，例如1948年制訂的「動

寬？2.軍事新聞報導方向爲何？雖然應以眞實爲前提，但若顯示敵方頑強抵抗容易導致人心不安，若顯示我方爭取主動又易引發國際疑慮。3.新聞檢查制度是否應該恢復？4.由何單位負責統籌發布軍事新聞？

宣指小組首先解決統籌發布新聞的機制。宣指小組第二次會議決定（9月30日），每日早上11點由沈昌煥（外交部次長）、吳南如（新聞局長）、沈錡（中四組副主任）與張彝鼎（國防部總政治部主任）四人在新聞局會商，決定當時發布的軍聞內容，若有重要戰況時，由彭孟緝（代理參謀總長）召集此會議。（〈中國國民黨中央常務委員會會議紀錄〉，1954.09.30）由此四人小組的背景來看，可知黨政軍的宣傳人員加外交體系，爲最重要的新聞發布者。此時距離首次砲擊已近一個月，顯見戰時軍事新聞發布的機制是在摸索中逐步漸立。

最高當局對於新聞發布程序亦甚關心。總政治部主任張彝鼎接獲蔣介石指示，軍事發言人宜少發表談話，軍事新聞統一由軍事新聞社發布，前線司令官對記者發表談話或記者提問亦應以書面爲之，以免在倉促之間發生錯誤。（〈中國國民黨中央常務委員會會議紀錄〉，1954.10.11，1954.10.30）此種考量自是爲了減少訊息傳遞的誤差，但也表示高層對於消息發布的掌控展現高度的企圖。不過，此種作法雖然較安全，卻又與新聞界的需求有所衝突。

當11月14日太平艦遭襲沉沒時，宣指小組又覺得軍事發言人應扮演更積極的角色。主席黃少谷雖然肯定此一軍事新聞的處理迅速且確實，但認爲若國防部有一強而有力的軍事發言人，可簡明解釋新聞，使記者能因此對英勇作戰與搶救生還士兵的情形作生動描寫，將可擴大國際宣傳效果。黃少谷顯然對擔任軍事發言人的總政治部主任張彝鼎所扮演的角色感到不滿意，因此請小組重新決定發言人，此意見與蔣介石的命令不同。討論最後雖無結果，仍由張彝鼎負責，但有趣的是，軍方與新聞主管機關對此問題呈現不同的看法。軍方認爲軍事發言人應由新聞局長擔任爲佳，方能收到統一發布新聞的效果，但新聞局則認爲技術上頗有

員戡亂時期新聞發布辦法」，仍可見軍事新聞由國防部政工局軍事發布組發布的規定。

困難，中廣總經理魏景蒙認為軍事發言人一方面須發布新聞公報，一方面還須解釋公報及戰爭現況的背景，非參謀本部的人員無法擔任。（〈宣傳指導小組〉，1954.11.15）可見得軍事新聞發言人同時涉及軍事與新聞兩方面的專業，新聞主管與媒體基於獲得更多報導素材，希望能有軍事專業人員講解更多軍事重點，但軍方則深怕洩密，且不熟悉媒體生態，而欲加以推辭。在兵馬倥傯之際，新聞發布成為燙手山芋。

到了1955年1月的一江山戰役，新聞發布再次因為戰事而有所變化。外籍記者希望能同時發表中英文新聞公報，亦覺得公報中形容詞太多，不太像單純數據與事實陳述的公報。而空軍出擊回臺後已過早上十一點，但新聞發布為十一時，因此空戰公報顯得太遲。宣指小組對此並未作太多處理，倒是此時國防部長俞大維指定成立「軍聞小組」，由張彝鼎（總政治部主任）、吳南如（新聞局長）與熊恩德（國防部二廳廳長，主管軍事情報），並請魏景蒙與美軍顧問團派一人為顧問。此三人小組成為新的軍事新聞發布負責人。（〈宣傳指導小組〉，1955.01.20）從後見之明來看，第一次臺海危機的主要戰役已近尾聲，此時確立軍事新聞發布者難謂明快，而到了該年6月總政治部又有成立「軍聞發布組」的構想，宣指小組亦力促儘速實現，但一直到1956年2月仍未設立，此時距離九三砲戰已逾一年。（〈宣傳指導小組〉，1955.01.29）

從上述過程來看，軍事新聞發布的程序與負責單位，皆與緊迫的軍情所引發的新聞需求直接相關，整體顯得被動與躊躇不定。就消息發布而言，軍方、新聞界與外交單位的立場顯有相違之處，發布時機、內容與由誰主導發布，其實頗費周章。軍聞三人小組的成立，顯示國防部總政治部扮演重要角色，此為第一次臺海危機的因應作為。不過，此一臨時體系到了第二次臺海危機又再次變動。

（三）外籍記者與新聞檢查問題

第一次臺海危機牽涉的國際性，影響了新聞管制作為。由於此場戰爭涉及美國是否協防臺灣、協防臺灣範圍是否包含外島，考驗美國在東亞圍堵政策的決心

與限制，因此國際記者、特別是美國記者對新聞現場興趣濃厚，來臺與赴前線採訪的要求大增。宣指小組很快地針對外籍記者的認定、權利義務，以及聯繫單位與記者之間的新聞聯絡員（PIO），制訂了〈外籍記者認可辦法大綱〉與〈新聞聯絡員活動綱要〉兩個法規。前者規範外籍記者向外交部（長期）與新聞局（臨時）申請記者證，赴戰地時須由國防部總政治部加蓋印章才能成為隨軍記者。在戰地所拍發的新聞電訊一律由臺北電局轉發，交通部應設法在戰地設立臨時流動電臺。軍方給予隨軍記者住宿及交通便利，並予郵包空運便利。不過，隨軍記者應有保守軍事機密、服從電信檢查及遵守一般軍紀軍法的義務。後者則設定外籍記者來臺時，由新聞聯絡員加以接待，解釋戰況，並代為擬定訪問與參觀的對象送新聞局接洽安排。當外籍記者前往前線時陪同與口譯，協助解決一切困難。[4]新聞聯絡員至前線時應立即參加軍事會報，明瞭當地情況，並與總政治部取得密切聯繫（張廣基，1988）。

隨著戰事發展至大陳撤退（1955年2月），外籍記者來臺更增，原有辦法已不足應付。除了欲訪問總統詢問「停火」意見外，亦多欲往前線採訪撤退事宜，美國記者分乘美國與中華民國船艦前往，是否放行、如何接待，並設法使口徑一致對我友善，成為當務之急。面對大陣仗的記者，當局成立外籍記者赴大陳五人小組，由原先的軍聞三人小組外加參謀次長賴名湯與馬紀壯組成，並請海軍總司令部參謀長王天池及魏景蒙擔任顧問。（〈宣傳指導小組〉，1955.01.28）

針對外籍記者的措施，無非在確保國際輿論能支持中華民國。無論是記者證的發給、赴前線的安排，或是官方進行的「聯繫工作」，目的都是設法使外籍記者的言論能爭取國際同情。順著此邏輯，萬一記者在前線發布不利消息，是否可加以檢扣、甚至取消其採訪資格呢？新聞檢查問題因而浮上檯面。

---

4. 擬定的新聞聯絡員十八位名單為：魏景蒙、沈錡、胡旭光、曾恩波、姚守中、李成源、張乃維、黃金鴻、陳體立、毛起鷳（？）、虞為、莊南園、朱立民、徐鍾佩、劉新玉、朱新民、鄭南渭、朱撫松。其中大部分為新聞局與外籍記者聯繫人員與新聞界人士。（〈宣傳指導小組〉，1954.10.10）

　　其實早在1951年，負責取締言論的省保安司令部即已向行政院正式行文，要求審查駐臺各外國通訊社的新聞電稿。該部基於外國電稿常有失實，有礙爭取華僑支持與國際援助，要求實施檢查制度。當時外交部與內政部認為抗戰勝利後即廢止新聞事前檢查，甚至在撤退前最不利時亦未恢復，此時外媒態度友好者尚多，貿然執行檢查反而不利，而且外籍記者離臺後仍可自由撰發新聞，根本無法限制。（〈新聞書刊審查〉，1951.03.30）不過在九三砲戰後，積極提出新聞檢查的，反而是與新聞界較親近的新聞局。不論是新聞局長吳南如、第四組副主任沈錡或中廣總經理魏景蒙均多次提請實施新聞檢查，這應與抗戰時期經驗有關。（〈宣傳指導小組〉，1955.01.04; 1955.04.09）中日戰爭時期為了「防範」外籍記者，曾制訂「對外新聞發布統制辦法」，要求政府官員儘量避免與外國人接觸，接觸時不得告知任何政治消息或意見，對外發表文告應送由外交部情報司或中宣部國際宣傳處發表。（〈戰時新聞管制法規（一）〉，1939.09.09）而新聞局的前身，亦即軍事委員會及中宣部的國際宣傳處，在抗戰時期的主要任務即對外籍記者的電訊與報導實施檢查，沈錡與魏景蒙為當時的執行人員（沈劍虹，1983；馬之驌，1986；曾虛白，1988；張威，1988）。同時，太平洋戰爭爆發後美國立即派員至重慶檢查美國記者電報，戰時進行新聞檢查對這批人而言，可說僅是約莫十年前的鮮明記憶（徐鍾珮，1986）。

　　省保安司令部對於外國記者的報導反應最烈。由於該部為取締不當言論的主要單位，對於屢有危害國家利益的輿論環境早已採取警戒態度，此時面臨戰時，對言論掌控更屬名正言順，因此除了新聞局外，該部提請頒布更全面的戰時新聞管制措施。按理文職與武官皆有共識，應該很快即會實施新聞檢查，但此問題一直被擱置，一直要到第二次臺海危機時才獲得解決。若由戰事發展來看，或許自九三砲戰以來的軍情皆非擴展成全面戰爭的局部性衝突，加上中華民國與美國對大陳等外島的態度已定，並未有提升至新聞檢查的嚴峻情勢與需求。

　　然而，政府的實際操作仍讓外籍記者感覺新聞受到控制。事實上，若所有戰地電訊須由臺北轉發，即使當局未實施檢查，亦可掌握外籍記者所發布的內容，

並事前布署因應。此外,更由於外島較難抵達,需要軍方配合,對於採訪對象、地域及消息發布,政府都有較大的空間介入。因此英美法十位記者曾於1955年5月聯名向新聞局抗議,控訴中華民國政府實施「事實上的新聞檢查」,指出政府並非刪除或停發電稿,而是關閉所有新聞來源,因此要求放寬「機密」的範圍。新聞局慎重其事,除了在《中央日報》上刊登外籍記者函件譯文,並由局長吳南如署名撰文,一一反駁指責,其主要論點如下:

> 中國政府如在平時,定能以較多新聞供給記者。目前新聞供給情形實由於許多不得已之因素所造成,保密即其一端。中國政府現正從事與共匪作殊死戰,其對保密之重視,自不能與諸位從新聞記者之立場,等量齊觀。諸位以中國政府因保密關係,而未能以多量新聞供給記者,遽指為行使事實上之檢查,不僅與事實不符,抑且有失公允。
> (中央日報,1955.05.13)

此事發生於九三砲戰八個月後,大陳撤退亦早已完成,第一次臺海危機已告一段落。吳南如認為,這些記者在美國高級將領來臺時要求採訪總統與政府高官,以及要求分享空軍所攝中華人民共和國機場照片遭拒,才聯名致函抗議。(〈宣傳指導小組〉,1955.05.11)因此,外籍記者要求的並非僅指戰地軍事新聞,而是希望政府能重新調整對待新聞發布的態度,以免形成事實上的檢查。

新聞檢查可視為戰時新聞自由的重要議題,亦即理解1950年代戰時新聞管制的實態與中華民國政府態度的重要切入點。有學者認為,中美共同防禦條約簽訂後,中華民國政府已獲得美國支持,開始得以縮小對新聞自由的容忍範圍(林麗雲,2004)。然而,從政府擱置戰地新聞檢查的構想,以及慎重回應外籍記者對於實質新聞檢查的指控來看,即便身處軍事危機、在法制上處於戒嚴與動員戡亂,而且在戰地實施新聞檢查有諸多好處,中華民國政府仍不願輕啓檢查,並背上此一指控。這反映了即使外部安全獲得保障,宣稱一定限度的新聞自由仍被政

府認為是重要或必要的舉措。

　　未將新聞檢查正式制度化或許有其考量，但政府在軍事危機以來強化新聞管制的能力與作法，凸顯戰爭的影響。透過整合宣傳指揮體系，釐定軍事新聞發布程序，並高度重視外籍記者的管理與其報導，政府以此塑造第一次臺海危機的新聞環境。同時，此種戰時新聞管制並非僅止於軍事範圍，如同外籍記者所感受，政府在此時亦擴及對一般新聞的限制，而新聞局長的回答，很明確地將新聞政策建立在戰爭的基礎上。這種戰時思惟，具體地反映在統治當局以戰時為名而對一般新聞的加強管制。

四、一般新聞管制的強化

　　即便第一次臺海危機以來，政府已強化了宣傳體系，重整軍事新聞發布程序，並高度重視外籍記者的管理，但在宣傳政策與新聞報導上並非盡如人意。宣指小組成立之初重心在於應付軍事危機，但隨著戰事漸歇，開始轉為注意一般新聞管制。黨政宣傳決策單位對於輿論的「導正」向來不遺餘力，並非始於此時（呂東熹，2010），但臺海危機後宣指小組建立「理想戰時輿論環境」的心態更為濃厚，面對異議的容忍程度明顯下降。1954年11月戰時出版品禁載事項政策的退縮，以及1955年2月南麂島撤退在宣傳上的失利等等，一系列逸出宣指小組規劃或想像的事態被視為宣傳上的一大挫敗。以下將指出，黨政當局將這些挫敗視為戰時體制的危機，並以此將戰時管制措施延伸至一般新聞領域。

（一）戰時出版品禁載事項

　　為了因應戰爭而限制出版品內容的規定，從中日戰爭以來即有。從限制的條文規定來看，每個時期所管制的重點不太相同，反映的是當時政府認為影響戰爭最大，涉及到國家安全與社會安定的關鍵事項。簡單而言，中日戰爭時期的禁載事項從軍事機密擴大為符合總動員精神的所有層面，1949年前的國共內戰時期著重國際新聞報導與外交談判，1954年臺海危機時禁載的重心卻是社會新聞。出版

品禁載規定意味以行政力量限縮言論範圍，並且涉及審查與處分，與新聞自由嚴重扞格，但戰時國家安全的正當性更高於此。當戰時禁載事項推出時，或可理解爲政府對於當時的媒體環境有所疑慮，必須藉由限制言論才能確保戰爭的勝利。

中日戰爭時修正公布的「戰時新聞禁載標準」原僅規範軍事與外交兩類，針對軍事機密的內涵加以列舉，包括動員計劃、長官與部隊行動、公路橋樑被炸詳細情形，以及防禦工事等等，可見得軍事情報爲當時最欲保密的事項（王凌霄，1996）。「戰時新聞禁載標準」，1938年6月30日國民黨第五屆中央會第83次會議備案，稍早的版本濃縮爲五十五條規定，但將未盡之處以「其他」模糊規範，管制範圍反而更大。隨著戰事進行，該法令幾經修正，加上1942年3月「國家總動員法」公布，言論統制成爲獲取勝利的必要措施之一，禁載標準日益細密繁多，擬議的草案除禁止危害民國、破壞統一、詆毀領袖及曲解三民主義等總則規範外，尚有軍事、黨政、外交、財政經濟、交通運輸和社會等共七大類七十項。綜合中日戰爭以來禁載事項的數個版本發展，當局對於言論管制不再僅限於軍事，而是擴及所有層面，特別是違背國民黨意識型態或政府施政立場者，成爲首要關切對象。

二戰結束後新聞檢查制度廢除，但包括復員工作尚未完成之收復區與戒嚴區域，當局仍認爲有繼續實施檢查之必要，因此由戰時新聞檢查局擬訂「軍事戒嚴區新聞檢查暫行辦法」草案。其中禁止新聞紙登載者共十條，包括政治（第1-3條）、社會（第4條）、外交（第5-7條）與國防軍事（第8-10條）。規範內容不脫之前範圍，較值得注意的是外交領域比重頗高，包括洩露未經公布的國際會議內容或涉外談判事項者、預先報導重要使節任免更調者，以及侮辱友邦元首或詆毀友邦立國精神及既定國策者，均可能受警告、沒收、勒令更換編輯人員、定期或永久停刊之處分。（〈戰時新聞管制法規（二）〉，n.d.）在戰爭才剛結束，民間反對檢查制度聲浪甚高的情況下，國民政府對此一草案是否施行亦頗有疑慮，但其禁載內容顯示當時對於國際外交相關之報導頗爲敏感。

1949年5月20日臺灣實施戒嚴後，再度以戰爭法令限制言論內容。5月28日

臺灣省警備總司令部根據「戒嚴令」公布「臺灣省戒嚴時期新聞圖書雜誌管理辦法」，明列查禁出版品的對象，涉及禁載事項。除了詳列洩露軍事機密的情形外，規定「凡詆毀政府或首長，記載違背三民主義，挑撥政府與人民情感，散佈失敗投機之言論及失實之報導，意圖惑亂人民視聽，妨害戡亂軍事進行，及影響社會人心秩序者，均在查禁之列」。（《臺灣省政府公報》，1949.06.23）這些規定部分爲戰後歷次《出版法》修正時的爭議條文，但值此風雨飄搖之際，臺灣在戒嚴令甫發布的氣氛中，並無人對此提出反對，而且如前所述，歷經多次修正後，該辦法甚至規定在變亂或戰事發生時得以實行事前檢查。換言之，在戒嚴狀態下臺灣以行政命令恢復了戰時出版品的禁載規定，而且範圍極大，主要針對可能威脅統治的言論。某種程度上，這已接近中日戰爭時的管制狀態。

按理如此嚴屬的管制規定應已符合需求，但政府並不滿意當時的言論狀況，包括推動「出版法」修正時遭遇阻力，報紙或雜誌對政府施政亦頗多批評。在此背景下，第一次臺海危機發生後兩個月，1954年11月5日內政部突然根據「出版法」頒布「戰時出版品禁止或限制登載事項」九條（以下簡稱「九項新聞禁例」），明確以戰時爲理由限制出版品內容，其條文如下：

1. 涉及政府、軍事、外交之機密而有損國家利益者。
2. 誇大描述盜匪流氓等非法行爲而有誨盜作用者。
3. 描述自殺行爲而有助長自殺風氣之虞者。
4. 描述少年犯罪行爲而有助長少年犯罪之虞者。
5. 描述賭博或吸食煙毒之情景足以誘人墮落者。
6. 描述猥褻行爲而誨淫作用足以影響社會治安者。
7. 傳佈荒謬怪誕邪說淆惑社會視聽者。
8. 記載不實之消息意圖誹謗或侮辱元首或政府機關名譽足以淆亂社會視聽者。
9. 對於法院刑事訴訟進行中案件之批評足以淆亂社會視聽者。

（中央日報，1954.11.06）

雖然只有九條，但界定模糊，反而使得管制範圍更大。「有……之虞者」委諸行政機關的判斷，容易造成咨意處分的疑慮，這也是當時反對者抗議的主要理由之一（李玉階，1980；楊秀菁，2005）。例如，第1條與第8條雖短短數字，卻濃縮了中日戰爭時期「戰時新聞禁載標準」的許多內涵。在僅九條的情況下，社會新聞的規範相對詳盡列舉，可見政府欲將社會新聞納入戰時管制的想法。

雖然在新聞界的反對下暫緩實施，但「九項新聞禁例」可說是在戰爭的脈絡下，將非軍事性的新聞與言論納入戰時管制的嘗試。研究者一般將1954年8月的「文化清潔運動」視為禁例的先聲（王天濱，2002；楊秀菁，2005），這個以掃除「赤、黃、黑文化三害」為號召，由所謂文藝界發起響應的自律運動，其初步成果是由內政部對黃色或黑色雜誌作出停刊等處分，顯示在軍事危機爆發前政府已開始大張旗鼓「整頓」社會新聞與相關言論（曾虛白，1989）。這個從「民間自主」到政府回應的過程，可以看出「九項新聞禁例」藉由軍事危機，在戰事仍熾之際擴大了戰時言論管制範圍的企圖。

宣指小組對「九項新聞禁例」的發布與暫緩當下並未討論，直到隔年一連串的宣傳失利後，開始將「九項新聞禁例」納入，一併視為言論政策推展上的挫敗，成為之後管制一般新聞的重要例證與理由。

（二）輿論控制的挫敗與解讀

從九三砲戰、中美共同防禦條約的簽訂到大陳撤退，政府在新聞管制上步步為營，輿論控制亦布置得宜，因應戰時而作的調整達到預期的效果。然而，就在大陳撤退後半個月，當軍事壓力轉向大陳周邊的南麂島，包括總統等高級軍事將領皆異口同聲表示將寸土不讓，絕無棄守可能時，突然無預警地撤退，使得宣傳上面臨信用危機。此外，立法委員成舍我在立法院質詢「人權保障」與「言論自由」問題（龔德柏與馬乘風案），郭紫峻質詢「官商勾結」問題（胡光麃案），

亦反映政府在民主與法治的形象動搖。這些事例在宣指小組中被視爲損害政府威信而沉痛檢討，並且爲了扭轉形象而開始思索整體性的「新聞政策」。以下將說明這些宣傳主導者如何理解與因應這些事件，並對1950年代中期的新聞管制政策產生了什麼影響。

南麂撤退是指1955年2月25日由中華民國軍隊執行的撤退行動，當時距離大陳撤退僅距離15日。但在此之前，包括陸軍總司令黃杰表示南麂與大陳不同，絕不會「不經激戰」而放棄南麂島；軍事發言人熊恩德一方面說明中共尚未集結兵力攻擊南麂，一方面解釋大陳撤退所欲鞏固的「外衛地區」包含南麂；甚至總統蔣介石亦在回答美聯社記者提問時主張南麂地位重要，整體輿論操作上以絕不撤退爲主軸。由於大陳撤退時，宣傳當局刻意營造以退爲進、執行新戰略的輿論，盡力抹消退卻的印象，此時對南麂的撤退，不僅是失去單一島嶼，進而對於政府確保金馬的宣稱開始產生懷疑。回到第一次臺海危機的根本因素，其中之一即是中華人民共和國測試美國協防臺灣的範圍，而美國對於防禦條約是否涵蓋金馬等外島原就態度不明，此時新聞發布與事實不符，確實容易引發後續想像。

不久後的兩個立委質詢案，撼動政府自由民主形象，宣傳上更顯困難。1955年3月4日，立法委員成舍我向行政院針對人權保障與言論自由提出質詢。成舍我以報人龔德柏失蹤五年全無音訊，和立委馬乘風遭逮捕三年仍受羈押爲例，痛陳人身自由未受保障。在言論自由方面，則質疑以紙張節約限制新辦報紙雜誌規定之不合理，批評「出版法施行細則」可停止報刊發行一年以上的規定違反母法，摧殘言論、出版與新聞自由。他進一步說明：

> 如果說，大陳撤退以後，此時此地，談人權，談自由，未免不切需要，我的看法，正如我前面所說，極權國家，對外越遇有挫折，對內越加緊壓迫，民主國家，越外越遇有挫折，對內越加強民主。
> （《立法院公報》，1955.06.16）

緊接著3月15日與18日立法委員郭紫峻，針對揚子木材公司總經理胡光麃違法向

各機關行庫騙取外匯、涉嫌官商勾結一案提出質詢，其中因關係美援軍購案而更顯敏感。（《立法院公報》，1955.07.01）《自由中國》將成舍我的質詢稿轉載於該刊，並以社論〈胡光麃案的教訓〉披露此事，其他報章亦有刊載，一時輿論為之嘩然（成舍我，1955）。

宣指小組召集人黃少谷對這些事耿耿於懷，十分沮喪。南麂撤退後，一開始黃少谷僅是對軍方（參謀次長賴名湯）至撤退前一晚才與他相商撤守聲明稿感到無可奈何。（〈宣傳指導小組〉，1955.02.26）南麂撤退的新聞處置涉及宣傳與軍方的協調，而這正是砲戰以來不斷努力強化的環節，主事者感到灰心可以理解。不過到了兩位立法委員質詢後，黃少谷的反應轉而激烈：

> 總之，南麂之撤守，已使政府宣傳信用喪失！成委員的質詢顯出政府「不重人權」、「不講法治」，又使政府的威信受損！而郭委員的質詢，指出「官商勾結，貪污舞弊一百三十萬美元之鉅」，且牽涉軍援，影響反攻準備，更使政府在國內外的聲譽大受打擊，對於士氣民心的影響之大，無法估計，我深有我們在此是勞而無功之感……這樣的政府何能肩負反攻大陸、復國建國的重任，這樣，自由中國軍民、海外僑胞與陷在大陸的同胞還有什麼希望？！（嗚咽不能言）
> （〈宣傳指導小組〉，1955.03.16）

宣指小組雖理解黃少谷的情緒，但此時僅先處理宣傳的技術層面，決議在行政院長答覆前先由新聞局發布簡單的中英新聞稿，否認有官商勾結之事，以抵消負面形象。黃少谷所苦惱的問題並未從根本解決，直至總裁蔣介石的表態重新釐定了宣傳政策。

總統蔣介石於4月5日國父紀念月會發布演說，確立了政府立場，其內容以〈就保障人權及言論自由各問題 總統昨予詳盡說明〉為題，刊登於次日的《中央日報》頭版。蔣介石的此次演講針對性極強，直接回應立法院對於龔、馬二案

的質詢。觀其內容，蔣除了說明馬「包庇匪諜」，龔「公開毀謗政府」，監禁二人是爲了「防止煽動、維持治安、鞏固基地」，更重要的是釐清「言論自由」的意義。蔣的說法如下：

> 　　現在臺灣雖在戰時，而報紙雜誌所發表的文字，並不需要事先經過檢查，無論對於政府有何意見，有何批評，甚至攻擊，均可連篇累牘，皇皇刊載，難導這還不夠作爲言論自由的真憑實據？是不是要可以對反共抗俄之國策，作相反之主張，對奸匪謬論，作有利之宣傳，才算是言論自由？
>
> 　　我還不能不提醒大家，陰毒險狠的敵人，正窺伺在我們的四周，我們對一件事的批評，必須探討事實，公正判斷，儘可義正辭嚴，正面批評，不宜嘻笑怒罵，尖刁刻薄，雜著對人的情感，反而失卻對事的批評價值，對內足以敗壞風氣，影響團結，對外被奸匪資爲利用的口實，作爲心戰統戰的武器，來分化我們，打擊我們。（中央日報，1955.04.06）

蔣的談話說明了政府在戰時對於言論自由的寬大處理與不得不然。未有事前檢查已足以證明維護言論自由的誠意，但也警告反對國策的不當批評，很可能成爲敵人利用的工具，並且破壞團結。此次演講說明了政府管控輿論的基礎，亦即戰時。

　　此次演講後宣指小組召開會議，會中黃少谷受到總裁鼓舞而激憤，宣指小組其他成員亦轉趨積極，思考如何進一步消除媒體對政府的異議言論。黃少谷正是在蔣介石談話後，確立了「宣傳挫敗」的論述，他將「九項新聞禁例」的失敗視爲黨政宣傳主管單位毫無地位的開始，認爲該次受挫使得民營報刊得以無視宣傳指導，黨營報刊無力作爲；將南龔撤退視爲政府宣傳信用破產的轉折；而兩位立委的質詢，則使政府的人權政策、法治精神與清廉度受到質疑，「其影響之大，

我們單從輿論方面來看，可以說是已到了一個政府從大陸撤退到臺灣以來所從未遭遇過的局面」，因此要以此次總統訓詞爲契機，「把輿論界的歪斜趨勢拉入正途」。（〈中央宣傳指導小組會議紀錄〉，1955.04.17）

除了黃少谷外，其他成員亦踴躍進言。《臺灣新生報》社長謝然之主張，由於缺乏一套宣傳政策，才會使得遇到宣傳困難時由領袖出面講話，提議把英美在戰時對於限制言論的措施，請人撰寫專文經常在報刊發表。省新聞處長吳錫澤表示報刊出問題時，特別是誹謗行爲，「出版法」與「刑法」規定的處罰太輕，建議將有關出版的相關法令加以修訂，才不會使言論自由被少數報刊利用。《中華日報》社長葉明勳則舉抗戰時期由中央每週頒發聯合社論，收效甚大，或可恢復以強化宣傳（王凌宵，1996；高郁雅，2005）。

藉由領袖定調，在戰時的思考下，宣傳主事者將砲戰後原先偏重軍事新聞的處理，轉向對一般新聞管制。在宣指小組的討論中，有三個具體問題浮現：如何使各級機關迅速駁斥不實報導？如何扼止不當言論的傳播？如何加重不當言論的懲罰？這三個問題也成爲接下來新聞管制的主要內涵。

（三）強化新聞管制的具體措施

上述對輿論現狀未臻理想的三個問題，首先被解決的是政府機關回應不實報導的權責與方式。由於報刊屢屢批評政府施政，被報導者若未予回應，在宣傳上處於挨打地位，若報導失實又可能造成錯誤印象，宣指小組多次促請各級機構去函更正。1955年8月，行政院秘書處擬訂「政府機關發佈及處理新聞辦法草案」，主要內容有二。首先是規範各機關發布新聞原則，中央各機關之重要政策及國際新聞一律送由行政院新聞局發布，一般新聞由各機關自行發布，軍事新聞由國防部發布，臺灣省政府及所屬機關之新聞，由省新聞處發布。其次詳細規定政府機關處理新聞程序。規定各機關應指定專人負責發布新聞，並經常注意報刊記事，若發現不實記載應即提請機關首長核定，通知該報刊予以更正。該指定人員之姓名、職別、辦公地點及電話號碼，中央各機關通知新聞局及行政院秘書

處，省政府各機關通知省新聞處。非新聞發布負責人員，均不得透露，違者議處。同時，還規定各種新聞更正的分工體系如下（表2）。此種由軍事管制擴大要求政府官員對外發言的措施，實則沿襲國共內戰時期的作法。當時蔣介石一再禁止軍事將領和黨政首長擅自發布消息，亦制訂「官員談話管制」規則控管言論（高郁雅，2005）。

表2　各級政府機關處理新聞程序表

新聞紙或雜誌登載內容	負責機關與處理程序
總統、副總統、行政院長之文告與談話，內容不符、記敘失實或引述錯誤者	新聞局與行政院秘書處取得聯繫後，予以更正
政府重要政策及國際新聞不實者	主管機關商由新聞局予以更正
與各自政府機關業務相關之不確實記載者	各政府機構指定之新聞負責人提請機關首長，予以更正

資料來源：〈宣傳指導小組〉（1955.08.13）。

　　其次，亟待解決的是扼止不當言論的傳播，所採取的方法是更嚴格地取締刊物。就在黃少谷悲憤於宣傳挫敗的隔次會議，宣指小組只列一議案，專門討論是否禁止香港刊物《自由人》進口銷售，自此之後，包括《世界評論》（孫立人案）、《自由中國》（孫元錦案，涉及保安司令部濫權）、《中國觀察》、《新聞觀察》、《自由亞洲》（以上三雜誌刊載臺獨新聞）、《祖國週刊》、《民主潮》、《民主評論》等刊物，該小組蒐集檢討以上刊物的不當言論，並加以警告、檢扣與促使改組等等，淨化並處分雜誌開始成為宣傳主事者的重要工作。黃少谷曾指出，言論界報導不實消息，又批評政府追詢新聞來源，「如此放縱，以攻擊政府揭發弱點為能事，實與大陸撤退以前的現象已無不同之處」。（〈宣傳指導小組〉，1955.3.26）此話意謂整頓媒體成為維持政府威信的必要之舉。

　　宣傳主事者管制刊物並非開始於此時，但對於各種管制的阻礙強烈地試圖加以排除，在作法上更加積極。以多次受監察院糾正的《世界評論》案為例，內

政部於1954年以「違反發行旨趣」之理由飭令該刊停刊十個月，糾正文指出內政部之處分文件未敘明事實與理由、引用法條錯誤、未提供充分證據，並未於期限內處理訴願。然而，國民黨中央第四組除立即聯繫黨報不予刊登糾正文外，宣指小組認為，即便引用法條有可議之處，但該處分乃秉承黨取締不良刊物之政策，「當時特別注重其政治意義與社會教育意義」，因此除請中央派員向監察委員婉轉說明，並決定由內政部與司法行政部及行政院秘書處會商起草申覆文。同時，針對所有「不良刊物」，決定請內政部及司法行政部飭令地方主管審查機關與各級法院檢察官切取聯繫，加強檢舉取締及處罰，並由內政部、司法行政部與省新聞處共組會報，專門處置「不良刊物」。（〈宣傳指導小組〉，1955.07.02）

延續1954年8月的文化清潔運動，「不良刊物」除了指稱批評時政的內幕雜誌，其實還包含被當局視為渲染社會新聞或情色內容的黃色書刊。對此，總裁蔣介石於中常會的指示，或可呈現當時主事者的氛圍，「今後對黃色新聞刊物，應特別注意，如有與國家反共之利益相違反者，應即決心取締，毋庸多所顧忌」。（〈宣傳指導小組〉，1955.07.02）由上述的談話以及作法，可以看出當時黨政由上而下致力於「淨化」媒體環境、設法排除障礙的現象，亦即第一次臺海危機以來一般新聞管制第二個問題的解決方法。

（四）「新聞事業指導要點」與法律修正討論

有關一般新聞管制的最後一個、也是最棘手的問題為如何加重不當言論的懲罰，其具體的解決方法為修改法令。由於牽涉廣泛，此部分歷經長時期的討論，但其基本原則與理想，被表現在1955年12月國民黨頒布的「本黨現階段對於新聞事業之指導要點」，該要點也同時回應了第一次臺海危機以來，黨政宣傳工作對於制訂一套完整宣傳政策的訴求。細察要點內容，多項主張預告了待完成的修法工作或行政作為，成為接下來數年進一步整頓媒體的張本。

此要點明言新聞自由應遵照最高國策，對於反共抗俄的利益應全力維護，其實已可見其戰時的思考原則。在「維護正當權益」的項目下，第二條即針對「機

密」加以規範：

> 對於新聞紙或雜誌所為洩露軍事、外交及其他國家機密之記載，
> 尤其對於假借新聞自由而從事有利於匪共之陰謀者，法令加以制裁。
> 機密之範圍由政府規定之，對於新聞紙或雜誌所為影響民心士氣之報
> 導，亦應予以勸導，促其避免。（〈中國國民黨中央常務委員會會議
> 記錄〉，1955.12.26）

若單由文字上來看，對機密洩露予以規範舉世皆然，並無不正常之處。然而放在戰時的邏輯，以及第一次臺海危機以來宣指小組力圖「導正」輿論的脈絡下，此條意謂著特別是在軍事緊張時期，不符合宣傳主管當局意旨的報導將有洩密之嫌，而且主張新聞自由者將被視為有利敵人之舉。黨將此概念明文化、綱領化，意謂著執政者認為擁有無可辯駁的正當性與迫切性，須清楚宣示立場，向潛藏「毒素」的言論宣戰。

該要點還列出數樣待辦事項，指示行政、立法與司法機構此後的作法。例如：1.應明定法條，禁止媒體對於訴訟進行中的案件評論或不適當記載。2.對於新聞紙或雜誌觸犯的誹謗罪之懲罰，應研擬更嚴格之規定。3.各級政府機關及公營事業，應指定嫻熟法律人員負責糾正媒體不正確之報導，要求更正或依法控訴。4.新聞紙或雜誌如有觸犯法律情節重大之言論，除親告罪外，各法院檢察官應依法自動檢舉。

上述事項最後被具體濃縮為「刑法」與「出版法」的修正討論，問題聚焦為：1.刑法規定的誹謗罪過輕。2.訴訟進行中，出版品得以恣意報導與評論，甚至造成新的誹謗。3.出版法中對於登載事項之限制，與撤銷登記之行政處分規定未明。（〈中國國民黨中央常務委員會會議記錄〉，1956.11.05）限於篇幅，本文無法詳述法律的修正過程，不過，在第二次臺海危機前夕，撤銷登記的行政處分，以及偵查或審判進行中之訴訟不得評論之規定，落實於再次修正的《出版

法》中，可謂擴大一般新聞管制的具體成果。

五、管理體系的再強化與未完的課題

1958年8月，臺海局勢再度緊繃，臺灣與外國記者均感受到此一氣氛，群聚國防部。國民黨中央明白接下來的新聞發布與宣傳作為必需有所調整，於8月10日由第四組先行擬訂「新聞宣傳單位職責分配表」，釐定黨政軍宣傳單位的分工職責，該表經宣傳工作指導委員會（以下簡稱宣傳會）討論後，於8月27日國民黨中常會通過（見表3）。該表明確區分宣傳統籌、國內報刊、國外報刊、僑報、對敵心理作戰、一般性報刊與軍事新聞等不同分野的負責單位。此次危機的因應較之前更純熟，重複或強加的部分也可看出政府於戰時所在意的事項。

（一）宣傳管理體系的再強化

與宣指小組相同，宣指會此種在總統主持的「宣傳會談」之外另立的跨機構整合性組織，是延續國共內戰時期的作法。宣指會是在1957年由宣指小組強化而來，前一年所加強的宣傳聯繫與決策體系，在第二次台海危機中正好發揮作用。和上一次危機相較，表3顯示宣傳分工更為迅速而清楚。

除了分疏工作範圍外，砲戰爆發前宣傳工作指導委員會亦擬訂「針對當前局勢在新聞宣傳上應有之措施要點」，確立宣傳目標、方針與相應的戰備措施。其中在應變事宜上，1.通知中央通訊社完成疏散以確保通訊，2.中廣與各民營廣播電臺完成必要措施以在緊急時期繼續播音，3.通知報業公會召集各報，遇轟炸時設法出聯合報或小型報，強化通訊與發行，4.警備總部應根據「臺灣省戒嚴期間新聞紙雜誌圖書管制辦法」第三條，規定「戰時新聞檢查辦法」，必要時以行政命令施行。（〈戰時新聞檢查發布〉，n.d.）與第一次臺海危機相較，分工與應對上顯得次序井然。

表3　新聞宣傳單位職責分配表

單位名稱	職責
宣傳工作指導委員會	關於中央及臺灣省黨政軍各宣傳單位工作之聯繫配合等事務項（與中央第四組負總責）
第四組	關於對國內各黨報、黨員所發行在臺北市出版之報紙與大型雜誌、黨外人士在臺北發行之報紙及政治性雜誌，以及內銷僑辦政治性雜誌、中國廣播公司所屬電臺、中央通訊社、幼獅社等言論及新聞處理之聯繫事宜
新聞局	關於對外國報刊，駐台外籍記者與國人在臺英文及其他外文報紙雜誌以及中央政府機關辦刊物之聯繫（視性質隨時與外交部情報司及中央第四組切取聯繫）
第三組及僑委會	關於對海外僑報及內銷僑辦報紙雜誌（一般性的）之言論及新聞處理之聯繫，除黨營報刊由中央三組負責外，其餘一般僑辦報刊，由僑務委員會負責並與中央三組四組切取聯繫辦理之
第六組	關於對敵心理作戰及一般政治作戰有關有聯繫事宜
臺灣省新聞處	關於對臺北市各種一般性雜誌、各縣市報紙、雜誌、省市縣政府機關所辦刊物及警察電台與各私營電台，各私營通訊社之聯繫（視性質隨時與中央第四組及行政院新聞局切取聯繫）
國防部總政治部及新聞室	關於軍事機關報紙、雜誌、電台、通訊社之聯繫（視性質隨時與中央第四組、行政院新聞局切取聯繫）

資料來源：〈中國國民黨中央常務委員會會議紀錄〉，（1958.08.25）。

（二）軍事新聞發布與檢查

　　上述兩個辦法是在砲戰發生前所預擬和討論，待砲戰開始後，國民黨中常會立即指定黃少谷（外交部長）、馬星野（中四組主任）、沈錡（新聞局長）與柳鶴圖（國防部發言人）爲軍事新聞發布的決策人員，宣指會則決議由國防部擬訂軍事新聞的發布辦法，警備總部依「戒嚴法」擬定辦法實施新聞檢查。（〈戰時新聞檢查發布〉，1958.08.26）可見得在眞正進入戰爭狀態時，軍事新聞發布與

新聞檢查成為當局最重視也最立即實施的兩大面向。由於事關緊急，黃少谷等人將此兩案合併，由馬星野與沈錡聯名於9月3日召開「商討軍事新聞統一發布、戰時新聞檢查座談會」，加邀魏景蒙（中廣總經理）、曾虛白（中央社社長）、江易生（外交部情報司司長），以及黃杰（警備總司令部總司令）與蔣堅忍（國防部總政治部主任）的代表，其重要決議如下：

甲、軍事新聞統一發布問題

一、擴大國防部新聞發佈機構，並增加其員額與經費設備，以一元領導為原則。

二、國防部系統下之各軍種之新聞機構，應取得協調。

三、國防部新聞室所擬「國防部現階段戰訊發布辦法草案」，應先即經宣傳工作指導委員會各委員徵求意見，於短期內參酌整理訂定初稿，再行研核實施。

四、發佈戰訊，應與美軍充分協調，或訂立協定，以資互相遵守。

五、對中外記者之聯絡工作應特別增強，並予以工作之便利⋯⋯。

乙、戰時新聞檢查問題

一、成立檢查機構，編制上以隸屬國防部為宜。（但總政治部表示不能承辦此項業務）。

二、檢查機構首長應具下列三條件（略）。

三、辦公地點力求適中，以利與記者接近。

四、採取公開檢查制度。

五、檢查機構下可分設兩部，分別檢查中文及英文，其他語文可不接受。

六、對已核准進口內銷之僑報於實施檢查後應加強審查。

七、檢查範圍應以軍事新聞為限，並係暫時性質，視情勢需要，應即終止。

八、與美軍發佈機構取得協調。

九、檢查機構與新聞聯絡官員必須分開。

十、加強我軍政機關內部之保密制度，減少開會人員，減少公文副
　　本，以免洩密。

十一、施行新聞檢查時，應有法令根據。最恰當為依據戒嚴法。

十二、對戰地記者資格之審核應特別加強，尤盼臺灣省新聞處對通訊
　　　社要考核其成績，以為發給記者證時之參考。（〈中國國民黨
　　　中央常務委員會會議紀錄〉，1958.9.22）

　　上述決議具有多重意義。首先，國防部新聞室在戰時成為軍事新聞發布的中
心，之後因此擴大該單位為國防部新聞局，強化國防部發言人體系的地位。戰時
軍事新聞發布的四人小組，代表黨政軍與外交體系的協調配合，凡涉及黨務、政
府措施與外交事宜，皆以軍事發言人柳鶴圖為中心與其他三人聯繫。會中所決定
的戰訊發布辦法，送交宣指會整理後，制訂「國防部現階段軍事新聞發布辦法」
（表4）。該辦法確立由國防部新聞局統一發布戰訊，並以國防部情報作戰部門
所得消息並經核准者為準；在發布程序上，一般戰訊由該局以新聞稿或電話通知
各報社與通訊社，重要戰訊則以公報統一發布，或在記者會上宣布（但限於人
力，由行政院新聞局協助代為轉發）。（〈戰時新聞檢查發布〉，n.d.）

表4　軍事新聞發布職責表

新聞內容	負責與協調單位
軍事新聞及軍事政策	國防部新聞局
中美聯合作戰戰訊	國防部新聞局協調美國協防司令部
陸、海、空各軍種單獨作戰戰訊	各總司令部報經國防部核准
金門、馬祖戰訊及戰果	國防部
相關軍事新聞	警備總司令部協調國防部新聞局
中央社、軍聞社所發戰訊及戰果	先協調國防部新聞局
公民營廣播電台播報戰訊	國防部新聞局已發布者

資料來源：《宣傳週報》，（1959.12.19）。

（三）戰時浮現的問題

在看似分工明確的安排下，事實上國防部內部對於新聞發布的主導權並非統一。國防部另有總政治部所控制的軍事新聞社亦以軍事新聞發布爲己任，與國防部新聞局之間究竟誰主導新聞事項在體制上並不明確，再加上派系之爭，使得此問題益見複雜。按時任新聞局長的沈錡回憶，柳鶴圖由國防部長俞大維找來，軍聞社卻只聽令總政治部，兩方無法順利合作，即便參謀總長彭孟緝曾指示軍聞社發新聞前，應先送發言人閱覽，但卻未予照辦，以致常發生諸多問題。例如曾發生某日上午軍聞社發布新聞，報導馬祖對岸的中共砲兵發射砲彈，並有船團進攻，中午軍事發言人柳鶴圖加以否認，但到了晚上中央社又說軍聞社的消息爲眞。如此混亂的消息發布不僅政府內部感到困擾，連外國記者亦向新聞局抗議（沈錡，2000）。

軍事新聞社的定位不僅在國防部內難以釐清，與部外的中央通訊社亦存在競爭關係，彼此相互搶發軍事新聞。中央社社長曾虛白不掩飾其批評，認爲軍聞社爲「毫無傳播認知的官僚機構」，並以國內外媒體多引用中央社的軍事新聞爲榮（曾虛白，1990；林果顯，2014）。不過就體制設計而言，藉由戰時「一元領導」的原則，在體制上國防部新聞局取得主導地位，第一次臺海危機懸而未決的軍事新聞發布體系與辦法，可謂於此時確立。

其次，有關軍事新聞檢查制度與專門機構，似乎一直未能明朗，遲至1963年所謂「戰時新聞檢查辦法」仍在研議中。（中央委員會秘書處，1963:10）當然，戰時新聞檢查的規定與機構，可說源自於抗戰時期的新聞檢查法規和「戰時新聞檢查局」，過去的戰時經驗確實在危機的第一反應中發揮參考作用。

與第一次臺海危機相同，新聞檢查的暫緩，或許是因爲戰局迅速穩定，而且涉及體制變更與新聞檢查等敏感問題，使得成立檢查機構的必要性大爲降低。同時既有的「臺灣省戒嚴時期新聞紙雜誌圖書管制辦法」，原就已包含軍事機密範圍，並保留戒嚴地區發生戰事時的事前檢查制度，若有需求將足以作爲戰時新聞檢查的法源，使得從第一次臺海危機就開始討論的戰時新聞檢查制度並未被確

立。然而，此種面臨新軍事危機就規畫「戰時」措施的想法，在邏輯上頗有矛盾
之處，因為不論是政府宣傳或是政治體制，此時的狀態原本就是「戰時」，於危
機發生時才著手制訂「戰時」的諸多措施，顯然是當前狀態脫離了「眞正的戰
時」。然而在此過程中，新聞宣傳單位職責更清楚的劃分，軍事新聞發布體系的
建立等措施，展現了藉由戰爭危機整備國家掌控力的痕跡，是兩次臺海危機的重
要意義。

六、小結

　　1955年3月，與執行當局漸行漸遠的自由主義雜誌《自由中國》以〈「人權
保障」與「言論自由」〉為題，全文刊登成舍我在立法院的質詢稿（成舍我，
1955）。如前所述，宣傳當局將此事視為對政府威望的打擊，並將此事與文化清
潔運動以來一連串對政府的批評，視為輿論環境應改革的證據。事實上，不論是
成舍我的質詢，或是新聞界對「九項新聞禁例」的質疑，均反對政府以「戰時」
為名，無限制地擴張政府權力，箝制言論與新聞自由。僅僅翻開第一次臺海危機
後的《自由中國》，即可輕易發現戰事後續發展的新聞，與抗議政府控制言論的
文章，兩者併存於紙上，甚至還可看到黨部策動其他刊物與《自由中國》隔空交
戰的情事。這些事情是偶然發生的嗎？

　　本文指出，戰爭的急迫性與至高的正當性，使得政府對輿論掌握的企圖更為
強烈，並由軍事新聞的範圍，延伸至一般新聞管制。1950年代因應戰時的暫時措
施被強化且延續至平時，使得政府權力擴大，輿論環境更加緊縮，對於當時及之
後鞏固統治上，具有深意。新聞管制政策的形成自然還有許多其他重要因素，但
緊迫眼前的軍事危機、豐富的戰時管制經驗，以及對理想媒體環境的塑造，皆使
得戰爭與新聞管制無法割裂討論。透過兩次臺海危機，中華民國政府強化了宣傳
決策與指導體系，釐定軍事新聞的發布程序，加強對外籍記者的管理。而在危機
發生以來更有效率地控制輿論，使得政府介入媒體運作的想法更為積極。當軍事
新聞的媒體操作不盡人意，不利政府的言論陸續出現時，當局將此視為戰時宣傳

政策的挫敗與媒體環境的整體崩壞。因此，強化政府機構回應輿論批評的機制，加強對「不良刊物」的取締，並修正《出版法》限縮言論空間，成爲必要之舉。在第二次臺海危機時，在已經強化的戰時新聞管制政策下，可以看見政府更爲迅速地面對軍事危機。此爲本文所觀察到的1950年代重要歷史現象。

　　藉由戰爭與新聞管制的關係，或許可以進一步與既有研究對話。過去對於1950年代中期後臺灣媒體管制逐漸加強，大致可分爲兩種說法，一是由臺灣內部官方與民間的互動出發，主張由於民營媒體批判政府的言論漸趨強烈，以致引發黨政宣傳體系的回擊（內因說）（王天濱，2002；薛化元，1996；楊秀菁，2005）。另一說法則是強調外部因素，亦即在1954年「中美共同防禦條約」簽訂後，中華民國政府對於以新聞自由這種「民主櫥窗」爭取美國支持的需求，有了轉圜的空間，因此對異議聲音的忍容度下降（外因說）（林麗雲，2004）。「內因說」較難解釋時間點，亦即何以此時批評政府的力度升高？何以此時政府對於言論的容忍尺度降低，並進一步積極作爲？在個別的媒體案例中難以回答。何況從「禁載事項」來看，所謂的內幕和黃色新聞由來已久，也較不涉及批評與威脅政府，「內因說」無法解釋這些現象。而考量美國的「外因說」，則用明確的外交情勢轉變說明時間問題，並且合乎一般統治者輕重緩急的施政邏輯。不過，此種說法接近脈絡的推演，較少實際證據呈現此種黨政宣傳體系的集體「心理轉折」。本文則從史料與事例證明，1950年代中期媒體控制的強化來自政府對於（南麂撤退）軍事新聞控管的失敗，引發宣傳主事者對臺灣媒體環境的強烈危機感，進而採取一連串的整頓措施。換言之，藉由戰時的視角，對於1950年代中華民國政府的新聞管制政策及轉折的成因，或可提供新的理解。

　　拉長時間來看，近代中國在頻繁的戰爭中不斷強化國家職能，進而邁向近代民族國家。由新聞管制層面來看，1950年代的中華民國政府繼承了並延續1940年代中國大陸兩場戰爭的經驗，在宣傳指揮體系中看得到人員的接續，在作法上有諸多戰時作法的參考援引，即便內部仍覺距離理想的輿論環境甚遠，但在壓制反對聲音並塑造有利輿論上，較上個十年更具力量。國家治理能力與在臺統治的鞏

固，在戰時思惟及作法下因此強化。另一方面，臺灣從1930年代後半即進入總動員戰爭時期，歷經戰後短暫的開放，隨即又再進入另一場戰爭，此地住民可謂見證了不同的「近代」國家介入言論的手法與歷程，對其疏發意見或認識世界的管道，影響深遠。最後，本文亦發現新聞管制並非單純內政治理，除須顧及相關措施影響國際觀感外，軍事新聞須與美軍聯合發布，涉及中華民國政府的協調能力及新聞發布的自主程度。此帶有冷戰史意味的研究方向，或可成為本課題另一個拓展的方向。

參考書目

（一）檔案與報紙

〈中央宣傳指導小組會議紀錄〉，黨史館藏。

〈中國國民黨中央常務委員會會議紀錄〉，黨史館藏。

〈宣傳指導小組〉，《外交部檔案》。中研院近史所檔案館藏，檔號：707.2/0043。

〈宣傳章則及條例〉，《外交部檔案》。國史館藏，典藏號：020000004284A

〈新聞書刊審查〉，《外交部檔案》。國史館藏，典藏號：020000021028A。

〈戰時新聞禁載標準〉，《內政部檔案》。國史館藏，典藏號：026000003057A。

〈戰時新聞管制法規（一）〉，《行政院檔案》。國史館藏，典藏號：014000001464A。

〈戰時新聞管制法規（二）〉，《行政院檔案》。國史館藏，典藏號：014000001465A。

〈戰時新聞檢查發布〉，《外交部檔案》。國史館藏，典藏號：020000015081A。

《立法院公報》。

《自由中國》。

《宣傳週報》。國民黨中央委員會第四組發行，黨史館藏。

《國民政府公報》。

《臺灣新生報》。

〈吳南如函覆外記者否認封鎖新聞之說〉（1955.05.13）。《中央日報》，1版。

〈就保障人權及言論自由各問題總統昨予詳盡說明〉（1955.04.06）。《中央日報》，1版。

〈就保障人權及言論自由各問題總統昨予詳盡說明〉（1955.04.06）。《中央日報》，1版。

〈黃杰將軍宣佈國軍決守南麂〉（1955.02.10）。《中央日報》，1版。

〈軍事發言人宣稱 我決堅守南麂〉（1955.02.12）。《中央日報》，1版。

〈總統答美聯社記者問認爲南麂島重要相信反攻大陸時間必可到來〉（1955.02.16）。《中央日報》，1版。

（二）專書

中央委員會秘書處（1963）。《中國國民黨第九次全國代表大會黨務工作報告》。臺北：中央委員秘書處。

中村元哉（2004a）。《戰後中国の憲政実施と言論の自由1945-49》。東京：東京大學出版社。

王天濱（2002）。《臺灣新聞傳播史》。臺北：亞太圖書。

王凌霄（1996）。，《中國國民黨新聞政策之研究（1928-1945）》。臺北：國民黨黨史會。

立法院秘書處編（1951）。《立法專刊》。第一輯。台北：立法院秘書處，1951。

呂東熹（2010）。《政媒角力下的臺灣報業》。臺北：玉山社。

李玉階（1980）。《天聲人語》。臺北：中華民國宗教哲學研究社。

沈錡（2000）。《我的一生：沈錡回憶錄（二）》。臺北：聯經出版社。

林山田（1996）。《五十年來的臺灣法制（1945-1995）》。台北：台大法律系。

林麗雲（2004）。《臺灣傳播研究史》。臺北：巨流出版社。

洪桂己（1968）。《臺灣報業史的研究》。臺北：臺北市文獻委員會。

徐鍾珮（1986）。《我在臺北及其他》。臺北：純文學出版社。

馬之驌（1986）。《新聞界三老兵：曾虛白、成舍我、馬星野奮鬥歷程》。臺北：經世出版社。

高郁雅（2005）。《國民黨的新聞宣傳機構與戰後中國政局變動（1945-1949）》。臺北：國立臺灣大學出版委員會。

章逸天（1960）。《總體員法規彙纂》。台北：國民出版社。

曾虛白（1990）。《曾虛白自傳中集》。臺北：聯經出版社。

──（1989）。《中國新聞史》。臺北：三民書局。

──（1988）。《曾虛白自傳上集》。臺北：聯經出版社。

楊秀菁（2005）。《臺灣戒嚴時期的新聞管制政策》。臺北：稻鄉出版社。

薛化元（1996）。《《自由中國》與民主憲政：1950年代臺灣思想史的一個考察》。臺北：稻鄉出版社。

（三）期刊、專書與學位論文

中村元哉（2004b）。〈戰時言論政策と内外情勢〉，石島紀之、久保亨（編），《重慶国民政府史の研究》。東京：東京大學出版社。

任育德（2009）。〈中國國民黨宣傳決策核心與媒體的互動（1951-1961）〉，《國立政治大學歷史學報》，32：221-262。

沈劍虹（1983）。〈國際宣傳處：一個很特殊的機構〉，《傳記文學》，52
　　（2）：76-78。

林果顯（2014）。〈來臺後曾虛白的宣傳工作與理念（1949-1994）〉，《國
　　史館館刊》，39：117-157。

──（2008）。〈戰後臺灣的戰時體制（1947-1991）〉。《臺灣風物》，58
　　（3）：135-165。

張威（1988）。〈抗戰時期的國民黨對外宣傳及美國記者群〉，《傳記文
　　學》，91（4）：17-32。

張淑雅（1993）。〈安理會停火案:美國應付第一次臺海危機策略之一〉，
　　《中央研究院近代史研究所集刊》，22（下）：61-106。

張廣基（1988）。〈從「政府發言人」到「新聞局」── 三十八年來對外籍
　　記者發佈新聞機構之變遷〉，《傳記文學》，52（2）：59-62。

楊秀菁（2012），〈「新聞自由」在臺灣（1945-1987）〉。臺北：國立政治
　　大學歷史系博士論文。

戰後初期《臺灣新生報》的發展與挑戰*

楊秀菁

一、前言

　　在戰後臺灣媒體的發展過程中，《臺灣新生報》（以下簡稱《新生報》）是一個相當特殊的例子。其原有資產《臺灣新報》，由臺灣總督府合併臺灣當時主要六家報刊所成立，其中包括由臺灣人所創辦的《興南新聞》。戰爭結束後，部分臺灣人離開《臺灣新報》另創《民報》，另有一批臺灣人留下來參與《新生報》的經營。《新生報》首任社長兼發行人為李萬居，為青年黨人，屬於具有大陸經驗的臺灣人—「半山」。在其執掌《新生報》期間，許多外省籍人士開始進入《新生報》，但仍有許多臺灣人擔任該報重要職位。二二八事件期間，這些臺籍幹部因種種原因喪命。而李萬居則隨著1947年9月的改組，失去主導權，決定離開《新生報》，奔走籌資成立《公論報》。此後，《新生報》則逐漸轉型為由大陸人士所掌控的報刊。如戰後臺灣新聞史的發展，是由本省籍人士的積極參與走向由大陸人士所掌控的報業環境，再走向多元開放，《新生報》本身的發展即驗證了此一歷程。而其在經營上，不僅面對民營報刊的競爭，還需面對黨報《中華日報》與《中央日報》的挑戰。

---

* 本文為國家人權博物館籌備處委託「50年代新聞自由與人權保障調查研究案新聞工作者涉及白色恐怖案件之調查研究」結案報告一部分（研究執行期間：2014年6月至2015年1月）。該計畫由陳百齡主持，本人擔任共同主持人，文內部分資料係由陳百齡教授所提供。本文初稿於2015年6月12日，世新大學舍我紀念館舉辦之「傳媒與臺灣現代性國際研討會」發表。後刊登於《傳播研究與實踐》，6（2）：55-85。

　　回顧戒嚴時期的報業狀況，多數的學者以「侍從報業」來形塑當時媒體的發展與轉型。林麗雲認為：「臺灣的報業與極權主義的報業不同：在極權政體下，報業所有權與產製完全受到官方的控制，而國民黨威權統治則容許民營報業的存在」。但是，這種民營報業並不是「自由報業」，「而是受到國家威權主義的控制，並與統治者發展出『保護主與侍從』的關係」（林麗雲，2000：99-100）。侍從報業的概念對於戒嚴時期民營報刊的發展面貌，尤其是聯合、中時兩大報系的發展，具有一定的解釋力。而屬於省營媒體的《新生報》雖為「官方」所控制，但相較於黨營媒體《中央日報》、《中華日報》完全由國民黨所掌控，甚至報紙刊載的內容必須經過國民黨中央第四組的審查（楊秀菁，2005：167），《新生報》與黨的關係則隔了一層。另一方面，相較於黨營報刊在臺灣從零開始，《新生報》則繼承日治時期《臺灣新報》的原有資產，在國民政府尚未接收之前，還曾有一段臺人自行接管經營的時期。

　　《新生報》社史將該報於1990年前的發展分為三個階段：第一階段，草創時期，從二次戰後臺籍職員自行接管《臺灣新報》繼續發行、10月25日，臺灣省行政長官公署委令新聞事業接收專員李萬居接收該報設備、人力，並改組為臺灣新生報社，至1952年4月該報完成接收之全部日產清算為止。第二階段，發展時期，從1952年4月21日召開首次股東大會，正式成立公司開始。第三階段，革新時期，則從1972年7月，該報配合臺灣省主席謝東閔「遵照中央訂頒原則辦理改進省營事業」指示實施業務革新方案起算（衝越驚濤的年代編輯委員會，1990：674-731）。1999年7月，隨著「精省」，《新生報》由原隸屬於臺灣省政府新聞處，改隸於行政院新聞局，成為國營媒體。但隨即因民營化政策，於2001年元月起移轉為民營（臺灣新生報，n.d.）。近一、二十年來，學界對於《新生報》的研究，多以解嚴後，該報逐步走向民營化的過程作為探討重心（王順節，2005；許志煌，2005；陳蓉芬，2001；黃冠傑，2013）。關於戰後初期《新生報》的研究則多以1945至1949年間該報登載的報導、言論或文學作品作為主要探討標的（許詩萱，1999；廖崧傑，2006）。許旭輝（2007）的〈戰後初期臺灣報業之發

展—以《臺灣新生報》為例（1945-1949）〉為少數利用檔案，分析臺灣省行政長官公署對於《臺灣新報》的接收與資源分配，以及之後的報社公司化與改組歷程的論文。

　　相較於多數研究將焦點擺於《新生報》的開始及最終兩段歷程，本研究則將重點擺在《新生報》的第一、二階段，即1945年至1972年的發展歷程。《新生報》作為省營媒體，在黨政軍高度介入媒體經營的時代，省對於該媒體理應有足夠的掌控權，如行政長官陳儀任命非國民黨籍的李萬居擔任首任社長及發行人即充分展現其對該報人事的主導權。而謝然之於1949年接任社長，亦與省主席陳誠有極大的關係。然而，在陳誠離開省主席職務後，省與《新生報》的關係就產生一定程度的斷裂，直至1972年該報發行人謝東閔擔任臺灣省主席，兩者的關係才又緊密連結。在這段期間，面臨黨營與民營報刊的資源瓜分與競爭，《新生報》從臺灣第一大報的位置逐步衰弱，終至在幾大報中敬陪末座。而身為這段時期《新生報》最重要的主事者—謝然之，其同時為國民黨所任命的新聞教育者，以及該黨新聞政策的推動者，如何面對黨營、民營報刊的競爭，以及如何處理市場競爭與國民黨新聞政策的衝突，也深刻地影響著《新生報》的發展。故探究此一時期《新生報》的發展及所面臨的挑戰，必須將一部分的焦點擺在謝然之身上。

　　本文基於上述的認識，將在既有的研究基礎上，利用相關檔案、省政府機關職名錄、年鑑、報史，以及相關新聞從業人員的記述，針對《新生報》第一、二階段（1945～1972）的發展歷程、人事變遷，及其所面臨的發展困境進行討論，以填補相關研究在這一部分的空缺。本文共分為「臺籍職員接管到接收」、「從接收到改組」、「謝然之主掌時期」，以及「《新生報》所面臨的挑戰」等四個部分，前三節主要依時序探究該報的發展歷程與人事變遷，最後一節則針對該報與黨報、民營報刊的競爭進行討論，探究其在發展過程中所面臨的困境，以提供臺灣報業史的另一個視角。

二、臺籍職員接管到接收

　　《新生報》創刊於1945年10月25日，係由臺灣省行政長官公署接收《臺灣新報》相關資產而創立，爲省營報刊。1944年3月26日，臺灣總督府爲便於新聞管制及應付戰局，強迫臺灣主要六家日報合併，即將臺北的《臺灣日日新報》、《興南新聞》、臺中的《臺灣新聞》、臺南的《臺灣日報》、高雄的《高雄新報》與花蓮的《東臺灣新報》六家日報合併爲臺灣新報社。在這六家遭合併的報社中，最值得注意的爲《興南新聞》，《興南新聞》的源頭爲《臺灣民報》。《臺灣民報》創刊於1923年，由臺灣本土資本所創辦，在日治時期號稱「臺灣人唯一的言論機關」。《臺灣民報》於日本東京創刊，原爲半月刊，後改爲旬刊，1925年再改爲周刊，使用中國白話文。1927年8月獲准將發行地從東京遷回臺北，此後大致採行漢文版與和文版並存方式發行。1930年民報社擴大改組爲新民報社，接續發行《臺灣新民報》，1932年4月起發行日刊，1937年6月因總督府政策，被迫廢止漢文版，1941年2月12日後，礙於局勢更名爲《興南新聞》。1944年3月被併入《臺灣新報》，臺灣人經營的報社正式被消滅。戰後，《臺灣新報》爲臺灣省行政長官公署所接收，改組爲《新生報》。在合併的過程中，原屬於《興南新聞》的資本、設備與人員，大部分都融入戰後的臺灣新生報社。但部分原屬於臺灣民報社的新聞從業人員則自立門戶，於1945年10月10日創辦《民報》（何義麟，2006：161-164）。

　　在《新生報》創刊之前，《臺灣新報》曾有一段由臺籍職員自行接管繼續發行的一段歷程。曾任《臺灣新報》記者的臺灣文學家吳濁流記錄了這一段過程。戰爭末期，面對美軍轟炸，吳濁流於1945年3月向報社請假回家與家人會合避難，6月中旬正式辭職。1945年8月15日，吳濁流聽到日本天皇透過廣播宣布投降後，立即奔赴臺北報社，發現《臺灣新報》的日籍幹部已將報社運作交給六報合併前原屬於《興南新聞》的同事。其形容「不愧是報社，動作是迅速的。來自大阪《每日新聞》的人們已經主動撤去了雙手，交棒給《興南新聞》」。吳濁流此行會見了羅萬俥社長，羅社長表示要發行中文版，必須有翻譯人才，要其重返

報社。於是，吳濁流復職，成爲編譯部記者。重回新聞界的吳濁流形容「由於能夠盡情自由地寫新聞的關係，心情就像是小鳥飛出鳥籠一般」（邱家宜，2013：241：8；吳濁流，1995：150）。而在《臺灣新報》臺中支部任職的何春木也觀察到同樣的現象，其指出「當日本天皇宣布無條件投降之後，臺灣人似乎真的『出頭天』了。在《臺灣新報》內部，日本記者及編輯自動將工作交給臺灣籍的員工，我也在此時由內勤記者轉變爲外勤記者，在臺中市主跑臺中市商會、臺中地方法院及警政等新聞，開始了外勤採訪的工作」（林良哲，2004：123）[1]。

　　另一個在戰後回歸的爲同爲文學家的黃得時（1985：290-291），其回憶到，在日本投降以後，在《臺灣新報》任職的日本人，「對於社務都不敢再插嘴與插手，全部一任臺灣人。當時編輯部由吳金鍊、經理部由阮朝日兩人分別負責。而一度曾疏開到新店的編輯部和平版印刷機，也由疏開地遷回臺北，紙面亦恢復一大張，並使用輪轉機。但是文章仍然全是日文。因爲讀者都讀慣日文」。約莫10月5日，吳金鍊派一名記者到黃得時家，向其表示，「現在臺灣已經光復了，而《臺灣新報》老是發行日本版，太對不起祖國」。因黃得時是臺北帝國大學文政學部東洋文學科畢業，能日文又善中文，並曾在《臺灣新民報》學藝部主編漢文、日文副刊，希望請其幫忙，從10月10日雙十節的國慶特刊開始，以後每

---

1. 何春木，1922年生，今臺中市東區人。1936年自曙公學校（今臺中國民小學）畢業後，由於家庭因素沒有繼續升學，賣冰棒為其第一個工作。後輾轉換了幾個工作，進入「臺灣新聞社」擔任工友，閒暇之餘常利用報社的小圖書館閱讀書報，進而對政治產生興趣。二次大戰發生後，因許多日本記者被要求入伍，記者開缺，何春木憑藉著國際情勢與時事的專業知識，打敗許多應徵者，成為臺灣新聞社的編輯。因臺灣新聞社財務拮据，轉任為《高雄新報》記者。後來，臺灣總督府合併六家報社成立《臺灣新報》，何春木成為南部支社的速記員，後來又調到臺中支部。1947年隨李萬居離開《臺灣新生報》，成為《公論報》臺中分社主任兼記者。因深感議事效率不佳決定從政，1950年順利當選第一屆臺中市議員。1957年起曾四度參與臺中市長選舉，但都落選。1977年順利當選臺灣省議員，以黨外之身，從事政治運動。1986年，民主進步黨成立，何春木為創黨黨員（曾明財，2004）。

日出中文版一張[2]。從1937年6月1日起，便已完全廢除的「漢文欄」，又開始出現在臺灣報刊。而10月24日，李萬居陪同陳儀接收《臺灣新報》，在謝東閔的建議下，將該報改名爲《新生報》，並負責10月25日臺灣光復紀念日，《新生報》的發行事宜則進一步逆轉此一狀態，改由中文爲主，日文爲附。《新生報》發行之初，每天出版對開一大張（共四版），一至三版爲中文，第四版爲日文版。由於日文版還是有存在的必要，許多原《臺灣新報》的記者獲得留用，而原本從事日翻中工作的吳濁流，改做中文譯成日文的工作。這個附屬的日文版，被臺籍記者「當作民間報紙來辦」（吳濁流，1995：155）。

三、從接收到改組

根據許旭輝（2007：26、62）研究，報社的正式接收工作，一直要到11月才開始。戰前，臺灣新報社共有772名人員，日人213名，臺人559名。戰後《新生報》接收444名臺人，2名日人，共446人。其中男性389人，女性57人。在學歷出身方面，以公學校畢業者最多，其次爲中學校、專門學校、大學畢業，未受體制內教育者8人。年齡以20～30多歲的青壯者居多。而根據許旭輝的整理及相關資料，在1945年10月25日至1947年2月28日期間，擔任該報重要職務者，包括社長、副社長、總編輯、印刷廠長、分社社長等，其名單及職務請見表1。

---

2. 黃得時（1909～1999），文學家，1909年11月5日出生於臺北州海山郡鶯歌庄，其父爲日治時期傳統文人黃純青。1933年初，以高校生身分在《臺灣新民報》連載隨筆〈乾坤袋〉、論文〈中國國民性與文學特殊性〉。同年，考入臺北帝國大學文政學部東洋文學科，專攻中國文學、日本文學。1937年3月，自臺北帝大畢業，同年4月起，任職《臺灣新民報》，主編漢文、日文副刊，其後成爲該報文化部長、社論委員。1944年3月，全島六家報紙遭停刊，統合爲官方發行的《臺灣新報》，黃得時曾任職該報文化部，但不久即離職。1945年日本投降後，黃得時重返崗位擔任副總編輯，同時在臺大文學院院長兼先修班主任林茂生的引介下，受聘爲臺灣大學先修班教授及教務主任，1946年獲聘爲臺大文學院副教授，1947年離開《臺灣新生報》，專心投入教育與著述事業（王世慶，1988；民俗臺灣，2009）。

表1　《臺灣新生報》重要職員部分名單（1945/10/25～1947/2/28）

職務	姓名	省籍
社長	李萬居	臺灣，雲林
副社長	黎烈文（1946年7月辭）	湖南
總經理	阮朝日**	臺灣，屏東（留）*
	陳昆山	
營業部主任	李澤瀁	臺灣（留）
人事科主任	黃三木	
採訪主任	蔡荻	江西
工務主任	楊成才	臺灣（留）
中文版總編輯	張皋	外省籍
	周自如	廣西，恭城
	王克浪	外省籍
編輯***	黃得時（副總編輯）	臺灣（留）
	黃爾尊	福建
日文版總編輯	吳金鍊（日文版廢除後擔任副總編輯）**	臺灣，臺北（留）
日文版編輯部主任	王白淵	臺灣，彰化（留）
日文編輯	施天助	
新生印刷廠廠長	林界	臺灣，高雄
記者	吳濁流（後曾任校對科長）	臺灣，新竹（留）
嘉義分社主任	蘇憲章**	臺灣
高雄分社主任	陳天階	臺灣，臺南
屏東分社主任	邱金山（後派任為高雄分社主任）**	臺灣，臺南

資料來源：許旭輝（2007：63、137-148（附錄2：《臺灣新生報》接收職員名單）、張炎憲（2008）、黃爾尊（1995）。

註：＊：註記「（留）」者為原《臺灣新報》職員；＊＊：二二八事件的受難者；＊＊＊：許旭輝的論文列出姚勇來和路世坤的名字，但根據調查局的調查，姚勇來及其夫人沈嫄璋係在二二八事件後，由周自如介紹進入《臺灣新生報》工作，姚又介紹路世坤進入該報（司法行政部調查局編印，1976：77）。

從表1的資料可以看出，許多職位仍由臺灣人擔任。而在接收之初，由於臺灣籍員工比較瞭解報社的狀況，在接收工作上，也多倚賴臺灣籍員工。從1946年1月11日，臺灣新生報社向宣傳委員會呈遞的〈前臺灣新報接收概況〉報告可概略瞭解各分社接收的過程（許旭輝，2007：27）：

一、臺北本社1945年11月1日開始由該社社長及業務局長移交，由李萬居、阮朝日、林界三人接收。

二、臺中支社由該支社社長1945年12月14日移交，由李萬居、陳祺昇、李澤潢及林界接收。

三、臺南支社1945年12月24日由該支社社長移交，由李萬居、陳祺昇、李澤潢、林界接收。

四、高雄總社已無日人負責，由林界、陳天階前往點視。

五、花蓮港支社由前東部支社社長移交，由本社陳文治接收。

上述報告顯示，在接收過程中，林界似乎頗受李萬居重視，在高雄總社部分，更由其與陳天階負責，而李萬居未親身參與。然而，隨著接收及改採中文為主要的報紙語言，外省籍人士也逐步進入《新生報》。例如：副社長黎烈文為李萬居留法同學，曾主編上海《申報》副刊「自由談」，中日戰爭期間在陳儀治下的福建省政府從事文化事業，戰後來臺任《新生報》副社長，兼總主筆。另外，李萬居也邀請同機來臺的重慶《大公報》李純青、上海《大公報》費彝民、《中央日報》楊政和、《掃蕩報》謝爽秋、中央社葉明勳，以及在臺灣省行政長官公署宣傳委員會任職的沈雲龍等為報紙撰寫中文社論（楊錦麟，1993：130、142-153）。吳濁流（1995：155）曾提及中日文記者因為語言和習慣上的隔閡形成兩個陣營，加上外省籍記者的薪水是本省籍的兩倍，讓報社內的本省籍記者相當不平。不過，就當時的外省籍成員而言，報社雖提供一個棲身之所，但待遇仍顯不足。在1946年6月，宣傳委員會便以「新生報待遇較低」，「實不足以贍養家室」為由，建議將擔任總編輯的周自如調任公署參議，派宣傳委員會服務，以提

高其待遇（臺灣省行政長官公署，1946年6月8日）。

1946年10月25日，《新生報》廢除日文版，遣散部分記者，許多中文不太熟練的臺籍記者必須去職。何春木回憶到：

> 　　光復之初，《臺灣新生報》還存有日文版面，但後來行政長官公署想要消滅所謂「日本遺毒」，要求各報社取消日文版面，一律以中文刊登新聞。這個決定讓不少臺灣籍的記者無法適應，紛紛打退堂鼓，最後在無可奈何下只好辭職回老家種田，但當時我強忍著一口氣，發誓一定要把中文學會，因為全家的經濟重擔大都落在我的肩頭上，……就是在此一使命感下激發了自己的意志，才會在短短的半年之內把中文及國語學好，繼續擔任記者的工作。（林良哲，2004：126）

　　但是，已具備中文能力的吳濁流，則因曾替同事出頭，亦面臨去職的待遇。吳濁流提到，當時李萬居曾主動表示要介紹其到公賣局任職，但吳濁流認為其能寫中文，理應被留用，極可能因其曾被日文版同事推派去見李萬居，爭取同工同酬，故李萬居才藉此將其排開（吳濁流，1995：172）。日文版廢除後，《新生報》於1946年12月增為兩大張，不久因新聞紙供應來源不濟復行減張，至二二八前夕，縮減為一大張半，到1948年元月，才恢復成兩大張（楊秀菁，2005：88；謝然之，1955：280-281）。

　　1947年二二八事件爆發，對新生報的人事又是一大衝擊，臺籍幹部，包括總經理阮朝日、副總編輯吳金鍊、印刷廠廠長林界、高雄分社主任邱金山、嘉義分社主任蘇憲章等，都在事件中喪生（許旭輝，2007：122）。二二八事件後，臺灣省官方權力重組，陳儀離開臺灣，李萬居對《新生報》的領導權也受到挑戰。1947年9月，改組為「臺灣新生報股份有限公司」，管理體制改為總經理制，董事長李萬居，總經理常之南。李萬居權力遭到架空，乃決定離開《新生報》。關於這段改組過程，該報社史指出，係為「加強內部組織及宣傳效能起見，決定改

組為『臺灣新生報業股份有限公司』」（衝越驚濤的年代編輯委員會，1990：684）。然而，於1948年2月接任社長一職的羅克典則道出另一段故事。羅克典（1985：201-202）表示1948年春初某日，臺灣省主席魏道明約他到主席辦公室，跟他說新生報總經理常之南與社長李萬居兩人相處不太和洽，希望由羅克典接任社長。羅克典表示，李萬居在抗日期間擔任對日情報研究工作，他則負責主持對日宣傳工作，兩人相處愉快，不好意思去接李萬居的位置。十幾日後，魏道明又約羅克典談話，其表示可以將新生報改為有限公司，將李萬居升為董事長，由羅克典以總經理名義接掌社長職務。雖然，最後是先由常之南以總經理兼任社長職務，但上述談話已充分顯現此次改組僅是為了架空李萬居。而當1949年4月，謝然之接下社長一職後，隨即於該年5月，再度改組為社長制，由社長統籌一切（衝越驚濤的年代編輯委員會，1990：685），更可凸顯出前一次改組純為因人設事。

李萬居的毅然去職也對《新生報》的實際運作造成一些困擾。由於李萬居還身兼發行人一職，根據「出版法」規定，發行人變更應附繳原領登記證重行登記。但重行登記需要時間，繼任董事長之職的李友邦乃行文給臺灣省政府，准許其先更改發行人，再辦理重行登記（臺灣省政府省級機關，1949年5月6日）。另外，亦有《新生報》成員隨李萬居離開，投入其新創辦的《公論報》，何春木便是其中一例。何春木表示，當李萬居出來創辦《公論報》，他隨即辭去《新生報》記者的職務，轉入《公論報》。當時其擔任臺中分社主任兼記者，可以說是「校長兼撞鐘，凡事都要一手包辦」（林良哲，2004：138）。應黎烈文之邀進入《新生報》工作的倪師壇亦跟隨李萬居到《公論報》，擔任該報總主筆（中央日報，1957年12月16日，第3版）。倪師壇在1957年年底涉及政治案件遭到逮捕，後以知匪不報被判處六年有期徒刑（臺灣省警備總司令部判決48 警審更字第2號）。其好友汪彝定（1991：79）認為，當時《公論報》的言論已逐漸顯露批判政府的強烈傾向，引起主政者漸感不耐。但他們對於直接對李萬居下手仍有許多顧慮，故拿倪師壇在福建的一段小事作文章。另一位隨李萬居離開者為會計室主任蔡水勝，其當初在《新生報》職務尚未辭卸時，即以經理名義

負責《公論報》實務（臺北市新聞記者公會、中華民國新聞年鑑編纂委員會，
1961：2-27）。1959年李萬居決定以增股方式改組《公論報》，以挽回該報的經
營困境。然而，時任該報總經理的蔡水勝卻大舉更動報社人士，在未經董事長、
發行人兼社長李萬居的同意下，宣布改組，將《公論報》改組為股份有限公司，
由國民黨員、臺北市議會議長張祥傳擔任社長，李萬居仍任董事長。李萬居再次
因報社改組，權力遭到架空。爾後，經歷一年零十天的司法訴訟，李萬居被迫交
出《公論報》的經營權（楊秀菁，2005：172-173；楊錦麟，1993：355-357）。
另一方面，二二八事件所造成的傷害，以及李萬居的去職，也讓臺籍人士在《新
生報》的處境更加艱困，在1947年12月，該報重要幹部已多數由外省人擔任（見
表2）。而1948年2月羅克典接任社長時，董事會更進一步要求其刪減員額。該年
度，《新生報》共有716位員工，董事會要求羅克典將員額縮減至650人。但考

表2　1947年12月《臺灣新生報》重要職員錄

職務	姓名	省籍	就任日期
總經理	常之南	河北	1947.09
經理部經理	崔竹溪		1947.09
總稽核	孫肇初	山東	1947.09
主任秘書	高電濤	河北	1947.09
人事室主任	金禹鼎	浙江	1946.07
會計室主任	蔡水勝	臺灣，臺北	1945.10
總務組主任	余仲剛	河北	1947.12
營業組主任	齊僑濟		1947.09
編輯部總編輯	鈕先鍾	江西	1947.09
採訪組主任	蔡荻	江西	1946.08
電務組主任	林銘華	福建	1947.09
資料室主任	童常	江蘇	1947.02

資料來源：臺灣省政府人事室（1947：370）。

量二二八事件後「各機關對本省籍人裁遣爲一敏感問題」，羅克典乃決議採取消極步驟，一方面嚴行考核逐步淘汰，一方面除非有必要，皆遇缺不補（羅克典，1985：203）。不過，實際執行下來，員工不減反增，至該年6月，員工增至732名（臺灣新生報，1948年2月20日-3月26日，1948年3月26日-6月8日）。

　　1949年陳誠接掌臺灣省主席，延攬謝然之擔任《新生報》社長。謝然之出自餘姚泗門謝氏，在大學期間對左翼文學頗有興趣，更於1931年，其20歲時加入中國共產黨，曾主編《紅色中華》，並擔任中華人民委員會秘書長一職。1935年中共贛南蘇區陷落後，謝然之並未隨之撤離，而留在會昌養病。該年2月，國軍第八師搜索民宅，謝然之遭到逮捕。經羅卓英將軍轉報總指揮陳誠，陳誠因過去相識，同情其抗日初衷，准其父前往保釋，回家療養。爾後，謝然之曾在陳誠麾下擔任文宣幕僚，抗戰期間還擔任三青團中央團部主任秘書。1949年謝然之自國民黨中宣部新聞處處長卸任，本擬接辦《香港時報》。二月間和陳誠同赴浙江奉化溪口晉見國民黨總裁蔣介石之後，5月1日隨陳誠往臺北，自羅光典手中接下社長一職（謝然之，2000：151-165）。

　　從謝然之的黨政關係來看，其從1937年起後，便在陳誠麾下負責文宣工作，陳誠更爲其證婚人，可謂陳誠人馬。而陳誠在擔任臺灣省主席後，任命其擔任《新生報》社長，等同是將該報交由其親信手中，使其成爲省府最重要的宣傳機關。然而，透過三民主義青年團的參與，謝然之也接觸了蔣經國，並在1943年與其首次會晤時談及創辦中央青年幹校的問題。1950年，總政治部主任蔣經國指示其成立政工幹校新聞組，顯示蔣經國對其的信任（謝然之，2000：161、165）。謝然之接任社長之初，由周自如暫代《新生報》總編輯，但同時，他已邀請其在國民黨中宣部的同事蔣君章來臺擔任該報總編輯。蔣君章於1949年5月25日抵達臺北，隨即進入該報工作。其形容當時的《新生報》組織不健全，設有副總編輯一人，編輯組主任一人，採訪組主任出缺，記者各自爲政。收報組有組員二人，所收國內外電訊大體截至九時前，以後不是天氣惡劣收不到，就是機械故障不能收，外電亦無人翻譯。地方新聞版與經濟新聞記者不多，也沒有專訪省政之

人。整個報紙除副刊外，問題重重。蔣君章擔任該報總編輯僅短短三個月，之後因《中央日報》在臺復刊，邀其回鍋擔任主筆，蔣君章在《新生報》亦改調為主筆。在這三個月內，蔣君章在謝然之同意下，聘請上海《申報》駐東京記者張朋女士主持採訪組，同時《申報》副總編輯王德馨也來臺擔任《新生報》副總編輯（惜秋（蔣君章），1985：23-33）。另一方面，謝然之則大量引進其先前在政大新聞系任教的學生進入《新生報》工作。

　　彭歌（姚朋），曾受教於謝然之，其在武昌報館任職時，透過廣播得知謝然之擔任《新生報》社長一職，決定前往臺灣投靠老師。關於1949年謝然之接手後的人事變動，其回憶道：「這一陣，報社整合陣容，禮聘了好多位由京滬一帶來的新聞界先進，我們則是剛剛畢業，『及鋒而試』的新兵，分別參加了編採行列」（彭歌，2000：36、45-16）。這些「及鋒而試」的新兵，很多是政治大學新聞系的學生。謝然之（2000：165）亦稱許，在這一波「革新」中，在編輯方面盡極大貢獻的為當時政大新聞系剛畢業的學生：姚朋、袁良、張藝、徐士芬、方大川、荊溪人等人。另外，謝然之還著手調整重要幹部職位，在1949年僅有董事長李友邦及爾後接任的謝東閔，及人事室主任蔡定國為臺籍人士（表3）。此外，在表3所列出的17位重要幹部中，僅有6位就任於1949年以前，至1951年之時，更縮減為4位，分別為人事主任蔡定國、副總編輯單建周、編輯部主任路世坤，及資料組主任童常，後三位爾後皆涉及政治案件，甚至因此而喪失生命（陳百齡、楊秀菁，2015：64）。

表3　1949年、1951年《臺灣新生報》重要職員錄

時間	1949年			1951年		
職務	姓名	省籍	就任日期	姓名	省籍	就任日期
董事長	李友邦	臺灣	1949.04	謝東閔	臺灣	1951.12
社長	謝然之	浙江	1949.04	謝然之	浙江	1949.05
副社長	李白虹	四川	1949.06	李白虹	四川	

| 時間 | 1949年 | | | 1951年 | | |
職務	姓名	省籍	就任日期	姓名	省籍	就任日期
總經理	于瑩徵	浙江	1949.05	趙君豪（副社長兼）	江蘇	1950.05
副總經理	--	--	--	陸蔭初	江蘇	1950.05
會計室主任	俞克孝	浙江	1949.05	俞克孝	浙江	
人事室主任	蔡定國	臺灣	1948.03	蔡定國	臺灣	
工務組主任	趙桂湘	浙江	1949.06	趙桂湘	浙江	
總務組主任	韓惠疇	湖北	1949.05	何炎	江蘇	1950.11
營業組主任	余仲剛	河北	1947.12	韓惠疇	湖北	1951.11
總主筆	王民	安徽	1949.03	王民	安徽	
總編輯	謝然之	浙江	1949.04	王德馨	江蘇	1949.12
副總編輯	單建周	湖南	1946.09	單建周	湖南	
	--	--	--	劉成幹	江蘇	1950.05
	--	--	--	傅紅蓼	河北	1950.05
代理編譯主任	張遵權	安徽	1949.06	周新（眞除）	南京	1951.01
編輯組主任	路世坤	福建	1947.05	路世坤	福建	
採訪組主任	張明	江蘇	1949.06	張明	江蘇	
電訊組主任	林銘華	福建	1947.09	--	--	--
資料組主任	童常	江蘇	1947.02	童常	江蘇	
服務部經理	--	--	--	趙景	浙江	1950.12

資料來源：許旭輝（2007：125）；臺灣省政府人事室（1951：388-389；1955：
　　　　　405-407）。

四、謝然之主掌時期

　　《新生報》雖於1947年9月改組爲「臺灣新生報股份有限公司」，但因財

產清查尚未完成，股權未定，無法辦理公司登記手續。直至1952年4月，《新生報》將接收之全部日產清算完竣，確定公私股權後，才於該年4月21日召開首次股東大會，正式成立公司。時任副社長的李白虹回憶當時「清理財產」的狀況：

> 新生報因為接收了前《臺灣新報》的財產，有了不少的房屋土地、零星機器設備等，但有的被其他單位或個人所侵占；有的是一大堆破瓦頹垣，亟待整修。我當時擔任「財產清理委員會」的主任委員，總務組主任何炎擔任執行秘書，經過了一年多的查案、勘查、清理、談判、訴訟、接管、登記等繁複工作，總算把新生報的固定資產全部清理完畢，確立了產權，並進一步使新改組的「臺灣新生報股份有限公司」確定了公民營股權的比例。（李白虹，1985：252）

首次股東大會於臺北市裝甲之家舉行，與會人士包括公股董事8人及監察人2人，依照規定由省府指派，另有民股代表投票選出民股董事及監察各1人。該次股東大會，在監察人葉明勳報告新生報歷年決算審查報告後，通過「追認本公司章程案」及「追認本報社歷年決算案」。最後，由民股代表投票選舉董監事各1人，公推陳啓川監票。公股民股董監事名單如表4（衝越驚濤的年代編輯委員會，1990：698-699）。

表4 《臺灣新生報》第一屆董監事名單

類別	名單
董事	謝東閔、謝然之、張彼得、陳訓悆、彭德、陳啓川、林呈祿、趙君豪、陳萬（民股）
監察人	王冠青、呂律、林雲龍（民股）

資料來源：衝越驚濤的年代編輯委員會（1990：698-699）。

　　當天下午於新生報會議室召開董監事聯席會議，推定謝東閔為董事長，

張彼得、陳訓悆、謝然之等為常務董事（衝越驚濤的年代編輯委員會，1990：
698）。從社長謝然之以降的重要職務成員則幾乎維持1951年的狀況，沒有大的
更動（臺灣省政府人事室，1955：405-407）。爾後至1972年間，曾於1956年為
簡化新聞採訪與報紙編輯流程，以及1961年因改組為「臺灣新生報業股份有限公
司」，在組織結構上有比較大的變動。以下針對這兩次組織更迭進行說明。

（一）1956年編輯部改組

　　根據現有資料，《新生報》在1956年，為簡化新聞採訪與報紙編輯工作過
程，提高工作效率，曾進行編輯部的組織改組並通過「臺灣新生報編輯部工作實
施要則」。根據工作實施要則，編輯部設總編輯一人，承社長、副社長之命綜理
編輯部業務，並設副總編輯三人，襄助總編輯分別處理編輯業務及行政業務。社
長、副社長、總經理、副總經理、總主筆、總編輯、副總編輯，除傅紅蓼外，全
部由原班人馬擔任。編輯部下設總編輯辦公室、要聞組、國際新聞組、省市新聞
組、經濟新聞組、地方新聞組、副刊組、資料組、攝影組、收電課、發電課及校
訂課（重要人事請見表5）（臺灣新生報，1957年12月19日）。

　　編輯部七名主任，姚朋、荊溪人為謝然之於政大新聞系任教的學生。而荊溪
人負責的省市新聞組，兩位編輯張邦良、尹直微與姚朋皆為政大新聞系第15屆的
同學，其皆在獲知謝然之接任《新生報》社長後，先後渡海，在謝然之引介下進
入該報工作（張邦良，2000：120-121）。副主任張宗棟則是政大於臺灣復校後
所招收第一屆（1954年入學）碩士班的學生（國立政治大學傳播學院新聞學系，
n.d.）。另一方面，由於謝然之身兼政工幹校新聞組主任，在1950年代，《新生
報》也成為該校實習的報社之一，亦有許多學生先後進入該報任職，例如，後來
出任《臺灣新聞報》社長的葉建麗便是先在該報實習，而於1958年初進入《新生
報》工作（葉建麗，2000：79-81）。

　　表5特別詳細列出「地方新聞組」的成員，因該組主任路世坤，及駐彰化記
者宋瑞臨，皆於改組當年涉入政治案件遭到逮捕。路世坤與倪師壇同案被捕，最

後因其戰前曾參與共產組織，雖曾向國民黨福建省黨部自首，但未完整報告往來分子，故仍被視爲繼續參加叛亂組織，被判處八年有期徒刑（臺灣警備總司令部判決47審特第字一號）。宋瑞臨則遭情治單位以曾在1946年間於中國大陸參與民主同盟，在1948年並以「臺灣省民俗研究會」爲其外圍組織，伺機配合中共政治攻勢爲由，遭到逮捕，並被判處12年有期徒刑。但一說認爲，其係因曾撰寫〈蔣主席，你要往哪裡去？〉一文而遭秋後算帳（陳百齡、楊秀菁，2015：66-67）。或許基於這個原因，或如該報檔案所述「爲改革版面適應工作需要」，編輯部又於隔年12月進行改組。此次改組主要的變動重點包括：恢復採訪組、設置編整組、恢復編譯組、原有之要聞組、經濟組、國際新聞組及副刊組均予撤銷，以及設置副刊編輯委員會（臺灣新生報，1957年12月19日）。調整後各單位人事配置請見表6。

表5 《臺灣新生報》編輯部各單位重要人事（1956年6月19日）

組別	職稱	姓名
要聞組	主任	姚朋
	副主任	黃慶豐
	主編	查立平
國際新聞組	主任	周新
	主編	黃宗夔
省市新聞組	主任	荊溪人
	副主任	張宗棟
	主編	張邦良
	主編	尹直微
經濟新聞組	主任	孫祖城
	主編	孫祖城（兼）
地方新聞組	主任	路世坤*
	副主任	姚勇來*

組別	職稱	姓名
	主編	李鄂生
	編輯	陸孝武
	助編	王渭濱
	駐新竹記者	黃華根
	駐臺中記者	周少左
	駐彰化記者	宋瑞臨*
	駐花蓮記者	曾又新
副刊組	主任	張明
	新生副刊主編	張明（兼）
	時事解析主編	齊振一
	自由婦女主編	張明（兼）
	兒童主頁主編	趙美姿
	新生漫畫特約主編	王小痴
	特刊主編	張明（兼）
資料組	主任	童常*
攝影課	課長	何漢章
收電課	課長	楊清山
發電課	課長	林銘華

資料來源：臺灣新生報（1956年6月19日）。

說明：加註「*」者，為後來涉及政治案件者。副主任姚勇來因牽扯進李世傑案，
以戰前曾在中國參加共產黨組織之名義，於1966年被捕，並被判處15年有
期徒刑，其夫人沈嫄璋（省市新聞組記者）則於偵訊中死亡，而路世坤亦
因該案，又被判處15年有期徒刑（司法行政部調查局，1976：83、210）。

表6　編輯部調整後之各單位人事（1957年12月19日）

組別	職稱	姓名	備註
採訪組	主任	張明	
	副主任	黃慶豐	
		張宗棟	
攝影課	課長	何漢章	
	課員	歐陽先柯	
	助理員	張岳雲	
發電課	課長	林銘華	
	課員	（照舊）	
編整組	主任	姚朋	
	副主任	張邦良	
第一版	主編	姚朋（兼）	
第二版	主編		
	編輯	黃振球	
第三版	省內主編	尹直微	
	經濟主編	葉宗夔	
	編輯	劉振良	
		彭承斌	
第四版	主編	張邦良（兼）	
第五版	主編	查立平	
		陸孝武	
		袁良	
	編輯	王渭濱	
第六版	副刊主編	童常（兼）	
		顏伯勤（兼）	
	兒童主頁主編	趙美姿	

組別	職稱	姓名	備註
	時事解析主編	陳遠耀（兼）	
通訊組	主任	孫祖城（代）	
	副主任	李鄂生	
校訂課	課長	鄧新滿	其餘人員照舊
編譯組	主任	周新	
	編譯	陳遠耀	
		吳嵩浩	
		黃勛烈	
		趙岳增	
收電課	課長	楊清山	其餘人員照舊
資料組	主任	童常	其餘人員照舊

資料來源：臺灣新生報（1957年12月19日）。

在1956年至1958年間，除了編輯部以外，上層管理階層僅有一兩個職位有變動（臺灣省政府人事室，1957：403-405；1957：414-416；1958：428-430）。副社長李白虹的離職，是因其在1957年3月奉調國民黨中央黨部擔任第六組副主任一職（李雲漢，1994：284）。而臺籍人士，除了董事長謝東閔外，則只有蔡定國與林鐘二位。其中值得注意的是，從1949年至1958年間，人事室主任都由臺籍人士擔任，但自1959年7月起，則改由河北省籍的靳春華擔任[3]。另外，從該年9月起，在臺灣省政府所編印的職員通訊錄上，《新生報》的部分也多了「安全室主任」一職，由河南省籍的柴明達擔任代理主任（臺灣省政府人事室，1959：443）。由於臺灣省政府歷年所編印的職員通訊錄常無法完整的呈現《新生報》成員，本文無法就此斷定「安全室」係從1959年才成立運作。但從人事室、安全

---

3. 靳春華從1947年9月起就進入《臺灣新生報》工作，與前人事室主任蔡定國相同，在《臺灣新生報》都有相當的資歷（臺灣省政府人事室，1951：388）。

室雙雙易主，且全由外省籍成員擔任，或可推斷《新生報》對內部員工的管控及調查有日益嚴格的傾向。

（二）1961年6月《臺灣新生報》改組

1961年4月22日，臺灣新生報社股份有限公司召開第10次股東大會。董事長謝東閔在股東大會上報告：關於《新生報》南北兩版分別發行，南版另訂報名，單獨發行，使兩報業務得以大量擴展一案，經報請臺灣省政府核示，奉省主席周至柔批示准將南北兩版分別獨立發行，並將南版改為《臺灣新聞報》。變更手續已辦理完竣，預定於6月20日南部版創刊12週年紀念日正式使用。而為了配合南北版獨立發行，股東大會決議通過公司章程相關條文之修正，並進行組織改組（臺灣新生報，1961年4月22日）。該年6月改組完成後的公司更名為「臺灣新生報業股份有限公司」，董事會下設總管理處，綜理兩報社業務。謝東閔任董事長兼發行人，謝然之擔任總管理處總社長，王民任《新生報》社長，首任《臺灣新聞報》社長則由前《新生報》副社長趙君豪擔任。原任《臺灣新生報》南部版主任王啟煦任副社長（中華民國六十年新聞年鑑編輯委員會，1971：82）。

1963年5月，《新生報》董事長謝東閔因參加第三屆省議會議長競選，無暇兼任省營事業職務，決定辭去董事長一職。經《新生報》第4屆第11次董監事聯席會議通過照准，改推謝然之繼任董事長，並聘請謝東閔擔任發行人，總管理處亦決定撤銷[4]。比較謝東閔卸下董事長職務前後的人事變遷，除董事長一職換人擔任外，幾乎沒有大的調動（臺灣省政府人事室，1961：460-463；1963：469-

---

4. 在謝然之的自述年表及《中華民國新聞年鑑》都以1964年為謝然之就任董事長之年。而《臺灣省各機關職員通訊錄》則標記謝然之就任董事長的時間為1963年6月。對照當時報導，謝東閔係於1963年5月獲國民黨黨中央提名參選第3屆省議會議長。故謝然之就任董事長，應在1963年6月（中央日報，1963年5月12日，第1版；中華民國六十年新聞年鑑編輯委員會，1971：63；謝然之教授九秩華誕祝壽文集編輯委員會，2000）。

473：1964：455-459）。從謝然之擔任《新生報》社長以來，該報就一直由其主導。在其任內，雖該報董事長從李友邦換成謝東閔，皆是由臺籍人士擔任，但主要報務都由謝然之負責。謝東閔在謝然之的90歲祝壽文中曾有以下幾段文字：

> 謝然之先生雖然在當時艱困的政府外匯與報社財務之下，仍遠赴美國採購高斯高速多節印刷機；42年（1953）因我熟悉日本政商關係，乃推我親往東京訂購池貝廠的64吋高速多色輪轉印報機，……。謝然之先生為《新生報》民營化而走，並找好了合作對象。（謝東閔，2000：6-7）

上述文字清楚顯現，謝東閔雖貴為董事長，但謝然之才是實質的主事者。而謝然之繼任董事長，及總管理處撤銷，只是更凸顯其領導地位，讓其更名正言順的擔起該報經營之責。謝然之於1970年10月卸下董事長的位置，由王民升任董事長，《新生報》社長一職由陳叔同繼任，《臺灣新聞報》則從1964年起由侯斌彥擔任（中華民國六十年新聞年鑑編輯委員會，1971：63、82）。

五、《臺灣新生報》所面臨的挑戰

根據國民政府的規劃，對於戰後所接收的文化事業，國民黨中宣部有優先利用之權。然而，陳儀卻派青年黨人李萬居負責接收工作，並將臺灣當時最大的報業《臺灣新報》納為省營事業，已引起國民黨籍新聞從業人員的不滿。在二二八事件後，《新生報》逐漸由外省人所掌控，在立場上也大致符合政府宣傳的需要。而此時，國民黨黨報《中央日報》在臺灣復刊，乃形成兩個同類型報刊的競爭。另一方面，民營報刊也虎視眈眈，想搶奪原先由《新生報》所占據的政府公告預算及市場。以下擬透過「與黨報的競爭」及「與民營報刊的競爭」兩方面，針對該報所面臨的困境，及其所採行的應對方式進行討論。

(一)與黨報的競爭

　　《臺灣新報》由總督府整合臺灣主要六家報刊而成立，為戰後初期臺灣最大的報業事業。誰負責接收並經辦，誰就掌握當時臺灣最大的平面媒體。而臺灣省行政長官陳儀委任青年黨員李萬居負責接收並主持《新生報》，顯然讓國民黨中宣部藉接收掌握主要媒體的企圖落空。為此，國民黨中宣部屢屢「以臺灣並無黨營報紙，而唯一全省性的《新生報》又為青年黨人所主持，極不放心」，要求公署撥出其所接收的《臺灣新報》資產，以供黨報之經營。最後兩方折衷決定，從接收的《臺灣新報》資產撥一半，在臺南創立《中華日報》，交由盧冠群負責經營，才平息此一紛爭（沈雲龍，1989：58）。根據檔案記載，盧冠群主要接收臺中及臺南兩支社的資產以創辦《中華日報》。然因接收手段太過粗暴，曾引起李萬居的不滿，批評其「引用匪類，不擇手段，實開接收之惡例」（臺灣省行政長官公署，1945年12月22日）。爾後，高雄市政府籌辦的《國聲報》，以及屬於軍方的《和平日報》也來搶奪《臺灣新報》的資產，但因一部分資產已撥與《中華日報》。公署乃以此為由，拒絕進一步撥讓該報資產（臺灣省行政長官公署，1946年2月20日）。

　　《新生報》繼承的為日治後期具壟斷性的唯一報刊，但在其發行時，已是一個相對自由開放的社會。尤其在戰後初期，許多報人直覺認為辦報已無需登記，「最簡單只要借一個門牌掛起報社招牌，隨便租賃或占據一兩間房子作為編經兩部，接洽一家小印刷場承印便成」。在自由競爭及《中華日報》、《和平日報》積極搶奪其設備，並欲瓜分其市場的環境下，《新生報》發行量的下滑幾乎是可預見的。根據相關記載，在1945年10月，該報的發行量還有17萬5千份，隔年6月已縮減為13萬8千份，至二二八事件爆發前夕，更下跌至7萬3千份（陳國祥、祝萍，1987：26-27）。

　　二二八事件後，臺灣民營報刊遭到極大的打擊，《新生報》則因戰後臺紙不足，縮減為一大張半，躲過當時中央政府正在推動的限張政策，反而得以順利的發展。根據謝然之的記述，「當《新生報》業務發展到最蓬勃的時候，由於廣告

篇幅太擠，曾經每天出版三大張到四大張半」（謝然之，1974：8）。而當1949年《中央日報》準備遷臺，亦有資料顯示，時任臺灣省主席的陳誠曾表達反對之意。陳誠認為當時臺灣已有《中華日報》和《新生報》，《中央日報》遷臺「除了影響民心士氣之外，可謂別無作用！」先行赴臺的《中央日報》總經理黎世芬和該報駐臺特派員龔選舞託人向陳誠婉言相求，說數百員工眷屬均已來臺，只等發刊命令，陳誠終於軟化，《中央日報》乃於1949年在臺北正式出刊（林博文，2009：275）。

1950年12月，政府以「節約用紙」為由，命令臺灣各報一律縮減為一大張半，讓《新生報》的發展遭到重挫。謝然之認為，政府此舉係受若干嫉妒《新生報》的人士所驅使，其目標就是《新生報》，想藉此逼使該報的廣告篇幅無法繼續擴充（謝然之，1974：8）。而該報報史對此次減張所造成的影響還特關一個區塊做說明。社史提到，減張前該報共有10塊版，在10張版面中除了第一版全15段的廣告外，其他各版均有廣告。總計在全部10塊版面的150段內容之中，廣告共占了56段。因該報發行普遍，廣告效力極大，廣告所占的比例相當高。該報當年所擁有的廣告量，足可支撐該報業務。減張後，只剩6塊版子，廣告只剩43段，與減張前一日的69段廣告相比，大幅縮減50%以上。流失的廣告客戶轉往其他媒體，也因此扶植剛剛誕生的一些報紙（衝越驚濤的年代編輯委員會，1990：695）。此波變動最大的受益者，為1949年在臺出刊的《中央日報》。相關資料顯示，《中央日報》作為國民黨的中樞黨報，在人力物力均超過其他報紙，出版三個月發行量即趕上《臺灣新生報》和《中華日報》，引起兩報強烈反彈。又以跟《新生報》競爭最為激烈，「一度幾至失和，曾由黨國元老黃少谷、陶希聖二先生邀雙方調解，化解紛爭」（陳志昌，2014：56）。

《中央日報》報史提及其之所以能在1949年至1954年間發展迅速，並在同業間造成絕對優勢的原因如下（黨營文化事業專輯編纂委員會，1972a：55）：

1. 言論尖銳正大，常言他報之所不能言，對當時沉悶之民心，殊多激勵。

2. 在當時大陸尚未淪陷各地，如上海、舟山、廣州、重慶，派有記者，經常拍發專電，新聞的質與量均為他報所不及。

3. 出版漫畫，如土包子下江南，牛伯伯打游擊等，及星期雜誌，隨報附送，不另收費。

4. 連續發刊各種連載專欄，如「我們的書」等，獲得廣大讀者歡迎。

5. 印刷及電訊設備優於他報。

6. 民國39年3月，總統復行視事，人人爭讀本報。

上述六項原因，有幾點值得注意：第一，印刷及電訊設備優於他報。陳志昌的研究指出，相較於民營報刊，屬於黨營事業的《中央日報》顯然在銀行貸款上享有特殊待遇（陳志昌，2014：99），故可獲得足夠的經費進行設備的更新。《新生報》也同樣享有貸款的優勢，但在人才招募上，《新生報》的競爭力似乎就略顯不足，例如，總編輯蔣君章回鍋擔任《中央日報》主筆，除故舊情誼外，《中央日報》所能提供的待遇較為優渥也是關鍵所在（惜秋（蔣君章），1985：23-33）。第二，言論尖銳正大。在1952年，國民黨總裁蔣介石曾兩度批評《中央日報》的言論，指責「《中央日報》屢次發生錯誤，未能立刻糾正」，「這是高級幹部缺乏革命精神之所致，尤應檢討反省力求改進」，該報「編輯及主筆比在大陸上還差」，「兩年來黨營事業各機構，以《中央日報》最為腐敗」，「應即著手整理，徹底改善」（喬寶泰，2000：61-62、73）。從蔣介石的批評來看，《中央日報》此時的言論顯然無法完全符合國民黨內強人蔣介石的意志。但《中央日報》的言論多「尖銳」，並有異於其他報刊也是值得商榷的。以1954年內政部頒布「九項新聞禁例」為例，當時《中央日報》、《中華日報》和《新生報》三家黨官營報紙都曾拒絕撰文支持九項禁例，並在報業公會一致通過，發表共同反對意見（楊秀菁，2005：116-117）。《中央日報》較為開放的言論尺度，似乎也適用於當時的其他黨官營報刊。

爾後《中央日報》與《新生報》同樣面對篇幅限制（限張），發展受限。在

言論上，又堅持「不能降低報格，適應低級趣味以譁世取寵」，無法以社會新聞
與民營報業相抗衡。但最終，《中央日報》還是能夠運用組織關係，推動村里鄰
長訂閱該報，在1960年代以後繼續推升其發行數字（黨營文化事業專輯編纂委員
會，1972a：56）。從《新生報》相關的記述幾乎都未提到「黨」在發行、銷售
上的支援，我們可推測，這個建立於黨的「組織關係」是《新生報》所欠缺的。

（二）與民營報刊的競爭

《中華日報》與《中央日報》在臺發行，連帶了也瓜分了政府公告廣告的預
算。但相比於其他民營報刊，被劃歸為省營媒體的《新生報》仍享有許多優惠。
在1950年代初期，除政府公告預算由三報所獨攬外，在爭取融資貸款方面也有許多
方便。針對《新生報》的貸款特權，《自立晚報》社長李玉階曾有以下的描述：

> 他（謝然之）自先自己承認《新生報》這次大修建新址與購買一
> 架新式多色輪轉機的資金，大部分是以原有財產交換轉讓以及向銀行
> 抵押貸款而來的。大家亦都知道《新生報》這許多原有財產全部都是
> 在臺灣光復時候接收過來，這不是「第一大社長」的創舉。並且按照
> 現在銀行一般規定，土地房屋是不做抵押貸款的，我們民營同業根本
> 不做此想。而「第一大社長」居然能抵押貸款這豈不是他否認憑藉特
> 殊勢力與既得利益的一大諷刺。（涵靜（李玉階），1954年6月8日，
> 第4版）

民營報業為了求生存，乃於1952年1月1日，由《自立晚報》李玉階、《公
論報》李萬居及《聯合報》王惕吾共同發起成立「臺北市民營報業聯營會」，以
團體的名義向政府要求相關幫助。首先，針對政府公告，政府將例行及非例行公
告廣告配發給民營報刊刊登。面對政府機關以民營報刊發行數低於公營報刊，以
及政府經費為由試圖拒絕，民營報刊遂要求政府將臺北市民營報業聯營會視為一
個單位，該會則將同一份廣告交由所有會員報刊登，以「買一送八」的方式爭取

公告收入。在貸款部分，面對政府拒絕貸款的理由「信用不足」，民營報紙以相互作保的方式來提高信債，每一家報紙都有另八家報紙共同作保，藉此爭取貸款（楊秀菁，2005：104-108）。省政府同意讓步，與當時的省長吳國楨有一定的關係。龔選舞曾提到，吳國楨執掌臺灣省政期間（1949～1953），曾密囑財政廳長任顯群將省政府所屬事業單位廣告委由徵信、聯合刊登，讓二報有豐富收入，以此拉攏民營報紙（林博文，2009：276）。新的公告廣告分配方法實行之初，《新生報》還能分得60、70%的公告廣告，但後來只分配到15%左右（王民，1985：241）。

　　《新生報》作為省營報刊，身為省長的吳國楨為何選擇將省府資源分享給民營報業？根據姚朋的記述，吳國楨在就職後的第一次記者會上，在言辭之間對於前任省長陳誠的措施頗有不滿，其在談話中表示，「由於政府開支浩繁，已有相當嚴重的通貨膨脹現象」。主編省聞版的姚朋認為，吳國楨以地方行政首長的身分，公開言論涉及財經大計，似有逾越分際之嫌，且「在國家風雨飄搖之際，自當戒慎從公」，故決定刪去該段談話。吳國楨見報後極為不悅，口諭左右要改組《新生報》，並示意謝然之最好自請辭職（姚朋，1985：230-231）。吳國楨能從陳誠手中，接下省主席一職，與美國海軍中將白吉爾（Oscar C. Badger）的明示，以及其自身積極的爭取有關。而其所設想的省主席一職，包括有人事自主權、掌控所有國家級及省級機構與列席軍事會議等權力，並取得由彭孟緝所掌握的保安司令部的實權等（歐世華，1999：34-64）。但在接任之初，蔣介石總統便要求吳國楨「保證將部隊的行政管理權完全交給副司令彭孟緝指揮，我還應當將私章交給彭將軍，由他以我的名義執行司令所有職權」（Wu, 1955／吳修垣，2010）。從中我們可以推論，身為省主席的吳國楨，因無法掌控身為省營企業《新生報》，而謝然之又可視為陳誠的人馬，故決定將資源分享給民營報刊，以爭取民營報刊的支持。

　　就《新生報》的財務來看，在1950年代，該報每年都還有盈餘，1955年度為最高峰，達159萬元，但至1957年度則下跌至38萬元，爾後再回升到1959年的

128萬元（臺灣省政府委員會議，1962年6月12日）。但至1966年，已有《新生
報》財務情況欠佳的報告出現（臺灣省政府委員會議，1966年9月5日）。關於
《新生報》的營收及市場逐步下滑，有一說認爲當時民營報業以社會新聞爲賣
點，擴張市場，但身爲黨、官營報刊卻必須自我設限。除黨政要員的談話一定要
全文刊登外，在議題的選擇及處理上，也無法像民營報業一樣自由，再加上其未
因其省營媒體的身分而獲取更多官方消息，使其競爭力大幅下降。（陳國祥、祝
萍，1987：61）。不過，根據國民黨在1961年前後委託大學做的調查，在1958年
至1961年間，《新生報》社會新聞增長的比例也十分顯著（詳見表7）。

表7　《臺灣新生報》1958至1961年間各報社會新聞增長比例

年	月	篇幅增加比例	有害新聞百分比	有利新聞百分比	一般性新聞百分比
1958	5	100%（6欄）			
1960	5	130%（8欄）	25	5	70
	6	130%（8欄）	25	8	69
	7	170%（10欄）	20	10	70
	8	120%（7欄）	27	1.5	71.5
	9	100%（6欄）	20	5	75
	10	100%（6欄）	25	5	70
	11	130%（8欄）	27	3	70
	12	170%（10欄）	25	10	65
1961	1	170%（10欄）	25	5	70
	2	220%（13欄）	27	1	72
	3	230%（14欄）	30	1	69
	4	300%（18欄）	35	3	62

資料來源：中國國民黨中央委員會設計考核委員會（1961：66-67）。
註：該統計將社會新聞分為「有害新聞」與「有利新聞」兩類。

　　若以1961年4月爲比較點，屬於黨營報刊的《中央日報》的社會新聞僅占18%、《中華日報》占16.77%，屬於民營報刊的《聯合報》的社會新聞則達43.5%、《徵信新聞》達53.8%，《新生報》社會新聞的比例亦有38%（有害＋有利新聞），明顯偏向民營報刊的作風（中國國民黨中央委員會設計考核委員會，1961），與前述認爲官報的自我設限有一段差距。究其原因，在1960年前後，謝然之面對《新生報》的發展困境，曾建議將該報民營化。同時間，謝然之裁決比照其他報刊給予報社經理部分處主任和發行、廣告的主管「記者」名義，欲藉此提高發行量與廣告量（荊溪人，2000：66-67），以及上述社會新聞的增加，或許都可視爲此一朝向民營化過程中的實際作爲。

　　謝然之所提出的民營化方案爲將原本占12%的民股，增加爲50%，由陳啓川先生負責籌資，其餘50%則由報社員工福利社組成財團法人向銀行貸款，共同向省府承購，正式改制。該項建議獲得國民黨總裁蔣介石批示照准，但公文至省主席周至柔卻石沉大海。謝然之認爲，周係因對時任副社長兼總主筆的王民不滿，故對《新生報》還有偏見（謝然之，1998：35）。相關提案在1966年省府委員會議仍可看到。在該年度的會議資料表示，謝然之曾建議要求將臺灣新生報業公司改組爲爲財團法人，變換經營方式，以便與其他報業競爭。但當時主席裁示本案「尚待從長研究」（臺灣省政府委員會議，1966年12月5日）。同年，針對1958年統籌各機關刊登公告辦法，要求各統籌單位自行送刊公告者規定，至少須在《新生報》刊登一天的決議，爲平息各報不滿，省府重新檢討公告分配事宜。而《新生報》「財務情況欠佳，若再減少公告費則困難必多」，則成爲最主要的難題。對此，《新生報》社長王民曾建議由省府補助統籌分配公告消減額之損失，最終則傾向不變動原分配公告費比例（臺灣省政府委員會議，1966年11月1日，1966年9月5日，1966年4月4日，1966年3月14日）。

　　《新生報》的改革案，在謝然之主持該報期間皆難以推動，該報的經營也更加困頓。在1961年接下《新生報》社長一職的王民曾提到，有一次該報發行人、董事長和他請幾家大廠商老闆吃飯希望能爭取到他們的廣告預算，共約了九位客

人，結果只到了兩位，面對同業龐大的競爭壓力，《新生報》已難挽回頹勢（王民，1985：240）。表8呈現1966年至1970年間，臺灣主要幾家報紙的廣告量，該份資料顯示在1960年代中期以後，民營報刊已取而代之，成爲臺灣最賺錢的平面媒體，而在其中《新生報》的廣告量敬陪末座，且在多數報刊廣告量皆正成長的年代，《新生報》反連三年下滑。

　　謝然之去職後擔任《新生報》社長的陳叔同曾向董事會提出其所規劃的報社徹底改革原則，包含報社社址另遷、省府予以財務支持，待一段時間後再由報社自負盈虧等，但董事會表明不贊同（陳叔同，1985：246-247）。《新生報》的財務問題一直到1972年謝東閔擔任臺灣省主席，批准該報以參加「統收統支戶」的方式融資，並調任石門水庫財務處長邱振明擔任副社長，協助財務管理才得以改善（李白虹，1985：254）。

六、結論

　　本文透過相關檔案、公文書、傳記及回憶資料的耙梳，呈現1945年至1972年間《臺灣新生報》的發展及其所面臨的挑戰。《新生報》係接收《臺灣新報》相關資產而創立，在接收前，《臺灣新報》曾有一段由臺籍職員自行接管繼續發行的一段歷程。臺灣省行政長官公署接收後，基於日文版仍有存續的必要，原有的臺籍員工大都獲得留用，部分重要職務，包括總經理、日文版總編輯等，亦由臺籍員工所擔任。1946年10月25日，配合行政長官公署廢除日文版的政策，《新生報》也取消日文版，許多臺籍記者被迫去職。1947年二二八事件爆發，該報臺籍幹部，包括總經理阮朝日、副總編輯吳金練等皆在事件中喪生。而隨著社長李萬居的權力因陳儀去職而遭到架空，國民黨取得該報的主導權，臺籍員工的生存與晉升亦受到一定的限制。根據相關資料，國民黨曾意圖裁遣該報的臺籍員工，但考量時機敏感而未加以落實。但在二二八事件後，《新生報》的重要職務已幾乎全由外省籍人士所擔任。

表8　1966年至1970年間各報廣告量比較表

社名	1966	1967	1968	1969	1970
中央日報	26,267（批）	28,648	32,766	32,946	32,818
臺灣新生報	19,852	20,746	27,315	26,842	23,679
聯合報	29,386	32,937	36,420	37,938	38,961
中國時報	27,369	29,498	34,823	35,279	28,463
中華日報	25,950	27,348	31,638	32,826	35,444

資料來源：黨營文化事業專輯編纂委員會（1972a：69）。

　　《新生報》在李萬居主持期間即陸續引進外省籍新聞從業人員，1949年謝然之接任社長後，更加速此一進程，其中很大一部分爲其在1949年前任教於政大新聞系的學生。謝然之在1950年代身兼政工幹校新聞組主任（1951～1959）及政大新聞系主任（1956～1960），這兩校部分學生也透過其人脈而得以進入該報工作。這些受新聞專業訓練的學生得以進入《新生報》，對於該報的專業化有一定的貢獻。然而，根據相關統計，早期能進入這些學校修讀新聞相關系所的，多爲外省籍人士或僑生。換言之，這些「及鋒而試」的新兵亦多是外省籍（臺北市新聞記者公會、中華民國新聞年鑑編纂委員會，1961：4-15）。

　　《新生報》以日治時期臺灣最大的平面媒體《臺灣新報》作爲發展根基，但在1972年以前該報的發展僅能以每況愈下來形容。戰後初期，受到媒體自由化及黨報《中華日報》的資源瓜分與競爭，《新生報》的市場版圖已受到一定的影響。其後，雖因二二八事件而短暫得利，但國民黨中樞黨報《中央日報》的遷臺、限張政策的推動，以及民營報業的崛起，則讓《新生報》的發展受到相當程度的挑戰。身爲官營媒體，受限於政府的言論尺度，失去讀者的青睞，導致市占率逐步萎縮似乎是不可逆的發展情勢。然而，在1945年至1972年間，《新生報》的頹勢似乎更爲嚴重。以1961年，各報的社會新聞比例來看，《中央日報》與《中華日報》在國民黨直接控制下，顯然更符合黨的新聞政策，內容也更爲淨

化。但《中央日報》在1961年至1971年間，報紙發行量成長了205%，廣告量也逐年成長，至1968年才有鈍化的現象（黨營文化事業專輯編纂委員會，1972a：58-59、69）。而《中華日報》雖在創刊後幾年就陷入「發行僵局」，但在1964年楚崧秋接任社長後，全面展開革新運動，發行量與廣告量皆突飛猛進（黨營文化事業專輯編纂委員會，1972b：19-20、77-80），在1966 至1970年間的廣告量成長幅度更僅次於《中國時報》（參見表8）。若以三家黨官營報紙的發展歷程來看，言論能否迎合市場的口味或能否脫離為政府宣傳的角色，顯然無法完全詮釋1945年至1972年間黨官營媒體的發展。而在三家黨官營報中，《新生報》的衰敗又更為明顯，需有更多面向的檢視與分析。

身為此一階段《新生報》主要經營者的謝然之，因臺灣省主席陳誠的任命而接下社長之位，其能主掌《新生報》達20年，中間更曾兼任政工幹校新聞組主任、政大新聞系主任，及國民黨中央第四組主任（1961～1967），顯見國民黨對其的信任。然而，在陳誠離開省主席職位後，續任的省主席與謝然之的關係顯然不太融洽，吳國楨將黨公營報紙壟斷的公告廣告分享給民營報業，周至柔等繼任省主席則不採納該報所提出的改革方案。身為省營報刊未能獲得省府的支持，而黨的資源與組織關係則為黨報所獨有，《新生報》僅能自力救濟。1960年前後，謝然之裁示比照其他報刊給予報社經理部各主管「記者」身分，以及此一時期該報社會新聞的增長，都可看出《新生報》向民營報刊看齊的嘗試。然而，謝然之身為新聞教育家、國民黨傳媒「社會責任論」的主要推動者（楊秀菁，2014），上述改革顯得極具諷刺性。終其於1970年卸下董事長位置期間，《新生報》的營運皆未能改善，不但廣告量在主要5家報社裡敬陪末座，最後3年更呈現逐年下滑的狀態。

參考書目

中央日報（1963年5月12日）。〈臺三屆省議會正副議長　本黨中央決定提名謝東閔許金德候選〉，《中央日報》，第1版。

——（1957年12月16日）。〈黃爾尊等叛亂起訴書全文〉，《中央日報》，第3版。

中國國民黨中央委員會設計考核委員會編（1961）。《如何革除社會新聞的弊害》。臺北，臺灣：中國國民黨中央委員會設計考核委員會。

中華民國六十年新聞年鑑編輯委員會編（1971）。《中華民國新聞年鑑》。臺北，臺灣：臺北市新聞記者公會。

王世慶訪問（1988）。〈臺灣省文獻委員會採訪「二二八」事件史料內容記要（受訪者：黃得時）〉。取自http://collections.culture.tw/nmtl_collectionsweb/Gal_DIGITAL.aspx?GID=219727

王民（1985）。〈一段艱辛的歷程〉，新生副刊（主編），《新生報與我》，頁235-244。臺北，臺灣：臺灣新生報社。

王順節（2005）。〈公營報業發展變革——以臺灣新生報經營為例〉，《研習論壇》，50：28-34。

司法行政部調查局編（1976）。《要案紀實第4輯》。臺北，臺灣：司法行政部調查局。

民俗臺灣（2009）。〈黃得時〉，取自http://da.lib.nccu.edu.tw/ft/?m=2304&wsn=0610何義麟（2006）。《跨越國境線：近代臺灣去殖民化之歷程》。臺北，臺灣：稻鄉。

吳修垣譯（2010）。《夜來臨：吳國楨見證的國共奮鬥》。香港：中文大學出版社。（原書Wu, K.-C. [1955]. *The night cometh: A personal study of communist techniques in China*. New York, NY: Rare Books & Manuscripts Library, Butler Library, Columbia University.）

李白虹（1985）。〈多少艱辛歲月〉，新生副刊（主編），《新生報與我》，頁251-258。臺北，臺灣：臺灣新生報社。

李雲漢、劉維開編（1994）。《中國國民黨職名錄》。臺北，臺灣：中國國民黨中央委員會黨史委員會。

沈雲龍（1989）。〈陳儀其人與二二八事件〉，《傳記文學》，54（2）：57-59。

汪彝定（1991）。《走過關鍵年代》。臺北，臺灣：商周。

林良哲（2004）。《何春木回憶錄》。臺北，臺灣：前衛。

林博文（2009）。《1949石破驚天的一年》。臺北，臺灣：時報。

林麗雲（2000）。〈臺灣威權政體下「侍從報業」的矛盾與轉型：1949-1999〉，《臺灣產業研究》，3：89-149。

邱家宜（2013）。〈失落的世代：以吳濁流為例看戰後初期的臺灣本土報人〉，《中華傳播學刊》，23：229-266。

姚朋（1985）。〈人事有代謝‧往來成古今〉，新生副刊（編），《新生報與我》，頁223-234。臺北，臺灣：臺灣新生報社。

荊溪人（2000）。〈歲歲年年沐師恩〉，謝然之教授九秩華誕祝壽文集編輯委員會（編），《新聞與教育生涯：謝然之教授九秩華誕祝壽文集》，頁61-70。臺北，臺灣：東大。

國立政治大學傳播學院新聞學系（n.d.）。歷屆系友名錄。取自http://www.jschool.nccu.edu.tw/index.asp?id=63

張邦良（2000）。〈仁厚溫文仰吾師〉，謝然之教授九秩華誕祝壽文集編輯委員會（編），《新聞與教育生涯：謝然之教授九秩華誕祝壽文集》，頁119-124。臺北，臺灣：東大。

張炎憲編（2008）。《二二八事件辭典》。臺北，臺灣：國史館。

惜秋（蔣君章）（1985）。〈一分特殊的感情〉，新生副刊（編），《新生報與我》，頁23-34。臺北，臺灣：臺灣新生報社。

涵靜（李玉階）（1954年6月8日）。〈讀了謝然之的「我們怎樣辦報」以後〉，《自立晚報》，第4版。

許旭輝（2007）。《戰後初期臺灣報業之發展 —— 以《臺灣新生報》為例（1945-1949）》。國立臺北教育大學社教系碩士論文。

許志煌（2005）。《臺灣新生報民營化轉型之經營管理研究》。文化大學新聞所碩士論文。

許詩萱（1999）。《戰後初期（1945.8-1949.12）臺灣文學的重建：以臺灣新生報「橋」副刊為主要探討對象》。國立中興大學中國文學系碩士論文。

陳百齡、楊秀菁（2015）。《50年代新聞自由與人權保障調查研究案：新聞工作者涉及白色恐怖案件之調查研究》。臺北，臺灣：國家人權博物館籌備處。

陳志昌（2014）。《重起爐灶 —— 遷臺初期的《中央日報》（1949-1953）》。國立暨南國際大學歷史學系博士班博士論文。

陳叔同（1985）。〈南北兩版〉，新生副刊（編），《新生報與我》，頁245-250。臺北，臺灣：臺灣新生報社。

陳國祥、祝萍（1987）。《臺灣報業演進40年》。臺北，臺灣：自立晚報。

陳蓉芬（2001）。《臺灣新生報經營型態與所有權變遷之個案研究》。世新大學傳播所碩士論文。

喬寶泰編（2000）。《中國國民黨黨務發展史料 —— 中央改造委員會資料彙編（上）》。臺北，臺灣：近代中國。

彭歌（姚朋）（2000）。〈謝師恩〉，謝然之教授九秩華誕祝壽文集編輯委員會（編），《新聞與教育生涯：謝然之教授九秩華誕祝壽文集》，頁35-50。臺北，臺灣：東大。

曾明財（2004）。《何春木先生訪談錄》。南投，臺灣：臺灣省諮議會。取自http://www.tpa.gov.tw/opencms/service/publications/public1202/plan0011.html

黃冠傑（2013）。〈國營新聞事業走向民營化之歷程——以臺灣新生報業股份有限公司爲例〉，《商管科技季刊》，14（2）：195-215。

黃得時（1985）。〈國慶特刊與光復號〉，新生副刊（編），《新生報與我》，頁287-294。臺北，臺灣：臺灣新生報社。

黃爾尊（1995）。〈一個臺灣《新生報》編輯的證言〉，《海峽評論》。取自http://www.haixia-info.com/articles/1305.html

楊秀菁（2014）。〈戒嚴時期傳媒「社會責任論」的引進與演變〉，《思與言》，52（2）：241-297。

——（2005）。《臺灣戒嚴時期的新聞管制政策》。臺北，臺灣：稻鄉。

楊錦麟（1993）。《李萬居評傳》。臺北，臺灣：人間。

廖崧傑（2006）。《二二八事件期間臺灣新生報的角色與作爲分析》。國立政治大學新聞研究所碩士論文。

臺北市新聞記者公會、中華民國新聞年鑑編纂委員會編（1961）。《中華民國新聞年鑑》。臺北，臺灣：臺北市新聞記者公會。

臺灣省行政長官公署（1946年6月8日）。《本省參議聘解》，公署參議周自如任免案（典藏號：00303240012057）。國史館臺灣文獻館，南投。

——（1946年2月20日）。《和平日報請撥新生報社臺中分社社址及器材未准案》，前臺灣新報社一部份印刷器材接收情形（典藏號：00326610004004）。國史館臺灣文獻館，南投。

——（1945年12月22日）。《中宣部特派員盧冠群虛構事實強制接收器材呈報案》，前臺灣新報社一部份印刷器材接收情形（典藏號：00326610004011）。國史館臺灣文獻館，南投。

臺灣省政府人事室編（1964）。《臺灣省各機關職員通訊錄》。臺北，臺
　　灣：臺灣省政府人事室。

———（1963）。《臺灣省各機關職員通訊錄》。臺北，臺灣：臺灣省政府人
　　事室。

———（1961）。《臺灣省各機關職員通訊錄》。臺北，臺灣：臺灣省政府人
　　事室。

———（1959）。《臺灣省各機關職員通訊錄》。臺北，臺灣：臺灣省政府人
　　事室。

———（1958）。《臺灣省各機關職員通訊錄》。臺北，臺灣：臺灣省政府人
　　事室。

———（1957）。《臺灣省各機關職員通訊錄》。臺北，臺灣：臺灣省政府人
　　事室。

———（1955）。《臺灣省各機關職員通訊錄》。臺北，臺灣：臺灣省政府人
　　事室。

———（1951）。《臺灣省各機關職員通訊錄》。臺北，臺灣：臺灣省政府人
　　事室。

———（1947）。《臺灣省各機關職員通訊錄》。臺北，臺灣：臺灣省政府人
　　事室。

臺灣省政府委員會議（1966年12月5日）。《02首長會議》，報告事項（典藏
　　號：00502005843、00502006233）。國史館臺灣文獻館，南投。

———（1966年11月1日）。《02首長會議》，報告事項（典藏號：
　　00502003328）。國史館臺灣文獻館，南投。

———（1966年9月5日）。《02首長會議》，報告事項（典藏號：
　　00502003328）。國史館臺灣文獻館，南投。

── （1966年4月4日）。《02首長會議》，報告事項（典藏號：00502003328）。國史館臺灣文獻館，南投。

── （1966年3月14日）。《02首長會議》，報告事項（典藏號：00502003328）。國史館臺灣文獻館，南投。

── （1962年6月12日）。《01委員會議》，討論事項（典藏號：00501073009）。國史館臺灣文獻館，南投。

臺灣省政府省級機關（1949年5月6日）。《新聞什誌聲請登記》，據呈變更發行人等情復希知照（典藏號：0041371007498003）。國史館臺灣文獻館，南投。

臺灣新生報（1961年4月22日）。《本報財產清委會擬具清理前臺灣新生報社股份審查辦法》，臺灣新生報社股份有限公司第十次（五十年度）股東大會紀錄（檔號：0037/E16/01）。國家發展委員會檔案管理局，新北市。

── （1957年12月19日）。《本社組織規程》，據呈為編輯部擬行改制擬訂該部工作實施要則草案祈鑑核等情核復查照由（檔號：0038/E011.2-1/01/001）。國家發展委員會檔案管理局，新北市。

── （1956年6月19日）。《本社組織規程》，為公布編輯部各單位人事員職責希查照遵照由（檔號：0038/E011.2-1/01/001）。國家發展委員會檔案管理局，新北市。

── （1948年2月20日-3月26日）。《本報工作報告營業計劃業務會議》，臺灣新生報股份有限公司工作報告（檔號：C2332022501/0037/E11/01）。國家發展委員會檔案管理局，新北市。

── （1948年3月26日-6月8日）。《本報工作報告營業計劃業務會議》，臺灣新生報股份有限公司工作報告（檔號：C2332022501/0037/E11/01）。國家發展委員會檔案管理局，新北市。

── （n.d.）。關於臺灣新生報。取自http://www.tssdnews.com.tw/?PID=4

歐世華（1999）。《吳國楨與臺灣政局（1949-1954）》。國立臺灣師範大學歷史研究所碩士論文。

衝越驚濤的年代編輯委員會編（1990）。《衝越驚濤的年代》。臺北，臺灣：臺灣新生報出版部。

謝然之（2000）。〈自述年譜簡編〉，謝然之教授九秩華誕祝壽文集編輯委員會（編），《新聞與教育生涯：謝然之教授九秩華誕祝壽文集》，頁151-193。臺北，臺灣：東大。

──（1998）。〈新生報到了存亡絕續關鍵〉，《新聞鏡周刊》，499：32-35。

──（1974）。〈我對報學與報業的體驗〉，《新聞學報》，3：4-11。

謝然之教授九秩華誕祝壽文集編輯委員會編（2000）。《新聞與教育生涯：謝然之教授九秩華誕祝壽文集》。臺北，臺灣：東大。

羅克典（1985）。〈心願得償〉，新生副刊（編），《新生報與我》，頁201-208。臺北，臺灣：臺灣新生報社。

黨營文化事業專輯編纂委員會（1972a）。《黨營文化事業專輯之二　中央日報》。臺北，臺灣：中國國民黨中央委員會文化工作會。

──（1972b）。《黨營文化事業專輯之三‧中華日報》。臺北，臺灣：中國國民黨中央委員會文化工作會。

徐復觀與《民主評論》（1949-1966）[*]

邱家宜

一、前言

　　1949年國民黨與共產黨兩個政權分立於臺灣海峽兩岸的局面確定，在國共此消彼長，國府大勢已去的時候，兩個曾經在蔣介石身邊爲他所倚重的人物，不約而同的在臺灣與香港辦了雜誌：一位是在臺灣辦《自由中國》的雷震（1897-1979），一位是在香港辦《民主評論》的徐復觀（1904-1982）。關於前者的研究堪稱汗牛充棟，對於後者的關注卻較少聽聞。這並不是說沒有人研究徐復觀，但研究的都是他的學術思想，而不是他做爲一個與當時社會時事密切互動的報人。[1]

[*] 本文初稿於2015年6月12日在世新大學舍我紀念館「傳媒與臺灣現代性國際研討會」中發表時，感謝評論人蘇瑞鏘老師所給予的許多寶貴建議與提醒，以及兩位匿名評審所提供的中肯意見，讓本文得以更嚴謹、周全的方式呈現在論文集中。
[1.] 對徐復觀學術思想的相關研究包括：李維武的《徐復觀學術思想評傳》（2001年北京圖書館出版）、李淑珍的《Xu-Fu guan and New Confucianism in Taiwan (1949-1969): A Cultural History of the Exile Generation》（1998年美國布朗大學博士論文）、黃俊傑的《戰後臺灣的教育與思想》（1993年台北東大圖書出版）、翁志宗的《自由主義者與當代新儒家政治論述之比較—以殷海光、張佛泉、牟宗三、唐君毅、徐復觀的論述為核心》（2001年政大社科所博士論文），以及高焜源的《徐復觀思想研究——一個臺灣戰後思想史的考察》（2008年臺灣師範大學國文研究所博士論文）等。

　　徐復觀辦的這份刊物在香港註冊發行，再運到臺灣，[2]這個特殊的安排一方面是因爲當時情勢顯示，國共鬥爭將繼續隔海峽展開，而「香港快要成爲鬥爭最前線」（徐復觀，1966：22）；另一方面，也因爲歷史發展過程中，讓香港這個英國殖民地，成爲部分不喜歡共產黨，也不滿意國民黨的文化人或知識分子，在渾沌亂局中暫時棲身觀望的所在，[3]也因此在香港展開他們充滿時代憂思的思想文化活動。而考察《民主評論》的內容，可以發現，不同於《自由中國》的內容總是貼著臺灣社會重要的事件與議題展開，《民主評論》似乎是刻意與臺灣社會保持那麼一點距離。這固然是因爲它持續固定的刊載許多學術研究與思想討論的文字，但總的來說，它畢竟不是一份學術期刊，內容中還是包括有國際新聞、兩岸動態、時事評論等等，稿源許多也都自臺灣，所以與其說它無法像《自由中國》那樣貼近臺灣社會，不如說這是編者有意提供一個不同於臺灣島內報刊的第三地立場，甚至是尋求一「進可攻、退可守」的戰術位置。這種與臺灣時事動態「若即若離」的策略，讓《民主評論》一方面避免了《自由中國》那樣的文字獄，但一方面仍一定程度的參與了臺灣社會的興論界。

　　相較於雷震在1960年《自由中國》文字獄前夕，已經表現出對於臺灣政治改革與爭取自由言論空間的一往無前，徐復觀及《民主評論》對於臺灣時政的發言毋寧是更謹愼小心的（下文會再詳述）。這或許是因爲他曾經以侍從參謀身分貼身觀察蔣介石多年而深諳其性格，了解披其逆鱗的後果。但即使如此，由於他耿介的個性與剛硬犀利的文風，徐復觀本人及《民主評論》其他作者，還是不斷被捲入臺灣各種大大小小的論戰。從1950年代到1960年代中期，香港的《民主評

---

2. 《民主評論》在香港印刷、發行，在美國（舊金山、紐約）、日本、菲律賓、新加坡、印尼、澳洲與義大利的羅馬都有經銷據點（《民主評論》封底版權頁）。但即使沒有任何發行資料可供參考，從其所刊登的廣告（下文會再說明），與雜誌內容針對的議題與事件來看，《民主評論》最主要的讀者群顯然是在臺灣。

3. 除了《民主評論》，陸續在香港創立的，還有1951年由成舍我辦的《自由人》三日刊，徐復觀亦曾參與籌備（參見世新大學舍我紀念館網站〈成舍我傳略〉），以及1953年創刊，由司馬長風主編的《祖國周刊》。

論》不論是主動或者被動，並不自外於臺灣這個舞台。因此若要勾勒臺灣戰後新聞史整體圖像，這本在香港註冊的半月刊，絕對應該要被記上一筆。[4]

除了在《民主評論》上所發表的，徐復觀留下來的文字非常多，包括在其他報刊例如《華僑日報》、《文星》、《自由中國》、《中國時報》所撰寫的長篇論述或短篇雜文，以及他身後門生弟子所整理出來的書信、日記等等，都是本文的參考資料。至於他在中年以後鑽研中國思想史、藝術史的成果雖也相當可觀，但並非本文關注範圍。[5]本文將說明《民主評論》創刊的背景，分析其內容走向大要，把與臺灣社會相關的部分做一點歸類與整理，並針對當時《民主評論》以徐復觀為主所牽涉到的幾個論戰，進行較為詳細的耙梳，尤其是與《自由中國》之間，亦敵亦友的，十分特殊的關係。希望能經由這樣的工作，多少把握住這份刊物當年在臺灣輿論環境中的位置；並透過與雷震、殷海光等為《自由中國》撰稿者的對照，呈現徐復觀雖然與雷震等一樣服膺自由民主理念，但基於民族情感與對中國傳統文化價值的信仰，在當時輿論環境中所進行的分辨與選擇。

---

4. 除此之外，在該刊物發行期間，他本人也長期居留臺灣。《民主評論》雖在香港發行，但從1953年以後，徐復觀大部分時間卻與妻兒定居台中。徐復觀1952年應台中省立農學院（今中興大學前身）林一民院長之邀前往該校任教，1955年東海大學創校，曾約農校長邀他擔任中文系教授兼系主任，至1969年，他因揭發梁容若為「文化漢奸」，被迫從東海退休（曹永洋，1982：422-423）。

5. 徐復觀對學術研究雖是半路出家，但在中國思想史上的成績頗為可觀。主要學術著作包括：《中國思想史論集》（1967年學生書局出版）、《中國人性論史先秦篇》（1963年中央書局出版）、《中國藝術精神》（1966年中央書局出版）、《公孫龍子講疏》（1966年學生書局出版）、《中國文學論集》（1974年學生書局出版）、《兩漢思想史卷一》（1974年學生書局出版）、《兩漢思想史卷二》（1976年學生書局出版）、《兩漢思想史卷三》（1979年學生書局出版）、《儒家政治思想與民主自由人權》（1979年八十年代出版）、《周觀成立之時代及其思想性格》（1980年學生書局出版）等（曹永洋，1984：433-434）。

二、《民主評論》的創刊及內容走向

（一）創刊獲蔣介石財務支持

　　《民主評論》的創刊與《自由中國》一樣，剛開始都獲得蔣介石的支持。[6]
徐復觀唸過日本陸軍士官學校，1931年九一八事變，他和第二十三期陸軍士官
學校的幾位中國同學因爲反抗被拘禁，隨即輟學回國，開始了他正式的軍旅生
涯，[7]曾先後待過白崇禧（徐復觀，1982a：2）、黃紹竑（徐復觀，1982b）、何
應欽（徐復觀，1982c：36）麾下。據他自己的描述，他從1943年開始經常與蔣
介石有接觸，屢次勸他要把國民黨「改造成爲代表自耕農及工人利益的黨，實行
土地改革、把集中在地主手上的土地，轉到佃農貧農手上，建立以勤勞大眾爲主
體的民主政黨。」（同上）他認爲蔣介石並非不認同他的意見，但因爲改革牽涉

---

6. 關於《自由中國》獲得蔣介石支持，並從教育部等單位獲得經費的經過，參見馬之
驌的《雷震與蔣介石》，頁110-117。

7. 徐復觀是在湖北浠水鄉下的窮苦家庭中長大的，全家靠著不足以餬口的薄田與父
親擔任塾師的微薄收入，加上母親與大姊辛苦紡紗的收入勉強維持生活（徐復觀，
1980c：325）。因為天資聰穎，15歲考入湖北武昌第一師範學校，接受舊學深厚的多
位名師薰陶，五年師範生涯，為他日後的思想史研究奠下深厚基礎，他自陳：「我
對於線裝書的一點常識，是五年師範學生時代得來的。」（徐復觀，1980e：313）。
1923年師範畢業，又以第一名成績考進由著名學者王季薌主持的武昌國學館，直到
1926年北伐軍打到武昌，國學館關閉。他回憶自己看的第一本有關當代政治的書，就
是他在同鄉陶子欽部隊中擔任營部書記時，陶送給他的《三民主義》（同上）。接著
又看了一些翻譯的社會主義的書，開始對線裝書起反感。在政治啟蒙之後，他有過一
段與左派人士往來的經歷，他自陳曾受魯迅《吶喊》的影響，對中國知識分子的寄生
情形感到痛心疾首，希望中國能出現「一個『勤勞大眾』為主體的政黨」（徐復觀，
1982c：29），在政治活動中一度還差點送命（徐復觀，同上：23-27）。1928年他又
蒙陶子欽的提攜，隨桂系胡（宗鐸）、陶（子欽）軍事集團將領的子弟們赴日本學習
軍事，欲進入日本陸軍士官學校未果，再經同鄉東京青年會總幹事，同鄉馬伯援的幫
忙，1930年才得以進入士官學校就讀。但1931年就因為日本侵華的九一八事變而中斷
學業返回中國（同上：28-29）。

太廣、顧慮太多，讓蔣雖贊成他的建議但卻不肯下決心（同上：37）。[8]1949年
1月蔣介石被桂系軍人逼迫下野，二、三月間徐復觀奉召到蔣下野後居住的奉化
溪口，寫了一個「中興方略」呈蔣，從思想上分析國民黨過去的失敗，並提議在
香港辦一個刊物，「以作與現實政治保持相當距離之計；結果便是民主評論。」
（同上：44；徐復觀，1982d：148）。顯然徐復觀辦《民主評論》是獲蔣介石首
肯與支持的。

　　根據徐復觀的說法，開辦雜誌的預算是九萬港幣，當初在蔣介石面前由鄭彥
棻與陶希聖兩人各承諾一半，但陶希聖後來沒有實現承諾，他該給的部分由蔣介
石自己補上。1949年6月16日，《民主評論》正式在香港創刊，要常態維持一份
篇幅二十幾頁的半月刊，印刷費、稿費、人事、行政費等開銷自然跑不掉，九萬
港幣的開辦經費究竟支持了多久無從考察，只知道後來在《民主評論》經濟最困
難的時候，「自由亞洲協會」曾補助一部分印刷費，而當亞協的補助停止之後，
國民黨又恢復「象徵性」的支持，直到停刊（徐復觀，1966：22-23）。

　　除了訂閱與零售的收入，《民主評論》也嘗試以刊登廣告來挹注發行經
費，[9]但發行與廣告收入顯然不足以因應所需，最後「油盡燈熄」，徐復觀在
〈本刊結束的話〉中自承：「辦刊物應該以企業的方式去經營。但因本刊的性

---

8. 根據徐復觀的追憶，蔣介石對他頗有知遇之恩，曾經不次拔擢的延攬他在侍從室參
贊機要，多次容忍他衝撞的發言，並在赴開羅開四巨頭會議之前約見他親自致贈三千
元安家費。他當時曾對蔣提出不認同陳誠在國共戰爭中的戰略，並認為陳誠破壞了何
應欽所提出與桂系合作的計畫。他在晚年發表的〈末光碎影〉（徐復觀，1981）中，
對這段經過有頗為詳細的描述。

9. 《民主評論》在香港發行，但香港本地在上面登廣告的，都是《自由人》、《祖國
周刊》、《香港時報》等其他報刊，很可能是用交換方式所刊登的廣告。反而是有一
些來自臺灣公私機構的廣告，例如7卷1期的封底裡及封底，就刊登了「萬利證券」、
「信通證券」兩家證券公司的全頁廣告；5卷4期封底有臺灣郵局「行旅平安明信片」
的全頁廣告；5卷7期第31頁，則有「高雄市公共汽車」、以及「中國油墨行」所刊登
的「彩虹牌、鷹熊牌五彩油墨」的廣告。

質、環境，及我們幾位朋友的能力，無法向這一方向發展。……非常慚愧，自己只有認眞思考問題的態度，卻沒有肆應現實的能力。」（徐復觀，1966：23）。1966年9月，《民主評論》出版第17卷第9期，正式宣布停刊。

（二）學術性更甚於政治性

徐復觀從現實政治轉向思想與學術研究的跡象，早在創辦《民主評論》之前就已經出現端倪。1947年他在南京創辦純學術的《學原》月刊，[10]徵集熊十力、朱光潛、柳詒徵、錢穆、洪謙、唐君毅、牟宗三等名家的論文（蔣連華，2006：15），該刊1949年即告停刊，但錢穆、唐君毅、牟宗三因此成爲他日後辦《民主評論》的重要合作夥伴，也是該刊長期的主要供稿人。

徐復觀自陳《民主評論》創刊的三個動機：一、自己性格不合適現實政治，但可以在思想鬥爭上爲反共盡一份力量，而香港即將成爲國共鬥爭的最前線；二、中國的中興大業還是要靠國民黨及社會上層的自由主義者，但這兩方面都已被自私自利的心態所主導，必須進行思想針砭以待其良心發現；三、他與唐君毅、牟宗三等人在南京時就已經共識到，中國的問題最根本的還是文化的問題，建國最基本的工作是文化大方向的奠定，使腐化下流的人們，得以藉由文化的綱維慢慢地站起來（徐復觀，1966：22）。積極參與《民主評論》創立的，除了錢穆、牟宗三、唐君毅幾位，另有經濟學家張丕介、鄭竹園，報人金達凱，以及王干一、張振文等人，後來持續加入幫忙的還有蔣君章、劉百閔、謝幼偉、郎維翰、涂頌喬（同上：22-23）。

《民主評論》的創刊與香港「新亞書院」的創立時間相當接近，核心人馬高度重疊，在新亞書院教書的錢穆、唐君毅以及張丕介，都是《民主評論》的主

---

10. 《學原》的經費也來自蔣介石，該刊物是與商務印書館合辦的，透過商務印書館的發行系統流通，根據徐復觀自己的說法，該刊物在當時中國的大學校園中頗具影響力（徐復觀，1982e：197-198）。

要供稿者，加上在臺灣教書的徐復觀、牟宗三，若以篇幅而論，《民主評論》的學術味更勝於政治味，也因此被認為是「新儒家」一派的根據地。[11]1951年中，《民主評論》因為香港政府要求新聞紙必須繳交一萬港幣登記費，曾被迫停刊半年，將出刊經費轉為登記費後才再度出刊。恢復出刊的3卷1期（1951.12.20）〈復刊辭〉（頁2）中提到，[12]雖然社會各方面對《民主評論》的期待不限於思想文化問題的討論，但由於「自由中國」（指臺灣）範圍內的報刊大都側重對時事的探討，為求分工，所以該刊文章仍以文化思想的篇幅較多（同上）。

1954年2月20日《民主評論》發行百期專號（5卷4期），在署名「編者」的〈回顧與展望——對本刊讀者及作者的報告〉（頁52）中也指出，《民主評論》除了對中國傳統文化進行發揚與整理，也介紹世界文化思想的新思潮，並對共產主義做追本溯源的探討。1956年12月20日，《民主評論》出完第7卷，在該期封底〈簡致讀者〉一文中更具體分析指出，過去一年（1956年）該刊編輯方針一如過去，學術性的文章約占五分之二，剖析共黨的文章佔三分之一，其餘的四分之一多一點，才是海外通訊、科學知識、書評、及若干具史料價值之文章的連載（《民主評論》，1956）。徐復觀自己也承認，《民主評論》出刊五、六年之後，內容的現實政治色彩一天稀薄一天，已於不知不覺中轉向專談文化問題的方向（徐復觀，1966：23）。[13]雖然觸及時事的篇幅相對較少，但這部分卻是本文所

---

11. 《民主評論》做為近世「新儒家」一派的言論根據地，從牟宗三、唐君毅、錢賓四等人把該刊當成學術期刊般的不斷發表研究成果，並透過該刊集結出書的種種事實可以確認無疑。錢穆與唐君毅一起任教新亞書院多年，兼具私交公誼，加以對中國文化傳統一致的迴護態度，因此經常被劃入「新儒家」一派。不過錢穆的大弟子余英時曾經撰文反駁，認為錢穆治學走的是「程朱」（程頤、朱熹）路線，牟宗三、唐君毅則是「陸王」（陸象山、王陽明）路線，因此不能混為一談（余英時，1991）。一般談新儒家，則至少還要加上唐、牟、徐所師承的熊十力，以及與三人聯合發表〈為中國文化敬告世界人士宣言〉的張君勱。再廣義些的用法，則會再加上他們的弟子群。
12. 為精簡篇幅，正文已經標出題名、卷期數、頁數的資料將不再列入參考書目。
13. 根據許順昇的統計，《民主評論》在十七年間所出版的386期中，扣除詩詞曲類及社論、短評與專欄，共刊出2492篇文章，其中關於儒家學術、人物與文史的探討，加

關切的重點，在下面的章節中，將會更具體討論《民主評論》在這方面的內容。

（三）主要作者群

　　《民主評論》雜誌的登記與發行均在香港，但除了對中國大陸持續關心，並維持相當篇幅的國際時事分析之外，實際發生對話的主要是臺灣的政府與社會，反倒是香港感覺上只是這本刊物的「寄居」之處。不論是針砭時局現勢，或是打筆仗，都是以臺灣的事與人為對象在進行的，文章作者許多也都來自臺灣。佔《民主評論》內容最大宗的學術思想性文章，歷史研究方面：除了錢穆與徐復觀大量發表，還有嚴耕望、藍文徵、黃彰健、沈雲龍、陳槃、勞榦、方豪、逯耀東、鄭學稼、余英時、林毓生，以及研究國學的屈萬里、魯實先、牟潤孫等等。哲學方面：除了前述的牟宗三、唐君毅大量發表，還有殷海光、胡秋原、謝幼偉、劉述先、傅偉勳、郭博文等。經濟學方面：除在新亞書院任教同時也是首任《民主評論》總編輯的張丕介（徐復觀，1966：22），還有戴杜衡、瞿荊州、鄭竹園、鄭學稼、白瑜、張研田、劉道元，以及研究園藝的程兆熊。另有語言學家周法高、人類學家董作賓、地理學家鄒豹君，以及研究政治學的馬起華、周道濟等等。

　　在《民主評論》很強調的共黨思想研究，以及中國大陸現況分析方面：出刊初期，與香港的「中國問題研究所」合作，定期刊登該所提供的「中共動態半月綜述」專欄（從2卷3期開始）。但由於「中國問題研究所」的結束，第3卷開始改為「半月要聞」專欄（《民主評論》，1951：2；《民主評論》，1954：52），內容根據美聯、合眾、路透、法新、泛亞等主要國際通訊社外電，選摘冷戰格局下的重要國際現勢，例如臺灣在聯合國的席次問題等等。經常針對中共現況作報導與分析的則有金達凱、鄭竹章、辛植柏、李天民、司馬璐等人。[14]

上對哲學、文化與政治思想的探微就超過900篇，而對港台政治社會情況與時事的討論則只有101篇，比例相當懸殊（許順昇，2009，頁72）。

14. 許順昇曾經以發表數量為判準（發表20篇以上）整理了《民主評論》的主要作者

三、從香港關心臺灣

（一）從創刊初期的猛烈批判轉趨低調

　　1949年，轉進臺灣的蔣介石、蔣經國父子已經開始計畫國民黨的改造，並邀徐復觀參與，但當時他已打定主意不繼續留在國民黨政治圈內，連蔣介石到臺灣後，要他幫忙籌備「革命實踐研究院」的任務也都推掉，卻在香港辦起雜誌來（徐復觀，1982c：44-45）。他辦雜誌一方面要發揚對中國文化的理想，另方面也想要對退到臺灣的國府當局有所諍諫。痛心於大陸陷共，國民黨內卻還不知自我反省，一味把責任外推，他在《民主評論》1卷1期中就直接表明：

> 　　國民黨的沒落，正表現為反省精神的失墜。試與任何曾經或正在為國家負責的國民黨人，談論此一事件（按：指大陸陷共），立可發現他們會提出許多失敗的原因，而他本人卻似毫無關涉。你若反問在他責任以內的事情怎樣，他便毫無猶豫的說出這是制度問題、信任問題、權力問題、旁人牽制問題、社會環境問題等等。總之，他儘管弄得一敗塗地或成績毫無，而他本人卻俯仰之間，並無愧怍。只有有靈魂的東西，才能照見自己。國民黨人只能照見他人，而不能照見自己，這是說明國民黨的靈魂，早已遺棄這一群而他去了。（徐復觀，1980a：268）[15]

　　他指出，國民黨掌權者的無能與失察，讓大家：「好像坐在太平輪上的船客，午夢未回，而轟然一聲，全船覆沒，連追問原因的時間也沒有。」（同上：267）對國民黨政府的失望之情可見一般。

（許順昇，2009，頁66-68），本文則以文章類別來列舉。

15. 由於所能找到的原刊物紙本或有缺頁、破損情形，因此本文部分夾注中所引用《民主評論》文章，系標示後來收錄於專書中的出版年份及頁碼。

　　《民主評論》在1949年6月在香港創刊，當時共軍已渡過長江，國府軍隊大勢已去，中樞雖尚未正式遷到臺灣，但陳誠已經到臺灣先做準備。就國府的領導權來說，蔣介石理論上是處在下野狀態，但實際上他仍以中國國民黨總裁的身分繼續指揮軍、政，包括在1949年12月決定把中央政府遷到台北。在這個大混亂的階段中，徐復觀在香港寫下他對國府之所以如此一敗塗地的診斷。他指出，讓中國新興而具有強大力量的中產階級失望，是國府最後兵敗如山倒的關鍵，而「孔宋財團」與國民黨內的「派系政治」是讓中產階失望的最重要原因。他具體描繪出「孔宋財團」對中國經濟活動的壟斷：

　　　孔宋財團並不專指孔祥熙宋子文兩個人。凡在政府乃在社會上，能作主要經濟活動的，多半與他們直接間接有關，其活動的性質與方式也大約一致。儘管他們彼此之間不是沒有矛盾。同時，國內軍閥官僚與大大小小的買辦，搜刮來的大量金錢，也常委託他們在國外為其經紀。而在孔宋以前所形成的政學系財團，在本質上和他們並無分別，並且也逐漸降為附庸的地位。所以用「孔宋財團」四字來囊括經濟的統治者，是大抵不差的。（徐復觀，1949a：6）

　　他指出「孔宋財團」的幾個特點，包括：他們僅憑票號與買辦的知識經驗，來處理國家的經濟問題，親信爪牙遍布全國金融與企業機構；在國家資本、戰時統制等好聽的名詞之下，把社會的資源財富集中，以國家銀行培養私人子銀行，透過金融與商品操作，把利潤吸到私人腰包，再轉到美國去保管；以壟斷進出口貿易來貪污，官價匯率進口貨品，在國內以黑市匯率高價賣出；他們作為國家最有錢的集團，任由軍隊與公教人員挨餓，卻不惜重金送要人子女出國鍍金，大做人情。他們甚至把私人投機的行為，擴大到政府的經濟政策上，不通過大經大法的經濟政策來領導社會，反而是以投機的方式與社會相競爭（同上：6-7）。

　　至於國民黨內部的派系政治，徐復觀認為是封建性的殘餘：以血緣推及同

鄉、同學、學生，以及「一手提拔之人」，以與個人的親疏厚薄，來做為權力的衡量尺度，凡沒有私人關係的便一律排斥在外。而此封建關係集團卻無封建道德來維繫，只是藉以瓜分權位利益。1948年的國會選舉中各派系的分贓醜態，是此派系政治的登峰之作（同上：7-8）。徐復觀形容：「派系政治好像一個大糞坑，一黏上便臭。他已經臭壞了中國性的三民主義。現在又臭壞了世界性的民主政治。許多人說民主政治可以救中國，派系政治便拿出這樣的民主政治來給你看，使談民主政治的人作嘔發抖。」（同上：8）

1949年9月，已經流亡香港的徐復觀，如前述在《民主評論》1卷7期（1949.09.16）上，把蔣介石的親信孔宋家族、國民黨的各派系全部臭罵一頓。他原本對出來主持國共和談的李宗仁還抱著一線希望（徐復觀，1949b），但到了1949年11月，當時已代理總統職位一年的李宗仁，竟然「沖天而去」的跑到了美國，還自稱是「中國第三勢力」。徐復觀在《民主評論》1卷16期（1950.02.01）發表〈李德鄰先生是第三勢力嗎？〉（頁12-13）一文，痛批李宗仁不問法律程序、不顧國家體面，而且完全不知反省，簡直是「沒有靈魂的木偶」（頁12）。但他在該文中也提到，蔣介石「獨而不裁」的作風，束縛了許多才志之士，必須為國民黨的失敗負最大責任（同上）。他也向當時出任岌岌可危的國民政府行政院長的閻錫山喊話，要求他必須像通緝投共者一樣，對搜刮完民脂民膏，跑到美國去過奢侈生活的「宋子文、孔祥熙們」發布通緝。他認為，如連這點也做不到，閻錫山這個行政院長不做也罷（徐復觀，1949c：7）。

他曾用「迷幻藥」來形容權力對人所造成的影響。因為權力會讓人陷入一種狂想症，以為其個人具有「壓倒群倫的非常地才智」，以為其個人「是國家所必不可須臾缺少的人物」，進而狂想「他的國家、人民乃至是整個宇宙，都在隨著他的指揮棒而跳躍而旋轉。」（徐復觀，1980b：261）他指出，這種已中「權勢迷幻藥之毒」的人必會不斷要求增加權勢：

> 第一步，要向張天師一樣的畫出一些符咒。這些符咒在今日或者

是實現共產主義，或者是反對共產主義，乃至如他們口中所說的國族
主義等等。第二步便是宣布緊急情況，實行什麼大革命及戒嚴法，停
止憲法的行使剝奪人民的自由。第三步則是炮製新憲法或其他手段，
把自己放在「永恆統治」的寶座上。統治的名義若是總統，便使自己
成為終身總統。（同上：262）

徐復觀於1974年1月15日於《華僑日報》上所寫的這番話，表面上批評的是袁世
凱、希特勒、史達林及其繼承人，但所謂「戒嚴法」、「終身總統」云云，讓人
強烈感到是對臺灣最高當局的「指桑罵槐」。[16]

　　除了上述的「暗諷」，1950年之後，他對國府最高當局所提出的「明諫」，
並不是出現在他自己辦的《民主評論》，而是出現在1956年底《自由中國》的
「祝壽專號」中。他在〈我所了解的蔣總統的一面〉一文中，以他對蔣的了解指
出，蔣介石長期大權在握，但性格主觀太強、容易偏聽，加上不尊重國家體制、
用人失著，是造成國府失敗的重要原因（徐復觀，1988a：313-318）。由於徐曾
擔任蔣的幕僚，所以這篇文章具有近身觀察的基礎，文章雖委婉，但對蔣介石的
性格缺點與過失直言不諱，刊出後引起轟動，也讓他跟蔣的關係更加疏離（徐復
觀，1982f：217）。

　　不過，徐復觀對國府或蔣氏的批評，從1949年到1950年間的砲火全開，到
1956年《自由中國》「祝壽專號」中的婉言直諫，之後似乎就轉趨收斂。1960
年9月臺灣發生《自由中國》文字獄，一時間風聲鶴唳、人人自危，連遠在台中
教書的徐復觀也感到自己處境危殆。雷震案對徐復觀震撼極大（參見下文），但
雷案發生之後，《民主評論》卻並未出現聲援雷震的文章，許多讀者寫信質問該

---

16. 臺灣長達38年的戒嚴令最早是1949年5月19日陳誠任省主席時所頒發，一直到1987
年才由蔣經國宣布解除；1960年3月，遷移中華民國法統到臺灣的國民大會修訂《動
員戡亂時期臨時條款》，凍結憲法對總統只能連任一次的限制，讓蔣介石成為「終身
總統」。

刊，在香港辦《新聞天地》的卜少夫不斷向他邀稿，應該也是希望他針對雷案寫些相關的文字。但當時局勢嚴峻，讓徐復觀感到下筆維艱。[17]他在1960年11月29日給卜的信中提到：

> 弟之心境，兄當可以想見。目前教書之飯碗，亦岌岌可危（內外夾攻），固自十一月起，每月為《華僑》（按：指《華僑日報》）寫數篇胡打胡說之文章，預留退路，內心痛苦已極。弟為《新天》寫文，豈敢要兄鞠躬作揖？然兄當亦不願見弟之為雷儆寰第二也。……近日又不斷接讀者來信，為何以不為雷案講話？罵弟不夠正義，對時代無交代。在此情形下，弟如何能下筆乎？（卜少夫，2001：245）

雖擔心自己會成為「雷儆寰第二」，不過因為卜少夫堅持要徐復觀寫稿，到了十二月初，徐復觀還是寫了一篇〈牢獄的邊緣〉給他。當時卜少夫人在臺灣，看過稿子後還親自付郵寄回香港，但徐復觀這篇文稿，連同另一篇龔德柏也是談坐牢經驗的稿子，都在郵寄中宣告「遺失」，照徐復觀的理解，文稿是「被它們扣了」（同上：244-246）。顯然在徐復觀自己的認知與理解中，當時他與外界的通信是被當局檢查的。這篇據他本人說是「私人生活回憶」的文字，因為未留底稿，所以〈牢獄的邊緣〉究竟是何內容，現下已無可考。或恐因當時雷震已被軍事法庭重判十年，而讓「坐牢」這個話題成為敏感。

（二）少論政治、多談經濟

前面提到基於刻意保持距離的某種編輯策略，《民主評論》不如《自由中國》或《時與潮》雜誌般貼近臺灣社會的現實發展，[18]但對臺灣社會的政治、經

---

17. 黎漢基曾經解讀徐復觀當時的心境，認為他：「固然洞燭機先，逃過國民黨的逮捕及監視，卻揮不去內心的罪咎感。」（黎漢基，2013，頁97）
18. 雷震創的《自由中國》（1949-1960）與齊世英創的《時與潮》（1959-1967），

濟與社會制度各方面，仍然維持一定程度的關心。不過或許因為對蔣介石的性格
非常了解，即使香港並非國府的政令所及，但臺灣畢竟是該刊最重要的發行地
區，內容觸犯當道，雜誌便可能在進臺灣時遭扣，因此，那些直接批評蔣氏及其
親信的文字，絕大多數都刊登在《民主評論》發行的初期。因為當時國府政權尚
未完全穩定，對外還得要保持著民主自由的形象，爭取國際（主要是美國）的認
同。但當韓戰結束，1954年底「中美共同防禦條約」簽訂之後，臺灣正式被納入
美蘇對壘冷戰格局的西太平洋防衛鏈，蔣氏政權成為美國重要盟友，徐復觀就清
楚意識到，國府對島內言論控管將益趨緊縮。他曾從東海大學寫信給當時在台北
辦《自由中國》，言論不斷挑戰當局尺度的雷震，提醒他，一但國民黨對政權維繫
有了安全感，過去那種對言論的打壓就會故態復萌（徐復觀，1982f：215）。

　　談政治風險太高，為了趨吉避凶，經濟是相對比較安全的話題，因此在該刊
第五卷以後的篇幅中，可以看到相當數量討論臺灣經濟政策或現況的文字，[19]而

是在臺灣發行的兩本具批判性的時論雜誌，兩刊在發行時間上大致前後銜接，與《民
主評論》約略平行，兩刊均因干犯當道最後以被迫停刊收場。雷、齊、徐三人均曾在
蔣介石麾下任事，綜觀全局，昔日近臣得以在國府文網中開辦報刊雜誌，這應不是出
於偶然，反而可能是某種必要的前提。有關於這幾個刊物，《自由中國》的相關研究
堪稱族繁；關於《時與潮》雜誌始末，可參見〈齊世英與逆勢而為的《時與潮》雜誌
（1959-1967）〉（邱家宜，2015）。

19. 例如在臺灣擔任立法委員的白瑜就在《民主評論》發表了許多關於臺灣經濟的分
析與評論，包括：〈歡迎外人投資的幾個先決問題〉指出臺灣金融秩序若不整飭，不
易吸引外資來台（5卷6期，頁6-8）；〈整飭金融與平衡預算---所望於新政者〉（5卷
11期，頁3-6）建議新上任的行政院長俞鴻鈞要建立「銀行的銀行」，認為中央銀行
若不復業，須使台銀承擔央行功能，並應考慮發行公債，實施赤字預算；〈論臺灣公
營事業〉（5卷16期，頁10-12）批評當初陳儀嚴厲管制經濟，把臺灣公營事業弄得太
大，無能、浪費為人詬病，積極鼓吹轉為民營；〈迎美國經濟顧問團〉（5卷19期，
頁9-11）對臺灣農業走左（耕者有其田）的前途，與工業往右的條件都提出質疑；以
及〈臺灣經濟雜感〉（6卷14期，頁9-11）、〈確立財產稅的建議〉（7卷19期，頁
2-5）、〈政府財政豐歟欠歟〉（8卷24期，頁2-6）、〈從工商業倒風說起〉（9卷18
期，頁8-11, 7）、〈由水災教訓評財經措施〉（10卷21期，頁7-10）等。經濟學者瞿
荊州則寫了〈第二期臺灣經濟建設四年計劃之分析〉（8卷15期，頁2-4）批評這個把

牽涉到臺灣政治情勢或社會問題的篇幅反而較少。與政治有關的文章，少到可以「正面表列」：1954年3月，金達凱對第一屆國大代表第二次會議的祝賀，除對連任的蔣介石表達輸誠與敬意，也勸國大代表們不要再汲汲於為自我謀福利（金達凱，1954）；1960年在凍結憲法的前提下，蔣介石第三度由第一屆國民大會選為中華民國總統，國民大會趁機成立「憲政研討會」準備行使創制與複決權。不過第一屆立委侯紹文在《民主評論》上以〈論國民大會此時此地不宜行使創制複決兩權〉（13卷18期，頁10-12及封底）反對國大代表藉機擴權；黃少游的〈論司法獨立與完整〉（11卷23期，頁21-22及封底），則是批評當時臺灣的行政院副院長王雲五曲解大法官解釋令，將行政權擴張到司法權之內。而在臺灣的國際處境上，該階段最主要的議題，是在臺灣的中華民國，面對在大陸的中華人民共和國不斷步步進逼之下，如何保住在聯合國的席次。《民主評論》曾刊登李蔭的〈中共加入聯合國問題〉（12卷13期，頁22-23），以及魏樸的〈聯大否決中共入會的形勢〉（16卷18期，頁18-19），著墨不算很多。

　　在對臺灣一黨獨大、黨國一體的政治狀況大體保持沉默與低調中，比較值得注意的是，1954年蔣介石第二度當選總統之後，唐君毅應臺灣《中國一周》之

人民儲蓄大餅畫到最大，又把其生活所需縮到最小的計劃不切實際；1960年，尹仲容出任臺灣銀行董事長，瞿荊州又寫〈臺灣金融建制聲中論銀行之功能〉（上）、（下）（11卷17期，頁2-6；11卷18期，頁2-6）。曾任臺灣農學院院長的張研田也在《民主評論》寫過〈臺灣人口與糧食問題〉（9卷23期，頁2-6, 21）、〈分析臺灣人口問題兼釋新馬爾薩斯主義〉（10卷23期，頁2-7, 13）呼籲節制生育；范廷松的文章則偏重對臺灣土地改革與農業發展的介紹，包括：〈臺灣的農業機械化運動〉（10卷17期，頁14-16）、〈十年來臺灣的土地改革〉（10卷24期，頁21-23）、〈臺灣的經濟發展〉（11卷9期，頁24-25, 20）、〈就「十九點計畫」再論臺灣的經濟發展〉（11卷16期，頁22-23, 11）、〈後進國家的資本形成問題〉（11卷21期，頁14-16）等。以及陳式銳的〈臺灣經濟概觀——兼論經濟安定委員會〉（4卷16期，頁18-21）、鄭震宇的〈由臺灣都市土地問題談市地政策〉（5卷19期，頁6-8）、鄭士珪的〈論臺灣農業機械化〉（10卷16期，頁12-13, 11）、于景讓的〈臺灣森林的開發問題〉（11卷21期，頁11-13, 16）、徐慶鐘強調必須增加農民所得的〈從國民經濟立場論臺灣當前的農政焦點〉（12卷24期，頁2-7）等。

邀，[20]爲新政府成立寫祝賀文章，但後來該文卻因爲「稿擠」而未刊出，《民主評論》遂在5卷13期刊出唐君毅〈對新政府之希望〉（頁10）一文，唐文中對蔣介石有這樣的期許：

> 蔣先生既當選爲第二屆總統，即最好不要再兼國民黨的總裁。……如果蔣先生仍同時兼國民黨總裁而又代表國民黨對全國人民，表示重返大陸後國民黨對未來中國政治的態度的話，則我希望在反攻復國的政治號召中包涵一個宣告：即在第三任的總統選舉中，國民黨人願意幫助其他民主政黨的競選或選一無黨派的人任總統。

《民主評論》的編者在文章之前加上一段按語表示，唐君毅是典型的不識行情的書呆子：「你要他講話，他便以最誠懇之心，講最誠懇之話。……他對政治的意見，在他這一代可能永遠是廢話；……但編者不忍加以埋沒，爰轉爲刊出，以饗讀者。」就是徐復觀本人的這位「編者」，藉由「書呆子」唐君毅一篇被退稿的文章，間接表達出當時港台一批知識份子對蔣介石不會僅以連任一屆爲滿足，而遲早將會威脅民主憲政體制的憂心。

除上所述，《民主評論》內容牽涉臺灣時事的，還有「劉自然事件」、「辜顯榮入祀忠烈祠事件」。1957年3月，臺灣發生「劉自然事件」，引發5月間搗毀美國大使館及扯毀美國國旗事件，美國國務卿杜勒斯在記者會中將此事與義和團並稱，蔣介石爲此事特別發表文告，文告中也以義和團事件爲戒。徐復觀在《民

---

20. 《中國一周》創刊於民國三十九年五月一日，發行人是當時擔任中國國民黨總裁辦公室秘書組主任的張其昀，所以該刊物等於是由蔣介石身邊親信所辦，相當能代表蔣的意志或好惡。張其昀之後歷任國民黨中央宣傳部長、國民黨中評會主席、教育部部長等黨國要職，民國五十八年十二月二十七日，已出版一千零二十七期的《中國一周》，呼應於1966年12月正式啓動的「中華文化復興運動」，由當時擔任國民黨中常委的張其昀改名爲「文藝復興」月刊。

主評論》8卷13期發表〈中國文化的對外態度與義和團事件〉（頁2-6），反對把中國文化的對外態度簡化爲仇外、排外，這是他維護中華文化的一貫態度。1966年辜顯榮百歲冥誕前夕，在臺灣曾經執掌中央社多年的蕭同茲建議將其入祀忠烈祠，《民主評論》17卷2期刊登署名「漢聲」的〈辜顯榮傳與忠烈祠〉（頁10-16）一文，痛斥如果辜顯榮這種「大漢奸」進得了忠烈祠，則形同「秦檜把岳飛由忠烈祠中趕出來了」，並細數他在1933年十九路軍反蔣的「閩變」中，是爲日本的利益工作。17卷5期又刊登〈看政府如何答覆的一個質詢案——立法委員爲明辨忠奸事向行政院提出的質詢〉（頁11-12），把立委李文齋針對此事在立法院的書面質詢照登，徐復觀並在文末加上按語：「在蕭同茲歌頌辜顯榮爲行權之聖人的妙文後面，聞署名『同頓』的要人約有二百餘人……此一質詢案，據我的推測，不可能有眞正的答覆。」或許是因爲這些指證歷歷的陳述難以辯駁，雖然有兩百多名要人「同頓」，辜顯榮後來並未入祀忠烈祠。

這兩件事情當然都是臺灣社會中發生的大事，不過在1957與1966年之間，1960年9月，臺灣發生了遠比這兩者更重大、影響更深遠的《自由中國》文字獄，此事震動臺灣島內外，但當時在《民主評論》版面上，卻幾乎沒有反映此事。在前文中已經提及，這種異常的靜默，係因事發後，徐復觀滿懷恐成爲「雷儆寰第二」的憂懼。時隔一年多，《民主評論》12卷20期才刊出民社黨蔣勻田的〈新聞自由與健全輿論〉（頁2-7），要求臺灣的新聞從業人員要爲言論自由開路，暫時不要參加任何政治組織，不要接受任何主義洗禮（頁3）。長文中旁敲側擊的詳舉歐美事例，但仍謹愼地未提及一年多前發生在臺灣的文字獄。

如前所述，《民主評論》雖在香港發行，但如果言論逾越尺度，隨時可能被禁止輸入臺灣。對這種言論箝制，徐復觀也有牢騷，並曾具體的表現在《民主評論》4卷1期以筆名「逸民」發表的〈新年客話〉（頁25-26）一文中。該文以虛設問答的體例，呈現一番客人向主人邀稿的對話。文中客人說：「此刻在港九的新聞紙乃及一應出版品，有許多老是不許進臺灣」，又說：「政府不許這裡新聞紙和出版物進臺灣，這也有理由的。這裡的新聞紙和出版物，並不能配合上政府

的意旨，所以政府不願意臺灣人聽到這裡的言論和報導。」（頁26）顯然地，臺灣
當局對進口出版品的檢查與管制，讓《民主評論》在言論尺度上不能不有所顧忌。

在避免直接干犯當道的前提下，《民主評論》對臺灣的教育也有著墨。12
卷1期刊出署名沈煊的〈漫談國校惡性補習〉（頁25及封底）。文章前有編者按
語指出，現今臺灣教科書的內容，十之七八都是枯燥無聊，編者不是爲了適合兒
童，而是爲了適合他們高官厚祿的祖父的脾胃而編書。15卷13期轉載台北《徵信
新聞》（《中國時報》前身）一篇政治大學教授鄭震宇的投書〈參加臺灣大學畢
業典禮有感〉（頁20-21），該文批評1964年6月間舉行的台大的畢業典禮秩序混
亂、品質欠佳。教育部既不重視，校長錢思亮致詞也了無新意，相較歐美名校的
承先啓後、隆重莊嚴，相差不可道里。徐復觀在文章前面的按語中，藉機把台大
的「胡適幫」、「台獨派」痛批了一頓：

> 　　以胡適爲衣食父母的少數兩三人……他們沒有讀通過一部書，沒
> 有開好過一門課；整天以內拍外騙的方式，在校內校外，當文化界中
> 的土豪劣紳。……用戴帽子的方法，誣陷看穿了他們的把戲的人，例
> 如說某些研究中國學問的人是復古派，是義和團，以便在外國人面前
> 證明自己是最忠實的洋奴，……又豢養一兩條小瘋狗，傳授以「只咬
> 無權無勢的人」的心法，……現在有一批漢奸們，正在製造臺灣人和
> 大陸人是屬於兩個不同民族的說法，以便使臺灣再度殖民化。這種小瘋
> 狗年來便一口罵盡中國文化……這才是台大問題真正之所在。（頁20）

文中被徐復觀詈罵爲「小瘋狗」的，係指當時還是台大歷史系學生的李敖、黃富
三等人，這部分牽涉到稍早由臺灣的《文星》雜誌所挑起的「中西文化論戰」，
下文會再進一步說明。

四、與《自由中國》的亦敵亦友

（一）在擁護民主前提下的文化論辯

　　香港的《民主評論》與臺灣的《自由中國》雖都以民主為價值依歸，但對於要達到民主究竟應該批判傳統文化或發揚傳統文化的看法卻是南轅北轍，並在各自雜誌版面上多次大打筆仗。但追溯起來，這兩份均創於1949年的刊物，因為都是由早年親國民黨的人士所創辦，藉由各種師友關係牽引，供稿者有一定程度的重複，所以兩刊關係並非一開始就緊張，剛開始時，甚至是彼此互有交流的（參見下文雷震、殷海光部分）。徐復觀為《自由中國》寫稿，《自由中國》後來的班底殷海光、戴杜衡也經常為《民主評論》寫稿，不過後來兩刊歧見益趨明顯。

　　例如在對經濟問題的看法上：戴杜衡是市場派自由經濟制度的信徒，反對臺灣的國營事業與統制經濟所造成的無效率與浪費，大力鼓吹自由市場經濟，希望以經濟自由來維護政治自由。徐復觀卻有不同意見，認為現實狀況無法貫徹某一主義或理念，而理念是與現實狀況互動的結果，例如英國工黨未廢除私有財產，保守黨也無法解除所有統制的設施（徐復觀，1953a：11）。《自由中國》7卷8期（1952.10.16）刊登戴杜衡的〈從經濟平等說起〉（頁12-16），[21]剛好雷震為《自由中國》創刊三周年特刊向徐復觀邀稿，徐復觀於是針對戴文寫了〈從現實中守住人類平等自由的理想〉投到《自由中國》，對戴杜衡的主張提出反詰。由於彼此對「自由」的見解不同，雷震頗有為難，於是請也是經濟專長的瞿荊州給意見，並問過戴杜衡，戴杜衡極力主張刊登並由他再答辯，徐復觀將文章修改之後便直接登在《民主評論》上。[22]這可算是雙方溫和、克制的交鋒。

---

21. 《自由中國》的創刊較《民主評論》略晚，但因為《民主評論》是以每一年24期為一卷，《自由中國》則每半年12期集結一卷，所以卷數累積得較快。
22. 關於這一段插曲，參見徐復觀在〈從現實中守住人類平等自由的理想〉文末的「附記」（徐復觀，1953a：12）。

但到了1955年，兩刊對壘的情況已經相當明顯。1955年3月間，香港《祖國周刊》114期到116期刊登了署名「凌空」的〈介紹反共文化運動中的兩個學派〉一文，把自由中國反共陣營在思想與文化上努力的人們，分爲以《民主評論》與《自由中國》爲中心的兩個相互對抗的「學派」。徐復觀在《民主評論》6卷9期寫了〈如何復活「切中時弊的討論精神」──感謝凌空君的期待〉回應文章，他在文中指出，《民主評論》剛創刊時，在香港寫文章的重心是錢賓四、唐君毅、張丕介幾位，在台北的則主要是牟宗三、戴杜衡、殷海光。根據徐復觀的理解，兩刊明顯出現緊張，受殷海光與牟宗三交惡的影響頗大。徐復觀認爲殷海光不滿牟宗三把他當學生（徐復觀，1982g：175），並曾用化名在《自由中國》寫文章批評牟宗三在《民主評論》上一篇檢討金岳霖的文章。[23]殷海光對擁護中國傳統文化的新儒家們，筆下沒有好話，加上《自由中國》的編者往往把這類意思寫進編輯室報告，把殷海光的意見變成是刊物的意見，讓兩刊關係雪上加霜（徐復觀，1955a）。

1957年5月1日五四運動38周年前夕，《自由中國》16卷9期社論以〈重整五四精神〉（頁3-4）爲題的社論中，對「復古主義者」提出批評：

> 復古主義者在情緒上厭惡五四。他們擺出衛道的神氣來製造五四
> 的罪狀。這正符合現實權力的需要。復古主義者又想藉現實權力以行
> 其「道」。二者相遇，如魚得水，……凡屬稍有知識的人都看得明明
> 白白，時至今日而講復古，無論講得怎樣玄天玄地，根本是死路一

---

23. 徐復觀說的這篇文章，經追索原文，應是殷海光在《自由中國》6卷2期（1952.05.16）以「梅蘊理」筆名發表的〈我所認識之「真正的自由人」〉（頁10-13）一文。該文係殷海光針對牟宗三於同年1月2日在香港《自由人》雜誌刊登的〈一個真正的自由人〉一文而發，牟宗三批評自己的老師金岳霖未能識破馬克斯唯物思想，並敘述自己如何轉向康德唯心論而與金岳霖在思想上「分了家」，遭也是金岳霖學生的殷海光的批評，說他「在詞色之間，自居高人一等，彷彿在說你們這些現在大陸的學人都是錯誤的，學識修養都不如我，舉世昏昏，唯我獨醒。」（頁11）

條，……復古係生於對危亡的恐懼感和對優越事物的自卑感。……無
論怎樣拿「歷史文化」做招牌，……無論講得好像是很本乎理性的樣
子，其最根本的出發點不過是這種自我防衛的機械作用而已。

社論中雖未點名《民主評論》幾位作者，但「復古主義」的大帽子顯然是針對
唐、牟、徐幾位而來。5月20日，徐復觀用「李實」的筆名，[24]在《民主評論》8
卷10期發表〈歷史文化與自由民主──對於辱罵我們者的答覆〉（頁2-7），文
中以「文化暴徒」來形容寫這篇社論的人（即殷海光），徐復觀對該社論「歷史
文化已蒙上權威陰影」、「研究歷史文化是『復古主義』不利科學民主」、「研
究歷史文化者是反自由主義的幫兇」這三個論點一一提出反駁，並對於該社論在
五四運動38年之後仍未走出當年格局感到失望：

> 五四運動打倒中國文化的企圖，不僅站在中國人的立場為不能
> 接受，即站在科學民主的立場也不合理，……中國文化打倒以後，中
> 國成為一個野蠻民族，如何能實現科學民主？所以我們是以對中國文
> 化的批評，來代替五四時代的打倒，要通過中國文化自身的反省，使
> 科學民主在中國文化自己身上生根。……凡矯枉者每每不免過正，這
> 在五四當時喊出打倒中國文化的口號，是可以理解，是可以原諒的。
> 經過了三十八年而依然因對中國文化一無所知的人來變本加厲的喊打
> 倒，……這是無法理解，難以原諒的。（頁7）

徐復觀的這篇文章刊出後，香港《新生晚報》在5月24日登了樂貽的一篇報導，
標題是〈徐復觀砲轟《自由中國》〉。徐復觀為此還寫信給《新生晚報》的編
者，強調他只是針對寫社論的人，並非針對整個《自由中國》雜誌社（徐復觀，
1957b：196）

---

24. 「李實」就是徐復觀，參見徐復觀〈考據與義理之爭的插曲（上）〉（民主評論8
卷17期，頁6）。

　　除了殷海光槓上牟宗三，稍早張佛泉也在《自由中國》11卷2期發表〈亞洲人民反共的最終目的〉，批評新儒家這幾位是「玄天玄地」。徐復觀於是在《民主評論》5卷15期寫了〈給張佛泉先生的一封公開信——環繞著自由與人權的諸問題〉（頁2-9）一文回應，他批評張佛泉：「在思想上沒有弄通你所反對的，也沒有弄通你所贊成的，便覺得沒有一樣東西是要得的。」（頁6）有關徐復觀與張佛泉針對「自由」概念的筆戰，下文中將會再度提及。[25]

（二）對胡適的批評與推崇

　　胡適是《自由中國》名義上的創辦人，1961年11月6日，胡適在亞東區科學教育會議的開幕演講中，批評中國文化沒有多少精神成分，甚或已沒有一點生活氣力，再次強調要移植西方的科學和技術需要同時接受其精神價值與理想，並指出「東方文明缺乏靈性」。演講內容隔日經臺灣各家報紙披露。徐復觀在《民主評論》12卷24期（1961.12.20）以〈中國人的恥辱東方人的恥辱〉（頁22-23,21）重砲批評胡適身為中央研究院院長，「是中國人的恥辱，也是東方人的恥辱」：

> 　　我之所以如此說，並不是因為他不懂文學，不懂史學、不懂哲學，不懂中國的，更不懂西方的；不懂過去的，更不懂現代的。而是因為他過了七十之年，感到對人類任何學問都沾不到邊，於是由過分的自卑心理，發而為狂悖的言論，想用誣衊中國文化，東方文化的方法，以掩飾自己的無知，向西方人賣俏，因而得點殘羹冷汁，來維持早經掉到廁所裡去了的招牌；這未免太臉厚心黑了。（頁22）

---

25. 關於兩刊的交鋒，蘇瑞鏘（2011）及李淑珍（2011）也都有過一些討論。本文的處理方式是以參與辯論的作者為主、辯論的議題為輔的方式，希望能夠把多議題、多作者，多頭錯縱的論戰過程，做一較有系統的爬梳。

他痛批胡適以包小腳來囊括中國文化的偏狹，而：「在外國人面前罵盡自己民族的歷史文化，在外國人心目中，只能看作是一個自瀆行為的最下賤的中國人。」（頁23）他在文中毫不客氣的批評胡適既不能談學問，也不能談時事，只是以誣衊中國文化來掩飾他不懂中國文化，以頌讚自然科學，來掩飾他不懂西方人文科學方面的文化（同上），更狠的是還罵他：「以院士作送居留美國或已入美國國籍的學人的人情，因而運用通信投票的魔術，提拔門下士，使中央研究院變為胡氏宗祠。」（頁21）

由於這篇文章發表的時間點，正逢國民黨的文宣系統在發動對胡適的圍剿，因此被傳說是因為《民主評論》拿了國民黨的錢，所以才會對胡適開炮（徐復觀，1962a：21）。徐復觀對於這種說法大為光火，在《民主評論》13卷8期寫了〈正告造謠誣衊之徒！〉表示要對造謠者採取法律行動。為了表示自己絕不會幹出這種「拿錢辦事」的勾當，徐復觀在該文中透露，1957年6月間，他因為肝病住在台大醫院，當時的教育部長張其昀曾透過錢穆轉達，[26]要撥三千美金給《民

---

26. 由於對時局出處的不同判斷，兼及學術見解歧異，徐復觀與錢穆後來幾近於割袍斷義。1965年錢穆卸任新亞書院院長，徐復觀還在《民主評論》15卷15期寫了〈悼念新亞書院〉（頁23,12），為錢復抱不平，認為新亞書院併入中文大學之後沒有請錢穆擔任中文大學副校長是很不應該的。但他在文中也提到：「錢先生在學術上是有很多錯誤的，但絕沒有胡適馮友蘭犯的嚴重。」（頁12）他並描述：「新亞精神……其沒落的開始，可能因為環境開始好轉以後，錢先生因平生精神上受了不少委屈，至此而漸想得一報償；於是在有意無意之中，對人與事的安排，多少採取了個人的便宜主義。」（頁23），而他認為最不幸的，是曾經共患難的錢、唐、牟三人，在環境好轉後反而日漸疏遠（同上）。不過到了1978年12月16日，《華僑日報》刊登他〈良知的迷惘──錢穆先生的史學〉一文，對錢穆有很嚴屬的批評。錢穆於1967年到臺灣，1978年回香港做短期講學，受到香港各界歡迎，但徐復觀卻在當時為文指出：「他對史料，很少由分析性的關聯性的把握，以追求歷史中的因果關係，解釋歷史現象的所以然；而常作直感地、片段地、望文生義的判定，更附益以略不相干的新名詞，濟之以流暢清新的文筆，這是很容易給後學以誤導的。」（徐復觀，1984：105）更嚴重的是，錢穆的史學美化了中國專制帝王的統治，漢武帝對司馬遷的迫害，反而被他拿來加油加醋的當作武帝並非專制的證據（同上：114），十分離譜。徐復觀說：「我

主評論》，請該刊配合當時教育部有關刊物正在進行的對自由主義的攻擊（同
上），不過徐復觀反而在《民主評論》7卷21期（1957.11.05）寫了〈爲什麼要反
對自由主義？〉（頁2-5，21），大意是認爲，國民黨過去的失敗主要是因爲不
了解自由主義，沒有和自由主義者建立良好的合作關係，必須引爲前車之鑒。但
國民黨在1950年開始的黨內改造，對於自由主義與三民主義的問題，仍然沒有在
思想上做一次認眞的檢討，讓他感到十分詫異（頁2）。

　　徐復觀並不標榜自己是自由主義者，與胡適、殷海光、張佛泉等當時的自由
主義代表人物在文化主張上並不同道，但他對於自由主義的態度卻是肯定的：

> 前年有位朋友和我爭得面紅耳赤，說我已經成爲自由主義者，我
> 一方面很驚訝，一方面經他這一番指點，才知道儘管一個人不標榜自
> 由主義，甚至不甘心僅僅作一個自由主義者，但在他的人格和知識成
> 長的過程中，一定要通過自由主義。（頁2）

他批評當時的教育部長張其昀因爲所提出教育政策違憲被批評，竟動員輿論界，
不但封殺胡秋原在立法院對他的質詢，不給見報，還發動圍剿：「自由中國的政
府……假定連自由主義也在反對之列，政府還想向誰團結？」（頁4，21）他曾
經針對1957年2月7日《中央日報》上一篇題爲〈共產主義破產之後〉的社論，在
《華僑日報》發表〈悲憤的抗議〉（徐復觀，1988b）一文。《中央日報》這篇
社論稱自由主義是共產主義同路人，指責那些民主與不民主、自由與不自由、獨
裁與反獨裁的談論，是中共匪徒貼上自由主義的標籤再現於市場之上。徐復觀在
文中痛陳：

和錢先生有相同之處，都是要把歷史中好的一面發掘出來。但錢先生所發掘的是兩千
年的專制並不是專制，因而我們應當安住於歷史傳統政制之中，不必妄想什麼民主。
而我所發掘的卻是以各種方式反抗專制……志士仁人忠臣義士，在專制中所流的血與
淚。因而認爲在專制下的血河淚海，不激盪出民主自由來便永不會停止。」（同上：115）

> 你們整天的說要警戒共產黨的統戰工作，⋯⋯共產黨的統戰攻
> 勢，並沒有動搖一個真正的主張自由民主的自由主義者。而你們卻於
> 一夜之間，硬把這些自由主義者都畫到共產黨的陣營裡面去了。共產
> 黨的統戰工作所不能達到的目的，你們硬想在一夜之間為它達到，你
> 們對於自由主義者何以這樣的殘酷？（同上：306）

由此可以確定，徐復觀雖反對胡適貶抑中國傳統文化的言論，但並不反對
自由主義。雖然他認為胡適在文學、史學、哲學等各方面均無成就（徐復觀，
1962a：21），但對於他在爭取民主自由上的努力仍表示高度敬意。1962年2月24
日，胡適在中央研究院院士會議的酒會之後驟逝，當時徐復觀與胡秋原正在《文
星》上與李敖等年輕一輩針對中西文化打筆戰（詳下文），其文字中涉及批評胡
適等西化派。得知胡適逝世的消息，他立刻急電《文星》，要求把涉及批評胡適
的文章一律停刊，以致共同的哀悼（徐復觀，1962b：140），並在當天夜裡就寫
了〈一個偉大書生的悲劇——哀悼胡適之先生〉：

> 我於胡先生的學問，雖有微辭；於胡先生對文化的態度，雖有
> 責難；但一貫尊重他對民主自由的追求，⋯⋯雖然有時覺得以他的地
> 位，應當追求得更勇敢一點；但他在自由民主之前，從來沒有變過
> 節；也不像許多知識份子一樣，為了一時的目的，以枉尺直尋的方
> 法，在自由民主之前耍些手段。⋯⋯即使是以他的地位，依然有他應
> 當講，他願意講，而他卻一樣的不能講的話。依然有他應當做，他願
> 意做，而他卻一樣的不能作的事。他回到臺灣以後，表面是熱鬧，但
> 他內心的落寞，也正和每一個有良心血性的書生所感到的落寞，完全
> 沒有兩樣。（同上：141）

他於胡適在世時罵他要把中央研究院變成「胡氏宗祠」，但在他死後又推崇他是
一位「偉大的書生」，看似矛盾、分裂，對此徐復觀自己提出解釋：

我擁護他爭取自由民主，但反對他打倒中國文化。我不因為他對文化的態度不對而不哀悼他的逝世。也不因為哀悼他的逝世，而承認他對文化的態度。我平生只以問題為對象，不以人為對象。十多年來，因爭自由民主而得罪了多少老朋友，……因爭文化的是非，因為了保存中國文化的命脈，又得罪了多少胡適之先生的門下，引起多少年輕性急的人的誤解。我深深知道，這種態度，會使我完全陷於孤立！但我的良知良識，必使我如此作！我的工作，是要在中國文化中為民主自由開路；在自由民主中注入中國文化中的良心理性，使其能在中國生根（徐復觀，1962a：21）。

徐復觀從歷史的縱深，以「悲劇書生」來推崇胡適，認為他正如同中國歷代專制體制下的其他少數書生，在其所面對的艱難環境中，仍努力流傳下一些良心血性的真話，令人感動而不忍隨便加以抹煞（徐復觀，1962b：142）。[27]

他對胡適有貶有褒，不過他對毛子水等胡適追隨者便無甚客氣，胡適去世後，長期擔任他秘書的毛子水在《文星》發表〈胡適之先生哀詞〉，痛批罵胡適的人，多半是「沒有好的中國文化的人」（毛子水，1962：4）。徐復觀在《民

---

27. 黎漢基曾經分析徐復觀對胡適這位學界前輩愛恨交織的情結。他指出：「二人份屬同行，專業都是中國古代思想史，所以徐復觀一旦發表了有什麼足以附和胡適舊作的文章，都會特意寄上，以求得到這位學界前輩的回應。……1960年旅日期間，因為知道胡適有收藏火柴盒之嗜好，還不忘代為留意蒐集。」（黎漢基，2013：90-91）雖然學術觀點差別很大，但徐復觀之所以還是與胡適刻意結交，原因不外乎：「胡適是中央研究院院長，德高望重，……徐復觀雖然在東海大學權柄甚大，卻不見重於主流派，內心不免隱然若有所失。所以，他雖然不欣賞胡適的文化思想，更不滿胡適回台後學風惡劣的各種現象，但內心依然渴望得到對方的肯定。」（同上：90）除了這種「邊陲」渴望被「中心」接納的潛在心態，徐復觀對胡適始終堅持自由主義立場，則是衷心推崇，他雖然在文化觀點上好幾次發動批胡，但：「在爭取民主自由之崎嶇道路上，徐復觀真心地覺得胡適是同路人，並且承認『胡適思想』在某種程度上可以代表民主自由。」（同上：76）

主評論》13卷6期（1962.03.20）以〈簡答毛子水先生〉（封底）短文還擊，詈罵他是「封建餘孽」：

> 毛先生覺得胡先生是聖賢而不應被人罵，便也應當能想到胡先生以外的許多聖賢，更不應該毫無理由的去罵！……「道理是平等的」，同樣的道理，隨身分地位之不同，而評判的尺度亦異，這是「官大好吟詩」的現象，這真正是「意識地封建餘孽」。我想不到在主張西化的胡先生門下，還有這種餘孽！（封底）

徐復觀與毛子水的筆墨官司不只一樁。有關於徐復觀與毛子水間的一連串筆戰，將在下文中再做說明。

（三）與雷震的友誼

雖由胡適掛名發行人，但《自由中國》實際上的負責人是雷震。徐復觀跟雷震都曾為蔣介石所用，兩個人於抗戰期間在重慶便已認識，但因為當時徐復觀對雷震負責聯繫的「黨外人士」沒有好感，所以連帶地也不喜歡雷震。到臺灣之後，徐復觀體悟唯有民主才能挽救國民黨，政治觀點與雷震開始取得一致。後來兩個人分別在香港、臺灣都辦刊物，也都接受國民黨政府的金援，教育部長杭立武因此曾經兩度邀集他們倆人，以及辦《反攻》雜誌的臧啓芳交換意見，從此徐、雷便交往不輟（徐復觀，1982f：213-214）。

政治上雖都認同民主，但兩人在文化上的觀點差距卻很大，也反映在所辦刊物的內容上。《自由中國》走的是五四運動以降西化派的路線，而《民主評論》則是「新儒家」一派的發源重鎮，力倡發揚傳統文化中的「道德人文精神」，來做為民主政治的內涵，因此兩刊經常出現言論針鋒相對的狀況。不但雙方主將殷海光與牟宗三、唐君毅觀點南轅北轍，徐復觀亦經常提筆上陣討伐胡適、殷海光、毛子水，兩刊筆戰也導致徐復觀與原本頗有私交的殷海光的友誼一度破裂

（詳下文），但雷震跟徐復觀卻始終保持來往。1954年「中美共同防禦條約」簽訂時，徐復觀曾經寫信提醒雷震，國民黨政權在重獲安全感之後，很可能會故態復萌，再興文字獄，不料一語成讖（同上：214-215）。

　　雖然兩刊關係緊張，但因為與雷震的私交，徐復觀仍偶爾為《自由中國》撰稿，例如前述「祝壽專號」中的文章。[28]徐、雷兩人都是性急、耿直的個性，也都因為敢言而不為當道所喜，有一次兩人同乘三輪車，徐對雷說：「我和你坐三輪車，會多惹是非，真倒霉。」雷則回敬：「笑話，我才倒霉。有人會報告我又和不安分的徐某人在一起。」說完兩人一起哈哈大笑起來（同上：217），真有惺惺相惜的味道。對於《自由中國》的言論逐漸激越，徐復觀曾勸雷震：「政治問題是急不來的，我覺得你有些燥急了。」雷震回以：「你比我小一大節，[29]可以不急，我已這大年歲，不急不行。」（同上）

　　但不像雷震在辦雜誌之外，更積極參與現實政治，終至牢獄之災。1952年之後開始以教書為業的徐復觀，在態度上要謹慎許多。在參與外省與本省政治菁英聯手籌組新黨的活動之前，雷震便曾策畫邀集民、青兩黨及相投的國民黨人，由在美國的張君勱與胡適領銜，合作組新政黨。當時新黨運動尚無本省菁英參與，徐復觀也經常出現在雷震家的討論組黨聚會中，此事後來由於胡適的婉辭而告吹。1960年9月1日，徐復觀從日本渡假回台，雷震馬上親自到台北《民主評論》分社邀請他參加新黨的組黨聚會，這時本省籍人士已經參加進來，大家在成舍我家中開會，雷震開玩笑地說：「（反對黨）只欠一個領導人。胡博士不幹，歡迎

---

28. 除了徐復觀的文章外，該專號的文章還包括：社論〈壽總統蔣公〉，呼籲選拔繼任人才、確立責任內閣、軍隊國家化之；胡適的〈述艾森豪總統的兩個故事給蔣總統祝壽〉、夏道平的〈請從今天起有效地保障言論自由〉、陳啟天的〈改革政治、團結人心〉、陶百川的〈貫徹法治壽世慰親〉、劉博崑的〈清議與干戈〉、蔣勻田的〈忠誠的反應〉等，所碰觸的議題包括：強人專制將不利民主，政治接班、言論自由、軍隊國家化、扶植反對黨等等，無一不是當時極為敏感的議題。

29. 雷震出生於1897年，比徐復觀大七歲。

徐先生來幹吧。」徐復觀表示贊成組新黨，但自己不會參加。第二天，消息靈通的國民黨中央黨部祕書長唐乃建（縱）一早把他找去問，他表示自己不會參加，但不贊成國民黨要對組新黨採取行動。9月4日雷震案就爆發，徐復觀對國府的舉動相當憤怒，曾在一位青年訪客的面前痛罵此事（同上：215-216）。

徐復觀佩服雷震勇於挑戰現實的勇氣：「他不肯像我一樣，在現實走到盡頭時，便逃進古代各種各樣的思想領域中去，這正是我比他渺小得太多的地方。」（同上：218）徐復觀推崇雷震人格的崇高在胡適之上（同上：217），認為他是一位「死而後已的民主鬥士」（同上：213）。

（四）與殷海光的愛恨情仇

徐復觀與殷海光間的筆墨交鋒，彷彿武林高手，只有在兩人對決時，才能激發彼此最大的潛力與力量。徐復觀就曾把自己與殷海光的關係比喻為莊周與他的最重要論敵惠施（徐復觀，1982g：169）。

徐、殷兩人早年（1944）相識於重慶，殷海光並透過徐復觀與牟宗三結識、交好，甚至在牟宗三的協助下進入金陵大學任教。1949年徐復觀辦《民主評論》，在台北長安西路的日式小房子設立臺灣分社，該處成為牟宗三在臺灣的落腳處，而殷海光作為該刊最早的基本供稿者之一，經常進出分社，與徐、牟相處融洽。不過因為殷海光崇尚邏輯實證論，與徐、牟學問路數不同、立論有別，在《自由中國》創刊後，[30]便逐漸與《民主評論》諸君疏遠，改與張佛泉、徐道麟等《自由中國》諸君親近。[31]

1962年，在由《文星》雜誌挑起的「中西文化論戰」中（下文有進一步討

---

30. 《自由中國》正式創刊於1949年11月，比《民主評論》晚了五個月。

31. 蘇瑞鏘認為：《民主評論》與《自由中國》在哲學與文化立場上原本就差異很大。但在1949年創刊之初，面對中共政權的威脅，此立場差異只是「次要矛盾」。但到了1950年代中期以後，來自中共威脅降低，此種「次要矛盾」遂轉為「主要矛盾」，再加上主將間的一些私人恩怨，關係才會逐漸惡化（蘇瑞鏘，2011）。

論），徐復觀與殷海光明顯站在對立的陣營。根據徐復觀的說法，事實上他與殷私下頗爲相惜，本可有機會盡釋前嫌，但因爲彼此所站陣營的朋友們持續筆戰，甚至對簿公堂，迫使兩人只好持續「斷交狀態」（同上：177）。一直到1969年殷海光去世前半年，兩人才恢復交往。徐復觀很重視殷海光死前重估中國文化價值的的思想轉向，他提到殷海光曾在病榻上對他說：「我希望還活五年，完成對中國文化的心願。」（徐復觀，1982h：161）。這對在文化論題上的敵人，卻是心靈上的朋友。他對殷海光的複雜心境，一方面在文字上與他進行過好幾次的激烈對罵，甚至罵殷海光是「文化暴徒」。但當他聽到殷海光的死訊時，卻又「繞室徬徨的自言自語：『今後的生活更寂寞了，再沒有一個可以談天的人了。』」（徐復觀，1982g：168-169）

　　殷海光罹癌後與徐復觀有過幾次交心的對話。徐復觀回憶，殷海光在對話中檢討過去由《文星》所發動的論戰，使剩下本已無多的知識分子兩敗俱傷，並使知識分子忙於論戰，卻反而忽略了對政治社會應有的言責，「這一次眞是最大的愚蠢」（同上：178）。徐復觀完全同意殷海光的這一番話，也自我反省：「持久的罵戰，已經把大家的經歷和對社會的影響力都抵銷了」再加上後來彼此又打起官司來，如何期待這批忙著筆戰、司法戰的知識份子能對政治的發揮影響力（同上）！

五、幾個筆戰

（一）與張佛泉辯論自由

　　在前文關於《民主評論》與《自由中國》的緊張關係部分，曾經提到張佛泉與徐復觀的辯論。1953年期間，張佛泉還在爲《民主評論》寫稿，其〈自由觀念之演變〉（頁3-8，26）仍刊登在《民主評論》4卷12期（1953.06.20），但與該刊的歧見已經開始產生。檯面上的衝突爆發於張佛泉在《自由中國》11卷2期（1954.07.16）的〈亞洲人民反共的最終目的〉（頁5-7）一文發表後，他在文中

不滿新儒家一派對自由的談法：

> 只要提及「自由」時，我們東方人第一個聯想，便是玄天玄地
> 的問題，並堅決拒絕將它看作日常生活的方法。作者去年曾初步介紹
> 英美人幾百年來所講自由之確鑿意義。我的話尚未得說完，便已經有
> 人開始向我辯論道德自由的問題，並抗議我將自由「退讓」到政治範
> 圍……這種爭論之起，乃由於很簡單的道理，這祇是由於對西方自由制
> 度太陌生，而東方的義理（ideology）卻牢結而不可破。（頁5）

徐復觀根據他之前與張佛泉的幾次辯論，「對號入座」的認為張佛泉所批評的
正是「我及我的有關朋友」，[32]因此回文反擊。他在〈給張佛泉先生的一封公開
信——環繞著自由與人權的諸問題〉中，頗為痛心地對張佛泉說：

> 你縱然影射著汙衊我們「堅決拒絕將它（自由）做日常生活的方
> 法」；可是我們在日常生活中之一的求知生活中，總覺得如有不同的
> 意見，可以做堂堂正正的辯論；而這種辯論只是對於某人的意見之一

---

32. 根據徐復觀在〈給張佛泉先生的一封公開信——環繞著自由與人權的諸問題〉一
文中的說法，他在看過張佛泉發表於《自由中國》8卷10期（1953.05.16），的〈自由
之確鑿意義〉（頁10-16）一文後，與張佛泉當面有過一次辯論，然後又進行了通信
討論。徐復觀並將這些通信內容用四個人的名字（雷震、張佛泉再加上殷海光與他自
己）以〈自由的討論〉（頁15-18）為題發表在《民主評論》5卷6期（1954.03.20），
然後兩個人見面又抬了一次槓，徐復觀說他本來想要寫一篇社論，談「凡是反歷史文
化的必是極權主義」，向「少數常用放冷箭、戴帽子的方法罵談中國歷史文化的人」
請教，不過後來沒有寫。接下來張佛泉的「亞洲」一文發表，徐復觀「對號入座」
（徐復觀，1954a：2）開始一場論戰。關於〈自由的討論〉一文，還可以再做一點補
充說明：該文的直接起因，是徐復觀看到《自由中國》10卷3期（1954.02.01）的社論
〈自由日談真自由〉（頁2-3），以為此文是張佛泉寫的，他寫信給雷震，反對該社
論中「自由之外，再無人權；人權之外，再無自由」的說法。但後來才知道，這篇社
論其實是殷海光寫的，而雷震給他的回信其實也是殷海光寫的。

部分的同意不同意，而不應牽涉到對某人本身的仇恨嫉視。所以「自由中國」首先發表批判錢賓四牟宗三兩位先生的文章時，我們只從文章的內容去論是非，從未因此而覺得和「自由中國」的先生們有嫌隙。同時，我曾經批判過胡適之先生，……我根本想不到對胡先生一部分的批評，而會和某些人結下冤仇。（徐復觀，1954a：2）

兩人論點的歧異之處，簡單的說，張佛泉認為用心性那些中國的老東西談不出近代意義的自由民主，政治上的自由要從制度的改良著手，空談心性無用，逃避入個人道德世界，反而會阻礙這些問題在社會面向上的展開。徐復觀則一向反對一桿子打翻傳統文化價值的談法，他也同意道德的自由不能代替政治的人權自由，但追求政治自由也不能不談道德層面的問題，因為人的自由選擇本來就會牽涉道德。

從他與張佛泉這場代表《民主評論》與《自由中國》公開決裂的辯論中可以看出，要不要拋開中國文化傳統這個「舊包袱」，成為兩派陣營主要的分歧起點，至於徐復觀每每在刊物上奮力迴護的新儒家一派，在當時的時空之下，是否真的成為「極權主義建設之小工」（殷海光，1954：13），而在當代文化與社會進程上全無積極貢獻，則有待進一步的歷史評價。

（二）與毛子水論考據與義理

他對毛子水的批評最早見諸於《民主評論》8卷1期上用筆名「李實」所發表的〈兩篇難懂的文章〉（頁3-9，15）。毛子水登在《中央日報》「學人」副刊第10期的〈論考據和義理〉一文中，批評宋明理學「簡直不知道自己在做什麼」，徐復觀則在〈兩篇難懂的文章〉中反批：「真不知道毛先生在說些什麼？」（頁8）毛子水認為宋明理學不是用現代科學方法得來，所以沒有價值。徐復觀則反詰，科學知識能解決「是什麼」的問題，義理之學則是要處理「應當如何」，並舉出大科學家愛因斯坦類似的談話為證明（頁9，15）。針對此文，毛子水又寫〈再論考據和義理〉（《中央日報》「學人」24期），徐復觀於《民

主評論》8卷8期再以「李實」筆名發表〈答毛子水先生「再論考據和義理」〉
（頁9-15），繼續火氣旺盛、分條列點的反駁毛子水，最後又舉出毛子水一向佩
服傅斯年，傅斯年當台大校長時指定《孟子》與《史記》爲台大學生共同國文教
材，而《孟子》的重點就是在講義理（頁15）。

從他後來繼續在《民主評論》發表的〈考據與義理之爭的插曲（上）
（下）〉（8卷17期，頁6-10；8卷18期，頁9-12）中得知，毛子水的〈論考據和
義理〉是針對徐復觀之前所提出來的，對大學中文系教學方針的建議而來。徐復
觀認爲中文系不能只注重語文訓練，而忽視思想上的培養，此一主張引發了接
下來一連串的論戰。1957年8月6日，「學人」刊出張春樹的〈論考據與義理之
爭〉，張文雖宣稱是要調停爭論，但明顯是爲毛子水的立場辯護。徐復觀一氣之
下，終於決定用本名發表了「插曲」一文，點出毛子水勢力範圍的「學人」，不
但把韋政通不同意見的回應文章退稿，並暗指「學人」刻意羅織《民主評論》不
刊登張春樹文章的惡名。又在8卷22期、23期追加陳拱的〈論考據與義理的關係
以及義理之驗證——評張春樹先生「論考據與義理之爭」〉（上）（下），從實
踐理性與理論理性來談義理是本、考據是末。

這場考據與義理之辯足足進行了將近九個月之後，《民主評論》8卷24期刊
出萬先法的〈考據、義理與學術精神〉（頁11-17），文中認同熊十力在《讀經
示要》中的觀察：「後生遊海外者，以短少之目力，與不由深造自得之膚淺知
見，又當本國政治與社會衰敝，而情有所激，乃妄爲一切破壞之主張。……自
五四運動以來，學者盛言科學方法，皆謂治經亦非科學方法不可，余於此說，
固不完全反對，如關於訓詁名物度數之考覈，何得不用科學方法，但治經而果止於
此，則經義畢竟不可得。」（頁17）算是爲《民主評論》在此一論辯上暫畫句點。

（三）陳含光獎金事件

除了親自跟人筆戰，徐復觀也提供《民主評論》篇幅，給其他在臺灣發生的
社會議題進行論戰。1957年著名的書畫家兼舊體詩詩人陳含光獲教育部文學類文

藝獎金兩萬元，引來同樣想要爭取該獎金的師大國文系教授李辰冬，在《筆匯》創刊號〈評陳含光詩——兼質中華文藝獎金審查委員會〉一文中，說他「遺老自居」、「仇視民國」、「反抗革命」。《民主評論》8卷9期刊登馬抱甫〈論陳含光先生的詩文與文藝獎金〉（頁8-10），反駁李辰冬的說法，並對陳含光在舊詩上的成就表示極度肯定。當時此一爭論在臺灣已經進行了一段時間，徐復觀在文前編者按語中指出，過去也有人用「前清遺老」攻擊王國維，並欲藉此否定王國維在學術上的成就，如同李辰冬用政治口號來清算陳含光，他非常不恥這種作法（頁8）。

8卷12期又登程滄波的〈有感於陳含光先生詩案〉（頁5-6），程文強調，一位國民黨黨人不應該攻擊陳含光或與他類似的人，並暗諷李辰冬跟寫〈清儒得失論〉的劉光漢一樣苛薄，而劉的下場是相當不好的。陳含光在李辰冬的文章刊出的當天（1957年3月16日）去世，8卷15期《民主評論》刊登陳含光之子，台大哲學系教授陳康的〈對李辰冬提十四項質疑〉（頁5-10），針對李辰冬在第五期《筆匯》〈再評陳含光的詩〉一文中，指陳含光曾參與張勳復辟的勸進以及其他的種種批評提出反駁。

李辰冬對於來自《民主評論》的反擊未正面回應，改為側面出拳，在《筆匯》13期刊出〈評詩的原理的翻譯問題〉，攻擊徐復觀在1956年由學生書局出版的，對荻原朔太郎《詩的原理》之翻譯的譯文品質，列出「誤譯」十條、「行文不妥」六十條。於是徐復觀又在《民主評論》8卷19期發表〈關於「詩的原理」的翻譯問題——給李辰冬先生的一封公開信〉（頁6-8，15），文中批評李辰冬所做的苛細挑錯，有許多十分可笑，顯示其閱讀能力「趕不上大一大二的學生」。徐復觀並在文中反過來批評李辰冬在《文學與生活》一書中，對詩的見解大錯：

> 即如西方，因係概念性的文化，理想性特強。但必須把理想融入於感情之中，才可成為詩人。……而李君所謂理想，只從革命八股轉

來，全無是處。文學家把自己的感情生活，或觀想的世界，通過技巧表達出來，這就是實踐。而李君卻要求行為上的實踐，則『陶潛詩喜說荊軻』，便非去當刺客不可。……世界上還有這樣幼稚的文學批評家嗎？（頁6）

陳含光獎金事件的爭論，顯示《民主評論》雖然在當時高度政治管制的言論環境之下，不得不有趨吉避凶的種種考慮，但與臺灣社會並不缺乏互動，而此種連結，在1962年所發生的「中西文化論戰」也充分表現。

（四）《民主評論》與中西文化論戰[33]

觸動這場「中西文化論戰」的「引信」，是胡適1961年11月6日在亞東科教會議上的一篇演說。在前面關於胡適的章節中，已經引述過徐復觀在《民主評論》12卷24期中對胡適此演講內容的嚴厲批評，對於徐復觀的批評胡適並沒有回應。1962年1月，李敖在《文星》第51期（1962.01.01）發表〈播種者胡適〉（頁3-7），大體而言，他認為胡適的歷史定位是「但開風氣不為師」，對胡適的學術地位評價不高：「說他叛道離經則可，說他洪水猛獸則未必。甚至在某幾點上，我們還嫌他太保守、太舊式，想不到這些平淡無奇的起碼言論居然還不為人容，這真是中國社會的大悲哀！」（頁7）暗諷視胡適言論為洪水猛獸如徐復觀者，算是對他的側面攻擊。對徐復觀正面的攻擊，則來自同一期《文星》所刊載居浩然的〈恭賀新禧〉（頁7-8）一文，文中指出：「因為中國人自以為有精神文明，而且是足以與近代科學抗衡的精神文明，所以一百門功課都可以請留學生教，哲學則必須由國學權威教。再進一步，哲學也給留學生搶去了，中國哲學仍舊留在中國文學系裡由新儒家教。……譬如有一位中國文學系教授說：『國文』

---

33. 關於這場「中西文化論戰」更進一步的探討，可參見〈《文星》與1962年的「中西文化論戰」〉（邱家宜，2015a），此處僅就《民主評論》與徐復觀被牽涉在內的部分略作介紹。

就是『中國文學』的簡稱，這位教授有一絲一毫邏輯頭腦嗎？……這位中國文學教授的無知已有定論」明顯的對徐復觀進行人身攻擊（居浩然，1962a：8）。

1962年2月1日，《文星》第52期李敖以〈給談中西文化的人看看病〉（頁9-17），文中指名批評了中國三百年來的四十幾位知名人物，徐復觀不但榜上有名，李敖在連篇罵詞中還對徐復觀頗為「另眼相待」，說他：「已飛奔道統的寶座，趕過熊十力，推開錢賓四，哄走牟宗三，自己不沐而冠起來了！」（頁13）同一期中又由黃富三「單挑」徐復觀，寫了〈與徐復觀先生論中西文化〉（頁33-34），徐復觀原以為「黃富三」是文星編者的化名（徐復觀，1982g：176），於是在《文星》第53期（1962.03）上很慎重地回復了一篇長文〈過分廉價的中西文化問題——答黃富三先生〉（頁49-55）。黃富三在批徐的文中強調，「復古並不等於愛國，愛國也不等於復古。」並建議徐復觀，與其故意挑起筆戰，何不「節省時間多讀幾本書呢？」（頁34）徐復觀則在回應的文章中指出，自己以遲暮之年趕做學術研究，非不得已不花時間寫批判性文章。即使在1962年4月間，以《中央日報》為首的臺灣各報刊，對他發動了一次圍攻，他不曾答覆；對居浩然在《文星》上罵他的文章他也不曾回覆，只有在胡適公開批評東方文明沒有靈性時，他才不得不起而反駁（頁55）。徐復觀的這段話間接描述了當時的臺灣社會中，一方面在當權者對報刊嚴格控制下，新聞媒體常被動員來為政治服務，用來打擊、掃除異己；另方面在野刊物間彼此也有矛盾。

除了詞鋒交戰，徐復觀在這場「中西文化論戰」中，還與李敖打起真正的官司。前文曾提到，《民主評論》15卷13期轉載了政治大學教授鄭震宇批評台大畢業典禮的一篇投書，徐復觀在按語中以「小瘋狗」來指稱「胡適幫」中的青年一輩，李敖於是「對號入座」，對徐復觀提起誹謗告訴，徐復觀後來獲判無罪，但兩人對簿公堂，一度鬧得沸沸揚揚。

從寫文章到打官司，除了曾持續與因雷震案嘎然而止的《自由中國》諸君辯論文化與自由等議題，接下來又與《文星》後輩們繼續筆戰，做為傳統中國文化的捍衛者，徐復觀常常仗筆深入敵營，成為島內各主要論戰的重要當事人。

六、與臺灣本土菁英的互動

（一）莊垂勝

　　徐復觀與臺灣本地菁英的交往雖不像同時期的雷震那樣深廣，但他與幾位臺灣朋友的深摯情誼，也頗值得一番記敘。曾經留學日本，對日文掌握能力足以翻譯學術性文章的徐復觀，[34]與經歷日本殖民的臺灣本地知識份子曾經發展出相當深刻的友誼。其中又以與莊垂勝（1897-1962）與葉榮鐘（1900-1978）兩位先生的感情最好。

　　徐復觀在1949年5月從中國大陸來到臺灣的台中，透過在南京時認識的蔡培火結交了莊垂勝。[35]他在《民主評論》13卷24期爲莊垂勝寫的悼念文章〈一個偉大地中國地臺灣人之死──悼念莊垂勝先生〉中，對莊的品格與智慧評價極高，並提到與他之間一種在精神上溝通無礙的友誼境界：

> 　　我在民國三十五年，已決心離開現實政治。但各種牽連，不易實現。到臺灣後，正是實現此種決心的機會。在開始兩三年中，許多朋友還以爲我是在等價錢、發牢騷。但我和莊先生談到這一點時，他即報以會心的微笑。他對自己的遭遇沒有一點不平的流露，也從來沒有半句勸我在現實政治中再去重作馮婦。這種相忘物外的交往，是人與人之間精神的大解放。」（徐復觀，1982d：144-145）

---

34. 徐復觀翻譯的日文作品有荻原朔太郎的《詩的原理》、中村元的《中國人的思維方法》（曹永洋，1984：435），由於早年曾赴日求學，日文成爲他吸收西方思想的主要工具（徐復觀，1982d：145）。

35. 莊垂勝出身鹿港書香世家，在日治時期留學日本，畢業於明治大學政治經濟科，曾是「臺灣文化協會」活躍分子，並創立台中「中央書局」，爲文協在臺灣中部重要據點。戰後出任臺灣省立臺中圖書館（即今之國立台中圖書館）首任館長。二二八事件爆發，他被推舉爲時局處理委員會主任委員，之後經歷審訊、關押，雖得以全身而退，但從此不再過問公共事務。

由於這份交情，徐復觀的著作在早期多由莊垂勝所經營的中央書局出版。莊垂勝曾對徐復觀描述剛光復時臺灣知識分子的心境：

> 我們在日治時代，唱平劇，結詩社，寫毛筆字，做一兩件長袍之類；……表現這才是我們本來的面目。……及他們戰事失利，對我們疑慮日深，大家只好暫時收斂一下，……等到日本投降，大家不約而同的心花怒放，以為平日積壓在心理，書櫃裡，衣箱裡的故國衣冠文物，現在才算出了頭，……那裡知道政府大員來台後，有形無形地告訴我們，所謂中國歷史文化，……早經落伍。今日我們的成就和努力的方向是現代化；……假使所要的只是現代化，則在我們心目中，日本人究竟比祖國的某些先生們高明多了。……日本人要我們忘記中國的文化，內心裡認為中國文化對我們是有價值的。而我們祖國的先生們，希望我們忘記中國文化，公開地是認為中國文化對我們是沒有價值的。（同上：146）

一個是在一心期盼的祖國降臨之後，卻在政治與文化上被徹底邊陲化的臺灣知識分子；一個是在西化浪潮中，堅持逆流游泳的傳統文化捍衛者，兩人在台中相識、相知，真可以算是患難中的知己了。

（二）葉榮鐘

徐復觀認識葉榮鐘是透過莊垂勝。葉榮鐘是在臺灣戰後急遽發生的語境轉換過程中，少數能使用白話中文流暢表達的臺灣知識分子之一。他曾在《民主評論上》發表〈一段暴風雨時期的生活記錄〉（15卷2期、15卷3期），以及〈臺灣省光復前後的回憶〉（從15卷23期連載到16卷3期）兩篇長文，徐復觀稱讚他雖然過去是用日文寫作，但轉用中文後，能不夾雜「日文臭」，簡樸而綿密，平淡卻生動，是高雅而大方的散文（徐復觀，1982i：208-209）。他推崇葉榮鐘不願意像有些臺灣人那樣努力想「鑽進」日本人扶植的汪精衛政府，還寫了：「張王李

趙盡殊榮，京國人人識姓名。解得人間羞恥事，寧從窮巷了殘生」的詩句以明志
（同上：206）。

　　因為與莊垂勝、葉榮鐘的交往，徐復觀了解到，日治時期在臺灣從事民族
運動的人士，在戰後卻都歸於落寞，而國府遷台後，在政經兩界飛黃騰達的，
「另是一班英雄豪傑」（同上：207）。但即使在落寞中，葉榮鐘還是刻苦完成
了《臺灣民族運動史》。此書係由蔡培火、陳逢源、林柏壽、吳三連、加上葉榮
鐘共同列名作者，書的序言中說明初稿是由葉榮鐘寫的，不過徐復觀了解內情，
知道雖然其他四人有提供協助，但此書從頭到尾都是葉榮鐘負責完成，而所謂的
「初稿」就是「定稿」（同上：207）。

　　讀他的悼念文章可以發現，徐復觀對葉榮鐘的追悼，有很大的一部分是放
在推崇葉榮鐘的中華民族意識與民族情感上。在他看來，被日本殖民五十年的臺
灣，受日本教育的臺灣知識份子，對故國文化尚且懷有如此深刻的繫念，和那些
「跑到臺灣來高唱東方文化沒有靈性的先生們」（同上：208）相比，相差真是
太遠。

（三）陳映真

　　除了與跨越日治與戰後國府統治的莊、葉兩人結交。在較他年輕一輩的文
化人中，徐復觀對陳映真可謂情有獨鍾（徐復觀，1984a）。這部分與《民主評
論》的內容沒有直接關聯，但頗可以看出徐復觀不像雷震那樣，早已經看出臺灣
在政治上遲早必須走自己的路，或者即使已經看出來，站在民族大義的立場，心
中仍然充滿故國之思，因此與晚他一輩的陳映真產生了惺惺相惜的呼應。

　　他雖然很晚才接觸到陳映真的作品，卻一下子就「驚為天人」，對陳映真
的小說造詣讚嘆不已。他很認同陳映真對現代主義及當時的現代詩所呈現出的
極端自我主義的批評，說他「幾句話，把『現代詩』的神龕一下便鑿穿」（同
上：8）。徐復觀讚美陳映真在他的小說〈唐倩的喜劇〉中：「把風行一時的存
在主義、邏輯實證論，在形象化的過程中，也用簡淨的筆墨，作了一針見血地批

評。」（同上）除了陳映眞的文學理論讓徐復觀覺得「深得我心」，他對陳映眞的寫作技巧也推崇備至，認爲他驅遣了許多「社會層的活語言」，使其與「文化層的語言」取得了諧和，是難得的成就。他指出「文化層的語言」多少是從社會層的活語言浮游了上去，成爲較爲穩定，但也較爲凝固的語言。一般人寫東西用的都是這種「文化層的語言」，連魯迅的小說基本上也都是在這個語言層次上，只是較爲洗鍊。但陳映眞卻較那些三十年代的作家，使用了更多社會現實生活中帶有各種特性或個性的語言，從社會層的活語言養分中，創造出新的文學語言（同上：9）。

　　他認爲陳映眞藉著小說〈第一件差事〉中一位小學體育老師的口中，說出了對1949年之後離開中國大陸流亡的中國人的最深刻的反省，這位體育老師說：「倘若人能像一棵樹那樣，就好了。……往下紮根，往上抽芽。……有誰會比一棵樹快樂呢？……我們就像被剪除的樹枝，躺在地上。或者由於體內的水分未乾，或者因爲露水的緣故，也許還會若無其事地怒張著枝葉罷。然而北風一吹，太陽一照，終於都要枯萎的。」（同上：11）徐復觀認爲，這種「失根的痛苦」，在當時不但臺灣的現代派作家們沒有這樣的反省，中國大陸許多在毛澤東文化大革命中經歷九死一生的作家也沒能反省到、說出來。卻讓一位出生在臺灣的年輕作家反省到，並清楚的說了出來（同上）。

七、無慚尺布裹頭歸：流亡中的歸依

　　本文試圖藉由其一手創立的《民主評論》半月刊在十七年間所呈現的大致內容，從戰後臺灣報業史的角度，來考察徐復觀這位迂迴於學術與政治之間的中國近代知識份子的言論出處。一方面描述刊物內容梗概，希望能提綱挈領的呈現這本在香港發行，卻主要行銷於臺灣的刊物的大致屬性及樣貌，以及其在當時輿論環境中的角色與影響力；並藉此進一步掌握此一刊物的靈魂人物──徐復觀，在1949年之後，如何以文化認同上的奮戰，來面對自己在實質生活上的流亡狀態。對徐復觀來說，客居香港是實質的流亡。1952年遷居臺灣之後，雖然生活相對安

定，但其內心深處還是如陳映真小說中所描述的，彷彿從大樹上被剪除的樹枝一般，充滿失根的痛苦。面對這種痛苦，他轉而從對傳統思想文化的鑽研中獲得力量與立足點，與新儒家盟友們以寸土必爭的心情，從香港力抗當時在臺灣占據相當發言位置的五四西化派們揚棄國故的主張。

本文花了不少篇幅討論《自由中國》與《民主評論》之間，種種錯綜複雜的往來互動與愛恨情仇。宏觀的來看，這兩個刊物在創辦之初，都得到蔣介石的認可與實質財務支持，雖然到後來都演變為「拿了國民黨的錢，來罵國民黨」（徐復觀，1966：22），但在當時一黨獨裁、一家天下的政治局面下，說這兩份刊物某種程度是因為負責人有「前蔣氏近臣」的背景，以至於剛開始時在當時的臺灣獲得了某種存在的默許，應該是符合實情的描述。但主持兩刊的畢竟都是有理想的知識份子，對於當道的不滿遲早會爆發，不過原本或許應該可以透過聯手出擊，表現得更為有力的，對於現實政治之反民主自由的批判，卻因兩份刊物在文化立場上的嚴重分歧，引發長期激烈的辯論，而多少被相對弱化了。

從徐復觀所發表的相關文字中可以發現，雖然他還是相信自己曾經追隨過的蔣介石，不是沒有他所深切期待的「建立以勤勞大眾為主體的民主政黨」的理想，但對於蔣氏因性格過於剛愎自用，加以用人失察，導致後來逐漸走向獨裁專制，徐復觀感到相當痛心與失望。他的困境在於，他在保衛中國傳統文化上的盟友，未必與他一樣信仰自由民主的價值；而與他一樣信仰自由民主價值的朋友，卻又經常詆毀傳統中國文化而讓他痛心疾首。他跟主張自由主義的朋友們共求民主，但卻在文化問題上與他們辯論不休。然而正如同殷海光晚年所說，而徐復觀也非常同意的，這些論戰大大抵銷了當時為數不多的，有興論戰鬥力的知識份子的精力，事後反省起來，真是「最大的愚蠢」。從這個角度觀察，不難發現，蔣氏對這兩份刊物起初的眷顧與投資，似乎也因此得到了某種「回報」。回顧這段歷史，翻閱這些長篇累牘、鏗鏘有聲、虎虎生風的思想文化辯論文字之餘，讓人不免感到一種歷史的諷刺。

《自由中國》因在言論自由與臺灣民主化上的衝撞得罪當道而壯烈犧牲，

負責人雷震繫獄，但卻也因此成為1975年之後，伴隨臺灣政治民主化運動而起的「黨外雜誌」的重要先行者。而從前文論述中可以發現，相形之下，徐復觀為了《民主評論》能不被查禁，以及自己不至於成為「雷儆寰第二」，當年確實在言論上進行了某種程度的自我限縮。相較於雷震已清楚的了解「反攻無望」，在臺灣的外省族群終究必須立足臺灣，因此積極結交臺灣本土精英，希望共同組織政黨，在現實政治上去落實民主的理想；徐復觀則推崇陳映眞的「失根大樹」文學隱喻，結交緬懷故國衣冠的莊垂勝，以及曾受日本教育卻白話中文流暢的葉榮鐘，中國中心的思考與情懷依然非常清楚。

　　相較於雷震積極面對外省族群終需長居臺灣的事實，開始在民主政治的開創上尋求新的可能；徐復觀卻選擇從現實政治中退卻，轉而與「新亞」諸君共同思考如何以思想文化的論述，來拯救中國社會道德與人心的墮落。雷震努力嘗試在現實政治環境中奮鬥，傾畢生餘力，試圖立基於臺灣的族群共治與政治現實中，在「中國國民黨」之外，開創一個「中國民主黨」，或「中華臺灣民主國」的新局面。[36]徐復觀選擇的，則是試圖從中國傳統文化中找尋與自由民主價值能夠接軌之處，希望「發掘以各種方式反抗專制的志士仁人、忠臣義士們在專制中所流的血與淚，並指出在專制下的血河淚海，不激盪出民主自由來便永不會停止」（參見註26）。他寄望文化的復興能夠改變人心，雖然他也很明白，道德上的自由，並不能推論出政治上的自由（徐復觀，1953a：7）。對徐復觀而言，中國傳統與歷史文化的召喚，猶如在亂世中讓像他這樣的流亡知識份子，得以暫時棲身論道的避風港。

　　徐復觀在文章中曾經提到明朝遺老呂晚村的一首詩曾讓他特別感動：「誰教失足下漁磯，心跡年年處處違。雅集圖中衣帽改，黨人碑裡姓名非。苟全始識談

---

36. 1970年雷震出獄後，曾上書蔣氏父子，認為為了保障外省人在臺灣的生存，臺灣應該轉型為「中華臺灣民主國」，這部分的經過可參見《戰後初期（1945-1960）臺灣報人類型比較研究——吳濁流、李萬居、雷震、曾虛白》（邱家宜，2011），第六章〈萬山不許一溪奔——雷震〉。

何易，餓死今知事最微。醒便行吟埋亦可，無慚尺布裹頭歸。」或許是對傳統文化認同的不斷堅持，讓他得以克服流亡帶來的痛苦。就如同他自己所說的，讓他在各種橫逆下堅持自己的初衷與理想，而還能夠「無慚尺布裹頭歸」的，並不是因為他特別勇敢，而是由於他身上傳承自中國勞動人民所辛勤耕耘之土地上的歷史使命：「由幾千年的聖賢所織成的這一尺布，即是我生命的自身，我有什麼方法把它拋棄呢？」（徐復觀，1980d：334）

參考資料

卜少夫（2001）。〈關於〈牢獄的邊緣〉〉，原載1961年1月14日《新聞天地》，收入《徐復觀雜文補編第六冊——兩岸三地卷（下）》，頁244-246。

毛子水（1962）。〈胡適之先生哀詞〉，《文星》9卷5期（No.53），頁4。

《民主評論》（1951）。〈復刊辭〉，《民主評論》3卷1期，頁2。

《民主評論》（1954）。〈回顧與展望〉，《民主評論》5卷4期，頁52。

《民主評論》（1956）。〈簡致讀者〉，《民主評論》3卷1期，封底。

李淑珍（2011）。〈自由主義，新儒家與一九五〇年代臺灣自由民主運動：從徐復觀的視角出發〉，《思與言》49卷2期，頁9-90。

余英時（1991）。〈錢穆與新儒家〉，《猶記風吹水上鱗》，頁31-98。台北：三民。

居浩然（1962a）。〈恭賀新禧〉，《文星》9卷1期（No.51），頁7-8。

邱家宜（2011）。《戰後初期（1945-1960）臺灣報人類型比較研究——吳濁流、李萬居、雷震、曾虛白》，世新大學傳播研究所博士論文。

邱家宜（2015）。〈齊世英與逆勢而為的《時與潮》雜誌（1959-1967）〉，《新聞學研究》第123期，頁1-44。

邱家宜（2015a）。〈《文星》與1962年的「中西文化論戰」〉，10月25日於
　　臺灣歷史學會「殖民‧再殖民‧獨立自主」研討會中發表。

金達凱（1954）。〈祝國民大會二次會〉，《民主評論》5卷5期，封底。

徐復觀（1949a）。〈是誰擊潰了中國社會反共的力量〉，《民主評論》1卷7
　　期，頁5-10）。

徐復觀（1949b）。〈與李德鄰先生論改革〉，《民主評論》1卷4期，頁3-5。

徐復觀（1949c）。〈不能與不爲 —— 閻百川先生應有的抉擇〉，《民主評
　　論》1卷17期，頁6-7。

徐復觀（1953a）。〈從現實中守住人類平等自由的理想〉，《民主評論》4
　　卷1期，頁7-12。

徐復觀（1954a）。〈給張佛泉先生的一封公開信 —— 環繞著自由與人權的諸
　　問題〉，《民主評論》5卷16期，頁2-9。

徐復觀（1955a）。〈如何復活「切中時弊的討論精神」 —— 感謝凌空君的期
　　待〉，《民主評論》6卷9期，頁15-18。

徐復觀（1957a）。〈爲什麼要反對自由主義？〉，《民主評論》7卷21期，
　　頁2-5，21。

徐復觀（1957b）。〈致香港《新生晚報》編者信〉，原載1957年6月8日《新
　　生晚報》，收入《徐復觀雜文補編第六冊 —— 兩岸三地卷（下）》，頁
　　196-197。

徐復觀（1957c）。〈中國文化的對外態度與義和團事件〉，《民主評論》8
　　卷13期，頁2-6。

徐復觀（1962a）。〈正告造謠誣衊之徒！〉，《民主評論》13卷8期，頁21-22。

徐復觀（1962b）。〈一個偉大書生的悲劇 —— 哀悼胡適之先生〉，原載《文
　　星》53期，收入《徐復觀雜文4：憶往事》，頁140-142。台北：時報。

徐復觀（1962c）。〈簡答毛子水先生〉，《民主評論》13卷6期，封底。

徐復觀（1966）。〈本刊結束的話〉，《民主評論》第17卷第9期，頁22-23。

徐復觀（1980a）。〈現在應該是人類大反省的時代〉，原載《民主評論》1
　　卷1期，收入《徐復觀雜文3：記所思》，頁264-269。台北：時報。

徐復觀（1980b）。〈迷幻藥下的狂想曲〉，原載1974年1月15日《華僑日
　　報》，收入《徐復觀雜文3：記所思》，頁260-263。台北：時報。

徐復觀（1980c）。〈我的母親〉，《徐復觀文錄選粹》（蕭欣義編），頁
　　320-329。台北：學生。

徐復觀（1980d）。〈無慚尺布裹頭歸〉，原載1969年9月《文化旗》，收入
　　《徐復觀文錄選粹》（蕭欣義選編），頁330-334。台北：學生。

徐復觀（1980e）。〈我的讀書生活〉，《徐復觀文錄選粹》（蕭欣義編），
　　頁311-319。台北：學生。

徐復觀（1981）。〈末光碎影〉，原載1980年4月5日《中國時報》，收入
　　《徐復觀雜文續集》，頁341-349。台北：時報。

徐復觀（1982a）。〈軍隊與學校〉，原載於1971年5月29日出版的香港《新
　　聞天地》雜誌，後收入《徐復觀雜文4：憶往事》，頁1-6。台北：時
　　報。

徐復觀（1982b）。〈抗日往事〉，原載於1971年7月1日出版的《大學雜
　　誌》，後收入《徐復觀雜文4：憶往事》，頁7-21。台北：時報。

徐復觀（1982c）。〈垃圾箱外〉，原載1975年12月5日香港《快報》，後收
　　入《徐復觀雜文4：憶往事》，頁22-46。台北：時報。

徐復觀（1982d）。〈一個偉大地中國地臺灣人之死〉，原載《民主評論》13
　　卷24期，後收入《徐復觀雜文4：憶往事》，頁143-150。台北：時報。

徐復觀（1982e）。〈悼魯實先教授〉，原載1978年1月17日《華僑日報》，
　　後收入《徐復觀雜文4：憶往事》，頁195-198。台北：時報。

徐復觀（1982f）。〈「死而後已」的民主鬥士——敬悼雷儆寰（震）先
　　生〉，原載1979年3月12-15日《華僑日報》，收入《徐復觀雜文4：憶往
　　事》，頁213-220。台北：時報。

徐復觀（1982g）。〈對殷海光先生的憶念〉，原載《人物與思想》第35期，
　　收入《徐復觀雜文4：憶往事》，頁169-179。台北：時報。

徐復觀（1982h）。〈痛悼吾敵　痛悼吾友〉，《徐復觀雜文4：憶往事》，
　　頁158-164。台北：時報。

徐復觀（1982i）。〈悼念葉榮鐘先生〉，《徐復觀雜文4：憶往事》，頁204-
　　209。台北：時報。

徐復觀（1984）。〈良知的迷惘——錢穆先生的史學〉，原載1978年12月16
　　日香港《華僑日報》，收入《徐復觀雜文3：記所思》，頁104-115。

徐復觀（1984a）。〈海峽東西第一人——讀陳映眞的小說〉，原載1981年1月
　　6日香港《華僑日報》，收入《徐復觀最後雜文》頁7-11。台北：時報。

徐復觀（1988a）。〈我所了解的蔣總統的一面〉，原載《自由中國》15卷
　　9期（1956.11.01），收入《儒家政治思想與民主自由人權》（蕭欣義
　　編），頁309-318。台北：學生。

徐復觀（1988b）。〈悲憤的抗議〉，原載1957年2月12日香港《華僑日
　　報》，收入《儒家政治思想與民主自由人權》（蕭欣義編），頁301-
　　307。台北：學生。

凌　空（1955）。〈介紹反共文化運動中的兩個學派〉，《祖國周刊》114-
　　116期。

殷海光（1954）。〈獨裁怕自由〉，《自由中國》10卷7期（4月1日），頁
　　11-13。

殷海光（1957）。〈重整五四精神〉，《自由中國》16卷9期（5月1日）社論。

翁志宗（2001）。《自由主義者與當代新儒家政治論述之比較-以殷海光、張佛泉、牟宗三、唐君毅、徐復觀的論述爲核心》，政大社科所博士論文。

馬之驌（1993）。《雷震與蔣介石》，台北：自立晚報。

高焜源（2008）。《徐復觀思想研究——一個臺灣戰後思想史的考察》，臺灣師範大學國文研究所博士論文。

許順昇（2009）。《流亡世代的政治構思：《民主評論》的國家論述（1949-1966）》，東海大學歷史學系碩士論文。

曹永洋（1982）。〈年譜（根據王世高女士所訂正者）〉，收入（蕭欣義編）《儒家政治思想與民主自由人權》（1988），頁419-425。台北：學生。

曹永洋（1984）。〈徐復觀教授著作總目錄表〉，《徐復觀最後雜文集》，頁433-435。

黃俊傑（1993）。《戰後臺灣的教育與思想》。台北：東大。

黎漢基（2013）。〈徐復觀與胡適〉，《胡適與現代中國的理想追尋——紀念胡適先生一二〇歲誕辰國際學術研討會論文集》，頁74-101。

蔣連華（2006）。《學術與政治——徐復觀思想研究》。上海：三聯。

蘇瑞鏘（2011）。〈《民主評論》的新儒家與《自由中國》的自由主義者關係變化初探：以徐復觀與殷海光爲中心的討論〉，《思與言》49卷1期，頁7-36。

國家圖書館出版品預行編目資料

傳媒與現代性／陳建華等著. -- 初版. -- 臺
北市 ： 五南出版 ： 世新大學舍我紀念館發
行，2017.01
　　面；　公分
ISBN 978-957-11-8916-1(平裝)
1.新聞媒體 2.中國新聞史 3.文集
890.92　　　　　　　　　105020610

4Z05 傳媒與現代性

著作權人：世新大學舍我紀念館

地　　址：116台北市文山區木柵路一段17巷1號

電　　話：02-2236-8225

網　　址：csw.shu.edu.tw

主　　編：蕭旭智　蔡博方　黃順星

作　　者：陳建華　等

助理編輯：李蘭琪　林純楨

出 版 者：五南圖書出版股份有限公司

地　　址：106台北市大安區和平東路二段339號4樓

電　　話：(02)2705-5066　　傳　　真：(02)2706-6100

網　　址：http://www.wunan.com.tw

電子郵件：wunan@wunan.com.tw

劃撥帳號：01068953

戶　　名：五南圖書出版股份有限公司

法律顧問　林勝安律師事務所　林勝安律師

出版日期　2017年1月初版一刷

定　　價　新臺幣420元